U0941230

七彩人生随感录（上）

李金海 著

山西出版传媒集团
三晋出版社

图书在版编目（CIP）数据

七彩人生随感录 / 李金海著. —太原：三晋出版社，2021.12

ISBN 978-7-5457-2413-4

Ⅰ. ①七… Ⅱ. ①李… Ⅲ. ①中国文学—当代文学—作品综合集 Ⅳ. ① I217.2.

中国版本图书馆 CIP 数据核字（2021）第 274094 号

七彩人生随感录

著　　者： 李金海
责任编辑： 解　瑞

出 版 者： 山西出版传媒集团
三晋出版社（山西古籍出版社有限责任公司）
地　　址： 太原市建设南路 21 号
邮　　编： 030012
电　　话： 0351 — 4956036（总编室）
0351 — 4922203（印制部）
网　　址： http：//www.sjcbs.cn

经 销 者： 新华书店
承 印 者： 山西新华印业有限公司

开　　本： 889mm×1194mm　1/32
印　　张： 28.5　彩页　32
字　　数： 720 千字
版　　次： 2021 年 12 月　第 1 版
印　　次： 2022 年 1 月　第 1 次印刷
书　　号： ISBN 978-7-5457-2413-4
定　　价： 168.00 元（上、下册）

初中毕业与老师郑里富（右）、同学牛宏军（中）合影（1960.6）

童年与大哥、姐姐的合影

高中毕业与同学贾小福（前左）、小福侄儿（前右）、秦康泰（后左）田三群（后右）合影（1963.8.23）

大学时留影（1967.3）

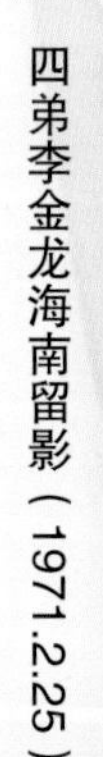

四弟李金龙海南留影（1971.2.25）

夫人樊小莲婚前留影

作者夫妇与长子学军合影（1971 春）

在阳城县直党委工作时的合影，前排左起吴忠、李连英、冯毓瑞，后排左起郑志诚、李金海（1972.5.31）

调离阳城县到省委工作时县宣传文化部门同事送行合影，前排右三为王安国，时任县委常委、宣传部长（1977.8.14）

在省委组织部干部一处工作时的合影，左五王本瑛、左六郑社奎及左三项宝太，当时均任一处副处长（1983.11.16）

在地、县机构改革办公室工作时的合影，前排左起苏谦、李金海、郑社奎，后排左起李国强、张文楼、李天勇（1983.11.30）

在省城工作的阳城一中高中同学合影，左起田霍卿、孔祥毅、原崇信、李金海、成葆德（2002.5）

作者全家与母亲、金虎弟游览晋祠时留影（1981.6.14）

作者全家与母亲、金虎弟在太原合影（1981.6.14）

作者夫妇与末琴妹在太原合影（1982.10.3）

作者全家与大哥、大嫂在太原合影（1982.11.4）

作 者 夫 妇
与姐姐、末琴妹
全家在太原合影
（1984.11.19）

作者全家与姐
姐、姐夫在太原合
影（1992.7.4）

作 者 夫 妇
在新买的书柜前
（1992.12）

1993 年春节家人及亲戚聚会于故居前（1993.1.30）

与母亲、大哥在故居前合影（1994.5.21）

小莲、引花妯娌俩与母亲在故居前合影（1994.5.21）

在甘肃兰州参加第四届中国艺术节时于嘉峪关城楼上留影（1994.8.27）

长子学军结婚时合影（1997.5.2）

与长子学军夫妇在迎泽公园（1997.9.21）

作者夫妇在
内蒙古油菜田间
（1998.8）

作者夫人
与次子未婚妻
吕琴在迎泽公
园(1999.5.30）

在云南昆明参加世博会山西活动周时
于石林前留影（1999.9.22）

次子学民结婚
时合影（2001.5.1）

作者夫妇在山东潍
坊风筝节（2003.4.21）

作者夫妇在
故居翻修的房屋
前（2005.4.21）

作者六十岁时的全家福照（2005.8.4）

作者全家于陕西秦始皇兵马俑博物馆前合影（2007.5.4）

作者夫妇登临
福建武夷山顶留影
（2008.9.26）

与家人聚会于
故乡小尖山山路上
（2009.2.18）

作者夫妇在
北京亚运村鸟巢
前（2012.8.9）

前　言

人生如梦，人生如戏，人生苦短，人生适意，这些对人生的不同感悟，大都是迈入老年后，人们的一种感慨。人们来到这五光十色的世界，在人生的征程中，有着各种不同的经历与感受，有的叱咤风云，有的平平淡淡，有的一帆风顺，有的坎坷多难，还有的是曲折与顺利兼而有之；不管是哪种境遇，总会以不同的方式，留下自己人生旅途中的踪迹或记忆。汇编于本书中的篇章，记录了我自己及家人在人生征途上的轶事、见闻与行止轨迹。

那是2013年的年初，我的第二本剧目研究著作《戏苑史海鉴赏录》结集出版后，手头尚有一些自撰的讲稿和评述文章，还有不少的读书札记与读戏文札记，更有上百本的记录个人人生经历与见闻的日记、工作日志及各种笔记。这些文稿和资料，如同古人所谓“食之无味，弃之可惜”的“鸡肋”一样，存之累赘,弃之可惜。我出于吝惜的心态,又着手予以汇集和采录。当汇编到书稿内容的约一多半时,不幸我家逢变故,汇编事宜只得停了下来。这一搁置,就是六年多,直至去年夏秋间,家里情况大有好转,才又续编补录,形成目前这样的书稿。

这部书稿不是什么结构严谨、自成体系的自传、回忆录,但却饱含意蕴,以记录个人的人生经历、见闻感悟及观览札记之片断篇章连缀而成。辑入的文稿,除少数几篇与他人合作、一些艺术活动总结凝聚了分管业务处室同志的集体智慧外,绝大部分汇编并采录自自撰的讲稿、讲话提纲、文章、札记、日记、工作日志、习作等。在自撰文稿中,除少数篇章系根据当时的有关记录综合整理追忆写成外,绝大部分仍采录于原始记录;汇编时,一些篇章,在文字上作了必要的删减与修饰。辑入的各类文稿,基本按时间的先后顺序排列,跨度长达60余年。学生时期记的日记、写的习作及下乡思想小结,行文的稚嫩与拙劣,显而易见。工作后起草的文稿、讲话提纲与札记,文笔如何,姑且不论,限于过往时世的状况,却留下了深深的“时代印痕”。尽管如此,本书所辑篇章却真实地反映了当时的现实生活,流露并表明了那个时刻自己的思想认识与真实情感。我想借助绚丽多彩的日光光谱以喻人生,展现过去的岁月里本人随时即事的真实感悟,遂将书稿命之为《七彩人生随感录》,兼顾内容与形式,全书分为八个部分。

“为学修身篇”,汇集了92篇长短文与1篇包含了77则日记、工作日志语录的花絮集锦,是对本人人生经历的总述。透过读书学习、日常处事、参与社会活动、履职行为举止与业余所好等多侧面的记述,勾勒出我的人生旅途及其停留各“驿站”的概貌。其间,求知好学、追求上进、自我锤炼,好似一条线贯穿始终;而《为学修身花絮》中采录的话语,则是自己为人处世、注重自我修养的内心表白。

“理论阐述篇”，汇集了20篇文稿，除1篇是就撰写理论文章与他人商榷的信函外，其余均为阅读马克思主义理论原著的札记及学习体会文稿。阅读内容涉及马克思、恩格斯、列宁、毛泽东的经典理论著作以及邓小平、江泽民的著作、讲话及论断。将这部分单独成篇，是因为在我的人生经历中，曾从事过一段时间党的理论教育工作。当年，为了给县委中心学习组的领导、各乡镇理论辅导员以及广大干部讲解马列及毛泽东著作，我曾通读过一批马列的原著及《毛泽东选集》1至5卷，并写下不少的读书札记与辅导讲稿，辑入书稿中的即是其中的一部分。学习理论，让我终身受益，文稿中的见解和认识，可见一斑。

“公务立言篇”，汇集了19篇文稿，其中以长篇讲稿居多，均是本人在省委组织部和省文化厅担任处、厅领导职务后，对所分管的各项工作内容的解读与阐述，既有宏观情况、源流追溯，又讲政策导向、释惑疏导。撰写这些文稿的宗旨是，总结经验教训，探索工作规律，提高受众认识，促进事业发展。此外，我兼管党务，讲党课，谈素质，下乡巡视，归来汇报，均写有文稿。每篇文稿的形成，除了要整体构思、谋篇布局、掌握现实情况外，还得围绕立论观点，学习和选读相关的著作或资料，以期讲话有的放矢，有针对性与启发性。几次艺术创作漫谈，就是事先商议构思，自个儿列出提纲去讲，讲后根据录音，再整理成文发表。这些文稿，除了起到当年总结安排工作的作用外，很大程度上可以视作自己学习钻研某项业务的收获，作为记录，值得珍藏。

“艺苑述评篇”，汇集了19篇文稿，其中包括对时事与艺事的述评、进言，艺术活动小结，应邀为某些书刊所写的专题文稿。这些文稿，实际也是“公务立言篇”内容的补充及外延。纵览这些文稿，会对专业文化艺术有个整体的了解和认识；品读这些文稿，那些年山西戏曲舞台异彩纷呈、欣欣向荣的景象，便历历在目。

“赏戏谈艺篇”，汇集了94篇文稿，除《剧名趣谈》外，基本都是我观赏与读评舞台剧、影视剧的随感录，尤以读评山西剧作家的剧作札记居多。文稿的时间跨度，始于1962年高中时代观赏话剧《渔人之家》，终于2015年对北路梆子《云水松柏续范亭》的评议，囊括了我与戏结缘的半个多世纪。初期评戏的简略肤浅，后期读戏的详尽具体，形成了极大的反差，却真实地折射出一个“半路出家”的文化人，迈入“主管戏剧”门槛的艰辛历程。辑入的读评剧作札记64篇，绝大部分成文后，曾打印送相关单位与作者参阅。为准确撰写这类札记，通读戏文后，我又相应选读了些书籍与史料，每篇札记，不仅概括剧情大意、品评剧作结构与情节编织的优劣得失，还对一些台词也提出了修改的建议。这似乎有些太“较真”，但却是我的职责所在。集思广益，提高剧作的质量，让山西多出一些优秀戏剧作品，是我分管戏剧工作的初衷。

“域外考察篇”，汇集了3篇长文稿，是以日志的形式，记录了我赴美国、欧洲考察，到日本进行文化交流的全过程。在这41天的日志中，真实地记下了身居异域他乡的观览、见闻及感受。有幸出国考察和进行文化交流，大大开阔了视域，让我对这些国家的情况有所感知，也在自己人生经历中增添了一份别有情境的记忆。

“追怀铭心篇”，汇集了19篇长短相间的文稿，记述我人生经历中不可忘怀的人和事。所记人物中，有师长，有领导，有同事，有同道，还有自己的父母、兄弟与家人；记述的事迹中，谈交往，话情谊，说关爱，诉相知，有鼓励，有支持，也有教训和失误；追忆的情景中，或敬仰，或感激，或欢乐，或温馨，也有悲戚与痛心，确实体现了人生境遇中的五味杂陈。正是这些人和事，影响了我的成长与成熟，让我更加懂得珍惜这些刻骨铭心的亲情和友情。

“杂咏习作篇”,汇集了310首韵文,恕我不敢称之为诗词,因我不谙此道,又想仿作,借题抒怀,由来已久,不过,也仅为习作而已。最好也不过是些顺口溜,有的或许还不顺口,所以,从不轻易示人。面对多彩的现实生活,咏人、咏事、咏感触,确亦吐露和表达了自己的心声;但大量的习作,还是提纲挈领,概括读书内容,倾诉读书感怀,试图以此练笔,辑入的178首读古典小说随感韵文,便是明证。这些习作,是当作自个儿读书札记的别样形式,题写在所读著作的题头文尾上的,如今采录汇编,有点儿敝帚自珍了。

时下,我国已进入老龄化社会,各具特色的人生感悟,经常见诸报端和网络。这部《随感录》便是我人生感悟的汇编,我愿公诸家人、亲友、同事、同好,让大家品读指教,也算了结了我的一桩心愿。

李金海

2021年4月20日

目　录

上　册

前言 ………………………………………………… 1

为学修身篇

我的人之初 ………………………………………… 1
高中岁月追忆 ……………………………………… 6
平整操场记 ………………………………………… 9
“三八”节追忆秋瑾 ………………………………… 10
读《人间魔窟》后 …………………………………… 11
放假回家的路上 …………………………………… 12
一场盼望许久的雨 ………………………………… 13
上物理课所想到的 ………………………………… 14
惊人的防洪抗险 …………………………………… 15
读“雷锋生平”有感 ………………………………… 16
一场不合时宜的雨 ………………………………… 17
高考志愿 …………………………………………… 18

大学生活的第一天 …… 19
在省委党校上的第一天课 …… 20
第一次领到了人民助学金 …… 21
学习《纪念白求恩》后 …… 21
考试以后如何办 …… 22
读《愚公移山》有感 …… 23
听王大任书记作下乡动员 …… 24
以马耀为戒，过好人生"温柔"关 …… 25
文水韩村搞"四清"的一些体会 …… 26
在省委党校过大年 …… 29
一个重要的问题 …… 30
一次难得的考验及锻炼 …… 31
大旱之年让水事 …… 40
为谁管水为谁忙 …… 41
做人民群众的老黄牛 …… 42
社教运动的成效 …… 43
一个想当"皇帝"的共产党员 …… 44
丢失粮票得补助有感 …… 45
买帽子和换帽子 …… 45
军营里的第一次紧急集合 …… 46
在艰苦的军农生产中锤炼 …… 47
重温《和美国记者安娜·路易斯·斯特朗的谈话》 …… 48
紧张的割稻战斗 …… 49
一次指挥有误的特别行动 …… 50
成功的长途拉练 …… 51

工作分配的第一站 …… 52
“五七”指示发表的五周年 …… 53
学唱排演样板戏《沙家浜》 …… 54
为革命管好粮储好粮 …… 56
我的学以致用 …… 56
一次极为特殊的生活会 …… 58
决定后半生的工作调动 …… 60
从事干部管理工作 …… 61
重新开始记日记 …… 66
黄克诚的讲话学后感 …… 67
满目疮痍的临汾鼓楼 …… 68
观瞻洪洞县的名胜古迹 …… 68
瞻仰毛主席遗容 …… 69
对调整统计数字的思考 …… 70
夜读《邓小平文选》 …… 71
自身工作安排的征兆 …… 72
我被任命为组织部的处长 …… 72
听彭教授的报告有感 …… 73
考察地市、厅局领导班子 …… 74
调研干部综合工作业务 …… 75
赴华东四省市考察学习 …… 77
赴华东四省市考察汇报 …… 79
离岗学习党的十三大报告 …… 84
专业工作自述 …… 85
读《娱目醒心编》札记 …… 89

为入部新同志谈个人修养 …… 90
晋职自我评述 …… 91
重温党的生活会记录 …… 94
出版市场亟待整顿 …… 94
交叉任职的五个月 …… 95
读《隋炀帝逸游召谴》札记 …… 98
读《白玉娘忍苦成夫》札记 …… 99
读《二刻拍案惊奇》卷四札记 …… 99
读《蒋兴哥重会珍珠衫》札记 …… 100
读《木绵庵郑虎臣报冤》札记 …… 101
读《二刻拍案惊奇》卷二十二札记 …… 101
读书贵在坚持 …… 102
纵览晋商文化史料 …… 103
为赴港庆回归演出作准备 …… 104
部署文化厅扶贫工作 …… 105
家乡传来的赞誉声 …… 105
读《游仙窟》札记 …… 106
首篇戏研文章的问世 …… 107
而今迈步从头越 …… 108
五年履职的回顾 …… 117
读《唐书志传通俗演义》札记 …… 122
读《隋史遗文》札记 …… 124
读《隋唐两朝史传》札记 …… 125
努力做一名真正的文化人 …… 126
离任前的一次述职 …… 127

一批珍贵的精神财富 …… 132
书缘 …… 133
三十五年后的再相聚 …… 138
浏览乡邦文献的感触与考辨 …… 139
与戏曲结缘的后半生 …… 143
为学修身花絮 …… 145

理论阐述篇

读恩格斯《路德维希·费尔巴哈和德国古典哲学的终结》札记 …… 160
读列宁《国家与革命》札记 …… 163
读马克思、恩格斯《共产党宣言》札记 …… 167
读列宁《帝国主义是资本主义的最高阶段》札记 …… 171
读马克思《哥达纲领批判》札记 …… 177
读毛泽东《实践论》札记 …… 180
读毛泽东《矛盾论》札记 …… 182
学习《关于社会主义若干问题学习纲要》体会 …… 185
切实把发展生产力放在中心位置 …… 189
在部风教育中重温小平同志南方谈话 …… 195
就一篇理论文章的商榷信函 …… 197
怎样认识当今世界基本经济格局 …… 198
重视抓好社会主义精神文明建设 …… 202
学习初级阶段理论之体会 …… 205
要高度重视有中国特色社会主义的文化建设 …… 206
“讲政治”的一些体会 …… 209

学习江泽民“七一”讲话有感 …… 211
坚持理论创新是马克思主义政党自觉和成熟的重要标志 …… 213
坚持人民利益高于一切的原则 …… 215
学习《江泽民论加强和改进执政党建设》(专题摘编)札记 …… 218

公务立言篇

人才流动要搞活 …… 233
严格干部调配　控制宏观失控 …… 234
搞好干部综合工作　努力服务“四化”建设 …… 235
干部宏观管理的思考 …… 258
选好试点　择优录用 …… 274
适应市场经济　转变政府职能 …… 277
文化部门党务干部应有的素质 …… 283
艺术档案开好局 …… 289
与新上岗处级干部的漫谈 …… 296
端正入党动机　加强艺德修养 …… 298
对外文化谱新篇 …… 302
初谈艺术创作 …… 307
再谈艺术创作 …… 321
三谈艺术创作 …… 339
四谈艺术创作 …… 364
与晋城市文艺骨干谈艺术创作 …… 381
向省委先进性教育领导组作的汇报 …… 385
戏剧创作漫谈 …… 388
六届省剧协工作报告 …… 392

下 册

艺苑述评篇

为锡崖沟精神唱赞歌 ······ 407

从丝路花雨中归来 ······ 409

但使好戏唱京城　莫教人物负三晋 ······ 416

竞折牡丹震京华 ······ 417

向省直文艺十标兵学习 ······ 421

端正认识抓创作 ······ 424

两翼齐飞　良性互动 ······ 425

喜迎杏花重开放 ······ 427

红杏绽放报春来 ······ 429

剧目生产结硕果 ······ 437

回归民间　贴近群众 ······ 441

风光不与四时同 ······ 443

三晋杏花再飘香 ······ 455

好花开在春风里 ······ 463

他山之石可攻玉 ······ 469

任重道远　前景可观 ······ 476

为晋剧“丁派艺术”的传承发展进言 ······ 478

读《中华戏剧·晋剧卷》(草稿)与笑林同志的商榷 ······ 480

祝贺《中华戏剧·晋剧卷》的出版 ······ 482

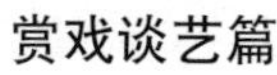

赏戏谈艺篇

看话剧《渔人之家》 ······ 487

观评剧《红松林》 …… 488
看电影《甲午风云》 …… 489
看话剧《年青的一代》 …… 490
看豫剧《东风解冻》 …… 491
看话剧《千万不要忘记》 …… 492
看京剧《芦荡火种》 …… 493
看临猗眉户剧团演出 …… 493
看电影《青山恋》 …… 494
看歌剧《白毛女》 …… 494
看京剧《海港》 …… 495
看曲剧《包公误》 …… 495
看电影《戴手铐的旅客》 …… 496
看话剧《血总是热的》 …… 497
看电影《天云山传奇》 …… 497
看北方昆剧《血溅美人图》 …… 498
看电影蒲剧戏曲片《窦娥冤》 …… 498
看电影《喜盈门》 …… 499
看电视剧《静静的白鹅湾》 …… 499
古城泉州赏戏录 …… 500
看电影《红月亮》《撼天雷》 …… 501
看电影《背起爸爸上学》 …… 501
读晋中秧歌剧《西域桃花》札记 …… 502
读晋剧《清风亭》札记 …… 502
读晋剧《招聘爸爸》札记 …… 503
读歌舞剧《华表》札记 …… 504

读话剧《国徽下的誓言》札记 …… 504
读眉户剧《十里花香》札记 …… 505
评议上党梆子《代代乡长》 …… 506
读话剧《我本不想当村长》札记 …… 508
读蒲剧《贞观贤后》札记 …… 508
读京剧《哥哥你走西口》札记 …… 510
读《走西口》修改稿札记 …… 512
读蒲剧《鹳雀楼》札记 …… 513
读晋剧《罢宴》札记 …… 518
读晋剧《大唐公主》札记 …… 518
读几个曲艺本子札记 …… 521
读北路梆子《山女》札记 …… 522
读话剧《立秋》札记 …… 524
读儿童剧《我能当班长》札记 …… 525
读现代戏《支书,走好》札记 …… 526
读晋剧《文公归晋》札记 …… 527
读豫剧《有家真好》札记 …… 530
话剧《立秋》创排的几点思考 …… 531
评议蒲剧《迟开的玫瑰》 …… 535
评议上党梆子《赵树理》 …… 535
读北路梆子《黄河管子声》札记 …… 536
读蒲剧《赵氏孤儿》札记 …… 538
读晋剧《豫让刺赵》札记 …… 542
读笑剧《咱爹咱娘》札记 …… 544
读校园青春剧《我和星星有个约定》札记 …… 545

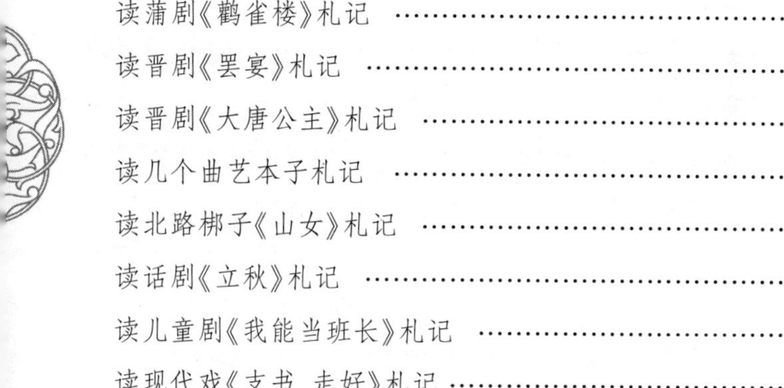

读晋剧《义仆丹心》札记 …………………………… 548
评议蒲剧《山村母亲》 …………………………… 550
读晋剧《红兜肚》札记 …………………………… 550
读晋剧《范进中举》札记 …………………………… 553
读上党梆子《迎春花开了》札记 …………………………… 554
读晋剧《春晖》札记 …………………………… 556
读豫剧《女人家》札记 …………………………… 558
读话剧《家园》札记 …………………………… 559
读晋剧《我爱这片绿》札记 …………………………… 560
读话剧《美人湾》札记 …………………………… 562
读晋剧《豫让击衣》札记 …………………………… 564
读上党梆子《吴汉杀妻》札记 …………………………… 568
读晋剧《罗贯中》札记 …………………………… 570
读《罗贯中》修改稿札记 …………………………… 574
读北路梆子《貂蝉轶事》札记 …………………………… 575
读京剧《五台山》札记 …………………………… 577
读《五台山》修改稿札记 …………………………… 579
读晋剧改编本《书生拜将》札记 …………………………… 582
读上党梆子《两地家书》札记 …………………………… 585
读晋剧《西周大夫》札记 …………………………… 588
读晋剧《鞭打芦花》札记 …………………………… 592
读北路梆子《徐向前回乡》札记 …………………………… 594
读《徐向前回乡》修改稿札记 …………………………… 597
读京剧《释迦塔传奇》札记 …………………………… 599
读晋剧《大红灯笼高高挂》札记 …………………………… 602
读话剧《信仰》札记 …………………………… 604

读晋剧《赵襄子》札记 …………………………………… 607
读晋剧《天地神灵》札记 …………………………………… 612
读京剧《剑胆琴心》札记 …………………………………… 615
读晋剧《上马街》札记 …………………………………… 618
读豫剧《吴琠》札记 …………………………………… 621
读蒲剧《情丝恨》札记 …………………………………… 625
读《情丝恨》修改稿札记 …………………………………… 628
读上党梆子《红梅阁》札记 …………………………………… 631
读晋剧《刘胡兰》札记 …………………………………… 633
读上党梆子《西沟女儿》札记 …………………………………… 637
剧名趣谈 …………………………………… 640
姚天福勇斗权奸 …………………………………… 642
读电影文学剧本《蒙山大佛》札记 …………………………………… 649
读现代戏《托起明天的太阳》札记 …………………………………… 653
读现代戏《抗大女兵》札记 …………………………………… 656
读上党梆子《千古一将》札记 …………………………………… 658
评议北路梆子《云水松柏续范亭》 …………………………………… 662

域外考察篇

赴美国考察日志 …………………………………… 663
赴日本文化交流 …………………………………… 680
文化考察欧洲行 …………………………………… 690

追怀铭心篇

我们的班主任 …………………………………… 719
与王谦同志接触的几件事 …………………………………… 721

在和社奎同志相处的日子里 …… 725
与郭汉城老先生的交往 …… 731
湘晋戏苑传友情 …… 735
一次追悔莫及的失误 …… 741
两次失窃的深刻教训 …… 742
真诚的鼓励与支持 …… 744
同事聚会所想到的 …… 752
父亲灵柩迁葬记 …… 754
四弟殉难的前后 …… 758
追祭母亲的悼文 …… 761
为父母撰碑文记 …… 763
纪念父亲百年华诞祭文 …… 764
纪念父亲百年华诞纪实 …… 768
纪念母亲百年华诞祭文 …… 770
爱人英灵归故里 …… 774
劫后重建幸福家 …… 784
珍贵的“全家福” …… 791

杂咏习作篇

励志 …… 795
自勉 …… 795
参观阳城河北三八水库 …… 795
庆祝《毛泽东选集》第四卷出版 …… 795
日记开头语 …… 795
听报告有感 …… 796

阅“美国发射人造宇宙飞船未成功”有感 …… 796
电灯(调寄《永遇乐》) …… 796
为国分忧 …… 797
河滩垫土造地忙 …… 797
励志 …… 797
苏联人造卫星升天有感 …… 798
听老红军作报告 …… 798
集锦感言 …… 798
“五一”追怀(调寄《忆江南》) …… 799
点滴母爱记心怀 …… 799
为父烧五七纸 …… 799
叹天旱 …… 800
干旱忧农家 …… 800
观大同评剧帽儿戏 …… 800
听天体物理课有感 …… 801
励志 …… 801
自勉 …… 801
自嘲自责 …… 801
读书三忌(调寄《十六字令》) …… 802
闻河北遭灾有感 …… 802
大学生淘大粪 …… 802
见瑞雪普降 …… 803
听省长作形势报告 …… 803
干部参加劳动好 …… 803
“五四”有感 …… 804

不违农时快补苗 …… 804
相信科学不迷信 …… 806
人人都把集体爱 …… 806
丰收不忘节约 …… 807
高灌站劳动 …… 807
开栅民众志气高 …… 808
贺年赠语 …… 808
学习王茂林 …… 808
表扬范海仙 …… 808
学习铁奴老模范 …… 809
赶快动手查补苗 …… 810
麦田套谷办法好 …… 810
自责 …… 811
自我警诫 …… 811
声讨美帝轰炸我驻越使馆 …… 811
贺毛主席诞辰 …… 811
为政局不稳忧虑 …… 812
回访出生地 …… 812
军垦感怀 …… 812
忆党史 …… 812
专题讨论有感 …… 813
欢呼氢弹及地下核试验成功 …… 813
军垦战士打稻忙 …… 813
赞儒生金刚 …… 814
荣誉面前只能让 …… 814

夜间挖战壕 …… 814
迎来新十年(调寄《满江红》) …… 815
数九破冰挖渠 …… 815
中秋思亲 …… 815
除“四害” 起新程 …… 815
奉劝无语者 …… 816
阅处群众来信有感 …… 816
“七一”咏怀 …… 816
为人事变动有感 …… 817
听师娘诉衷肠 …… 817
诫朝令夕改者 …… 818
题本瑛与和平荣调合影照 …… 818
校核“三种人”案例有感 …… 818
正直为人心坦荡 …… 818
烦心的周末(调寄《忆江南》) …… 819
如此过元旦 …… 819
品议《八窍珠》 …… 820
读《补南陔》 …… 820
读《反芦花》 …… 820
读《赛他山》 …… 821
读《张生彩鸾灯传》 …… 821
读《苏长公章台柳传》 …… 822
读《冯伯玉风月相思》 …… 822
读《孔淑芳双鱼扇坠传》 …… 822
读《铁菱角》 …… 822

读《牛丞相》 …… 823
读《关外缘》 …… 823
读《枉贪赃》 …… 823
读《长欢悦》 …… 824
读《小夫人金钱赠年少》 …… 824
读《二刻拍案惊奇》卷三十四 …… 824
观刘公岛有感 …… 824
叹某公信邪 …… 825
读《欢喜冤家》第三回 …… 825
读《欢喜冤家》第四回 …… 825
读《欢喜冤家》第五回 …… 825
读《欢喜冤家》第六回 …… 825
工作变动有感 …… 826
读《欢喜冤家》第七回 …… 826
读《欢喜冤家》第十二回 …… 826
读《欢喜冤家》第十五回 …… 827
读《欢喜冤家》第十八回 …… 827
读《欢喜冤家》第十九回 …… 827
读《欢喜冤家》第二十回 …… 827
读《欢喜冤家》第二十一回 …… 828
读《欢喜冤家》第二十二回 …… 828
读《合影楼》 …… 828
读《夺锦楼》 …… 828
读《三与楼》 …… 829
读《夏宜楼》 …… 829

读《归正楼》 …… 829
读《萃雅楼》 …… 830
读《拂云楼》 …… 830
读《十卺楼》 …… 830
读《鹤归楼》 …… 830
欢送会感触 …… 831
读《奉先楼》 …… 831
读《生我楼》 …… 831
读《闻过楼》 …… 831
读《美男子避惑反生疑》 …… 832
读《人宿妓穷鬼诉嫖冤》 …… 832
读《改八字苦尽甘来》 …… 832
读《男孟母教合三迁》 …… 832
读《失千金福因祸至》 …… 833
读《女陈平计生七出》 …… 833
读《鬼输钱活人还赌债》 …… 833
病后反思 …… 833
读《变女为儿菩萨巧》 …… 834
读《妻妾抱琵琶梅香守节》 …… 834
人生转折有感 …… 834
读《连城璧》子集 …… 835
读《连城璧》寅集 …… 835
读《毕将军马》 …… 835
读《珍珠船》卷六 …… 835
读《连城璧》午集 …… 836

读《连城璧》申集 …… 836
读《连城璧》亥集 …… 836
读《连城璧》外编卷三 …… 836
读《二刻拍案惊奇》卷三十一 …… 837
观马蹄寺 …… 837
祁连山下度假村 …… 837
读《拍案惊奇》卷三十二 …… 837
读《拍案惊奇》卷三十一 …… 838
购得《活地狱》 …… 838
读《拍案惊奇》卷二十三 …… 838
读《三孝廉让产立高名》 …… 838
读《陈从善梅岭失浑家》 …… 839
读《拍案惊奇》卷二十四 …… 839
读《大树坡义虎送亲》 …… 839
读《醒世奇言》第三回 …… 839
夜行泉州道 …… 839
泉城不虚行 …… 840
灵山、万安行 …… 840
读《皂角林大王假形》 …… 840
读《续黄粱》 …… 840
读《莲花公主》 …… 841
读《柳毅传》 …… 841
读《拍案惊奇》卷十九 …… 841
读《堪舆》 …… 841
赞申凤梅演出 …… 841

看秦腔折子戏 …… 842
读《李娃传》 …… 842
读《莺莺传》 …… 842
读《元无有》 …… 842
读《杜子春三入长安》 …… 843
读《李谪仙醉草吓蛮书》 …… 843
读《李生借亲戚》 …… 843
读《李汧公穷邸遇侠客》 …… 843
读《赚兰亭记》 …… 843
读《金明池吴清逢爱爱》 …… 844
读《灌园叟晚逢仙女》 …… 844
读《苏知县罗衫再合》 …… 844
读《碾玉观音》 …… 844
读《闹樊楼多情周胜仙》 …… 845
读《贾人妻》 …… 845
读《张道陵》 …… 845
读《唐俭》 …… 845
读《裴航》 …… 845
读《独孤穆》 …… 846
读《萧旷》 …… 846
读《周秦行纪》 …… 846
读《越娘记》 …… 846
读《杨思温燕山逢故人》 …… 846
读《公孙九娘》 …… 847
读《画琵琶》 …… 847

读《京都儒士》 …… 847
读《霍小玉传》 …… 847
读《卢虔》 …… 847
读《题红怨》 …… 848
读《步飞烟》 …… 848
读《鹦鹉告事》 …… 848
读《唐解元一笑姻缘》 …… 848
送别刘毅民部长 …… 848
读《罗刹海市》 …… 849
读《流红记》 …… 849
读《谭意歌传》 …… 849
读《王幼玉记》 …… 849
某公行踪记 …… 849
读《西蜀异遇》 …… 850
读《王魁传》 …… 850
读《苏小卿》 …… 850
读《卢梦仙江上寻妻》 …… 850
读《梅妃传》 …… 850
读《王八郎》 …… 851
读《兰溪狱》 …… 851
读《单符郎全州佳偶》 …… 851
读《两县令竞义婚孤女》 …… 851
读《拍案惊奇》卷十一 …… 852
读《拍案惊奇》卷十六 …… 852
读《二刻拍案惊奇》卷六 …… 852

读《二刻拍案惊奇》卷八 …… 852
读《二刻拍案惊奇》卷二 …… 853
读《二刻拍案惊奇》卷三十九 …… 853
读《张定叟失出》 …… 853
叹世风 …… 853
读《二刻拍案惊奇》卷十 …… 853
读《二刻拍案惊奇》卷十二 …… 854
读《拍案惊奇》卷三 …… 854
读《陈御史巧勘金钗钿》 …… 854
读《王娇》 …… 854

读《秦士录》 …… 855
读《王晃传》 …… 855
读《书博鸡者事》 …… 855
读《绿衣人传》 …… 855
读《古杭红梅记》 …… 855
读《长安夜行录》 …… 856
读《琼奴传》 …… 856
读《拍案惊奇》卷九 …… 856
读《拍案惊奇》卷二十七 …… 856
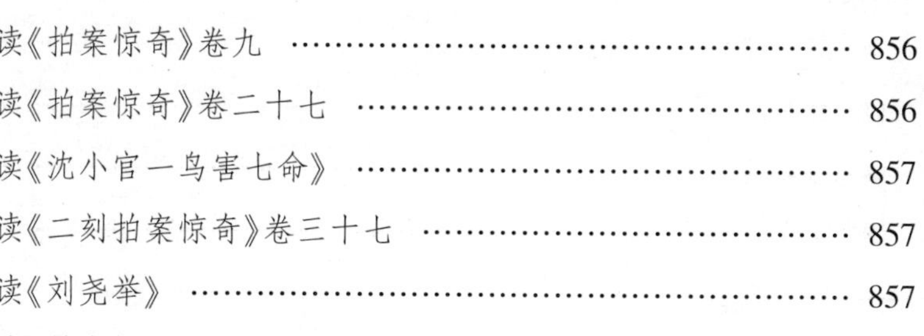
读《沈小官一鸟害七命》 …… 857
读《二刻拍案惊奇》卷三十七 …… 857
读《刘尧举》 …… 857
读《拍案惊奇》卷一 …… 857
读《点选绣女》 …… 857
读《拍案惊奇》卷十 …… 858

读《桂员外途穷忏悔》 …… 858
读《杜十娘怒沉百宝箱》 …… 858
读《珠衫》 …… 858
读《沈小霞相会出师表》 …… 858
读《玉堂春落难逢夫》 …… 859
读《小青传》 …… 859
知葆德来厅工作有感 …… 859
读《赵太祖千里送京娘》 …… 859
读《秦淮健儿传》 …… 860
读《汪十四传》 …… 860
读《雷州盗记》 …… 860
读《再来诗谶记》 …… 860
读《圆圆传》 …… 860
读《劳山道士》 …… 861
读《青凤》 …… 861
读《画皮》 …… 861
读《促织》 …… 861
读《席方平》 …… 861
读《胭脂》 …… 862
读《仇大娘》 …… 862
读《黄英》 …… 862
读《河东君》 …… 862
读《昧娘》 …… 862
读《程公引》 …… 863
读《陆五汉硬留合色鞋》 …… 863

读《张孝基陈留认舅》 …… 863
读《唐打猎》 …… 863
读《讲学者》 …… 863
读《乡民妻》 …… 864
读《柳青》 …… 864
读《米芗老》 …… 864
读《嵩桬篙》 …… 864
赴烟台途中 …… 864
海城夜景 …… 865
重登蓬莱阁 …… 865
参会有感 …… 865
曲艺界聚会 …… 865
听宋转转音乐会 …… 866
庆香港回归 …… 866
读《金玉奴棒打薄情郎》 …… 866
读《买臣记》 …… 866
喜得韩国藏书 …… 867
表彰会所见 …… 867
读《错斩崔宁》 …… 867
读《十五贯戏言成巧祸》 …… 867
观主席台有感 …… 868
淘得《艳异编》留言 …… 868
《一得录》书赠大哥 …… 868
《一得录》赠书寄语 …… 868
恭贺山西省歌舞剧院建院五十周年 …… 868

读《徐老仆义愤成家》 …… 869
常熟看锡剧 …… 869
看川剧《易胆大》 …… 869
笔耕求乐 …… 869
为张君感叹 …… 870
读书自责 …… 870
读剧作《罗贯中》有感 …… 870
某公信谤言 …… 870
《鉴赏录》赠书寄语 …… 871
网络奇观 …… 871
国庆有感 …… 871
摸钱囊 …… 871
叹人生 …… 872
续弦夜思 …… 872
健康谣 …… 872
回阳感慨 …… 873
说微信 …… 873
观同事金斗旅游照有感 …… 873
回阳纪事 …… 873
观同事汉良农家照有感 …… 874
复同事吴敏关怀 …… 874
向家庭网发送锻炼照留言 …… 874
生日感言 …… 874
老伴诞辰咏竹 …… 875
辨识阎氏书作有感 …… 875

高中同学聚会感怀 …… 875
议豪门逆子 …… 875
兰花盛开感触 …… 876
建党百年赞 …… 876

后记 …… 877

我的人之初

我原籍在离县城不远东南面的上淇汭村，民国年间，祖父因家人生活艰难所迫，带着年仅8岁的父亲，来到县城西南距原籍50多华里的董封镇，开设蒸食铺谋生度日。祖父过早地离世，让16岁的父亲承担起养活8口之家的重任，等与母亲结婚后，便定居于董封镇。日寇入侵阳城，不断骚扰董封，父母亲已无法在此镇上安稳地经商，只得带领全家颠沛流离、四处逃难躲兵，我便诞生在逃难寄居地、偏僻的小村庄次营西河的蔺家院内。那是1945年的农历六月三十日(公历8月7日)，此前母亲已养育了四个儿女，竟然有两个自小便夭折了；奶奶为了李家后继有人，强行让母亲从外村领养了个小男孩，我的出生，就当时李家男孩来说，排行为第三。听母亲说，在生我的前夕，奶奶做了个梦：一位白胡老者提着一尾活鱼来家，随手将鱼放入水缸，鱼翻腾溅起的水花，泛起金黄色的光泽，寓其吉祥之意，便给我起名叫金海。这与大哥得胜、二哥章胜的名字迥然有别，随后四弟和五弟的到来，便随着我名字中的“金”字，叫了金虎与金龙。

日寇投降、阳城解放后，我一家又回到董封镇居住，土改时被确定为贫农，分得了土地和房屋。由于父亲的忠厚诚信，政府邮政部门委托他代办邮政，粮食部门委托他加工面粉，自家还开着蒸食铺与杂货店，全家过着半农半商的生活。儿时的我，居留在明清以来号称“阳城四大古镇”之一的村间，徜徉于商铺林立的集镇街道，进出于人往熙攘的自家门面。一次偶然的机会，为了不成为大人外出

的累赘，父母将不到上学年龄7虚岁的我，寄托到学校，谁知就这样，我径自迈入了小学的门槛。我自小不苟言笑，也不贪玩，全部心思都在学习上。唯一的喜好，便是读书，听大人给讲故事。当时家中开着磨坊，即使替大人看一会儿磨，我脚踩着大箩筛面，手中也不忘要拿本书看。父亲见家中有人求学上进，非常高兴，请镇小学校长燕树林到家，为五个男孩起大名。名字第一个字都冠以“德”字，第二个字，出于发家致富的理想，五人连用了“财富兴盛隆”5个字，我排行为三，大名即为李德兴。但终我们兄弟的一生，除大哥的“李德财”始终使用外，我和其他兄弟，一直沿用的是大人们最初给起的名字。在小学的4年中，我由于学习认真扎实，每学期的学习成绩，在班级学生中，几乎全是数一数二的。曾被选为学习模范，受到过物质奖励。初小毕业时，5门功课，学业成绩平均86.9分，并以优异的成绩考入了高级小学。

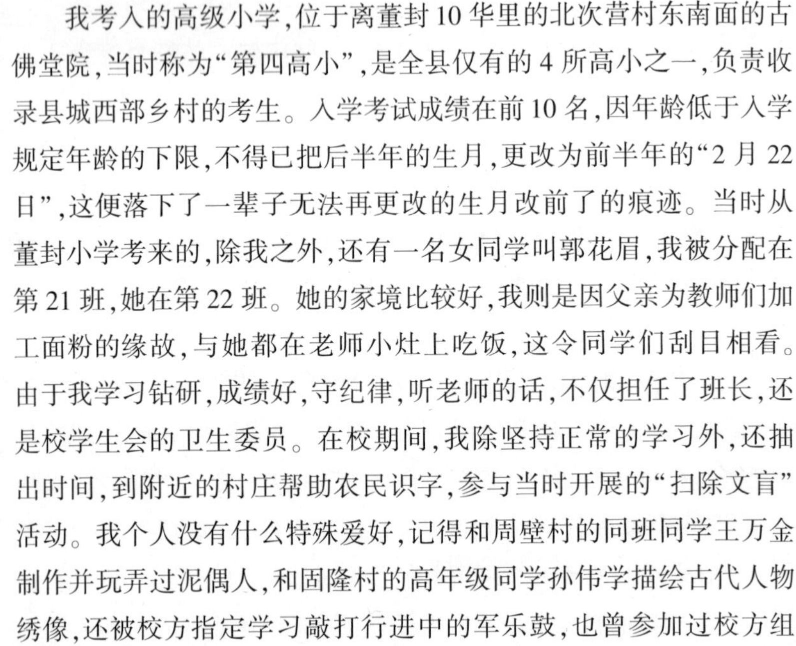

我考入的高级小学，位于离董封10华里的北次营村东南面的古佛堂院，当时称为“第四高小”，是全县仅有的4所高小之一，负责收录县城西部乡村的考生。入学考试成绩在前10名，因年龄低于入学规定年龄的下限，不得已把后半年的生月，更改为前半年的“2月22日”，这便落下了一辈子无法再更改的生月改前了的痕迹。当时从董封小学考来的，除我之外，还有一名女同学叫郭花眉，我被分配在第21班，她在第22班。她的家境比较好，我则是因父亲为教师们加工面粉的缘故，与她都在老师小灶上吃饭，这令同学们刮目相看。由于我学习钻研，成绩好，守纪律，听老师的话，不仅担任了班长，还是校学生会的卫生委员。在校期间，我除坚持正常的学习外，还抽出时间，到附近的村庄帮助农民识字，参与当时开展的“扫除文盲”活动。我个人没有什么特殊爱好，记得和周壁村的同班同学王万金制作并玩弄过泥偶人，和固隆村的高年级同学孙伟学描绘古代人物绣像，还被校方指定学习敲打行进中的军乐鼓，也曾参加过校方组织的、到距学校约30多华里的阳城县境内八大景观之一——上河古“仙人洞”(实为钟乳石溶洞)的春游观览活动。高小毕业时,9门功课,学业成绩平均83分,操行记分87分。

两年的高小学习很快便过去了,1957年的夏秋之交,我参加了县里统一组织、在县一中开福寺举行的升学考试,结果有幸被录取;却受居住地域限制,被分配到主要收录县内西南乡考生的阳城三中上学。当时全县初级中学仅3所,三中地处河北乡的下交村,校舍设在始建于北宋哲宗元祐元年(1086)的古汤帝庙中。父亲见我考上了初中,内心喜悦却不露言表,他赶着骡子,驮着当年他挑担卖货的箱子,亲自送我到距家40多华里的学校上学。此时,学校还处于初创阶段,我被分配到第5班。课程设置的增加,知识面的拓宽,老师们深入浅出的讲授,激发了我的求知欲望及学习积极性,一切都让我感到很新鲜、很惬意,但接踵而来的社会及家庭的一些变故,却让我经历了人生历程中的第一个多事之秋。

首先是校园里开展了“反右派斗争”,一些诲人不倦的师长竟遭人身污辱、批判,这让我们这些不谙世事的孩子们难以理解,不好接受。接下来,1958年的“大跃进”,学校办起了“速成”的2年制班,随着全民“大炼钢铁”的运动,学生们也不例外,我们停课,集体到县东南的东冶镇去,昼夜兼程运料、炼铁“放卫星”;加上学校初建,汤帝庙外的一排排新教室、宿舍的建设,有相当一部分建筑材料,就是靠勤工俭学,让学生们到三窑、桑林等地搬运回来的。这固然可以加强劳动锻炼,培养艰苦朴素作风,节省办学经费开支,但却延误了授课时日,影响了正常教学计划的实施。让我感到意外的是,在“大炼钢铁”过程中,不知什么原因,学校将我从运送料石的人员中,抽去办“火线校刊”;不仅编稿、写报道,还要用钢板、油印机去刻印校刊,这些都是我第一次接触,我大胆尝试着干了,为以后大量刻印学习资料打下了基础。由于我工作积极,能吃苦实干,还获得了二等

物质奖励。在报道师生们战斗在炼铁的第一线时，我也写了首咏叹炼铁现场“马头神”的歪诗，全文内容已记不清了，记得印象最深的两句是：“昔日的马头神是一片寂静，今日的马头神，回荡起劳动的歌声。”

就在社会与学校世事纷繁的时刻，我的家中也出现了情况。承担养家糊口重任的父亲，因长年劳累，于1958年冬不幸患病，卧床不起；在他弥留之际，我和大哥请假侍候，守护在父亲身旁，陪他度过了最后的时刻。父亲1959年农历二月七日病故，处理完父亲的身后事，我才到学校上学。此时已耽误了近2个月的课程，主管老师找我谈话，要么留级，要么补考，我选择了后者。就这样，在坚持上完每天新课的基础上，每晚下了自习后，夜深人静，我一个人点着小煤油灯，补习落下的功课。不懂的地方，再分别去请教代课老师。全部补习完后，经考试合格，又允许我继续跟班学习。此后的岁月，熟悉这段历史的人知道，国内遇到了“天灾人祸”，粮食歉收，出现了大饥荒，有关部门削减了我们的口粮供应。为吃饱肚子，不耽搁学业，在坚持上好主要课程的前提下，学校安排一定时间，发动学生，四处挖野菜，寻找代食品，晾晒小球藻，以补充口粮的不足。在最困难的时候，只得停课，一天带半斤粮放假回家休养，无形间也影响了正常的学习。

在世事家事遭逢多灾多难的背景下，我迎来了1960年夏秋之交的初中毕业、报考高中的关键时刻。综观三年来的初中学业，尽管受到了一些干扰和影响，但我各门功课的成绩还是均衡的，学期考试基本都在85分以上。此外，还注意了日常各科知识的积累，我手头还保存有一本从1959年6月起、自命名为“知识宫”的笔记，工整地记满了各科的综合知识及课外阅读的相关知识内容，包括不少文学常识与优美词语。我在学习中，尤对语文、历史课感兴趣，又喜欢阅读课外文艺和记述革命英雄人物故事的书籍，长篇小说《林海雪原》及古典小说《西游记》，便是在学校附近的书店购买阅读的，还出席过学校组织的"读红书积极分子"座谈会。读书学习不仅增加了我的知识面，还提高了写作水平，作文成绩常为4分或5分，当时还和原随仁同学合编了五场歌剧《她变了》；同时，也影响和促进了自己的上进心。珍藏至今的1960年2月10日购于三中的一本1959年11月商务印书馆出版的《汉语成语小词典》，其封里的前后页，当时购入后，即用毛笔工整书写了一些励志语言，前页写有："政治挂帅，努力学习，参加劳动，积极工作；练好身体，学好知识，建设祖国，保卫祖国。"后页自拟："学习如逆水行舟，不进则退""丰富积累词汇，是写好文章的重要因素之一"，抄录鲁迅的语录："我倘能生存，我就要学习。"抄录董必武同志的诗："逆水行舟用力撑，一篙松劲退千寻。古曰此日足可惜，吾辈更应惜秒阴。"这些自拟及抄录的题词，虽带有明显的时代印记，就一个15岁的初中生来说，当时的所思所想及其追求，于此可见一斑。正是有这样的思想基础，在学校开展的"五好学生"活动中，我连续两年被学校及校团委评为"全面标兵"，先后荣获过三等及特等物质奖励。此外，我还牺牲了不少休息时间，给学校刻印语文、历史乡土教材，并与同学牛宏军、姬海江，一道为同学们刻印各科的复习资料，受到了学校领导与同学们的赞扬。初中毕业时，10门功课，学业成绩平均86.6分，操行记分为"甲"。经县教育局批准，免于我参加升学考试，以品学兼优保送到阳城一中高中部上学。我的初中学习生涯就此告一段落。

※追忆写成于2020年10月21日。

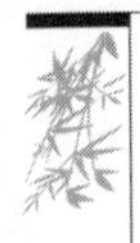

高中岁月追忆

我是1960年9月进入阳城一中高中五班学习的，此前曾在阳城河北中学完成了三年初中学业，因品学兼优被学校保送到阳城一中高中部上学。当时正值国家的困难时期，学校高中部又属初创阶段，校舍及食宿条件极为艰苦简陋。三年间，仅校舍就搬了三个地方，即开福寺西大院、上川新校和南关原师范校舍，我们也不断地参加了建校的义务劳动。伙食以喝玉米面糊糊、吃小米为主，辅以小球藻、代食品及野菜等，其他副食品根本谈不上。一次因为捡吃白菜根叶，竟发生了亚硝酸盐食物中毒事件。睡的条件更差，是按班集体就地铺草的大通铺，还有蚊蝇、臭虫的不断光顾。尽管如此，因为学校有一个重视教育的领导班子，有一支具有真才实学的教师队伍，有一个生动活泼的思想政治工作氛围，这就为同学们的刻苦学习、追求进步、健康成长，提供了一个良好的环境。

当时阳城一中的书记，先是张树仁，后为杨可箴，校长是崔范五。他们有的是资深的行政领导干部，有的则具有丰富的教学管理经验。特别是杨可箴，这位建国初曾任阳城县县长的老革命，六十年代初从省轻工厅属企业领导岗位返回阳城，甘愿到一中抓教育，造福家乡人民。在那强化阶级斗争的年代，几位学界前辈，同心协力，排除干扰，勇担风险，重教护才。他们想方设法调动广大教师教书育人的积极性，千方百计造就宽松和谐的教学环境。在他们的努力与多方协调下，一批错划为“右派”的教师摘了帽，一些家庭成分高、历史上有这样那样“问题”的教师，放下了思想包袱，学有专长、教学有方、原被限制使用的教师被大胆地启用到教学第一线；他们为教学业绩突出的教师申请增加指标调工资，为南方籍的教师申请增供大米;他们还教育学生尊重老师,引导担任班主任的工农干部与大学毕业的知识分子交朋友。这些人性化的工作方法和体贴入微的关怀措施,极大地感染了广大教师的心灵。在政治大环境和教学物质条件并不理想的情况下,教师们以校为家,安贫乐教,竞相展现自己的聪明才智,教学质量明显提高,教学成绩大为可观。1963年,学生高考成绩夺得全区第一,此后两年的高考成绩亦在全区名列前茅。

学校教学成绩的优异,除了领导的重视,教师队伍的作用至为关键。六十年代初,阳城一中确实聚集了一批有真才实学的教师。其中最为显著的特点是,大学本科毕业生多,优秀的外地籍教师多。他们之中不乏北京大学、北京师范大学、中国政法大学、复旦大学、南开大学、南京大学以及日本京都大学等著名高等学府的优秀毕业生,即使是山西本省高等院校的本科毕业生,其学业和教学绝大多数亦是各科的佼佼者。在那政治上极左的年代,这些学有所长的中青年教师,或因家庭历史因素,或因言论不合时宜,使他们离开了舒适的城市,甚至还不能返回自己的家乡,而被陆续积聚和沉淀到生活条件艰苦的山区县城。是人性化的校园环境,温暖和融化了他们曾被挫伤的心;是尊师重教的氛围,激发了他们教书育人的责任。于是各显其能,竞相献出自己的本领,让我们这批农村孩子们大受其益。仅就这一点,我们应当由衷地感谢这些老师们。试想,没有这批雄厚的师资力量作支撑,就不会有成批的阳城学子走出家门,走向全国。随着岁月的推移,他们中的大多数人已陆续调离返乡,即使留在阳城者也已退休离岗,有的甚至已经作古,但他们为阳城教育事业所作出的呕心沥血的奉献,将永远印在我们的心中!

与人性化工作方法相辅相成的,则是丰富而又活跃的思想政治工作,这是六十年代初阳城一中校园的一大特色。当时党团组织机

构健全，各班都建立有团支部，各学习小组均设立有团小组，班团活动经常坚持，每周都要召开班团例会。日常有擅长做思想工作的政治班主任无微不至的关怀教育，又有全校组织的定期上党、团课的制度。围绕读书学习，校领导适时进行专题讲座，进行励志教育、勤奋学习教育，既提倡刻苦学习，又介绍具体方法，还以年级组织学习经验交流会。围绕时事政治，不时地聘请县领导和英模人物，举办各类专题报告会。我就聆听过不少的国际国内形势报告、贯彻“调整、巩固、充实、提高”八字方针报告、农村经济政策报告、延安抗大三八作风报告、阳城党史报告、老红军英雄事迹报告、回乡知青先进事迹报告、发扬刘胡兰的革命精神报告等。就连吃饭的时间也要充分利用起来，小说《红岩》、纪实报告文学《王若飞在狱中》，就是在饭场由一人朗读，大家边吃边听，连续一段时间读完的。之后还要组织讨论，畅谈感想。此外，高中班的师生们还排演了话剧《槐树庄》。巡回公演后，社会反响强烈。这一系列内容丰富、形式活泼的教育与活动，为师生们营造了一个充实健康、积极向上的氛围。对于激励我们的学习热情，树立正确的人生观，追求政治上的进步，都起着极大的促进作用。

三年来，我在上述校园环境的耳濡目染下逐步成长起来，而且获益匪浅。首先是焕发了我追求上进的激情。在组织的培养教育下，我于入学的第二年，即 1961 年 1 月 21 日加入了共青团组织，并被选为班委会和团支部的宣传委员。这之后我更积极为同学们提供服务。1962 年 1 月，我又向党组织递交了入党申请书，很快被接纳为听党课的积极分子。由于日常学习工作表现突出，在 1962 年 5 月 4 日和 1963 年 1 月 20 日，先后被学校评为一等模范学生、五好青年，两次荣获物质奖励。其次，在学业上，我刻苦学习，均衡发展，高中阶段的 12 门功课、三个学年及毕业成绩的各科分数，平均达到 83.3 分。我还利用课余时间，阅读了大量的课外书籍，做了 8 万多字的读书学习笔记，其中尤以文学常识、作家作品简介、优美文句摘抄内容居多。此外，还做了6万余字的古文今译笔记。这不仅培养了我爱好读书、勤于动笔的习惯，也为以后工作打下了扎实的语文功底。在此后的高考中，我选择了文科，并顺利考入中共山西省委党校政治系。显然，这和高中阶段思想上追求进步、学习上刻苦钻研是有直接关系的。

在母校即将迎来60华诞，我的人生征途已进入耳顺之年的时刻，追忆我的高中岁月，往事历历在目。所述虽挂一漏万，却是我由衷的思念。感谢母校为我的人生历程铺垫了坚实的基础，祝愿母校的明天会越办越好，她将为伟大的祖国培养出更多更好的有用人才。

※为母校山西阳城一中60年校庆写成于2011年6月17日，2012年9月辑入学校编印的校友回忆录《月是校园明》。

平整操场记

春风拂面，艳阳斜照，堆满笆条、乱石、乱木、垃圾的高低不平的场地上，陆续聚集着人群。有的拿着锨镢平地，将高低凸凹的土堆圪垯推平；有的在搬运乱石，将存放已久的巨石整齐垒平；有的在卷笆、送椽、抬檩、扛板。总之，整个场地的人群都在忙忙碌碌，像蚁群一样为搞个漂亮而又宽敞的体育场而愉快地劳动着。

请听，平场地的人儿歌声嘹亮，平整如镜的体育场，在他们的脚下伸展、扩大、变样。“一、二”“嗨”，多么洪亮，真好似上了战场，欢乐的笑容呈现在每个人的脸上。整木材的行列里更是有趣、欢腾，两个人抬着木椽，向高高的椽堆上有节奏地抛去，好似炮轰金门击老蒋。只听得“咚咚”的声音及“哈哈”的笑声，整个场地陷入一种欢

乐气氛的大海洋。我加入到清理场地队伍的行列里，一会儿扛椽，一会儿抬梁，灰尘扬了满身，衣服挂破了许多小洞，眼睛有时被尘土遮蔽得看不清东西。但这一切，丝毫不能减弱我愉快劳动的锐气，相反，我越干越有劲，越抬越欢乐。

场地大体平整了，杂物也没有了，仅剩下不足一担的碎垃圾，不知谁将它点着了，顿时“广场”上出现了熊熊的火光，春风微微拂煦，火依着风势，更加燃得旺了。调皮的高金贵在火上跳来跳去，好似杂技团表演“过火门”一样，逗得劳动的人儿笑声畅扬。欢乐的气氛，在这块场地上更加浓烈了。这使我不自觉地联想起课文中的“火光！人群！人群！火光！到处是人群！到处是火光！……”

收工了，平整操场的人们，顺着欢乐的人群海洋流回了教室、宿舍。一张金黄平整的大地毯，经过半下午的课外活动，被这些能工巧匠织成了。傍晚的夕阳，放出了金黄色的余光，撒在勤劳的人儿身上。地毯的上空，回旋着愉快劳动歌声的余波，好像在欢送这群不知疲倦的人们。

※摘自1962年3月1日的日记，当时在阳城一中高二上学。

“三八”节追忆秋瑾

今天是“三八”国际妇女节，早饭后，女生们都集合着开会去了。我们在教室复习功课。从妇女翻身有了自己的节日，不由得联想到了秋瑾女士。1906年，她在日本留学，因带头反抗日本政府发布的侮辱我国留学生的“取缔规则”，愤然弃学回国。1907年，她来到绍兴，在和畅堂任大通学堂督办，秘密设立暗室，进行反清的革命活动。不慎风声传出，时值徐锡麟安庆起义失败，加之当地学阀劣绅的诬陷，绍兴知府贵福于1907年旧历六月初四将她抓捕，严刑审讯，

她拒不屈服，只写了“秋风秋雨愁煞人”七字。敌人恼羞成怒，于六月六日晨，在绍兴市中心轩亭口残酷地将其杀害。秋瑾烈士仅活了31岁，短暂的一生，慷慨悲壮之事甚多，她创办《中国女报》，写下许多激昂爱国的诗文。1904年她东渡黄海去日本留学，面对祖国惨遭蹂躏的海洋，她写道“领海无权悲索寞，磨刀有日快恩仇”；1906年她从日本回国时写道：“万里乘风去复来，只身东海挟春雷。忍看图画移颜色，肯使江山付劫灰。浊酒不销忧国泪，救时应仗出群才。拼将十万头颅血，须把乾坤力挽回。”透过这些诗文，这位巾帼英雄的忧国爱国情怀跃然纸上。今年是秋瑾烈士殉难的55周年，今日纪念“三八”妇女节，缅怀追思秋瑾烈士的生平事迹，别有一番深意，就是要学习她那种忧国爱国的情怀和大无畏的革命精神，坚定地树立爱国主义的思想，为革命、为祖国学好知识，为将来报效祖国打下良好的基础，方能对得起包括秋瑾女士在内的成千上万的先烈们。

※摘自1962年3月8日的日记。

读《人间魔窟》后

第四堂课自习，我被《人间魔窟》一书的真实记录所吸引，一口气读了下来。这是一部反映美蒋特务血腥暴行的实录和对美蒋特务血的控诉的著作。书中揭露了美蒋联合特务组织“中美合作所”的内幕，以及该所在重庆解放前夕，所进行的一场惨绝人寰的大屠杀的真相。本书的素材主要取自狱中脱险志士的口述、笔录以及烈士家属、好友等所提供的材料。从这本书里，读者可以清楚地看到，美帝国主义在“援华”的招牌下面，所干的血腥的勾当，它不但指挥蒋匪，而且亲自下手，屠杀那些优秀的中华儿女。从这本书里我们还可以看到，革命烈士怎样坚贞不屈地在狱中进行英勇斗争，个别

误入歧途的青年如宣灏等,也在斗争的烈火中受到锻炼,变得坚强;而凶残的屠夫、刽子手(如杨进兴)终于受到人民的严惩。书中英雄们不屈不挠的斗争,给我以生动鲜明的政治教育,增强了我爱憎分明的情感,使我更加坚定了无产阶级的立场。烈士们的事迹,促我进步,引我成长,成为我努力学习、追求上进的动力。我要牢记这笔血泪仇,擦干眼泪,奋勇向前,学好知识,报效祖国,以优异的成绩告慰英灵。

※摘自 1962 年 4 月 14 日的日记。

放假回家的路上

今天放农忙假,正好弟弟金虎也在城里,我俩到医院看望了一下住院的大哥后,便相跟着上了路。烈日直射,天热得简直不透一丝儿风,加上坡路又多,我们走得汗流浃背,气喘吁吁。此刻,我真不想回家了,简直就想睡到路旁。好容易走到了佛腰岭,一歇就歇了一个多钟头,看看日显偏西,只得继续往前走。边走边看路两旁,见群山变绿,大地回春,桃叶青青,桃蕾初放,圪针叶也刚露出了头。再看片片土地,平整如镜,捻起一撮土,细柔、绵软、光滑,散发出一股土香味。一片一片的麦苗似绿毯随风荡漾,点缀得这山坡甚为雅观。近村的路旁,更是可观,东一伙、西一簇的人儿,正抡动着镢头在大搞土地基本建设。遥望那远处的土地光亮一片,无杂草野根丛生,光秃秃的;再看那担水浇种、点种的人群,从离地一里之遥的地方疾驰担水,尽管个个汗流满面,衣衫湿透,但却有着一副微笑的面孔,表现出公社社员们的情绪和心境。他们在与大自然作斗争中,信心十足而饱满,精神始终是愉快的。正走间,又看到东边垒塄的勇士们,只见他们甩开膀子,端起那方圆不等的顽石,从这个勇士之手传到另一个勇士之手;有的索性将衣服全部脱光,露出黑红透亮的皮肤,顶着烈日垒地塄;一排排整齐的地塄在他们的手下不断地延展、伸长,这些能工巧匠们为土地垒起了平整的护墙,为来年的丰收不知疲倦地苦干着。眼前的这些情景,使我入迷,使我敬仰,我深深感到,确实应向这些劳动者学习,是他们在农业战线上创造了奇迹,才保证了我们的衣食口粮。想到这些,浑身的疲乏劲也顿时消失,不知不觉已走进了我的村庄。

※摘自1962年4月29日的日记。

一场盼望许久的雨

入夏以来,久旱无雨,不仅下种的庄稼缺苗断垄,就连正在生长的小麦也被晒得干枯发黄。学校张书记已传达了县委的抗旱报告,分配我们班明天去水村参加抗旱。今日为周末,晚饭后,我正在教室订制笔记本,突然室外狂风四起,乌云满天,我连忙跑出教室,只见星星点点的路灯,被风吹得如同坟地里一闪一闪的“明火”。当我走回教室后,教室的一些窗户被吹破了,狂风呼呼地吹进来,送来了满桌的尘土。忽然,教室外传来惊喜之声:“雨滴,一、二、三……”随之则雷声四起,狂风更猛,紧跟着大雨倾盆降临。电光闪闪,雷声越来越大,同学们忙成一团,顶门的、闭窗的、挂帘的,都在防避那风雨向教室、宿舍的侵袭。望见突来的雨势,激动得于锁瑞同学放声高歌,他信口开河地咏唱起诗文。雨越来越大,教室门前都汇聚了条条的水道和不少的水汪,教室里、宿舍中传来了笑声和欢腾声。雨像是在听人们的欢乐一般,更加不停地下起来。只有当电光闪起,才能看见室外满地都是水。这怎能不令人兴奋啊!我们正准备明天全部出动去抗旱,老天就乖乖地下起了雨,这一晚有多么大的收

获呀！人定胜天，这几天全县的抗旱行动，将老天抗得低了头，能不令人欣喜吗？也许是憋得太久了，天像久闭闸门的水库泄洪一般，哗、哗、哗地下了个不停，有的房子已进了水，这些都无所谓，但愿天能再多下点。晚间去看电影的同学，一个个像“落汤鸡”一样冒雨而归，但满脸却是喜笑颜开，不用说，这些从农村出来的每一个人，都能体会到这雨是多么的珍贵啊！即使淋湿了自个的衣服，又怎能不欢喜呢？我高兴得也久久不能入睡，并不是说明天可能不去劳动了，而是人们的抗旱行动，使顽皮的老天终于低了头，给久旱的大地降了“油”，此刻，农民伯伯们该是何等的喜悦呢！出土久旱的庄稼苗儿，正沐浴在这一场盼望许久的雨中，在痛痛快快地洗涤、除尘。下吧，尽情地下吧，我宁愿整夜不眠地看着老天下一场透雨，也希望有旱灾的地方都能如此。

※摘自1962年5月26日的日记。

上物理课所想到的

第一节课是物理，本来平时的上课并不引人入胜，当然这和老师如何讲、学生注意不注意听都有关，可今天早上并非如此。孔老师讲的是关于火箭、卫星等一系列的天体运行发展及其简单的构造、用途等内容，整个教室安静得很，简直连掉下一根针也可听到，都在全神贯注地听讲。讲到苏联人造卫星上天，个个喜笑颜开；说到火箭始创于我国，同学们也无不为我们祖先所首创而自豪。虽然我们今天科学技术水平还不高，不可能达到如同苏联载人上天的壮举，但相信不久的将来，这一理想在我们的国家将会变成现实。到那时，我们中国人一定也会到太空去做客，会有这一天的！

※摘自1962年6月6日的日记。

惊人的防洪抗险

今年的天气实在是反常，整个春夏，久旱无雨，入秋以来，雨水却不断。由于山洪的暴涨，董封水库的险情十分严峻。我们村是紧临水库下端的第一个大村，一旦有灾，首当其冲。7 月 27 日放秋假，我冒着小雨回村后，村里显得格外紧张。不少人家已临时搬到外村暂住，能搬挪的贵重财物，也陆续搬走，有些户甚至把门窗也拆卸下来，偌大的集镇之地，往日的喧闹声听不见了。听说，水库的蓄水若上升到 19 管时，就有垮坝的危险。此时，水库下游沿南大河的各村庄，都在各自村的制高点，设有防洪抗险的岗哨，搭棚里昼夜有人值班。我村就在村后的上坡顶设有哨位，一旦有了汛情，鸣锣为号，沿村传递，直至紧邻县城的安阳村。据说如果垮坝后，水势汹涌，10 分钟即到达董封，水深至 27 米，田地村落会尽数淹没；到周壁村时，降为 17 米；到了坪头时，落为 9 米；两个钟头后可到安阳，水位仍还有 7 米，真是水火无情，十分惊人。其间，从 8 月 13 日起，我曾随大人回县城老家淇汭、尹庄去上坟烧纸和探亲，中间还连续下了几天雨，直至 19 日才回到村里。好在老天有眼，村民有幸，随着天气的逐渐转好，骇人听闻的汛情，也自然减缓了下来，在别村躲避的村民也陆续返回来。看看渐无险情，队里又组织社员们，到地里去扶起被雨水冲倒的玉米与谷子，紧跟着又担粪追肥，我也参加到这抗灾自救的行列里，一场有惊无险的洪灾就这样过去了。

※摘自 1962 年 8 月 31 日的日记。

读“雷锋生平”有感

雷锋同志是泡在苦水里长大的，日本帝国主义活埋了他的爸爸，地主害死了他的妈妈，全家人死的就剩他一个人，他一时一刻也没有忘记这刻骨的阶级仇恨。正由于他对旧社会恨得深，才使得他对新社会能爱得深，他对人民，对今天的社会主义祖国，有着极其深厚的感情。他省吃俭用，舍不得花一分钱，却慷慨地把200元钱捐献给人民公社和灾区；他可以毫不犹豫地掏出钱来为不相识的大嫂买车票；还能够抱着病去参加义务劳动。这一切，正实践了他说过的一句话：“我活着就是为了别人的幸福。”

每当我读到他的这些事迹，不禁油然而生敬意。一个人如何写好自己的历史，雷锋同志为我们做出了榜样，他促我前进，催我自省。想想自己的人生经历，既没有战争烽火的考验，又没有艰苦岁月的磨炼，要体味战火的硝烟味和挨打受饥的味儿，还得到博物馆与图书馆中去找寻。很明显，在无产阶级立场的坚定性和鲜明的爱憎观上，与雷锋同志就有很大的差距。要减少这个差距，就应自觉地加强自我思想改造，严格要求自己，从身边的小事做起，努力做一个“毫不利己、专门利人”的人，向着雷锋同志的最高境界迈进。如能这样坚持不懈地做下去，人生的经历才有意义。

※写于1963年4月5日，是当年的高考前。

一场不合时宜的雨

雨，来之适时，降之适度，人皆欢喜；过多、过少、误时、成灾，则引人厌恶、担忧。俗话说："春雨贵似油。"那是因为雨的降临，能满足春耕播种、土壤保墒、小麦返青之急需，因而就盼望着春天里最好能下场透雨，来滋润这黑黝黝的田地，浇灌这绿油油的麦苗，涤荡这明媚的春色和桃李争艳的美景，为未来的丰收及宜人的大自然奠定下个基础。

春雨如此，夏雨亦然。不妙的是，自立夏以来，没完没了地下了好几场雨，弄得地湿得不能撒籽，草多得不能锄地，更不用说道路泥泞，外出做事的受阻，人们有着"涝"的忧虑，谁知道这雨能下到何时？你瞧，往日狭窄的小河床，如今河水溢出两旁的田地；河水暴涨，淹没了搭好的桥梁，使两岸的人们不能正常出行。去年，紧邻我村修建的"董封水库"曾出现过垮坝洪泛的危险，今夏的情况不知如何，实在令人担忧！

原计划本月 23 日要到晋城进行高考体检，一场不合时宜的雨下个不停，结果未能成行。这几天，整个宇宙间被一张庞大而阴森的脸儿覆盖，有谁不为这高考前时间的紧张而忧烦呢！想想高考将临，至今高三的学业还未毕业，剩下来分科复习的时间会更短，今年的高考成绩怎么样，更是不堪设想……

※写于 1963 年 5 月 24 日。

高 考 志 愿

闷在心里的话儿，不可不讲，然而又得在适当的场合之下才可讲出。对于升学志愿来说，梦寐以久的便是文科，但在原子时代之中国的今天，好似报此科志愿低人一等，更不用说自谓“清高”的庸人们，将它称作“闻屎”！作为内心的爱“她”，反被这恶语中伤，真可谓有伤自尊。然而谈到文科，我并非有什么精益的专长，自踏入求学道路以来，对“她”便是情之所钟，至于其他学科，又何尝敢偏废？刻下“千锤打锣，一锤定音”，我终于毅然选择了“她”。是的，我也感到爱“她”，不如爱理工对原子时代的中国有更大的贡献，然而事已至此，进退两难，况且自己的心已聚神于此，平素对理工“感情”不太好，熟练情深的程度，虽非不可一提，也不是令人满意的。而就文科来说，也自知难搞、艰深，不易进取，但出于本人的爱好，也就难阻此心了。这真是“明知山有虎，偏向虎山行”。我想，青年时期是一生的黄金时代，应有自信心，刻下就应发愤图强，不畏艰辛，来个迎难而上、“去争取胜利”的尝试，何哉？

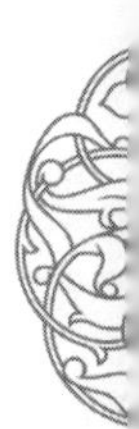

但话又说回来，文科有文科的作用，国家招考设有文科，自然是祖国建设的需要。我应招而来，尽力所为，亦就足矣！这固然有一定的自我安慰，但却是事实。高考将临，最好是不考虑这些为好，来个积极准备、一鼓作气应试吧！

※写于 1963 年 6 月 18 日。

大学生活的第一天

大学生活开始了，经过数十天的努力与奋斗，终于实现了我的愿望，我被录取到山西省委党校学习。校舍及设备使人感到舒适、清爽、理想，从今以后，我决心去掉“三天打鱼，两天晒网”的坏习气，持之以恒地完成大学的学业，过好久久盼望的大学生活。

在这里，是来自山南海北的同学，聚集了山西省各个地方的人才，尽管语言不通、衣着各异，但都有一个心愿，“好好学习，天天向上”。在这欢乐的气氛中，我脑海中却有回荡不已、挥之不去的包袱。其一是，支部内大都是团员，而且在原学校中又都是出类拔萃的优秀团员，自个要想求得进步，就有待于下一番苦功，争取及早解决自己的组织问题。其二是家庭经济的困难，助学金还没有评定，我是否可以念完大学，还值得考虑。这两个问题不及时解决，我的心是不好安的。

爱书、买书的欲望常怂恿着我自己，今天又买了《孟子译注》，花了 2.2 元，走出书店后，就有点儿后悔。以后在买书上要尽量克制自己，要知道当前个人的经济危机是迫在眉睫的。

赵亮书记晚饭后，专门讲了人们惦念的加入党组织的问题，要求人们要树立正确的人生观，要好好学习，这样，大家的目的是都能够达到的。我相信他的话，并会为此而去努力！

※摘自 1963 年 9 月 1 日的日记，当时在省委党校政治系学习。

在省委党校上的第一天课

今天开始进行正规的学习，主要是阅读文件，任务是利用一天时间，将《关于国际共产主义运动总路线的建议》初看一遍。我先将苏共中央 1963 年 3 月 30 日给中共中央的信看了一遍，感到文章写得空洞无物，废话连篇，并发出了许多荒谬的言论，他们的文章东拉西扯，乱谈一气，到头来恐怕连他们自己也不知道讲了些什么。

我们的文章针锋相对地给以有力的批驳和揭穿，一条一条讲得非常明朗，而且确凿有力。整个文章有论据、有论证、有说服力，反驳得那些自称为“马列主义”的人们理屈词穷、体无完肤。

今天是大学自学生活的开端，一下子还不太习惯，看着看着就有些迷糊。也可能是昨晚看电影没休息好，但我想这主要决定于主观，是思想不集中之故吧！

晚间，我第一次走进报刊阅览室，听说七点半有会，我就走马观花地看了几页画报。今后，我一定挤一点时间，来这里丰富一下自己的生活。

七点半，会议开始了，是校组织处张处长讲红专要求，谈到一部分人思想紊乱，要求趁早退学的事，并宣布了几项制度。其间，尤为重要的是，提出了“思想意识健康”“生活艰苦朴素”“不特殊”等要求，这应成为我的座右铭，一生须加劲努力去达到的标尺。我应牢牢记住，永不忘掉！

※摘自 1963 年 9 月 3 日的日记。

第一次领到了人民助学金

今天领到了九月份的13元人民助学金，这是入学以来的第一次，怎能不使我从内心里感激呢，我不知道该如何来讲党组织对我的深切关怀啊！说实话，不是党的关照，我一个贫困的农家子弟，连初中也念不下来，更不用说是上大学了！今天接到了这笔无偿的助学金，它分量沉重。透过它，我仿佛看到了那千万双勤劳的手、那千万张汗流满面的笑容，好像听到了他们异口同声的期望。是的，我不能白花这笔钱，一定要拿优异的学业成绩，向党和人民做出丰硕的回报。

※摘自1963年9月24日的日记。

学习《纪念白求恩》后

学了毛泽东主席的这篇文章后，联系自己的实际，有如下两点感受：其一是，白求恩同志那种毫不利己、专门利人的精神深深地打动了我的心。一个外国人，不远万里，来到中国，为中国人民的抗日战争，不仅竭尽全力献出了自己的医务技术，而且献出了自己宝贵的生命。联想自己，凡事不能放眼全局，灵魂深处"我"的观念尤深，有时因家庭困难、无力上学等琐事，将自己陷于个人主义的圈子里拔不出来，往往因此而影响了完成党交给自己的学习任务。以白求恩大夫的精神对照自己，相形见绌，急需改进。

其二是，白求恩同志那种钻研业务的精益求精的精神也深刻地教育了我。一个医生，对待本行业务是那样的刻苦钻研，精益求精，他不以自己的技术高明而骄傲荒业，更不因有人鄙视技术工作而见

异思迁，而唯一的只是兢兢业业地为人类的解放事业而献出自己的毕生精力。可是我呢？不仅谈不到对党、对人民作出一点什么贡献，而且连党交给自己的学习任务也做得很差很差。目前，学习对于我们来说是天职，本应像白大夫对待医术那样去对待，然而自己却是另一番态度：借口钻不进，敷衍了事；上课听一听，万事大吉；问题提不出，貌似懂了；实际来考核，一塌糊涂。这些现象，尽管已有所扭转，但与白大夫相比，仍有天壤之别。

刻下大家正在学雷锋、学毛选，我有决心在这次学习活动中，抛弃以往之恶习，以白求恩大夫为榜样，拿思想上的不断进步和学业成绩的显著提高，作为自己学习本文的一点实际收获。但愿如此。

※写于1963年11月24日。

考试以后如何办

期中测验业已结束，刻下摆在我们面前的有两种态度，是万事大吉、休息休息呢？还是总结经验、乘胜前进？我觉得正确的态度应是后者。

对于今次取得好成绩的同志，绝不能骄傲自满，停滞不前，而应是百尺竿头，更进一步。老子曾说过“福兮祸所伏”，说明好事里边还包含有不好的因素，若以现状为满足，骄傲起来，势必会退步的。

对于今天取得的成绩不太好的同志，绝不能自卑气馁、丧失信心。雷锋同志曾告诉我们：“失败孕育着成功。”只有虚心地认真总结一下前段的学习，找出差距，取他人之长，补自己的不足，鼓劲赶上，方能获胜；不然的话，还会有更坏的结果。

至于处于中间状态的同志，绝不能甘居中游。古人云：“学如逆水行舟，不进则退。”这说明，中间状态也是暂时的，若不努力向前靠,很可能连目前的状态也保持不住。

俗话说得好,“不为考试而学习,要为学习而考试”。目前,学习是党交给我们的政治任务,作为一个党的忠实儿女,最起码的应该是胜不骄、败不馁。要知道,我们每个人无知的部分还大得多,要真正能够担当起党交给的工作,还需从扎实地攀登知识高峰开始。

※写于1963年12月6日。

读《愚公移山》有感

重读《愚公移山》,为愚公的精神所感动。想想我们伟大的祖国,十三年来所走过的道路以及中国共产党四十二年来的战斗历程,不正说明了愚公精神之伟大吗?共产党人和勤劳勇敢的中国人民是有志气的,他们敢于斗争,敢于胜利,群策群力,埋头苦战,似愚公一样搬掉了头上的“三座大山”;今天,在英明的党和毛泽东主席的领导下,又在自力更生,奋发图强,厉行节约,勤俭建国,齐心合力地去搬掉“一穷二白”的两座山,并立志用自己的双手建起共产主义的高楼大厦。

如今到处有“愚公”,人人能搬山。看那些活跃在祖国各行各业的劳动者,他们每天都在搬动形形色色的“小山”,在不断地刷新史无前例的纪录。他们有着明确的信念和无穷的智慧,身上充满着无穷无尽的力量源泉。

在攻克科学堡垒的行列中,何尝没有“愚公”?看电子计算机、门式起重机的出现,不正闪烁着愚公精神的火花吗?

祖国日新月异的变化在激励着我,使我晓得了愚公精神之伟大。我知道,学习是党交给的重任,要拿下理论的堡垒,也需要有愚公埋头苦干的精神。更何况大学阶段是知识积累的阶段,在积累知

识的进程中，又何尝没有一个个的艰难险阻？要克服这些艰难险阻，同样需要有愚公移山的精神。

事实上，当代“愚公”正是新时代的“智多星”，他们在干着前无古人的伟大事业，并以愚公的精神、挺胸阔步向着更好更壮观的明天迈进，我们应对这样的“愚公”唱赞歌！

※写于1963年12月12日。

听王大任书记作下乡动员

上午，省委王大任书记作动员报告，听众系山西大学政治系及我校干部和学员，共计972人。南饭厅里，烟雾弥漫，远离数丈，看不清面孔，只能看见一个高高的个儿，头戴工人帽，圆而胖的脸庞，身披呢外衣，在滔滔不绝地演说着。首先他回顾党史上的两次大下乡(1927年大革命前后及土地革命时期)的成果及意义；进而说明这次大下乡的空前伟大意义，引出阶级斗争的严重性和产生的原因；继则指出我们下乡的任务，主要是抓阶级斗争，旁及社会主义教育、“四清”、组织革命阶级队伍、动员干部参加集体生产劳动等工作；最后，要求我们做到思想作风好、联系群众好、完成工作任务好、参加生产劳动好、遵守群众纪律好，并要不怕困难、不怕苦、不怕累、不怕脏、不怕鬼等，确实在下乡中获得巨大收获，不仅完成蹲点工作，而且自己的思想要得到改造，亲身受到一次深刻的社会主义教育。

下午，消化上午王书记讲的内容，并听了孟培芝同学传达1月12日卫恒省长在省人委礼堂所作的《动员全省高等院校，参加“四清”运动》的报告。

党组织已发出了动员令，对于缺乏阶级斗争、生产斗争知识的青年人，有必要到风浪中去锻炼锻炼。听着号角，迎着鼓点，迈开步伐奔下乡，去投入火热的斗争中去。

※摘自 1964 年 1 月 15 日的日记。

以马耀为戒，过好人生“温柔”关

今天，全体工作队员云集文水县城，召开整顿工作队会议。这是下乡两个多月来的第一次大型集会，主要是通报处理南庄公社主任马耀腐化堕落、乱搞男女关系的案例。

活生生的事实教育了大家，也给我的思想敲起了警钟。“美人”“色情”，是资产阶级用来迷惑人的惯用伎俩，也是阶级敌人拉我们干部下水的诱饵。一时之欢乐、悦目，却能够断送自己的政治生命和党的事业。古人说“英雄难过美人关”，这对于思想不纯、经不起生活关考验的人来说是适用的，但真正的英雄却并非如此。我们有的是身居闹市、一尘不染的英雄，南京路上的“好八连”就是典型的例子。他们既经得起烽火岁月中枪林弹雨的考验，也经得住南京路上的“香风”“美色”的诱惑，“香风”未能把他们吹垮，“美色”未能将他们染黑，他们是革命熔炉中的真金，无产阶级的本色永不变。

但在革命的熔炉中，仍有一部分待清理的炉渣，由于抱着资产阶级的个人主义思想入炉，等温度或高或低时便显露了原形，这次被公开处理的马耀，就是这样的一块炉渣。青年人在漫长的生活岁月中，有数不尽的温柔关和艰难关相阻拦，要想过关斩将，肩负重任，就必须“兴无灭资”，改造主观世界。我要以马耀为戒，在这次革命运动中经受锻炼，在火红的熔炉中，炼就成为一块革命的真金。

※摘自 1964 年 5 月 13 日的日记，当时在文水县搞“四清”。

文水韩村搞“四清”的一些体会

历时五个月的第一批农村“四清”即将结束，在这紧张而又难忘的几个月中，各方面都获益不小，尤其是置身于三大革命运动的风浪中，对主观世界的改造，工作能力的提高，体会得更为深刻。

我虽然生长在一个贫农家庭，但对农村生活以及贫、下中农的阶级感情体验不深，这次下乡，通过“三同”，有所补益。实际生活使我体会到，贫、下中农的感情是真挚的，青年人要确立无产阶级的坚定立场，就是要确立永远依靠工人阶级和贫、下中农的思想，永远同他们结合在一起。在农村，知识分子只有下决心放下臭架子，和广大贫、下中农交朋友、建知己，才能彻底改造自己灵魂深处的脏东西。

去冬在闫家堡宣讲“双十条”时，住在贫农王体祥老大爷家，就同卧一席，烧火、倒尿、担水、扫地，样样皆做，临别时大爷送到村口，流着热泪夸奖道：“你们真不愧是共产党培养出的好小伙！”今年点上“四清”，除完成本行工作外，更注意了在日常生活中实行“三同”，改造主观世界。

同贫、下中农建立感情，首要的问题是同心，群众一定要看你的言语行动是为谁？其次则看你能否吃得苦、受得累。回顾刚入村时，自己拘谨有余，寡言少语，见了群众低着头，吃派饭也成了负担，憋着气胡乱吃一通，一抹嘴便扬长而去。这一切除了说明和群众没有感情外，便是小资产阶级爱面子、怕羞思想在作怪。所以，群众报之以的也是冷漠的目光，怪不自然的干“嗯、嗯”。

当碰到钉子后，我便想起了毛主席所说过的“不惜从任何小事情做起”的名言，心里边豁然开朗，我开始注意从生活小事做起。早起扫院、扫街、帮房东大娘挑水、慰问五保户、帮军属大爷推碾；吃饭时注意去早一些，帮户主拉风箱、烧火、抱孩子；盛饭时自己盛，自己端；吃开后便拉家常，问这家的人口、劳力、房屋、有无困难，进而扯到工作。这样越聊越投机，久而久之，彼此惯熟，人们老远看见我就叫“工作员”“小李则”，显得格外亲切。每顿饭后，都要和群众“捣闲”好大一会，渐渐地群众也就改变了态度。起初，有人暗暗给做两样饭（如在贫农李文英大伯家吃饭，给我吃的是绿豆面条，而他们却吃的是小米饭），当发现后，婉言推辞，主动吃成一锅饭，慢慢地也没人再做两样饭了。起先，年纪比我大一两倍的人都喊我“老李”，这实出于虚情应对，久而久之，则喊起“小李”来，以后，竟直呼起名字来啦。群众原先看见我们躲着走，现在随时找上门来反映情况。这一切，都表明和群众的距离在逐渐地拉近。

然而情感的流露，还不能仅仅停留在表面上，更重要的是在思想深处增强自己的阶级感情。这次“四清”中，群众性的忆苦思甜大会，对我就是一次深刻的阶级和阶级情感的教育。诉苦会上，9 个人诉出了 8 条人命，当年过七旬的五保户董巧巧老奶奶，哭诉她在旧社会，因生活无着为人奶孩子，而忍心饿死、溺死自己的一双儿女时，听众都为之流下了同情的眼泪。当时我在做大会记录，一口口苦水的倾倒，扣紧了我的心弦，也禁不住掉下泪来。这天，我在日记里写道：“董奶奶、韩伯伯等 9 人的诉苦，使我落下了伤心的眼泪。这一堂阶级教育课补得好，它使我进一步清楚了对谁应恨、对谁应爱。这一桩桩苦事告诉我，永远不能忘记阶级仇，这一滴滴眼泪激励我，听党话，跟党走，革命到底不回头！”此后，在阶级复议时，听群众叙家史，为群众写家史，又对我进行了一次直观而又感人的阶级教育，自然，阶级感情也有所增强。

4 月 13 日，贫农韩开惠大爷生了病，我便托人找来医生，此后曾两次去看望、问候；病好后，吃的面没有了，我又抽了一下午时间，替

老人看磨、锣面。感动得大爷流着泪说:"小李,隔几天和你们坐坐捣闲捣闲,心里特别痛快,你们工作忙,还帮我做家务事,实在过意不去。"我只好以笑容与和悦的目光安慰了这位老人。

诸如此类的感激,对我接近群众是一种鼓励,而思想深处一些不健康的东西,还需通过日常生活的具体磨炼去克服。就从"吃派饭"说起。一次,在贫农李启厚家吃饭,地下很脏,饭里又有几根头发,刚满一岁的小孩哭哭闹闹,一顿饭就拉了两次屎;刚会走路的小女孩硬要吃豆豆,我便拿着筷子喂她吃,小女孩的口水、鼻涕涂了满嘴;此时,"脏"的感觉曾在脑中闪过,但为了不影响他们的情绪,我仍不以为然地喝着稀粥。正由于我这样对待眼前发生的事情,所以他们更感到是自家人,一再热情地让我吃饱饭,小女孩也笑着要往我身边靠,此刻我感到内心是多么舒坦。当天,我在日记里写道:"有人说汪保、启厚与文英家最脏,可我不这样想,每次饭派到他们院里时,看见他们的热情劲,总愿到他们家,由此也和孩子们混得很熟,见面就喊'侯姥姥'(小叔叔)。这是阶级情感把心连在了一起,有什么可以外气的呢?"

除了经受生活的考验,还有通过参加劳动去磨炼自己。我曾虚心地向老农请教搂畦、锄苗、栽红薯的技术,并有意地找重活、难活干。今春刨地,磨圪垯靠水渠的地,土性又湿又黏,挖下去拔不起来,拔起来是一大块胶泥。好些人原来选择时,就抛弃开这块地,但我想,反正这儿总得有人刨,于是便同张映斗占下了这块地,迈着艰难的步伐,挥动着带满胶泥的大镢头,和社员有说有笑地并肩前进,虽汗流浃背,手上打了 4 个泡,心里却是乐滋滋的。7 月 3 日午,雷阵雨后,洪水暴涨,由村东头渠里滚滚流来。据村里人说,这是十年九不遇的好水,可以压碱。原计划要开群众会,但看群众的意向不在开会而想浇地,便同意了大伙的意见,随社员一起上渠。根据群众的经验,需要打木桩拦洪水,人必须下水搭桩。当时我正穿着刚刚洗出的一身夏衣,“小心脏了”的念头顿时出现,但考虑到滚滚的洪水,放走可惜,便不顾一切,脱去上衣,挽起裤管,同申伟宏、张国栋等人跳下水去,用肉体挡住了激流。群众见工作员下水,跟随入水的人顿时增多。尽管浪大水深,淹没腋部,几次差点将人冲倒,但终久阻挡不了坚强的人桥,不到一个钟头,桥好、渠成、水漫碱地。此刻虽周身泥浆,但望着滚滚洪水流去,独自乐在心里。事后,老乡们很是感动,有烧火叫取暖的,有送衣服让换的,房东李大娘还硬要替我洗衣服。

正是通过上述日常的生活和劳动,和群众渐渐地同了心。原先格格不入的腔调和感情,也在逐渐地变得融洽起来;群众由原先的“避而不谈”变为“找来畅谈”,由原来的“敬而远之”变为“亲而近之”。这一切,正如贫农张有女大娘所说:“这一次的工作员,成了咱贫、下中农的知心人!”由于和群众密切了关系,直接从群众中收集到的意见和反映也多起来,这大大有利于“四清”工作的开展,促使我们更好地完成了党交给的任务,真正达到了工作和思想改造双丰收。

※写成于 1964 年 7 月 20 日。

在省委党校过大年

今天是农历的大年除夕,故乡的风俗一晚不睡,守夜,我帮厨师捏了饺子,即回宿舍看书,以学习来度过 1965 年春节之前夜。夜,是不平静的,远处工厂里机器隆隆,汽笛轰鸣,火车仍“哐啷、哐啷”地向前奔驰。在这不眠之夜,母亲又守候在油灯边,给弟妹们洗补衣服,赶做年糕,也许她在怀念着远方的儿子;哥嫂们也正忙着准备迎新年,此刻,他们一定知道我是回不去了。

大年初一,吃了饺子,就上街。沿途厂房、商店、宿舍区,悬灯结彩,遍贴对联,欢度春节。从大街小巷拥出来的男男女女、老老少少,衣着崭新,笑容满面,或骑车,或步行,或坐三轮,或乘公共汽车,一齐流向五一广场。红旗剧院是四川成都市的杂技,山大剧院是山西话剧团在演《太行风高》(六场,孙谦新编),其他各大中小影剧院皆有安排的精彩节目,一切为让大家愉快地度过佳节。我们穿过五一广场,漫步游览了柳巷、钟楼街,从熙熙攘攘的人群看到了1965年的明媚的春天。祖国形势一派大好,市场供应业已好转。看着眼前欢欣鼓舞的场面,望着从人到建筑物的节日盛装,不禁使人联想到伟大的党、伟大的祖国。十五年,人类史上仅是短暂的一刹那,然而在中国却起了翻天覆地的变化。正是因为有了党,才使瓦砾场上建高楼,人间地狱变天堂。这一切表面之变化固然伟大,然而更重要的是中国人民精神上的变化,看神州处处学解放军,人人学雷锋,毛泽东思想红旗高高擎起,高昂的呼声响彻云霄:一定把革命进行到底!

※摘自1965年2月1日、2日的日记。

一个重要的问题

这几天,一直在考虑一个重要的问题,究竟是谁改造谁?刚进村时,紧抓生产、出勤,队长魏广荣借口往年出工迟,活还不紧,而大加安慰地说:“没问题,你不要急,紧了就都出来了,我队永远落不了后。”宣讲“二十三条”时,到会人极少,却说:“这还是来得不外哉了,农村,不能和你们机关、厂矿、学校比。”上午十一点多出的工,干了不到两个钟头就想回。当指出时,还说:“你不看还有比咱来得迟的。”“你不看已经有回的人了。”贫协小组长石金海,年仅25岁,三

口人两个劳力,去年他做工 260 个,今年正月很少出勤,宣扬"物质鼓励跟不上,不能改造思想",要求解决实际困难。认为当干部吃亏,不如做个一般社员痛快。综上所述,贯穿着这样一个问题:旧俗陈规打不破,农村行事不能太靠前了。为什么放着先进不学,偏要看落后的呢?为什么农村就应该自由散漫、吊儿郎当呢?为什么火车头不当,偏偏要当一般人员呢?这里有个重要的问题,即先进被落后习俗改造了。经过部队生活五年考验的石金海即是这样,部队生活的气息在他身上已体现不出来,唯我、自私、懒散、油腻等恶习,反倒学习了不少,叫人称起"洋金海"来了。我们是要兴无灭资,用无产阶级的世界观改造非无产阶级的世界观,如适得其反,贻害无穷。

要顶住歪风邪气,坚持以无产阶级的思想改造非无产阶级的思想,绝不能在无声无息的资产阶级汪洋大海中沉浮、淹没。

※摘自 1965 年 3 月 2 日的日记,当时在文水县大象大队搞面上工作。

一次难得的考验及锻炼

1965 年 2 月 21 日至 5 月 15 日,我随省委党校 20 位同学,在文水县胡兰公社大象大队搞农村面上工作,我主包的是第六生产队。三个月来,做了一些工作,也经受了一次难得的考验和锻炼。

首先,深入细致地宣讲了中共中央的"二十三条"。除大会集体讲外,采用集中补、地头补、上门个别补课的形式,使受教育面达六队应学者(老弱病卧者除外)的 95%,基本上做到了家喻户晓。在学习的基础上,还利用田间休息、晚上等时间,组织社员进行了讨论,基本上做到了安定人心,鼓起干劲。广大贫下中农反映,党中央政策就是好,看得全面,想得周道。广大干部基本解除了怕"四清"、怕

惹人、怕误工的顾虑,表示一定要把生产搞好。队长魏广荣说:“中央政策就是好,看干部一分为二,不像过去搞出成绩是别人的,批评、挨整是自己的,今后领导生产咱也有信心。”保管李甲明说:“党的政策说得好,只要办事公,财务民主,没私心,手续清,四清、八清也不怕。”广大群众由于“二十三条”的贯彻,组织生产新高潮的号召,干劲大,信心足,全队30户社员,将已准备往自留地送的1787担好肥投到了集体地里,出勤率达90%,比上年有了显著的提高。年近七旬的上中农王五常两口子,从正月初十至今积极出勤,和年轻后生一道铲堰、平整土地,他说:“‘二十三条’洗了心,我这富裕中农放了心,只要干部、群众团结得紧,咱多出把力也顺心。”

其次,进一步安定了干部的思想,帮助他们开展工作。刚到六队,遇到的干部情况是,新手多,老手少,缺统计;就干部状况来说,多数人能力弱,怕惹人,推脱不干。副队长魏振江说:“是他们硬让我当,不是这,我当它做甚,误工受气不说,今年肯定要少做一千来分。”妇女队长武银梅说:“咱没能力,快找你们的人吧!光叫人也磨破了嘴,跑断了腿,受的不成气,咱不会不做这买卖?”贫协小组长石金海说:“咱是干部,得吃苦,事事带头,有利就得让其他群众,倒不如当普通社员歇心,动弹上些,吃上些,少管些事情,清闲。”诸如此类的怨言,举不胜举。根据干部的思想情况,先进行了个别谈话,既了解思想问题,又了解实际困难,然后组织他们再次学习“二十三条”和“六十条”中有关“干部问题”的政策,从而要求他们端正态度,做人民群众的勤务员。经过谈话和学习,干部的思想比前大有安定。新选的统计员范海仙,原先借口能力不行,拒不接受工作,经多次个别谈话和学习,她表示,一定尽自己的能力,给群众当个好勤务员。在解决思想问题的同时,又帮助干部解决实际困难。副队长魏振江八口人,一个劳力,怕误工影响全家生活,经和队里研究,合理安排了他的工作,让他负责领导一些苦重工分大的活计;妇女队长没文化，能力差，六队居住又分散，叫人太费事，给她配备了两名高小毕业生当小组长，帮她叫人、记工；统计员业务不熟悉，未搞过财务手续，接账本有困难，动员原来的统计员对她进行业务指导，我利用工作之余，帮她建新账，健全工分登记制度，让她尽快熟悉业务。对行政干部工作能力的提高，也采取老手带新手、一帮一的办法，严格执行每晚碰头、遇事研究、分工明确、互相协作的制度，加强了队干间的团结。我也深入到队内，帮助他们制定了六五年的生产计划，落实了"三投"，健全了财务管理制度，狠抓了出勤、积运肥、春耕下种等工作。这样做的结果，提高了干部的积极性，他们说："领导支持帮助，咱不好好干还对得起谁？"目前，他们都在为搞好队里的工作，想方设法，尽力实干。

其三，狠抓了生产中的思想政治工作。这一点，起初是不太明确的。记得刚入村时，曾因群众难于发动，落后情绪占上风，开展不了工作，产生了畏难情绪。县工作队会议后，上级党委指示，抓生产中的思想政治工作，自己又学习了毛主席的有关指示，并做了大胆的尝试。首先针对各阶段工作、生产中存在的问题，学习党的政策和毛主席著作。如学了《反对自由主义》，解决了队长魏广荣不顾队委会研究决定，擅自多补切草人员的工分问题；学了《关心群众生活，注意工作方法》，合理安排了社员烧煤、口粮、食油、过节用钱等生活问题，确立了一带一、一帮一，分配工作交代方法，尽快提高干部工作能力的制度；学了《党委会的工作方法》，解决了干部不团结，对工作松松垮垮的问题；学了《集中优势兵力，各个歼灭敌人》，解决了生产中分散劳力、指挥不灵、进度迟缓的问题；学了卫省长的讲话内容，解决了干群生产到顶、满足现状、盲目乐观的思想，掀起了春耕生产的高潮。

与此同时，利用田间、地头休息时间，向群众进行集中性的正面教育。如对待新干部的弱点，部分群众冷嘲热讽，就利用地头休息

时间，讲了如何对待新生力量，如何摆正干群关系的话题，从而树立了新干部的威信，教育了个别群众。在搞玉米窝种、棉花点种阶段，干群抵触情绪较大。针对这个问题，先宣读了县委的公开信，接着讲了如何对待党中央和毛主席提出的科学试验的问题，并以“生产不革命，按陈规旧俗，能否完成粮食亩产400斤、棉花亩产50斤的指标”为题，进行地头大讨论，从而改变了干群对科学试验的不正确的看法，棉花点种25亩，玉米窝种8亩，还种了3亩干部试验田。

此外，结合队内情况，还办了一块“队报”，以反映本队好人好事，正面教育干部、群众，解决生产、工作、生活中存在的问题为主，辅之以报道国内外大事。并辟有“听毛主席的话”专栏，尽可能结合群众生产、生活的实际，摘登一些毛主席语录，以作为向干部群众进行思想教育的一块阵地。如在动员妇女出勤阶段，抓取了60多岁的王铁奴积极出勤、主动叫人的典型，写了一篇“学习铁奴老模范”的顺口溜予以表扬，并对一些不积极出勤的妇女做了点事不点名的批评，有力地促进了妇女的出勤。许多妇女往年仅打掐棉花时才出来劳动，今年一开春，就破例地卷入修渠、垒堰、平整土地等基本建设中，就连数年来根本不下地的霍海英也下地了。妇女们说：“人生在世应动弹，别让‘队报’批评咱，好吃懒做不像话，要学铁奴老模范。”在春耕下种阶段，因棉花、玉米下种完毕，在部分干群思想里产生了松一口气，有的早起不出勤，有的出工迟，有的干活慢慢腾腾。对此，“队报”上写了一篇“克服松劲情绪，尽快按质下种”，给这部分干群敲起了警钟，三天内抓紧时间，合理安排了劳力，将剩下的近40亩地按质突击下了种。现在，“队报”已成为社员生活中比较关注的东西，很受干群的欢迎。大家说：“队报好，队报好，好人好事把名表，推动队内搞生产，表现不好批一评，国内外大事能知道，主席的话儿忘不了。”

在抓生产中的政治思想工作中，除了注意坚持以提高觉悟为主、以表扬为主、以正面说服教育为主、以群众性的互相教育为主外，还初步学会了抓“头”的方法，即抓干部、党团员的带头，抓先进与落后的头，抓落后面里的先进苗头，抓顺利时的不利苗头。

抓干部、党团员的带头。在小麦普追、积肥阶段，群众对收筛草、掏炕灰、交鸡粪的抵触情绪大。中农王在堂说：“光叫喊肥、肥、肥，去那里找呀？玉米秆给烧完了，炕灰也没多少，鸡少、窝小攒不下粪，街土能把地碱了。”对此，我与队干部分头进行了调查，摸清了社员家中存有筛草的情况、有多少可掏的炕灰、有无鸡粪等三个底子，适当解决了交筛草、掏炕灰后的烧燃问题，合理规定了筛草换煤、鸡粪顶投肥任务的标准，并在干部和党团员中认识取得了一致，要求大家带头积、投肥。队长魏广荣先将自己的260斤筛草，拉到了队里，并第一个动手掏了自己的炕灰；共青团员石金海将47斤鸡粪交到队里。当即以此为典型，向群众进行教育。很快就有15家要求掏炕灰，21家投鸡粪1050斤，13户交出910斤筛草。下中农魏芝云，平时对队内的事情毫不理睬，这次却三番五次督促其子张杰，将自己的160斤筛草、55斤鸡粪交给队里。另外，抓劳动出勤，也是先抓了干部和干部家属的出勤，使出勤率达到了90%。群众反映说：“干部、党员是火车头，火车头带了头，我们就应跟着走。”

抓先进与落后的头。三投任务下达后，仅有部分社员投肥。此时，即抓住了王受禄投肥432担、武五儿1担也未交队里的典型，进行了表扬及批评。号召大家向先进看齐，当即掀起一个群众性的投农家肥的热潮。按大队要求，四月份前，六队社员应投肥2173担，结果以2236担超额完成。从中也涌现出一些好人好事：贫农石其昌，上下地带粪筐，有两三次将自己拾下的牛粪偷偷倒在集体粪堆上；一贯自私出了名的中农王广德，将早已准备好想往自留地送的23担好骡马粪，主动交到了队里，还说：“人家二狗（王受禄乳名）400多担好肥都交了，咱留下这做甚哩。”

抓落后面里的先进苗头。中农王广德，年逾七十，做活质量比较差。今年开春以来，他能保证日日出勤，当即抓住这点进行表扬，并与他个别谈话，指出注意农活质量，老头很受感动。不仅注意做活的质量，而且比以前关心集体了，每天晚饭后就到队里，主动问次日要干的活计。群众反映："这老汉今年变了样，干活卖力有质量。"返乡工人王茂林，出勤不经常，干活较浮滑，但其识字，办事较公道，群众选他当记工员后，热心负责。当即抓住这点，编了一段顺口溜："记工员，王茂林，工作积极挺热心，不挣一分补贴工，熬夜误工为群众，记得勤，算得真，当众宣布人欢迎，人人应学此精神，为民服务民尊敬。"这段顺口溜一经在"队报"上登出，对本人的鼓励极大。他说："领导如此信任，群众这样拥护，我就再贴上些工分也要给社员把工分记好。"并表示今后要踏踏实实劳动。五月中旬水利开工，绝大部分劳力由副队长和民兵排长带上去做工，地里下种又是紧张的扫尾阶段，他主动协助队长安排活计、劳力，表现得很突出。对王茂林的表扬，同样也是向受补贴的队干部的无形挑战，统计和保管员看了"队报"后说："人家不受补贴还干得挺负责，咱们更应好好给大家服务。"

抓顺利时的不利苗头。神枪手许金金说过："如果'好'字听多了，就会躺在'好'字上睡大觉。"同样，抓生产中的政治思想工作，也应当注意抓顺利时的不利苗头，免得"睡大觉"。六队去年收成是中上等，干群思想里有点"不外哉"之感。拿积肥一事来说吧，去年一秋一冬已积 4050 担，平均每亩可施 12 担，与上年同期相比，每亩还多 2 担，因而部分干群的思想背上了肥料多的包袱。从正月初二至三月上旬，仅发动劳力往地送粪，不再想办法挖潜力去大搞积肥。队长魏广荣说："咱队的肥料实顶实，不含糊，不像其他队那样，长秸秆，大麦秸，没沤烂就往地里送，就现有的肥料来说，也比去年好多了，用不着再积，增产也有把握。"这是种满足现状盲目乐观的苗头。

抓住这个苗头，当即组织干部学习了《山西日报》登载的王大任书记的“检查春耕生产，促进生产高潮”的动员报告，学习了寿阳县马首大队“狠抓五落实、大搞备耕工作”的报道，要求以“一分为二”的精神，对照检查本队备耕工作和积肥情况，扭转了初露头角的满足现状的思想；进而对六五年的生产计划、指标、措施、三投进行落实，很快也出现了大积肥料、大搞备耕的热潮。

由于深入到队内，注意观察和发现事物，抓了头，带了面，所以收到了比较好的效果，六队出现了“两主动、两热潮”的新局面。即干部主动研究、安排工作，领导生产；社员主动找活干、关心集体；干部、青年积极学政策、学毛选、读报纸和全体干群出满勤、积极搞春耕下种的两个热潮，并涌现出15名“五好”社员。

其四，在生产劳动中改造自己。三个月来，除完成了包队的工作外，还配合当地团支部，搞了一个来月的整团，抓了团员、青年的学习和组织鉴定工作，始终坚持了半天劳动的制度，这对于我来说，是一个很好的锻炼和改造。我虽出身于一个农民家庭，但从10岁起就离开了农村，到外地上学，尽管假日返里，参加些劳动，也是三天打鱼，两天晒网。虽不像古书上所说的“四体不勤，五谷不分”，但与劳动人民的感情是有距离的。这次下乡，由于肩负组织生产新高潮的任务，有机会弥补了这方面的不足。

劳动密切了与群众的关系，增强了劳动人民的情感。毛主席《在延安文艺座谈会上的讲话》一文中说过：“你要群众了解你，你要和群众打成一片，就得下决心，经过长期的甚至是痛苦的磨炼。”入村后的第三天，我便按照主席这一指示开始了实践，整地、垒堰、挑土、施肥、切草，以至于担粪、拉耧，一切过去干的不多或根本未干过的现在都干了。劳动中，有意拣最脏最苦的活儿干。出圈我拉平车，整地我担筐挑土，下种我拉耧，引粪我担粪。一次，在冯家圪小麦追肥，肥是猪粪、鸡粪、牛粪与炕灰等搅拌的，去地时，有的拿个破

碗备舀粪,还有些人戴着口罩和手套。当时,我索性挽起衣袖,一手提筐,一手抓粪,顺麦垄走在前面。由于我动手抓了粪,致使那些拿破碗和戴口罩、手套的也都先后丢卸下来。他们说:"人家工作员还不嫌脏,咱这更没甚说的!"下种阶段,土地多,牲畜少,只得采取人拉耧的办法下种,我和年轻后生一块拉耧,虽汗流浃背,气喘吁吁,但始终坚持到底。人们几次劝我歇歇,都被我婉言谢绝。青年们见我如此干,他们的劲头更大,拉着耧还唱中路梆子。这样,就大大加快了下种的进度,原计划八天种完棉花,结果提前两天完成。踏实的劳动取得了群众的信任,密切了和群众的联系,群众把我当自家人看待。下中农魏振勤说:"小李的劳动不含糊,真是到家啦,很卖力!"许多好心的大娘在吃派饭时,总是让着叫多吃些,并很关心我的身体,说:"小李,看你瘦了,黑了,千万保重身体。"这种纯朴善良的关照,使我的心里热乎乎的。

与群众的紧密联系,也打消了他们的顾虑,敢于直截了当地向我反映情况和问题。一向胆小怕事的魏振勤,劳动中就向我反映了四不清干部王在堂的问题以及李爱成多报担水担数骗取工分的事;不少人对生产和队里工作的合理化建议也找我交谈。他们说:"以往抓生产的是种'命令',不种'节令',我们有话也不敢说,一说就是一大堆帽子给扣上了,吃不消。有你在,我们敢说。"参加劳动和群众也有了共同的语言,谈话的内容也变得丰富起来,既谈生产,又谈生活,甚至两口子吵架的事也找我谈谈出口气(李旭明夫妇)。劳动使我的感情起了变化,群众的事就是我的事,群众的困难就要操心帮助去解决。今春,魏振勤两口子病了,监察王牛儿的小孩也病了,无钱医治,卧床不起。我知道后,当即和队内研究,给他们预借了一些现金,并亲临看望安慰,感动得他们眼含热泪,不知说甚好。下种时,天下起连阴雨,群众忧心忡忡,我也坐卧不安,不是跑到地里看,便是找老农谈,想方设法不违农时早下种。群众说:"这次来的工作员，和咱们一条心，是咱们的人！”

在整个劳动中，我始终以一个普通劳动者的身份出现。我多次向群众讲明，搞农业我是门外汉，还得靠大家的指教。实践中，不懂的活计就问人，做一段还要让他们看看行不行，做错了，就虚心改过来。由于不耻下问，能接受指教，勇于改正，群众也乐意指点。一次踩棉花，石月明老汉直接和我说：“小李，踩得轻些，拖着走，对棉花出苗有好处。”我当即照办。虚心请教老农这一点，对我的思想修养是个很大的补益。以往我总是喜欢叫人说好，而不愿别人说自己的不足，一听到说成绩，内心沾沾自喜，遇到挫折和不顺心的事，便灰心丧气，这是小资产阶级的虚荣心在作怪。在这次劳动中，我深刻体会到劳动人民的纯朴伟大，知识分子自以为是的可怜、渺小，决心从他们身上学到好的思想和品质，以加强自己的思想修养和改造。

以普通劳动者身份参加劳动，并不是“顶个劳力”，除了改造锻炼自己外，通过劳动还及时发现和解决了一些问题，尽到了自己包队工作的责任。诸如定额管理的不合理、劳动组织的不健全、劳力安排得不合理等影响生产力的问题，都是通过自己参加劳动发现，然后分别采取定额走在活计前、健全作业组、配备记工员、按劳力分等级适当分配活计等措施予以解决的。此外，参加劳动还培养了我的实事求是、调查研究、走群众路线的工作作风。下种阶段，上级一再强调棉花点种、玉米窝种，群众有抵触情绪。经过我深入田间，亲自操作，并请教老农，方知黏土地坷垃大，不适宜点种、窝种。采纳群众建议后，在村北沙土比较多的地里进行试验，既执行了上级指示，群众也能够接受。至于每日的劳动出勤、各段的生产进度数字，我都进行了实地考察，实际登记；对好人好事、干群生产表现等情况，也是通过劳动，予以全面了解。这样，既能使指导工作心中有数，又防止和克服了一些队干部的浮夸假报、弄虚作假的歪风出现。

三个月的面上工作，使我深刻体会到，只要按照党的指示，深入

下去,和群众打成一片,做好生产中的思想政治工作,就可以由"一摸黑"逐步过渡为比较熟悉了解农村的情况;由原来对农村工作的"内心空虚""畏难"进而掌握其"内在联系";在指导工作上变"一窍不通"为"有发言权";不仅圆满地完成了面上组织农业生产的工作任务,也使自己经受了一次难得的考验及锻炼。这三个月的经历将使我终生难忘。

※摘自 1965 年 5 月 15 日写成的"大象面上工作思想小结"。

大旱之年让水事

在原平县闫庄观上水库搞社教,亲自参加了灌区委员会召集的灌溉区域内各个村的代表会议。在讨论灌溉章程时,委员会审查了群众的提案,遇到一些具体问题,代表们争吵得非常激烈。如干渠权力下放、渠上树木归队分段管理、管理段工人待遇、新老水地的配水等问题,每涉及谁家的具体利益,谁就争吵不休,弄得水库上的负责同志骑虎难下。然而,在决定分配今年灌溉水量的问题上,却出现了互让互谅的事情。

灌区委员会考虑到南庄头、魏家庄水源缺乏,在今年的灌溉配水量上适当照顾,可浇地 70%,比以往规定的量提高了 2%;如果南庄头、魏家庄的浇地面积增加了,其他下游地区浇地面积就要减少,这又是涉及各家的切身利益,怎么办呢?闫庄、白水、兰村的代表们异口同声地说:"我们的原有指标让给你们浇吧,先满足了你们的浇灌量,再给我们留下。"感动得南庄头、魏家庄两村的代表连声称谢,并说:"好,好,好,风格高。"这种互让互谅事情的突然出现,也叫灌区委员会的同志们深受教育和感动。确实,旧社会在这一片,因年年浇水事争吵不休,甚至动武,打群架,出人命;如今社会制度不同了，特别是正在搞社会主义教育，干部社员的阶级觉悟和社会主义觉悟空前提高，大家认识到，种田为革命，都是患难之交的阶级弟兄，何必一说就动火，有事情协商解决为好。由此，我也深深感到，这正是开展社会主义教育活动的结果。正如大家所总结的：大旱之年把水让，古往今来也少见，社教活动有成效，互让互谅风格高。

※摘自1966年3月7日的日记，当时在原平县闫庄公社参加社教。

为谁管水为谁忙

踏着白皑皑的银地毯，迎着骄阳，迈步在观上水库的大坝上，见库容过半，冰雪覆盖，进水量增，心中甚喜。两场难得的好雪，又缓解了入春以来的旱象，然而去冬以来久旱无雨，这次下雪，老天又吝啬得很，老是不愿下个透，飘飘洒洒，稍下即止，仍不可麻痹大意，放松抗旱蓄水。连日来，引导水库的职工，围绕“为谁管水为谁忙”进行专题讨论，使大伙儿在思想上，确实明白了一些道理。

灌区受人民的委托管理水，每一个灌区的职工都应做一个勤勤恳恳的管理员，而不能把自己置于民众之上，以老爷式的衙门作风紧握“水权”，卡压群众。毛主席说：“水利是农业的命脉。”“我们的责任，是向人民负责。”“国家机关工作人员必须为人民服务。”作为灌区来讲，为谁办水利？怎样办水利？是决定灌区服务方向的大问题。是做“卡压”群众的“龙王爷”呢？还是做党和群众驯服的水利管理员呢？很值得每个灌区的同志深思。是做农业的后勤部呢？还是做囤积居奇的“卖水部”呢？每个灌区的工作人员更应当机立断，明确选择。

※摘自1966年3月9日的日记。

做人民群众的老黄牛

由观上水库外出调查取证，在岢阳镇的良种繁殖站，遇到了当年岢县的老县长闫仍吾同志。他还是那个地道的农民打扮，良种繁殖站的同志们，向我们说了他的一些逸事。闫县长当年从县里下乡，总是背着铺盖，插着烟袋，步行到村。一次下乡，途中遇上个青年干部，看他一身农民打扮，便对他说："老汉，你给我背上铺盖吧。"闫不吭声，但却把他的铺盖也给背上了。等到了公社时，公社干部忙出来迎接，大家问候县长好时，这位同行的年轻人才慌了手脚……一次，去太原开会，会场的守卫人员见他普通农民打扮，宁不放他进去，直至有位熟悉他的人从里面出来，才给解了围。诸如此类的事情很多，说明闫县长虽然当了县级领导，但纯朴的农民本色却没有改变；直至如今，他年迈体衰，组织上已计划让他离岗休息，但他仍坚守工作岗位，在良种繁殖站负责党支部工作。这位老县长，真是个地地道道的人民群众的勤务员。我们见到他的时候，只见他两鬓斑白，面色红润，眼睛有神，还是一副晋西北农民的打扮，手里拿着烟窝袋，在笑眯眯地谈论工作。这位为革命、为人民鞠躬尽瘁、忠心耿耿的老县长，确实值得我们学习和效仿。听了他的传奇逸事，看到他的音容笑貌，他在我的脑海中留下了深刻而又高大的形象，我要像他一样，踏踏实实地工作，做人民群众的老黄牛。

※摘自 1966 年 4 月 2 日的日记。

社教运动的成效

社教运动成效如何，必须在今后的实践中去检验。南申、平地泉这两个大村，是去年搞过社教运动的。这次我外出调查取证，到过这两个村庄，感觉变化确实很大。

南申给我最深的印象是，群众的精神面貌变了，改天换地的决心大了，主动关心集体的多了，一代年轻干部正在迅速成长。你瞧，晨光初放，旭日露头，一群男女小伙，不声不响地挑起箩筐，往地里去送粪，一条长长的人流直通向平坦的田间。工地上，男女老幼齐出动，连那些常不下地的人也出来了，他们修渠整地干劲大，尤其是妇女们，挑土、推平车、砌跌水、捣夯，同男人们摽着劲儿干不示弱。再看修渠，从测量到施工，在没有技术人员的情况下，完全靠自己搞，质量比以往也有很大的提高，充分体现了群众的智慧是无穷的。夕阳西下，工地收工，田间里却出现了许多义务的撒粪人。回到村里，大街的墙壁上抹上了不少的黑板，政治宣传员又将本队本组的好人好事，编成散文、快板、顺口溜写在"队报"上。每当行动，便听到的是嘹亮的军号声；每当休息，便响起了一片高亢的革命歌声，整个大地、村落沉浸在生龙活虎的气氛中。这一切，都显示了社教运动的成效。再说平地泉，日常的工作每月都有安排，党政、团青、妇女、民兵每晚都有活动，谁主持、什么内容早有拟定，各个系统抓得都挺紧，最明显的是把学习毛主席著作放在了重要的位置，这也正是他们工作搞得好的主要因素。

上述一些现象，尽管是粗浅的观察，见之于皮毛，但就这一星半点来看，也不得不使人信服：主席的思想有着巨大的威力，社会主义

教育运动为今后新农村的建设,奠定了基础,开辟了道路。我深信,在毛泽东思想的指引下,社会主义大道会越走越宽广,新农村的建设还会有成效。

※摘自1966年4月8日的日记。

一个想当"皇帝"的共产党员

在兰村办完党校训练班后,我又回到了闫庄社教工作团办公室。今天,我接受了一项任务,阅读、整理一个想当"皇帝"的共产党员的自撰材料。他叫刘增卯,是崖底村人,撰写了一本反动巨著《我的诞生并非偶然》。该文稿全文约20万字,写得想入非非,反动至极。通读他的文稿,发现其内心深处自相矛盾,有时是不知天高地厚的自命不凡、自我吹嘘;有时却表现得是没落颓废、悲观厌世;最为甚者,是发疯似地乱骂一通。就文稿的思想基础来看,既有封建主义的东西,又有赫鲁晓夫的东西;既有黑格尔的言论,又有虚无主义的货色,真可谓是大杂烩,却唯独没有革命的思想内容。文稿中偶尔也谈及一些马列主义的只言片语,但中心要表达的是他的天皇造世思想。最为恶毒的是,他竟胆大妄为地以天皇的名义,上书中央,强调自己要即皇帝位,这样一个精神世界和个人追求,和共产党员的称号是格格不入的。他已背叛了共产党员的崇高信仰和建党宗旨,不可放任自流,任其泛滥,很需要连根铲除掉。

※摘自1966年6月13日的日记。

丢失粮票得补助有感

从参加农村社教返回省委党校后，我便随同学们南下串联。不幸的是，在山东德州火车站休息时，被小偷窃去钱包，丢失粮票90余斤，多亏同学们周济，才勉强走完全程。返校后，向有关部门提出申请，打算今天到太原市南城区粮食总店办理补助粮票的事宜。经过交涉，补了72斤，解决了归还借同学的粮票问题。丢失粮票，对国家来说是一笔损失，就个人来说直接影响到生活。丢失粮票，事后又能得到补助，是我连想都不敢想的事情。这在旧社会及其他国家更是不会有的事情。如今，在社会主义制度下我们的国家，却合情合理地予以解决了。这一方面说明，为人民服务，一切从实际出发，是各行各业办事所坚持的准则；而更重要的是，体现了我们这个社会制度的正确和优越。这件事对我的感触教育很大，除了要感谢党和政府，感谢社会的关照，还应从中吸取教训，今后外出一定要小心谨慎，避免类似的事情发生。

※摘自1966年12月26日的日记。

买帽子和换帽子

上解放路去理发，当我走出理发店，顿时感觉头上冷得难耐，特上解放百货大楼购帽一顶，以御风寒。归途，见《野火烧不净》编辑部发表文章，评论电管局“10·26”事件，小议“反军”之论，颇觉有理。如今晋阳大地，除了避寒所需的各种帽子之外，又新添了“反军小丑”“反军干将”“反军后台”诸帽，帽重压人，让人喘不过气来，细

细观之,尽皆张冠李戴。那些一意挑拨军民关系、军政关系、军军关系,肆意拨弄是非、分裂革命群众、挑动群众斗群众的人们,却冠之以“拥军派”“革命派”之帽子。如此混淆是非,颠倒黑白,难怪山西工作上不去、山西军政不一致、山西工农业生产抓不起,其源盖出于此。是换帽子的时候了,物归原主,还其本来“帽子”!

※摘自 1968 年 11 月 9 日的日记。

军营里的第一次紧急集合

我从太原来到天津军粮城,接受人民解放军的再教育。连日来,平整水稻育秧田,活不太重,睡得也踏实。正睡得香,忽然听到紧急集合的哨声,起来一看,才晚上 11 点半,连忙去打背包,窗外又传来连长的“不许开灯”的声音。等全连集合完毕,用了 14 分钟,大家相互看了看,出洋相的不少:被子有的是抱出来的,有的是扛出来的,还有的是顶在了头上,如同遭灾逃难的人儿一般;再看全身上下,有的穿错了衣服,有的穿反了裤子,还有的是相互穿错了鞋袜,更有甚者,竟是光着脚板子跑出来,丢盔卸甲,丑态百出,十分狼狈;就打起的背包来看,合乎要求的不多,许多人捆扎得如同麻叶、麻花一般,真要是长途行军就要出问题。造成这种状态,除了不熟悉打背包,不适应夜间突袭的原因外,很大程度反映出思想上的麻痹大意,缺乏战备观念。今后,除了加强战备教育,提高思想认识外,还应做必要的夜间摸黑打背包的训练,以尽快适应军营里的生活和操练。

※摘自 1969 年 4 月 24 日的日记,当时在天津军粮城军垦农场劳动锻炼。

在艰苦的军农生产中锤炼

在进行了入军垦农场教育后，我们即投入了紧张而又艰苦的军农生产。遵照毛主席"知识分子要劳动化"的教导，以解放军为榜样，在艰苦、繁重的军农生产中，注意培养和锤炼自己的吃苦耐劳精神，认真改造主观世界。

春季挖大渠，天气比较寒冷，有时水上还结着一层薄冰，卷起裤管下水，鸡皮疙瘩顿时起了满身，风一吹，腿和脚上裂了不少的口子，泡在水里还隐隐发痛。此时，想到毛主席"一不怕苦，二不怕死"的教导，看到连队首长身先士卒的榜样，顿时感到浑身是劲，连续战斗在水渠中。在大战七号地秧田拉杠劳动中，天上下着瓢泼大雨，地里水深至膝盖，当时正赶上自己左腿上一寸多长的伤口还未愈合，泡在水里针扎似的痛。是请假休息，还是坚持战斗？一个念头，闪现在脑海中。正在这时，朗读毛主席语录的声音从同志们口中传出："发扬勇敢战斗、不怕牺牲、不怕疲劳和连续作战的作风"，看看同志们争先恐后的劲头，我感到毛主席语录就是命令，稻田地里便是战场，作为共产党员，越是艰险越应向前，怎能轻易下火线？于是鼓足勇气，高唱着语录歌，坚持拉到底。一个星期天，天下大雨，为了赶插秧苗，连里决定冒雨到五号地拉秧苗。是自己去，还是派人去？我想自己身为班长，理应起模范带头作用，于是便和"一对红"吕贵才同志一起去完成这个任务。雨不住地下，窄窄的田埂相当地滑，同志们相互用毛主席语录鼓励着，滑倒了，爬起来继续拉秧苗，鞋掉了，索性光脚板走路，冒雨激战三个小时，我们几个终于圆满地完成了这个任务。尽管满身污泥，比较劳累，浑身上下淋得像个"落汤鸡"，但想到大雨冲刷了厌恶劳动的恶习，污泥触及了怕苦怕累的

思想,心里感到很踏实。

※摘自1969年9月1日的思想小结。

重温《和美国记者安娜·路易斯·斯特朗的谈话》

在中、苏双方即将进行外交部副部长级会谈的情况下,重温毛主席这篇谈话,感到非常亲切、及时。

二十三年前,毛主席以马列主义的英明远见,首次从本质上指出了帝国主义者和一切反动派都是纸老虎,极大地提高了中国人民革命斗争的必胜信心,取得了推翻三座大山,埋葬蒋家王朝,建立新中国的伟大胜利。二十三年来,世界受压迫、受剥削、受侵略的广大人民群众,遵循毛主席这一指示,同帝国主义、修正主义、各国反动派,进行了一系列不屈不挠的英勇搏斗,取得了一个又一个的伟大胜利,大大地推进了世界革命的进程,从根本上动摇了帝、修、反的反动统治。今天重温毛主席的这一谈话,对于同修正主义、帝国主义斗争具有现实的指导意义。

重温毛主席的这篇谈话,就要牢固树立修正主义、帝国主义是纸老虎的信念,不管它怎样进行战争叫嚣,到头来终久免不了灭亡的命运。你看它,为了掩盖国内种种不可调和的阶级矛盾,一方面加强从政治、经济等方面压迫工人阶级和广大劳苦大众,实行资产阶级专政;另一方面拼凑反华包围圈,大搞反华的战争宣传,不断派兵侵扰别国,借以转移国内人民的视线,达到全面称霸世界的狼子野心。这一切,正如毛主席在谈话中对帝国主义向世界扩张侵略势力的分析一样,到头来,也只能是"建立世界霸权"的野心"根本不能实现",将会"处在全世界人民的反对中"。

重温毛主席的这篇谈话，就要牢固树立“决定战争胜败的是人民，而不是一两件新式武器”的观点。帝国主义常对世界革命人民进行核讹诈，企图达到核垄断世界的目的；但是世界革命人民，在毛泽东思想的影响下，根本不理会这一套，他们深深地懂得这一真理：“原子弹是美国反动派用来吓人的一只纸老虎，看样子可怕，实际上并不可怕。”“决定战争胜败的是人民，而不是一两件新式武器。”他们决心以革命战争来反对侵略战争，用人民战争的汪洋大海，去埋葬制造和挑起战争的疯子帝、修、反。

※摘自1969年10月17日的日记。

紧张的割稻战斗

晚，连部动员明天割稻子，决战八号地。我们班分了20余亩任务，人均1.72亩，同志们信心十足，干劲大，发扬“一不怕苦、二不怕死”的精神，连夜出击，乘着皎洁的月光，连续割了三个小时。割稻中，人人争先恐后，个个你追我赶，把稻地当疆场，锋利的镰刀当刀枪。夜深了，收工了，好些人还不愿离开稻地，总觉得浑身有使不完的劲。

次日早晨5点，大家顶着秋风，踏着重露，冒着浓雾，发扬连续作战的作风，挥舞着镰刀又上阵了。激战一上午，于中午12点时完成了任务，又转战兄弟班、排，全连于12:45全部割完。这一次割稻子，既发扬了雷厉风行、吃苦耐劳的精神，也培养了扎实细致的作风，基本上达到了营党委有关秋收质量的要求，在连队讲评中，我们班质量比较好，还受到了表扬。

对于我来讲，割稻子是有生以来的第一次。尽管腰酸腿痛，手

上打了泡，浑身上下被汗水浸透，但想到这是以实际行动落实毛主席“备战、备荒、为人民”的指示，是培养和锻炼自己“两不怕”精神的极好机会，何况自己又是班长，便咬了咬牙，坚持干到底。

※摘自1969年10月20日、21日的日记。

一次指挥有误的特别行动

上午9:33接到连部的命令，发现山岭子大河西岸的碉堡处，有一个形迹可疑的人在活动，命令我们班，沿着营房门外小桥照直西走，途经小桥及独木桥各一个，要求33分钟完成任务，按原路途返回营地。由于本人动员不够，指挥有误，遇事不够沉着冷静，交代任务欠明确，片面强调了时间问题，尽管提前7分钟归队，但任务完成得不好。总结这次行动，应当汲取以下几个教训：

其一，遇事必须沉着冷静。毛主席说：“我们需要的是热烈而镇定的情绪，紧张而有秩序的工作。”这次从接受任务到归队，我的心情是比较紧张的，致使一些该做的工作未做，下达口令欠准确，这也直接影响到全班同志的情绪。

其二，做好战前动员，任务一定要向同志们讲明白。毛主席说：“善于把党的政策变为群众的行动，善于使我们的每一个运动，每一个斗争，不但领导干部懂得，而且广大的群众都能懂得，都能掌握，这是一项马克思列宁主义的领导艺术。”此次行动，由于事前动员不够，任务交代不明确，致使许多同志目的不明，思想紊乱，盲目跟着跑，进攻的决心不大，直接影响到任务的完成。今后要发扬军事民主，走群众路线，更好地完成各项战斗任务。

其三，正确处理时间与任务的关系，抓主要矛盾。此次行动，任务是抓人，由于片面强调了时间，尽管提前几分钟归队，但因未抓住人，未达到目的，再提前归来也无用。一般情况下，应要求按规定时间完成任务，但时间应服从任务，以完成任务为前提。

其四，要过细。毛主席说："要过细的做工作，要过细，粗枝大叶不行，粗枝大叶往往搞错。"此次行动，在进入目标地区搜查形迹可疑人时，表现了粗枝大叶，有些马虎了事。今后要遵照毛主席的教导去进行各项工作，从中培养自己的扎实细致的作风。

总之，通过这次行动，暴露出了问题，提供了经验教训，我应以此为戒，更好地加强战备，从实战出发搞好训练，迎接新的挑战和考验。

※摘自 1969 年 10 月 24 日的日记。

成功的长途拉练

凌晨 3 点多，一声接一声的、短促的紧急集合哨声，把正在熟睡的军垦战士们从睡梦中惊醒。哨声就是命令，哨声就是军情，大家一骨碌从床上爬起来，摸着黑在打背包，收拾行装。经过前一段多次的夜间突袭的磨炼，大家已习惯了，适应了，很快便以整齐的队列，完成了全连的队伍集合。冒着寒夜的晨风，从营房出发，经过部队总场、扬水站，走上了国防公路，又经过贤庄、赤土，抵达了金钟河，然后，便绕南面归来，进行了全程 60 余华里的长途行军。一路上，高唱革命歌曲的声音此起彼伏，朗诵毛主席语录的声音也不停歇；行进间，有的开小型批判会，有的开学习毛主席著作讲用会，还有搞行军天天读的，以各种形式来学习宣传毛泽东思想。特别值得一提的是，这次夜间行军，我们班担当了尖刀班，按图行进，传递信息，走在全连的最前面。由于同志们战备观念强，从难、从严、从实战出发要求自己，接受了上次执行任务中的教训，发扬军事民主，及

时总结经验,传送信息及时,使整个部队行进准确无误,较出色地完成了任务,受到了连队首长的表扬。

天大亮后,拉练队伍途经104干校,受到了该校革委会、军宣队和全体学员的热烈欢迎,不仅生活上给予热情接待,尽力照顾,而且还给表演了文艺节目。两位下放干部,给大家做了生动的学习毛主席著作的讲用,使军垦战士们受到了一次深刻的毛泽东思想教育,进一步认识到毛主席关于“广大干部下放劳动”的光辉的“10·4”指示的意义,坚定了接受工农兵再教育的决心,誓在三大革命斗争实践中锤炼对伟大领袖毛主席的一颗忠心。

这次行军,由于自己衣服穿得单薄,前段劳动弄得脚又有些拐,行走起来比较艰难;但一想到路途就是战场,前方的村镇就是前沿阵地,脚虽然有些拐,也不能掉队,身上有些冷,也不能影响行军的情绪。沿途以“两不怕”的精神激励自己,紧跟行军队伍,一直坚持走下去,于午后2:30胜利地返回了营房。

※摘自1969年11月18日的日记。

工作分配的第一站

1970年1月26日,结束了近一年的在天津军粮城军垦农场的劳动锻炼,根据国务院、中央军委及省革委有关文件精神,堆积了连续三届的大学毕业生终于可以分配工作了。我的派遣手续到达晋东南地区革委时,政工组的同志曾征求意见,想让我留在地区工作。考虑到当时的家境情况,特别是母亲体弱、独自持家的困难,我要求还是回县里工作。2月18日,我到县革委会组干办公室报到,帮助整理一些档案。在等候分配期间,正逢县里召开每年的“三干”例会,待分配的数十名大学生也参加了会议。组干办公室的负责同志，指定我为这批待分配人员的召集人，组织大家听报告，参与会议的小组讨论和参观南关、坪头等示范点。会议从2月25日至27日开了3天，会后，宣布了分配方案，绝大部分的人分配到公社、学校、农林科技及企事业单位，我分配到县粮食局工作。3月1日报到后，回家拿行李，8日正式上班，安排到局办公室负责文秘工作。日常工作，配合局里领导和机关股室的业务，起草文件、请示、专题报告及总结汇报，编写粮食简讯、征购简报，深入到各粮站去搞调研，还撰写过一些个人、粮站和局里的典型材料。在粮食局工作期间，1970年年末，被抽调到县征集办公室，承担征兵下站宣传工作；1970年5月至1971年年初，断断续续被县人武部抽调，参与县《兵要地志》整编事宜，复制标注县境地域的军用地貌图，在此基础上，还绘制了阳城县的区划地图，后正式印制使用；此后，还被抽在县政工组的批修整风办公室工作了一段。1971年6月，曾被评为县财贸系统的积极分子。

※根据1970年1月至1971年7月工作笔记中的相关记录，2021年1月23日整理。

“五七”指示发表的五周年

五年前的今天，毛主席发表了光辉的“五七”指示，五年来，全国七亿人民沿着毛主席指引的大道，奋勇前进，在改造客观世界的同时，努力改造主观世界。五年来，我遵照毛主席的教导，学文、学军、学农，如今又踏上了粮食战线的新征程，我仍以毛主席的“五七”指示去加强自身的思想革命化。在“农业学大寨”的高潮中，我参加了深翻土地和打坝造田，在艰苦的劳动中经受锻炼，锤炼红心，接受贫下中农再教育。在“五七”指示发表五周年的今天，我和粮食局机关的全体同志，翻山越岭，登上海拔 1888.3 公尺高的析城山，在圣王坪上种山药，切种、担粪、撒粪、埋籽，样样活儿抢着干。汗水湿透了衣衫，羊粪污染了手脚，思想上却得到了收获。我为自己在落实毛主席“五七”指示上大步前进而自豪，我为自己在毛泽东思想的光辉照耀下健康地成长而高兴。

※摘自 1971 年 5 月 7 日的学习笔记。

学唱排演样板戏《沙家浜》

春节过后，因家中有病人，我未及时返回粮食局，却接到茹家富的电话，催我赶快回来。当时说县武装部让我赶快回城，我想可能是部队搞拉练训练，急需用地貌图，让我回去标图，所以立即赶回局里。谁知一进门，便觉得气氛不对，同志们都在敲锣打鼓，又拉又唱，排练节目，我心里便犯了寻思，是不是让我演节目？咱可是门外汉，干不了。果然不出所料，吃饭时，家富对我说，局领导交代，让你演李玉和，我被这突如其来的消息给弄懵了。我想，这才是天大的笑话，和我相处过的人都知道，我长这么大，就不爱蹦蹦跳跳，上了几年学校，文体活动根本不沾边，叫我演戏，那才是李玉和说的“擀面杖吹火，一窍不通”。不管怎吧，先看看情况。经过几次排练，才知道排演的是《沙家浜》的第七场，而且是以上党落子唱腔演唱，这下我可松了口气，心想没我的事了，家富只不过是瞎咋呼罢了。谁知排练后散场时，家富又把我留下，让我和几个同志搞导演，一听这话，我更感到可笑。俗话说，隔行如隔山，我怎么会搞导演呢？但看到大家都在积极排练，自己也不能袖手旁观，导演不导演吧，不登台表演就行，何况还有其他几位有文艺素养的同志，咱就来个南郭先生吹竽——滥竽充数吧。

春节会演后，我们的节目赢得了县领导和观众的好评，我也受到很大的鼓舞。但随着排练全剧的展开，麻烦又来了。分配新角色时，点到了我的名下，而且是一人顶两个角色，即演地下党的书记程谦明，还反串伤病员小王。我当时就想往出推，但看到大家一个个都高兴地接受下来，而且近年来分配到粮食局的大中专毕业生都上了场，我也不敢说什么。散场之后，我心里老考虑着这个问题，演吧，确实没出过场，笨手笨脚弄不成，怪丢人；不演吧，如何交代领导和同志们，这才是硬逼公鸡下蛋，强打鸭子上架，没法子。

晚饭后，我怀着矛盾的心情走入排练场，只见那场中央布幕上缀有毛主席的语录"样板戏要提高，要普及"。看着这醒目的语录和同志们排练的劲头，我有点沉不住气了。是呀，普及样板戏是毛主席的号召，大家的情绪是这样的高涨，我怎么能无动于衷呢？此时，又想到了毛主席他老人家说过的，"我们能够学会我们原来不懂的东西""革命战争是民众的事，常常不是先学好了再干，而是干起来再学习，干就是学习"。主席的话给我以信心和力量，就这样，我按照毛主席"干中学、学中干"的指示精神，硬着头皮去参加排练，并以虚心和认真的态度，向懂戏的人求教，不管是一个动作或一句唱腔，我都反复琢磨，反复苦练。时间长了，还能就自己的感觉，给其他同志的一些动作和唱腔提出些建议。

为了排练，我和同志们一道熬过了许多不眠之夜；一次因为回家办事，为不耽误排练，冒雨步行30余里赶回局里。戏排成后，首先在县城的烈士陵园舞台上演出，以后又深入到上李、淇汭、栅村、河北、南底、南安阳、芹池、王曲、横河等村镇演出，深受群众的欢迎和好评。粮食局的业余文艺宣传队，由此一炮打响，在城乡名声大扬。

通过学唱排演样板戏《沙家浜》，大大地活跃了局机关职工的文化生活，又因为送戏下乡的村落，大多都是粮食局所属的各粮站的所在地，文艺演出既密切了粮食部门和当地群众的关系，也有力地

促进了粮食购销任务的完成，真可谓是一举多得的好事。

※摘自1971年5月13日的学习笔记。

为革命管好粮储好粮

学习县革委会、县人武部《关于次营粮站发生霉变粮食的通报》之后，深感问题严重。粮食是宝中之宝，是重要的战略物资，是广大农民群众辛勤劳动的成果；为革命管好粮食，为战备储存好粮食，是每个粮食职工的光荣职责。我们应遵照毛主席"一定要把公社的粮食收好、管好、用好"的指示，切实管理好粮食。次营粮站保管原德华平时工作漂浮，满不在乎，极不负责，先后三次霉变粮食800余斤。事故发生后，又欺上压下，擅作处理，消隐罪证，拒不认错，实属罪过严重，手段恶劣，影响极坏。我们一定要从中吸取教训，认真抓好粮食的仓储工作，确保国库的粮食不受一点损失，杜绝类似事故的发生。

※摘自1971年5月19日的学习笔记。

我的学以致用

我回县里工作时，党的基层组织尚不健全，即使设有党组织的单位，仍沿用"文革"中的名称，称之为"核心小组"。为恢复重建县直机关及企事业单位的党组织，加强党的队伍建设，1971年8月25日，县委决定成立县直党委会。由时任县委委员、县人武部副政委、县革委政工组长李连英担任书记，"文革"前任县公安局副局长的吴忠任副书记，另有党委委员9人，由吴忠主持日常工作，确定我和原在教育战线工作的冯毓瑞为办事人员。这样,我便从县粮食局调往县直党委工作。党委的日常工作主要有四项,其一是恢复重建县直单位的党组织,按照党章规定,经选举,逐一产生党的支部委员会、总支委员会或党委;其二是督促检查县直单位的读书学习和批修整风,传达贯彻县委有关会议精神,收集听取相应的工作汇报;其三是批准发展新党员,决定处分违纪党员(含留党察看及其以下处分);其四承办县委交办的涉及县直单位人员受开除党籍、开除公职处分案件的审核宣布事宜。因工作的涵盖面宽,办事人员少,每天都处在忙碌状态中。

1972 年 5 月 1 日,冯毓瑞调离县直党委,到公社任职,将原在县委党校的达鉴金调来,和我一起工作。经过一年多的具体工作,到 1972 年 6 月底,县直单位基层党组织全部建立,工交口、农林口、商业口相继成立了党委;县委决定,这 3 个党委直属县委领导,县直党委直接管理的便留下两个党总支(县革委党总支、县粮食局党总支)和 33 个党支部。这些单位有干部职工 1044 人,党员 488 个。截至同年 11 月,经县直党委研究批准发展的新党员 124 人,转正预备党员 21 人,处分党员 8 人,政纪处分的 2 人;承办县委批准交办的涉及开除党籍和开除公职案件 7 起,其中影响较大的有,县印刷厂王鸿业因贪污问题,撤销党内外一切职务,开除党籍,依法逮捕;皮革厂袁丙全因不满现实,奸污妇女,开除公职,予以拘留;百货公司王天祥因贪污腐化,投机倒把,开除公职,回原籍劳动;县支行李随和因陷害宋文明案,开除党籍、开除公职留用等。11 月 11 日是县直党委召开的最后一次会议,此后,根据县委的决定,县直党委会撤销。吴忠同志到县公安局工作,我有省委党校政治系的学历,达鉴金同志在县委党校工作过,我们两人又一起分配到县革委宣传办公室工作。

11 月 21 日到岗后,正赶上从中央到地方,各级党委重视并强调学马列、读原著,领导便把这个任务交给了我。我虽然在省委党校

学过政治理论，但学的却是综合性的教材读本，没有研读过马列经典原著。这次学的第一本原著，是恩格斯《路德维希·费尔巴哈和德国古典哲学的终结》，这是马克思主义哲学的开山之作；不仅自己要读懂弄通，还要给县委中心学习组的领导及各公社和县直各单位的理论辅导员讲授，必须认真对待。我便硬着头皮，反复通读，加班加点，准备讲授提纲，原著上批注勾画得密密麻麻。功夫不负有心人，《费尔巴哈论》开讲后，立即受到县委分管领导、宣办领导及广大理论辅导员的赞扬。接着，又研读讲授了列宁的《国家与革命》和马、恩的《共产党宣言》，在学习《国家与革命》时，还建议开设广播讲座，由我分单元录音讲授，也取得了好的效果。在这期间，还应邀到董封、东冶、三窑等公社和县工交口，向所在地的机关干部职工以及学校的教师们，进行集中讲授辅导。讲授辅导马列的原著，促进了自己对政治理论的学习，领导和听讲者的肯定和赞扬，也极大地增强了我专心从事理论教育的信心，相当一段时期，我有一种学以致用的欣慰感。

※根据1971年8月至1973年9月工作笔记中的相关记录，2021年1月22日整理。

一次极为特殊的生活会

我到北留公社任党委副书记已整整一年，前两天接到县委通知，让我重回县宣传办公室工作。一年来，我走遍了全社的各个村庄，有的还多次去过，在工作和劳动中，同干部群众有了直接的接触和了解，彼此间也产生了真挚的情感。党委分工我包石苑片，在石苑大队蹲点住宿的时间就比较多，要离开了，还真有点恋恋不舍。上午，我和公社主任王昆生同志相跟着，一块漫步行走，去南留大队的地里边看了看，然后我便顺路南行，独自步行到石苑大队，去和张保太等同志告别。等返回公社后，已是下午5点多了，听说县委书记尹正南同志率领县委办的一些工作人员，来北留大队蹲点搞平田整地的样板，晚上还要点灯夜战。我因事先不知道这个情况，从石苑大队回来得又有些晚，没来得及去看望尹书记一行，决定吃了晚饭，也去参加北留大队的平田整地，到时再看他们。

平田整地的样板田，选择在紧临公社机关、通往北留大队的大路边。此地平坦，是北留大队唯一的一块菜地，为了作县委领导的样板地，在尹书记的“腾地”“小秋收”的指示下，把地上栽种的本可多长一段时期再铲的齐刷刷的大白菜给提前铲掉了。这块地属四队耕种，这一段因队干部不团结，已影响到社员的生产积极性。晚上夜战时，尽管稀稀疏疏挂起了一些马灯，但毕竟光线不如白天，除了尹书记带的一些工作人员和陪同一块干活的公社主要领导外，队干部和社员出勤得并不踊跃。我向尹书记和县里来的同志打了招呼后，便跟随大伙平田搂畦。干活中有人问起四队的情况，特别是感觉到群众的生产情绪不高时，我随口不经意地说了些情况，并表示，不能只抓锄头不去抓人头，要设法调动群众的生产积极性，光有工作队的积极性是不够的，一个积极性不如两个积极性好。此话本是干活之间闲聊说出，没想到竟让打小报告者传到尹书记那里，冒犯了尊严，收工后，连夜专为我开了一次生活会。

生活会在北留社员王美计家召开，这也是尹书记蹲点的住宿地。参加生活会的人员，除尹书记和他所带的工作人员外，还有在北留蹲点的县工作队员，公社参加的有牛家盛书记、王昆生主任、我及其他几位领导。会议名称叫蹲点干部生活会，却专门是针对我一个人开的。主持人开了个头，便让我做检查，我虽有思想准备，但却不知从何说起。当着尹书记的面，我先说明了一些情况，在尹书记居高临下、威严并施的态势下，我不得不违心承认

自己“组织观念不强”“散布了一些错误观点”。接下来与会者的发言,不是批评,而是批判,言辞激烈,上纲上线。尹书记也甚为激动,不时地站在室内最高处予以插话。发言者除了说我“检查不诚恳”“认识不深刻”“有骄气”“有怨气”外,还扣了不少的帽子,诸如,“摆脱县委领导”“对县委持反对态度”“不满意培养典型”“对新生事物冷嘲热讽”“是路线斗争问题”等。这是我有生以来遇到的一次由主要领导策划、参与,形似疾风暴雨、甚而枪林弹雨式的党内生活会。不知怎的,会上批判得越激烈、越严厉,我的心绪反而更加平静了下来。

这次生活会后,好心的同志曾劝我,找尹书记认个错,或者写一份深刻检查。我冷静地思考了事情发生的前前后后,感到并没有什么原则错误,只是不该冒犯领导的尊严,不合时宜地讲了些大实话。既然领导高高在上,又听不得真实的不同意见,我也没必要去当面对话了,就耐心等待着对我的“处置”吧。果然,在其他县委常委的一再坚持下,我虽被任命为县宣传办公室副主任,却又让我到润城公社的河头大队住村蹲点一年,同去者还有同事武海疆与李金斗。这期间,还被数次抽调到红旗山县“五七干校”,为几种读书学习班的学员讲授辅导列宁的《帝国主义论》和马克思《哥达纲领批判》的部分内容。

※根据1974年10月12日的工作日志及相关记录整理。

决定后半生的工作调动

县委机关里议论了一段我的工作调动事,现在终于明朗化了。此前,仅仅是组织办公室的少数人知道,我最早得到的信息,还是我的同乡、组织办副主任上官志勤同志给我透露的。当时我也很纳闷，不清楚此事的来龙去脉。回想大学毕业分配时，是我主动要求回家乡阳城的，这多年来，安心故土，忠于职守，并未想到过还要离开这生我养我的地方。后来是从大学同学马原生的来信中知道，粉碎“四人帮”后，省委为充实和加强省委组织部的人员，决定选调一批有基层工作经历的大学生，我便是被选择的人选之一。

8 月 14 日上午，县宣传文化系统召开欢送座谈会，除宣传部领导及同志们参加外，还有文化局、广播站、书店、剧团的负责同志参加。大家语重心长地肯定成绩，提出希望，更多的还是要求今后能加强联系，互通信息。书店领导延志文还即席赋诗勉励：“送别老李赴晋阳，三言两语表衷肠，工作调动平常事，一切安排交给党。”大家的诚恳和盛情，让我欣慰，让我感动，更多的是激励我在新的工作岗位上，努力学习，好好工作。想我已是年过三十的人了，这次工作调动，将决定着我的后半生，不管前景如何，我一定不能辜负组织和同志们的厚望。

三天后的下午，县里派专车送我。我只携带了些简单的行李和书籍，由县委组织部分管干部工作的曹培德同志送我抵达长治，到地委组织部转换了有关组织手续，乘次日上午 9:10 的 654 班机飞往太原，踏上了我人生旅途的又一个征程。

※根据 1977 年 8 月 14 日、19 日的工作日志整理。

从事干部管理工作

8 月 20 日我到省委组织部报到，26 日分配到干部一处工作。此时的省委组织部，正处于工作人员的过渡衔接阶段。根据省委的决定，原组织部的同志，集中学习中央与省委关于揭批“四人帮”罪行、肃清流毒及影响的有关文件，联系实际，清查与“四人帮”有牵连的

人和事。新从各地调入的同志,坚持办理组织部各处室的日常工作。当时主持工作的是邱国华副处长,没多久,原临汾地委组织部副部长郑社奎调来任副处长;之后,又将组织处的项宝太调来任副处长。1981 年 8 月邱国华调离后,王本瑛副处长来处里主持工作。干部一处的分工,是负责管理省直党群口和各地市的省管干部,我的职责是承办省管干部的任免事宜。为尽快熟悉情况,配合处领导,花费了一定的时间,分期分批听取了各地市委组织部与省直党群口各单位干部人事处的汇报。汇报的主要内容有:各地(市)、县及省直单位干部的综合状况,领导班子的具体情况,离退休干部状况,干部工作中亟待解决的问题等。在此基础上,处内统一制发地(市)、县干部花名登记表,由各地市委组织部限期填报,为熟悉掌握所分管的干部情况,提供了第一手资料。

干部一处日常干部任免事宜,大体可分两类。一类是省委直接决定的干部任免,包括省直党群口的部委厅局级干部、部委内设的正处级干部,各地市党委常委、行署政府副职以上干部和所辖县区的党政正职干部,以及个别特殊任免的干部。另一类干部任免,则是由各地市委和省直党群口各部委厅局呈报的干部任免,其中包括省管干部和组织部代省委管理的干部任免,这也是日常承办的最大工作量的干部任免。在具体处理过程中,都要经过听取汇报、研究讨论、审阅档案,形成考察材料,填写打印干部任免表格;一经省委或省委组织部讨论通过,即要抄录核对会议记录,起草任免文件,经逐级领导审核签发下文执行。我便承担的是这大量琐碎而又细致的任免事宜,成为干部一处任免工作的主办干事。

在干部一处的干部管理中,地(市)、县领导班子,尤其是县级领导班子的调整任免,是处里工作的重头戏。由于受“文革”派性的干扰,清查中人为的对立,直接影响到领导班子的团结和干部队伍的稳定,也关乎当地经济的发展。解决这一问题,固然需要做一些组

织人事的调整，但就班子的建设而言，加强必要的思想教育才是最重要的。基于这样的现实和认识，经部领导、省委领导同意，于1977年11月至1978年的上半年，在省委党校先后举办了两期省管干部整风学习班。第一期为地、县领导班子短期整风学习班，每个地市抽调4名地市级领导，每个县区抽调3名常委以上领导，由一名地市委副书记带队管理。第二期的时间4个多月，范围有所扩大，省直厅局和大型厂矿院校的领导也参加，参加学习的600名学员中，地市级领导22人，县级主要领导142人，地、县两级的学员仍占绝大多数。整风班的理论学习内容，由省委党校负责安排，中心的议题是：消除派性，加强党性，增强团结。在学习的基础上，以整风的形式，把各自摆进去，联系班子存在的问题，开展批评与自我批评。6月6日至7月16日间的整风阶段，部内指派我和干部二处的张隆保、干部三处的王英杰，吃住到省委党校，跟班学习、考察，既熟悉了解了干部情况，又从中起到了沟通认识、化解矛盾的作用，解决了一些班子成员间恩恩怨怨、是是非非的问题，收到了好的效果。此外，在1979年的9月至12月，抽调地、县两级领导班子中分管农业农村工作的同志，在省农干校举办了为期三个多月的农业科技知识培训班，培训期间，我和处领导曾到培训班考察了解过干部情况。

配合省委调整地市领导班子，深入到地、县考核领导干部，广泛听取所在地干部和群众对领导干部的意见，是干部一处的一项重要工作。我到组织部的时间不长，便先后随有关领导，参加过三次大的考察干部的活动。1978年8月6日至9月13日，随同省委王大任书记和组织部赵维基副部长一行，赴晋东南地区，考察了解长治县领导班子，调查了解南呈李秉壁的有关情况；1979年2月12日至3月18日，在省纪委副书记张若愚率领下，我和组织部的李久清、王建平赴运城地区，考察运城地委及运城、临猗、永济3县领导班子，调查了解张怀英的有关情况；1981年4月8日至5月22日，在组织部

庞汉杰处长的带领下，我和组织部的曹显强、李玉林、李德贵、卫克兴一行6人赴临汾地区，考察临汾地委、行署以及隰县、翼城、乡宁、永和、吉县5县领导班子，专题了解清查中的一些干部情况。在这些较长时间的考察活动中，我所承担的任务，除与干部谈话外，还要阅读摘抄相关资料，在考察组内部充分交流情况及意见的基础上，起草或参与起草地级领导班子的考察报告。

从1978年10月开始，干部一处已陆续地承办了晋中、雁北、忻县、临汾等地区，县级召开党代会的人选审核报批事宜，这是粉碎"四人帮"后，加强基层党的建设的重要组织措施。1979年年底，省级四大领导班子配备齐全后，在省委、省人大领导的统一安排下，省辖市与县级"两代会"的换届选举工作提上了议事日程。为了加快人事安排的审批进度，部领导决定由副处长郑社奎主管此项工作，指派我和组织一处李锦文协助承办具体审批事宜。就审批程序而言，若条件成熟，先由地市委组织部派员来部交换人事安排意见，汇报几套班子配备的情况，逐个介绍班子成员的状况，以及代表的选举情况。必要时，拟任的党委主要负责同志还亲自参与汇报及介绍情况。在班子的人选取得一致认识的基础上，报部务会审核同意后，再报省委常委会讨论。省委常委会讨论决定后，即向有关地市委发出电话通知。"两代会"召开后，其选举结果以地市委文件向省委报告，处内代省委起草批复通知，经部领导、省委分管领导审批签发后行文下达，并将全过程资料立文书卷归档。在批办过程中，临时要求更换候选人选，或超职数进行选举的事时有发生，遇到此类情况，都得逐件请示，随来随办，及时处置，不得延误，以不影响基层的选举为原则，无形中增加了批办的工作量。这其中大量的阅办、请示、行文及归档事宜主要由我承办；其间，还汇总起草了全省党代会换届选举情况，1981年9月初，随同组织一处处长史超书，到中央组织部组织局，参加六个省的交流汇报，我省的做法得到了中组部

部、局领导的首肯。到1982年上半年，除少数市、县人选已批未召开会议外，基本完成了市、县“两代会”的换届选举。

1983年的1月下旬，为筹备省级第六届人代会、政协会议，我和组织部的吕玉峰、王英杰等，抽调到换届人事办公室工作，由组织部王继平副部长负责。具体工作是，与各地市委组织部和省直各大口负责人，研究磋商全省代表名额的分配和选举事宜，听取各地市的省人代会代表人选的情况汇报，协商新一届省人大常委会委员、政协委员及出席全国人大代表的提名人选。候选人选初步商定后，即要造花名册登记基本情况，撰写个人工作简历、“文革”和三中全会以来的表现以及主要事迹的材料，每个人约600余字；若遇履历缺失或人事材料不全，还得调阅人事档案，补充撰写相关的材料。在反复酝酿人选的过程中，更换人选的事常有发生，一遇此情况，除及时写请示报批外，还要撰写新人选人事材料及更改相应的表、册，增加了不少的案头具体工作量。人选正式确定后，填写代表登记表和人事呈报表，人事材料及相关表、册的排印、校对工作便接踵而至。我和刘存善，专门负责全国人大代表候选人的个人情况简介以及全国人大代表与省人大常委会委员、正副主任候选人的简历的起草、排印和校对工作。这些具体琐碎又特别需要认真仔细对待的工作，连续干了3个多月，周末和晚上加班是经常的。人事安排材料准备就绪后，人事办公室的人员，又成为4月下旬召开的省人代会的组织组工作人员，参加了会议各项人事选举的全过程，于月底结束了这一紧张的工作。

1983年的5月，全省地、县两级机构改革及选配新的领导班子的工作拉开了序幕。为使这一工作能够按时顺利进行，经省委研究，成立了地、县机构改革指导组，由时任省委常委、省委组织部第一副部长的卢功勋担任组长，指导组成员有省级领导胡晓琴、王绣锦、韩洪宾及贾冲之；办公地点设在太原饭店西小楼，办公室主任由

副处长郑社奎担任，抽调我和组织部的张文楼、苏谦、李天勇以及省国防工办干部处李国强，承办日常具体事务。这次机构改革选配领导班子的一个重要特点，即是贯彻干部“四化”方针，搞好干部的新老交替，选拔一大批优秀的中青年干部走上领导岗位。办公室组建以后，立即抽调考察人员，分头深入到地市去考察。接下来的日常工作，便是听取考察汇报，反复酝酿人选意见，阅看干部档案，填写考察卡片，汇总考察材料，起草打印审批人选表格等，我参加了人选汇总审核报批的全过程。在确定人选时，坚持严把政治关、年龄关及文化关，尽力做到好中择优，优势互补，合理搭配，卓有成效地选配了新的地市领导班子。之后，又选配报批了全省县区级党政正职的任职事宜。为指导全省县级全面安排选配几套领导班子的工作，由我起草了《县级五套领导班子的配备方案》，讨论修订审核同意后，行文下达，使全省县区级选配领导班子的工作有章可循。乘选配县区级领导班子的大好时机，从省直各机关单位，推荐选拔了一批有大学学历、政治素质好的年轻干部，定向下派到全省 38 个山区县领导班子中任职。到 1983 年 11 月底，办公室的工作结束，我又被抽调到省委整党、清理“三种人”办公室工作了一段时期，直到 1984 年 6 月省委组织部部机关机构改革后，我才回到部里工作。

※根据 1977 年 8 月至 1984 年 6 月间的相关记录，2021 年 1 月 31 日整理。

重新开始记日记

中断了十年的日记，又继续写开了。所以中断，一方面是接受了“文革”的反面教训，抄家、抄“黑材料”，作为整人的依据，不如不写；二是动乱年头，变化莫测，是非难辨，懒于动笔。如今重新开始记日记，一来考虑应把生动丰富的生活场面记录下来，二是可以作为一面镜子，经常照一照，从中得到教益。直接的原因，又是从一件小事上引起：昨日下午，原平县委工交部两位同志，前来了解“四清”时，我在闫庄公社企事业工作队，涉及铁木农具社宋海皎案件的一些情况。时隔十多年了，一点印象也没有。当晚为给来人写一个准确的证明材料，我翻阅了从阳城带来太原的资料，最后从参加“四清”时的日记片段里，找到了一些线索，帮我从脑海里做了一番回忆。这件事教育了我，说明日记坚持记下来，大有益处，至少可以备忘。尤其是十年浩劫之后的今天，政治环境已大为改观，抄家挨整之顾虑应当消除，这就更促使我有责任重新开始续写日记。但愿这良好的心愿，能够持之以恒，见诸行动。

※摘自 1980 年 11 月 14 日的日记。

黄克诚的讲话学后感

午后，学习黄克诚同志在第三次中纪委会议上的讲话，只听了关于对毛主席与毛泽东思想的评价。他以亲身的革命经历和大量丰富的历史史实，讲述并评价了毛主席的丰功伟绩和英明所在，对诋毁者表示了极大的愤慨，听后很受启发。黄克诚同志，作为庐山会议的直接受害者，尚能站在党的立场上，公正客观地去评价毛主席和毛泽东思想，维护毛泽东的历史地位，足见其品格与思想境界的高尚，他与毛主席有深厚的无产阶级革命感情，讲得很有水平，听了很受启发。一句话，讲得好，说出了我的心里话。

※摘自 1981 年 4 月 3 日的日记。

满目疮痍的临汾鼓楼

到临汾地区考察干部，白天整理干部谈话记录，晚饭后，我和庞汉杰、卫克兴同志漫步临汾街头，看了移栽的日本樱花，又去观看著名文物景点鼓楼。据介绍，这个鼓楼始建于北魏，历经地震、战火以及"文革"的洗劫，已破坏得不成样子。眼前的鼓楼是作为存车库用，登楼云梯已被堆积的垃圾堵塞，楼顶的建筑也破败不堪；明代万历年间嵌刻的门洞阁上的匾额，东、西、南、北四面的所刻字，大部分已用泥面填刷，看不清原雕刻的字迹。仔细盯住看，依稀可辨识的，北面有"幽并"二字，西面有"河汾"二字，南面有"南通秦蜀"四字，东面的字已看不见了，是以"为人民服务"所代替。真是太可惜了！顺鼓楼东街走，经过了八府囫囵巷，记得这是当年姐丈一家曾住过的地方，原来这里离鼓楼不远，难怪母亲20世纪50年代来临汾县城看姐姐时，还登楼眺望过汾河及全城哩。再往东走，便抵达了县文化馆，馆前有一龙壁，也已破毁得缺头少尾。望着满目疮痍的鼓楼和眼前残损的龙壁，大家心里都很不自在，仅仅过了三十年，这些不能再生的珍贵的文物古迹竟遭到如此的境遇，令人叹息不止。

※摘自1981年4月15日的日记。

观瞻洪洞县的名胜古迹

今天是星期天，干部考察工作休假一天，在临汾地委组织部陈元喜同志的陪同下，我和庞汉杰、卫克兴同志驱车来到洪洞县的广胜寺。这是被列入第一批的全国重点文物保护单位，坐落在霍山南

麓，风景秀丽，寺分上、下两寺和水神庙，始建于唐。上寺院中建筑有天中天、大雄宝殿、前殿、中殿、后殿等，大部分为明代重建，其中所供佛像有铜、铁、木、泥，另有珍贵的壁画等；前殿中原藏有著名的金代版本佛教大藏经，已转移北京图书馆保存，是稀世孤本；前殿前有飞虹塔，为琉璃彩塔，十三层八角，系明正德年间所建，也是国内现存最佳之古塔建筑之一，总体来看这座禅院保存得是很好的。下寺院在山脚下，仅有后殿、山门，建筑基本上是元代修建，殿内壁画非常珍贵，1928 年遭到美国人的切割盗窃，留有部分残画，存上寺。寺院东侧有水神庙，为当地风俗神庙，每年的三月十八古农历庙会，就是为祭祀水神而设的传统节日。殿内壁画中有一幅描绘元代庆水神唱戏班表演情况的画，对研究元代戏曲发展史极有参考价值。儿时就听说，洪、赵人为了争水而打架死人，今亲临其境看分水亭，三、七分水，很有教益。广胜寺占据了一块风水宝地，其旁的地下流出了一股好水，如今已纳入水渠，为当地人民造福。观瞻中，原地委负责人、现任省文委副主任的胡亦仁同志也来观看，又有县委书记王德贵陪同，讲解员打开殿门给详细地做了讲解说明，受益匪浅。归途，又看了洪洞大槐树与移民处遗址，于下午三点多返回地区宾馆。今天尽管走累了，但却看好了，很有收获。

※摘自 1981 年 4 月 26 日的日记。

瞻仰毛主席遗容

这两天在京参加中央组织部召开的汇报会，上午安排观瞻毛主席纪念堂。七点半，从翠明庄中组部招待所出发，急急步行赶到天安门毛主席纪念堂，因返回找武殿生同志，造成人为的紧张，刚刚找到中组部的参观人员，就集合进场。如今，每周的三、六上午，方可

入堂瞻仰毛主席遗容。天安门前黑压压地站满一片,有老年人,有年轻人,有中国人,也有外国人,排在我们身后的就是一批来自非洲的外国友人。可见毛主席他老人家,永远活在中国和世界人民的心中。我怀着崇敬而又虔诚的心情,跟着人流簇拥着走入纪念堂,然后又漫步有序地进入遗容室,室内空气格外地冷,主席身卧水晶棺中,慈祥的面容,红润的脸庞,犹如进入梦乡。生前未能如此近距离地见到伟人的容颜,此刻瞻仰其遗容,心情显得格外激动。从纪念堂出来后,我们又步行排队从中南海的后门进入,前去观瞻丰泽园和颐年堂。这是毛主席 1949 年 3 月至 1966 年 8 月工作和居住过的地方,看到室内的陈设和满床、满书架堆放的古籍,主席当年在此读书、工作、生活的情景历历在目。他生活俭朴、刻苦好学的精神,深深地感动了来此观瞻的每一个人。从毛主席故居出来后,游览了花园,又参观了瀛台,这是当年光绪皇帝被幽禁的地方,如今经过修饰,供人观赏。快十二点时,参观结束,乘车返回中组部招待所,一上午的瞻仰和观览,收获不小,很值得。

※摘自 1981 年 9 月 5 日的日记。

对调整统计数字的思考

上午,继续复核昨天统计的数字,据说是部领导对落实干部政策的统计数字提出怀疑,进而指出工作底子不清、不细。如果说不深入、武断,倒亦可以原谅,但知道干部一处的工作量,又知道这次澄清情况的细致程度,下这样的结论,令人费解。有人要按领导的意图,更改调整现有的统计数字,更是错误的做法。干一切工作都应坚持实事求是的原则,统计数字更应如此,绝不能根据上面的意图、眼色,去更改、变动实际情况。那样就不叫统计,而叫估计或弄虚作假。是根据材料出观点,还是根据观点编材料,不是一个简单的工作方法问题,而是思想路线方面的问题。说到底,坚持实事求是,真正按这一原则办事是很难的。让材料随人的意图改变,并相应调整统计的数字,又怎能反映出实际情况呢?出于对实事求是原则的信守和坚持,直言不讳地讲了些话,可能会冲撞领导,但内心、灵魂却是踏实的。一些人为保"乌纱帽",极善搞逢迎,四面想讨好,我们的事业就毁在这些人身上。无私才能无畏,应为捍卫真理而敢于讲真话。

※摘自1981年9月25日的日记。

夜读《邓小平文选》

我参加机构改革、调整地市领导班子办公室的工作,今天轮到我值班,食、宿在太原饭店。晚饭后,看了一会电视新闻,因无好的节目观赏,便集中精力阅读今日领到的《邓小平文选》,先从头阅读了小平同志1975年的四篇讲话及文章,当年冒着风险,顶着压力,排除干扰抓整顿的大无畏的革命形象历历在目。通读这些文稿,甚感文理通畅,言辞中肯,获益不浅。邓小平同志确实不愧为马列主义的理论家,久经考验的革命家,振兴中华的实干家。时隔九年,重读华章,不能不由衷地感到他的伟大、正确。刚出版的这本文选,共收入小平同志1975年至1982年间的讲话及文章47篇,计373页26万多字。若按今日之阅读速度,尚需20余天方可读完,关键在于坚持,但愿阅读计划能够实现。

※摘自1983年7月15日的日记。

自身工作安排的征兆

上午,郑社奎同志召集地市机构改革办公室的李天勇、李国强、苏谦、张文楼和我开会,座谈这半年来办公室的工作。大家总结成绩,找出不足,各自都做了自我批评。总的感觉是,半年来,办公室同志团结战斗,和睦相处,任务完成得好,大家心情舒畅,除领导有方外,就靠大家的共同努力。别了,半年来的战斗,一晃而过,在人生历史长河中留下了不可磨灭的印象。中午,会餐,彼此热闹了一番,饭后休息于太原饭店西小楼。午后,我整理了一批干部档案,步行返回省委组织部,将这批档案归还给部档案室。王继平副部长先后分别找我和郑社奎同志谈话,意在考察了解我俩各自的情况。与我谈话时,我顺便讲了想到基层去工作的意愿。王部长明确指出,你是从基层调来的,部领导研究决定,让你留在组织部工作,最后要求将自己"文革"中的情况,写一个文字材料交来。这是组织上准备安排我的工作之征兆,但还得谨慎对待,稳妥工作,甚而保密,因为,良好的愿望成为现实,还有一定的距离。

※摘自 1983 年 11 月 22 日的日记。

我被任命为组织部的处长

上午,梅山会议厅召开省委组织部全体会议,宣布处级班子,我被任命为干部调配处处长,副处长有范炳宏、高月梅。这次共新任命处级干部 22 人,大学学历的占了一半;此外,还宣布了一批副厅局级、处级调研员,干部安排可谓各得其所,绝大部分同志是满意的。

卢部长做了综合发言，首先对处级班子的产生作了交代，然后谈了配备过程中出现的各种思想及情况，最后对组织部自身建设提出了要求。卢部长讲得既全面，又客观、中肯，很符合实际。会后，新的处级班子见面叙谈。午后，我找原处长郝玉生同志协商工作，谈调配处的有关设想。四点多，召开全处会议，郭光亮、杨春华缺席，讨论上午卢部长的报告，每个同志都发了言，我也谈了些看法。首先充分肯定了原处里的工作，对今后工作中需要注意的问题简略谈了些意见，也算是个表态、开场白。既然身份变了，就需要注意谦虚、谨慎、大胆、细致，并要团结和关心同志。处内还有些同志这次未安排，会后我找他们进行了个别交谈，做了些安慰工作，并对处里下一步的工作征求了意见。这种个别谈心的方法还是适用的。总之，要多做些思想工作，以保证新老处级班子的平稳过渡。

※摘自 1984 年 5 月 26 日的日记。

听彭教授的报告有感

午后，乘车到省委党校，听山西大学物理系副教授彭堃墀做出国留学观感的报告。他父亲在台湾，弟弟在法国，本人 1981 年 4 月至今在国外留学 3 年零 7 个月，先到法国，后到美国，从事光电学的基础和应用研究。从他介绍中知，法国、美国办事效率高，重视教学、科研工作。他留学参与实验研究，很有成效，台湾及美国方面，多次做工作，想让他留在美国或去台湾工作，但他夫妇二人还是毅然决定返回山西。这种爱国主义的精神值得赞赏和学习，同时也说明，学有成就的专业人才难得，对待知识分子应给予充分的信赖，相信他们是会为祖国的“四化”大业作出贡献的。只有充分地信赖与放手地使用，才会换来一颗赤诚的爱国、敬党心，甘愿

为祖国建设去拼搏。

※摘自1984年12月24日的日记。

考察地市、厅局领导班子

组织部处级干部宣布后，首先是干部、组织工作业务的衔接和开展，同时，又用了相当的一段时间，进行了部机关的整党及党员登记工作。进入1985年，为配合新一届省党代会的召开，涉及人事安排，省委要对地市及省直部分厅局的领导班子作调整、充实；部内投入大量的人力、精力及时间，深入地市及省直厅局考察领导班子，我也被抽出来参加这一工作。从1985年的3月下旬到10月下旬，整整七个月时间，由我带队，抽调部分处级骨干，负责对三个地市和两个厅局的领导班子进行了考察工作。其间，3月26日至4月8日，我和部内的黄新、宿青平同志，对晋中地委、行署的领导班子进行了考察；4月10日至4月23日，我们一行三人又对阳泉市委、政府的领导班子进行了考察；5月16日至6月15日，我和部内柴王群同志对省广播电视厅的领导班子进行了考察；7月24日至8月14日，我和抽调的王翼、张进才、孙旭东同志，赴临汾地区对临汾地委的领导班子进行了考察；9月17日至10月28日，我和抽调的杨静波、张进才、于凤云同志，对省公安厅的领导班子进行了考察。

考察前，除认真阅看考察对象的有关人事档案资料外，因时值整党期间，还要征求听取省委整党办公室的相关意见，特别是一些人员“文革”中的表现及情况，为考察做了大量的准备工作。考察中，除听取班子主要负责人及组织人事部门介绍相关情况外，重点和大量的时间，是征求和听取各方面干部群众对班子及其成员的看法和意见。既要同班子成员交谈，也要找中层干部了解情况;地市的班子还要有选择地听一听县区领导的反映,厅局的班子还要找一些了解情况的一般干部及职工进行交谈,尽量扩大考察的交谈面,以期听到客观而又公允的意见。同时,对参加考察的同志提出严格的要求,认真听,如实记,不传话,不表态,为谈话者保密,力争如实反映不走样,不给反映情况者留下不好的后果。考察结束后,要同班子主要负责人原则性地交换意见,在考察组内部充分酝酿沟通的基础上,撰写出综合性的考察报告以及拟调整任免人员的考察材料,准备向部务会做全面的汇报。整个考察过程,严肃、细致,但又烦琐、枯燥,除了要公道正直、守口如瓶外,还得有一股韧性和耐力。

我负责的这几个地市及厅局领导班子的考察情况,向组织部部务会和省委常委会汇报后,受到了部领导及省委主要负责同志的肯定和赞扬。在年终工作总结时,卢功勋部长对干部调配处及我的工作做出了公正的评价。他说,干部调配处的工作任务不小,但各项任务完成得不错,特别是金海同志抽出来作考察,时间长,考察任务完成得也好,这几个班子都定下来了,基本上是他们拿的主意。作为处长,较长时间外出考察,对一个处的工作来讲有些损失,但权衡得失,班子考察的成果得大于失。卢部长的一席话,使我欣慰,对我们七个月来考察领导班子的工作做了最好的结论。

※根据 1985 年 3 月至 10 月、1986 年 2 月 5 日的工作日志整理。

调研干部综合工作业务

根据张德春副部长的安排,借到临汾地区参加全省老区扶贫会议和到乡宁县看望组织部下乡同志的机会,我于 1986 年 4 月 16 日至 29 日,深入到临汾、运城两地区、七县市,对干部综合工作的业务

进行了调研。

会议期间,先完成了省委领导交办的31个贫困县干部状况、领导调整变动资料的统计汇总任务,并安排时间听取了临汾地委组织部就干部档案管理、干部统计、干部调配工作的情况汇报。会后,便深入到该区的翼城县、曲沃县、乡宁县,就干部综合工作进行了实地考察调研。到乡宁县时,还利用一个下午的时间,到该县的光华乡,看望了在这里蹲点扶贫的组织部的武殿生同志和煤炭厅下乡的同志。24日下午,乘车从临汾到了运城地区,次日,先听了地委组织部关于全区干部调配、清整档案、干部统计、吸收录用干部等情况的汇报,然后,又先后到该区的运城市、芮城县、永济县、夏县等,实地考察调研了干部综合工作的情况。

这次考察调研,不管是在地区,还是到市、县,都坚持了"一听二看三议论"的调研方法。就是说,先听干部综合工作的整体情况汇报,包括各地、县的个性特色及存在的问题;进而现场抽查、阅看干部档案、干部卡片及册簿,以及自行制定的干部综合工作的各项规章制度;对于各地、县干部综合工作中出现的好的做法及典型,存在的一些个性问题,充分进行交换意见,共商解决问题的对策。通过考察调研,对基层干部综合工作的状况及个性特色有了感性的认识和了解,也发现了一些好的典型,如翼城县委组织部干部档案整理有序、底数清、不断续写新资料、干部统计从基础抓起、建立四册四簿与十表、实行"一支笔"统计法、开展人才测评工作;临汾地区清整干部档案、全区推行干部县级直接统计卓有成效等。同时也发现,不少地方干部档案无专人管理,清整、续写新资料更成问题;有的编制没有核定到单位;干部超编还继续招干、进人;干部派不进、调不出;吸收录用干部考试有作弊现象等。

总之,这次的考察调研,虽然时间短,来去匆匆,但却对干部综合工作的下情有了清醒的了解,也是向基层同志学习的极好机会,对今后抓好全省的干部综合工作无疑是大有益处的。

※根据1986年4月16日至29日的工作日志整理。

赴华东四省市考察学习

为了解放思想,开拓视野,搞好干部工作的改革创新,组织部领导决定,处级干部分批外出兄弟省市考察学习。首批赴华东考察学习的有:党政干部处处长项宝太、干部教育处处长刘笃诚、青干处副处长李天勇、组织处副处长尹芝一、办公室副主任王学泽和我,由项宝太同志负责。

我们一行6人,于1986年12月1日上午由太原乘飞机飞往上海,安顿好食宿后,从次日开始,先听了上海市委组织部办公室副主任朱立德对部内情况及各处室的业务开展状况的综合介绍,然后又对口听取了相关处室的情况介绍;介绍干部综合工作的是该部综合干部处处长姚宝根,听完介绍又观看了他们的电脑室。其间,在市委组织部同志的带领下,还参观了党的一大会址、周公馆、中山故居、庆龄故居以及宋庆龄陵园等。

6日中午,由上海乘火车驶往浙江杭州,抵杭州后正遇周末休息,我们一行先游览了西湖,观瞻了岳庙、岳坟、秋瑾墓等,并在省委组织部同志的带领下,观看了六和塔、钱塘江大桥、虎跑泉、灵隐寺、玉泉等名胜景点。之后,集中听取了该部干部一处、研究室、综合干部处、计算机室的业务介绍,重点学习了解了他们的干部选任、干部考任、干部测评、人才开发的经验和做法。该部综合干部处处长黄纪煊介绍了他们的工作业务范围,并陪同观看了该部的计算机室。

10日早晨,由杭州乘火车返回上海,又换乘当天下午的快车驶

往江苏南京。到南京后,受到江苏省委组织部顾副部长的热情接待,在听取了部办公室汪主任的全面综合介绍后,重点听了部研究室钱主任关于干部能上能下、干部考察、乡镇干部聘用、干部管理体制、干部交流、机构改革方面的做法和探索。其间,利用周末休息,在山西驻南京办事处同志的陪同下,参观了中山陵、灵谷寺、明孝陵、雨花台;在省委组织部同志的带领下,观瞻了总统府、西花园、梅园新村周公馆和太平天国历史博物馆等。

原定 14 日由南京乘飞机飞往山东济南,因天下雨,当天的航班取消,于 15 日下午才飞抵济南。这中间,我们进行了小组内的讨论,畅谈了这次外出考察学习各自的感受。到济南后,分别与山东省委组织部的对口处室相交流,我听取了该部干部调配处处长王振清就该处业务工作的介绍;之后,小组内又进行了沟通汇总,讨论考察观感。正遇济南下雪,我们冒雪游览了大明湖、趵突泉、千佛山,并在风雪中徒步登临了泰山,领略了这五岳之首的风光及气势,乘火车于 20 日返回太原。

上班后,我就这次外出考察学习的所见所闻及收获,综合了一个文字报告。内容有:四省、市组织部门干部综合工作的分工及机构设置,干部综合工作的几个特点,电脑开发运用、实现管理手段现代化的情况,以及建立工作网络、工资套改和确定职务序列等有参考价值的信息等,向部务会做了汇报,给处内的同志做了传达。这次赴华东四省、市考察学习收获很大,很开脑筋,也为下一步干部综合工作的改革创新增添了信心。

※根据 1986 年 12 月 1 日至 20 日的工作日志整理。

赴华东四省市考察汇报

这次到上海、浙江、江苏、山东四省、市组织部门进行对口业务学习考察，解放思想，互通信息，感受较深，现就干部综合工作的有关情况及信息汇报如下：

一、关于干部综合工作的分工及机构设置

对于这一点，四省、市委组织部门不尽相同。上海、浙江设置有综合干部处，山东设置为干部调配处，这三个省、市尽管机构设置名称不同，但所分管的业务基本相同。除了分管我省调配处现行分管的工作之外，一般都还负责干部任免的综合、行文，以及省、市委管理的干部的工资、福利、离退休审批事宜。而浙江省的综合干部处，还负责省管干部更改工龄的审批工作。据这三个省、市委组织部同志介绍，其所以要这样分工，一来是为了将大量具体手续性工作集中处理，使任免处室腾出手来集中精力搞好干部的考察、选拔；二来和中组部干部调配局的业务相吻合。江苏省委组织部，却既无综合处，又无调配处，他们关于任免、调配的业务分别放在市、县干部处和省直机关干部处办理，而干部档案、干部统计、干部出国政审、电脑等综合性工作，则放在部办公室处理。实践的结果他们感到，办公室由于日常事务性工作多，而这几项工作业务性很强，领导的精力常常顾及不过来，直接影响到干部综合工作的基本建设和全省性的业务指导。

二、关于四省、市干部综合工作的几个特点

1.具有改革创新的精神。表现在两个方面：一是下放权力步子迈得大。四个省、市委只下管一级，即管到副厅局级干部，县委书记、县长下放地、市委管理；而上海市的经济厅局，市委组织部只管

正职,副职下放到各个工作委员会管理。这样,属于组织部直接管理的干部较之我们要少一些。据了解,上海市委组织部协助市委管理1400多名干部,浙江省委组织部协助省委管理1200多名干部,江苏省委组织部协助省委管理1006名干部,山东省委组织部协助省委管理1100名干部。而干部调配权,上海、浙江、江苏和任免权限是一致的,上海、浙江连党群系统的非市、省委管理的干部调配也归人事部门办理;山东省委组织部则和我们目前的干部调配范围大体一样,在实际掌握中,有些还比我们要严格一些,如政法系统的干部以及外省调入山东党群、政法系统的不够大专文化、中级以上职称的干部,还要由省委组织部审批。二是简化了一定的批办手续。表现最突出的是批办出国人员政审,上海只管审批市委管理的干部及高干子女、机要人员,而且市管干部不填什么政审表,凭政府任务批件指定的出国人选,直接办理政审批件。从部内批办程序来看,上海、江苏因公临时出国和因私出国的党员干部的政审,都合在一个处室办理;而浙江因私出国的党员干部,则不通过组织部审理,由本单位党组织审查后,直接报公安部门办理。

2.基础工作抓得实、抓得好。如,干部档案的清理、整理工作,四个省、市都已结束,有的还认真组织了交叉检查和验收。我们到上海市的时候,正赶上他们召开干部档案清整工作的检查汇报会。上海、江苏还抓了全市(省)范围内的干部档案和干部统计工作的业务培训;而山东是依靠各地、市抓干部档案业务培训,对提高专业骨干队伍的业务素质做了很多有益的工作。

3.注意加强宏观管理。四省、市在干部管理权限下放之后,十分注意加强宏观管理,特别是对处级干部的管理,都相应地产生了一些文字规定。最突出的是山东,他们在贯彻中央四号文件时,产生了个《做好县、处级干部管理工作的几点具体意见》。文件规定:对处级干部,县委书记、县长,市、地委正副秘书长、各部正副部长的任免，要事先征求省委组织部的意见，经同意后，再按干部管理权限办理任免手续。此外，还参照中组部关于对司局级干部的管理办法，凡属提拔县、处级干部遇有七种情况之一者，在做出决定前，征求省委组织部意见；其中结合山东实际情况明确规定，机构改革时因有这样那样的问题，未被省委组织部批准任职的要提拔使用，还得事先征求省委组织部的意见。在处级干部的职数上，明确规定：编制5人者配一名处级干部，编制6至11人者配一正一副，编制在11人以上的、工作任务比较重的处室，可以配处级干部一正二副。

4.重视对干部综合工作的领导。上海、山东、浙江普遍重视对干部综合工作的领导，这些省的综合处或调配处的领导，都是由多年从事干部工作的老同志担任。从编制上看，上海综合干部处编制16人，山东干部调配处编制15人，浙江综合干部处编制9人；而干部档案上放的力量相对来讲也比较多，上海4人，山东4人，浙江3人，江苏2人。干部统计都配备有专职人员，年终汇总忙不过来，适当借调或调整力量。这就保证了这些专业性较强的工作，既可抓经常性的基本建设，又可对全省（市）进行业务检查和指导。

三、关于电脑开发运用、实现管理手段现代化的情况

四省、市委组织部都把对电脑的开发、运用摆到了重要位置，投入了较多的人力和财力。上海、浙江从战略的高度去认识，开发和运用电脑。上海市委组织部专门设置了技术处，配备专业技术人员4人，同时又借调了10多名技术人员进行开发，目前除技术处集中配置了4台微机、1台大型电脑外，有关处室，如综合处、办公室还配有微机。据他们讲，已投资近百万元，如全部配套，进入终端，形成网络，尚需一百多万元；而且需要组织技术力量打歼灭战和攻坚战，建成后整个组织部则可以实现办公自动化。浙江省委组织部设置了计算机室，配备专业技术人员5人，其中还有一名副厅局级的总工程师负责，他们1984年底买入美国进口的主机，以后又购置了微机，

经过汉化,今年开始搞软件开发,现在已将省管干部、后备干部的简况都输入了电脑,可以进行查询、检索、统计、打印。此外,还运用电脑进行干部测评的数据分析和处理图标,着手进行党员统计等。山东、江苏也都购置了电脑,各配备了两名技术人员,正在做开发的准备工作。

此外,上海、浙江围绕干部、组织业务,还搞了些录音录像。上海已搞了四部录像,有计算机的原理及运用、人才测评、基层组织生活会等;浙江搞了温州的干部选任、宁波的干部考任等人才开发的录像。这些直观的音像制品,既开阔了眼界,又使组织部门的管理手段日趋现代化。

四、有参考价值的几条信息

1.由上海市委组织部牵头,会同市人事局、老干部局和科干局,成立一个上海组织人事信息中心,准备建立三级工作网络,市里一级、委一级、局一级;三级工作站主要进行计算机运用开发、组织人事工作的录音录像、组织工作方法的科学研究、干部测评等工作。组织部负责向市委、市政府联系财政经费的开支,部内成立软性科研课题研究小组,由一位副部长牵头,设置规划,分头实施。

2.浙江省委在工资套改时,将机构改革前担任副厅局长以上职务、机构改革时任副部长级干部的工资,按正厅局长套改;而新提任的副部长则按副厅局长套改工资。这个精神内部掌握,不作为一条政策,批就批了,没什么反映。

上海对机构改革前担任部、委、办副职的,因人而异,有的定正局职,有的定副局职,也是由市委内部确定,没有成文的东西;而对现在提拔的部、委、办副职,市委明确为副局级。

3.处以下干部确定职务序列问题,江苏省在工资套改时就基本解决。以省委组织部为例,设有副处级巡视员,正、副科级组织员,干事、办事员,调入干部立即明确职级。他们全部近100人,处级干部(包括巡视员)占到总人数的30%多一些,科级占到50%,一般干部和工勤人员占到近20%。

上海正在测算制定方案,初步意见是,部、委、办、局单位,科级干部与一般干部的比例是1:1.5;市属区级单位,科级干部与一般干部的比例是1:2;县级单位,科级干部与一般干部的比例是1:2.5。据介绍,这个比例在部、委一级行不通,以组织部为例,科级干部与一般干部的比例以1:0.5为宜。

山东在机构改革时,省委组织部内设有一级巡视员,按副处级对待;二级巡视员,按科级对待。这两种职务均按实职对待,占到部内总人数的22%。关于全省处以下干部职务序列的比例是,省直处级干部与科以下干部的比例是1:4,科级干部与一般干部的比例是1:2;市、地级机关的科级干部与一般干部的比例是1:3。据介绍,这个比例在地、市一级的党委部门行不通。

四省、市委组织部门一致认为,作为主管干部、组织工作的部门,从人员素质和工作需要考虑出发,处、科两级的人员应占部门干部总数的绝对多数,不能与其他业务部门相雷同。

4.关于干部因不胜任现职而降低职务使用后,如何确定职级待遇的问题,四省、市委组织部门都感到中组部的有关规定太原则,要解决具体问题,尚需有个具体实施意见。江苏、浙江均在酝酿这个问题,想产生一个文字规定。江苏倾向于先按原职级工资额套入降低的职务的有关档次,这样做尽管未降低工资额,但实际职级已降下来,在以后晋级和住房、乘车、看文件等方面,就只能按降低的职级对待。浙江提出,干部降职后,先按原工资额套入降低的职务的有关档次,然后可参考工资套改时增资额多少,因人而异,分别确定降一个档次、降两个档次或不降档次,因这部分人不属犯错误之列,在生活待遇上要能过得去。

※写于1986年12月23日,系赴华东考察向省委组织部部务会的汇报稿。

离岗学习党的十三大报告

1987年10月25日至11月1日，党的十三大在北京召开。为了学习好党的十三大政治报告，省委组织部部务会决定，分批分期举办每期一周的离岗集中学习的读书班。学习地址选在忻州奇村干疗院，首批读书班从11月13日至20日，参加学习的共十二人，其中处长三人，有干部教育处处长刘笃诚、组织处处长梁志忠和我。因干疗院中设有温泉，读书班安排每天学习六小时，早晚泡洗温泉澡各一小时。

平日在部里工作紧张忙碌，难得有如此安静舒适的读书兼休闲的机会，仅就学习环境来讲，此地确实是一个好去处。

整个学习贯彻了“读原著、自学为主”的精神，并辅之以听辅导，交流学习体会。学习中，按报告的部分去规划学习日程，中间还穿插收听了中央党校教授们的录音辅导报告。为加深理解和印象，在自学报告原文时，我边学边记笔记，写了不少读书札记，并对辅导报告的内容也做了要点的记录，时不时地还与同室学习的同志议论和交换一些看法。一周内，我除认真通读了政治报告的全文，还阅读了邓小平同志1987年2月至7月间的九篇重要谈话稿，其中贯穿了十三大政治报告起草的指导意见，为报告的形成提供了重要的依据和总的构想；先后收听了沈宝祥的《党的建设》、袁木的《十三大报告基本内容和历史地位》、周锡荣的《关于社会主义初级阶段理论》、王瑞璞的《关于经济发展战略和经济体制改革》等录音辅导报告，他们讲得条理清楚，阐述深刻，对学习报告极有启发和帮助。此外，利用泡温泉澡和晚上休息时间，我还阅读了《牺盟会和决死队》《领袖们》《蒋纬国秘史》《胡风传》等书籍和文摘。

在交流学习心得时，大家畅所欲言，认识和理解各有千秋。我谈了对十三大报告的总的学习体会，感到报告充满求实精神，通篇理论色彩浓厚，突出了改革开放的主题，贯彻结果必然是大得人心，安定人心，深入人心。总之，这次离岗学习，学得深，效果好，对今后搞好组织干部工作奠定了坚实的思想基础，也为加强自身的政治理论学习积累了好的经验和方法。

※根据1987年11月13日至20日的工作日志整理。

专业工作自述

我于1967年7月毕业于中共山西省委党校政治系（四年制），毕业后因“文革”的原因，推迟分配，到部队农场劳动锻炼，担任班长。这一段，除进行一些军训外，主要是从事稻子的种植和管理，经历了从平整土地、插秧到收打的生产全过程，学会和掌握了稻子生产的知识和技术。

1970年返回原籍阳城县工作，其中有三年零九个月的时间在县粮食局、乡镇（北留公社和润城公社河头大队）搞经济工作，在“全党动手，大办农业”的形势下，蹲过点，包过片，直接战斗在农业生产的第一线，熟悉和掌握了一些农业经济管理的知识和本领；此外还有近三年的时间，在县委直属机关党委会和宣传部从事干部管理工作，受县委委托，负责县直机关党务干部的考察任免和宣传、文化系统科以下干部的管理；在县革委宣传办公室和宣传部工作期间，还从事和分管过一段干部理论教育工作，亲自给县直机关和乡镇干部讲授、辅导过《共产党宣言》《费尔巴哈论》《哥达纲领批判》《国家与革命》《帝国主义是资本主义的最高阶段》《苏联社会主义经济问题》《论十大关系》等马恩列斯和毛主席的著作。在阳城工作的七年

多时间里，由于工作努力，踏实肯干，完成任务较好，1971 年 6 月被评为县财贸系统的积极分子，1977 年 3 月被评为阳城县先进工作者，出席了县群英会，受到县委、县革委的表彰、奖励；此外，1975 年、1977 年还两次被评为县委、县革委机关优秀共产党员，受到县委表彰。

1977 年 8 月，由组织决定调省委组织部工作，至今近十三年时间里，一直从事干部管理和干部综合管理工作。其中，机构改革前在干部一处工作，主要分管地、市、县干部的任免、考察、管理，参与过县、市人代会、党代会的换届选举和地、市、县机构改革、调整领导班子的工作，起草过大量的文件、考察报告、调查报告，都圆满地完成了领导交给的任务，1980 年、1981 年两次被评为部机关优秀共产党员；1984 年机构改革后，先后任干部调配处处长、干部综合处处长、党支部书记，主要负责干部的综合管理、计划管理、工资管理和专业技术人员的管理工作。

综合管理：执笔起草、参与起草和主持起草过干部管理的一系列文件（如《关于颁发省委管理的干部职务名称表的通知》《关于加强对我省公安、司法机关领导干部管理的通知》《关于完善工会干部选举制度的通知》《关于全省税务部门实行垂直管理有关问题的通知》《关于贯彻执行中纪委、中组部〈关于党的各级纪委内部机构和干部职务设置的若干规定〉的意见》《关于各地区人大工作联络组的领导关系、干部配备等有关问题的通知》《关于党政群机关、事业单位一般干部变动工作后调整行政职务的通知》《关于省辖市、县（市、区）级领导班子换届人事安排工作几个问题的通知》等）；主持起草、制定干部队伍宏观管理、各级领导职数控制的具体办法；组织实施全省省、地、县、乡四级党委组织部门人才预测；组织编纂省管干部名册、全省干部统计资料汇编、建国以来我省省级几套领导班子成员变迁资料；负责审批县、处以上干部进出省、调入调出省直机关、

事企业单位;负责审批县、处以上干部和副教授以上高级知识分子因公临时出国出境;组织实施全省干部结构调整与援藏支边干部内调安置;组织抽调三批省直机关扶贫工作队等。以上工作,由于认真组织,严格把关,任务都能如期按要求完成,没有出现过失误,大大方便和服务了基层,服务和促进了我省的经济建设。

计划管理:1987 年至今,会同人事部门对全省党政机关、全民所有制事企业单位的干部增长实行计划管理、指标控制,有效地抑制和控制了干部的不合理增长;同时为把好干部的进口关,疏通干部的出口关,会同人事部门共同起草制定了《乡镇干部缺额采用选聘合同制的试行办法》《关于县以上党政机关和事业单位干部自然减员指标管理使用办法》《关于严禁在吸收录用干部工作中搞不正之风的通知》《山西省党政群机关补充工作人员实行考试的实施细则》以及坚持干部离退休制度的一系列文件(如晋组通字〔1988〕17 号、晋组发〔1989〕15 号文件),均以组织、人事两家名义联合下文,为保证机关工作人员精干、优化,严格控制机关工作人员膨胀,做了一些有益的工作。

工资管理:几年来,会同人事部门、工改办对全省干部工资政策的制定、实施做了一定的工作,特别是去年以来,主持起草、制定全省法院、检察院审判、检察业务人员确定职级和工资改革的方案、政策、条件,前后下达四个文件(即晋组发〔1988〕14 号、15 号、18 号、25 号文件),并具体组织实施、审批;此外,还参与起草制定执行中办发〔1987〕1 号文件的具体政策规定文件三个(即晋人工字〔1988〕10 号、晋人工字〔1989〕27 号、39 号文件);组织测算省管干部工资改革以来晋升工资的情况和部分已离职、离退休的原四级以上老专家和原行政十级以上老干部的工资情况,为省委决策和起草制定晋人工字〔1989〕53 号、54 号文件提供了重要依据。这两个文件出台后,还具体负责审批事宜,从而调动了干部职工的积极性,解决了我省干

部工资中的一些突出问题。

专业技术人员管理：我处承担省管干部档案管理、全省干部统计、省管干部微机管理的工作任务，配备了专职干部档案人员、统计人员、微机软件人员。几年来，对这些同志既严格要求、大胆管理，又放手使用，关心他们的成长和进步，调动了他们的工作积极性；对中组部安排的干部档案的清整，干部年季报统计、省管干部信息数据采集工作，都能按时、高质量完成，其中干部统计、微机工作均受到中组部的好评。

几年来，结合干部管理和干部综合工作的实际，还撰写了一些文章：1979 年 10 月写的《关于召开市、县党代会的几点意见》发表在省委组织部内部刊物《组织工作通讯》1980 年第 6 期；1984 年 9 月写的《人才流动要搞活》发表在《山西日报》1984 年 9 月 12 日第二版；1986 年 8 月写的《搞好干部综合工作　努力服务"四化"建设》（一万六千余字的讲稿），在 1986 年 9 月至 1987 年 1 月全省举办的三期组织、人事工作领导干部业务进修班三次讲授，并铅印下发全省县以上组织、人事部门干部学习；1988 年 1 月与他人合写的《应用现代技术，加强组织人事部门自身建设》发表在《人事》杂志 1988 年第 6 期；1988 年 7 月写的《精心组织，认真填好新的干部履历表》发表在《人事》杂志 1988 年第 8 期；1989 年 10 月与他人合写的《坚决贯彻以经济建设为中心的方针》发表在《经济问题》1989 年第 11 期。

总之，在部领导的正确领导和大力支持下，在全处同志的共同努力下，几年来我处承担的各项工作都较好地完成了，在 1988—1989 年度争先创优活动中，我所在的党支部被评为先进党支部，受到部里的表彰。

回顾大学毕业后的二十多年来，在经济工作、干部管理和干部综合工作中，虽然做出了一定的成绩，但与组织对自己的要求相比还有一定的差距，联系工作实际总结探索还不够，业务水平和管理能力还不高,有待于在今后的专业工作中去完善、去提高、去开创新的局面。

※写成于 1989 年 12 月 6 日,系为省直机关评定高级职称所用,当时任中共山西省委组织部干部综合处处长。

读《娱目醒心编》札记

《娱目醒心编》为清人杜纲所撰的拟话本小说集,收小说十六篇,每篇分二回或三回,演一个故事,初刊于清乾隆五十七(1792)年。书中宣扬忠孝节义、因果报应,力主劝惩,所载故事大抵以明中叶以后的社会现实为蓝本,所描写的对象,既有孝子、烈妇、义士,又有贪官、豪绅、无赖,还有被封建社会和礼教扭曲的男女,在一定程度上真实地暴露了那个时代腐朽堕落的世风,揭示了官府贪赃枉法、欺凌百姓、民不聊生的社会状况。作者通过演绎故事,鞭挞了社会庸流渣滓,抨击了黑暗的封建制度,有一定的民主性和进步性。书中故事以自创为主,也有袭用和仿作于他书的,如卷二写节妇唐长姑事,与《明斋小识》卷三青浦徐氏为翁娶姑事相同;卷十一仿自《石点头》卷八《贪婪汉六院卖风流》;卷十二袭自《警世通言》卷二十五《桂员外途穷忏悔》;卷十四袭自《古今小说》卷八《吴保安弃家赎友》等。书中行文流畅朴实,情节编织曲折细致动人,有一定的可读性,但时多议论,说教味浓。本书于 1991 年 8 月 30 日购入,利用晚上和假日时间阅读,于 9 月 15 日读完。阅读中还于书眉处写下一些批注,为随感而发。如,在卷九批注"勤奋好学必有结果""不信命之说""不得贪便宜、贪财""读书不好色、功成名就";在卷十一批注"写盖有之刁钻作恶写得活灵活现,形象生动,令人作呕!""揭露旧官府淋漓尽致""为官不正,重在捞钱""家风不良,子女均毁";在卷

十二批注"老牛坟一段说明不能昧心""果然负心了""变犬之梦写得好""冥报全视人为";在卷十三批注"许武用心良苦""程氏料家精明令人折服""委曲周旋全骨肉"等,聊作个人读书的点滴心得。

※写于1991年9月15日。

为入部新同志谈个人修养

1992年9月,为了学习贯彻小平同志的南方谈话,进一步提高对改革开放的认识,鉴于组织部刚从全省公开选拔、调入了一批新干部,部务会决定,集中一段时间,搞部风教育。此前,组织部曾从全省918名参加笔试的人员中,经严格阅卷评分,筛选45名到省城参加面试。部里组成面试评委会,我也是评委之一。经过面试和认真考察,最终优选了15名同志调入组织部,同时参加了部里9月18日至29日的部风教育。其间,部领导指定,由我和张维庆、郭玉才、陈仲英、刘克杰5位老处长,给新同志介绍工作经验及体会。围绕部风教育,结合自己多年来从事干部工作的实践,我从个人修养角度,谈了做一个合格组织工作者应具有的素质之体会。其要点是:鲜明的党性原则,公正的职业道德,务实的工作作风,谦逊的待人风貌,严格的组织纪律;此外,还要勤奋刻苦地学习,作为良好素质养成和提高的基础与保证。末了强调,在改革开放的情况下,组织部的干部一定要经得起考验,始终坚持公道正派的职业道德。进入组织部,要有责任感,不能有优越感;要立党为公,不能以权谋私;要刚正不阿,不能阿谀奉承!我说出了自己的心里话,受到了与会者的赞扬。

※根据1992年9月18、19日的工作日志整理。

晋职自我评述

李金海同志,男,汉族,系山西省阳城县人,生于1945年2月,大学文化程度,1966年7月入党,1967年7月参加工作,现任省委组织部干部综合处处长。

1967年7月,他于中共山西省委党校政治系毕业后参加工作,历任阳城县粮食局、阳城县委直属机关总党委会、县宣传办公室干事;1973年10月,任阳城县北留公社党委副书记;1974年10月,任阳城县革委宣传办公室副主任;1975年12月,任阳城县委宣传部党支部书记、理论教育组负责人;1977年8月,调山西省委组织部干部一处任干事;1984年5月至今,任省委组织部干部调配处处长、干部综合处处长、党支部书记。

政治素质好,党性观念强,有基层工作经验,有一定的组织领导能力和协调能力。该同志参加工作后,先后在县、乡两级从事过党的组织、宣传工作,担任过基层领导职务,有一定的基层工作经验。由于工作出色,多次被评为优秀共产党员和先进工作者。1977年调省委组织部工作后,先后在干部一处、干部调配处、干部综合处工作,从事过干部任免、调配、综合管理工作,对党的干部工作业务熟悉,是组织部干部工作的业务骨干。特别是担任干部调配处和干部综合处处长以来,组织全处同志圆满完成了处里职责范围内的工作和省委领导、部领导交办的大量工作任务。综合处的有些工作,涉及部内几个处室,对外与编制、人事、工资等部门经常发生联系,遇到这些工作,他都能够很好地协调处与处之间以及部门之间的关系,以至使各项工作都能够顺利完成。由于工作较出色,得到领导的好评,他所在的党支部也被评为先进党支部。

能够坚持党的基本路线,坚持改革开放,工作大胆泼辣,在积极探索干部工作为经济建设服务中,做了许多扎扎实实的工作。他主持干部调配处和干部综合处以来,注意利用这个窗口,搞好服务,工作中注重提高效率,倡导优质服务,使干部调配和干部综合管理工作更好地适应新形势的要求。在日常工作中,对请调经济建设第一线的业务骨干和领导班子成员,做到随报随办;对出国进行经济考察团组成员的政审,只要材料齐全,做到了当天办理,不拖不压。为加快我省改革开放的步伐,根据省委领导指示和部领导的安排,他精心组织了5批地、市、县、乡领导干部,分赴上海、山东、大连等开放地区进行学习考察。为配合我省经济上新台阶的大讨论,在部领导的直接指导下,他负责组织了赴沪、鲁两地学习考察的部分领导干部演讲报告团,在全省12个地、市进行了巡回报告,使开放地区的经验,在我省得到了广泛传播,对促进干部思想解放起到了积极的作用,社会反响效果较好。

工作认真细致,政策观念强,坚持原则,公道正派,能够自觉抵制社会上的不正之风。该同志从事干部工作15年来,一贯作风严谨,办事认真负责,周道细致,领导交办的好多难度较大的工作,他都勇于承担,精心组织实施,表现出了较强的、独立负责开展工作和解决问题的能力。如,参与对一些情况比较复杂的厅局、地市领导干部的考察工作;参与县、乡换届、机构改革、调整领导班子的工作;参与整党、核查“三种人”的工作;参与省直机关思想作风整顿,负责班子问题较多的一些单位的考察联络工作;参与历届省级党代会、人代会换届,负责人事安排材料的起草、审核和整个选举工作的组织实施等。每一项工作,都能出色地完成任务,受到领导和同志们的好评。在主持干部综合处日常工作中,对处理干部调动,录、聘用干部审批,师职军转干部分配,援藏内调干部安置,干部工资审批,出国人员政审,处级干部职数审批等,都能出以公心,严格律己,坚持按党的政策办事，顶住各种说情风，多年来，没有出现过以权谋私、违反政策规定办事的现象。

特别是去年，按照省委主要领导指示进行的省直机关处级干部整顿，在部长们的领导下，他担任整顿办副主任，具体承担大量日常工作。从整顿方案的制定、动员报告的起草、具体职数的核定，他都亲自参与，认真把关，经常加班加点接待来访的领导和干部，做耐心细致的思想工作。进入整顿的后期，由于工作劳累，他身体发低烧，但仍一直带病坚持工作，直至高烧到 40 度以上才住进了医院，他的工作态度和精神，感人至深。由于他认真负责，狠抓落实，严格把关，用很大精力协调各单位，注重做好疏导解释工作，排除来自各个方面的干扰，在大家的共同努力下，使省直机关多年来形成的滥设和超职数配备处级干部的问题，得到了全面清理，稳妥地解决了处级干部管理失控的现象，圆满地完成了省委交给的任务。此项工作，还受到了中组部的肯定和表扬。

善于学习，勤于钻研干部业务，有一定的理论、政策水平和文字表达能力。该同志善于学习马列主义理论和党的方针、政策，勤于钻研干部业务，能够根据中央有关政策，结合我省的实际情况，在干部管理方面提出了许多好的建议和方案，有的被领导采纳，有的已正式形成文件下发执行。近几年来，在干部队伍宏观管理、促进干部的合理流动、加强领导干部的职数控制、妥善合理地确定干部的职级待遇、坚持干部离退休制度、进行干部民主评议、换届选举等方面，执笔起草和参与起草了大量的文件、规定、报告、通知。同时，结合工作还撰写了一些论文，如，《山西省各级党委组织部干部队伍现状分析及加强自身建设的设想》《检查八年规划，加速“四化”进程》等被评为全省组织工作优秀论文一等奖；《人才流动要搞活》《应用现代技术，加强组织部门自身建设》，先后发表在《山西日报》和《人事》杂志上。此外，撰写的《坚决贯彻以经济建设为中心的方针》论

文,发表在《经济问题》杂志1989年第11期;《切实把发展生产力放在中心位置》的论文,发表在《学术论丛》1991年第6期。

作风朴实,公正廉洁,平易近人,要求自己严格,为人直爽,团结同志,勇于开展批评和自我批评,在群众中有一定的威信。

"文革"初,参加过群众组织,为一般人员,没有参与夺权和打砸抢活动。1989年政治风波中,能够及时组织大家学习中央有关文件和省委的指示,明辨是非,立场坚定,旗帜鲜明地反对动乱,坚持正常工作,以实际行动同党中央保持一致。

不足之处,工作中有时有急躁情绪。

※写成于1992年12月16日,系按组织要求以第三人称撰写,供晋职时参考。

重温党的生活会记录

继续清理历年积存的资料,首先接触的是70年代初,在省委组织部干部一处担任党小组长、支部委员时党的生活会记录。那时,批评与自我批评还能正常开展起来,翻阅每次会议的记录,感到十分亲切,党内生活的严肃性跃然纸上。今日正值党的生日,重温当年党内生活会记录,有着特殊的意义。但这种好的风气及环境,眼下却看不到了,要恢复,还需全党付出极大的努力。希望能在不久的将来,还会看到比当年更好的党内生活的局面。

※摘自1993年7月1日的工作日志。

出版市场亟待整顿

翻阅刚购到的《明清艳情小说》5—8辑,经对照,全部家存有单行本。从考虑已有单行本,本可不购买,但当时翻阅浏览无法细细核对，出于收藏系列丛书的考虑，只好忍痛购下。最可恶者，是出版商为获利之目的，随意更改书名，欺骗读者。如把《清风闸》更名为《如意君传》，把《狐狸缘》更名为《国色天香》，而这后两种书的名称，稍懂一些小说史知识的人来讲，顾名思义，便知是历史上艳情类小说的名篇；此种更改书名，是为吸引读者之眼球，让人慕名购买，实有欺人太甚之感。同样，在鸿运书店，我见到某出版社出版了一本署名清诞叟著的《红杏艳史》，大略翻了翻后，感觉此书似曾读过，又怕上当，借笔抄写了该书的首尾回目，返家后，经核对，果然是已阅过的天津百花出版社首次整理翻印的《梼杌萃编》，仅更换了书名而重新上市牟利，手段之卑劣，令人发指！如此出版界，大有整顿之必要。

※摘自1993年7月3日的工作日志。

交叉任职的五个月

我到省委组织部工作，不觉已经是17个年头了。1991年秋末冬初，被抽调在省军队转业干部培训中心，担任清理整顿省直机关处级干部职数的领导组办公室副主任，与省人事局的张隆保同志，坚持处置清理整顿的具体事宜。在清理整顿工作进行的后期，突然感到浑身不舒服，先是发无名低烧，进而又转为高烧，住了近3个月医院。出院后，在家休息了一段，于1992年4月初即上了班。工作中，隐约感觉到部领导在考虑我的工作安排事。原本想留我在部内，为此，还责成我，参照中组部及其他省的做法，代省委起草了在省委、省政府部分综合部门设置专职委员职务的通知，享受部门副职待遇。此文起草后，以省委的晋发〔1992〕27号文件下达，但却迟迟不予实施。接着，又以组织名义，向几个单位联系协商安排意见。

据我所知，先后和省科委、晋中地区纪委、省人民银行和山西财经学院协商过。出于多种因素，最终也未能形成确定的安排意见。当年的12月22日，郑社奎部长找我谈话，提议让我到省科技干部局任局长。此时省委、省政府正计划要撤去科技干部局，业务划归人事厅。鉴于刚到任即要变动以及省人事部门的人际环境，征求意见时，我不太赞同，加上主管该局省领导的异议，这个安排方案便胎死腹中。直至1993年的3月9日及11日，省委组织部部务会和省委常委会才先后研究决定，让我到省文化厅担任党组成员、副厅长。

我到省文化厅任职的信息传开后，组织部内外，舆论哗然。不少熟识我的同志、同乡、同学，包括组织部内的一些部领导、处长及退下来的老同志，或问询，或看望，或交谈，纷纷表达了对我的关切和遗憾。说安排得不合适、不理想，甚而鸣不平，认为不公道。从组织部调赴海南省工作的原副部长张德春同志，还打电话托言安慰，认为应该让我从事所熟悉的干部管理工作。这种种的关心和传言，无不影响着我的思绪，但省委的任命已下，到文化厅工作已是无可挽回的事实。谁知，就在这节骨眼上，省直机关领导干部的民主考评工作开始了，3月9日省委副书记梁国英做了动员，我又被抽调在省考评委员会办公室，主任由副部长杨静波兼任，由我和组织部的郑富彭、袁东生担任副主任，具体日常工作主要由我承担。自此，我虽为文化厅副厅长却未能到任，组织部干部综合处处长也未卸职，还主管了省直机关民主考评办公室的工作，几个职务交叉，忙忙碌碌而又心绪烦乱地度过了这难熬的五个月。

这五个月，干部综合处的业务工作正常研究审批，还要处理一些整顿处级干部职数时的遗留事项，另又增加了选调地(市)县干部，外派到上海、大连、天津挂职学习的任务。大量的工作在民主考评办公室，先是抽调人员组建办公室，又选调了40多名政治素质好、熟悉干部工作的厅、处两级的联络员，分两批深入到省直106个单位参加考评，共考评了省管领导干部463名，占应考评省管领导干部总数的91.9%。接下来的日常工作是，不间断地收听联络员的汇报，综合面上情况编印简报，上通下达，时不时地向省考评领导组通报，还派办公室的人员深入重点单位协助联络员工作。处内及考评办公室工作在有条不紊地向前推进，但却难以解除工作岗位变动所引起的心绪烦躁。日常忙工作尚可缓解，周末及休息下，只得以到书店选书购书和于家读书，来消遣和排解。这一阶段，读了不少的古典文学名著，诸如明冯梦龙等人的“三言二拍”和清李渔的《十二楼》等，还写了些札记与杂咏文。

交叉任职的几个月，也引起了一些有心人的疑忌。有的以为我“赖着不走”，想找领导重新调整工作；有的却认为，我迟迟不卸部内职务，影响其晋升。这些流言蜚语，我无法辩解，多次向部领导申述，让我尽快到文化厅去，领导挽留不允，我只得坚持工作，内心默默地承受着。处于这样的境遇，我内心很难以平静，知道与人诉说无益有碍，笔下不由自主地流淌出首打油诗：“本是文化人，还归文化去，误入人事圈，蹉跎十七秋。甘为孺子牛，真诚做人梯，精力几耗尽，生命险堪忧。岁月不饶人，规律不可逆，该走尔不走，更待何时去？朋辈寄厚望，熟者鸣不平，皆说此归宿，实在不公正。公道不公道，自有天知道，世风不纯正，很难摆公允。忆昔农家子，一生本无求，机遇是党给，贵在众支持。落得此境遇，人说太正直，江山虽易改，秉性实难移。试看众同辈，尚有不如己，知足可常乐，新职当自励。不图名声显，更不为牟利，只愿换环境，身心得安愈。尽心干事业，为民办实事。年华未虚度，吾愿已足矣。”以此作为自己的内心表白。

民主考评工作告一段落后，办公室又做了考评总结工作，汇总推荐的后备干部，制定整改措施，提出调整处置不胜任现职领导干部的意见。其间，还向中组部副秘书长刘是龙同志作过汇报，得到

他的充分肯定和赞赏。直至7月6日,由我代表考评办公室向省考评委领导做了汇报。之后,又做了文书资料的归档和处内工作的移交,7月23日,在李有美副部长和部内几位处长的陪同下,才送我到省文化厅去工作,结束了这几个月的交叉任职的经历。

※根据1992年4月至1993年7月工作日志中的相关记载,2020年8月25日整理。

读《隋炀帝逸游召遣》札记

本文为明人冯梦龙《醒世恒言》的第二十四篇,正文系据唐宋间传奇小说《海山记》《开河记》《迷楼记》编演而成。这“三记”的作者,历来有争议,除《唐人说荟》本题为唐末韩偓撰外,其余大多为佚名,《四库全书总目》则认为“盖宋人所依托”。《海山记》是以杨广大建园林、荒淫无道亡国等史实为题材,《开河记》是以隋炀帝为游幸扬州而不惜民力开凿运河为题材,《迷楼记》则重点刻画了隋炀帝荒淫纵欲、自取灭亡的可耻下场。冯氏在演绎过程中,以《海山记》为主要内容和基本框架,有机地穿插了其他两记的内容,系统地描述了隋炀帝阴诈残暴,横征暴敛,荒淫无度,穷奢极欲,蒸母杀兄,最终导致杀身亡国的下场,揭示了隋朝灭亡的本质原因。这些虽为野史的传述,但却可以引发人们对历史的反思,为治国者的训诫之作,同时还影响了同一题材的后世文学的创作。明清讲史通俗小说《隋炀帝艳史》《隋史遗文》《隋唐演义》《说唐全传》等,都曾采用过其中的一些素材;同一题材改编为戏曲作品的有:元杂剧《隋炀帝牵龙舟》《隋炀帝江月锦帆舟》,明传奇《迷楼记》,连台本戏曲《隋炀帝》等。

※写于1995年9月12日,当时在山西省文化厅工作。

读《白玉娘忍苦成夫》札记

本文为明人冯梦龙《醒世恒言》的第十九篇，正文系据元人陶宗仪《辍耕录》卷四“妻贤致贵”条演绎而成，记述了被元兵掳去为奴的青年程鹏举与妻子悲欢离合的故事。文中讲述，在战乱结合、寄人篱下的境况下，玉娘为夫日后成名，甘愿忍辱受苦，屡进忠言，直至其不被理解，转卖为奴，仍以六日的夫妻情感，对丈夫矢志不移。以诚实辛劳换得买主夫妇的同情，以和衣而卧、出家为尼坚守自己对丈夫的忠贞，终于苦尽甘来，二十余载后夫妻重新团圆。文中突出表现了白玉娘纯洁高尚的道德、过人的胆识和坚忍的性格。整个故事情节曲折，有唐传奇之风格。由于故事感人，主要人物形象突出，这一题材还被改编为明传奇《分鞋记》《易鞋记》，戏曲《生死恨》《程鹏举》等。此外，宋洪迈《夷坚乙志》卷一“侠妇人”、《夷坚志补》卷十四“解洵娶妇”，一些情节和本文相类似，但结局不同，它们之间有无承袭关系，不好判定。

※写于 1995 年 10 月 3 日。

读《二刻拍案惊奇》卷四札记

本文为明人凌濛初所著话本小说集《二刻拍案惊奇》的第四篇，题目为“青楼市探人踪　红花场假鬼闹”，入话中摘引了宋人宋彦瞻《答状元留梦炎书》中的言语，规劝那些为官者要做好人，莫横行乡里，更不可欺害百姓。正文中讲述了四川新都一位乡宦杨某，为富不仁，凶暴残忍，为敛财而干出许多伤天害理之事。他接收属下张

贡生行贿，以助其图占家产，事未成，张率仆索债，主仆等五人竟被杀死，后经清正严明的谢廉使察访审明，按律严惩。小说劝人行善，守天理，守本分，莫发不义之财；指出私欲过重，经常算计别人，到头来反会伤了自家的身家性命。此故事也是对一切爱财、昧心、心术不端者戒。文中部分情节，采自宋洪迈《夷坚志·支庚卷·丁陆两姻家》，正文的本事不详。

※写于1995年10月17日。

读《蒋兴哥重会珍珠衫》札记

本文为明人冯梦龙《古今小说》的首篇，正文本事系据明人宋懋澄《九籥别集·珠衫》演绎而成，文中的一些情节是从宋人廉布《清尊录·狄氏》中摄取，是一篇反映明代频繁的商业活动和市民爱情生活的小说。文中围绕珍珠衫的相赠、转赠，失而复得，讲述了一桩在商业活动中发生的婚变故事，反映了明末封建贞节观念在市民阶层中的逐渐淡薄和新兴市民意识的萌生，宣扬了人不淫我妻、我不淫人妇的因果报应的观念。全文故事情节曲折、生动，文笔流畅，尤对牙婆薛氏之行为言语描绘真切，绘声绘形，是一篇戒色之作。冯氏据文言小说改写成篇，感染力却大大超过原作，是其《三言》中的佳作。同一题材改编为戏曲作品的有：明杂剧《会香衫》，明传奇《珍珠衫记》《远帆楼》《珍珠衫》，戏曲《珍珠衫》《中秋赏月》《蒋兴休妻》等，足见故事流传之广。

※写于1996年2月25日。

读《木绵庵郑虎臣报冤》札记

本文为明人冯梦龙《古今小说》的第二十二篇，是据宋元以来有关贾似道事迹的各种笔记、史传糅合成文。其中，尤以采摘元人刘一清《钱塘遗事》中关于贾似道传说为多；贾似道滥杀姬妾事，又见于明人瞿佑《剪灯新话·绿衣人传》的后半部分，可以说本文是贾似道故事的集大成。文中记述南宋奸相贾似道的传奇一生，重点在揭示其误国专权，残害忠臣、百姓，穷奢极侈，最终罪有应得，为被害忠臣之子郑虎臣打死，报了国难父仇；虽宣扬了因果报应观念，却重在揭露奸相昏君，特别是对贾似道出身卑贱，靠裙带关系混迹官场，窃居相位弄权的贪婪、疏政、跋扈、凶残做了无情的披露和抨击，具有反抗暴政的社会价值。贾似道可悲的下场，宋元无名氏戏文《贾似道木棉庵记》已有表现；贾似道滥杀姬妾事，则是明传奇《红梅记》与戏曲《红梅阁》《李慧娘》的本事。

※写于1996年3月24日。

读《二刻拍案惊奇》卷二十二札记

本文为明人凌濛初《二刻拍案惊奇》的第二十二篇，题目为《痴公子狠使噪脾钱　贤丈人巧赚回头婿》，入话讲的是宋人郭信，挥霍无度，由富变穷，劝人俭朴度日，勤俭持家。正文是据明人邵景詹《觅灯因话·姚公子传》改写而成，结尾处与原文有异。文中叙说浙东官宦人家子弟姚某，因挥霍浪荡，卖产业，卖老婆，毁了富家业，最终卖自身。后在岳丈精心策划和周密安排下，姚某经过一番摔打磨

炼，终于浪子回头，再振家声，并与妻子破镜重圆。这种改写的结尾虽很理想，但却未必符合生活逻辑，没有原文的感染力强。这是劝化世人的社会问题小说，通篇说明败家子就败在挥霍无度上，劝人要以此为戒。明杂剧《贤翁激婿》、清传奇《锦蒲团》等，均演绎此故事。

※写于1996年4月14日。

读书贵在坚持

晚饭后，看了会儿电视，即去看书。通读了清徐珂写的《苗女恋洪某而死》，写汉人洪某自幼为苗人所掠，久之，竟与苗酋之女相善相恋。一日，洪见四个苗人欺凌为害汉族老人及少女，洪见义勇为，连毙四名暴客，并护送汉人父女出境。洪某所为，苗女知悉，担心他返苗境会受害，也暗暗护送洪出境。原想两人私奔，女却割舍不了父母情，洪也难舍苗女，两人难舍难分，洪某为情投山涧而逝，苗女也跃入水中殉情。文中苗汉男女之恋，生死与共，情为上，形象典型，感人至深。读完此篇，江苏文艺出版社出版的《历代文言小说鉴赏辞典》总算通读完了。该辞书1993年8月购入，正文长达1797页，约156万字，真正开始读是1995年1月，从战国时佚名《山海经》中的"精卫填海"开篇，到晚清徐珂《清稗类钞》中采选的5篇，几乎囊括了历代文言小说的名篇及精彩之作。每篇有正文、注释、鉴赏及附录等四部分内容，不仅鉴赏了丰富而又吸引人的文本内容，还学到了相应的小说流变史料与版本知识，确实获益匪浅。这是我第一次尝试读上百万字的辞典，所用时间均为假日、休息时及晚上，以至前后拖延了近两年。阅读时，兴之所至，于每篇文字边，还做了不少的眉批旁注及感触文字，我被蕴藏丰富的文言小说府库所着迷,更为瑰丽多彩的中华优秀传统文化而感慨。实践证明,读书贵在坚持,而要认真学一些东西,需要的是毅力和恒心。新的一年里,还应做出相应的读书计划。

※摘自1997年1月13日的工作日志。

纵览晋商文化史料

读辽宁教育出版社出版的书趣文丛第四辑,王振忠所著《斜晖脉脉水悠悠》中有“祁太溜子,蒲州梆子”一文,述评了历史上三晋富商的发展与戏曲文化结缘的演变轨迹,引用了不少典籍记述。其中有明谢肇淛《五杂俎》卷四“三晋富家”、商贾“新安奢而山右俭”等;清刘大鹏因系晋人,他的《退想斋日记》记载晋商的资料颇多;清徐珂《清稗类钞》辑录有晋商财富“龙虎榜”及山西票号的沿革。说到晋商与晋地的风情时,文中还援引了《汉口竹枝词汇编》卷五说老西:“高底镶鞋踩烂泥,羊头袍子脚跟齐,冲人一阵葱椒气,不待闻声识老西。”清纪昀《阅微草堂笔记》卷二十三中,有关山西商人外出经商经年不归之记;《五杂俎》卷四的地部二载有:“谚称蓟镇城墙、宣府教场、大同婆娘为三绝云。”明沈德符《万历野获编》卷二十四记“口外四绝”,除上述三绝外,另加“朔州营房”,既称边塞防务坚固,又叙说其时当地的风情;此外,清俞鸿渐的《印雪轩随笔》中,还有山西女子缠足比试的“晾脚会”“小脚会”之记述。综观全文在考证晋商文化的过程中,赞扬了晋商的创业发展及其在历史上的地位及影响,也陈述了当年人们对山西人的“鄙陋习俗”的看法,作者对晋商文化有所研究,采摘汇编了不少相关的典籍笔记,读来也确实有趣。

※摘自1997年3月13日的工作日志。

为赴港庆回归演出作准备

下午于二楼会议室，召开赴香港庆回归演出团领导成员会议，由我主持，运城地区文化局局长崔浩、太原市文化局副局长吴国荣、电力局韩振邦处长、省委宣传部赵晋蓉处长、文化厅李玉梅处长和宋小年副处长等出席。我先谈了这次为庆祝香港回归，配合港方演出的重要性及特点，然后提出一些原则要求。按照文化部指令，这次赴港演出涉及8个省10个团，我省是245人的庞大演出团，一支由100名霍州电厂工人组成的威风锣鼓队，参与香港跑马地《万众一心庆回归》大型室外庆祝活动；一支由太原市杂技、绛州飞龙、河东农民鼓乐构成的145人演出团，在香港文化中心和香港演艺界名流同台举行《龙的光辉——香港回归大汇演》。为健全组织，便于管理，决定成立两个演出团。各演出团都要组织好，排练好，配合演出好，团结好；同时强调了加强领导和进行涉外纪律的教育，确保政治、人身安全，不出事故，万无一失。议定145人演出团的团长由我担任，崔浩、吴国荣任副团长，赵晋蓉、李玉梅为团长助理，王宝灿为艺术指导，宋小年任秘书长，周行、杨守萍、金恒伟为副秘书长，管理则以属地为主。此外确定赵晋蓉负责宣传，李玉梅负责组织、安全、保卫、保密，宋小年负责生活、后勤、联络。为加强党的领导，建立临时党组织，我为书记，崔、吴为副书记，赵和玉梅为支委；杂技队、飞龙队、鼓乐队要各建党小组，充分发挥党员的带头保证作用。行前各地分别要做安全教育，特别要对农民等非专业演出人员多强调一些，大团集中后再进行教育。威风锣鼓队亦可比照上述精神建立机构，搞好行前教育；会议还充分听取了大家的意见。会后，单独和运城的同志商议了排练费问题，以及如何配合黄河电视台做些赴港前

的宣传报道,请运城地区文化局负责组织排练场面,为文化部组织的集中训练打好基础。

※摘自1997年6月9日的工作日志。

部署文化厅扶贫工作

上午,召开厅机关扶贫办公室会议,孙志勇、窦明生缺席。首先由我通报下乡工作队前半年的工作情况,之后,把昨天下午厅长办公会确定的统筹扶贫资金的办法介绍给大家。如何管好用好这笔资金,让康文萍草拟了一个规定,汇报后,大家提了修改意见,并就下乡扶贫人员生活补助的发放和扶贫点办实事资金使用的具体事宜提出了些意见和办法。会议议定,办法从本年度7月1日起执行,筹资限额内部严格掌握,年底予以通报。同时,又商议了下半年的扶贫工作:一是分二至三批下去看望扶贫人员,现场指导办公;二是扶贫人员要利用农闲搞些调研,抓紧时间为扶贫点办实事;三是组织文化扶贫,送电影、送戏、送图书下乡;四是调查摸底年底访问特困户对象,及早提供名单;五是机关党委提出党员联户扶贫方案,个人联户不成熟,可以支部结对联,先提出个意见,再讨论可行性。

※摘自1997年7月30日的工作日志。

家乡传来的赞誉声

下午,于办公室接待了著名晋剧表演艺术家田桂兰,她叙说了她带的演出团,春节后到晋城、阳城的演出大获成功的情况,经济效益很可观,净落6万元。她还说到,在阳城演出期间,遇到好些人,谈

论起我来，异口同声对我评价很好，称赞人品好，爱学习，有能力，水平高，这是家乡父老的赞誉与厚望。这些评说，也深深感染了田桂兰及演出团的其他人，让艺术家们对我的过去情况及其为人处世，有个客观全面的了解，对我今后开展工作大有益处。我离开家乡到省城工作，已经过了21个年头了，家乡人还如此关心赞誉我，真得谢谢可亲可敬的父老乡亲们！我绝不辜负家乡人的厚望，一定要兢兢业业地干好自己的工作。

※摘自1998年2月26日的工作日志。

读《游仙窟》札记

《游仙窟》，作者张鷟，字文成，是唐传奇中最长之作，文近骈俪，中国本土久已佚，唐时即传至日本。据汪辟疆考证，中唐时，作者尚在世，该作品即流传于日本，日本才子视为必读之书。清人杨守敬随从黎庶昌出使日本，始将此文著录于其《日本访书志》中。本人于1990年8月购得汪辟疆的《唐人小说》，其中便选录了《游仙窟》，1992年春，阅读此文未读完。近日，于省文化厅图书资料室借阅了陈汝衡1981年上海古籍版的《说苑珍闻》，该书的第二篇即介绍了此文。根据陈氏的介绍，我于1998年5月31日下午，把《游仙窟》未读完的部分以及汪辟疆的有关考据资料阅读完。并按陈文所指出的，先后又阅读了宋洪迈《容斋续笔》卷十二“龙筋凤髓判”条、《容斋四笔》卷十一“张鷟讥武后滥官”条以及宋桂万荣《棠阴比事》中涉及张文成的断案事两则，即该书第451页的“文成括书”、第461页的“张鷟搜鞍”，知张鷟开文言小说骈体之先例，对日本国历史上之物语影响极大。至于日本国汉学界有人曾传言，张鷟与武则天之艳事，似为望文生义，诚不可信，从张氏“讥武后滥官”条即可证。

《唐书》称张“性躁卞，傥荡无检”，从《游仙窟》文所叙，其与仙女（十娘、五嫂等）止宿，殊极迷离惝恍，恰合其人之身份；但又传其为折狱能吏，似又不类史评。洪迈之文，意在表现贬张扬白（居易），但世传张氏所著《朝野佥载》《龙筋凤髓判》以及《游仙窟》文，亦足见其倜傥多才。文中在赌酒得胜之际，张生讲到“智者千虑，必有一失；愚者千虑，亦有一得”，此语最早见于《晏子春秋·内篇杂下十八》：“圣人千虑，必有一失；愚人千虑，必有一得。”后《史记·淮阴侯列传》中变为“智者千虑，必有一失；愚者千虑，必有一得。”三句话相比较，《游仙窟》文中的表述更为贴切。对该文的评介，还可参见侯忠义《中国文言小说史稿》上册中的相关评述。

※写于1998年5月31日。

首篇戏研文章的问世

8月26日，收到《戏友》杂志今年的第4期，拙文“《打神告庙》与《王魁传》”发表，并寄来了稿酬100元。这是我到文化厅工作以来，自己动手撰写的戏曲研究文稿并公开发表的第一篇。撰写该文的背景是厅党组号召厅机关干部学习文化业务知识，我尝试着对舞台盛演不衰的优秀传统剧目的本事进行探究。首选了著名晋剧表演艺术家田桂兰的拿手戏《打神告庙》，她因在该剧中的精湛表演和出神入化的水袖功夫，名震京都、香港，荣获第四届戏剧“梅花奖”。她的舞台演出我看过多次，但收罗和阅读与剧目相关的资料，特别是对本事的探究却费了时日。为能了解全貌，准确撰文，我阅读并摘抄了大量的相关记述。古代著作有：宋代张师正《括异志》的“王廷评”、李献民《云斋广录》的“王魁歌”、刘斧《摭遗》的“王魁传”、罗烨《醉翁谈录》的“王魁负心桂英死报”与周密《齐东野语》的“王魁

传”等;明代梅禹金《青泥莲花记》的“桂英”、冯梦龙《情史》的“王魁”以及叶子奇《草木子》和徐渭《南词叙录》中的相关记载;此外,尚有明万历末年《小说传奇》刊本中的宋人话本“王魁”。今人著作有:胡士莹的《话本小说概论》、谭正璧的《话本与古剧》、钱南扬的《宋元戏文辑佚》、赵景深的《读曲随笔》、程毅中的《古小说简目》与《古体小说钞·宋元卷》、李剑国的《宋代志怪传奇叙录》、许金榜的《中国戏曲文学史》、周育德的《中国戏曲文化》以及一些戏曲与古代小说鉴赏辞典等。采摘的资料文字近7000字,利用工作之余及休息时间撰文,前后一周写就,定稿文字约3700字。文成后,分送几位厅领导征求意见。听分管艺术的贾立业副厅长讲,成葆德厅长在全省艺术创作会上,曾向与会人员推荐阅读此文,认为该文具有专家学者的水准。这有点过誉了,实际是在鼓励我继续研究探讨下去。对于我这“半路出家”从事文化工作的人来讲,为充实自己的业务知识,从研究戏曲剧目入手,或许会有所收获的。

※根据1998年8月11日、8月26日工作日志的相关记载整理。

而今迈步从头越

尺波易谢,寸晷难留。来文化厅工作,转眼已过了六个多年头。在普天同庆伟大祖国五十华诞的时刻,回首六年来的历程,往事如昨,历历在目。

1993年3月,省委、省政府任命我为山西省文化厅党组成员、副厅长,因移交手头工作,7月份才到任。此前曾在省委组织部从事党的干部工作达十七年之久。这次工作变动,是我人生征程中的一个大转折,无疑一切都得从头开始。

为了尽快适应新的岗位,我抱着从头学起、边干边学、主动参与、注重实践的态度，在学习、调研、参与上下功夫。首先，花了一定的时间，认真学习了党的三代领导人关于文化工作和文学艺术的论述，并选读了文化工作管理和文学、戏曲方面的有关书籍，以期在文艺理论和文学素养上有所补益；其次，通过看材料、座谈会、走下去、到家访、找人谈等形式，尽快了解文化厅的历史、现状、工作和人事，以期对文化厅有一个概略的了解；其三，主动参与一些会议和重大艺术活动，诸如两会一节、北方片戏剧调演、新上演剧目的审看、秦晋豫金三角戏剧汇演、全省艺术中专教学剧目音乐舞蹈汇演、第四届中国艺术节等。尽可能争取多参与，多看一些，多学一些，以期对文化工作有更多的感性认识。这一切，都为自己适应新的环境，尽快进入角色，奠定下良好的基础。

根据党组的分工，我负责分管机关党委、办公室、离退休干部处、审计处、对外文化交流和扶贫工作。除对外文化交流工作外，均属机关综合性的工作。我深知这些工作做得好与坏，直接关系着文化厅的整体工作，影响着文化艺术事业的全局发展。从分管时起，由调查现状入手，我对这些处室工作的指导思想确定为“搞好本职，服务中心，打好基础，逐步发展”。所谓搞好本职，就是要求分管的处室要在搞好自身业务建设上下功夫；所谓服务中心，就是要求这些处室的工作一定要紧紧围绕省委、省政府的中心工作去开展，为繁荣和发展文化艺术事业提供优质的服务；所谓打好基础，就是要抓好这些处室干部职工队伍建设和正常工作秩序的建设；所谓逐步发展，就是要求这些处室的工作，在原有的基础上，经过努力，每年要有所前进，有所发展。六年多的实践和各处室的工作成果，证实这个指导思想是正确的。

机关党委的工作，在继承上届党委好的传统的基础上，工作搞得更加活跃和有生气。主要表现在，依托厅业余党校，坚持常年抓政治理论学习不断线，而且随着时间的推移，学习内容扩展到文艺

理论、法律法规、文化业务知识、办公自动化等。特别是对党的十五大政治报告及邓小平理论分专题的学习,举办"双学"专题培训班,都是很有成效的,省直工委曾通报表扬过我厅中心组的学习和全厅系统"双学"的经验。办公自动化的培训,使厅机关科、处两级干部基本可以操作电脑。据不完全统计,六年多来,厅机关党委共举办各类学习、培训班 29 期,受培训人数达 1400 多人次,基本覆盖了厅直系统科以上骨干、艺术骨干和这期间的入党对象,为加强党的思想建设和提高干部队伍的素质作出了积极的贡献。在组织发展方面,六年多来,根据"坚持标准,保证质量,改善结构,慎重发展"的方针,严格履行有关程序,积极培养和发展了 130 名新党员,占到党员总数的 15%,其中,特别注意培养吸收艺术生产、艺术教育第一线的骨干和优秀分子入党。实践证明,这批党内新鲜血液已经成为和正在成为省直文化系统的骨干力量。在组织建设方面,严格按照党章规定,履行换届选举制度,成功地组织了第四届机关党委的换届;为适应新时期基层党组织建设,1993 年以来,适时调整了基层党组织的设置,新增党支部五个;特别注意抓好机关党的建设,注重贯彻党的民主集中制,实施了全系统党员目标化管理,使基层党组织程度不同地得到加强和改善,在各项工作与反腐败斗争中发挥了战斗堡垒作用。

此外,还自下而上地筹建了文化厅工会,加强了妇女、团组织工作以及党的统战工作,开展了形式多样、寓教于乐的文体活动(如多次组织全系统的乒乓球、广播体操比赛,服饰表演,书法、摄影比赛等);在全系统大力表彰先进党组织、优秀共产党员、模范党务工作者、模范党风廉政建设监督员,积极开展推优活动(如,巾帼建功先进个人、三八红旗先进集体、少儿工作先进集体、优秀儿童家长等),大张旗鼓地表彰学习"省直文化系统十标兵"先进事迹,这些对弘扬正气,开展艺德教育,树立好的精神风貌起到了促进作用。特别是

党的十四届六中全会之后，根据党组的指示，加大了精神文明建设的力度。到目前为止，全系统已有三个单位（省图书馆、省京剧院、省电影学校）被省直工委、省文明办检查验收为精神文明建设先进单位，结束了文化系统没有文明单位的历史，在精神文明建设方面迈出了新的一步。

办公室的工作主要是抓了三个方面：一是搞好综合协调。围绕党组的工作重心，承上启下，积极运作，无论是起草报告、总结，办理两会提案，还是上通下达，组织会务，接待来信来访，在任何情况下都保证了机关秩序的正常运转，几年来没有发生过工作失误。二是搞好服务保障。我分管办公室后，召开的第一次全体工作人员会上就明确提出，在办公室工作，人人要树立服务的意识，要提供优质的服务。几年来，从组织大型会议、艺术活动，到晋京演出、下乡扶贫，办公室的同志们总是全力以赴，提供优良服务，保证了工作任务的圆满完成。在后勤保障上，克服了经费严重不足（每年平均缺口资金70余万元），开源节流，四方求援，保证了机关工作的正常开展。三是搞好机关建设，包含硬件和软件。六年多来，办公室同志多方筹集资金，在硬件建设方面办了一些实事：机关办公楼进行了三次大的维修和改建（1993年、1997年、1998年）；修建了两幢5300平方米的干部职工住宅楼；维修了解放南路宿舍区楼道、地下室，地下水管全部更换；图书馆院内老干部住宅楼（850平方米）进行原址重建；认真稳妥地实施了厅机关的房改方案；更新与添置了一批交通工具；在经费紧张的情况下，基本保证了干部职工医药费的报销；想方设法逐年增加了干部职工的福利等。在软件建设上，不断加强对办公室工作人员的教育，政治、业务素质有了明显提高；提议并主持制定了机关日常管理的一些规章制度；抓了厅机关的安全保卫、消防、卫生以及交安委的工作；为改变机关工作环境，改善干部职工的办公、生活条件做出了很大的努力。1995年以来，社会治安综合治理

被迎泽办事处、迎泽区和太原市先后授予模范单位、标准化单位和合格单位称号,1998年还受到省综治委的表彰。消防、交通安全被太原市政府授予先进单位的称号,机关卫生也被太原市授予达标单位称号。这一切,都是党组一班人重视和支持的结果,是办公室全体同志辛勤工作的结果,我所起的作用只是加强教育,注重管理,决策协调,组织实施。

老干部工作是党的干部工作的一个重要组成部分。文化系统现有离退休干部592名,占到在职干部总数的三分之一,其中,副省级1名,厅级43名,处级162名,科级81名,科以下305名。这部分老同志是山西文化艺术事业的精英和骨干,做好他们的工作,为他们提供好服务,对搞好文化厅的整体工作至关重要。几年来,在具体工作中,我注意把握了这样几个原则:一、尊重关心老干部。除日常听取老干部的意见外,坚持每年两次登门拜访老同志,遇有因病住院的,都要及时和有关处室的同志一道前去探望。二、多为老干部办实事。首先,克服经费上的困难,想方设法优先保证老干部的"两费"(离退休费、医药费)兑现,在各单位的共同努力下,全系统基本没有拖欠"两费"现象。其次,每年都量力而行地适当组织一些老干部,开展有益于身心健康、力所能及的活动,诸如春游、健康疗养、参观经济建设成果、参观文物景点和自然景观、举办书画展及门球赛等。其三,帮助一些老同志解决关系个人切身利益的事情,如落实待遇、更改工龄、调整住房等。其四,筹措资金,逐年增加老干部健身活动设备。其五,建立一些对老干部生活上从优的制度,从1994年起,每年的春节,厅机关老干部和在职干部职工享受一样福利的基础上,另增发现金200元;从1996年起,对老同志过七十、八十大寿时,代表厅党组赠送生日蛋糕和礼物。三、在保证老干部身体健康的前提下,充分发挥老干部的作用。如请老干部上党课、讲党史、办文艺理论和业务讲座,在培养教育在职干部和广大中、青年

文艺工作者上继续发挥作用。

特别值得一提的是,1995 年我组织全省老年艺术家,并亲自带队晋京参加汇演,艺术团包括全省四大梆子、上党皮黄、眉户、碗碗腔等 7 个剧种,近 30 名著名的表演艺术家以及百余名演员、演奏员,是这次汇演中参演人数最多、阵容最大、实力最强的一个团。他们的精彩表演不仅轰动了京华,而且使一批五六十年代活跃在我省戏剧舞台上的名老艺术家,在晚年又获殊荣(5 个特别奖、17 个牡丹奖、2 个老寿星奖)。这次演出在获奖档次、获奖面以及组织工作上,均居全国之首。这次汇演,既显示了我省老艺术家们的群体阵容和整体实力,又使老艺术家们焕发了艺术青春,为山西人民争了光,添了彩。

近年来,文化厅的审计工作是逐年加强、扎实有序地进行。发展到今天,出现了这样几个特点:坚持以法审计,抓好定期审计,内审工作面更宽、更加规范化;配合中心,适应形势,不断开拓新的审计范围,由定期审计、委托审计,逐步扩大到专项资金审计、经济效益审计、基建决算审计、离任审计及审计调查。其中,离任审计已形成制度,卓有成效,受到省委组织部的通报表扬。几年来,审计处在人少事多的情况下,做了大量的工作,在维护财经纪律,加强财务监督,反腐败斗争中越来越显示出极其重要的作用。

随着改革开放形势的发展,我省的对外文化交流工作,在原有的基础上也有了长足的进步与发展。几年来,始终坚持了两手抓,一方面重视抓了对外文化交流归口管理的规范化,出台了《山西省对外文化交流,对港、澳、台文化交流工作归口管理实施办法》,及时纠正了一些违反涉外纪律与归口管理的问题;1998 年初,还召开了多年来未开过的全省对外文化交流工作会议,总结经验,树立典型,表彰先进,对全省的对外文化工作起了极大的推动作用。另一方面,注意从组织推荐艺术精品上下功夫,力争把我省最好的艺术品

种推向海外、走向世界。在具体工作中,注意坚持以下四点:即弘扬民族文化,注重交流精品;搞好专群结合,提高交流水平;扶持企业文化,扩大交流阵容;适应对外需要,改革交流品种。经过外联工作同志和广大文艺工作者的共同努力,我省的对外文化交流及对港、澳、台文化交流工作,已经出现了可喜的局面。据不完全统计,1993年至今,共出访70起,出访人员累计达1411人次;接待来访16起,来访人员累计达214人次。出访涉及美国、俄罗斯、日本、法国、英国、加拿大、新加坡、马来西亚、澳大利亚、印尼、丹麦、以色列、奥地利、罗马尼亚、意大利、新西兰、摩洛哥、韩国及中国台湾、香港、澳门等27个国家和地区。尤以1997年最为突出,全年共出访团组24起,出访人员达805人次,创我省对外文化交流工作的最高纪录。适逢香港回归,对港、澳、台开展了强大的文化交流攻势。关公文化展演团,入台展演三个月,足迹遍及宝岛主要城市;包含塞外腰鼓、朔州扇鼓、晋南花鼓、太原锣鼓等四个鼓种的山西鼓舞团,参与了澳门"万家喜庆贺牛年"的活动;以太原杂技、绛州飞龙、河东鼓乐、威风锣鼓、上党八音会以及歌舞、晋剧等多种形式的演出团,五次赴港演出,使港、澳、台地区一时掀起了"山西热"与"黄河文化热",全方位地展示了山西对外文化交流的实力和阵容。

六年间,我本人曾三次担负出访任务。1994年11月,我带领山西省文化交流使节团一行32人,赴日本埼玉县的三个城市进行访问演出,取得圆满成功。1997年6月底,应香港庆委会要求,我带领山西鼓乐杂技飞龙团一行145人,赴香港参加《龙的光辉——香港回归大汇演》,受到港方的好评和文化部港澳台司的表扬。1998年10月,为庆祝中国和摩洛哥建交四十周年,受国家文化部派遣,我带领绛州鼓乐团一行25人赴摩洛哥进行庆贺演出。在首都拉巴特、第二大城市卡萨布兰卡、南方名城吉迪达及海滨名城萨非的演出,均取得了轰动效果,受到我驻摩大使馆和文化部领导的表彰和称赞,大使特意为我们举行便宴庆贺。

此外，几年来还成功地接待了日本埼玉县、俄罗斯、哈萨克斯坦、越南、津巴布韦、新加坡等文化代表团的来访；特别是1998年，我接待了津巴布韦教育、体育、文化部部长加布里埃尔·马钦加为团长的政府代表团，这是我省首次接待部长级代表团，由于组织严密，安排周到，接待热情，客人们对中华传统文化和我国改革开放成果赞不绝口，对山西留下了深刻的印象。总之，这几年的对外文化交流工作，宣传了山西，弘扬了民族文化，锻炼了我们的文艺队伍与涉外工作者，积累了对外文化工作经验，为今后更大规模地开展对外文化交流工作，打下了一个良好的基础。

我负责分管的还有一项扶贫工作。我厅扶贫定点在临县曹峪坪乡，这里自然条件恶劣，基础设施极差，工作队进点时路不通、电不通、电话不通，乡政府所在地吃水困难。在党组的重视与支持下，我和厅扶贫办的同志们，先后数次深入扶贫点调查研究，摸清情况，认真研究制定了扶贫工作方案，在党组认可后，具体组织实施。四年来，从工作队的组建、管理，到扶贫工程的确定、扶贫资金的筹集、组织捐款捐物、组织文化扶贫等，都做了大量的工作，取得了一定的成效。除注重抓了温饱工程外，筹资新建标准化校舍14所，解决人畜吃水及引水工程9处，新建电视差转台1个，改建、扩建乡中学1座(2840平方米)，建乡文化中心站办公楼(800平方米)1座，为乡所在地通了电，砌了井，大大改善了该乡的基础设施，并组织文艺工作者，多次为山区群众送戏、送书、送电影，实施文化扶贫工程。四批扶贫工作队的工作，均受到驻地党政领导和广大群众的称赞。文化厅的定点扶贫工作，1997年、1998年、1999年连续受到省委、省政府的表彰。

在我们这个班子中，大部分成员是1983年机构改革时走上领导岗位的，他们无论资历、经验，还是工作水平，都有好多值得

我学习的地方。加之党组分工我管机关综合处室，这就要求我必须诚心诚意地当好各位领导成员的助手，在日常工作中注意拾遗补阙。几年来，我除了完成自己所分管的工作外，还承担了大量党组交办的工作，诸如参加了不少会议，进行了上传下达贯彻落实工作；配合纪检、监察部门，抓了厅系统反腐败工作；受党组委托，抓了干部考察、民主评议、机关三定、公务员过渡的工作；参与组织财务纪律整顿、检查工作。在分管厅长不在的情况下，出面组织一些艺术活动：如组织艺术家上太旧高速公路慰问演出，下农村、去工厂、到部队慰问演出，为来晋视察工作的中央领导演出，为全国计划、组织工作会议演出，负责接待文化部在我省的几次会议和大型扶贫演出活动等，都圆满地完成了任务。我把组织和参与这些活动，当作自己学习锻炼的极好机会，也为今后做好各项工作提供了经验积累。

六年多的工作实践，使我深深感到文化工作的重要性，它在全面建设有中国特色社会主义事业中占有举足轻重的位置，尽管人们还不能普遍地认识到，但这个道理却是无可置疑的。同时，我也看到在这条战线上，有一大批甘于清苦、勇于奉献的文艺工作者，他们在条件困难、环境艰苦的情况下，谱写了大量绚丽多彩的艺术篇章。虽然我已进入“知天命”之年，但却愿与他们为伍，继续坚持“从头越”的精神，为繁荣和发展山西的文化艺术事业作出自己应有的贡献。

※写成于1999年9月11日，收入中国戏剧出版社出版的《回望五十年——山西文化》。

五年履职的回顾

我是1993年3月经省委、省政府任命到省文化厅工作的，1997年换届时继续留任在厅领导班子。五年来，在省委、省政府的正确领导下，在厅党组一班人的支持配合下，带领分管处室及直属院团的领导和同志们，积极贯彻党组的决策，认真履行岗位职责，努力完成各项任务，取得了一定的成效。同时，也注意抓了自己的政治和业务学习，努力提高自身的素质，力求把工作搞得更好。根据省委组织部换届考察领导班子的指示精神，现将本人五年来履行岗位职责的情况向组织和同志们做一汇报，不妥之处，请批评指正。

一、坚持学习邓小平理论，认真贯彻"三个代表"重要思想，提高做好文化工作的自觉性。五年来，我始终注意把学习邓小平理论、贯彻"三个代表"重要思想放在重要的位置，除党组集体学习外，还安排一定时间自学。学习邓小平同志的原著，学习江总书记的重要讲话，特别是"三个代表"的重要论述。学习中，注意联系工作和思想实际，重点学习解放思想，实事求是，与时俱进的观点；精神文明建设和先进文化前进方向的论述。通过学习使我深深感到，在世纪之交的关键时刻，确立邓小平理论在全党的指导地位，系统阐述邓小平理论的基本内容，在实践中坚持、丰富和发展邓小平理论，是以江泽民同志为核心的党的第三代中央领导集体的重大历史功绩。江泽民同志根据国际国内的新形势，深刻总结国际共产主义运动的历史经验，从民族进步和国家兴旺的角度反复阐述创新的极端重要性，提出了"三个代表"重要思想，从而科学回答了在新的历史条件下建设一个什么样的党、怎样建设党这样一个重大的根本问题。这是江泽民同志对马克思主义的新贡献，是中国化的马克思主义的新

境界。“三个代表”同马克思列宁主义、毛泽东思想和邓小平理论一脉相承，反映了当代世界和中国的发展变化对党和国家工作的新要求。“三个代表”是我们党的立党之本、执政之基、力量之源，是加强和改进党的建设、推进我国社会主义制度自我完善和发展的强大理论武器。坚持先进文化的前进方向，是“三个代表”思想的重要组成部分，是我们党关于加强社会主义精神文明建设指导思想的一个新的发展。步入新世纪，要坚持先进文化的前进方向，就必须全面建设和繁荣我国的文化事业。作为在文化部门工作的一名领导干部，在学习贯彻“三个代表”重要思想的过程中，既受到了巨大的鼓舞，又深感肩上的责任重大，只有认真学习和贯彻江泽民同志在中央党校“5·31”重要讲话精神，更好地坚持党对文艺工作的领导，贯彻执行一系列党的文艺方针政策，带领广大文艺工作者，积极进行文化创新，努力繁荣先进文化，才能不辜负党和人民对我们的期望。

二、积极参加三讲教育，注重自己的业务学习，不断提高自身的政治和业务素质。以江总书记“讲学习、讲政治、讲正气”为主要内容的三讲教育，是新时期进行党性教育、整顿党的作风、加强党的建设的极好形式。我有幸参加了三讲教育的全过程，并面对面地组织实施了省直专业艺术团体领导班子的三讲教育。通过三讲教育，使自己受到了一次马克思列宁主义、毛泽东思想和邓小平理论的再教育，受到了一次严格而又深刻的党性、党风的锻炼，以党章和三讲的内容严格解剖自己，使自己从思想上、学习上、工作上和作风上找到了差距和不足。特别是通过听取党内外干部群众的评议，使我受益匪浅。为在新时期，进一步树立正确的世界观、人生观、价值观，坚定共产主义信念，牢记党的全心全意为人民服务的宗旨，密切与人民群众的关系，起到极大的促进作用。通过抓省直专业艺术团体领导班子的三讲教育，为我深入基层、调查研究、熟悉下情提供了极好的机会；面对面地指导工作，使我进一步熟悉了艺术院团的情况，紧密了和群众的联系，同时还做了大量的思想政治工作，疏通、化解了一些矛盾，极大地调动了各单位领导班子及广大文艺工作者的积极性，为进一步搞好专业艺术生产打下了坚实的思想基础。

为适应新的形势和分管工作的需要，在坚持政治理论学习的同时，花很大的精力和时间，抓了自己的业务学习。除选学了一些文艺理论和戏剧史的专业书籍外，还就戏曲舞台上至今还盛演不衰的一批优秀传统剧目，进行了较为深入的研究和探讨，撰写了 20 多万字的研究文稿。既培养了自己对专业艺术工作的兴趣，又争得了指导业务工作的主动权。同时还审读了不少剧本，观赏了一大批舞台剧目，力求尽快进入角色，从理论和实践两方面去熟悉自己分管的业务，不断提高自己的业务素质。尽管如此，由于专业艺术工作业务性强，对于我这“半路出家”的人来说，这方面的困难、差距及其学习适应过程中的酸甜苦辣是可以想象得到的。

三、尽职尽责，群策群力，完成党组分配给自己的各项工作任务。五年来，根据党组的分工，我曾先后分管过机关综合处室、党务、行政后勤工作，以及专业艺术生产和专业艺术团体的管理工作。无论搞那种工作，我都能认真对待，尽职尽责，群策群力，集思广益，比较完满地完成了组织交给自己的各项工作。

在分管机关综合性行政、党务工作中，注意发挥职能处室的作用，在综合协调、服务保障、强化机关建设上做文章。比较突出地抓了行政后勤服务、干部职工住宅楼的修建、培养发展新党员、培训厅直系统科处两级骨干、自下而上筹建工会、培育精神文明建设先进单位、拓展新的审计范围、规范对外文化交流归口管理、扩大对外文化交流阵容以及机关定点扶贫等工作。通过这一系列的工作，保证了机关秩序的正常运转，活跃了厅机关的精神风貌，一定程度上改善了干部职工的工作和生活条件，一些工作还受到上级有关部门的表彰。如，厅党组中心组学习和全厅系统“双学”经验，受到省直工

委的通报表扬;厅属3个单位(省京剧院、省图书馆、原省电影学校)被省授予精神文明建设先进单位;社会治安综合治理受到省综治委的表彰;消防、交通安全被太原市政府授予先进单位称号;"爱国卫生"被太原市授予达标单位称号;干部离任审计受到省委组织部的通报表扬;1997年香港回归组织的大型对港文化交流和1998年庆祝中国与摩洛哥建交40周年的文化交流活动,受到所赴国家与地区的好评以及文化部的表彰;机关定点扶贫,1997—1999年连续三年受到省委、省政府的表彰。1997年本人还被国家科委、司法部授予"全国知识产权工作先进个人"称号。

1999年的第四季度,随着领导班子的调整交替,我的分管工作调整为专业艺术生产和专业艺术团体的管理。面对这一全新而又陌生的工作,一方面加强学习,尽快适应工作;另一方面充分发挥业务处室和一批老专家、老艺术骨干的作用,最大限度地调动各院团领导和广大艺术工作者的积极性。在困难多(经费短缺,人才外流)、庆典活动多的情况下,抓了基础建设,举办了卓有成效的艺术活动,打造艺术精品,积极参加全国艺术赛事,取得了较好的成果。①在基础建设方面主要办了5件事:成立山西省艺术创作中心,引进竞争机制,激励创作骨干多创作;创办《三晋戏剧》刊物,培养剧作新人,为剧作者提供发表园地;建立规范的剧本审读制度,在一度创作上严格把关,提高剧目生产的质量;抓好艺术系列的高级职称的评审,实事求是修改完善评审条件,最大限度地保护艺术骨干;制定扶持省直艺术院团艺术创作与艺术生产的3个文件,鼓励艺术人员多创作、多演出、多贡献。②三年来,在调查研究的基础上,有计划地举办了一些卓有成效的艺术活动:首先恢复了中断六年的山西省"杏花奖"评奖演出活动,扩大了内容,增加了项目,为推出舞台艺术新人新作提供了机遇和条件;其次是举办了建国以来规模最大、剧种最多的全省专业艺术团体小戏、小品、小剧种调演活动,检阅了全

省专业艺术队伍的阵容，涌现出一批反映现实生活、基础较好的新作，关注了小剧种的生存现状，为全面繁荣山西的戏剧事业奠定了良好的基础；此外，还配合澳门回归、世纪之交、建党 80 周年等大事喜事，举办了多种形式的大型演唱活动，既锻炼了文艺队伍，又营造了庆典氛围，受到了社会各界及省委、省政府领导的好评。③坚持"三并举"方针，在原有工作的基础上，组织专家和艺术骨干，进行重点剧目的集体攻关，打造精品，积极参与全国的艺术赛事。这方面主要有：加工修改蒲剧《土炕上的女人》，由我带队进京展演，引起轰动，主演任跟心获得了中国戏剧"二度梅"以及曹禺戏剧表演奖、文华表演奖，剧目先后获得曹禺戏剧优秀剧目奖、文华新剧目奖以及编剧、表演、舞美等单项奖；加工修改舞剧《傲雪花红》，参加中国第六届艺术节和全国第二届"荷花奖"舞剧决赛，先后获得艺术节优秀剧目奖、"荷花奖"银奖、文华新剧目奖、全国"五个一工程"奖以及编导、表演等单项奖；加工修改话剧《元朝帝师八思巴》，参加第二届全国少数民族文艺汇演，获剧目创作、演出、舞美三项金奖以及编剧、表演等单项奖；新创京剧《三关明月》，参加第三届中国京剧艺术节，获优秀剧目奖和导演、表演、唱腔设计、音乐设计等单项奖，并获得省戏剧"杏花奖"新剧目奖、省"五个一工程"奖；加工改编晋剧折子戏《凤台关》《芦花》，参加全国精品折子戏展演暨青年演员大赛，主演苗洁、王铁梅分获一、二等奖，其中苗洁还荣得全国之冠；此外，还着力抓了优秀传统剧目《清风亭》的改编和话剧《父亲》的移植上演。在中国曲艺"牡丹奖"比赛中，马小平荣获曲艺最高奖"牡丹表演奖"，武乡琴书《爱哼哼喜唱心连心》、相声《知音》、数来宝《还债》、双簧《食品与毒品》分获中国曲艺"牡丹奖"一、二、三等奖；杂技《醉狐滚杯》《女子车技》分获第五、第六届全国杂技比赛金狮奖，《皮条》获银狮奖。这些奖项的取得，是全省广大文艺工作者辛勤奋斗的结果。它标志着近年来我省艺术创作的水平及成果，宣传了山

西，扩大了山西的知名度，极大地推动了全省的艺术创作和艺术生产，对广大文艺工作者也是一个鼓舞和鞭策。

四、严于律己，遵纪守法，搞好自身的勤政廉政建设。五年来，在日常工作和生活中，能够以共产党员和党员领导干部的标准及条件，严格要求自己，遵纪守法，爱岗敬业，忠于职守，注意改变作风，深入分管的处室和院团，认真做好每一项工作，包括找上门来的群众思想工作。没有发生缺岗现象和违纪违规行为。

回顾五年的历程，有收获也有欠缺，有欣慰也有遗憾，主要是自己的认识水平和开拓精神尚有一定的差距，在对分管单位的改革上投入的精力还不够，艺术创作及艺术生产的成果还不理想，今后还需在提高素质、加强管理、改革创新上下功夫。

※写成于 2002 年 9 月 22 日，除向文化厅机关干部和厅属各单位领导班子述职外，文稿交省委组织部。

读《唐书志传通俗演义》札记

春风文艺出版社 1997 年出版的明熊大木著《唐书志传通俗演义》，共八卷九十回（节），又名《秦王演义》《唐国志传》《唐书演义》《隋唐演义》，简称《唐书志传》《唐史志传》。书中演绎隋唐之际的史事，自隋炀帝大业十三年（617）至唐太宗贞观十九年（645），全书以秦王李世民一生业绩为主。传世的最早刊本，为嘉靖癸丑（1553）杨氏清江堂刊本，是隋唐系列小说中较早的一部有一定思想深度和艺术品位的历史小说。书中对秦琼的描述虽有一定篇幅，但不突出、不连贯。主要涉及的有：一出场便是随王世充战唐兵，锏打唐将潘林、欧阳武（第二十七节第 168、169 页）；接下来，即弃郑归唐，备受秦王重用，结为兄弟（第二十八、二十九节第 170—177 页）；美良川激战尉迟敬德，舍生忘死救秦王（第三十一、三十二、三十三节第189—208页）；太子谋杀秦王，叔宝拥盾救秦王（第五十五节第329、330页）；协助秦王，成功实现玄武门之变（第五十七节第338、339页）。此外，便无大的场面渲染，只是随诸将一笔带过，如第三十九节第237页、第四十三节第261页、第七十四节第440页等。至于秦氏的身世子嗣，此书并未做具体交代，只是在最后一节，太宗征高丽凯旋后，写道："太宗于旧将尉迟敬德、秦琼叔宝、王君廓、黄君汉、殷开山、段志贤等，或老致仕，或因物故，皆优恤之，子孙俱世荫。"体现了该书"单道唐太宗创业守成之能"的主题（第九十节第534页）。

但书中一些故事情节，可作为研究戏曲剧目参用。主要有：第四十五节第272页，秦王处斩单雄信时，求徐世勣讲情，秦王不准，徐"号恸出宫门，割股肉以啖雄信"，答应照应单的妻子；在有的说唐书中，将此情节按在秦琼头上，答应将单女收做其子怀玉之妻，以表义气一场。第六十一节第362页，太宗准奏，下诏放出宫人三千余人。其文曰："是岁京师无雨，中书舍人李百药进奏曰：'往年陛下虽放出宫人，今宫中无用者尚多，阴气郁积，亦足致旱。乞再出之，必应天意也。'太宗依其奏，下诏再简出之。前后凡三千余人。"此情节为京剧《贞观盛事》之本事，只是剧中进奏者为魏征。第六十七节第399页，有魏征谏阻太宗奢嫁公主事；文曰："会朝廷将长乐公主出嫁长孙冲。上降敕有司，资送公主之物，倍过于永嘉长公主。魏征谏曰：'昔汉明帝欲封皇子，曰，我子岂得与先帝子比？令如楚淮王一半地方封之。今奈何资送公主反倍于长主乎？'太宗薄怒曰：'卿且退，容吾思之。'乃入宫中，以魏征言告于皇后长孙氏。后叹曰：'妾素闻陛下称重魏征，妾不知其故。今观其所言，皆引义礼以抑人主之私情，乃知真社稷之臣也。陛下当纳其谏。'帝依后言，乃复敕有司，照常例送之。后因遣中使厚赐魏征"；此情节为晋剧、秦腔《唐太宗嫁女》

之本事。第七十节第419页,有长孙皇后拒绝太子因其病向皇上奏请“赦天下罪人,度僧道,入法门,祈禳娘娘”事,表现长孙氏的贤后形象;此情节是蒲剧《贞观贤后》的本事之一。第七十二节第428页,有尉迟敬德拒受太宗赐公主婚事,表现其富不易妻的质朴品格。第七十四节第440页,有魏征死后薄葬和太宗自制碑文,称:“魏征没,朕亡一镜矣。”体现了一代明君贤相。

※写于2003年8月3日。

读《隋史遗文》札记

人民文学出版社1989年版《隋史遗文》,十二卷六十回,传世的刻本仅有一种,即崇祯癸酉(1633)吉衣主人序本,改编者为袁于令。该书所演历史,从隋文帝平陈开始,至大唐统一为止。小说为我们展现了隋末大动乱的历史画卷,较全面地揭露了隋炀帝的罪恶,以同情人民疾苦的笔触,成功地塑造了以秦琼为中心的一批乱世英雄。小说并没有将隋炀帝和李世民当作主角,而是把秦琼当作贯穿始终的主要英雄人物。有人把《隋史遗文》称作“秦叔宝演义”,是有一定道理的。它不是典型的历史演义小说,而是英雄传奇小说。说明小说的作者,已将塑造人物形象当作首要的任务,它标志着历史小说的发展已进入了一个崭新的阶段。在“说唐”系列的小说中,最流行的是清康熙年间褚人获改编的《隋唐演义》,《隋史遗文》可以说是《隋唐演义》的母本。如将二者对照,可以发现《隋唐演义》的前六十余回,几乎有三分之一的文字是直接抄《隋史遗文》的。书中对秦琼一生的传奇经历及其兴唐之业绩描述详尽,但对其身世的交代却简略。小说将他写成将门之后,祖父是北齐领军大将军秦旭,父亲是北齐武卫大将军秦彝。北周伐齐,秦旭“力战死节”,秦彝“力竭自冽”,这都不见于正史。至于其子孙的情况,书中并未展开叙述,只是在第五十九回讲道:“叔宝子许娶雄信的女”(见《隋史遗文》第497页),第六十回写道:“其封国都赐铁券,许子孙世袭,父母妻俱生封死赠”(见《隋史遗文》第506页)。

※写于2003年8月9日。

读《隋唐两朝史传》札记

巴蜀书社1999年版《隋唐两朝史传》,又称《隋唐志传》,今存最早刊本,为明万历己未(1619)金阊书林龚绍山刊本。全书十二卷一百二十二回。长期以来,学术界普遍认为,该书原作为罗贯中,万历己未刊本,系林瀚据罗氏本改编。今据沈伯俊先生1997年考辨,此书成书于嘉靖元年(1522)以后,原作者及改编者均为后人托名所为。该书所叙的时段,隋末至唐僖宗时,经历了隋朝灭亡、唐朝建立、由强到衰270余年的历史,直至王仙芝、黄巢的起事。书中虽以隋、唐历史分段叙写,但却融入了不少民间传说,显然系根据民间词话及戏曲演绎而增饰。主要情节和《唐书志传》及《薛仁贵征辽事略》相同,一些细节亦有一定的增饰。全书重在讲史,人物形象的描述还不丰满。有关秦琼的身世也交代不多(见该书第138页),但却出现了秦的儿子秦怀玉的有关篇章(如第八十二回第480—482页,第八十三回第484、485页,第八十六回第497页,第八十七回第502、503页,第八十九回第515、516页),这些部分与元初的《薛仁贵征辽事略》中相关情节略同。说明演绎秦琼、秦怀玉父子的故事,应当是出现在明代以前。

※写于2003年8月14日。

努力做一名真正的文化人

时间过得真快，到文化部门工作，转眼已过了十个年头。这十年，是我人生历程中时间较长的第二个驿站，此前曾在省委组织部从事干部管理工作长达十七个年头。随着工作及环境的转换，要求自己尽快适应岗位，进入角色，努力成为一名真正的文化人。这一要求，对于我这年近五十、"半路出家"的人来讲，绝不是一件轻而易举的事。

工作的实践使我深深感到，文化工作，无论专业艺术、群众文化，还是艺术教育，都是专业性极强的工作。要想成为一名合格的管理者，就得扎扎实实地从头学起。于是，在坚持日常工作的同时，有选择地学习了一些戏曲知识及戏曲史的论著，并积极参与了厅里举办的各种艺术活动及艺术赛事，力求从理论与实践的结合上增加一些对专业艺术的感性认识。

那是1998年的夏天，我分管机关党委的工作，在号召机关干部学习文化业务知识的情况下，我尝试着对晋剧《打神告庙》《焚绵山》剧目进行了本事的探究。从看戏、读剧本，到翻阅大量的相关史料，无意中发现戏与史（包括野史传闻）之间，既有一定的联系，又有不小的距离。这引起了我看戏与读相关书籍的兴趣，并将学习所得整理成文，先后发表在《戏友》《山西文化》杂志上。两篇文章的发表，引起了文化系统同志们的关注。不少同志鼓励我继续写下去，于是便有了结集在这里的一摞文稿。

这批文稿涉及至今仍盛演不衰的几十出京剧及地方戏曲（特别是山西地方戏曲）的优秀传统剧目。对这批剧目的本事、故事情节、主题思想及表现手法的综合研究，既可较为系统地梳理这些剧目的流变及发展，又可较为深入地探究戏曲文化与其他姊妹艺术间的内在联系；既能客观地评判这些剧目的优劣得失，又可开掘其现实的借鉴作用，探寻其长期以来深受广大观众喜爱的内在因素，领略和感受中华传统文化诱人的魅力。

收入这个文集的45篇文稿，是历经五个寒暑利用工作之余日积月累撰写而成的，这期间的酸甜苦辣是可以想见的。这些文稿既是自己学习戏曲专业知识的习作，又是个人业余读书心得及收获的笔录。虽为一孔之见、一得之录，但却凝聚着对戏曲艺术的热爱和对文史、戏曲知识的渴求之情。这些浅薄的文字，若能激发如我一样"半路出家"从事文化管理人员看戏读书的兴趣，也就欣慰了。

※摘自2003年11月15日拙著《戏苑史海一得录》的"前言"。

离任前的一次述职

根据省委组织部的有关文件精神，现将本人2004年度履行岗位职责情况，向上级领导、主管部门以及机关公务员、厅直各单位领导班子作述职述廉报告，请领导及同志们予以评议、监督。

一、学习情况

过去的一年，为了适应岗位，提高素质，我仍然一如既往地注意加强自身的政治理论学习和业务学习。除了坚持参加党组中心组学习外，还不间断地坚持了自学。政治理论的学习，主要内容有三方面：一是党中央、国务院领导同志的重要讲话，如胡锦涛同志在中纪委第三次全体会议上的讲话、在全国加强和改进未成年人思想道德建设工作会议上的讲话以及胡锦涛、温家宝同志关于贯彻落实科学发展观的重要讲话；二是党的十六届四中全会精神；三是《行政许可法》《中华人民共和国宪法修正案》以及《党内监督条例》《党员权利保障条例》等。通过学习，对当前的形势、任务及大政方针，有了

明确的认识，极大地提高了贯彻落实科学发展观、贯彻落实党的十六届四中全会精神和改变作风、依法行政、接受党内外群众监督的自觉性，愈来愈感到肩上的责任重大，建设先进文化的任务艰巨。同时，也深深感到以胡锦涛总书记为核心的新一届党的领导集体，高举邓小平理论的旗帜，深入贯彻“三个代表”重要思想，思想上与时俱进、理论上努力创新、作风上求真务实、工作上卓有成效，深受全党和广大人民群众的拥护和爱戴。作为一名在文化战线工作的领导，只有与党中央保持高度一致，贯彻落实科学发展观，尽心尽责，努力工作，在提高执政能力上下功夫，才是自己应有的追求。在业务学习上，坚持干啥学啥的原则，注重提高自身的文艺理论与文学、历史素养，注意浏览全国带倾向性的文艺批评文章，有针对性地选读了相关的书籍，并继续进行传统剧目的研究和探讨。本年度除完成了自己多年来关于剧目研究的45篇32万字的专著《戏苑史海一得录》的结集出版，还对《藏窑》《三上轿》《史外英烈》《花木兰》及其相关剧目，进行了较为系统地学习和研讨，查阅了相应的史实与资料，撰写了2.8万余字的研究文稿，其中多数也已公开发表，作为继《一得录》之后的业务学习的自我总结。

二、工作情况

2004年是我分管专业艺术工作第五个年头，这一年活动多，赛事多，也是艺术创作和剧目生产收获颇丰的一年。

首先，继续狠抓了艺术创作。在认真贯彻文化部湖北创作会议精神的基础上，结合山西的实际，坚持抓好一度创作，在原创剧本的审读、加工修改上下功夫。全年共主持召开了10多次剧本审读会，对《边城罢剑》《有家真好》《黄河管子声》《希望的田野》《断指恨》《贬裴寂》《玉带传奇》《晋文公》《大唐公主》等10多部剧作进行了研讨，提出了许多好的修改建议。不少剧作经修改后，年内已立于舞台，并荣获本年度的省“五个一工程奖”；对于上年度已经立于舞台的原创剧目，又做了剧本上的多次加工修改，如《立秋》《我能当班长》《走西口》等。其中《走西口》的一度创作修改竟达10余次之多，功夫不负有心人，该剧在年内荣获第十六届“中国曹禺戏剧奖·剧本奖”的殊荣，填补了我省剧本创作国家大奖20多年来的空白。此外，厅创作室的全体同志，本年度均有新的作品问世，获得了全室满堂红。厅录音录像室，摄制的大型文献纪录片《沧海横流——解放战争中的贺龙》，也于“八一”建军节之前制作出版。

其次，精心打造优秀艺术作品，积极参加全国的重大艺术赛事。前半年，集中创作力量，精心加工修改省直院团的原创剧目舞剧《西厢记》、儿童剧《我能当班长》、京剧《走西口》，并相应地抓了这些剧目的演出，以及申报第十一届文华奖与第四届京剧艺术节入选剧目的工作。经过艰难的角逐，在全国102台申报剧目中，51台剧目获得文华新剧目奖，我省的《西厢记》和《我能当班长》榜上有名，山西成为14个入选两台剧目以上的省份之一；而京剧《走西口》，则在全国30多台的申报剧目中脱颖而出，成为入选参赛的15台剧目之一。这3台剧目先后参加了去年9月份在浙江举办的第七届中国艺术节和12月份在上海举办的第四届京剧艺术节，分别获得了剧目综合奖和各种单项奖；儿童剧《我能当班长》在参加了“七艺节”的演出后，还应邀在浙江、上海连续巡演，并于10月份入选第六届上海国际艺术节进行展演。与此同时，省曲艺团创排的小品《名副其实》，参加了6月份在湖南长沙举办的第四届全国小品金狮奖比赛，演出喜获银奖及个人单项奖；山西画院王学辉等人的3件美术作品，亦于9月份入选第十届全国美展展出。这些成绩的取得，充分展示了我省艺术创作的成果，集中检阅了省直院团文艺队伍的实力，在更大的范围与领域，以文化建设的硕果极好地宣传了山西，重塑了山西人的外部形象，其意义及影响是显而易见的。

其三，成功地举办了山西省首届移植剧目调演。为保证这次调

演顺利进行，事先曾组织专家多次论证，并深入长治、运城等地观看剧目、专题调研，为科学地指导调演活动提供了依据。11 月 16 日至 28 日，全省共 7 个剧种 13 台剧目于太原参加了评比演出。此次调演大大丰富了我省的上演剧目，推出了一批艺术新人，为我省戏剧表演团体向兄弟剧种的优秀剧目学习，提供了一次难得的机会，一批勇于实践的艺术创作骨干的素质，从中得到了锻炼和提高，调演活动本身所产生的示范和导向性的影响则是无法估量的。之后，又于 12 月 20 日至 22 日，成功举办了 2004“德艺双馨”山西省曲艺大赛，对推新人、出新作、促进曲艺事业繁荣发展起了积极的作用。

其四，积极参与“华夏文明看山西”山西文化艺术周晋京展演的活动。承担了文化系统前期的组织协调和展演剧目的准备工作，主要是抓了话剧《立秋》、京剧《走西口》的前期加工修改及其演出的工作。并于艺术周开幕前夕，组织《立秋》剧组赴北京大学演出，连演两场，观众场场爆满，演出大获成功，观众好评如潮。为整个艺术周的展演开了一个好头，为宣传山西、宣传山西省话剧院、弘扬三晋地域文化及晋商精神，作出了自己应有的贡献。

其五，继续办好《三晋戏剧》，充分发挥该刊物在指导全省艺术创作与生产上的窗口和阵地作用。《三晋戏剧》创刊至今已 4 个年头了，根据党组的决定，我一直担任该刊的主编，从栏目的设置、稿件的选定、版面的设计、文字的编校，每期我都参与了编辑的全过程。2004 年，该刊在原有的基础上，注重培养扶持创作新秀，关注全国戏剧最新态势，建立健全了编辑责任制，极大地提高了办刊质量，受到了省委宣传部期刊审读组和国内戏剧界专家们的好评。一些名家(如郭汉城、廖奔、薛若琳等)的重要文章，主动要求在该刊上首发。全年共刊发大型剧本 4 部，其中话剧 1 部，戏剧 3 部，原创剧作 3 部，改编剧作 1 部；此外还有小戏、小品剧本 5 个，曲艺作品 4 个，人物评述 4 篇，艺术理论文章 50 余篇，以及大量的文艺信息，总编辑量达44万余字。刊物不仅为省内外剧作家、曲艺家、戏剧理论研究者的新作发表提供了阵地,同时也及时报导和转载了全国戏剧界倾向性的动态及评论文章,使其真正成为指导山西艺术创作和生产的唯一业务性刊物,为凝聚和团结创作队伍、繁荣山西的艺术创作起到了不可替代的作用。

其六,做好第八届戏曲小梅花和第二届红梅大赛的推荐选拔工作。由于推荐认真,选拔严格,本年度的这两项工作成绩突出:在江苏省昆山市举行的中国少儿戏曲小梅花荟萃活动中,我省少儿戏曲选手夺得5朵状元花、7朵金花;在北京的红梅大赛决赛中,我省7名选手获金奖,其中郝建东获"红梅之星"称号,3名选手获银奖。以上两项决赛获奖总数均居全国之冠,充分显示了戏曲大省表演队伍的实力,以及我省戏曲表演人才后继有人的可喜局面。

三、勤政廉政情况

一年来,能够忠于职守,团结合作,坚守岗位,和分管处室和单位的领导与同志们,一道尽心尽职地履行自己的岗位职责,没有缺岗现象发生,年初列入工作计划的各项任务都能圆满地完成。在廉政建设上,主要做了两方面工作,其一是认真贯彻落实党风廉政建设责任制,在自己分管的范围内,严要求、勤监督,对一些敏感的事情,如选调人员、评定职称、评奖活动等,尽力做到严格管理,规范操作,增强透明度,以必要的规章制度去堵塞漏洞,力求达到公开、公平、公正。本年度的评定职称、评奖活动,没有违规操作,没有不廉洁的行为发生;所辖处室及院团的领导班子成员,团结状况良好,也没有不廉洁的问题出现。其二是遵纪守法,严以律己,本年度廉洁自律情况总体上是好的,自身没有发生违纪违规和不廉洁的行为。特别是在"三项治理"中,自己能积极响应,主动配合,如实申报,至今本人乘车不超标,住房面积不达标,公务活动中也没有奢侈浪费的事情发生。这些方面的情况,还请组织和同志们予以批评监督。

回顾度过去的一年，要说取得了一些成绩，应归功于省委、省政府的正确领导，归功于党组的正确决策，归功于厅机关各处室、厅属各单位领导和同志们的支持和配合，特别是专业艺术口的各单位领导和同志们的大力支持和卓有成效的工作。借此机会，我对多年来对我工作一贯予以关注和支持的党组一班人，以及在座的全体同志表示衷心的感谢。同时我也深知，岁月的流逝，不仅仅留下了成绩和荣誉的印痕，而且还存在有明显的问题和不足，主要是对中央关于文化体制改革的指示还学习得不好，改革的意识还不强，院团体制上的改革还未真正迈出步子，有等待观望的思想。对分管处室和院团的管理偏重于业务，缺乏深入细致的思想工作；在工作任务压头的情况下，忙于招架应付，还未能做到沉着应对、精益求精。在艺术创作和剧目生产上，还停留在一般化的状态，限于环境和有关条件，还未能生产出在全国有重大影响的作品。这些，对于一个即将要离任的文化人来讲，只能是一种自我的反思和终身的遗憾，好在事业的长河，会一浪高过一浪，相信后来者会干得更加出色，让山西的艺术事业得到更大的发展，艺术成果会更加辉煌。这也算是我离任前的一点希望和祝愿。谢谢大家！

※写成于 2005 年 1 月 10 日，除向文化厅机关干部和厅属各单位领导班子述职外，文稿交省委组织部。

一批珍贵的精神财富

11 月 8 日至 26 日，集中整理 2009 年春节回阳城老家过年时带回来的两编织袋书籍及学习材料。当时存放在地下室，让孩子们给扛上来，整理完一袋再整理另一袋。这些书籍和材料，均为当年在阳城县委宣传部从事理论教育时所学所用，每本书籍上或多或少均

留下当年阅读时所写的批注、段意和所划的重点记号；尽管一些观点、论断，现在看来，或显偏颇、极左，甚或错误，但却印下了时代的烙印，是一批珍贵的精神财富，三十多年后再目睹这些书籍，确有一种异样的亲切感。这批书籍和学习材料，除少数归入其他类别外，绝大部分归入家藏政治及其名人论著类。为了容纳为数不少的各级印制的《学习材料》《学习文选》等资料汇编类书籍，特又在党建类和政策法规类中间新设置了一类“中心学习”，以包容这批不好归入其他已成形类别的书籍。仔细检阅这一类别的图书及资料，就会发现，它既体现了我的人生历程中最为宝贵的一段经历，又深深留下了中国社会走过的曲折而又复杂的时代足迹。整理保存这批书籍，犹如在读一部亲历亲见的社会历史，这种感觉是以往所没有过的。在近三周的时间内，除去周六休息、外出购物办事，基本全用在整理归类、排列顺序、擦拭压平、撰写提要等具体事上，在原有 9 万余字的家藏政治及其名人论著类图书提要的基础上，又加写了 3 万多字的提要内容，成为目前 13 万多字、194 页的规模。此外，还对该类图书原排列归类不准确的也做了相应的调整，为日后的正式编码、提供参考，打下了良好的基础。

※根据 2010 年 11 月 8 日至 26 日的日志记录整理。

书　缘

人生如白驹过隙，转眼间我已过了花甲之年。回顾度过去的短暂的人生一刻，真正能够连贯始终，坚持不懈，让我留下深刻而又美好记忆的，是我的书缘。

我出生于一个普通乡间小镇的农家，一次偶然的机会，因大人们有事外出，不想带我同行，便提前将我这不到上学年龄的七虚岁

幼儿送去上了学。儿时的启蒙教育未能给我留下什么印象,只记得是父亲从城里书店买来的两本薄薄的《中国古代寓言故事》的书,深深地吸引了我。书中讲述的那一个个动人有趣的人物故事,感染了我幼小的心灵,我爱不释手,不仅自己阅读,而且还讲给身边的小朋友们听。从此,我与书结下了不解之缘。

上中学的时候,读课外书籍的条件和环境大有改善,既可以向学校图书馆借书,有时还可从村中邻居有书的人家借读。每遇周末放假或放寒暑假时,是我读书的最好时期。即使帮大人们干活时,我也会忙里偷闲,利用一切可以利用的机会,去读一会自己所喜欢的书。我曾读过诸如《林海雪原》《西游记》《今古奇观》等古今白话小说,看过一些坊间印行的历史演义小说。至今还珍藏于我的书架上的一本《武王伐纣平话》的小册子,便是当年村中邻居一位大叔送给我的。不知不觉地我对文史类的书籍产生了极大的兴趣。

考入省委党校后,政治理论专业的学习,未能影响我喜爱读文史类书籍的兴致。不管是在学校上学,还是后来到乡下搞"四清",书店是我经常要去光顾的地方。我从看书、读书,发展到自主购书。当时,我每月享受国家13元的助学金,除去生活费外,节省下的零花钱,多数用于了购书。除了少数政治理论书籍外,《孟子译注》《古代散文选》《历代文选》《明清笔记故事选译》《古文选读》等书籍均先后进入我的书桌抽屉。此外,还托远在上海空军服役的同学,给我购入一套结集出版的《中华活页文选》合订本和《唐诗三百首》。我第一次感受到了自己想读什么书就设法购入的爽快滋味。

大学毕业,结束了在天津军粮城军垦农场劳动锻炼的生活,我主动要求回到了生我养我的阳城县城,从事党的组织、宣传工作和乡镇领导工作。因为从事工作的性质,我的书柜里陆续增加了不少马列和毛泽东的著作,以及"农业学大寨"与科学种田的书籍。后来调回县宣传办公室,负责全县的理论教育工作,工作业务的需要,让我硬着头皮通读了《共产党宣言》《费尔巴哈论》《哥达纲领批判》《国家与革命》《帝国主义是资本主义的最高阶段》《共产主义运动中的"左派"幼稚病》等10多本马列原著,通读了毛泽东的五篇哲学著作和《毛泽东选集》一至五卷,还写了不少的读书笔记和眉批。为了辅导干部、教师们的学习,我还购入了不少相应的理论辅导书籍,这一时期,我的书柜里存放的是清一色的马列原著、毛泽东著作和政治理论书籍。而偶然购入的《水浒全传》《儒林外史》及《绿林赤眉起义》等书籍,竟成了书柜里稀有的点缀。这一时期的干啥学啥、急用急学、现学现卖的做法,虽有囫囵吞枣、不求甚解之感,但却大大地弥补了本应在大学时期即要阅读的一批政治理论书籍,为自己今后的人生旅程铺垫了一层较好的思想理论基础。

粉碎"四人帮"后,我被党组织由基层选调到山西省委组织部,从事干部的管理与调配工作,新的业务工作的开展,使我的书橱中逐渐积累了一批有关党的组织工作和干部管理工作的业务书籍。随着"文化大革命"的结束,出版工作的逐步升温,一大批建国初期出版的优秀文史类书籍得以重版。我书柜中的明代拟话本小说"三言两拍"、清代蒲松龄的《聊斋志异》与纪晓岚的《阅微草堂笔记》,以及《东周列国志》《三侠五义》等,均是这一时期购入的。此时,我处理完干部业务工作后,每周总要抽出一些时间,骑着自行车去逛书店。每逢周末,办理完家务事后,到书店看书选书已成为必做的一件事。当时我家住在柳巷北口,解放路、五一路的各个书店,是我经常要去的地方,日积月累,自然也选购了不少自己喜欢的文、史、哲书籍。每年太原举办的书市,我总要抽出时间多次前往观览,在看书选书的茫茫人海中,"淘宝撷英"自然是一大乐趣。我书架上珍藏的广东人民出版社出版的一套13册的《历代小说笔记选》和上海古籍出版社影印出版的精装一套9册124种的《四库笔记小说丛书》,便是以特价从书市上淘来的。每当淘到自己心爱的书时,我会

很长时间兴奋不已。随着书籍的增加，引发了我添加书柜的欲望。在太原生活了三十多年，前后搬了四次家，每次搬家，都没有添置过新的家具，但购买书柜却成为我首先考虑要办的，以至如今家中摆放的大件家具当首推书柜，而且颜色和形制还各不相同。我对我的居家室内摆设的不入时并不在意，而对能够及时拥有自己喜爱的书籍却感到心满意足。

我大量地定向购书，有了强烈的藏书意识，是到省文化厅工作以后。此时我已进入不惑之年，淡出政界，做一名真正的文化人，读书、藏书自然会摆在了我的重要日程。首先，成批地购入史料书籍，中华书局版的《二十四史》《清史稿》，齐鲁书社版的《二十五别史》，泰山版的《中华野史》，上海古籍版的《唐人轶事汇编》，中华书局版的《宋人轶事汇编》，中国社科版的《清代名人轶事辑览》，泰山版的《中华名人轶事》，以及数十册成系列的中华书局版的历代史料笔记丛书，均陈列于我的书橱。其次，对家中已有的藏书作分类补充完善，有目标地选书购书，尽量做到系统化，如历代笔记小说和白话小说，从相关的辞书、史论、评介到各个朝代的代表作，缺啥补啥，力求做到全而优。其三，结合文化业务，成批购入和收藏有关戏剧、舞蹈、音乐、美术、民风民俗、地域文化类的书籍，从无到有，逐步扩大，从纸质书到光盘影碟，目前已初具规模。眼见得书柜里的书越聚越多，大有摆放不下的态势，我心中一股无法名状的富有感油然而生。

在文化部门工作的十多年间，无论下县市和外出开会、考察，还是到各省市参加全国的艺术节、戏剧节以及带团演出、参与艺术赛事，我总要安排足够的时间，前往当地的书店和书市去看书，所到之处，应当说多数还是收获颇丰或者满载而归。在我的藏书中，有相当一部分就是从外省市的书店里直接选购回来的书，其中尤以上海、北京、南京三地最多。而每次到北京去，不管公干或旅游，北京图书大厦和琉璃厂街的几个古籍书店是我必须要去光顾的。在一些省市的购书过程中，还留下了一些难以忘却的逸事：如从兰州古籍书店里，特价购回了北岳文艺出版社出版的清刘璋的《斩鬼传》；从上海里弄的个体书摊上，配齐了家藏清人李绿园《歧路灯》所短缺的中册；从内蒙古的书市，淘得寻觅多年的上海古籍版的宋刘斧《青琐高议》和明何良俊《何氏语林》的四库手抄影印本；由香港旺角个人书店，购得5册台湾双笛国际出版公司出版的明代禁毁小说等。仅此几处，我的淘书觅书的经历便可见一斑。如果将我到各省市选书购书的详细经历记录下来，还会有许多值得追忆的场面和十分有趣的细节。

多年来我如此这般地去觅书购书，除了表明我确有一种如醉如痴的爱书情结，在很大程度上是我深深体味到了读书的乐趣。我曾试图打开中国古典文言小说的宝库，却苦于无从下手，当我尝试着通读了江苏文艺出版社出版的170余万字的《历代文言小说鉴赏辞典》后，让我大开眼界，这绚丽多彩的文学精华，竟让我神摇目夺，欲罢不能，之后，接读一些名家名作就是顺理成章的事了。实践证明，读书使我增加了知识，开阔了视野，净化了心灵，陶冶了情操，它使我的心态宁静稳健，它使我的精神世界十分充实。在品读和鉴赏群书的同时，也萌发了我的写书念头。我充分运用家中十分丰富的藏书资源，结合文化业务，从破解舞台艺术的戏与史的关系出发，开始了传统戏曲与新编历史戏曲的剧目研究，边读书，边撰稿，积少成多，集腋成裘，先后于2003年、2013年，推出了自撰的65万余字的著作《戏苑史海一得录》和《戏苑史海鉴赏录》，这两本书均由中国戏剧出版社出版，颇得省内外文化艺术界人士们的赞赏。这一成果，对于我这“半路出家”的文化人来讲，确属不易。它雄辩地证实了个人知识的拓展和积累，与日常的觅书、藏书、读书是密不可分的。

如前所述，我的爱书情结、觅书经历、藏书与读书的情趣，伴我走过了60年的人生路。离职退休后，我完成了一件比较大的工作

量，就是分类整理我的家庭藏书。将现有的一万余册书籍，大体分为辞书类书工具书类、古文类、史地类、历代笔记小说类、话本白话小说类、戏曲杂艺文物类、诗词音韵训诂类、蒙学家教修身类、为政刑狱谋略类、生活博物性学类、宗教术数类、明以来学者文集类、域外书籍类、音像电子版类、政治及其名人论著类、艺术方志资料馈赠类、杂志报纸类、故居书刊材料类等 18 个类别，并按存放的柜、箱，逐一排序编号，逐册撰写内容提要，共撰写出了 146 万余字的书目内容，既方便了日常读书之使用，也是对我多年来觅书购书藏书成果的系统总结。如今，我坐拥万册家庭书斋，在温馨和谐的家庭环境里，尽情陶醉于广泛的读书乐趣中，以缠绵不断的书缘情结，颐养天年，直至终身。

※为山西省委党校政治系 63 级同学 2011 年 5 月太原聚会，写成于 2011 年 4 月 29 日，2013 年 6 月辑入聚会后编辑的《沧桑当歌》。此次汇编，个别段落做了内容补充及文字修饰。

三十五年后的再相聚

我离开阳城到省城工作，一转眼已过了 35 个年头。适逢母校阳城一中 60 年校庆返阳，县委宣传部乘此机会，诚邀各位在校庆的前日，于竹林山大酒店，召开阳城宣传部老同志 2012 金秋聚会座谈会。出席会议的有现任县委宣传部的 7 位领导，历届健在的宣传部及其系统的退休老人有王安国、王先耀、刘德祥、成葆德、李金海、吴敏、李运启、白晚才、王树新、武海疆、王真荣、张汉良、李锁江、于修善、延钟山、韩春苟、王永录、李宏顺、乔宏瑞、于天瑞、王宏罗等，囊括了当年阳城县委的一批秀才、笔杆子及智囊团。在这些人员中，属于 20 世纪 70 年代老宣传办公室的人员有 7 人，绝大多数都是陆续离开阳城，调往省、市机关及事业单位工作，退休前分别担任了厅、处两级领导职务及正高专业技术职称，可谓人才济济，各具才华，被誉为阳城宣传部门的黄金时代。如今回归故里，相聚座谈，联想当年，怎不令人感慨万端。座谈会开始前，我将所带的《戏苑史海一得录》赠予在座者每人一本。座谈会由现任县人大副主任李锁江主持，现任县委常委、宣传部部长商浩辉致辞，老部长王安国发表主旨讲话，然后发言的有王先耀、刘德祥、延钟山、成葆德、李金海、吴敏、白晚才、李运启、武海疆、李锁江等。我讲了三层意思，内容为友情胜亲情，理论做基石，愉快度晚年。武海疆的发言中，还评价了我的认真、清廉、敬业，堪为知己。近中午时，发言结束，到大会议室照相留念，并赠送与会者县产蚕丝睡衣及《阳城历史名人文存》《阳城历史文化丛书》《阳城县人民代表大会志》《蟒河文化系列丛书》等书籍，然后到餐厅会餐。席间追忆往事，笑语连绵，频频敬酒，互道珍重，浓郁的乡情、友情、同志情充溢于餐桌间……

※摘自2012年9月27日的日志。

浏览乡邦文献的感触与考辨

今秋九月，回阳城老家参加县宣传部老同志2012金秋聚会座谈会时，县里赠送了一套《阳城历史名人文存》。这套丛书由李豫主编，2010年4月由三晋出版社出版，汇编了明、清、民国时期阳城籍的历史名人凡28人著述37部，另有7种诗钞集，则收录多人的作品。这是阳城县域有史以来出版的第一部较为完整的汇集民国之前本地名人诗文著述的大型丛书，也是新中国成立以来，山西省内出版的第一部县级乡邦文献丛书。丛书共分8册，基本按照作者生活的年代为排列顺序。在这些作者中，既有闻名华夏的朝廷重臣王

国光、陈廷敬及田从典等，又有绝意仕进、以著作行医为事的白胤昌，更有一批布衣隐逸之士的诗文。他们的著作，陈述主张见解，记录交游经历，杂咏感怀百事，文笔朴实，才华横溢，无不透露出忧国忧民、热爱桑梓的情怀。

历任清康熙朝工部、户部、吏部、刑部尚书，拜文渊阁大学士的陈廷敬，长期值经筵，博学多才，深受康熙帝器重。他关注家乡民众的疾苦，对同朝为官的北地名士如魏象枢、于成龙乃至傅山等均很敬重，文集中有对这些人赞誉的诗篇，还特意为于成龙撰写了长篇传记。张泰交官至康熙朝刑部、兵部侍郎，浙江巡抚，通读其自撰年谱，甚感其仕途艰辛，为官清正，舍家为国，深得皇上的赏识，以至积劳成疾，55岁便死于任上。其文集内容丰富，朴实如人，非应景应时之作，同时也对清王朝的荐举考核吏制甚有感慨。

明代白胤昌的《容安斋苏谈》尤值得一读。这位博览群书、见多识广、绝不仕进的先贤，虽身处明末清初，世风浇薄，困居乡间，却能安贫乐道，致力于读书、历世、行医，对人情世故、社会现象、家国大事都有自己的独到见解。作者辑录读书、做学问中的谬误，比较士人为官、著述的高下，澄清史迹中的冤屈，为被曲解泼污的人物辩诬，如为晚唐诗论家司空图的行止辩诬，对同时代张居正的作为同情赞许，对乡贤王国光被玷污声誉的辩白，便是最好的例证。他鄙弃仕宦，厌恶世俗，是非分明，视野开阔，倡言“一代之兴，必有一代之制”，谴责“俗儒沿袭故套，失其大经而守其小节”“不于书中寻做官之方，只于书中觅得官之路”，批评“炎凉之态”“妒忌之念”，甚至指出北人不要“因循守旧”，阳城的“刘村黄崖、丁店义城，若肯引水种稻，其利十倍”。这些认识和见解，在当时无疑是进步的，很值得进行深入的研究。

通览这套丛书，总体感到整理校点水平不高，有的整理者甚至没有认真读书稿，以至一些书稿连最基本的内容都概括不出来；整理体例欠统一，人物排序也混乱；作者生卒年不确者，未能予以考辨，有的甚至还搞错。出于对这些乡贤的敬仰，通览中，对几位生卒年不详或搞错的作者，笔者还做了一番考辨，以弥补该丛书整理校点之缺憾。

收入丛书第六册的《梅崖文钞》作者清人郭兆麒，整理者沿袭同治《阳城县志》所载作者小传，未作考究，即确定为生年不详，卒年1790年。但据该书《梅崖诗话》，作者曾于首页写有“时壬午春，余年二十有二”，又于第18页写有“是时辛巳，余年二十一”，以此可推算出郭氏生年为1741年。郭氏的卒年标为1790年，但在本册出版说明第3页，曾指明乾隆五十六年，即1791年，郭氏与张隽三、陈金门等人结诗社事，哪有已死者还能与人结诗社呢？显然卒年的标记是错误的。至少郭氏是在结社之后才逝世，也就是说，他的卒年下限应为1791年之后。

清人张晋的《艳雪堂诗集》也收入丛书第六册，整理者确定其生年不详，卒年1807年。但据该书张氏诗作《丁卯初度》诗文“行年四十四，初度一酸辛”推算，作者生年当为1764年。卒年虽标为1807年，而作者诗作《水龙行》中，明确写道：“岁在己卯四月中，宰官下令演水龙”，此处“己卯”为嘉庆二十四年，也即1819年，此时作者还客居南国长兴游览，其卒年的标注明显是错误的，张氏卒年的下限起码应在1819年或之后。

收入丛书第七册的《六砚草堂诗集》作者清人延君寿，整理者确定其生年不详，卒年1826年。但据该书第16页，作者诗作《甲子二月廿二日北发作留别二首》中有“我生四十年，阅历颇如斯”句，第219页《悼内诗》又有“再活二十年，我已八十二”句，此时正是“丙戌”年，即道光六年，也就是1826年，据此可以推算出作者的生年当为1765年，和他的挚友张晋生年1764年是相匹配的。此外，该书第122页《长歌行挽张隽三》诗中，有“继之者为张隽三，闻道归才十日

耳。呜呼！隽三竟不生。呜呼！隽三可惜矣”，可知其挚友张晋从作者为官的长兴返回家乡后，十天便去世了，这年正是嘉庆二十四年，也即1819年，此诗文把张晋的卒年也坐实了。

深受延君寿器重的清人李毅，他的《松溪诗稿》也收入丛书第七册，整理者确定其生年为1775年，卒年为1805年，按此计算享年应为31岁，和出版说明中的“年三十二卒”相矛盾。实际是，延君寿在其辑撰的《樊南诗钞第一集》“李毅小传”中，即明确指出李客死长兴时“年三十岁”，在他《六砚草堂诗集》前集下中，即该书第101页《长歌行一首哭李松溪》诗中，有“凭棺哭君尸，买板镌君稿”“住世乃仅三十年，倏忽化去如飞烟”；此后，在给《松溪诗稿》撰写的序文中，也明确说李“二十岁从隽三学，五年为诸生，又五年而殁”。由此看来，李享年30岁，言之凿凿，出版说明称李“年三十二卒”是错误的。再从李氏卒年来看，出版说明标为1805年，即嘉庆十年，但在该书第697页，李氏《松溪诗稿》唯一出现有年份的诗中写有“丁丑正月”，这个丁丑就是嘉庆二十二年，也即1817年，说明此时作者尚在世；另从延君寿《长歌行挽张隽三》诗中“前年哭松溪”“今年我罢官”看，这里的“今年”指的是嘉庆二十四年，“前年”自然是嘉庆二十二年了，这样李毅的卒年即为1817年，而不是1805年；再按享年30岁推算，其生于1788年，而不是1775年。整理者不加考究，竟将作者的生卒年均搞错了。

收入丛书第八册的《古伴柳亭初稿》作者清人田秫，整理者确定其生年为1755年，若按此田氏中进士时则已81岁，道光二十二年入都授职时已是88岁高龄的老者，岂非天大的笑话！事实上，稍对其诗文浏览一下，这个问题即可解决。在该书第34页的两首诗中，就有“拥书万卷良足豪，我将花甲始折腰”“谋生无术嗟饥寒，六十年华求服官”，诗前标明年份为“壬寅”，就是道光二十二年，也即1842年；另在第36页《辛酉秋夜独酌》诗的标题旁，作者批注“时予年十八”，这里的“辛酉”为嘉庆六年，以此去推算，作者生年当为乾隆甲辰年，也即 1783 年。按此出生年再返回来验证一下，道光二十二年入京候选时作者正是 59 岁，正和“我将花甲始折腰”的诗句吻合。由于整理者的粗心不认真，竟将作者的出生年份前移了 29 年。

尽管有上述一些缺憾，但《阳城历史名人文存》的整理出版，仍不失为一件大好事。在新的历史条件下，对于传承优秀传统文化，宣传阳城历史名人，弘扬县域人文精神，无疑提供了一批文采灿烂、又可借鉴的丰硕成果。但愿有更多的学者、同好及故乡有识之士，能够迈入这套丛书的殿堂，进行深入阅读和研讨，产生出一批新的文化成果，以助推县域两个文明的建设。

※根据 2012 年 10 月 12 日至 11 月 9 日的日志中的相关记载整理。

与戏曲结缘的后半生

我于 2005 年年底退休，至今已过了七个年头。在这七年间，除受山西省委委派，负责过一段时期的省内几个市的保持共产党员先进性教育活动的巡回检查工作外，绝大部分时间是于家看书学习，颐养天年，还参与了省内外的一些艺术赛事和戏剧活动。这期间，《三晋戏剧》编辑部的负责同志，不断向我约稿，要求常年为该刊物的“剧目探源”专栏撰稿。这便促使我这已离岗的文化人，不得不继续对戏剧活动和戏曲剧目予以关注，并选择一些自己感兴趣的剧目，进行比较细致的观赏和深入的探讨。其直接的成果便是数十篇的剧目研究文稿，这是继我的《戏苑史海一得录》结集出版后的又一批新的收获。

收入这个文集中的 38 篇剧目研究文稿，涉及相关的剧目达上百个。对这些剧目的赏析和探讨，仍沿用《戏苑史海一得录》书中的写

作体例,从戏与史两方面去进行研讨。所不同的是,在《戏苑史海一得录》书中所研讨的剧目,绝大多数是源远流长、至今盛演不衰的优秀传统剧目;而本书所研讨的剧目,绝大多数是新时期以来编创的、深受人们喜欢的古装戏,其中又以山西剧作家编创或为山西演出团体首演与移植的新剧目居多。

对剧目所表现的"史实"的探究,是继承老一辈戏剧家对剧目考索本事的传统进行的。所不同的是,这种考索和探究,已由单一的解读本事扩展到具有多重意义的鉴赏和辨析。在具体研讨中,首先是据史探源。针对剧目所演绎的历史人物及事件,或摘引典籍正史,或寻觅野史笔记,或翻检方志轶闻,或参阅讲史小说,力求探索到确当的剧目创作的素材依据,为读者还原剧中人与事的原始面貌。其次要对比辨析。就是以史实素材去和戏剧情节相比照,审视二者间的同异,明晰戏与史所存在的差异,即使是虚构的情节,也尽可能地为读者和观众辨析出编织的依据,让人们在观赏撼人心灵的戏剧故事中,去领略剧作家们驾驭历史素材的艺术功力。其三是关照现实。这是对优秀剧作深受当代观众欢迎的内在因素的破解和探秘。事实上,能够引起当代观众共鸣的剧作,大多是剧作家善于选择古今社会现象中的相通之处,自觉将历史反思与现实思考结合起来,无形中拉近了剧作与观众间在认识上的距离,让人们在欣赏愉悦中产生更多的感悟。

七年来,围绕这批剧目研究,笔者不断地观赏并收看了相关剧目的演出实况与录像,有针对性地阅读了一大批的史籍、笔记、志书及小说。每当由浩瀚的书海中寻觅到一条可用的资料时,那种兴奋之情无法言表,而当从大量庞杂的素材中凝练并编撰出一篇剧目研究文稿时,内心的欣慰也是可想而知的。这种看戏、读书、写作的流程,已成为我退休生活的一项重要内容。这些文稿,既是本人对戏与史的鉴赏录,又是对世事人生的感悟录。

由于工作的原因，我的后半生与戏剧事业结下了不解之缘。《戏苑史海一得录》和《戏苑史海鉴赏录》的先后出版，不仅忠实地记录了我多年来对戏曲剧目的鉴赏、评判、研究、感悟的思想轨迹，而且也寄托了我对戏曲事业的一片深情。我将自己的这两部不成熟之作和盘托出，作为对广大戏迷朋友们和一向关心、支持戏剧事业的有识之士的回报，并衷心祝愿山西的戏剧事业，在党的"十八大"精神的指引下，能够有个长足的发展。

※摘自2013年1月20日拙著《戏苑史海鉴赏录》的"前言"及2013年2月25日写的"后记"。

为学修身花絮

听了邢局长文教调整精简的报告，大家各有所思。我想，国家有困难，还这样照顾我们高一级中学，我们只有更努力学习，来回报党对我们的关怀。降低助学金的问题，我又重新考虑过。虽然我家庭非常困难，但国家有难，匹夫有责呀！因而我决定，要将原来助学金的2等降为3等，也算为国分一点忧。

※摘自1962年3月13日的日记。

近几天，我深感对自己的思想进步毫无过问，有自卑感，常沉默寡言。今天见他们去听党课，对我来说真是莫大的刺激。我准备写一个听党课申请书，要求组织批准，以达到提高认识，不断进步。

※摘自1962年3月15日的日记。

遇事要冷静考虑，不能随便乱说。不当小广播，不当山麻雀，不好的事不带头，好的事情应领先。

※摘自1962年4月8日的日记。

应时刻注意联系和团结群众，虚心接受意见，大胆积极地工作，

勤奋学习,踏实劳动,做一个名副其实的共青团员。

※摘自 1962 年 4 月 13 日的日记。

这个假期回村后,立即投入了紧张的锄庄稼苗的工作。随着苗儿的旺长,每天和队里的社员们一起去锄苗。其间,我初步学会了锄玉米、芝麻、谷子、豆子、棉花及蓖麻等,不过,就锄谷苗来说,我是刚刚踏上战道,锄得极慢极慢,跟不上趟。

※摘自 1962 年 8 月 9 日的日记。

谈到读书问题,使我在脑海里深刻地回忆了一番,以往穿梭般的岁月,糊里糊涂地度过去了,但总是一知半解、浮光掠影地学习,还有老师及班主任的督促。今后全得靠自觉,所以要学习好,的确不容易。特别是提倡认真读书,独立思考,自觉钻研,更是不易做到,但我有决心学好。在学习上创造出点奇迹吧!

※摘自 1963 年 9 月 8 日的日记。

学习《苏共领导同我们的分歧由来和发展》一文,边读边议,使我了解了许多过去所不知道的事实,确实认识了分歧的由来,从中体会到我党是如何地宽容、仁至义尽。我想,这样的文章一旦公之于世,将会使世界上千百万受蒙蔽的劳动人民和兄弟党觉悟,他们会擦亮眼睛,看清事情的真相,从而分清敌我、分清真假马列主义。到那时,这篇文章将起着多么大的作用呢!此时,我不禁又感到党的理论工作实在重要。

※摘自 1963 年 9 月 14 日的日记。

钻进去学习,方能体会学习的滋味,知识只有做到真正的理解,方才觉得痛快。我总觉得,十多年来的学习,如在空中楼阁,犹如腾云驾雾,叩其两端,空空如也,想古今有学问的人头脑中装的知识,没有一个不是由刻苦读书得来的。

古人“百读不厌”,可现在至多是看两遍,这怎么行呢?古之“读五车书”,确实是“熟烂于心”,如今还得“读熟”“读烂”,方才能学到真正的知识。

※摘自1963年10月7日的日记。

韩愈说:“怠者不能修,而忌者畏人修。”懒惰是不能学好知识的,只有勤奋,才是学好功课的秘诀,要知道岁月是不待人的。

※摘自1963年10月22日的日记。

党校是改造自己的思想,提高自己的政治觉悟的好学校。学好马列主义理论,不仅仅关系着自己的进步,而且关系着党和人民的事业,因而我对党立下宏伟的志向,我愿在理论工作的战线上干一辈子!

※摘自1963年12月27日的日记。

人总是不喜欢失败的,然而失败了就应当总结经验教训,就应计划着去夺取胜利。初败不起,必定会再败,而再败则是一败涂地。成熟的人,是既会渡过胜利的大海,而又会渡过失败的大海,鼓起勇气吧,做一个能渡过“双海”的真正的成熟者。

※摘自1963年12月30日的日记。

一个人的能力有大小,但只要忠心耿耿、兢兢业业、尽力而为地为党的事业工作,就算得上是个好同志。相反,自以为能力强,夜郎自大,自以为是,眼睛向上,看不起群众,工作中争名夺利,争功诿过,一旦出错,推卸责任,尽找客观;或自卑自弃,胆小如鼠,生怕树叶掉下来砸了头,而不敢大胆泼辣、放手工作。这一切,对党的事业都是不利的。

※摘自1964年4月2日的日记。

吃百家饭,拉家常话,和群众促膝谈心,无话不说,亲如一家;见而敬之,去而恶之,打官腔,摆官架,谈吐不交心,尽说恭维话。这是联系群众过程中的两种截然不同的情形,问题的关键,是能不能放下自己的臭架子,同工农群众结合在一起。

※摘自1964年5月8日的日记。

我曾三次到云周西村瞻仰刘胡兰烈士的音容伟绩，所受的阶级教育一次比一次深刻。烈士短暂的一生，闪烁着永不熄灭的光芒，为新中国青年、革命志士树立了光辉的榜样。新时代的青年，生，就是为革命而生，要将毕生精力献给党的事业，以丰硕的成果填充自己光辉的人生。死，就要重于泰山，死得其所，为革命事业毫无保留地奉献出自己的一切。当前开展的社会主义教育运动，正是磨炼新一代的大熔炉，我愿是一块金矿，去经受炉火的冶炼，而不做镀金的黄铜，生锈、溶化、变质。

※摘自 1964 年 8 月 3 日的日记。

一个革命者，要求得上进，永不变色，就应经常检点自己，常以别人之长比自己之短，以别人之美比自己之丑，以别人之好比自己之差，子曰："吾日三省吾身。"其理正然。

※摘自 1964 年 12 月 7 日的日记。

古人云："学海无涯苦作舟。"只要勤勤恳恳地对待学习，无论条件怎么简陋、环境怎么恶劣，都是可以学到知识的。贵在勤奋刻苦，而忌懒惰飘浮。

※摘自 1964 年 12 月 12 日的日记。

工作要大胆热情，但忌骄傲急躁，不要因"年青有为"的称号而沾沾自喜，乐而忘形，而应认真严肃地考虑自己阅历浅、经验少、办法差之不足，虚心地估计自己，勇于及时地克服自己的不足，是正确的态度。

※摘自 1965 年 2 月 27 日的日记。

给别人讲东西，首先自己得熟悉有关材料，准备充分，摸清听众中存在的实际问题，紧密结合，做到对症下药，只要注意语言通俗、简练，方才可收到预期的效果。要多锻炼，大胆些，虚心些，才能不断地提高自己的口头表达能力。

※摘自 1965 年 3 月 7 日的日记。

要使每天的生活过得有意义，就得对自己有个严格的要求，抛开个人的私心杂念，努力工作，刻苦学习，积极上进，做时间的主人。

※摘自1966年2月25日的日记。

说话要有理，谈问题要有依据，凭一知半解的印象出发乱放一通，不着边际，而又不肯放弃自己的无稽之谈，往往会脱离群众，给党造成了不好的影响。

※摘自1966年2月26日的日记。

要能在赞扬声中成长下去，首要的问题是头脑冷静。同志们的叫好声，是鞭策自己前进的号令，每当响起这一号令，就应想到度过岁月中的不足，从而站在新的起跑点，奔向更新的征程。

※摘自1966年3月4日的日记。

要加强组织纪律性，组织的决议必须服从，不能随心所欲，为所欲为，另来一套。对自己的言行要严格要求，经常检点，嗅觉要灵敏，政治上的感冒病是非常可怕的。

※摘自1966年3月6日的日记。

三定时必须头脑冷静，从对同志、对革命、对党负责的精神出发，而不是从对犯错误干部的激愤（往往带有偏激）出发，实事求是、严肃慎重地对待。定案是为了教育人，而不是为了惩办人，必须抱着治病救人的态度，而不能抱惩罚泄愤的态度。要站在犯错误干部的角度上多想想，万万来不得半点急躁和偏激。

※摘自1966年4月17日的日记。

和同志相处，大事要清楚，小事要糊涂。这个糊涂并非是指自己可以占别人的便宜，浑水摸鱼；而是指当自己吃些亏、受到一些损失时，要视有为无，糊里糊涂，宽大为怀，不去计较。如果以占别人便宜而装糊涂，久而久之，就养成了坏的毛病，会沿着罪恶的深渊滑下去。与其这样地糊涂，倒不如清楚些好，这涉及一个人的品质问题。

※摘自 1966 年 4 月 17 日的日记。

要时刻关心自己在政治道路上的成长，一个人在政治上停顿起来，不求进步，就等于是窒息自己，自我毁灭。政治生命是最宝贵的生命，要以实际的行动去取得。要经常学习党的知识，以党员的标准来律己，争取早日成为一名共产党员，为党的事业做出更大的贡献。

※摘自 1966 年 5 月 2 日的日记。

要有一个好的工作作风，首要的问题是实事求是，不说假话；其次要有脚踏实地、吃苦耐劳的精神。事实证明，没有一个好的作风，对党的事业是极端有害的。

※摘自 1966 年 5 月 18 日的日记。

从学校进入工作岗位后，我就告诫自己，大学生没有什么了不起，要放下臭架子，甘当小学生，虚心向老同志学习，绝不能在生活琐事上去苛刻要求同志，而应在工作上严格要求自己。

※摘自 1967 年 3 月 29 日的日记。

上午劳动，自己动手泥房顶、上瓦，既调泥，又传瓦，断不了还得铲屋坡，上上下下，缺啥干啥，前段挖大渠时穿的“尼龙花达呢”又配上了用场。这样的劳动，在家、在学校都没有干过，它对于锻炼人的意志、身体，磨炼人的思想是非常有好处的。

※摘自 1969 年 4 月 26 日的日记。

得过且过、流于一般的思想，实际上就是只求过得去、不求过得硬的混日月的思想；就是停顿起来、不求进步的思想，是思想觉悟不高的表现。有了这种思想，在思想革命化的大道上就会停滞不前；有了这种思想，接受再教育的态度就不能很好地端正；有了这种思想，就不能完全、彻底地为人民服务。

※摘自 1969 年 10 月 6 日的日记。

在连队嘉奖中，向好的同志学习，向兄弟班、排学习，关键的关键，要狠斗“满”字、“骄”字、“不服气”，恭恭敬敬地学，老老实实地学，取人之长，补己之短，只有这样，才能在革命化的大道上勇往直前，永不掉队。

※摘自1969年11月10日的日记。

共产党员就应当是力争上游，永远朝气蓬勃，在思想革命化的征途上，不断给自己提出新标准、新要求，并努力去奋斗；那种甘居中游、停滞不前的思想，既不符合形势要求，也和共产党员的称号是不相符的。

※摘自1969年11月25日的日记。

斗私斗得狠些、深刻些，批评批得痛些、尖锐些，让脸红些、汗出些，心胸才能舒畅些，与同志关系密切些，对自己的进步促进会更大些。

※摘自1969年12月27日的日记。

思想问题的解决，不能急于求成，超越客观实际；绝不能凭上几堂政治课、多几个钟头的教育即可解决，有些是需要较长时间才能想得通。在毕业分配问题上，公与私的斗争是非常激烈的，要允许人想不通，而去做大量个别的思想政治工作，光靠批评是不解决问题的，而且会闹得很僵，引起不必要的麻烦。

※摘自1970年1月24日的日记。

在思想改造的过程中，时不时地总会流露有“生在红旗下，长在党怀抱，进步成长快，家庭出身好，只要不犯大错误，根红不怕苗不正”的想法，但冷静地思考一下，又觉得这种想法不对头。“根红”固然是好事，但如果陷入盲目性，就会背上“自来红”的包袱，放松思想改造，甚至会走向其反面。须知，无产阶级世界观不是从天上掉下来的，更不是头脑中固有的，而是在三大革命斗争中，经过艰苦的磨炼和痛苦的改造才能够逐渐形成。实践证明，没有“自来红”，只能改造红。

※摘自1971年5月13日的学习笔记。

检查孩子的作业，发现学得不扎实，不动脑子，空题、错题不少。这段总的感觉是孩子学习退步了，一方面自觉性不高，二是受周围不刻苦学习的同学的影响，三是缺乏家庭监督检查，这方面我有责任，老是以忙了事。看来还得用一定的时间和精力，过问一下孩子们的学习，不然基础打不实，将来一事无成；这里还有个把孩子引向正路的问题，学习是正道，贪吃、玩耍是邪路。从小严要求，长大可成材。

※摘自1981年2月16日的日记。

十中学生到省委机关楼内清扫卫生，学雷锋，真是好风气。看来类似这样的活动，必须造成社会舆论，掀起一个群众性的运动，让正气占据统治地位，以逐步恢复与重建良好的社会秩序和风气。我们共产党人，就是要有一点革命精神和良好的风气。

※摘自1981年3月5日的日记。

下班后，到书店买了一本《毛泽东同志的青少年时代和初期革命活动》，编者肖三，此书发行不多，我看还是应当好好学习，尤其是让孩子们也好好读一读，让领袖的事迹深入下一代的心田，鼓舞更多的青少年茁壮成长。

※摘自1981年3月11日的日记。

开会、讨论、讲话，注意不要讲绝对的话，不要感情冲动，不要打断别人的讲话，不要把自己的观点强加于人。

※摘自1981年3月30日的日记。

撰写干部的考察材料，成绩要说够，不足应指出，实事求是，留有余地，区别对待，不要轻易戴帽子。对人的问题一定要慎重，要历史地、全面地看，不能图痛快，不可赶浪潮，一是一，二是二。敢于坚持不同意见，择善分析，恰当断之。

※摘自1981年4月22日的日记。

当干部就要为群众办些有益的事。人眼是秤，谁个好，谁个不好，个人在干群中的威信如何，看得一清二楚。

※摘自 1981 年 4 月 27 日的日记。

看问题必须从实际出发，不能离开当时的客观历史条件。作为领导，必须是不带偏见、不带个人感情，迈开双脚，真正到群众中去了解情况，去解决所谓的老大难问题，从两方面去做工作，方可求得真正的安定团结。

※摘自 1981 年 5 月 13 日的日记。

我觉得汇报情况一定要如实，不能看风向，不能以领导的脸色、好恶行事，宁肯受批评，也应把第一手材料如实说清，以避免偏听偏信，留下后遗症。这样做，当然要冒些风险，但这是党性立场所决定的，实事求是，如实反映情况。

※摘自 1981 年 5 月 16 日的日记。

部内评选推荐出席省直工委的模范党员，提名时有些分散，不少同志还提到了我，我力辩谢绝。自感不够格，何必挂虚名，荣誉让别人，踏实干工作。

※摘自 1981 年 7 月 6 日的日记。

应注意办好分内的事情，常常做到心中有数，忙而不乱，例如学习，就应设法坚持下来。要少说多做，手头尽量不积压急办的材料。

※摘自 1981 年 11 月 3 日的日记。

办理太原市南郊区区委选举事，有些教训应记取：其一，工作要更细些，考虑得更周密些；其二，要注意原则性和灵活性的统一，该请示的一定要请示，该变动的也一定应变动；其三，注意待人接物的态度，不可盛气凌人，特别是接触地、县的同志，更应注意。

※摘自 1981 年 11 月 19 日的日记。

为没有能给自己的亲属们安排一个人，和爱人质辩了起来，在这一点上我确实无能为力，虽对党的事业问心无愧，但却惹了六亲

不少人。这种精神压力何时能解脱？不得而知。

※摘自 1982 年 4 月 21 日的日记。

某占卜家预言卯年我有灾，这让家人疑虑担心，我绝不相信。事实上，政治上谨慎些，经济上清楚些，身体上注意些，何灾有之？唯物者必胜，唯心者必败，不信，拭目以待。

※摘自 1982 年 4 月 25 日的日记。

用人还是要用正派无私之人为好，私心重的人是不能委以重任的。

※摘自 1982 年 10 月 29 日的日记。

部领导就勤奋工作、刻苦学习问题，即席讲了好大一会话，很有启发。应发扬挤和钻的精神，学些知识，学得多一些、广一些、深一些，为今后的工作打基础。

※摘自 1982 年 11 月 25 日的日记。

午后有些空闲时间尚可学习，却让与人闲谈占用了。鲁迅先生讲过，浪费别人的时间，如同谋财害命，浪费自己的时间，等于慢性自杀。对时间还是应当珍惜抓紧，将一切可以利用的时间用于工作、用于学习，大有必要，大有益处。晚上的时间，也不可全部消磨在电视上，亦应抓紧时间，适当安排些学习内容。

※摘自 1983 年 3 月 10 日的日记。

晚上，看电视剧《卡尔·马克思青年时代》之七，到《共产党宣言》的问世为止。总的感觉是生动逼真，十分感人。用这样的形式进行革命导师人生经历的史实教育，效果好，印象深。

※摘自 1983 年 3 月 14 日的日记。

晚饭后，看电视播话剧《高山下的花环》，感人至深，不禁流出了眼泪。我未读过小说，但从改编话剧本来看，原著是优秀的，生活基础是实在的，社会效果也是好的。

※摘自 1983 年 5 月 7 日的日记。

刚忙完省人代会的事，今天又说让我到地市调整精简办公室工作。据说，确定我的工作，还费了番周折，领导互相争执不下，好像我很“吃香”似的；不知是传言者“卖人情”，还是真有其事，不管怎样，可以肯定的是，目前我还是个“劳力”，能踏踏实实地“受”，此外别无他说。我常说干啥都一样，道理就在于此。新的工作又要开始了，但愿能顺利而去，愉快而归。

※摘自 1983 年 5 月 17 日的日记。

有人反映在人事安排上，以派划线、以清查划线的问题尚存，正直公正、踏实苦干的大有人在，却英雄无用武之地，但愿此种状况不要久长，代之以一个举贤荐能、人才各得其所的大好局面。

※摘自 1983 年 5 月 26 日的日记。

看几个领导干部的档案，发现出生年月、参加工作时间，前后几次填写，极不一致。记不清楚，填写随意，情有可原，想赶“时代的要求”，就不能不是个问题了。难怪有人说，如今的人官做大了，年龄越填越小，文化程度越填越高，真是令人费解。

※摘自 1983 年 6 月 10 日的日记。

一位了解情况的处领导告我，部领导已提到要安排我，让注意保密。说者好心，我却无意，我非受宠若惊之人，何况此类事情绝非是个人心想事成之事，八字还没一撇，让组织去考虑吧；要紧的是，更应努力做好工作，谨慎从事。

※摘自 1983 年 7 月 3 日的日记。

目前领导的秘书们都在私下里活动，想调出大院安排职务，这是党风不正的一种表现。当今之时，秘书们可谓优越了，平时跟着首长好享受，到头来还可捞个职务，加上个人又不本分，简直是升官发财者大有之。如此这般，盖出于首长的支持、搭桥，把工作需要看成是恩德相报，将腐朽庸俗的东西带进党内，实实可恶。

※摘自 1983 年 8 月 5 日的日记。

利用周末休息，带两个孩子搞家务劳动，收拾煤炭、扩修堆土处，劈柴、下菜窖翻倒存菜，孩子们表现得也很积极、卖力，使他们从小就懂得要热爱劳动，这一点尤为重要。今后还应经常补好这一课，以利于孩子们的健康成长。

※摘自1983年12月11日的日记。

每天都要向自己提出工作和学习的任务，并能认真实施之，做到当日兑现不欠账，久而久之是大有益处的。

※摘自1984年5月9日的日记。

身为处长，应注意充分发扬民主，善于商量办事，讲究工作方法，注意搞好团结，要虚心、耐心，切记不得急躁发火，时刻保持清醒的头脑，常常要有自知之明。

※摘自1984年5月30日的日记。

开展新的工作，对原有的工作进行改革，难免会有失误，即使失败了，也应大胆地干，不能因噎废食，作为领导要敢于承担责任。

※摘自1984年10月27日的日记。

要领导好一项工作，必须了解它、熟悉它、掌握它，方可谈得上领导与指挥。基于这个指导思想，这次干部统计工作会，一定要尽力参加下来，了解全过程，学习新知识，打开新天地，开创新局面。

※摘自1984年11月21日的日记。

开会、讨论工作，要造成一种人人敢讲心里话的空气，这在很大程度上取决于领导，要有意识地启发大家发言，即使一些不正确的看法，也要立足于疏导。在这方面，我还是有很大差距的。今后要努力提高领导水平和艺术，力求将工作做得更好。

※摘自1985年1月5日的日记。

要勤奋，做到经办的事情日清月结，不拖不压，时常保持清醒头脑，有条不紊地进行各项工作；同时注意工作时间，若没有急办的事情,宁肯在家看书报,也别串门拉闲话。

※摘自1985年1月17日的日记。

搬弄是非、传播流言蜚语的人,是不团结的祸患,如涉及自己,应心胸开阔,冷静处之,不能被闲言碎语所惑;而应公正处事,大胆工作,相信邪不压正、日久见人心。

※摘自1985年2月8日的日记。

为孩子不认真做作业而生气,甚至动了手,本不应如此,但太不自觉,说了话不听,主要精力未用于学习上,真是教子难,心操碎也无效果。

※摘自1985年11月19日的日记。

商议领导班子人选,考察情况服从领导意图,长官意志占了上风,很难说反映民意,反映实际。难怪人们说,考察是做样子,领导心中早有数。

※摘自1985年11月20日的日记。

干部调配处是干部的门事部,接谈干部工作是经常的事,要学会耐心热情地处事、待干部,千万不能怕麻烦,更不可发火或冷淡。

※摘自1985年11月21日的日记。

对违犯涉外纪律事提出批评,有人认为是训人,这种认识是不对的。出现这样的事,能不严格要求吗?老好人、不愿得罪人的人好混世,但搞干部工作不严格要求是不行的。

※摘自1986年11月3日的工作日志。

讲话、议论是非一定要注意场合,一切应当以组织上讲的为原则,党员就应按党的规章制度办事,这样对党、对国家、对个人都是有好处的。

※摘自1987年1月8日的工作日志。

综合全省的情况,要认真阅看地、市的报告,准确、客观地反映全省的现状,不能想当然地去写报告。对情况的分析、估计要留有

余地，文字表达不要绝对化，以防被动。

※摘自1987年6月15日的工作日志。

在整顿纪律中，学习周恩来同志《反对官僚主义》《干部要过五关》，陈云同志《刘力功为什么要开除党籍》《严格遵守党的纪律》，边学边议，加深认识，这些文章尽管是三四十年代写的，现在重温，倍受教育，仍有针对性、现实性。

※摘自1987年8月4日的工作日志。

在加强干部宏观控制中，有人竟想给省级领导的司机转干，主管的个别领导不想惹人，居然提出了副省级领导批条就办。我认为这不妥，此口一开，其害无穷，应当有个控制的尺度。而今是许多负责的领导带头送人情，不讲原则，光靠承办部门去控制是不行的。

※摘自1987年10月27日的工作日志。

干部培训报表一定要搞准确，问题多的要退回去认真返工，今后就不会出现类似问题了。工作上应该严要求，一丝不苟，不得马虎。

※摘自1987年10月29日的工作日志。

一些人为达到自己调整个好岗位、要官升职的目的，挖空心思地找亲戚、拉关系，上门干扰，忙中加忙，风气实实不好，使我和家人连正常的生活和休息都做不到。气愤之余，也无能为力，常常是费了不少口舌解释说明，并不被理解，最后只好是拒不能办，惹人算了。

※摘自1987年11月12日的工作日志。

部领导点名让我带队到省直一个单位考察领导班子，分管领导交代要广泛听取民意，但两周的认真仔细考察情况的汇报，却不想听下去；深感一些领导无视民意，偏见性太大，更有甚者，竟直接点名让某人来当一把手。既然已有内定人选，就不必兴师动众去考察，何必搞形式、走过场，愚弄干部职工呢？

※摘自1988年8月1日的工作日志。

组织在家的同志，坚持学习《社会主义改革概论》，不管效果如何，给同志们一些学习时间，结合实际，自学一些理论知识，对工作、对自身建设都是有好处的。

※摘自1988年10月18日的工作日志。

读恩格斯《路德维希·费尔巴哈和德国古典哲学的终结》札记

恩格斯的《路德维希·费尔巴哈和德国古典哲学的终结》，简称为《费尔巴哈论》，书中系统地阐述了马克思主义哲学同德国古典哲学的关系，深刻地阐明了马克思主义哲学产生的历史必然性及其在人类认识史上引起的伟大革命，同时，也系统地论述了辩证唯物主义和历史唯物主义，这一马克思主义哲学的基本原理。这一著作写于1886年，最初发表在德国社会民主党的机关刊物《新时代》杂志上。1888年，恩格斯进一步作了修改，写了序言，并把马克思1845年写的《关于费尔巴哈的提纲》作为附录，以单行本形式出版，它是一部宣传马克思主义哲学原理及思想的纲领性文献。

恩格斯撰写这一重要著作的目的及原因有两个。其一是加强工人阶级政党思想理论建设的需要。1848年，马、恩的《共产党宣言》发表后，在马克思主义思想的指导和影响下，欧洲工人运动向纵深发展，许多国家先后建立了社会主义的工人政党。为了广泛传播马克思主义，进一步阐明马克思主义哲学同德国古典哲学之间的联系和区别，以便使无产阶级和人民群众，更好地学习和掌握马克思主义，有必要阐明与此相应的一些观点。其二是哲学战线上对敌斗争的需要。1871年巴黎公社失败之后，世界上的反动势力对工人阶级及其运动，开展了猖狂的围剿和进攻。政治上施行镇压和迫害，思想理论上进行攻击和污蔑，尤其是对马克思主义进行了恶毒的攻击。当时德国思想界，存在着许多折衷主义的流派，其中影响最大最坏的是新康德主义。它们抛弃德国古典哲学的精华(如唯物主义因素),取其糟粕(唯心主义的先验论和不可知论),以此对抗马克思主义。工人阶级内部的机会主义分子,也跟在新康德主义者的后面胡说八道,污蔑马克思主义哲学是对费尔巴哈和黑格尔哲学的简单抄袭,扬言要用康德主义批判、改造马克思主义,在理论思维上造成了极大的干扰和混乱。为了彻底批判新康德主义和工人运动中的机会主义,从理论上分清是非,澄清混乱,恩格斯应《新时代》杂志编辑部之邀,写下了这一针锋相对的、有战斗气息的著作。

这里讲的德国古典哲学,指的是18世纪末到19世纪初,在德国思想理论界占统治地位的资产阶级哲学。它从康德创立开始,经过费希特和谢林,到黑格尔时,就建立了一个庞大的"最终体系"。书中重点剖析评判的费尔巴哈,是德国古典哲学的最后一位代表人物。这五位代表人物的哲学观点分别是:康德(1724—1804),德国古典哲学的创始人,唯心主义先验论者,不可知论者;费希特(1762—1812),主观唯心主义者;谢林(1775—1854),客观唯心主义者;黑格尔(1776—1831),客观唯心主义者,但却第一次系统地表述了辩证法的基本特征;费尔巴哈(1804—1872),是德国杰出的唯物主义哲学家,但却未能摆脱机械唯物主义的缺陷。这五人中,黑格尔和费尔巴哈是最主要的代表。马克思、恩格斯在创立辩证唯物主义和历史唯物主义的过程中,费尔巴哈的唯物主义,对马、恩的革命世界观的形成起过积极的促进作用,同时也批判地吸取了黑格尔辩证法的合理部分。前者被称为"基本内核",后者被称为"合理内核",它们是马克思主义哲学创建的理论来源。随着马克思主义哲学的产生,德国古典哲学便寿终正寝了,它的最后一位代表人物费尔巴哈,也被挤到后台去了。

这本书的内容,包括序言、正文四章以及马克思写的十一条提纲。序言部分,介绍了恩格斯对本书的写作原因,说明作者写作的

目的和当时的历史背景。正文的第一章,主要是论述马克思主义哲学同黑格尔哲学的联系和区别,文中具体阐述了黑格尔哲学的历史背景和阶级实质,揭示了黑格尔哲学中辩证法的"合理内核",分析黑格尔哲学中的唯心主义体系同辩证法之间的矛盾,概述黑格尔学派的解体过程和费尔巴哈唯物主义出现的意义。第二章,主要是论述马克思主义哲学同费尔巴哈哲学的联系和区别,文中对哲学的基本问题作了精辟的阐述,科学地区分了唯物主义和唯心主义两大阵营,批判了唯心主义和不可知论;分析了包括费尔巴哈唯物主义在内的旧唯物主义的局限性;批判了施达克混淆唯物主义和唯心主义界限的错误。第三章,主要是批判了费尔巴哈哲学中的唯心史观,文中作者运用历史唯物主义的观点,分析批判了费尔巴哈的唯心主义宗教观和道德观,揭露了费尔巴哈以资产阶级人性论为核心的唯心史观的本质及其原因。第四章,主要是说明马克思主义哲学是怎样产生的,它同此前一切旧哲学有什么本质上的不同,文中系统地阐明了马克思主义哲学的产生是哲学发展中的革命变革,论述了辩证唯物主义和历史唯物主义的创立及其基本原理。

马克思的《关于费尔巴哈的提纲》(简称《提纲》),是1845年春天,于比利时的首都布鲁塞尔写的。这个《提纲》,是为了批判费尔巴哈在理论上的错误,科学地论证无产阶级的世界观,供进一步研究而写的笔记。1888年经过恩格斯的整理,作为《路德维希·费尔巴哈和德国古典哲学的终结》一书的附录,第一次予以发表。《提纲》是马克思主义认识论的重要经典著作,全文1500余字,其意义深远。这十一条提纲虽然是匆匆写成,但却有着严密的逻辑结构。整个提纲可以分为三个部分,即总论、分论和结论。总论部分含1、2条,马克思集中分析指出了新、旧唯物主义的根本区别;分论部分含3至9条,马克思对旧唯物主义的一些具体观点进行了批判;结论部分含10、11条,马克思指出了马克思主义在哲学领域中所作的革命变革的实质。通篇着重强调了社会实践在认识世界和改造世界中的决定性作用,强调了哲学的阶级性,这个思想似一条红线贯穿于《提纲》的始终。

学习《费尔巴哈论》,应该搞清楚"源""观""史",所谓"源",即马克思主义哲学的理论来源;"观",即马克思主义哲学的基本观点;"史",即错综复杂、充满斗争的欧洲哲学史。从而明了,马克思主义哲学的产生,是对德国古典哲学进行批判、改造的结果。马克思、恩格斯正是摒弃了黑格尔哲学的唯心主义,从他的辩证法中采取了它的合理部分,摒弃了费尔巴哈的形而上学和唯心主义的杂质,采取了他的唯物主义的基本的内核,从而才创立了辩证唯物主义和历史唯物主义,实现了哲学上的大革命,给了无产阶级以认识世界、改造世界的强大思想武器。我们学习马、恩的这一名著,还应同学习毛泽东主席的哲学著作结合起来。特别是毛泽东主席的《实践论》,马克思的《提纲》,是毛主席写《实践论》的重要理论依据,而毛主席的《实践论》,又是对马克思这个《提纲》的继承和发展。从而使我们认识到,毛主席的哲学思想同马克思主义哲学是一脉相承的,毛泽东对马列主义理论的建树,证实他不愧是一位伟大的马克思主义者,毛泽东思想是马克思列宁主义在中国的运用和发展,是当代中国的马克思列宁主义。

※写于1972年12月8日和1973年2月13日,当时在山西阳城县宣传办公室从事理论教育工作。

读列宁《国家与革命》札记

列宁的《国家与革命》是系统阐述马克思列宁主义国家学说的伟大著作,是无产阶级革命经验的科学总结,是在国际无产阶级革

命运动日益高涨、俄国十月社会主义革命即将爆发、马克思主义同第二国际修正主义激烈斗争的情况下写成的。列宁在该书初版《序言》中概述了写作本书的历史背景。

19世纪末20世纪初,资本主义发展到了帝国主义阶段。帝国主义列强为了重新瓜分世界,争夺势力范围,于1914年发动了第一次世界大战,各国无产阶级反对资产阶级的革命运动迅速高涨。革命高潮的到来,把革命的根本问题即夺取政权问题,提上了议事日程。俄国无产阶级和劳动群众,在布尔什维克党领导下,利用帝国主义战争所造成的革命形势,推翻了沙皇政府,取得了1917年的"二月革命"的胜利。但因社会革命党和孟什维克的叛卖,政权落入资产阶级的手里;并下令逮捕列宁,迫害布尔什维克党的其他领导人,疯狂镇压革命运动。此时,在国家与革命这个根本问题上,以伯恩施坦、考茨基为首的第二国际修正主义者,歪曲阉割马克思主义的内容,百般美化资产阶级民主自由,鼓吹"议会道路",反对暴力革命和无产阶级专政,以此蛊惑人心。为了恢复和捍卫马、恩的国家学说,肃清修正主义的影响,从思想上武装无产阶级和广大劳动群众,指导当时的革命斗争,列宁在1916年秋和1917年初侨居瑞士期间,阅读了马、恩的有关国家问题的大量著作,也阅看了伯恩施坦、考茨基等人的相关书籍,作了题为"马克思主义论国家"的读书笔记。1917年的8、9月间,在俄国和芬兰边界的拉兹里夫湖畔的草棚中避居时,利用先前的研究成果,于秘密状态中写成了《国家与革命》这部不朽的名著。

《国家与革命》正文内容共六章。第一章,含1至4节,列宁依据马、恩的国家学说,论述了国家的起源、本质、作用和消亡等重要的理论问题,批判了资产阶级、小资产阶级的超国家观和修正主义者在国家问题上的谬论,捍卫和发展了马克思主义的国家学说和无产阶级的革命理论。学习这一章,应重点领会的观点是:"国家是阶级矛盾不可调和的产物和表现”“无产阶级国家代替资产阶级国家，非通过暴力革命不可。”第二章，含1至3节，列宁论述了马、恩在1848—1851年革命前后，关于无产阶级必须用暴力革命打碎资产阶级国家机器，建立无产阶级专政的思想，批判了机会主义者的歪曲，发展了马克思主义关于无产阶级革命和无产阶级专政的学说。学习这一章，应重点领会的观点是：“马克思主义在国家问题上一个最卓越最重要的思想即‘无产阶级专政’。”“把无产阶级革命的‘一切力量集中起来’去‘破坏’国家机器。”“只有承认阶级斗争、同时也承认无产阶级专政的人，才是马克思主义者。”第三章，含1至5节，列宁阐述了马克思总结的1871年巴黎公社的经验，批驳了机会主义者及修正主义者对其总结的背叛与歪曲，发挥了马克思主义关于打碎资产阶级国家机器、建立巴黎公社式的无产阶级国家政权的思想。学习这一章，应重点领会的观点是：“公社是无产阶级革命打碎资产阶级国家机器的第一次尝试，是‘终于发现的’、可以而且应该用来代替已被打碎的国家机器的政治形式。”第四章，含1至6节，列宁依据恩格斯在几篇著作中，对巴黎公社的革命经验的补充说明，就住宅、权威、民族、宗教、党的名称、国家结构以及民主的消除等问题，做了鲜明的捍卫、肯定和深入的辨析、批驳及发挥，进一步阐明和发展了无产阶级革命与无产阶级专政的学说。学习这一章，应重点领会的观点是“民主共和国是走向无产阶级专政的捷径”、要防止“把公职人员，‘社会公仆’，社会机关，变为社会的主人”。第五章，含1至4节，列宁根据马克思在《哥达纲领批判》中的分析，论述了未来共产主义社会的发展与国家消亡的联系，强调指出，在从资本主义过渡到共产主义的整个历史时期，必须坚持无产阶级专政，只有到了共产主义阶段，国家才能完全消亡。学习这一章，应重点领会的观点是：“向前发展，即向共产主义发展，必须经过无产阶级专政，绝不能走别的道路。”国家消亡“既表明了过程的渐进性，又表

明了过程的自发性。”“国家完全消亡的经济基础就是共产主义的高度发展。”第六章，含 1 至 3 节，列宁主要就无产阶级革命对国家态度的问题，集中揭露和批判了考茨基和普列汉诺夫之流对马克思主义国家学说的背叛和歪曲，指出他们已站在了机会主义的立场上，具有极大的欺骗性和危害性，必须同他们进行坚决的斗争。

通读《国家与革命》，全书的结构，第一章为全书的总括，阐明了马克思国家学说的基本原理和无产阶级对于国家问题的态度。第二、三、四、五章，是对第一章阐明的基本原理的引申和进一步的具体阐述，系统地论述了马克思主义关于无产阶级革命和无产阶级专政学说的形成、发展过程，科学总结了历次无产阶级革命运动的实际经验，深刻阐明了无产阶级革命和无产阶级专政学说的基本要点及其普遍意义。第六章综述论战，揭露批判机会主义和无政府主义者，在国家与革命一系列理论原则问题上，对马克思主义的背叛和歪曲，集中论述了马克思主义同修正主义两条路线的斗争。全书阐述的理论要点是：关于国家的本质、暴力革命、坚持和巩固无产阶级专政以及国家的消亡理论。

列宁在十月革命的前夜，详尽地阐明了马、恩的国家学说，特别是无产阶级专政的学说，进一步论述了无产阶级必须通过暴力革命打碎资产阶级国家机器，建立无产阶级专政，以及无产阶级国家的巩固和消亡等重要问题；对第二国际修正主义者、一切机会主义及无政府主义者的反动的国家观，及其对马克思主义的歪曲和背叛，进行了无情地揭露和批判；既捍卫和发展了马克思主义，又为俄国十月革命的胜利奠定了正确的思想理论基础。我们学习列宁这一名著，应同时结合学习毛泽东主席的《战争和战略问题》《论人民民主专政》和《关于正确处理人民内部矛盾的问题》等有关著作，深刻领会毛主席关于“枪杆子里面出政权”“革命的中心任务和最高形式是武装夺取政权，是战争解决问题”“我们现在的任务是要强化人民的国家机器”以及“消灭阶级，消灭国家权力，消灭党，全人类都要走这一条路的，问题只是时间和条件”等一系列英明论断，明确认识毛主席关于人民战争、人民民主专政的思想，同马列主义关于无产阶级革命和无产阶级专政学说是一脉相承的，是将马列主义普遍真理同中国革命的具体实践相结合，创造性地丰富和发展了马列主义，是对马列主义的国家学说所做出的卓越的理论贡献，对指导中国革命和影响世界革命，均具有重大的现实意义和深远的历史意义。

※写成于1973年4月15日。

读马克思、恩格斯《共产党宣言》札记

《共产党宣言》写于1847年12月至1848年1月，是马、恩为“共产主义者同盟”写的党纲，是国际共产主义运动第一个纲领性的文件，是马克思主义学说第一次完整的系统的阐述。《宣言》产生的前夕，资本主义在欧洲许多国家有了高度发展，资本主义社会的矛盾已充分暴露，无产阶级和资产阶级的斗争日益尖锐。1831年和1834年法国里昂工人的两次起义，1837年开始的英国“宪章运动”和1844年德国西里西亚纺织工人的起义，就是典型的例证。当时的工人运动，由于是由没有正确理论武装的革命政党的领导，都先后失败了。与此同时，马、恩在关注总结工人运动经验教训的基础上，从事了大量的艰苦的科学理论研究，批判地继承了人类优秀文化遗产，同当时流行的各种非科学的、反动的社会主义进行了斗争，创立了以辩证唯物论和历史唯物论为基础的科学共产主义学说。1846年春，马、恩在布鲁塞尔建立了“共产主义通讯委员会”，同各国社会主义者、工人团体保持着联系，宣传科学共产主义思想，促进工人运动和科学共产主义的结合。此前，德国政治流亡者曾组成了“正义者同盟”，在马、恩的指导下，该组织进行了彻底的改组。1847 年春，马、恩在确信其改组并接受科学共产主义作为它的纲领基础后，应邀加入了“同盟”；同年 6 月，“同盟”在伦敦举行的第一次代表大会上，又接受了马、恩的建议，把“正义者同盟”改组为“共产主义者同盟”，并拟定了章程，成为共产党的第一个党章。此后，围绕制定纲领问题，马、恩又与“同盟”内部各种错误思想进行了不调和的斗争，在错误纲领草案遭否决的情况下，会议委托恩格斯拟定新的纲领草案，恩以问答形式写了《共产主义原理》。共产主义者同盟第二次代表大会前，恩格斯写信给马克思，主张去掉问答形式并把纲领草案改称为“共产主义宣言”。1847 年 11 月，在伦敦召开的“同盟”第二次代表大会上，马、恩捍卫并阐述了科学共产主义的学说，经过长时间激烈的辩论，全体代表接受了马、恩的观点，并委托他俩草拟一个新党纲，这就是 1848 年 2 月发表的《共产党宣言》。

《共产党宣言》的正文前有 7 篇序言，是《宣言》发表后 25 年即 1872 年至 1893 年写的，前 2 篇是马、恩合写的，后 5 篇是恩格斯写的，是先后为《宣言》的几种文字版本所写的。这些序言，回顾了《宣言》同国际工人运动相结合的历史，总结了无产阶级革命的新经验，对《宣言》做了一些重要的说明、修改和补充。综合 7 篇序言的内容，主要讲了以下几个要点，1.《宣言》是共产党的党纲，它宣告了现代资产阶级所有制必然灭亡；这体现在 1872 年德文版序言、1888 年英文版序言和 1882 年俄文版序言中。2.《宣言》的经历反映着现代工人运动的历史，也就是说，《宣言》传播的经历，与工人运动发展的兴衰历程息息相关，总的趋势是，被越来越多的工人阶级所“公认”；这在 1888 年英文版序言和 1890 年德文版序言中有体现。3.构成《宣言》核心的基本原理是历史唯物论，即阐明人类的全部历史都是阶级斗争的历史，多次重申这个基本思想完全是属于马克思的；这

在1883年德文版序言和1888年英文版序言中有体现。4.对《宣言》提出了重要的修改。马、恩在1872年德文版序言中,在强调《宣言》基本原理完全正确的基础上,根据巴黎公社的实践经验,提出了无产阶级必须用暴力打碎资产阶级的国家机器,建立无产阶级专政的重要思想。这是对《宣言》的重要修改。5.对《宣言》中关于无产阶级对待民族民主革命的态度作了进一步的阐述,即民主革命为社会主义革命"扫清了道路",无产阶级就应当担当起领导民族民主革命的任务;这在1892年波兰文版序言和1893年意大利文版序言中有体现。6.对《宣言》基本原理的实际运用要结合具体的情况。在1872年德文版序言中,马、恩强调了这点,即一切要以"当时的历史条件为转移",这就为各国共产党人提出了理论必须联系实际的重要原则。

《共产党宣言》的正文,分为引言及四章内容。引言有6个自然段,说明写作《宣言》的背景及目的。第一章,有54个自然段,可分为四部分。马、恩以历史唯物论的观点,分析了资产阶级和无产阶级产生、发展及其相互斗争的过程,揭示了资本主义必然灭亡和社会主义必然胜利的客观规律,阐明了无产阶级的伟大历史使命。学习这一章,应重点领会的观点是"一切社会的历史都是阶级斗争的历史""现代资产阶级本身是一个长期发展过程的产物,是生产方式和交换方式的一系列变革的产物""一切阶级斗争都是政治斗争""无产阶级的运动是绝大多数人的、为绝大多数人谋利益的独立的运动""资产阶级的灭亡和无产阶级的胜利是同样不可避免的"。第二章,有86个自然段,可分为五部分,是《宣言》的核心部分。马、恩对当时各种反共产主义的谬论进行了深刻的批判,进而说明了共产党的性质和特点,规定了党的纲领和目的,阐述了实现共产主义,必须实行无产阶级专政,必须同传统的所有制关系及传统的观念实行最彻底决裂的思想。学习这一章,应重点领会的观点是:共产党人

的最近目的就是“使无产阶级形成为阶级，推翻资产阶级的统治，由无产阶级夺取政权”“共产党人可以用一句话把自己的理论概括起来：消灭私有制”“共产主义革命就是同传统的所有制关系实行最彻底的决裂；毫不奇怪，它在自己的发展进程中要同传统的观念实行最彻底的决裂”“国家即组织成为统治阶级的无产阶级”。第三章，有 56 个自然段，可分为三部分。马、恩揭露和批判了当时在各国流行的各种各样的假社会主义和空想社会主义与共产主义，深刻地分析了这些思潮的社会阶级根源及其本质，指出了它们各自代表一定阶级的利益，都是一定生产关系的反映，戳穿了它们的欺骗性及其危害，从而划分了真假社会主义和真假共产主义的界限。学习这一章，应重点领会的观点是：资产阶级的社会主义“绝对不是只有通过革命的途径才能实现的资产阶级生产关系的消灭，而是一些行政上的改良”“批判的空想的社会主义和共产主义的意义，是同历史的发展成反比的”。第四章，有 12 个自然段，可分为三部分。说明共产党人对待各种反对党派的态度，阐明了党的政治斗争的基本策略思想，即原则上的坚定性和策略上的灵活性，既要同其他革命党派联合，又要保持自己的独立性，还要有不断革命的思想准备。学习这一章，应重点领会的观点是“共产党人为工人阶级的最近的目的和利益而斗争，但是他们在当前的运动中同时代表运动的未来”“共产党人到处都支持一切反对现存的社会制度和政治制度的革命运动”“共产党人不屑于隐瞒自己的观点和意图。他们公开宣布：他们的目的只有用暴力推翻全部现存的社会制度才能达到”。

马、恩的《共产党宣言》，是全面系统阐述马克思主义学说的纲领性文献，可谓宣传介绍马克思主义学说的小百科。在我国，早在 1906 年已有《宣言》的片段译文，1920 年前后才有了全文译本，现在除汉文译本外，还有多种少数民族文字译本。时至今日，《宣言》已被译成 70 多种文字，在世界各国广为传播，足见其巨大的政治威力及影响。我们学习《共产党宣言》,就应同学习毛泽东主席的党的建设的理论、阶级斗争及无产阶级专政理论、不断革命和革命发展阶段的理论,以及对社会主义历史阶段的一系列论述结合起来。不仅要明确认识,毛主席的上述理论与论述,与《宣言》中的马克思主义学说是一脉相承的,更应看到,在中国革命和建设的实践中,毛主席极大地丰富和发展了马克思主义的学说,为第三世界国家的革命和建设提供了鲜活的范例与经验,相信在毛泽东思想的指引下,我们的革命和建设还会取得更大的胜利。

※写成于 1973 年 9 月 29 日。

读列宁《帝国主义是资本主义的最高阶段》札记

列宁的《帝国主义是资本主义的最高阶段》,简称为《帝国主义论》,写成于 1916 年上半年,1917 年问世。在此前后,资本主义国家的社会经济发生了深刻变化,自由竞争为垄断所代替,垄断组织在国内建立统治的同时,竭力向外扩张,以扩大它们压迫、奴役和剥削的范围,随之便加剧了无产阶级和资产阶级的矛盾、宗主国和殖民地的矛盾,各资本主义国家之间的矛盾也空前激化,工人罢工浪潮席卷整个欧洲,标志着资本主义进入帝国主义阶段。1898 年的西美战争和 1904 年的日俄战争,就是帝国主义重新分割世界的开始;1914 年爆发的世界大战,使各交战国经济面临破产,全世界人民陷入苦难深渊,各国的无产阶级革命情绪却空前高涨,无产阶级夺取政权的伟大使命提到了议事日程。此时的第二国际中,以伯恩施坦和考茨基为代表的修正主义思潮日益泛滥,打着马克思主义旗号而以“中派”面目出现的考茨基更为危险,他抛出了反动的“超帝国主

义论”，掩盖帝国主义的经济实质，鼓吹已出现“和平民主”的“新纪元”，以欺骗广大群众，使他们放弃革命斗争，从而达到其取消无产阶级革命的目的。面对这样的局面，为了捍卫马克思主义，发展当时的大好革命形势，列宁以反潮流的精神，在侨居瑞士的苏黎世时，对帝国主义做了大量而又艰难的理论研究。他阅读并搜集了大量的材料，他的《关于帝国主义的笔记》，是从 148 本书和 49 种期刊上的 232 篇文章上摘录的，就是通过研究帝国主义的经济实质，给无产阶级和广大革命群众一个正确的马克思主义的帝国主义理论。《帝国主义论》的问世，从理论上正确回答了怎样认识帝国主义的本质，怎样对待战争和革命等一系列的重大问题，给考茨基之流以坚决的清算和有力的回击，戳穿了他机会主义的反动面目，给即将爆发的俄国十月革命提供了强大的理论武器。在列宁这一光辉著作的指引下，掀起了世界无产阶级革命的新高潮。

《帝国主义论》正文前，有列宁写的 2 篇序言，其一为 1917 年 4 月俄文版的序言，其二为 1920 年 7 月法文版和德文版的序言。俄文版序言 4 个自然段，主要说明《帝国主义论》写作的历史条件及目的，提醒读者学习这本书应注意的问题，重点要说明写作本书就是帮助读者“去理解帝国主义的经济实质”。法文版和德文版序言，有 5 节 21 个自然段，主要讲了两方面的问题，其一是说明再版时不改写的原因，主要从国际无产阶级的斗争策略出发考虑；其二是阐明了几点最必要的补充：即第一次世界大战的性质和根源；战争与革命的关系，战争引起革命；整个工人运动的国际性分裂现象的经济基础是资本主义的寄生性和腐朽；反对机会主义、批判考茨基主义的重要性以及列宁直接点明的“帝国主义是无产阶级社会革命的前夜”的重要论断。这些正是列宁《帝国主义论》要阐述的基本思想。

《帝国主义论》正文共 10 章。正文前有 2 个自然段，含蓄说明写作本书的历史背景和目的。第一章，有 38 个自然段，可分为三部分。主要阐明了生产集中引起垄断，是资本主义发展现阶段一般的和基本的规律，而垄断又促使资本主义的基本矛盾进一步激化。学习这一章，应重点领会的观点是“生产集中引起垄断，则是资本主义发展现阶段一般的和基本的规律”“生产社会化了”“少数垄断者对其余居民的压迫更加百倍地沉重、显著和令人难以忍受”“统治关系和同它相联系的暴力，正是‘资本主义发展的最新阶段’的典型现象”。第二章，有47个自然段，可分为三部分。主要是讲银行资本的集中和垄断，使银行的作用和性质发生了改变，阐述了银行资本和工业资本的融合过程。学习这一章，应重点领会的观点是“随着银行业的发展及其集中于少数几个机构，银行就由普通的中介人变成万能的垄断者”“银行总是大大地加强并加速资本集中和垄断组织形成的过程”。第三章，有37个自然段，可分为三部分。主要讲在金融资本的基础上形成的金融寡头，揭露金融寡头是怎样建立骇人听闻的统治之内幕。学习这一章，应重点领会的观点是“生产的集中；由集中而成长起来的垄断；银行和工业的融合或混合生长，——这就是金融资本产生的历史和这一概念的内容”“帝国主义或金融资本的统治，是资本主义的最高阶段”“金融资本对其他一切形式的资本的优势，表明食利者和金融寡头占有统治地位”。第四章，有15个自然段，可分为三部分。论述资本输出是帝国主义的特征，它成为帝国主义对外剥削、掠夺和奴役的基础，以及资本输出对形成金融资本统治的世界体系的作用。学习这一章，应重点领会的观点是“垄断占统治地位的最新资本主义的特征是资本输出”“只要资本主义还是资本主义，过剩的资本就不会用来提高本国民众的生活水平”“而会输出国外，输出到落后的国家去，以提高利润”。第五章，有22个自然段，可分为两部分。分析了国际垄断同盟的形成过程，阐明这种“超级垄断”从经济上分割和重新分割世界的实质，揭露了帝国主义之间矛盾的深刻性，批判了国际垄断同盟可以消除矛

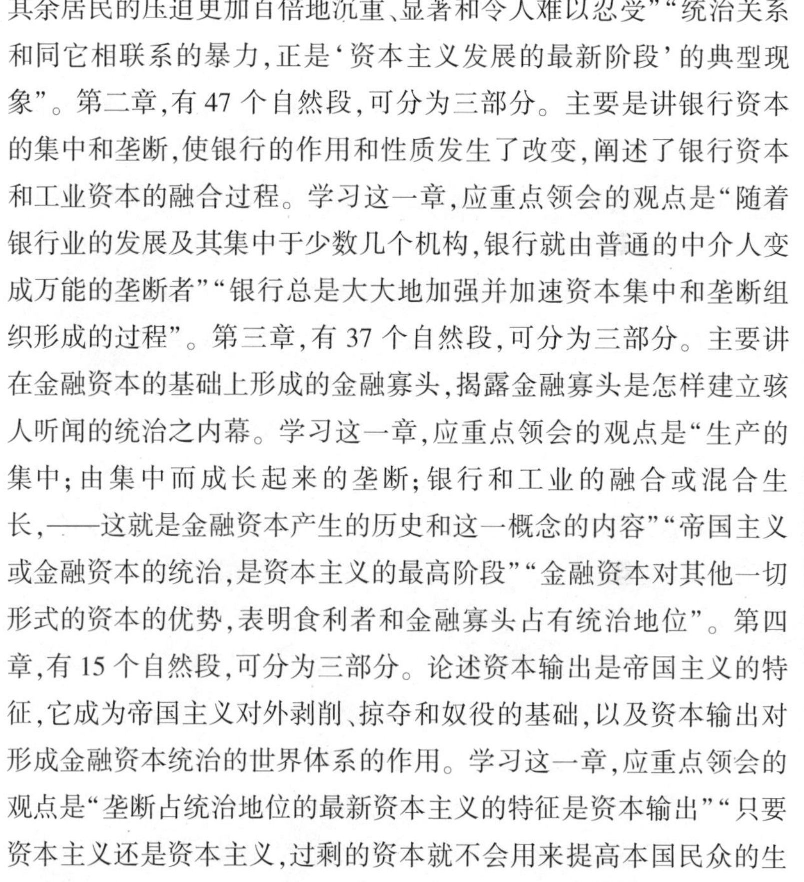

盾和斗争的谬论。学习这一章,应重点领会的观点是“随着资本输出的增加,随着最大垄断同盟的国外联系和殖民地联系以及‘势力范围’的极力扩张,‘自然’就使得这些垄断同盟之间达成全世界的协定,形成国际卡特尔”“资本家瓜分世界,并不是因为他们的心肠特别毒辣,而是因为集中已经达到这样的阶段,使他们不得不走上这条获取利润的道路”“实力是随经济和政治的发展而变更的”。第六章,有 25 个自然段,可分为三部分。论述了帝国主义是如何瓜分世界的领土,指出殖民政策和争夺殖民地斗争的尖锐化是金融资本时代的产物,阐明了列强已把世界的领土分割完毕和重新分割的不可避免性,以及殖民地对金融资本的重要意义,分析了附属国在帝国主义殖民体系中的地位和作用。学习这一章,应重点领会的观点是“世界分割完毕是这个时期的特点”“重新分割是可能的、不可避免的”“资本主义向垄断资本主义阶段的过渡、向金融资本的过渡,是同分割世界的斗争的尖锐化联系着的”“资本输出的利益也同样地促进对殖民地的掠夺”。第七章,有 29 个自然段,可分为三部分。是在总结前六章的基础上,对帝国主义下了科学的定义,揭示了帝国主义的实质就是垄断,批判了考茨基关于帝国主义的反动谬论。学习这一章,应重点领会的观点是“垄断是从资本主义向更高级的制度的过渡”“帝国主义是资本主义的垄断阶段”、帝国主义“是资本主义发展中的一个特殊阶段”。第八章,有 21 个自然段,可分为三部分。阐述了资本主义的寄生性和腐朽,分析了它的一些主要表现,深刻揭示了产生修正主义的经济根源。学习这一章,应重点领会的观点是“帝国主义最深厚的经济基础就是垄断”“这种垄断也同任何垄断一样,必然要引起停滞和腐朽的趋向”“它们在经济上就有可能去收买无产阶级的上层,从而培植、形成和巩固机会主义”“帝国主义有一种趋势,就是在工人中间也造成一些特权阶层,并且使他们脱离广大的无产阶级群众”。第九章,有 37 个自然段,可分为四部分。集中分析了资本主义社会各阶级对帝国主义政策所采取的态度,批判了资产阶级、小资产阶级的错误观点,特别着重批判了考茨基对帝国主义的所谓“批评”的改良主义本质,揭露了他“超帝国主义论”的反动实质,进一步论述了帝国主义各种矛盾的尖锐性和深刻性,彻底揭穿考茨基的叛徒嘴脸。学习这一章,应重点领会的观点是“帝国主义的意识形态也渗透到工人阶级里面去了。工人阶级和其他阶级之间并没有隔着一道万里长城”“用改良主义的方法修改帝国主义的基础不过是一种欺骗,是一种‘天真的愿望’”“考茨基在理论上对帝国主义进行的批评,其所以同马克思主义毫无共同之点,”“就是因为这种批评恰恰回避和掩饰了帝国主义最深刻、最根本的矛盾”。第十章,有 14 个自然段,可分为三部分。是全书的总结,着重说明帝国主义的历史地位,明确指出帝国主义是资本主义的最高阶段,是垂死的资本主义,是无产阶级社会革命的前夜。学习这一章,应重点领会的观点是“帝国主义就其经济实质来说,是垄断资本主义”“帝国主义是寄生的或腐朽的资本主义”“最危险的是这样一些人,他们不愿意了解,反对帝国主义的斗争,如果不同反对机会主义的斗争密切联系起来,就是一句骗人的空话”“必须说帝国主义是过渡的资本主义,或者更确切些说,是垂死的资本主义”。

列宁的《帝国主义论》,是在分析帝国主义五大特征和三大矛盾的基础上阐明:帝国主义是垂死的资本主义,是无产阶级社会革命的前夜。全书是从研究帝国主义的基本经济特征入手的,通过摘引和转述大量的资本主义经济发展数据及相关著述的素材,进行深刻的理论分析和阐述。第一、二、三章主要是分析金融资本的形成和它在国内的垄断,揭露帝国主义国家内部的阶级矛盾,特别是无产阶级和资产阶级的矛盾;第四、五、六章主要是分析金融资本向外扩张和它在国际上的垄断,揭露帝国主义宗主国与殖民地的矛盾、帝国主义国家之间的矛盾。本书后四章,主要阐明帝国主义是资本主

义的特殊阶段和它的历史地位，深刻批判了考茨基主义。该书是列宁主义成为帝国主义和无产阶级革命时代的马克思主义的重要标志，是对马克思《资本论》的直接继续和伟大的发展，成为新时期无产阶级革命重要的理论纲领，确实为一部划时代的光辉著作。

半个世纪以来，列宁关于帝国主义和无产阶级革命的学说，一直是无产阶级进行反帝反修斗争的强大思想武器。当前学习列宁这一光辉著作，要同学习毛泽东主席的相关著作和论述紧密结合起来。回顾毛主席在领导中国人民同帝国主义、国内反动派的长期斗争中，就帝国主义和无产阶级革命问题，做过精辟的分析和英明的论述。他提出了帝国主义和一切反动派都是纸老虎的著名论断；他建树了新民主主义革命的理论、路线和策略，开创了建立农村革命根据地，以农村包围城市，最后夺取城市的革命道路；他阐明了革命的中心任务和最高形式是武装夺取政权，提出了"枪杆子里面出政权"，创立了人民战争的伟大理论。在新的历史条件下，毛主席深刻分析了当代世界的基本矛盾，在反帝反修、战争与革命、战争与和平、支持第三世界人民反对超级大国的霸权主义、防止资本主义复辟和警惕帝国主义或社会帝国主义进行颠覆和侵略上，发表了一系列的重要论述；为我们党制定在整个社会主义历史阶段的基本路线，解决无产阶级专政条件下防修反修以及支持世界无产阶级革命，提供了强大的思想武器。斗争的实践证明，毛主席不仅继承、捍卫和发展了列宁关于帝国主义和无产阶级革命的学说，而且是中国人民和世界爱好和平的人们所尊崇的当代伟大的马列主义者。毛泽东思想的光辉旗帜，将继续影响着当代世界的无产阶级革命。

※写成于 1974 年 11 月 5 日。

读马克思《哥达纲领批判》札记

马克思的《哥达纲领批判》写于1875年，它是在欧洲和德国工人运动内部马克思主义同机会主义激烈斗争中写出的。在马克思写给威廉·白拉克的信和恩格斯为该书写的序言中，阐述了写作本书的目的和意义。

19世纪60年代，随着资本主义的发展，资产阶级和无产阶级之间的矛盾更加尖锐，欧洲工人运动又高涨起来。当时，德国工人运动中由于在一系列重大理论和策略问题上存在原则分歧，形成两个对立的派别。一个是爱森纳赫派，是在马、恩关怀指导下成长起来的无产阶级革命派；另一派是以庸俗的民主主义者拉萨尔为头子的拉萨尔派，是个机会主义派别，剽窃和歪曲马克思主义某些原理，反对暴力革命，鼓吹议会合法活动，和普鲁士王国宰相俾斯麦秘密勾结，打着社会主义旗号，蒙蔽骗取工人群众的信任，成为1863年5月成立的全德工人联合会首任主席。1864年在马、恩的领导下成立的国际工人协会，即第一国际，拉萨尔派竭力阻挠其在德国的活动。此时，拉萨尔虽已死去，他的继任者仍顽固散布与执行拉萨尔主义，马、恩写文章，坚决批判拉萨尔主义。

1871年，随着巴黎公社的失败与德国的统一，在这种新的形势下，德国无产阶级迫切要求克服自己队伍内部的分裂，建立统一的工人政党以共同对敌，两派合并的呼声强烈。对此马、恩极为关心，除赞成合并外，特别警告，对拉萨尔派不可“拿原则来做交易”。但爱森纳赫派的领导人李卜克内西等，无视马、恩的告诫，醉心于无原则的和解，同拉萨尔派头目哈赛尔曼一起起草了个浸透拉萨尔主义的纲领草案。这引起了马、恩的极大愤慨，不仅给爱森纳赫派的领

导人写信批评,而且对纲领草案逐条进行批驳。马、恩的正确批评,仍受到李卜克内西等人的抵制,这个机会主义的纲领,竟然在哥达城召开的合并了的党代表大会上通过了。时隔15年,欧洲各国和德国的阶级斗争出现了新的情况,垄断资本家利用超额利润收买工人贵族,各国党内普遍滋长了右倾机会主义思想。迫于工人运动蓬勃发展的压力,德国反动政府废除了反社会党人法,扬言实行社会改良的"自由主义"政策。德国党可以公开活动后,党内以福尔马尔为代表的右倾机会主义者,公开吹捧统治阶级的"自由主义"政策,鼓吹争取选票及议席、"和平过渡",拉萨尔主义的观点又甚嚣尘上。为了彻底肃清其影响,使即将在爱尔福特召开的党代表大会上,能制定一个正确的党纲,恩格斯不顾李卜克内西等人的阻挠和反对,于1891年1月31日公开发表了马克思的《哥达纲领批判》。

《哥达纲领批判》正文内容共四章。第一章,马克思批判了哥达纲领草案的5个条文,着重批判了它掩盖阶级剥削、鼓吹拉萨尔的小资产阶级分配观点、否认"中间等级"革命性的错误,第一次提出和论述了共产主义社会发展两个阶段的理论,阐明了社会主义社会的分配原则。学习这一章,应重点领会的观点是"劳动只有作为社会的劳动""才能成为财富和文化的源泉""权利永远不能超出社会的经济结构以及由经济结构所制约的社会的文化发展""消费资料的任何一种分配,都不过是生产条件本身分配的结果。而生产条件的分配,则表现生产方式本身的性质"。第二章,马克思批判了纲领草案中所谓"铁的工资规律"的谬论,揭示了资本主义工资的实质,说明了工人阶级为了求得解放必须消灭雇佣劳动制度。学习这一章,应重点领会的观点是"工资不是它表面上呈现的那种东西,不是劳动的价值或价格,而只是劳动力的价值或价格的掩蔽形式""雇佣劳动制度是奴隶制度,而且社会劳动生产力愈发展,这种奴隶制度就愈残酷,不管工人得到的报酬较好或是较坏"。第三章,马克思批判了纲领草案中拉萨尔依靠“国家帮助”建立生产合作社、实现社会主义的机会主义路线，阐明了无产阶级只有通过社会革命，才能建立社会主义的原理。学习这一章，应重点领会的观点是“工人们力求在社会的范围内”“在争取变革现在的生产条件，而这同靠国家帮助建立合作社毫无共同之处”。第四章，马克思批判了纲领草案中拉萨尔的“自由国家”的机会主义谬论，以及把平等的国民教育、信仰自由和工厂立法等方面的要求，作为国家的精神和道德的基础的谬论，剖析了纲领的政治要求的资产阶级民主主义性质，提出了由资本主义社会向共产主义社会的过渡时期，国家只能是无产阶级专政的伟大理论。学习这一章，应重点领会的观点是“在资本主义社会和共产主义社会之间，有一个从前者变为后者的革命转变时期。同这个时期相适应的也有一个政治上的过渡时期，这个时期的国家只能是无产阶级的革命专政”“生产劳动和教育的早期结合是改造现代社会的最强有力的手段之一”。

在《哥达纲领批判》正文后，还附有《恩格斯论哥达纲领》，是恩格斯关于哥达纲领的 11 封通信。同马克思一样，恩格斯通过这些信件，非常严厉与尖锐地批判了哥达纲领的机会主义错误。1875 年的 3 封信，主要批判爱森纳赫派领导人主张无原则合并和哥达纲领的错误；1891 年的 8 封信，主要说明公开发表《哥达纲领批判》的原因、经过和历史意义，以及同阻挠发表马克思这一光辉文献的错误行为所进行的严肃斗争。通读这些信件，应重点领会的观点是“当无产阶级还需要国家的时候，它之所以需要国家，并不是为了自由，而是为了镇压自己的敌人，一到有可能谈自由的时候，国家本身就不再存在了”“一个政党的正式纲领没有它的实际行动那样重要。但是，一个新的纲领毕竟总是一面公开树立起来的旗帜，而外界就根据它来判断这个党”“这种无情的自我批评引起了敌人极大的惊愕”“一个能给自己奉送这种东西的党该具有多么大的内在力量呵！”“历史

的批判是不能永远保持毕恭毕敬的姿态的。我的责任就是最终一劳永逸地揭示出马克思和拉萨尔之间的真正关系”。

通读马、恩对哥达纲领的批判，让我们深刻了解了第一国际时期马克思主义同机会主义路线斗争的历程及经验。马克思的《哥达纲领批判》，是科学共产主义的纲领性文献，是对机会主义路线作不调和斗争的光辉典范。在这部经典著作里，马克思在尖锐地批判哥达纲领草案中拉萨尔的机会主义路线及其经济观点、政治观点和策略思想的同时，用非常精练明白的语言，阐明了马克思主义政治经济学的最基本的原理，以及无产阶级革命和无产阶级专政的基本理论，第一次提出了从资本主义到共产主义的过渡时期的理论，论述了共产主义发展两个阶段的特征和分配原则。这不仅为马克思主义理论宝库增添了新的内容，也为世界无产阶级革命描绘出了宏伟壮观的蓝图。当前学习马克思这一经典著作，就应同学习毛泽东主席关于加强党的思想建设和组织建设、开展党内积极的思想斗争以及加强和巩固无产阶级专政、防止资本主义复辟等论述结合起来。必须明确，毛主席的这一系列论述，是在新的历史条件下，根据中国革命和建设的实际情况，创造性地继承、丰富和发展了马克思列宁主义；只有用毛泽东思想武装我们的头脑，把我们的党建设好、把我们的社会主义国家建设好，才能为中国革命和世界革命作出更大的贡献。

※写成于 1975 年 7 月 16 日。

读毛泽东《实践论》札记

毛泽东主席的《实践论》，是 1937 年 7 月在延安抗日军政大学讲授哲学课的提纲中的一部分，后来公开发表的《实践论》，即是该提纲第二章中的第十一节。中华人民共和国成立后，毛主席曾对书稿作过一些修改，首发于1950年12月29日《人民日报》，1951年10月收入《毛泽东选集》第一卷第一版。该书是在同20世纪20年代后期和30年代前期国际共产主义运动中，以及我们党内盛行的把马克思主义教条化、把共产国际的决议和苏联经验神圣化的错误倾向的长期斗争中产生的，是用马克思主义的认识论观点，去揭露和清算当时党内王明等人的教条主义和经验主义，特别是看轻实践、脱离实际的教条主义这种主观主义的错误，是一部伟大的马克思主义哲学著作。已被翻译成我国少数民族的文字和俄、英、法、日等各种外国文字，在国内外广为发行。

全文内容共26个自然段，可分为四个部分。第一部分，含1至5自然段。从人的社会性这一客观事实出发，全面论述了"认识来源于实践"这一马克思主义的实践观。明确指出人的社会实践活动的三种形式，及其认识由低级到高级的发展过程；强调实践是检验认识的标准，是辩证唯物论的认识论之第一的和基本的观点。第二部分，含6至24自然段。是全文重点阐述的部分，作者列举多种例证，从正反两方面，系统阐述了认识发展过程中的"两个飞跃"，强调认识的第二个飞跃比起第一个飞跃来，意义更重要、更伟大；指出要获得一个正确的认识，往往需要经过由实践到认识、由认识到实践的多次反复，人类认识运动的总规律，就是一个由低级到高级的无限发展的过程；从而也批判了革命队伍中的机会主义和冒险主义，都是以主观和客观相分裂，以认识和实践相脱离为特征的，强调主观和客观、理论和实践、知和行的具体的历史的统一，反对一切离开具体历史的"左"的或右的错误思想。第三部分，即第25自然段。深刻阐明正确认识世界和改造世界是无产阶级和革命人民的历史责任，指出了改造客观世界和改造主观世界的辩证关系。第四部分，即第26自然段。为全文的总论，归纳总结了认识运动的总规律，指出了实践与认识的相互推动，永无止境的发展过程及趋向。这便是

马克思主义辩证唯物论的认识论的基本思想。

毛主席的《实践论》,以认识和实践的辩证关系为核心,全面地阐明实践作为认识的来源、动力、标准,以及认识的基础地位和主导作用,把马克思主义关于实践是认识的基础的理论系统化。结合中国革命的历史经验,发挥了列宁关于认识的辩证途径的思想,创造性地提出了认识发展过程中"两个飞跃"的理论,并在此基础上揭示了认识发展的总过程、总规律,对马克思主义辩证唯物论的认识论,做出了重大的发展和贡献。文中从哲学的高度,揭示了党内教条主义和经验主义的本质,批判并清算了看轻实践、脱离实际的教条主义这种主观主义给党和党的事业所带来的严重危害及损失,为我们党的实事求是的思想路线,提供了认识论的理论基础。学习这一光辉的马克思主义哲学著作,应重点领会实践第一、实践出真知,马克思主义的哲学辩证唯物论的阶级性、实践性,认识的发展由低级向高级、循环往复、永无止境的过程,我们肩负着改造主观世界和改造客观世界的双重任务等观点,并努力去运用和实践之。

※写于 1977 年 6 月 5 日。

读毛泽东《矛盾论》札记

毛泽东主席的《矛盾论》,同样是 1937 年 8 月在延安抗日军政大学讲授哲学课的提纲中的一部分,原为提纲的第三章第一节,题目为"矛盾统一法则",后经作者作了部分补充、删节和修改,以《矛盾论》为篇名,首发于 1951 年 4 月 1 日《人民日报》,1951 年 10 月收入《毛泽东选集》第一卷第一版。著作同样是为克服当时党内存在的严重的主观主义、特别是教条主义思想而写的,是对建党 16 年来中国革命经验教训的哲学概括和总结。它是从唯物辩证法方面,系统批判与清算“左”右倾机会主义错误的伟大的马克思主义哲学著作。有关部门也将其翻译成我国少数民族的文字和俄、英、法、日等各种外国文字,在国内外广为发行。

全文内容111个自然段,分为八个部分。第一部分,含第1、2自然段。为全文的绪论,概述文论的内容及写作目的,开宗明义地指出,对立统一的法则是唯物辩证法的最根本的法则。第二部分,含第3至8自然段。论述了唯物辩证法和形而上学是两种根本对立的世界观,历史地考察了两种世界观的发生发展过程及其阶级根源,着重指出马克思主义辩证唯物论和历史唯物论的创立,是人类认识史上的空前大革命;并列举大量例证,全面阐述了“外因是变化的条件,内因是变化的根据,外因通过内因而起作用”的唯物辩证法原理。第三部分,含第9至30自然段。讲矛盾的普遍性,作者引经据典,列举例证,深刻阐明了“矛盾是普遍的、绝对的,存在于事物发展的一切过程中,又贯穿于一切过程的始终”。同时,批判了德波林学派在这一认识上的反马克思主义的观点,告诫中国共产党人要运用马列主义正确分析矛盾运动的方法,指导中国革命的实践。第四部分,含第31至55自然段。讲矛盾的特殊性,是全文的重点论述部分。作者以马列的成功范例,从总结中国革命的经验教训入手,联系党内教条主义及冒险主义者给党的事业造成的危害与损失,深刻阐明了把握矛盾特殊性的重要意义;全面系统论述了矛盾特殊性的几种主要情形,以及矛盾普遍性和特殊性的辩证关系;明确指出,共性与个性、绝对与相对的道理,是关于事物矛盾的问题的精髓,对具体的事物作具体的分析,是马克思主义活的灵魂。第五部分,含第56至75自然段。论述主要矛盾和矛盾的主要方面,仍属矛盾特殊性的范畴。作者列举大量的例证,从正反两方面论述这两种情形的性质、特点,并可互相转化的规律。说明矛盾的诸方面发展是不平衡的,主要矛盾的存在和发展,规定或影响着其他矛盾的存在和发

展,而事物的性质主要是由取得支配地位的矛盾的主要方面所规定的,进而指出把握和研究这两种情形,对革命政党做出正确的决策至关重要。第六部分,含第 76 至 102 自然段。论述矛盾的同一性和斗争性,系统阐述矛盾的同一性与斗争性的内涵及其相互关系,指出“有条件的相对的同一性和无条件的绝对的斗争性相结合,构成了一切事物的矛盾运动”。这是对矛盾同一性和斗争性的相互关系及其在事物发展中的作用所作的深刻概括。第七部分,含第 103 至 110 自然段。讲对抗在矛盾中的地位,这是对矛盾斗争性的补充。说明对抗是矛盾斗争的一种形式,而不是矛盾斗争的一切形式;必须具体研究各种矛盾斗争的情况,采取恰当的斗争形式和方法,不可到处套用这个公式。这也是认识这种形式的实践意义。第八部分,即第 111 自然段。概括总结各部分论述的内容要点,强调研究与懂得这些要点的实践意义。

毛主席的《矛盾论》,继承并发展了列宁关于对立统一规律是唯物辩证法的“实质”和“核心”的思想,第一次明确指出:“对立统一的法则,是唯物辩证法的最根本的法则。”联系中国革命及当时党内的实际状况,对对立统一规律作了全面、系统、深刻的论述和发挥,从而在新的历史条件下,丰富和发展了马克思列宁主义的唯物辩证法。《矛盾论》的发表,从理论上武装了全党,为党清算与战胜教条主义、经验主义和“左”右倾机会主义提供了强大的思想武器,为确定党的实事求是、理论联系实际的马克思主义思想路线奠定了哲学基础,是我们党反对主观主义特别是反对教条主义的又一重大理论成果。学习毛泽东主席的《矛盾论》,就应努力掌握唯物辩证法,克服主观、片面及僵化的思想方法,用发展的眼光看问题,学会对具体事物做具体的分析,把党组织交给的各项工作做好。

※写成于 1977 年 6 月 10 日。

学习《关于社会主义若干问题学习纲要》体会

通过为期一周的《关于社会主义若干问题学习纲要》的学习,使我受益不浅。首先,比较系统地学习了有关社会主义的一些重要问题的论述,初步明确了观察当代社会主义问题的一些马克思主义基本观点;其次,从思想上澄清了一些模糊认识,进一步坚定了社会主义的信念,提高了坚持四项基本原则的自觉性。

一、马列主义关于对资本主义的分析并未过时

19世纪中叶,马克思、恩格斯从分析资本主义社会的基本矛盾中,揭示了资本主义必然灭亡和社会主义必然胜利的客观规律;19世纪末20世纪初,列宁通过分析资本主义发展到垄断阶段以后世界经济、政治的新情况,创立了关于帝国主义的理论。这些科学论断,在战后资本主义发展出现的一系列新现象、新情况面前,在1989年下半年,一些社会主义国家政局出现急剧动荡的形势下,相当一部分同志思想上引起困惑和疑虑,更有甚者,认为马列主义关于对资本主义的分析已经过时。

造成这种局面的原因可能有很多,但就其主要的来讲有两点:其一,多年来,资产阶级自由化思潮泛滥造成了思想理论上的混乱。一些人打着对资本主义重新认识的旗号,竭力美化资本主义,贬低和丑化社会主义,鼓吹马克思主义早已过时。这种思潮和论调,必然要影响到相当多的同志。其二,在资产阶级自由化思潮泛滥的同时,党的马克思主义理论宣传、研究工作,受到极大地忽视和削弱。不仅对马克思主义的一些基本原理,缺乏理直气壮的宣传、研究,而且对歪曲和攻击马克思主义得不到应有的回击和批驳,在资产阶级

自由化思潮面前，显得软弱无力和束手无策；对于第二次世界大战以后，帝国主义发展中出现的一系列新情况、新现象以及社会主义国家前进道路上所遇到的困难和挫折，缺乏马克思主义的分析和研究、解释和说明。在这种情况下，出现困惑和疑虑是不可避免的。

党中央在平暴斗争取得胜利之后，及时组织宣传理论工作者编写了《关于社会主义若干问题学习纲要》，用马克思主义的立场、观点和方法，分析和认识有关社会主义的一些重要问题，这对于在科学社会主义理论上拨乱反正、统一广大干部和群众的思想，有着十分重要的意义。通过学习《纲要》，特别是重温马列主义关于对资本主义的分析，使我有了以下的一些认识：

1.社会主义代替资本主义是一个漫长的历史过程。当代社会主义开创的历史进程还处在初始阶段，由于它的基础差、起点低、任务重，没有现成的固定模式；在相当长的时期内，处在经济实力上占优势的资本主义国家的包围和对立之中；只有经过复杂、艰巨、曲折的斗争，不断积累经验，才能逐步走向成熟和完善。那种认为代替过程一帆风顺，可以一蹴而就，是政治上的幼稚病，用以指导实践，必然危害无穷。

2.要历史的、辩证的、全面的看待现代资本主义的发展。战后资本主义世界出现的相对稳定和发展，说明在资本主义制度下，一些国家的科学技术和生产力仍然有相当的发展、甚至较快的发展，并可以在不触动资本主义根本制度的前提下适当调整生产关系，这无疑是拉长了社会主义代替资本主义的进程，增加了无产阶级社会主义革命的艰巨性。同时还应看到，帝国主义的相对稳定和发展，并没有消除它所固有的各种矛盾。帝国主义追逐高额利润的本性并未改变，这就决定了帝国主义必然要剥削无产阶级和其他劳动人民，必然要剥削发展中国家人民，必然要彼此之间进行争斗，必然摆脱不了其固有的困难和危机，最终灭亡的命运是不可改变的。

3.社会主义代替资本主义是现代世界历史发展的大趋势。社会主义制度在20世纪的产生和发展,对人类进步和世界和平作出了巨大的贡献,显示了社会主义制度的强大生命力。尽管在发展中,一些国家和地区遭到局部的、暂时的挫折,但却掩盖不了社会主义事业所创造的光辉业绩,改变不了它所代表的历史潮流。《纲要》中列举与援引了大量的数据和资料,来论证这个无可置疑的道理。

综上所述,即可得出这样的结论,马列主义关于对资本主义的分析并未过时,仍是我们今天观察和分析当今世界历史发展趋势的行动指南。

二、注意一种倾向掩盖另一种倾向

注意一种倾向掩盖另一种倾向,是毛泽东同志总结历史经验和分析党内斗争时,曾多次提醒全党同志引以为戒的一个忠告,也是马克思主义辩证唯物主义的一种思想方法。多年来,在我们的实际工作中,对于毛泽东同志的忠告束之高阁,对于这样一种好的思想方法却不能掌握和运用它,以至于形而上学、片面性、简单化的现象处处可见。如,批判和纠正了阶级斗争扩大化的倾向后,竟出现了阶级斗争熄灭的倾向,阶级分析方法弃之不用,一提阶级、阶级斗争,就名之曰“极左思潮”,一时间,人情、义气、爱充满了整个世界;全党工作中心转移到抓经济建设之后,忽视并放松了思想政治工作,一时间,队伍砍掉了,时间挤占了,经费没有了,领导削弱了;提倡抓物质文明建设后,精神文明建设摆不到应有的位置,以致出现了长期“一手硬、一手软”的状况,资产阶级自由化思潮大肆泛滥,意识形态领域里沉渣泛起。凡此种种,不一而足。在血与火的教训面前使人猛醒,在血与火的教训面前发人深思,在今后改革开放的指导思想上,一定要坚持两点论,反对一点论,一定要注意一种倾向掩盖另一种倾向。

《纲要》正是基于这种指导思想,在总结经验教训的基础上,通

篇贯穿了"两点论"的精神。如,在讲坚持以经济建设为中心的时候,指出"当前在经济建设中强调坚持正确的政治方向,加强思想政治工作""那种把加强思想政治工作同以经济建设为中心割裂开来甚至对立起来的观点是不对的";在讲对外开放是我国的一项基本国策时,又特别阐明了坚持对外开放同坚持独立自主、自力更生方针的一致性;在讲发展社会主义民主时,又特别指出要始终警惕和坚决抵制极端民主化和无政府主义的泛滥;在分析社会主义社会阶级斗争时,明确指出既要反对阶级斗争扩大化,又要反对阶级斗争熄灭论;在讲建设物质文明时,强调指出,建设高度的精神文明是社会主义建设的一个重要任务和目标,必须在建设物质文明的同时大力加强精神文明建设。诸如此类,还可举出若干。这些从血与火的教训中总结出来的经验是十分珍贵的,全党同志不仅要用此来统一思想认识,更重要的是按此精神来指导工作,规范行动。只有这样,我们才能在前进的道路上少走弯路,才能使我们的"四化"建设健康地向前发展。

三、把我们国内的事情办好,对人类作出更大的贡献

通过对《纲要》的学习,特别是对国际国内形势的分析,深深感到,我们党和我国人民肩负的责任更大了。《纲要》指出"社会主义制度还存在巨大的发展潜力",这就为社会主义事业的发展预示了广阔的前景。这种潜力的挖掘,这种前景的实现,只有靠社会主义国家的党和人民脚踏实地、团结奋斗,按照社会主义制度的本质特征和基本原则去实践,社会主义制度的优越性才能更充分地显示出来。当前通过的"八五"计划、十年规划的宏伟蓝图,正是为加速"四化"进程,把我国国民经济搞上去的具体步骤。对于增强我国的综合国力,为人类作出更大的贡献,将会奠定坚实的基础。

《纲要》还指出:"和平演变与反和平演变是当今资本主义和社会主义两种制度斗争的重要形式。挫败这种演变是巩固和发展社会主义的历史任务。”这一方面揭示了社会主义事业发展进程中的曲折和复杂，另一方面又把挫败和平演变的历史任务明确地提了出来。

面对上述形势和任务，面对东欧一些社会主义国家政局的急剧变化的现实，我们党和我国人民深深懂得自己所处的历史地位和作用。只有立足国内，放眼世界，把我们的党建设好，把具有中国特色的社会主义事业胜利地推向前进，才能对人类作出更大的贡献。而我们组织部门，是承担搞好党建工作的重要部门之一，只有把党的组织工作搞好，把党的建设抓好，才是以实际行动对人类进步事业作出了贡献。正如《纲要》结束语所讲到的，“我们坚信，中国共产党和中国人民将克服重重困难，战胜各种敌人，以中国社会主义现代化建设不断胜利、社会主义制度不断巩固和发展的伟大事实，为世界共产主义运动和人类进步事业作出同自己地位相称的贡献”。

※写成于1991年1月16日，曾在省委组织部机关全体会议上交流发言。

切实把发展生产力放在中心位置

马克思、恩格斯原来设想社会主义将首先在西欧发达资本主义国家共同胜利，然后扩展到全世界。按照这种设想，首先取得政权的无产阶级进行社会主义建设，有两个基本条件：第一是已拥有资本主义条件下创造的巨大生产力；第二是基本免除了外部颠覆等因素。但是他们并没有因此而轻视生产力发展，而是从人类社会存在和发展以及社会主义社会产生、成长趋势的角度论证了发展生产力是根本任务，即整个人类社会存在和变化的最终决定力量是生产力的发展，社会主义作为比以往一切社会更高形态的社会，自然必须有较发达的生产力并能更快地推动生产发展。具体地说，社会主义

社会所以能够诞生、存在和走向共产主义,都是紧紧依赖生产力发展的。社会主义革命的第一步即无产阶级夺取政权,必须以资本主义社会化生产作为“绝对必需的实际前提”①,并且进行这个革命的无产阶级本身也是生产力发展造成的。也就是说,资本主义之所以被社会主义所代替,其必然性就是社会化生产的存在和发展。因为正是社会化生产的存在和发展,客观上要冲破狭窄的资本主义生产资料私有制而获得能够容纳和推动它发展的新的生产关系,同时也必然造成代表生产力发展方向的无产阶级。在无产阶级夺取政权后开始的过渡时期,其必然性和必要性一般讲是为了达到废除生产资料私有制和消灭剥削阶级。但要实现这两项基本目标,乃至于能够从资本主义过渡到社会主义,没有生产力的进一步发展是绝对不行的。很显然,停留在已有的生产力水平上(而在这种生产力水平的基础上仍存在资本主义生产资料私有制和剥削阶级),生产资料私有制和剥削阶级是不可能被废除和消灭的。因此恩格斯早在《共产主义原理》中就十分深刻地指出:“……无产阶级革命,只能逐步改造现社会,并且只有在废除私有制所必需的大量生产资料创造出来之后才能废除私有制。”②为此,马克思、恩格斯在标志着科学社会主义诞生的《共产党宣言》中更明确地指出,无产阶级在上升为统治阶级后,必须“利用自己的政治统治,一步一步地夺取资产阶级的全部资本,把一切生产工具集中在国家即组织成为统治阶级的无产阶级手里,并且尽可能快地增加生产力的总量。”③在过渡到社会主义社会后,也只有不断地发展生产力,才能逐步创造实现共产主义的条件。

与马克思、恩格斯原来的设想相比较,社会主义革命的具体条件和范围发生了重大变化,即它不是首先在西欧发达的资本主义国家共同胜利,而是最先在经济不很发达的俄国一个国家,然后在其他一些经济比较落后的国家取得了胜利。与这种革命条件和范围

的变化相联系，无产阶级夺取政权以后，国内国际情况也大大不同于马克思、恩格斯的估计，即在国内不是已有高度发达的生产力，相反是经济比较落后；在国际上不是基本免除了外部力量的颠覆等因素，而是在相当长的时期内要与资本主义国家并存于世界范围内。这样，按照马克思、恩格斯对社会主义革命条件和范围的设想，而无须为他们多加考虑的两大情况，即国内经济落后和国际上面临资本主义国家干涉的危险，现在却因革命条件和范围本身的变化而异常尖锐、异常鲜明地表现出来。因此，列宁在俄国十月革命初期，对这两个方面的状况特别注意，也讲得十分尖锐和明确。他说，俄国“还停留在劳动生产率极低的水平上。此外，国际环境现在也把俄国抛到后面去了”，资本主义国家通过武装干涉“并没有推翻革命所创立的新制度，但是它们也不让新制度能够立刻大步前进，以证实社会主义者的预言，使他们能够迅速地发展生产力和发挥一切足以建成社会主义的潜力”[④]。这样，无产阶级夺取政权后，发展生产力的地位和意义也不能单单沿用马克思的说法，还必须从现实的国内外条件出发，去认识它的极端重要性和紧迫性。如同军事上的殊死搏斗一样，经济落后也是无情的，或者把发展生产力这一根本任务放在中心位置，改变经济落后的面貌，建立抵御外国资本主义国家的强大物质基础，使社会主义能够更快地发展生产力这一根本的优越性和吸引力充分表现出来；或者停留在经济落后的状态，被资本主义国家在经济方面长期远远地抛开，最后被资本主义国家所扼杀。所以，列宁把从政治斗争、革命、夺取政权等等方面为重心改变到经济建设上，看作是“对社会主义的整个看法根本改变了”[⑤]。

以经济建设为中心，正是我党遵循经济发展的客观规律，把发展生产力放在中心位置。而要做到这一点，首先必须在党的基本路线中确立经济建设的中心位置，这样才能保证党的基本路线符合社会主义初级阶段的主要矛盾，从而保证其正确性。而党的基本路线

是否正确，关系到党本身的存亡和整个社会主义事业的成败。1956年我国生产资料所有制的社会主义改造基本完成以后，我们之所以出现许多严重的曲折，乃至于发生给党、国家和各族人民带来严重灾难的十年“文化大革命”，其根本原因就在于，实际上存在党的基本路线渐渐放弃了经济建设的中心位置而以阶级斗争为纲的严重失误。1978年以后，我们之所以能够取得举世瞩目和公认的伟大成就，最根本的是党的十一届三中全会，实现了建国以来党的历史上具有深远意义的历史性转折，而这个转折的集中标志，就是果断地停止使用“以阶级斗争为纲”的口号，做出了把工作重点转移到社会主义现代化上来的战略决策。之后，又逐步形成了以经济建设为中心，坚持四项基本原则和坚持改革开放的基本路线。正反两方面的经验证明，经济建设的中心位置在党的基本路线中得不到确定和坚持，就难以做到以经济建设为中心，就不能保证党在社会主义初级阶段基本路线的正确性和社会主义事业的发展。因此，切实做到以经济建设为中心，首先必须确保经济建设在党的基本路线中的中心地位，坚持以经济建设为中心的基本路线。

其次，以经济建设为中心，必须处理好经济建设这个中心和其他各项任务、各项工作的关系。在社会主义初级阶段，经济建设与其他各项任务、各项工作相比，处于中心位置或重点位置，因而决定和制约着其他各项任务、各项工作。这就要求我们的党、国家和人民，投入与经济建设的地位相适应的主要精力和主要力量，去完成这项任务或工作，为其他各项工作的完成创造物质条件。因此，是否以经济建设为中心，其重要标志是，要看是否把主要精力和力量放在经济建设上。同时，中心和重点不等于全部，除了中心任务或重点工作外，还有其他各项工作和各项任务，这就要求这些工作或任务，必须围绕、服从和服务于中心工作。所以，是否以经济建设为中心，还要看其他各项工作，是否围绕、服从和服务于中心工作；这也是衡量这些工作本身成败的根本性标准。这里需要强调的是，以经济建设为中心，既要正确认识和处理四项基本原则与改革开放之间的关系，也要正确理解和把握它们与经济建设的关系。这些关系，在党的社会主义初级阶段的基本路线中概括得非常科学、非常清楚，即“一个中心、两个基本点”。也就是说，经济建设和四项基本原则、改革开放，经济建设是中心。因为，只有以经济建设为中心，才能为党领导下的社会主义、人民民主专政、以马克思主义为指导的精神文明建设，创造强大的物质基础，并为党自身建设提供必要的物质条件，才能保证社会主义制度本身的自我完善。相应地，也决定了四项基本原则和改革开放，必须以发展生产力为根本任务和目标。另一方面，四项基本原则和改革开放，是保证经济建设这个中心的两个基本点，因为要使社会主义中国在生产力发展的基础上成为富强的国家，必须以四项基本原则为立国之本，以改革开放为强国之路。

再次，以经济建设为中心，必须使经济建设的中心位置落到实处。落实是一个关键问题，由此赋予正确路线和认识以活力，并保证其作用的实现。我国生产资料所有制的社会主义改造基本完成以后很长一段时间，全国人民虽然有冲天的干劲，但苦于我们的基本路线和认识出现了严重失误，仍然遭受到巨大灾难。现在我们实现工作中心转移已十多年，并已逐步确立了一个中心、两个基本点的正确的基本路线，获得了经济建设与其他各项工作关系的正确认识，同时在实践中也取得了巨大成就，但在落实以经济建设为中心上还存在一些问题。有的人不了解经济建设的中心位置，缺乏落实这个中心的自觉性和紧迫性；有的虽口头上不离以经济建设为中心，却见不到行动；有的人置经济建设于不顾，而是热衷于争权、夺利、谋名、拉关系，以此作为自己的中心和主要精力的投放点；有的人把经济建设当成中央和经济部门的事，而将本单位、本部门置之

度外;有的人甚至为经济建设设置阻力,干扰冲击经济建设这个中心。所以,切实把发展生产力的根本任务放在中心位置,还必须狠抓落实,着力解决在落实方面存在的问题,以实现党的正确路线对实践的指导作用,保证经济建设的发展。

要使以经济建设为中心真正深入人心,成为整个中华民族的强烈意识,单靠领导和群众中的先进分子是远远不够的,还必须通过他们的宣传教育,使发展经济的极端重要性和紧迫性深入人心,升华为全国人民的强烈意识。使他们真正认识到,社会主义的根本任务是发展生产力,经济落后国家实现社会主义后必须以经济建设为中心,这是马克思主义的基本原理,否则就不能算是坚持马克思主义,甚至是退回到空想;我国社会主义初级阶段必须把经济建设作为中心任务,这是中国的国情决定的,从中国国情出发,就必须坚持由它决定的中心任务,否则就不是实事求是,就是脱离国情;我国人民的最根本利益是经济建设,重视和维护人民的利益必须尽快发展生产力,否则就违背了人民的根本利益和要求;我国生产力水平与发达国家相比还有较大的差距,缩短这个差距并赶上它们,必须集中精力搞经济建设,否则这种差距就会进一步扩大,我们就要挨打受欺凌,就会被整个世界淘汰出局;我国1956年后的最主要的教训,就是脱离经济建设这个中心,记取教训就必须大力提高生产水平,否则就是无视我们的主要教训,历史的悲剧就会重演。

要使经济建设为中心落在实处,变成各行各业、全国人民的具体行动。总结我国革命和建设的长期经验所得出的基本结论是,马克思主义必须与中国实际相结合,由此赋予了马克思主义生命力,也推动着中国革命和建设的发展。现在,我们党以经济建设为中心的马克思主义基本路线已经形成,全部问题的关键是狠抓落实。没有落实,正确的基本路线也只能是一纸空文,这就首先必须使各行各业真正围绕、服从和服务于经济建设这个中心,使领导和群众真正把精力集中在经济上，把对各项工作的评价和对干部的使用，与能否围绕、服从和服务于经济建设直接联系起来。

要排除来自各方面的各种干扰。我国的经济建设不是在真空中，而是在复杂的国际国内环境中进行的。因而，它不可能是一帆风顺的，必然会遇到来自各方面的各种干扰和冲击。因此，必须紧紧抓住经济建设中心不放，排除各方面的各种干扰，绝不能屈从于干扰而放弃经济建设这个中心，或削弱经济建设的中心地位。

注　释

①《马克思恩格斯选集》第一卷第39页，人民出版社1972年5月版。

②《马克思恩格斯选集》第一卷第219页，人民出版社1972年5月版。

③《马克思恩格斯选集》第一卷第272页，人民出版社1972年5月版。

④《列宁选集》第四卷第708页，人民出版社1972年10月版。

⑤《列宁选集》第四卷第687页，人民出版社1972年10月版。

※发表于1991年《学术论丛》杂志第6期，系与他人合作，当时在省委组织部工作。

在部风教育中重温小平同志南方谈话

在进行部风教育中，重温小平同志的南方谈话，我深深感到，小平同志在我国社会和经济发展的关键时刻，发表重要讲话，具有伟大的战略意义。小平同志的讲话，内容丰富，涉及面广，高瞻远瞩，言简意赅，其主导思想是，告诫全党，要进一步解放思想，抓住机遇，进一步加快改革开放和经济建设的步伐，使我国的经济建设能够再上一个新台阶。我们组织部门的同志，学习小平同志南方谈话，就应当联系组织工作的实际，抓关键，找差距，迎头赶上。事实上，我

们差就差在思想还没有真正解放，还不能够为经济工作提供主动而有效的服务。今年7月中下旬，我和肖辉、左义河同志赴山东考察在那里挂职学习的山西地市干部，去了威海、烟台、济南、泰安、德州等5个地市，所到之处，听介绍，谈感受，看市场，亲身感觉到齐鲁大地改革的浪潮滚滚，思想上受到了极大的冲击与震动。挂职学习的干部也一致认为，山东的经验好，他们思想解放，政策灵活，齐心协力，真抓实干。相比之下，无论硬件、软件，我们山西都大有差距。

这次重温小平同志南方谈话，使我认识到，要解放思想，就必须把我们自己的认识，真正统一到小平同志的谈话精神上来；要解放思想，就必须真正确立组织工作为经济建设这个中心服务的观念，以此为指导思想，无论是配班子、选用人，还是制定干部政策，都应当体现这个精神。要解放思想，就必须立足于做好本职工作，破除一些陈旧的观念，改革妨碍与影响经济建设的框框条条，在如何为经济工作服好务上做文章，在提高工作效率与工作质量上下功夫，为经济建设大开绿灯，开创组织工作的新局面。

正在进行的部风教育，是为进一步搞好组织干部工作，不断加强组织部门自身建设的需要，也是为适应我省改革开放的新局面而实施的。一个重要的议题，就是对原部风的内容，进行了充实完善，形成了“公正廉洁、知人善任、勤奋高效、求实创新”的16字部风。原部风三句话12个字，本身即具有丰富的内涵。公正是组织部门的职业道德，廉洁是改革开放形势下，给党的建设和国家政权建设提出的新课题；勤奋包含勤奋学习、勤奋工作，是做好本职工作的基础和前提，高效是改进机关作风，更好为人民群众服务的必然要求；求实体现的是党的政治思想路线，创新则是改革开放提出的更高境界。在此基础上，增加了“知人善任”4个字，则是集中体现了组织部门业务职能的个性特色，是选拔和任用干部必须遵循的一项基本原则。要做到“知人”，就必须深入了解、严格考察干部，以便全面客观地把握干部的真实素质；要做到“善任”，就必须人尽其才，才尽其用，真正把干部放在能最大限度发挥其聪明才智的岗位上去。能够做到这些，也就体现了组织部门选人用人上的“公正”，为我省的经济建设提供了优质服务，使那些优秀的人才能够脱颖而出，在改革开放的大潮中，施展才华，放手一搏，让我省的经济工作迈上一个新台阶。如能这样，也就达到了这次部风教育的目的。

※摘自1992年9月21日的工作日志，是在省委组织部机关部风教育会议上的发言提纲。

就一篇理论文章的商榷信函

某某同志：

您拿来的文章，我先后看了三遍，因忙中断了几次，拖得有些太久了，实在对不起。除文字上做了一定的修改外，提出如下几点商榷意见，请能再予修改。

1.总体感到文字有些太长，特别是二、三部分，其中第三部分尤为突出，可以考虑再压缩精简一下。把正面论说后，又反面论述的一些语句酌情去掉，尽量保留一些论据资料。

2.开头话不要以出国考察提出，一次短暂的出访是无法从宏观上把握一些问题的。如就出访美国而言，只能就美国的一些社会现象加以剖析，而此文的题目、内容均比较大，不是一次出访可以回答出的。建议以学习小平同志南方谈话和十四大报告的有关部分入题提出较为妥当。

3.第二部分的第三个问题，建议充实一些内容，以体现“改革为生产力的发展提供了广阔的前景”，使命题和当前的现实，更能结合得紧一些。

4.第三部分论述三种关系,旨在说明资本主义虽然也有发展变化,但其本质没有变。这部分文字不宜太长,否则容易冲淡这个主题。

5.第四部分论述积极利用资本主义,应当在讲述吸收利用对我们有益的部分之外,还应阐明如何抵御和排斥资本主义之腐朽的东西。这是一个问题的两个方面,补充一下似乎从讲道理上更为全面一些。

综观全文,思路是清楚的,论述是有力的,文字是通畅的。如能再加工,文章的质量会更高一些。

另:标题是否可以改一下,拟为"正确认识和利用资本主义,为建设中国特色的社会主义服务"。

提出以上意见,妥否?请酌定。

※写于 1993 年 4 月 11 日。

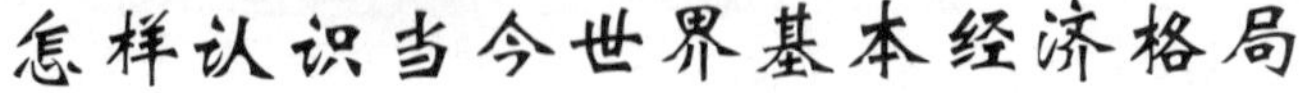

怎样认识当今世界基本经济格局

世界经济格局是世界范围内各个国家之间,由于经济上的相互联系、相互依存而结成的世界经济体系的态势和结构。随着苏联的解体,世界经济格局发生了重大变化。80 年代以来,世界经济中出现的许多现象和问题,在新的形势下均有不同程度的新发展:世界各国经济相互渗透、相互依存日深;区域性经济合作进入更加广泛、更加紧密和更高层次的阶段;美、欧、日经济"三足鼎立"之势已基本确立;贸易保护主义盛行,不平等现象日甚,经济矛盾、经济摩擦等进一步加剧。这些问题归纳起来,不外是人们通常所说的南北关系、西西关系和南南关系的进一步发展。认识世界经济的基本格局,必须弄清楚这几方面的关系。

南北关系的本质及其新特点。20世纪中叶以前,南北关系主要表现帝国主义列强与殖民地附属国之间剥削与被剥削、掠夺与被掠夺、压迫与被压迫的关系。自50年代中期以来,由于历史条件的种种变化,使得南北关系中出现了一些新的特点,逐步形成一种特殊类型的合作关系,即北方国家以合作为形式对南方国家保持不同程度的剥削与控制的经济交往关系。广大第三世界国家在走上政治独立道路以后,迫切要求发展民族经济。而北方国家则出于自身利益和发展的需要,也允许第三世界国家经济有一定发展,并在"援助"的旗号下向他们提供一定的资金、技术和物资,从而从第三世界国家获得大量的廉价资源、广阔的商品市场和有利的投资场所。这就是在一定形势和条件下出现的南北"合作"。由此看来,攫取高额垄断利润的目的以及继续保持和加强对第三世界各国的经济剥削与政治控制的本质及其原则并没有改变。所有这一切,严重地抑制着第三世界各国经济的发展,使许多第三世界国家的经济陷入十分困难的境地,有的甚至濒临破产的边缘。据统计,发展中国家的债务总额,已经从70年代初的不到1000亿美元,上升到1988年的13200亿美元,还本付息为出口收入之比从1973年的14%上升到1988年的19.6%。发展中国家的粮食进口,1981年至1986年平均每年为8000多万吨,1984年最高时达9500万吨,为进口粮食每年平均消耗外汇165.3亿美元,即使这样,仍有许多第三世界国家面临饥荒的威胁。再加上北方国家千方百计地向他们转嫁危机和困难,加强贸易保护主义,压低世界市场上初级产品的价格,提高国际金融市场上的利率,使发展中国家出口贸易锐减、国际收支逆差急剧扩大,出现严重的经济困难。尽管北方国家同南方国家在经济上存在着一定的相互依赖性,但作为处在第三世界的广大南方国家,其经济的发展,根本不可能靠北方垄断资本的恩赐与施舍,必须依靠自己的努力,团结一致,加强联合,在南南合作的基础上,反对新殖

民主义，争取建立国际经济新秩序，争取在平等互利的基础上，发展南北经济关系，共同发展自己的民族经济。

现代垄断资产阶级为了达到追逐高额利润的目的，除了采用经济的、政治的手段外，并没有放弃军事的、战争的手段。二战以来，它们先后发动、策划和支持的各种形式的局部战争竟达70次之多，而且至今仍未停止这些不光彩的勾当。这些战争不仅给世界各国，特别是广大的第三世界的国家和人民，造成了巨大的损失与痛苦，而且造成了上千万平民百姓的死亡。这表明，现代资本主义仍然是战争的根源。

西西关系的本质及其新特点。二战以后，西方资本主义国家相互间的关系发生了很大变化。随着西方国家向资本流通和国际贸易的巨大发展，它们间的经济交往与联系日益密切，生产国际化和资本国际化程度空前提高。与此同时，它们相互之间的经济摩擦和矛盾也日益增多，竞争趋于激化。在此基础上，现代国际垄断同盟产生，并得到了迅速发展。

现代国际垄断同盟的形成，是战后“西西关系”的一个显著特点。其基本形式有两种：一是国家间的经济联盟，如欧洲经济共同体、美加贸易区等；二是企业间的国际经济联盟，包括国际托拉斯和国际卡特尔两种主要类型，如多国公司、“石油七姐妹”等。除此之外，现代国际垄断同盟还有两种特殊形式：一是国际经济组织中的西方垄断集团，二是西方七国首脑的定期协商。

现代国际垄断同盟的形成与发展，在一定时期、一定范围和一定程度上能够协调各国垄断资本的活动，缓解相互间的摩擦和冲突，从而使“西西关系”表现出一种相互合作的假象。事实上，由于垄断资本各自追求自身的最大限度的高额垄断利润，它们在国际范围内任何形式的联合与妥协都不过是为自身利益的需要而讨价还价，从而不可避免地要加剧它们之间的竞争和矛盾激化的趋势。特别是由于各国经济政治发展的不平衡性，使得各主要资本主义国家之间的力量对比发生了重大变化，美国的经济地位趋于下降，日本和西欧的经济地位趋于上升。1950—1988年，在24个发达国家的国内生产总值中，美国的比重从61.6%下降到45.5%，西欧四国（西德、法国、英国、意大利）的比重从22.2%上升到22.6%，日本的比重从2.9%上升到15.4%；在24个发达国家的出口总额中，美国的比重从28.2%下降到16.3%，西欧四国的比重从34.7%上升到38.8%，日本的比重从2.3%上升到13.4%。经济实力的上述变化，势必加剧西方国家之间争夺销售市场和投资场所等经济势力范围的斗争。现在，美国不仅失去了一部分国际市场，甚至连国内市场也被西欧、特别是日本所蚕食。50年代主要是美国向西欧和日本大量输出资本，从60年代、特别是70年代以来，日本垄断资本大批到美国"收购"企业，致使有人惊呼日本已成为美国这家股份公司的最大股东。这些情况的出现，使得西方国家之间摩擦迭出，明争暗斗，矛盾激化。正如列宁在论述国际垄断同盟时曾指出的，国际垄断资本之间斗争的形式和方式在经常发生变化，但它们斗争和分割世界的实质和内容却始终没有改变。

南南关系的发展及其特点。在当今世界基本经济格局中，除南北关系和西西关系外，还有一个十分重要的关系，这就是南南关系，它是广大发展中国家在争取建立国际经济政治新秩序斗争中，发展起来的一种新型经济关系。发展中国家由于历史上的外来侵略和二战后不平等的经济关系等原因，致使大多数国家经济比较落后，民族矛盾和领土纠纷较多，有的债务严重、政局不稳。因此，发展中国家要求得民族经济的发展，就必须改革不平等、不合理的国际经济旧秩序，把建立世界经济新秩序作为推动发展与合作的基本目标，反对贸易歧视和不平等交换。在当前的国际形势下，特别重要的是要加强联系，协调立场，共商对策，在南南合作中坚持平等合

作、互利互惠的原则，互相帮助，互通有无，取长补短，共同发展。同时，还要积极引进外资包括西方资本主义国家的资金和技术等，进行经济和政治改革，维护和巩固已在政治上获得的独立。

※发表于1993年《前进》杂志第11期，系与他人合作，当时在省文化厅工作。

重视抓好社会主义精神文明建设

在建设社会主义物质文明的同时，要努力建设社会主义精神文明，这是邓小平同志多次郑重提出的重要思想，是小平同志建设有中国特色的社会主义理论的重要组成部分。早在1979年小平同志就提出："我们要在建设高度物质文明的同时，提高全民族的科学文化水平，发展高尚的丰富多彩的文化生活，建设高度的社会主义精神文明。"随着改革开放政策的贯彻实施，小平同志再一次强调了这个重要思想，他在1985年9月全国党代表会议讲话中指出，"不加强精神文明的建设，物质文明的建设也要受破坏，走弯路。光靠物质条件，我们的革命和建设都不可能胜利。"1986年他又指出，"经济建设这一手我们搞得相当有成绩，形势喜人，这是我们国家的成功，但风气如果坏下去，经济搞成功又有什么意义？会在另一方面变质，反过来影响整个经济变质，发展下去会形成贪污、盗窃、贿赂横行的世界。"他还说："我们现在搞两个文明建设，一是物质文明，一是精神文明。实行开放政策必然会带来一些坏的东西，影响我们的人民。要说有风险，这是最大的风险。我们用法律和教育这两个手段来解决这个问题。"直至1992年南方谈话时，小平同志还一再告诫全党，要赶上亚洲"四小龙"，"不仅经济要上去，社会秩序、社会风气也要搞好，两个文明建设都要超过他们，这才是有中国特色的社会主义。”

重温十一届三中全会以来小平同志关于精神文明建设的一系列重要论述，使我们深受教育，深受启迪。这些深刻而又精辟的论述告诉我们，精神文明和物质文明，是社会主义文明的两大组成部分，是社会进步的标志。社会主义不仅要实现经济的繁荣，而且要实现社会的全面发展和全面进步。物质文明建设是精神文明建设不可缺少的基础；精神文明建设不但对物质文明建设起巨大的推动作用，而且可以保证它的正确方向。两者相互依存，相互促进，互为条件，互为因果，目的是为了建设有中国特色的社会主义。没有精神文明就不能建设社会主义，没有“四有”的一代新人，就不能建立社会主义新风尚，也就不可能一贯地坚持四项基本原则，不可能始终贯彻执行改革开放的总方针。因此，对于社会主义事业来说，两个文明建设如同鸟的两个翅膀一样，缺一不可。

回顾改革开放 15 年来的实践，我们清楚地看到，我国的经济建设取得了令人可喜的成果，与此同时，精神文明建设也有了一定的建树。首先是党中央做出了加强精神文明建设的决定；其次是为党风和社会风气的好转，也不断地采取了一些具体的措施，如整党、严打与反腐败斗争等；其三是精神文明建设方面确实也取得了一定的成效。尽管如此，还必须清醒地认识到，精神文明建设和经济建设相比较，明显地滞后；党风和社会风气还不能令人满意；思想工作薄弱，社会治安不好，道德水准下降，在相当一部分地区、部门和人员中表现尤为突出；特别令人担忧的是，一些建国以来早已绝迹的社会丑恶现象（如赌博、卖淫、嫖娼、吸毒等）又沉渣泛起。面对社会主义市场经济体制建立和发展的新形势，精神文明建设又受到了新的严峻的挑战。这一切，不能不引起我们足够的重视，从而采取切实有效的措施，把精神文明建设迎头赶上来。

党的十四届三中全会决定，为新时期加强社会主义精神文明建

设赋予更高的要求。为了适应社会主义市场经济的建立和发展，全党同志都应以更大的注意力抓好精神文明建设。

首先，要高度重视精神文明建设。要从巩固改革开放成果，保证社会主义建设的正确方向，保证党和国家不改变颜色的高度来认识这个问题，切实把精神文明建设摆到各级党和政府的议事日程，像抓经济建设一样，狠抓精神文明建设各项任务的落实。

其次，对精神文明建设要给予相应的投入。在这里，投入有两方面的含义：一是精力的投入，即要有更大的注意力来关注精神文明建设，特别是各级、各部门的主要负责同志，要拿出更多的精力，研究精神文明建设出现的新情况，解决这方面出现的新问题。二是财力物力的投入，这是精神文明建设得以顺利进行的物质保证，这几年这方面的欠账是比较多的。随着经济建设的进一步发展，各级政府确应给予相应的财力物力的投入，否则，精神文明建设的任务是会落空的。

其三，理顺体制，职责明确。精神文明建设涉及方方面面，应当在理顺体制、分清职责上下功夫。近年来，这方面的问题还是不少的，如扫黄，究竟应以谁家为主，不明确；一个文化市场，涉及多头管理，到头来互相推诿扯皮，谁也没管好。有鉴于此，我们就应当在总结经验教训的基础上，进一步理顺体制，实行归口管理，建立岗位责任制，加强监督检查，使精神文明建设事事有人管，项项有着落。

其四，综合治理，治本治末。精神文明建设的内容丰富，涉及面广，需要在党委和政府的领导下，有关单位和部门密切合作，打总体战，绝不给精神污染和精神垃圾留下可乘之机。与此同时，也要注意既治本也治末，一方面，要审时度势，采取一些行之有效的形式和办法，不断解决社会上出现的一些腐败丑恶现象；另一方面，要下大力气抓好教育和法制建设，从小学生抓起，立足提高国民素质，加强法制建设，使精神文明建设沿着法制化、规范化的方向发展。

总之，只有采取以上各项措施，才能真正地坚持好两手抓、两手都要硬的方针，才能确保改革开放事业健康顺利地发展，我们的社会主义国家就可以长治久安，小平同志所描绘的中国特色的社会主义蓝图即可实现。

※写成于1994年4月1日，是在省委党校领导干部轮训班学习《邓小平文选》第三卷的体会稿。

学习初级阶段理论之体会

初级阶段理论来之不易，是以小平同志为代表的中国共产党第二代领导集体的创造，是在总结中国革命和世界革命实践基础上提出来的，在这方面，有经验，有教训，有困惑；理论的提出，是对马列主义关于社会发展阶段论的丰富和发展。党的十三大以来的实践，证明了这种认识和理论是正确的，在初级阶段理论思想的指导下，加快发展经济，加强双文明建设，生产力得到进一步发展，人民生活有了极大的提高，我们的综合国力也有了显著的增强。认识初级阶段理论的本质含义，应把握两点，即我国社会发展已进入社会主义社会，但还处于不发达的阶段；从发展时间上讲，还要有一个相当长的时期。学习初级阶段理论的现实意义，其一要正确认识中国的国情，在今后建设和发展中，应采取适合中国国情的方针及政策；其二是要坚持贯彻执行正确的思想路线，要有一个正确的思想方法，反对和排除来自“左”的和右的干扰；其三要提高政治责任感，立足各自的岗位，把所承担的各项事业办好。

※摘自1996年8月5日的工作日志，是在文化厅机关学习《邓小平文选》第三专题时谈体会的发言提纲。

要高度重视有中国特色社会主义的文化建设

举世瞩目的中国共产党第十五次全国代表大会,圆满完成了历史赋予的重大使命,对我国改革开放和现代化建设跨世纪的发展做出了战略部署。大会通过的政治报告,高举邓小平理论伟大旗帜,第一次全面阐述了有中国特色社会主义的经济纲领、政治纲领、文化纲领,为中国特色社会主义事业的全面发展绘出了宏伟蓝图。

在党的代表大会的政治报告中,用专门的篇幅,集中阐述文化建设,并对有中国特色社会主义的文化建设的长期任务、基础工程、重要内容等做出了明确的规定,这在党的历史上是少有的;同时,政治报告把文化纲领与经济纲领、政治纲领相提并论,足见以江泽民为核心的党中央对有中国特色社会主义的文化建设的高度重视。有中国特色社会主义,是全面发展的社会主义,是经济、政治、文化协调发展的社会主义。社会主义现代化要有繁荣的经济,也应该有繁荣的文化。我国现代化建设的进程,在很大程度上取决于国民素质的提高和人才资源的开发。建设有中国特色社会主义的经济、政治、文化,是三位一体、有机统一、不可分割的整体。不能成功地建设好有中国特色社会主义的文化,也不会成功地建设好有中国特色社会主义的经济和政治,更不会成功地建设好有中国特色的社会主义。

长期以来,一些地区和部门的党政领导,由于对有中国特色社会主义的文化建设与中国特色社会主义的全面发展之间的相互关系,缺乏正确的、本质的认识,因而在实际工作中,忽视了文化建设在有中国特色社会主义的全面发展中应有的位置,以致在有关文化建设的规划制定、经费投入、基础设施建设的改善、必要的活动组织方面存在不少的问题,使得建国以来,特别是文化大革命以来,本来就欠账较多的这一领域,在国民经济整体发展进程中又拉下了很大的距离。一些经济发达的地区,由于“一手硬,一手软”的做法,出现了社会畸形发展的状况,人们经济高收入,但精神世界却极度空虚;许多建国初期绝迹的丑恶现象(如黄、赌、毒、封建迷信等)又死灰复燃,直接影响到国民素质的提高和国民经济的健康发展。至于一些贫困地区问题就更大一些。这些都大大影响了有中国特色社会主义全面发展的进程。

有鉴于此,党的十五大把高度重视有中国特色社会主义的文化建设问题提到了全党面前,并从理论的高度阐述了文化建设在有中国特色社会主义事业全面发展中所处的地位和作用。报告指出:“有中国特色社会主义的文化,是凝聚和激励全国各族人民的重要力量,是综合国力的重要标志。”这是建国以来历届党的重要会议对文化建设所作的最高的评价。

所谓“重要力量”,可以从两方面去理解。从理论的角度来看,这是一种精神对物质、上层建筑对经济基础的反作用力。作为一定社会形态的文化,历来是属于上层建筑的范畴,它既反映一定社会形态的特征,为一定社会形态的经济基础服务,同时又反作用于经济基础。有中国特色社会主义的文化,渊源于中华民族五千年文明史,又植根于有中国特色社会主义的实践,具有鲜明的时代特点;它反映了我国社会主义经济和政治的基本特征,又对经济和政治的发展起着巨大的促进作用,这一点是不容置疑的。从实践的角度来看,这种“力量”,表现为强大的精神动力和智力支持。首先从铸造精神动力来讲,有中国特色社会主义的文化建设承担着在全社会形成共同理想和精神支柱的根本任务,这种理想和精神支柱是凝聚和激励全国各族人民的强大精神动力。正如十五大报告中所指出的

那样，全社会要"大力弘扬爱国主义、集体主义、社会主义和艰苦创业精神""发扬社会主义的人道主义精神""提倡共产主义思想道德""鼓励一切有利于国家统一、民族团结、经济发展、社会进步的思想道德"等。这些精神和思想道德，是中华民族的灵魂和精髓，展现了华夏儿女崇高的思想境界，在有中国特色社会主义全面发展进程中，起着凝聚人心、催人奋进、团结奋斗、振兴中华的不可估量的作用。改革开放二十年的光辉业绩中饱含了这种精神力量的作用，1998年抗洪救灾斗争取得胜利的实践，也证实了这种精神力量是不可战胜的。其次，从提供智力支持来讲，有中国特色社会主义的文化建设承担着提高全民族的科学文化素质，开发人的智力资源，培育适应社会主义现代化要求的有理想、有道德、有文化、有纪律的公民的重任。这种智力支持所产生的成果，是知识的力量，是智慧的力量，是高素质的人力资源，可以推动和保证社会主义现代化事业卓有成效地向前发展。社会主义要创造比资本主义更高的劳动生产率、更发达的社会生产力，就要有科学文化的高度发展。在一个文盲、科盲充斥的国度里，很难实现社会主义的现代化，很难有物质文明建设的高度发展和社会物质财富的大幅度增长。

所谓"重要标志"，也可以从两个方面去认识。从理论的角度来看，它体现了社会全面进步的三要素（经济、政治、文化）不可分割、均衡发展、互为制约的辩证统一。从实践的角度来看，它为人们衡量、检验有中国特色社会主义全面发展，提供了一个新的标尺。长期以来，人们在衡量综合国力时，总是依据一些国民经济发展的主要经济指标、成果来评估，而忽略了对社会发展中精神文明成果及其影响的评估。党的十五大，第一次提出建设有中国特色社会主义的文化纲领，并把它作为衡量综合国力的重要标志。这充分体现了邓小平同志一贯倡导的在物质文明建设和精神文明建设中要坚持两手抓、两手都要硬的原则，同时为综合国力确定了一个科学的、全面的内涵。这是对马克思主义关于社会主义精神文明建设理论的重大发展,对中国特色社会主义的全面发展具有现实的指导意义。事实上,在科学技术迅猛发展的当今世界,衡量一个国家的实力强弱,不仅要看物质财富的多寡和社会发展速度的快慢,更要看文化事业和精神文明建设的发展水平,看人才资源和智力资源开发的程度。随着社会产业结构由劳动密集型向知识密集型的转化,决定一个国家综合国力强弱的关键因素是文化建设和人的素质的提高。从这个意义上说,文化建设是现代化事业的决定性因素。

党的十五大把有中国特色社会主义的文化建设提到了如此重要的位置,为我们统一全党思想,提高对文化建设重要性的认识提供了理论依据;同时也为大力发展有中国特色社会主义的文化提供了广阔的前景和机遇。作为文化战线的工作人员,应该抓住这个有利时机,深入学习和贯彻党的十五大精神,用十五大精神武装自己的头脑,把大家的思想认识提高到十五大文件精神上来。立足本职,加大工作力度,深化文化体制改革,落实和完善文化经济政策,坚持"两为"方向和"双百"方针,弘扬主旋律,提倡多样化,繁荣文艺创作,加强文化管理,促进文化市场健康发展,加强文化基础设施建设,搞好对外文化交流工作,以专业文化和群众文化为"两翼",全面繁荣和发展文化艺术事业。以扎实有效的工作成果,为建设有中国特色社会主义的文化作出我们应有的贡献。

※发表于 1999 年《理论探索》杂志第 3 期。

"讲政治"的一些体会

"三讲"学习内容的五个专题,各有侧重,又紧密联系、不可分割。如政治立场、方向,是讲政治的核心,但正确的政治立场、方向

的形成，离不开讲学习；政治立场、方向的正确与否，又必然影响到作风的建设，即涉及讲正气问题；要确立正确的政治立场、政治方向，归根结底又要取决于正确的世界观与方法论等。

政治立场与方向的正确与否，就一个共产党员和国家机关工作人员来讲，是属于大是大非的问题，是原则问题，必须高度重视，认真加以解决。相当一段时间以来，不讲什么立场问题了，一谈立场，便认为是“左”的一套又来了。事实上，立场问题是客观存在的，它是指人们认识和处理问题时，所处的位置、角度和所抱的态度，在人们的社会实践活动中，无时无刻不遇到、不体现出来；而方向问题，是讲走什么样的路和向何种目标前进的事，属于导向的范畴，这二者是紧密联系的。

我们所应有的政治立场，是马克思主义的立场，这是从指导思想和理论基础的角度来讲的；也是无产阶级和人民大众的立场，这是从党的阶级基础来讲的，它体现了我们党的阶级性和党的宗旨，表示为什么人服务的问题。而对政治方向，我们党历来就很重视，早在延安时期，抗大的校训就明确规定，要坚定正确的政治方向，这是由党的奋斗目标所决定的。我们共产党人的最高理想及奋斗目标是实现共产主义，现阶段正处于社会主义的初级阶段，应当坚持的政治方向，就是建设有中国特色的社会主义的方向。

一个正直的共产党人，不希望自己的政治立场发生问题，政治方向上出现偏差，而要让自己具有正确的政治立场和政治方向，必须做到以下几点：

1.必须同党中央在政治、思想、组织上保持高度的一致，这是讲政治的起码要求，说得直白些，党中央叫干什么就干什么，党不让干的坚绝不能干。在工作和事业中，不能和党离心离德，更不应分庭抗礼或阳奉阴违，而应表里一致，坚决服从党的决定。

2.必须模范地贯彻执行现阶段党的路线、方针和政策，这是体现

党的意志,体现人民的利益,代表正确的政治方向。党的基本路线一百年不动摇,我们就应贯彻始终;文艺战线的二为方向,即为人民服务、为社会主义服务,以及“双百”方针等,就得坚决贯彻执行。

3.必须牢记党的宗旨,全心全意为人民服务。一切从人民大众的利益出发来考虑自己的行为举止。江总书记指出,“实现、维护和发展人民群众的利益,始终是我们最大最重要的政治。”又说,“必须把实现和维护最广大人民群众的利益作为改革和建设的根本出发点。”这就要求我们,必须为人民群众谋利益,不得为自己、为部门及小团体去谋私利;个人与部门的所作所为,都应以人民群众拥护不拥护、赞成不赞成、高兴不高兴、答应不答应为取舍和标尺。

4.必须加强主观世界的改造,确立正确的世界观、人生观和价值观。正确的世界观决定着正确的立场和方向,我们应有的世界观是马克思主义的世界观,即信仰辩证唯物主义和历史唯物主义。要确立正确的世界观,首先要加强学习,以马克思主义的理论武装自己的头脑;其次要勇于实践,积极参与到改革开放和建设有中国特色的社会主义伟大的斗争实践中去;其三要不断地进行自我完善,通过社会实践,锤炼自己的主观世界,克服和改正一些非无产阶级的思想,在提高自身素质上下功夫,真正能够经受得住各种风浪的考验。

※写于 1999 年 11 月 16 日,是在文化厅机关“三讲”教育中交流学习体会的发言提纲。

学习江泽民“七一”讲话有感

江泽民总书记的讲话在报纸上发表以后,我立即进行了认真学习。在纪念党的八十周年这样庄严的大会上,总书记发表如此重要

的长篇讲话,这是以江泽民总书记为核心的党的第三代领导人对党的建设理论的一次重要阐述,也是对马克思主义建党学说的重大贡献。

讲话分四个部分,而着重点是对“三个代表”的论述,这是“三个代表”发表以来比较全面地向全党所做的理论阐述。回顾“三个代表”论述刚提出时,我们只是有一个一般的宏观理解,那就是“三个代表”的要求,是我们党的立党之本、执政之基、力量之源;而在这次重要讲话中,江总书记不仅对“三个代表”的内涵及实质,分别做了理论与实践相结合的阐述,同时对“三个代表”之间的相互关系也做了明确的论述,那就是三者之间“是统一的整体,相互联系,相互促进”。这就为我们深刻理解、全面贯彻执行“三个代表”的重要思想,提供了重要的理论依据。此外,通过学习讲话,使我深深地感到,江总书记关于“三个代表”的思想,不仅和十五大以来中央的各项决议相一致,而且和党的基本路线及方针政策,也是一脉相承的。讲话是当前形势下我们的建党纲领,是全面加强党的建设的一次重要理论建树。历史的实践证明,我们党的三代领导人,总是在历史发展的关键时刻,高瞻远瞩地提出一些重要的思想;而江总书记正是在我党进入新的世纪,面对国内外发生的新的情况,发表了这篇重要的讲话,这无疑将会产生重要而又深远的影响。

作为文化,特别是以大文化来讲,我们的党把它提到了一个从未有过的高度,把它放在与政治、经济,与最广大的人民群众的利益同样的高度来对待;同时,作为一项社会事业,要求要与政治、经济一样全面地、协调地去发展。这充分说明我们党高度重视有中国特色的社会主义文化建设,也表明我们的党,站得高、看得远,对未来社会发展的决策具有战略性。学习江总书记的讲话,使我们文化工作者倍受鼓舞,深感肩上责任重大,能否按照“三个代表”的思想,继承优秀的传统文化,进一步开创民族的先进文化,这个重任就历史地落在了我们这一代人的身上。必须明确,最大限度地满足广大人民群众对精神文化的产品日益增长的需求,是我们贯彻落实"三个代表"思想的根本出发点和归宿。只有认真学习讲话,立足于搞好自己的本职工作,不断地创作生产出一大批优秀的精神产品,才能不辜负党对文化工作的殷切期望,不辜负人民群众对我们的殷切期望。

※写于2001年7月2日,是在文化厅党组扩大的学习会议上的发言提纲,后发表于2001年《山西文化》杂志第4期。

坚持理论创新是马克思主义政党自觉和成熟的重要标志

一、用正确的理论指导党是马克思主义建党学说的重要内容

重视理论建设,是马克思主义的一项重要原则。理论是革命和建设的先导,它必须随着革命和建设的实践的变化,而去不断地丰富和发展。

1.理论对实践具有重要的指导作用,没有正确的理论作指导,党的事业就不可能健康、胜利地向前发展。

2.随着实践的不断变化,作为党的指导思想的理论也必须与之相适应,坚持理论创新,显得非常必要和迫切。

3.国际共产主义运动的实践告诉人们,指导政党的理论的谬误,会导致亡党亡国的悲剧发生;同样,指导政党的理论的僵化,也会使党和人民的事业遭受重大的损失和挫折。

二、中国共产党的光辉历史,就是一部不断坚持理论创新的历史

十月革命一声炮响,给中国送来了马克思主义。中国共产党的

成立是马克思主义理论同中国工人运动相结合的产物。建党八十年来,我们党历来高度重视党的理论建设,产生并形成了我们党的理论建设的三个里程碑。

1.党的七大把毛泽东思想确立为党的指导思想,这是中国共产党理论建设的第一个里程碑,它对于中国革命的胜利发展产生了极为重要的作用。

2.党的十五大把邓小平理论确立为党的指导思想,这是中国共产党理论建设的第二个里程碑,它对于中国特色的社会主义事业的胜利发展产生了极其重要的作用。

3.党的十六大把"三个代表"重要思想确立为党的指导思想,这是中国共产党理论建设的第三个里程碑,它对于全面开创中国特色社会主义事业新局面同样会产生极其重要的作用。

三、"三个代表"重要思想,是以江泽民同志为主要代表的中国共产党人的伟大创举,它开辟了马克思主义发展的新境界

历史发展到二十一世纪,在世纪之交的关键时刻,以江泽民同志为主要代表的中国共产党人,在建设中国特色社会主义的伟大实践中,积累了治党治国治军的宝贵经验,创立了"三个代表"的重要思想。

1."三个代表"重要思想,是对马克思主义、毛泽东思想和邓小平理论的继承和发展,是与它们一脉相承、不可分割的科学思想体系,是中国共产党人在新时期对马克思主义理论宝库所做出的重大理论贡献。

2."三个代表"重要思想,是当代中国现实的马克思主义,它反映了当代世界和中国的发展变化对党和国家工作的新要求,是加强和改进党的建设、推进我国社会主义自我完善和发展的强大思想武器。

3."三个代表"重要思想,是我们党坚持理论创新的重要成果,它标志着我们党是当今世界国际共产主义运动中自觉、成熟的马克思主义政党，它不仅影响着中国的发展和前途，而且也影响着人类的进步事业。作为党的指导思想，我们一定要把“三个代表”重要思想长期坚持下去。

※写于2003年9月27日，是在省委党校参加理论学习时的发言提纲。

坚持人民利益高于一切的原则

维护最广大人民的根本利益，是“三个代表”重要思想的主要内容之一，也是中国共产党的性质和宗旨所决定的。胡锦涛总书记在今年“七一”讲话中强调指出：“要始终把群众的利益放在第一位。”“坚持立党为公、执政为民，必须落实到关心群众生产生活的工作中去。”我们应当深刻领会并切实贯彻落实下去。

一、坚持人民群众利益高于一切，是马克思主义政党必须遵循的一条原则

全心全意为人民服务，坚持人民群众的利益高于一切，是马克思主义群众路线和群众观点的具体体现，是马克思主义政党一切工作的出发点。

1.马克思主义认为，推动历史前进的决定性力量是人民群众。人民群众是社会物质财富的创造者，是社会精神财富的创造者，也是社会制度变革的决定力量，因此必须尊重人民群众的历史主体地位，牢固树立人民群众创造历史的观点。

2.坚持人民群众利益高于一切，是马克思主义政党同一切剥削阶级政党的根本区别，也是马克思主义政党阶级性的集中体现。共产党人从来认为，阶级的利益高于个人利益。无产阶级的最大利益，就是解放全人类。全心全意为人民谋利益，是共产党人全部工

作的出发点和归宿。

3.密切联系群众，为人民群众谋利益，是我们党的优良传统和政治优势。革命战争年代靠着它，我们取得了中国革命的伟大胜利，建国后的建设时期靠着它取得了社会主义建设的辉煌成就。同样，在全面建设中国特色社会主义的征程上，还不能丢掉这一传家宝。

二、为最广大人民群众谋利益，是"三个代表"重要思想的本质所在

以江泽民同志为主要代表的中国共产党人，在世纪之交的关键时刻，结合中国特色社会主义的建设实践，提出了"三个代表"的重要思想，成为全面建设中国特色社会主义的重要指导思想。

1.就"三个代表"这一重要命题来讲，第一次把生产力、文化和人民利益有机地概括在一起，形成了科学统一的整体。发展先进生产力，是发展先进文化、实现最广大人民根本利益的基础条件。人民群众是先进生产力和先进文化的创造主体，也是实现自身利益的根本力量。不断发展先进生产力和先进文化，归根到底都是为了满足人民群众日益增长的物质文化生活需要，不断实现最广大人民的根本利益。这说明，为最广大人民群众谋利益，是"三个代表"重要思想的本质所在。

2.能不能为最广大人民群众谋利益，是摆在执政党面前的一个首要问题。我们党是执政五十多年的大党，面对这个问题既有经验，也有教训。实践证明，这个问题解决得好，人民就拥护，政权就巩固，就可调动广大群众建设社会主义事业的积极性；相反则会遭到人民的抛弃，使社会主义事业蒙受损失。所以从巩固执政党的地位来考虑，必须坚持执政为民的方针，全心全意为人民谋利益。这也是江泽民同志经常告诫全党的，并把它体现在"三个代表"重要思想之中。

3.能不能为最广大人民群众谋利益，是衡量共产党党性纯不纯的重要标志。我们党有着广泛的阶级基础和群众基础，而巩固这个基础的最重要的先决条件，就是最大限度地满足广大人民群众的利益所求。如果做不到这一点，就会失去人心，脱离群众，这方面的教训是深刻的。“三个代表”重要思想正是从加强党的建设的角度回答了这个问题，再次提醒全党要坚持立党为公，这表明我们的党更加成熟了。

三、坚持人民利益高于一切，就必须千方百计多为人民办实事、办好事

政党的先进性不在于名字好听、空泛的口号和廉价的许诺，而应当是脚踏实地为人民办实事、谋福利，切实解决群众生产和生活中所遇到的困难和问题。而要做到这一点，就必须：

1.党的一切工作，应以最广大人民的根本利益为最高标准。在制定各项政策、法规，提出各项决策和规划时，应以能否给广大人民群众带来实惠、得到利益为取舍。多干护民、利民的事，少干和不干扰民、坑民、害民的事。让人民群众真正体会到，共产党是代表中国最广大人民的根本利益的。

2.各级领导要大力改变作风，深入基层，了解民情，关心群众的疾苦，切实采取有力措施，帮助群众解决一些生产、生活中的困难和问题。反对和杜绝官僚主义和形式主义。少搞些表面文章和政绩工程，多解决些群众最关心的实际问题，时刻把人民群众的安危冷暖放在心上，做老百姓的贴心人。

3.最重要的是，始终要坚持发展的方针，下大力气抓好经济建设，不断增加人民群众的收入，提高人民群众的生活水平和质量，使最广大的人民群众过上名副其实的小康生活。

※写于2003年9月28日，是在省委党校参加理论学习时的发言提纲。

学习《江泽民论加强和改进执政党建设》(专题摘编)札记

为了深入贯彻江泽民关于执政党建设的思想,不断提高党的领导水平和执政水平,中共中央政策研究室、中共中央文献研究室于去年底联合编辑出版了《江泽民论加强和改进执政党建设》(专题摘编)一书(以下简称《摘编》)。日前,中共中央组织部、中共中央宣传部发出通知,要求广大党员特别是各级领导干部,在正在进行的保持共产党员先进性教育活动中,要认真研读这一重要文献,以进一步把学习贯彻"三个代表"重要思想的活动不断引向深入。

江泽民同志关于加强和改进执政党建设的重要论述,内容十分丰富,涉及党的思想建设、组织建设、作风建设、制度建设和执政能力建设等各个方面。这些论述,是"三个代表"重要思想的重要组成部分,对于全面推进党的建设新的伟大工程,提高党的执政能力、实现党的执政使命,具有十分重要的指导意义。全书的内容,摘自1989年6月至2002年11月间江泽民同志所作的报告、讲话和文章等,共计642段论述,33万1千余字,围绕建设一个什么样的党、怎样建设党的这个根本问题,结合我国改革和建设的实践,在理论上提出了一系列新思想、新观点、新论断,丰富和发展了马克思主义党的学说。

一、新时期加强和改进执政党建设的重要性和必要性

进入新世纪的前后,国际国内形势急剧变化,党所担负的历史任务更加艰巨,党经受的执政考验也更为严峻,这些都为党的建设提出了新的课题。在充满挑战和希望的21世纪,我们党应该怎样加强自身建设,我们的国家应该怎样奋发图强,怎样保持党的事业兴旺发达和国家的长治久安,这是全党同志、特别是党的各级领导要首先和经常考虑的重大问题。面对这些重大问题,江泽民同志指出:“在新的历史条件下,党必须认真研究自身建设中遇到的新情况新问题,善于学习和提高,善于改进和加强领导。”(见《摘编》第63页)根据江泽民同志的这一指示,对党和国家所面临的新情况和新问题做一分析研究,即可理解新时期加强和改进执政党建设的重要性、必要性和紧迫性。

首先是面临着严峻的国际形势 以美国为首的霸权主义和强权政治有新的发展,威胁着世界和平与稳定,也对我国政治、经济、军事、外交造成巨大压力和挑战;当代资本主义的发展进入新时期,经济全球化带来巨大机遇,尤其是我国加入WTO之后,在市场一体化的形势下,我国面对在经济、科技上占明显优势的资本主义的挑战更为严峻。特别需要指出的是,随着东欧剧变、苏联解体,社会主义在世界范围内的发展出现了严重的曲折,以美国为首的西方国家亡我之心不死,加紧实施“西化”“分化”我国的战略图谋,千方百计地企图用它们的那一套政治观点、意识形态和生活方式影响我们,我们面临着反对“和平演变”的考验。

其次是不容过分乐观的国内形势 我们正面临着改革发展的攻坚阶段,尽管成绩举世瞩目,但遇到的困难和麻烦还不少,不容过分乐观。主要是,国企改革与脱困尚待取得根本性突破,建立现代企业制度和完善的社会主义市场经济体制及科学、有效的运行机制尚任重道远;地区发展不平衡,影响第三步发展战略的实现,影响西部和落后地区的社会稳定;就业岗位减少与择业人员增多的矛盾将越来越大,由此而积累的社会矛盾也将增多,成为影响社会稳定的主要因素;农业、农村、农民问题依然突出,农民收入下降,农民负担依然过重,农业经济结构、种植结构调整难度较大;由市场经济自身所存在的道德缺陷和消极因素的影响,伴随开放一起涌入的西方价

值观、人生观的冲击，西方、港台一些消极、颓废、反动文化的渗透，封建糟粕的沉渣泛起，精神文明建设的薄弱和对社会丑恶现象的打击不力，导致社会风气和道德水准的下降等，直接困扰和影响着我们的前进步伐。

其三是党的历史方位发生了深刻的变化 我们党已经历了八十年的历史，为中国人民、为中华民族建立了不朽的功绩。这八十年历程，包括两个大的历史时期。前二十八年是为夺取全国政权、建立新中国而奋斗的时期；后五十多年，是我们党掌握全国政权、履行执政职能的时期。在这两个不同的历史时期里，我们党所处的地位和环境，党所肩负的任务，都发生了重大变化。党已经从一个为夺取政权而奋斗的党，成为一个掌握着全国政权的执政党；从一个在受到外部封锁的状态下领导国家建设的党，成为一个连续执政五十多年、在全面改革开放条件下领导国家建设的党。党的地位的这种历史性变化，也使党员和党的干部队伍的地位发生了显著的变化。这些变化，对各级党组织和每个党员、干部都是一个新的极大的考验，也给我们党的自身建设提出了新的课题。

其四是党内的一些现状令人担忧 应当说，从总体来看，我们党是有战斗力的，党的组织和党员干部队伍是好的。这是主流，是基本的方面，但目前党内的一些现状确实令人担忧，正如江泽民同志所指出的："我们党成为执政党以后，党内一些人逐渐不思进取、好逸恶劳，不愿意艰苦奋斗，贪图享乐的思想滋长起来了，利用手中掌握的权力谋取私利的现象不断发生了，形式主义、官僚主义的不良作风也泛滥起来了。"（见《摘编》第 69 页）"在我国改革开放和发展商品经济的环境中，资本主义腐朽的思想、价值观念、生活方式不可避免地乘隙而入，侵蚀党的肌体。和平演变和资产阶级自由化思潮，对我国的独立和主权，对我们的建设和改革开放，构成现实的威胁。在这种情况下，确有一些党组织软弱涣散，一部分党员和党的干部经不起考验，头脑不清醒，立场不坚定，甚至有的违法乱纪、腐败变质；有的顽固坚持资产阶级自由化立场，丧失国格人格，站到了党和人民的对立面。党在思想、政治、组织、作风方面都存在不少亟待解决的问题。”（见《摘编》第 62 页）随着党和国家的事业发展，党的队伍状况发生了重大变化，干部队伍新老交替不断进行，一大批年轻干部走上领导岗位；党的群众基础不断扩大，新党员的数量大幅度增加。这些既给党的发展带来了活力、给党员队伍增添了新鲜力量，也给保持党的先进性提出了新的考验。

这些情况说明，党必须进一步提高自身的领导水平和执政水平，才能提高拒腐防变和抵御风险的能力。而这一切，都有赖于加强和改进党的建设。江泽民同志指出：“进入新世纪，国际局势正在发生深刻的变化，国内改革和建设的任务也相当艰巨繁重，我们具有加快发展的难得机遇和有利条件，也面临着许多新情况新矛盾新困难，前进道路上也还可能遇到这样那样的风险。在这种错综复杂的条件下，要保证中国社会主义现代化建设的航船始终沿着正确的航向前进，必须把我们党进一步建设好。”（见《摘编》第 70 页）

二、江泽民同志关于加强和改进执政党建设的论述的主要内容

江泽民同志关于加强和改进执政党建设的论述，内容丰富，内涵深刻，它不仅涉及党的思想建设、组织建设、作风建设、制度建设和执政能力建设等方面，而且涵盖了党和国家的各项工作及各个领域。辑入《摘编》一书中的 642 段论述，分为十二个专题，各个专题论述的内容均有所侧重。

第一个专题　共辑入 64 段论述，计有 60 个页码，为本书篇幅较大的部分。集中阐述了“三个代表”重要思想的科学内涵、精神实质、相互关系及其历史地位，说明“三个代表”是从理论的角度对我们党的性质、宗旨和根本任务进行了新的概括，突出地揭示了“三个代表”的本质所在，即坚持党的先进性。它是在新形势下对各级党

组织和党员干部提出的新要求,是我们面向新世纪加强和改进党的建设的纲领。这是对马克思主义建党学说的新发展,具有很强的针对性和时代感。本专题的编辑构思和表述方法,先综述(第一个层次),再突出重点(第二个层次),然后分述(第三、四、五层次),最后综述如何贯彻落实(第六个层次)。从全书的总体结构来看,第一个专题为总纲,就是要以"三个代表"重要思想为指导,统领新时期的执政党的建设工作,是应当重点精读的部分。

第二个专题 共辑入47段论述,计有43个页码。从分析研究新时期党所面临的新情况、新矛盾、新困难入手,强调越是改革开放,越是发展社会主义市场经济,越要从严治党,加强党的自身建设。在具体实施中,要坚持从新的实际出发,贯彻改革的精神,围绕贯彻执行党的基本路线、基本纲领的实践,服从、服务于改革发展稳定的大局。牢牢把握党的建设的总目标,全面推进党的建设新的伟大工程。本专题的编辑构思和表述方法,先综述新时期加强党的建设的重要性和迫切性(第一个层次),然后分述(第二、三层次)如何加强及其应当注意的问题,最后综述(第四个层次)党的建设的总目标及总要求。就全书的总体结构来讲,这个专题是综合展示新时期党的建设伟大工程的目标及要求,也是应当精读的部分。

第三个专题 共辑入62段论述,计有65个页码,也是全书篇幅较大的一个部分,讲的是党的思想理论建设问题。从回顾总结马克思主义在中国的发展史入手,全面阐述马克思主义基本原理同中国的具体实际相结合,形成了毛泽东思想、邓小平理论的两大理论成果。强调在新的历史条件下,要继续坚持马克思主义的指导地位,坚持解放思想、实事求是的思想路线,弘扬与时俱进的精神,在新的实践基础上进行理论创新,不断推进马克思主义的中国化。本专题的编辑构思和表述方法,先综述(第一个层次)党的思想理论建设的重要性,然后通过分述坚持党的思想路线(第二个层次)、用先进正确的理论武装全党（第三个层次）、弘扬马克思主义学风（第四个层次）和理论创新（第五个层次）等问题，集中说明在新的历史条件下，如何加强党的思想理论建设。就全书的总体结构来讲，这个专题讲的是党的思想理论建设问题，我们党历来把它摆在党的建设的首位。学习这个专题，应对“与时俱进”和“理论创新”部分进行精读，这是江泽民同志对党的思想建设理论的丰富和发展，也是保持党的先进性的根本要求。

第四个专题 共辑入71段论述，计有59个页码，也是全书篇幅比较多的一个部分，讲的是加强党的执政能力建设，这是由执政党地位所决定的。在强调了新时期必须加强党的执政能力建设之后，着重论述了健全和完善党的领导体制，改进党的领导方式和执政方式，发展社会主义民主政治，加强和改善党的思想政治工作，更好地发挥我国社会主义政党制度的特点和优势。同时，还就党对经济、科技、军队、民族、统一战线、意识形态、宣传思想文化战线的工作的领导提出了不同的要求。通过这多领域、多方位的创新工作，就是要达到提高党的领导水平和执政水平的目的。本专题的编辑构思和表述方法，除了第一个层次为综述加强党的执政能力建设的必要性外，其余五个层次均为围绕如何加强这个问题进行分述，只是第四个层次有些集大成的感觉。从全书的总体结构来讲，这个专题是讲党的执政能力建设问题，由于强调它的实践性的缘故，其位置大大排前了。

第五个专题 共辑入51段论述，计有41个页码，讲的是党的组织原则、组织制度。在对新时期党的民主集中制的地位和作用重新定位后，分别就发展党内民主、完善党委内部的议事和决策机制、维护党和国家的集中统一、加强团结和健全党的监督机制进行阐述，强调在改革开放和发展社会主义市场经济的条件下，民主集中制不仅不能削弱，而且必须完善和发展。同时，就民主集中制的制度建

设提出了要求，使民主集中制更加具体化、规范化，更具操作性。本专题的编辑构思和表述方法，先是对新时期民主集中制的定位进行综述（第一个层次），然后就贯彻民主集中制过程中的几个主要环节展开分述（第二、三、四、五、六层次），集中说明如何坚持和健全的问题，最后综述（第七个层次）完善民主集中制的各项制度这一带有根本性的问题。就全书的总体结构来讲，这个专题讲的是党的组织建设范畴的问题，其中完善党委内部的议事和决策机制、团结出新的生产力以及注重民主集中制的制度建设等，均有不少理论创新，应精读。

第六个专题　共辑入 91 段论述，计有 80 个页码，是全书篇幅最长的一个部分，讲的是党的干部队伍建设和领导班子建设的问题。在强调新时期加强党的干部队伍建设和领导班子建设的重要性、紧迫性后，分别就党的干部工作应坚持“四化”方针和德才兼备的原则、提高领导干部的政治素质、抓紧培养优秀年轻干部、培养造就一大批各类专门人才、注重对干部进行培养教育等，提出了一系列的希望和要求；同时，还对深化干部人事制度改革的总目标及具体内容进行了前瞻性的阐述，提出要树立科学的用人观，纠正用人上的不正之风。本专题的编辑构思和表述方法，先综述（第一个层次）新时期加强党的干部队伍建设和领导班子建设的重要性和必要性，然后就党的干部工作上的几个重点进行分述（第二、三、四、五、六层次），最后综述（第七个层次）干部人事制度改革问题。就全书的总体结构来讲，这个专题讲的也是党的组织建设范畴的问题。干部问题非常重要，决定着事业的兴衰成败，能否选准用好干部，也是体现党的先进性的重要标志。本专题中，对干部队伍和领导班子建设的素质要求、在实践中培养锻炼干部和科学的用人观，应当予以精读。

第七个专题　共辑入 54 段论述，计有 52 个页码，讲的是开展以“三讲”为内容的党内自我教育活动的问题。在新的形势和任务面前，党内开展“讲学习、讲政治、讲正气”的教育，是我们党面向新世纪为加强自身建设而采取的一项重大举措。论述在强调了新时期提出的讲学习、讲政治、讲正气的必要性及重要意义之后，分别就领导干部要加强学习、善于从政治上认识问题和处理问题、要保持良好的精神状态、弘扬正气等方面提出了一系列的希望和要求，还特别强调了领导干部要严要求，要起带头。以“三讲”为内容，用整风的精神开展的全党性的自我教育活动，旨在解决党性党风方面存在的突出问题，极大地丰富和发展了马克思主义的党建学说。本专题的编辑构思和表述方法，先综述(第一个层次)讲学习、讲政治、讲正气的含义及其重要性，然后依次分述(第二、三、四层次)，分别阐述讲学习、讲政治、讲正气的实质及其具体要求，赋予了不少新的时代精神。就全书的总体结构来讲，这个专题讲的是党的思想、作风建设范畴的问题，更偏重于党的思想建设。学习贯彻这些论述，对于提高全党同志、特别是党的各级领导干部的素质，自觉加强党性锻炼及思想修养，均有十分重要的意义，应当予以精读。

第八个专题　共辑入35段论述，计有34个页码，讲的是加强党的基层组织建设问题。论述对新时期党的基层组织的地位和作用给予了充分的估计，强调必须高度重视加强基层组织建设，基础不牢，地动山摇。进而指出了基层组织建设的重点，就是要努力扩大党的工作的覆盖面，增强党组织的影响力，并对不同行业和领域的基层组织提出了不同的要求；在加强党员队伍的教育管理上，强调要解决思想入党问题，对党员的先进性赋予了时代的内容；在组织发展上，强调严把入口关，注重党员的素质，提出要把社会各阶层中符合党员条件的优秀分子吸收到党内来，以增强党的阶级基础和扩大党的群众基础，体现了与时俱进的精神。本专题的编辑构思和表述方法，先综述(第一个层次)加强基层组织建设的重要性，然后就基层组织工作、党员教育管理、组织发展工作，依次(第二、三、四层

次）进行分述，集中说明如何加强的问题。就全书的总体结构来讲，本专题应属党的组织建设范畴，其中组织发展部分，有理论创新的内容，应予精读。

第九个专题 共辑入51段论述，计有48个页码，讲的是坚持党的群众路线问题。从党的宗旨出发，强调在新的历史条件下，始终保持党同人民群众的血肉联系。而要做到这点，就必须牢固树立群众观点，坚持党的群众路线，把群众的安危冷暖放在心上，关心群众疾苦，实现和维护最广大人民群众的切身利益，扎扎实实为群众办实事、办好事；要求共产党员、特别是党的领导干部，要牢固树立正确的权力观、地位观、利益观，立党为公，执政为民，做人民爱戴的好党员、好干部。本专题的编辑构思和表述方法，先综述（第一个层次）新时期保持同人民群众的血肉联系的重要意义，然后从树立观点、维护利益、改造主观世界三个方面，依次（第二、三、四层次）进行分述，集中回答如何才能保持同人民群众的血肉联系的问题。就全书的总体结构来讲，本专题应属于党的作风建设范畴，是对党的优良传统与作风的坚持和发扬光大。论述中紧密联系实际，特别是针对新时期党的作风建设中出现的问题，发表了不少针对性强、有说服力、有独到见解的讲话（如第四个层次），应予精读。

第十个专题 共辑入42段论述，计有40个页码，集中讲加强党的作风建设问题。首先论述了新时期加强党的作风建设的重要性和紧迫性，强调党的作风关系到党的形象、生命、人心向背，越是改革开放，越要大力加强和改进党的作风建设。然后就党风建设的核心问题、大兴调查研究之风以及真抓实干等进行了专门的阐述，从理论和实践的角度向全党指出了解决和克服党风不正的主要途径及措施。最后强调了作风建设是全党的大事，各级领导机关和领导干部要带头做好，力争使党风有很大的改观。本专题的编辑构思和表述方法，先综述（第一个层次）新时期党的作风建设的重要性和紧迫性，然后就党风建设的几个关键问题即联系群众、调查研究、真抓实干、领导带头等，依次（第二、三、四、五层次）进行分述，基本上是按提出问题、解决问题的思路去编辑的。就全书的总体结构来讲，本专题属于党的作风建设范畴，现实针对性强，应予精读。

第十一个专题 共辑入36段论述，计有35个页码，集中讲反腐败斗争问题。首先论述了反腐败斗争的重要性和紧迫感，强调反腐败斗争是关系党和国家前途命运的严重政治斗争。之后，对反腐败斗争应当坚持的指导思想、基本原则进行了阐述，指出反腐败斗争和党风廉政建设要贯穿于改革开放和现代化建设的全过程，既要树立长期作战思想，又要有现实的紧迫感，并提出了要把惩治腐败作为系统工程来抓，标本兼治，综合治理，加大从源头上治理的力度的思想，强调领导机关、特别是领导干部要加强自律意识，带头反腐倡廉，带头保持和发扬艰苦奋斗的精神，以取信于民巩固执政党的地位。本专题的编辑构思和表述方法，先综述（第一个层次）反腐败斗争的重要性和紧迫感，然后从反腐败斗争的指导思想及原则、标本兼治、领导带头等方面，依次（第二、三、四层次）进行分述，以说明如何才能加强反腐败斗争。就全书的总体结构来讲，既可算作是党的作风建设范畴，又可独立成篇，是新时期加强党的建设不可缺少的一环，应予精读。

第十二个专题 共辑入38段论述，计有28个页码，讲的是党要管党、从严治党的问题。从分析新时期党建工作所处的环境及存在的问题入手，强调治国必先治党，治党务必从严。而要做到这点，就必须健全党内生活，认真开展批评和自我批评，同时还应当严肃党的纪律。并号召各级党组织和全党同志，带头聚精会神抓党建，把从严治党的方针全面贯穿于党的各项建设与各项工作中去，建立健全抓党的建设的责任制，务必抓出成效来。本专题的编辑构思和表述方法，先综述（第一个层次）党要管党、从严治党的内涵及其在党

建工作中的位置，然后依次（第二、三层次）分述从严治党的两个武器及手段，最后综述（第四个层次）党委要抓党建，把党要管党落到实处。就全书的总体结构来讲，本专题讲的是党的建设的总方针，独立成篇，应予精读。

总之，全书试图以类编的形式，全面完整地展示了江泽民同志关于加强和改进执政党建设的思想，有继承，有发展，有创新，是一个有科学体系构架的马克思主义的建党学说，应当认真学习，联系实际，贯彻执行。

三、江泽民同志关于加强和改进执政党建设的论述的特点

学习江泽民同志关于加强和改进执政党建设的论述，感到有以下几个特点：

1.**体现了继承性**。我们党自建党以来，党的历代领导人及领导集体，都十分重视党的建设，并在实践中积累和形成了一整套党的建设的理论、经验和方法。辑入《摘编》一书十二个专题的党建论述，其基本构架与基本内容应当说是一代传承一代的结果，有着明显的理论继承的特色。江泽民论党的建设，首先提到的就是坚持并继承了我党历史上行之有效的党的建设的优良传统和成功做法，这在《摘编》一书中随处可见。而对一些重要议题和主要观点的阐述，又十分注重追根溯源、同义类比，既增加了论述的厚重感和说服力，又给全党同志以马克思主义在中国的发展史的教育。如对重视党的理论建设（见《摘编》第105、106页）、学风问题（见《摘编》第141、142页）、马克思主义的理论创新（见《摘编》第158—161页、165页）等观点的阐述，或是从共产党人的老祖宗讲起，或是从党的几代领导人说起。这样的论述，增强了理论的系统性，体现了江泽民同志党建思想的继承特色。同时，也加深了人们对“三个代表”重要思想与马列主义、毛泽东思想、邓小平理论是一脉相承的理解。

2.**反映了创新性**。江泽民同志指出：“创新是一个民族的灵魂，

是一个国家兴旺发达的不竭动力，也是一个政党永葆生机的源泉。”（见《摘编》第157页）他不仅这样讲了，而且身体力行地进行了党的理论创新。辑入《摘编》一书十二个专题的党建论述，处处闪耀着江泽民同志理论创新成果的光辉，“三个代表”重要思想就是一个巨大的贡献。此外，“与时俱进”“理论创新”“执政为民”“弘扬正气”“努力扩大党的工作覆盖面”“增强党的阶级基础和扩大党的群众基础，把社会各阶层中符合党员条件的优秀分子吸收到党内来”等思想的提出，更使全党同志耳目一新；而“讲学习、讲政治、讲正气”的三讲教育与“保持共产党员先进性教育活动”的开展，又为新时期党性党风教育和整顿党的作风找到了一个恰当的形式。即使党内行之有效的一些传统做法，也赋予了崭新的时代内容，如十六字的党委内部议事原则（见《摘编》第241页）和对领导干部教育的“四自三严”（见《摘编》第331、332页）的要求等。这一切都反映了江泽民同志的党建思想的创新特色。

3.**表现了实践性**。伟大的实践需要伟大的理论，而理论的实现程度，又取决于理论满足现实需要的程度。江泽民同志关于新时期加强执政党的建设的论述，就是在国际风云变幻、国内改革开放、现代化建设稳步推进、党的现状不容乐观的背景下，掌握了国内外、党内外大量的实际情况，用一系列新思想、新观点、新概括，系统回答了新的历史条件下建设什么样的党、怎样建设党的这个根本问题。阅读《摘编》的任何一个专题，扑面而来的便是置身其间的浓郁的时代气息，大到国际，小到街道社区；从抓党的思想理论建设，到关注基层的厂务公开、村务公开、政务公开；从对党风忧虑、狠抓反腐败斗争，到关心群众疾苦、始终保持同群众的血肉联系，涉及党建工作的方方面面，覆盖了执政党工作的各个领域。篇篇论述，寓情于理，深入浅出，语语中的，使党建理论极具针对性和可操作性。这就充分表现了江泽民同志的党建思想的实践特色。

4.突出了先进性。保持共产党的先进性，是“三个代表”重要思想的核心所在，也是江泽民同志的党建思想的灵魂。《摘编》的整体构架和布局体现了这个精神，自始至终突出了党的先进性。第一个专题把“三个代表”重要思想作为党的指导思想，统率执政党的建设工作，其本质所在就是要坚持党的先进性；第二个专题综合展示新时期党的建设伟大工程的目标及要求，是为了保持党的先进性；第三个专题加强党的思想理论建设，新的理论成果“三个代表”重要思想的形成，正是为了更好地体现党的先进性；第四个专题加强党的执政能力建设，党的先进性具体地体现为立党为公、执政为民，只有坚持党的先进性，才能巩固党的执政地位；第五、六、七专题加强党的组织建设和思想政治建设，无论贯彻民主集中制，还是加强干部队伍建设、领导班子建设，或者是进行“三讲”教育，都是为了保持党的先进性；第八个专题加强党的基层组织建设，就是要通过基层组织的作用和共产党员的行为表现，体现党的先进性；第九、十专题加强党的作风建设和第十一专题反腐败，以及第十二专题的党要管党、从严治党，都是为了锤炼党性，匡正党风，纯洁党的组织，保持共产党的先进性。由此看来，共产党的先进性如同一条红线，贯穿和体现在《摘编》的各个部分，集中表现了江泽民同志的党建思想的本质所在。

四、学习贯彻江泽民同志关于执政党建设的思想，做好文化战线党的工作

江泽民同志关于执政党建设的思想，内容丰富，博大精深，对于我们文化战线的党的工作，同样具有现实的指导意义。为了贯彻落实江泽民同志关于执政党建设的思想，必须明确以下几点：

1.正确认识和理解“党要始终代表中国先进文化的前进方向”。江泽民同志指出：“坚持什么样的文化方向，推动建设什么样的文化，是一个政党在思想上精神上的一面旗帜。”（见《摘编》第38页）

在当代中国，先进文化与中国特色社会主义文化是一致的。中国先进文化是马克思列宁主义、毛泽东思想、邓小平理论、“三个代表”重要思想为指导的文化；是服从和服务于党在社会主义初级阶段的基本路线、为改革开放和现代化建设提供精神动力的文化；是弘扬民族精神、凝聚各族人民的意志和力量，积极、健康、向上的文化；是继承和发扬中华民族一切优秀文化传统、具有中国风格和中国气派的文化；是博采各国文化之长、吸收国外一切优秀文化成果的文化；是面向大众、服务人民、为广大群众喜闻乐见的文化。

2.**明确文化战线党组织的职责和使命**。文化战线的党组织是全部党组织的一部分，贯彻落实“三个代表”重要思想，加强改善执政党的建设，建设先进文化的重任就落在了文化战线党组织的肩上。文化战线的各级党组织，就是要通过贯彻党的理论、路线、纲领、方针和政策，立足本职，努力去体现发展面向现代化、面向世界、面向未来的，民族的科学的大众的社会主义文化的要求；以自己卓有成效的工作，促进全民族思想道德素质和科学文化素质的不断提高，为我国经济发展和社会进步提供精神动力和智力支持。这就必须坚持马克思列宁主义、毛泽东思想、邓小平理论和“三个代表”重要思想在意识形态领域的指导地位，统领社会主义文化建设。坚持“二为”方向和“双百”方针，弘扬主旋律，提倡多样化。坚持以科学的理论武装人，以正确的舆论引导人，以高尚的精神塑造人，以优秀的作品鼓舞人。大力发展先进文化，支持健康有益文化，努力改造落后文化，坚决抵制腐朽文化。积极发展文化事业，支持文化产业发展。组织文艺工作者深入群众、深入基层、深入生活，为人民奉献更多无愧于时代的作品。

3.**以自己卓有成效的工作去体现共产党的先进性**。生活和战斗在文化战线的党组织和共产党员，应以我为党旗增光辉、我为人民多奉献的精神，立足各自的工作岗位，卓有成效地去开展工作。就

是要为满足人民群众日益增长的精神文化的需求，积极创作生产优秀的文艺作品，提供优质健康的文化消费服务，为活跃城乡人民的文化生活，营造健康向上的文化氛围多做贡献。文化战线的共产党员，应该成为这条战线上最优秀的一员，要政治强、业务精、肯吃苦、多奉献，是德艺双馨的文化工作者，要以自己的模范带头作用感染和团结广大文化工作者，一道完成建设先进文化的重任。这样，才能真正体现共产党的先进性。

※写成于2005年2月28日，曾给文化厅机关党员、干部做过口头辅导。

人才流动要搞活

我认为在人才流动问题上，有这样三个问题需要注意：一、人才交流必须保证国家的重点建设；二、要以计划调配为主，人才交流为辅；三、要考虑人才本身的才能和要求，适合干什么，干什么更能发挥作用。这三点是辩证的统一，应当兼顾，不能单纯强调某一方面。现在干部调配上的弊端，主要是不活，这与现行体制有关，与“文革”中“左”的一套流毒也有关。因此打破部门所有制，把人才流动搞活，这是当前的主要问题。组织、人事部门，应该支持有一定才能的人到能够发挥他们才能的地方去。矿机3名电大毕业生从全民所有制企业到集体企业，从人才相对集中的企业到人才缺乏的地方工作，流向合理，应该支持。这是在人事工作改革上带方向性的问题。但是，任何事物的出现，都不是一下子就尽善尽美，需要一个不断完善的过程，不能因为工作中的个别细小问题就否定整个工作。要使人尽其才，光是工人变成技术人员，不一定就发挥作用了。如果在这个科室不利于发挥他的作用，调一个单位作用就能发挥得更好，组织上应该支持。对于压制人才的，人事部门就要干预，要在协商的基础上采取强制手段，否则人才就无法流动。

※发表于1984年9月12日《山西日报》第2版，当时任省委组织部干部调配处处长。

严格干部调配　控制宏观失控

贯彻中央四号文件以来，各地清理出不少问题，除了选拔任用方面的问题，一个突出的问题就是干部管理的宏观失控。为解决这一问题，各地各单位都采取了不少好的措施，如临汾、运城就相应地制定了一些制度和管理办法，这是个很好的势头，关键在于抓落实，确实把好这一关。谈到干部宏观控制，大体应从三方面解决，即任免、调配和吸收录用，这里想就调配方面如何加强宏观控制谈些意见。

1.尽快核定编制，一定要以编制为依据去调配干部。目前编制与实际情况有很大的差距，这中间虽有合理的因素，也有一定的不合理性。不管如何，要面对现实，编制数额已定，只能就现有的编制来控制，超编单位绝对不能调入干部，编制数就是干部调配的依据。

2.在干部调配中，一定要坚持干部的合理流向。对于逆向流动，除个别工作急需的骨干人才外，组织、人事部门一定要拒绝调入调出。在逆向流动中，需要注意的主要有两种情况，一是边远山区、贫困地区的干部涌向大中城市，涌向省、市所在地；二是企事业单位的干部大量调入行政机关，这些口子应坚决堵住。

3.在干部调配和人才流动中，要注意坚持以“就地挖潜、调剂余缺”为主，引进外地区人才为辅的方针。省审计部门选调干部、太原市人才交流洽谈会就是遵循这个方针的，都取得了很好的效果。

4.明确干部调配范围，适当控制调配权限，县级的干部调配权不宜再下放。同时，要加强干部调配纪律，重点解决干部单位、部门所有，上级组织调不出、派不进的问题。

5.加强联系，分工负责，共同把关。各级组织、人事、教育等行使干部调配权力的部门,要加强纵向和横向的联系,互通信息;相关政策、制度的制定,要及时沟通;尽力堵塞失控漏洞,联手控制干部的宏观失控。

※写于1986年6月14日,是在各地、市委组织部长会议上的发言提纲。

搞好干部综合工作
努力服务"四化"建设

在我们的干部工作中,除了考察任免、配备领导班子以外,仍有大量的具体工作,诸如干部调配、干部档案管理、干部统计、干部吸收录用、干部出国政审等。这些工作业务性强,既有相对的独立性,又紧密联系,我们把这些工作称之为干部的综合工作。

干部的综合工作,是党的干部工作不可缺少的链条和环节。对这些工作抓得好与坏,直接影响着整个干部工作,影响着干部队伍的发展和建设。各级组织部门对干部的综合工作要给予应有的重视,一定要把它摆在适当的位置,使其在贯彻执行党的组织路线,加强对干部队伍的宏观控制、科学管理,实现领导班子和干部队伍的"四化"建设,服从、服务于党的"四化"建设中起到积极的作用。

要搞好干部综合工作,就应当熟悉其业务,掌握其基本原则及有关规定。根据干部综合工作的特点,结合地、县两级组织部门的实际,主要想就干部调配、干部档案管理、干部统计工作的业务进行一些简要的介绍和说明。

关于干部调配工作。干部调配工作是组织部门的一项重要工作,主要是按照党的干部路线、政策,负责承办干部的调动、调整、交流、配备事宜,是干部人事制度中一个重要组成部分。在国内外人事制度中,调配是作为一个重要专题进行总结和研究的。将要研究

颁发的《国家机关工作人员条例》把调配、交流专列一章。我国从民主革命开始,为适应革命战争发展和地方政权建设的需要,就逐步形成了一些干部调配办法。建国以来,随着社会主义建设事业的发展,在干部调配工作方面也颁发过不少文件,做过一些规定,直到粉碎“四人帮”以后,为适应“四化”建设的需要,中央组织部和民政部政府机关人事局,于1980年共同研究制定了一个比较系统且综合性的《干部调配工作暂行规定》,使干部调配工作逐步走上了正轨。近年来,随着改革形势的发展,党和国家为促进科技人员合理流动又制定了具体的规定和政策,各地还建立了人才交流机构,这对搞活干部调配、调剂干部余缺起到了积极作用,有利于社会主义“四化”建设。下面就干部调配工作做三方面的介绍和说明:

一、干部调配工作的作用及其基本原则

干部调配工作,在党的革命和建设事业,以及干部队伍的建设中有着十分重要的作用,概括起来有以下四点:

1.干部调配工作是完成党的中心任务的重要环节。为了把革命和建设事业不断推向前进,党在不同的历史时期,都要根据革命和建设的需要提出不同的中心任务,这就要求干部调配部门,及时地组织、调动和派遣大批的干部,到革命和建设事业最需要的地方去,带领广大人民群众为完成党的中心任务努力工作。如解放战争时期抽调大批干部南下;建国初期抽调大批干部转入工矿企业参加经济建设;三中全会后,为轻纺工业、政法、科研、文教等部门和国家重点建设项目配备干部,对用非所学的专业技术干部进行调整等,都是围绕党在这些时期的中心任务而进行的。可见干部调配工作,是完成党的中心任务的组织保证。

2.干部调配工作是调整一个地区、一个部门和一个单位干部队伍合理结构的重要手段。由于历史原因,长期以来我国各个地区政治、经济、文化的发展很不平衡,各类干部的分布也不平衡,部门和单位干部队伍的年龄、知识、专业、智能、素质等方面的结构不够科学,也不太合理。随着党的工作重点的转移,要求每个地区、每个部门和每个单位的干部队伍应有一个合理的结构,以适应"四化"建设的需要。这就要求干部调配部门,能够适时地、合理地调整各类干部之间的结构,不断寻求新的最佳平衡,使每个干部能够各得其所、适才适用。

3.干部调配工作是加强干部队伍宏观控制的一个重要渠道。面对当前干部队伍宏观失控的现状,除了从机构、编制、任用、吸收、录用方面采取措施外,干部调配也是一个重要渠道。只要我们按干部调配的有关政策、规定严格把关,合理调配,就会达到有效控制。

4.搞好干部调配工作,有利于充分调动广大干部的积极性和创造性。干部调配工作直接涉及每个干部的切身利益,做好这项工作,及时、合理、妥善地解决干部在工作和生活中的实际问题,就可以化消极因素为积极因素,真正把党的关心爱护干部的优良传统落实到每个干部身上,使他们亲身体会到党的温暖和社会主义制度的优越性,从而激发广大干部的工作积极性和创造性,为"四化"建设贡献出自己的聪明才智。

在日常干部调配工作中,我们应当遵循哪些原则呢?根据建国以来党和国家对干部调配工作的一系列规定和调配工作实践,主要遵循以下五条原则:

第一,计划调配,保证急需。计划调配是由我国实行的计划经济体制决定的。马克思主义的历史唯物论告诉我们,社会的经济基础决定社会的上层建筑,上层建筑要和经济基础相适应并为促进经济基础的巩固和发展服务。干部调配工作属于上层建筑,它要与经济基础相适应并为其服务,因此也要有计划地进行,以保证计划经济发展的需要。而保证急需就是说干部要使用到关键地方去,优先满足于重点地区、部门和单位,重点项目以及特殊或紧急任务的需

要。当前和今后相当一段时期，我们就是要围绕"四化"建设这个中心，适应经济体制和政治体制改革的需要调配干部，想"四化"之所想、调"四化"之所需，为实现党的总任务、总目标组织力量，从组织上保证"四化"建设的顺利进行。

第二，按编调配，调剂余缺。就是说必须严格按照上级核定的人员编制数和企业单位生产人员与非生产人员的比例数调配干部，这是干部调配的量的限制，是加强干部队伍宏观控制的一个重要依据。同时，调配部门可以根据工作需要和各类人员的结构比例，在单位与单位之间调剂余缺。

第三，合理调配，促进平衡。干部调配工作必须坚持合理调配，注意合理流向，有利于促进干部分布平衡。一方面要注意缺乏干部的地区、部门和单位干部队伍的稳定；另一方面要积极组织支援、鼓励和支持干部从大城市调往中小城市和乡镇农村；从沿海地区调往边远地区；从平川调往山区；从上级机关调往基层单位；从行政机关调往企事业单位；从全民所有制单位调入集体所有制单位，促进各类干部的分布逐步趋于平衡合理，使各地区、部门和单位都能协调地共同向前发展。此外，合理调配中还应包括从严掌握出省的各类专业技术干部和调入省的行政干部，这是由我省行政干部超编，专业技术干部急需的现状决定的。

第四，合理使用，用其所长。在调配干部时，必须根据每个人的具体情况进行安排，尽量做到扬长避短，合理使用，用其所长，适才适用。对具有一定专业知识和业务特长的干部，应根据业务水平及工作能力，对口安排，因才施用，以便人尽其才，才尽其用。

第五，工作为主，兼顾生活。对每一个干部来说，既要工作，也要生活。因此调配干部时，必须把干部的这两个方面结合起来考虑。一般情况下，首先应考虑工作需要，教育干部服从组织调动和工作安排；在此前提下，应体察干部的疾苦和困难。在条件可能的情况下,努力帮助干部解决困难或给予适当照顾,如解决夫妻长期分居,解决老干部身边无子女等,这是调动干部积极性的一项重要措施。

二、干部调配工作的任务、对象及其范围

在新的历史时期,干部调配工作的基本任务总的来说,就是认真贯彻执行党的干部路线和干部调配工作的方针、政策,改革现行的干部调配制度,搞好干部调配工作,使之服从和服务于我国的"四化"建设,从组织上保证党的政治路线的实现。具体讲主要有以下几项:

1.认真贯彻党的干部路线和干部调配工作的方针、政策。干部调配工作是党的干部工作的重要组成部分,在日常调配干部中同样需要贯彻党的干部路线,坚持任人唯贤、公道正派。只有这样,才能真正做到选贤荐能,充分调动每个干部的积极性,在"四化"建设中人尽其才、才尽其用。反之,则会出现调人唯亲、拉帮结伙等不正之风,影响干部队伍的建设,有害于党的事业。而干部调配工作的方针、政策是党的干部路线的重要内容,是搞好调配工作的依据。我们只有认真贯彻执行干部调配工作的一系列方针、政策,才能保证干部调配工作的顺利进行和各项调配任务的圆满完成。

2.办理干部调配的具体业务。这是调配部门的日常工作,尽管情况各不相同,但就业务性质来讲一般可分为六类:

其一,计划性调配。根据国家统一规划和事业发展的实际需要,有计划地集中调配和使用干部。如重点建设项目大批选调各类人员,为新建单位和加强部门成批选调干部,每年的大中专毕业生分配和军转干部调配等。

其二,任免性调配。根据领导干部配备的需要而进行的调配。这种调配,受任免工作的制约,直接为干部任免服务。

其三,临时性调配。为了完成某项任务,临时外调到其他单位,

任务完成后又回到原单位。这种调配不改变干部的隶属关系，带有借调性质。如有一定限期的支边干部的选调；临时办公室人员的抽调（如整党办公室、组织史办公室）等。

其四，交流性调配。为了有利于提高领导干部的素质，防止不正之风和加强工作，间隔一定时间，在一定的范围内，有计划、有步骤地组织一批领导干部易地工作而进行的调配。如机构改革中我省县级党政领导成员826人中交流的315人，占38%；221名县委书记、县长，交流的126人，占57%。

其五，调整性调配。主要是对部分用非所学、用非所长的专业技术干部调整工作以及解决人才分布不合理状况而进行的调配。三中全会以来，各级组织人事部门在这方面做了大量工作。

其六，照顾性调配。主要是为照顾和解决干部实际困难而进行的调配。如解决夫妻长期两地分居，对老干部身边无子女的照顾性的干部调配。

以上六种调配中，除第四种以外，其余几种都是经常可以遇到的，只是调配量不同而已。

3.搞好干部调配制度的改革。随着经济体制改革和对内搞活政策的实行，现行的干部调配制度的一些方面已不适应形势的发展，需要进行改革。去年以来，省委组织部已就下放调配审批权限、简化调配审批手续、缩短调配审批周期进行了一定的改革。各地为搞活干部调配，也做了大量的改革和尝试。但从改革形势的发展来看，还仅是开始。今后，各级干部调配部门，都应把搞好干部调配制度改革作为一项重要而又紧迫的任务来抓。深入实际，加强调查，研究新问题，探求新方法，总结新经验。看准一项，改革一项，一步一步地抓出改革成果。

4.重视和加强自身建设。干部调配工作牵涉面广，政策性强，情况比较复杂。因而干部调配部门要重视和加强自身建设，对执行干部调配工作方针、政策、制度和纪律的情况要经常进行检查。对违纪案件要认真清查、严肃处理。同时,还要经常进行抵制不正之风的宣传和教育,使从事干部调配工作的干部,能够严守法纪,廉洁奉公,坚持原则,秉公办事,自觉抵制不正之风。

干部调配工作目前主要是由各级组织和人事部门分别予以承担,此外,教育部门和宣传部门也还负责各自管理的那部分干部的调配工作。一般来讲,干部调配的对象和范围,是按照管理权限划分,实行分口分级审批。而组织部门的干部调配的范围,主要应当是领导干部和党群系统、人大、政协、法院、检察院的干部调配以及领导部门交办的调配事项。这里领导干部的级别限制应根据实际需要划上划下。下面介绍一下省委组织部所承担的干部调配范围,供地(市)、县组织部门同志参考。

①县、处以上领导干部进出省和进省直机关的调配;

②党群系统、人大、政协、法院、检察院的干部调配;

③省管干部的任免性调配;

④全省范围内干部交流性的调配;

⑤为新建单位和临时办公机构抽调干部;

⑥师级军转干部的分配;

⑦根据中央统一安排,会同人事部门,为边疆或重点工程项目选调干部和支边干部内返安排;

⑧中央部属企业领导干部调入太原市的审批和办理落户事宜;

⑨省委、省政府领导和部领导交办的干部调配。

三、当前干部调配中应注意的几个问题

贯彻中央四号文件以来,各地清理出不少问题,反映在干部调配方面的主要是:不按编制调人,超编现象严重;干部逆向流动;不少单位和部门存在着干部“调不出、派不进”的现象等等。为了妥善解决这些问题,加强干部队伍的宏观控制,在当前干部调配工作中,

各级组织部门应突出注意抓好以下几个问题：

1.一定要以编制为依据去调配干部。以编制数额去调配干部是干部调配的一条基本原则，必须认真遵循。目前的状况是，部分单位还未核编，编制还停留在地、县两级，没有核到具体单位，调配干部无所遵循；一些已经核编的单位，也置编制数于不顾，随心所欲调干部。我们一些组织人事部门，则是有求必应，报来就批，以致干部超编、行政人员猛增，这个问题值得引起我们注意。关于编制方面的问题，有合理部分，也有不合理部分，留待编委及有关单位去研究、去整顿。而我们主管调配的部门，必须面对现实，凡未核编的应督促有关部门尽快核编，按编制调干部；已经核编的，应根据现有编制从严控制；超编单位绝对不能调入干部。这就要求我们搞调配的同志，对各单位的干部编制数、实有数和干部余缺情况应经常掌握，了如指掌，才能从调配的角度实行有效控制。

2.一定要坚持干部调配的合理流向。干部流向反映着干部的思想和向往，同党风有着密切的关系，是做干部调配工作的同志应当经常注意研究和解决的问题。“文革”以前，党风比较端正，一般来说干部的流向和党的工作需要是一致的。那时是党的利益第一，组织决定无条件服从。一些同志还主动提出到边疆去，到困难的地方去。谁强调个人利益，不服从组织分配是不光彩的。“文化大革命”使党风党纪遭到空前严重的破坏，个人主义、无政府主义、自由主义到处泛滥，至今还腐蚀着我们不少干部。一些同志考虑个人利益多了，想工作需要少了，个人利益放到了很不适当的位置，拉关系、走后门，千方百计要进入条件好的地方和工资有保障、能捞上实惠的单位工作，形成了干部的逆向流动。其中，除个别确系工作急需的骨干外，相当一部分是不正常的。对此，组织人事部门一定要做思想教育工作，并拒绝调配。在逆向流动中，当前需要注意的有两种情况：一是边远山区、贫困地区的干部流向大、中城市，涌向省、市所在地；二是企事业单位的干部大量涌向行政机关。其结果是增加城市人口压力，行政机关干部膨胀，贫困地区人才紧缺，这种恶性循环发展下去后果是严重的。各级主管调配的部门，不仅要高度重视这个问题，而且应当从现在起，就采取措施，立即制止这两种逆向流动，并对其他一些逆向流动情况从严掌握。

3.在干部调配和人才流动中，要注意坚持以“就地挖潜、调剂余缺”为主，引进外省、外地区人才为辅的方针。这样，就一个地区来讲，既可解决人才结构和分布不合理现象，又可解决一些单位干部超编的问题。省审计局从省直超编单位选调干部，太原市1986年人才交流洽谈会在本市范围内搞调剂余缺，都收到了良好的效果，值得各地效仿推广。

4.一定要按正常的调配程序办事。在日常调配中，有些部门和单位不按正常程序办事，有的未经组织部门审批调入就先任职；有的超越调配权限自行调配干部，直到落不下户口才来找组织部；有的不等办理法律程序即调派到职；还有的调动工作不是亲自办理有关手续，而是将“干部行政介绍信”寄出了事。凡此种种，除了不懂程序外，主要是组织纪律观念淡薄。为此，各级调配部门，应加强调配程序和调配纪律的教育，杜绝类似问题发生。应当重申，在调配中必须严格按现行调配权限调配，属于省委管理的职务，要先批准任职后再调入；属于地市或各厅局任命的干部，应先批准调入后再任职；需要办理有关法律程序的干部，待法律程序办理完毕后再行调动，否则调配部门可以拒绝办理有关手续。

5.适当控制调配权限，认真解决干部“调不出、派不进”的问题。随着干部管理权限的下放，各地干部调配权限也相应做了一些下放，这对于搞活干部调配、促进人才合理流动是大有好处的。但面对当前干部宏观失控的现状，适当控制调配权限是值得注意的一个问题。前段时期，我到临汾、运城一些县就干部调配工作做了一些

了解，并和搞调配的同志一起商议，感到作为最基层的县级，干部调配权不宜再下放。一来调配量不大，只要提高工作效率，缩短审批周期，不会影响基层工作的；二是有利于宏观控制；三是有利于推行干部县级直接统计。究竟如何，各地还可搞一些调查。至于地、市一级的干部调配权限，也不一定非要和任免权限一致起来，怎么有利于基层工作，有利于宏观控制，就怎么搞。各地在贯彻中央四号文件时，对干部调配都做了相应的规定，可以实践一段看看效果。关于干部"调不出、派不进"的问题，是干部调配上存在的不正常现象，各地组织人事部门要主动争得当地党政领导的支持，充分发挥干部部门应有的职责，坚持原则，敢于碰硬，讲党性，顾大局，发扬党的优良传统，"对上级领导机关派给的干部不得拒绝接受，要认真负责地作好安排；上级领导机关需要的干部不得拒绝不给，应按条件积极输送"，这应作为一条纪律执行。坚持下级服从上级，个人服从组织，必须保证完成上级下达的调配任务。对一些组织决定分配的干部，变协商为直接派遣，逐步解决这方面的问题。

总之，干部调配工作是组织部门的一项重要工作，我们还应当和人事、教育以及其他主管调配的部门经常取得联系，密切配合，把调配工作搞好搞活，使它在加强干部的宏观控制，服从、服务于"四化"建设中发挥更大的作用。

关于干部档案工作。干部档案工作就是科学地形成、管理干部档案并提供干部档案，为党的干部工作服务的一种专业工作。它是党的干部工作的一个组成部分，有着丰富的工作内容。干部档案是干部个人自然情况、概要经历、德能勤绩、主要奖惩的综合记录，是党组织全面、历史地考察了解干部、使用干部所不可缺少的重要依据，它对干部工作的开展和干部队伍的建设，具有十分重要的意义。

建党初期和土地革命战争时期，由于当时环境非常残酷，没有也不可能建立干部档案。延安时期，革命事业蓬勃发展，干部队伍也不断扩大，为了考察和使用干部，才有了干部档案材料，我们也才有了干部档案工作。可以说，我们的干部档案工作，是半个世纪以来伴随着党的干部工作的发展而发展起来的。建国以后，我们党更加注意了档案的建设工作。1956 年和 1980 年先后召开了两次全国干部档案工作座谈会，研究并制定了《干部档案工作条例》（以下简称《条例》）这个法规性文件，推动了档案工作的发展。党的十一届三中全会以后，中央领导同志十分重视档案的清理，并对干部档案工作提出了更高的要求，在实现干部档案的现代化管理、用电子计算机管理档案等问题上，都曾作过重要批示。今年五月，中央组织部在京召开了已配有电子计算机的二十三个省、市、自治区党委组织部分管档案工作人员的会议，专题研究讨论了运用电脑管理干部档案的问题。回顾干部档案工作产生和发展的历史，使我们清楚地认识到，干部档案工作在党的干部工作中所处的地位和作用，从而应自觉地加强对干部档案工作的领导，把它列入组织部门的议事日程，抓实抓好，使它在新时期党的干部工作中发挥应有的作用。下面结合干部档案工作的情况，作三方面的介绍和说明：

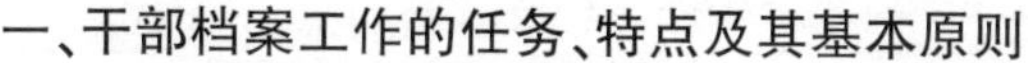

一、干部档案工作的任务、特点及其基本原则

《条例》对干部档案工作的基本内容进行了高度概括，指出干部档案工作的任务是：

①保管干部档案；

②收集、鉴别和整理干部档案材料；

③办理干部档案的查阅、借用和转递；

④登记干部职务变动情况；

⑤通过档案熟悉干部，为干部工作提供情况；

⑥调查研究档案工作情况，逐步实现干部档案管理工作的科学化和现代化；

⑦搞好干部档案的备战工作；

⑧办理其他有关事项。

干部档案工作不仅具有丰富的内容，而且具有显著的特点。政治性、服务性、机要性、科学性的统一是其重要的特征。

所谓政治性，体现在它是党的干部工作的一个重要组成部分，是干部工作贯彻落实党的组织路线的重要助手，是做好干部工作的重要条件。可以说，干部档案工作开展得好坏，直接影响到干部工作的质量。如清档工作搞好了，免除了干部的后顾之忧，调动了干部的积极性，促进了安定团结的大好局面，可见它是一项政治性很强的工作。

所谓服务性，就是说干部档案工作处于从属地位，受整个干部工作的制约(干部工作制约着干部档案的内容、形式，决定了干部档案工作的任务等)，为干部工作服务是干部档案工作的根本目的。这就要求干部档案管理人员应增强责任感，端正服务态度，提高服务质量。

所谓机要性，就是说干部档案工作不是一般的服务性工作，而是掌管着党的人事机密。在管理工作中，必须坚决贯彻执行党和国家的保卫、保密制度，严密保管，保证干部档案的绝对安全。

所谓科学性，就是说干部档案工作是一项业务性很强的工作，有很多学问，要真正做好，必须具有一定的专业知识和整套的科学管理方法。随着现代化进程的发展，这一特点表现得更为明显。

干部档案工作的基本原则是什么呢？根据《条例》精神，可以归纳为四点：

其一，服务的原则。干部档案工作是党的干部工作的一个组成部分，为干部工作服务。这条原则确立了干部档案工作的地位，明确了干部档案工作的目的，支配着干部档案工作的整个过程，是干部档案工作基本原则的核心。

其二，集中统一、分级管理的原则。按照干部的管理范围，集中统一、分级负责地管理干部档案。这条原则,既体现了党管干部的原则,又确立了干部档案管理工作的体制。所谓集中统一,就是由党委集中统一领导;分级负责,就是按照干部管理范围由各级党委分级管理。实际上就是要求在一定的条件下,实行相对集中管理,以利于做好干部档案的基础工作。任何人都不准保管自己的档案和私自保存他人的档案材料。

其三,人与档案统一的原则。是指干部档案的管理单位和干部个人的管理单位必须一致。这样做,有利于将干部个人的档案材料及时收集、整理归入档案,同时也便于档案的利用。这就要求人、档一致,干部调动或管理权限变更,档案应及时转递。

其四,完整与安全原则。维护和保证干部档案的完整与安全,这是干部档案工作的基本要求。只有这样,才能为实现干部档案工作的根本目的提供必要的物质基础。

总之,以上四点是辩证的统一,我们只有抓住为干部工作服务这一个核心,才能全面理解贯彻执行干部档案工作的基本原则。

二、干部档案管理的几项主要工作

收集、鉴别、整理、保管、利用、转递、统计,是干部档案管理的几个环节,这里主要介绍有关干部档案的建设、利用和保管方面的工作:

其一,必须认真抓好干部档案建设。干部档案建设是整个干部档案工作的基础,其内容主要包括:建立档案、补充档案、整理档案以及建立干部职务卡片、续写干部履历等。

建立干部档案。党组织把记录干部历史和德才情况的有查考价值的材料收集起来,经过鉴别,按人头分十类(履历表、自传、鉴定、考核材料、政治历史结论、入团入党材料、奖惩材料、晋级和任免表以及其他参考材料),整理成专门案卷加以保存,随时供干部工作利用。这样,干部档案就初步形成了。

收集材料充实档案内容。建档以后,还需经常地、及时地收集新形成的档案材料,不断充实内容,尽可能反映干部的近期情况。当前收集工作的重点,应放在收集业务专长、现实表现的材料之上。收集工作要做到主动、及时。其办法:一是主动疏通渠道(干部管理部门、纪检部门、科技部门等),让他们及时输送材料;二是定向收集,发现档案中缺什么材料就收集什么材料;三是统一布置填写材料,如填写履历表、自传、党员登记表等。收集到的材料要认真鉴别,及时归档。

整理档案和清理档案。整理档案,就是按照中组部颁发的《干部档案工作条例》和《干部档案整理办法》,把应该归入档案的零散材料进行分类,编排次序,加工、装订成册。整理中要做到认真鉴别、分类准确、编排有序、目录清楚、装订整齐。通过整理,使每个档案达到完整、真实、精练、实用。清理档案,就是按照中央有关文件规定,清出干部档案中不应归入的材料,维护干部档案材料的真实性。

续写干部履历等情况。就是档案管理人员,根据任免文件和有关资料,连续不断地记录下干部的职务变化、工作去向以及工资级别待遇等变化情况,以备查考。从而使档案记载能够反映干部的最新情况。

其二,努力搞好干部档案的利用工作。利用工作是指干部档案管理部门,提供干部档案为党的干部工作服务,它是干部档案工作的中心环节,也是干部档案工作目的之所在。多年来,利用工作面向部内外,主要满足考察、选拔、任免、调配、入党、入团、审干和落实干部政策,以及办理干部待遇、出国、离退休等工作的需要。这几年,利用工作又增加了一个内容,就是为编史修志工作提供历史资料。为了更好地开展干部档案的利用工作,中央组织部于去年,我部于今年分别颁发了《查阅干部档案的有关规定》,各地各单位应认真贯彻执行。同时,我们做干部档案工作的同志,也必须以高度的责任心和良好的服务态度,想利用者所想,急利用者所急,在维护干部档案完整与安全的前提下,高质量地开展档案利用工作。

其三,要加强干部档案的保管工作。所谓保管,就是采用多种防护性措施,克服与限制损毁档案的各种因素,延长档案的寿命,并对之进行科学管理。保管好干部档案,是为了保证干部档案的完整与安全,防止失密和自然损毁,保证利用。要做好这项工作,一应严格按照干部管理范围保管干部档案,干部职务变动后,改变了主管单位的,要按人、档一致的原则,及时把档案转给新的主管单位。二应改善保管条件,尽可能采用先进技术管理档案。各单位应根据实际情况,建立专用的档案库房或档案室,存放档案最好采用铁质保险柜,室内应设置去湿、通风或空调设备,注意安全保密、防火、防水、防潮、防虫、防高温、防日晒,并要积极创造条件,采用电脑管理干部档案。三是保管工作要有专人负责,并建立健全必要的保管制度,做到有章可循。同时,对所管档案登记造册,定期核对;对档案库房经常检查防护设施和安全措施。

三、我省干部档案工作当前应注意解决的几个问题

其一,抓紧搞好清档整档的扫尾工作。我省的清档整档工作,从1984年上半年开始已经搞了二年了。截至目前,除吕梁、阳泉外,省、地两级管理的干部档案基本搞完,部分地、市已着手清整县级管理的干部档案。根据前一段面上了解和实地抽查来看,问题还是不少的,突出的是清整进度不平衡。省直和地市比,省直要差一些;地、县相比,县里差一些;如有的地、县,只清整了组织部门管理的干部档案,而人事、教育部门管理的“大头”却至今仍未动手清整,这个问题应引起各级组织部门领导的足够重视。应当看到,清整干部档案工作,是三中全会以后中央领导提出的一个重要决策,是中组部的统一部署。它是干部档案建设的需要,也是全面落实党的干部政

策的需要,组织部门应当牵头负责,保质保量按时完成这一任务。希望清整任务还比较大的单位和部门,应向清整工作搞得好的单位学习,加强领导,采取得力措施,务必于明年五月份前,完成清整档案的扫尾工作。

其二,认真加强干部档案工作的日常管理工作。清整档案工作告一段落之后,就应转入到抓干部档案的日常管理。应当对照《条例》的规定,认真落实各项措施。当前应突出抓好三项:一是认真续写干部履历及工资变化等情况;二是及时收集近年来反映干部德能勤绩和机构改革、整党、核查、严打中形成的应当入档的新鲜材料,经过鉴别,及时归档;三是结合各地实际情况,建立一些切实可行的干部档案工作的必要规章制度,如收集制度、鉴别制度、销毁制度、整理制度、复核制度、保护制度、库内管理制度、归档制度、保密制度、检查制度、借阅制度、转递制度、统计制度、登记制度以及整理注意事项、查阅档案须知、借用档案须知等。使档案管理工作逐步走向正规化、制度化、科学化。

其三,加强领导,建设一支相对稳定的干部档案管理队伍。干部档案工作有着一系列内容,既要日常接待,提供利用,更有着大量的基础工作。因此,管理干部档案,需要有一支专业队伍,这是做好干部档案工作的组织保证。各级组织部门,应当按照中组部〔1980〕21号文件规定的:“每管理一千左右干部档案的单位,应配备专职干部一名,有业务指导任务和后库的单位可适当多配。为了加强基层单位的档案工作,县一级单位,一般应配备专职干部”的指示精神,尽快配好、配齐档案管理人员,不足一千份干部档案的单位,也应确定专人兼职。考虑到干部档案工作衔接性很强,档案管理人员应保持相对稳定,如确因工作需要必须易人时,应先配后调,以老带新,熟悉情况后再行调出。档案工作人员,应选那些党性强,作风正,能够遵守党的纪律、严守党的机密,有一定工作能力和科学文化知识,愿意献身于党的干部档案工作的党员干部充任。同时,应加强业务培训,不断提高政治思想和业务水平,以适应新时期干部档案工作的需要。

其四,开展干部档案工作研究,积极稳妥地进行干部档案工作的改革。随着经济体制和政治体制改革形势的发展,干部档案工作也出现了一些新情况、新问题。比如:随着干部岗位责任制和考核制的建立和完善,干部鉴定将成为考核干部的重要依据,干部档案内容类别的设置有无必要同时设置鉴定、考核两个类别?建国后参加工作的同志,一般不会有什么历史问题,政治历史类的设置是否应当从简?干部履历表中有些栏目(如家庭出身,本人成分,参加反动党团会道门,历史上被捕、被俘、脱党等)是否需要修改?干部实绩档案的出现与干部人事档案是何关系?以及干部档案内容如何适应干部"四化"形势对干部工作的要求?怎样才能使档案管理适应于干部工作的要求?干部档案管理体制如何确立才有利于管理?怎样才能使干部档案管理手段现代化、科学化等等。这一系列问题,都需要我们进行深入的研究探讨。但由于干部档案工作改革的政策性强,涉及面广,我们还应当持积极、稳妥的态度,在中组部的统一领导下进行。在新的规定未下达之前,一面积极提建议,一面执行原有的规定,绝不贸然行事。只有这样,干部档案工作的改革才会有希望,才会有成效。

关于干部统计工作。干部统计工作,是一项业务性很强的专业工作。如何从事具体的干部统计工作,这里不作介绍,只是想从认识和加强领导的角度谈一些意见。

一、干部统计工作的地位和作用

在了解干部统计之前,首先必须了解什么是统计。所谓统计,就是通过对事物数量方面的研究,达到认识事物发展变化的规律性的一种工具。"统计"一词的内涵,一般包括:统计工作、统计资料和

统计学三个方面。统计带有普遍意义,它的研究对象是大量社会现象、经济现象的数量方面,是人类社会活动的过程和结果。而干部统计是社会统计的一部分,它是在马列主义、毛泽东思想指导下,以干部为研究对象,把统计理论和统计方法应用于干部工作实践和研究的一门科学。干部统计工作,为党的干部工作服务,是党的干部工作的一个组成部分。在实际工作中,干部统计有着十分重要的作用。

首先,它是进行调查研究、做好干部工作的必要条件。要搞好党的干部工作,就得加强调查研究,而统计是调查研究的一个重要方法。通过对干部队伍的数量、质量及基本概况的统计和分析,就可做到心中有数,取得干部工作的主动权,有利于正确贯彻执行党的干部路线、方针和政策。比如在机构改革中,通过对各级领导班子成员现状和基本情况的统计与分析,即可发现班子"四化"建设方面存在的问题及其发展趋势,从而坚定了各级党委按干部"四化"方针调整好各级领导班子的信心和决心。

其次,干部统计是党对干部队伍实行科学管理的重要手段。随着我国经济体制和政治体制改革形势的发展,迫切要求干部部门适时变革对干部队伍的管理方式和手段,使之科学化、规范化,干部统计则起着重要的作用。如对各类专业技术干部分布不平衡现象的调整,对干部结构不合理问题的解决,对领导班子成员和后备干部的德、智、能、绩等功能进行定性和定量相结合的测评等,都离不开干部统计。

此外,干部统计还可为领导部门制定干部的有关方针、政策,采取有关决策提供重要依据。列宁曾经说过:没有统计材料的充分而正确的说明,那么,关于任何实际措施的指示都是无从谈起的。实践证明,许多干部政策的制定,一些干部问题决策的实行,是和科学准确的干部统计资料及时提供分不开的。如今年四月,中组部、劳人部负责同志,向中央书记处提供了"六五"期间全国干部队伍增长情况的统计资料,引起了中央领导同志的高度重视,把加强对干部队伍的宏观控制问题,提到了各级党委和政府的重要议事日程,并断然采取了在全国范围内停止招干、转干的决定。我省根据建国以来贫困山区党政主要领导任职变动频繁的统计资料,做出了为加强贫困山区的建设,在这些地区任职的党政领导一定五年不变的规定。

我们党对干部统计工作是很重视的。依据现已查到的资料,中央组织部1928年就建立了统计科,之后,在那样困难的年月里,各个苏区、各个解放区,统计工作一直没有中断过。建国后,1951年中央组织部就修改制定了全国统一的干部统计报表和统计制度。1954年、1956年和1980年,曾三次召开全国干部统计工作会议,确立了干部统计为干部工作服务的方针,逐步建立健全了全国统一的干部统计系统,制定了一套适应党的组织路线和干部工作需要的切实可行的定期统计报表制度,培养了一支统计干部队伍,积累了大量的宝贵资料,基本上满足了干部工作的需要,为加强干部队伍和各级领导班子建设,为机构改革和社会主义"四化"建设起了积极作用。回顾干部统计工作的历史即可看到,党和国家是十分重视和关注这项工作的。随着党的工作着重点的转移,各级组织、人事部门,一定要重视和加强干部统计工作,使它在"四化"建设中发挥更好的作用。

二、干部统计工作的任务及其组织原则

干部统计工作的基本任务是:通过调查统计和分析研究统计资料,反映干部队伍的数量、质量以及干部工作的概况,为各级党委研究人事制度改革和干部问题,制定干部工作的方针、政策、计划提供数字依据。具体地说,干部统计工作的任务主要有以下六项:

1.按质按时、准确无误地完成一年一度的干部定期统计报表的

统计任务；

2.根据实际需要和领导指示，开展一次性的专题统计和若干地区、单位的典型统计，弥补定期报表和历史资料的不足，满足分析研究工作和干部工作的需要；

3.充分利用现有的统计资料，进行整理和分析研究工作，适时地调整现有统计指标和分组方法，开展综合分析，并同历史资料作对比，用数字说明情况、提出问题，及时提供有关领导参阅；

4.通过各种资料的分析对比，找出发展变化的规律，预测发展趋势，为制定干部工作的长远规划及采取措施提供依据；

5.经常系统地积累资料，为组织、人事部门研究干部队伍建设和加强干部管理，提供所需的干部统计资料及分析资料；

6.对干部政策和干部计划的执行情况，进行检查和监督。

以上是干部统计工作的几项主要任务，由于干部统计内容涉及干部工作的各个方面，随着干部制度的改革和管理的日趋科学化、现代化，必将对干部统计工作提出更多更新的任务。

为了保障干部统计工作任务的顺利完成，就必须科学地组织干部统计活动。根据我国现行的干部队伍分级管理、层层负责的管理体制，在组织干部统计活动中，应贯彻执行集中领导、分级负责、相互配合、口径一致的原则。

所谓集中领导，就是说全国的干部统计工作，由中央组织部和国家劳动人事部组织领导；在地方，干部统计工作，由各省、市、区、县的党委组织部和政府人事局(劳动人事厅)统一组织进行；部门的干部统计工作，则由本部门的干部、人事机构统一组织进行。

所谓分级负责，就是说各级组织人事部门，要根据本地区、本部门实际情况和需要，认真负责地做好本地区、本部门的干部统计工作。

所谓相互配合，一方面是指上下密切配合，即上级组织、人事部门，要为下级组织、人事部门进行统计工作创造一些有利条件；而下级组织、人事部门，应当准确、及时地完成上级组织、人事部门所布置的统计任务。另一方面要左右密切配合，即各级组织部门和人事部门的干部统计人员，要相互密切合作，共同完成统计任务。

所谓口径一致，就是指各级组织、人事部门在统计工作中，对于统计的对象、范围、方法、分工、数字截止时间，以及对基本的干部统计资料分组、分类、计算方法等都要口径一致，严格按中央组织部和劳动人事部的统一规定和有关说明进行，不得各自为政、各行其是，以保证干部统计资料的统一性和可比性。

总之，只有全面理解和执行上述原则，才能使各级组织、人事部门的干部统计人员形成一个有机的整体，在中央组织部和劳动人事部的统一领导下，积极、主动地搞好干部统计，确保干部统计资料准确、及时、完整、系统。

三、认真抓好基层的干部统计建设

基层干部统计是各级综合单位干部统计资料的直接来源，是整个干部统计工作的基础。基层单位统计工作的好坏，不仅关系到这些单位的统计数字质量，而且也影响到综合单位的统计数字质量，以及全国干部统计资料能否做到准确、及时、完整、系统。所以，加强基层单位的干部统计建设，是做好干部统计工作的基本环节。各级领导和干部统计人员，都要重视和加强基层干部统计，认真做好以下几方面的工作：

1.加强对干部统计工作的领导。干部统计工作是做好干部工作不可缺少的工具，县以上组织、人事部门的领导同志，要从思想上充分认识干部统计工作的重要意义，把干部统计工作列入议事日程。及时向统计人员交代任务，提出要求，帮助总结经验教训，研究解决存在的问题。对统计所需经费、工具、人力、时间等，要尽可能创造条件帮助解决；对上报的统计数字，主管领导同志必须亲自审阅，严

格把关;有业务指导任务的单位和部门,更要定期地过问、检查、督促,克服过去那种“年终抓一次,平时再不理”的现象。

2.要建设一支相对稳定的统计干部队伍。干部统计是一项专业性很强的工作,必须有一支相对稳定的统计干部队伍。县以上组织、人事部门,要配备与干部统计任务相适应的专职或兼职统计人员。在人员配备上,要选择那些党性强,实事求是,工作踏实,认真细致,头脑清楚,学过统计专业,具有相当中专以上文化程度的党、团员干部;配备后不要轻易调动,一般应保持三至五年不变,必须调换时,应先配后调,以老带新,交叉工作最少一年,同时应征得上一级主管部门的同意。组织、人事部门的领导,要从政治上、业务上、生活上爱护和关心统计工作干部,支持他们学理论、学业务、学政策,不断提高他们的思想政治水平和业务水平,以适应新时期的干部统计工作。

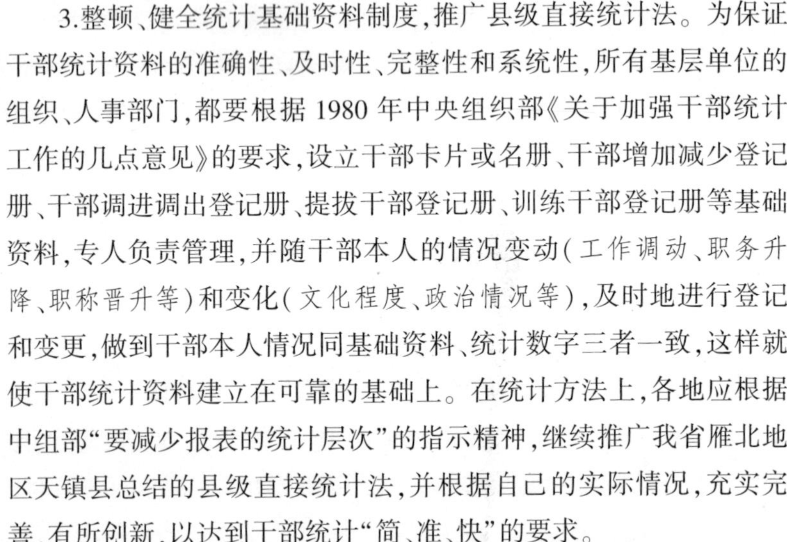

3.整顿、健全统计基础资料制度,推广县级直接统计法。为保证干部统计资料的准确性、及时性、完整性和系统性,所有基层单位的组织、人事部门,都要根据 1980 年中央组织部《关于加强干部统计工作的几点意见》的要求,设立干部卡片或名册、干部增加减少登记册、干部调进调出登记册、提拔干部登记册、训练干部登记册等基础资料,专人负责管理,并随干部本人的情况变动(工作调动、职务升降、职称晋升等)和变化(文化程度、政治情况等),及时地进行登记和变更,做到干部本人情况同基础资料、统计数字三者一致,这样就使干部统计资料建立在可靠的基础上。在统计方法上,各地应根据中组部“要减少报表的统计层次”的指示精神,继续推广我省雁北地区天镇县总结的县级直接统计法,并根据自己的实际情况,充实完善,有所创新,以达到干部统计“简、准、快”的要求。

4.积极开展干部统计分析,把干部统计工作做深做活。占有和整理大量的统计资料的目的,是为了进行分析,提供使用。因此,干部统计分析是整个干部统计工作的重要组成部分，其重要作用在于它能够透过干部情况的数量关系看到干部问题的本质，从而去粗取精、去伪存真，得出正确的结论，这是对干部实行科学管理的重要依据。以往我们对这项工作的重要性认识不足，没有主动地开展这一工作。今年六月下旬，中组部和劳动人事部在我省大同市，召开了六省市组织、人事部门干部统计资料分析座谈会，兄弟省市和我省的部分地市就开展统计分析工作做了很好的交流发言，这对于我们开展统计分析是个很好的促进。各级组织、人事部门的领导同志，一定要重视这项工作，今后各单位每年上报统计报表时，要附上一份当年干部统计分析报告，力求做到主题明确，重点突出，实事求是，表达清楚。同时应抓好经常性的统计分析，可以围绕干部工作的中心任务，对干部队伍和干部工作的有关方面情况，进行综合的或专题的分析研究。领导出题目，统计人员做文章，通过分析研究，揭示出规律性的东西。发现问题，澄清原因，提出解决的措施和办法，使干部统计工作做得更深些、更活些，从而达到更好地为干部工作服务的目的。

以上通过对干部调配、干部档案管理和干部统计工作的介绍和说明，目的是想让同志们，正确认识干部综合工作在整个干部工作中的地位和作用，从而引起重视，加强对这些工作的领导，把干部综合工作切实搞活搞好，使它在两个“四化”建设中发挥应有的作用。所讲内容只是与同志们交流一些情况，沟通一些信息，供同志们在具体工作中参考。

※写成于1986年8月30日，当时任省委组织部干部综合处处长，曾多次在全省组织人事干部业务培训班上讲授，并印制下发全省组织部门。

干部宏观管理的思考

干部工作是一项系统工程,其内涵是十分丰富的,大的方面诸如制定干部的路线、方针、政策,小的方面如办理一些日常的具体手续,长期以来,已形成了自身的特点及规律性。多年来,对干部工作微观方面的研究比较注重,而对宏观方面的探讨却显得不足;随着干部人事制度的改革,干部工作中出现了一些新情况和新问题,干部宏观管理问题日益引起了人们的重视,越来越被提到了各级党委和政府及其具体承办的职能部门的议事日程上。这次县委组织部部长业务培训班,想就这个问题和同志们交换一些意见,供大家在工作中参考。

一、干部宏观管理的基本内容及应遵循的原则

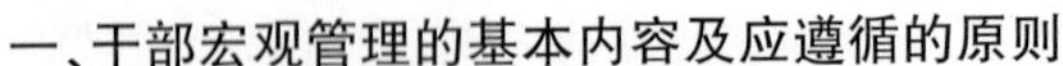

干部宏观管理问题多年来研究探讨得不多,但它却实实在在地客观存在着,只是由于干部管理体制方面(高度集中统一的分级管理)的原因,1984 年以前这个问题在整个干部工作中显得不突出。作为一个重要问题正式在党内一定范围内提出来,是宋平同志 1988 年 6 月 25 日在全国组织工作会议上的报告中指出的。为了对这个问题有个较全貌的了解,可从三方面做一些探讨。

1.干部宏观管理的概念及其表述。宏观是针对微观而言的,最初是物理学上的一个名词,指不涉及分子、原子、电子等内部结构或机制的;以后被引入到经济学领域,如宏观经济学等,随着近代新学科的产生和发展,它被广泛应用到各种学科。管理,即管辖、约束之意,通俗些讲,指负责某项工作并使其顺利进行。而管理科学,是第二次世界大战以后逐渐形成和发展起来的一门学科,是科学管理理论的继续和发展,它以工业工程学为基础,运用运筹学、系统工程等科学和电子计算机技术来解决销售、物资、生产、财务、人事等方面的管理问题。

宏观管理也称“大管理”，广义上讲，即对整个社会的经济、政治、文化等的整体管理；狭义上讲，即相对社会整体而言的某一领域或行业、学科的整体管理，干部的宏观管理当属后者。宏观研究的是全局的、整体的、战略的，微观研究的是局部的、具体的、策略的；宏观管理对微观管理起着引导、指导和向导的作用，前者是后者的保证，后者是前者的基础，二者缺一不可，相辅相成，互相促进。

干部宏观管理概括起来讲，就是根据党的干部路线，为适应“两个文明建设”的需要，对干部工作中影响全局的重大问题，研究并提出具体的方针、政策、原则、方案以及实施办法，并在组织实施过程中进行有效的指导、协调、检查、监督。

2.干部宏观管理的基本内容。根据干部工作多年来的实践，干部宏观管理的基本内容应包括以下几个方面：

①干部工作的方针政策，如干部“四化”方针、知识分子政策、老干部政策等；

②干部管理体制的确定，管理权限、管理范围划分与调整的原则及其方案；

③领导班子建设的指导思想、调整配备的原则；

④各级领导干部的基本标准和选拔、任用程序；

⑤涉及干部人事工作的重要制度，包括机构、编制、职务设置、领导职数、职称设置及评定、工资待遇、离退休等制度的制定原则和改革方案；

⑥控制干部队伍盲目增长，合理调整干部结构；

⑦干部培训规划的制定原则及其方案。

3.干部宏观管理应遵循的几条原则：

①党管干部的原则。党管干部的原则，是党和国家干部管理制

度的根本原则,是我们党的优良传统和政治优势。坚持党管干部的原则是由我们党的执政地位决定的,是党的路线、方针、政策得以贯彻的组织保障,也是保证各级领导权掌握在忠于马克思主义的人手中的重要措施。干部宏观管理涉及干部工作中许多带全局性的重大问题,这些问题的提出和解决,没有党中央的统一决策是不行的。近几年来,由于资产阶级自由化的泛滥和淡化党的领导的思潮影响,党管干部的原则被淡化和削弱,给干部宏观管理工作带来了一定程度的混乱和失控,直接影响了整体的干部工作和党的事业的发展。实践证明,在干部宏观管理中,坚持党管干部的原则是十分重要的。

②为经济建设服务的原则。从理论上讲,干部宏观管理是属于上层建筑范畴,是为调整和解决生产关系方面的问题,它应当为属于经济基础范畴的经济建设服务。从实践来看,党的十一届三中全会以后,经济建设已成为党和国家全部工作的中心,其他各项工作都从属和服务于这个中心。干部宏观管理也不例外,如干部"四化"方针的确定、干部管理权限范围的调整、干部培训规划的制定等,都要受经济建设这个中心相制约;同时,干部宏观管理对经济建设服务的好坏,也可以直接检验出干部宏观管理决策的正确与否。

③与社会政治经济环境相适应的原则。干部宏观管理涉及的是干部工作中的一些重大问题,这些问题的决策,直接受当时社会政治经济环境的制约和影响,超前不行,退后不行,而应当是相适应。这里所讲的政治环境,最基本的就是坚持四项基本原则,坚持改革开放,前者是立国之本,后者是强国之路,二者缺一不可;此外,还有个保持政治局面稳定的问题。干部宏观管理决策,必须受这些政治因素的制约,又充分体现上述精神,如领导干部的选用标准、领导班子建设的指导思想就说明了这一点。所谓经济环境,最基本的是两条,其一是现行的经济体制,即计划经济与市场调节相结合;其

二是社会生产力水平的提高。干部人事工作中许多重要制度的拟定、改革,都要充分考虑到这些因素,适应则行得通,不适应则失控或受到惩罚。如干部队伍的建设,既要保证计划内的统配任务的完成,又要考虑搞活企业自主权后的人才合理流动,适时开放有限度的人才市场;同时,还应考虑到干部队伍的总量不能盲目膨胀,因它直接受社会生产力水平的限制,表现形式是财力能不能承受。有关编制、机构、工资等制度、政策的拟定,同样也受上述因素的影响。在当前治理整顿政治、经济环境的情况下,干部宏观管理决策,要体现相对集中和严格控制的精神,这二者是相适应的。

④法治原则。这是从总结多年来的干部工作的经验教训得出来的。党的十三大政治报告中曾明确指出,现行干部人事制度存在的重大缺陷之一,就是"管理制度不健全,用人缺乏法治",带之而来的是"两难",即"年轻优秀的人才难以脱颖而出,用人问题上的不正之风难以避免",要解决这些问题,很重要的一条就是要实现干部人事的依法管理。从干部宏观管理角度来讲,就是要贯彻法治原则,其含义有两点,一是按照已有的党和国家的法规去开展干部宏观管理活动;二是新的干部宏观管理决策,应尽可能用法律或制度的形式加以明确,使之逐步走向制度化、法律化。这样做,既具有权威性,又便于检查、监督。

二、加强干部宏观管理势在必行

1.历史的回顾。我国现行的干部管理体制,是建国以后逐步建立和发展起来的。刘少奇同志 1951 年 3 月,在党的第一次全国组织工作会议的报告中提出,适应建国以后的干部队伍的新发展,"需要建立正规的、固定的管理干部的一套机构和制度"。他指出:"从最初级到最高级的每一个干部,都要有一定的机关来管理,不应有任何一个干部而没有地方管理他的。"他还说:"我们党除开管理我们党的干部外,对于非党干部的任免调配及其他问题,也必须发表肯

定的意见,因此,对于非党干部也需要间接地或直接地予以管理。”根据这样的指导思想,几十年来,基本上执行了分部分级管理干部的体制,具体来讲,可分为四个时期。

第一,分部分级干部管理体制的形成(1949—1956),这一时期又分为两个阶段:第一阶段,建国初期,即1949年至1953年,为高度集中统一的干部分级管理体制阶段。这一阶段,除军队干部外,所有地方干部都由中央及地方各级党委组织部统一管理,各级党委管理的干部,是按职务的重要程度(如最重要职务、次要职务、初级职务)分别进行管理。当时中央管理党政机关、群众团体的副司局级以上干部和部分重要厂矿的负责干部;中央局管理县的主要干部;省、市委管理区的主要干部;地委管理区的一般干部;县委管理乡村的主要干部。管理办法,任免决定权由主管党委行使,各级党委每年向上级党委总结汇报一次所管干部的各种情况,特别是属于上级管理的干部;干部管理的具体业务,由各级党委组织部负责办理。

第二阶段,即1953年至1956年,为分部分级管理干部体制的形成阶段。1953年,中央做出了《关于加强干部管理工作的决定》,把“统管”改为“分管”,即在中央和各级党委统一领导下,在党委组织部统一管理下的分部分级管理干部的体制。当时,根据工作需要,将干部分为九类(军队干部,文教工作干部,计划、工业工作干部,财政、贸易工作干部,交通、运输工作干部,农林、水利工作干部,统战工作对象和工作干部,政法工作干部,党、群工作干部和未包括在上述九类之内的其他工作干部),由中央和各级党委的各部分别进行管理;中央及各级党委之间,按照干部职务的重要性分级进行管理。1955年,中央颁发了建国以来第一个《中共中央管理的干部职务名称表》,在干部管理的“条块”关系上,分三种类型管理,即条条直管,地方党委协管;业务与条条有隶属关系的,以地方党委为主,部门协管;地方政府组成部分,除中央管理的外,均由地方党委独自负责管理,条条不干预。

第二,干部管理体制的局部调整(1957—1965),也可分为两个阶段:第一阶段,即1957年至1960年,下放部分干部管理权限。1957年社会主义改造基本完成,我国开始进入全面建设社会主义的时期,为更好地发挥地方党委的主动性、积极性,加强地方党委对国营企业的领导,适当下放了管理权限。主要是,省、市党政机关、人民团体的副厅级干部,地、市委正、副书记、专员、市长;部分大工业城市(沈阳等10个)党委副部长,政府副市长、正副局长,政协副主席、秘书长、常务委员,工、青、妇的正副职;较大工业城市(太原等15个)党委各部部长、政府副市长。部分原由中央管理的国营企业的行政干部交给各有关工业部门管理,地方党委负责监督,党、群干部由地方党委管理。

第二阶段,即1960年至1965年,下放的部分干部管理权限收回。从1960年开始,我国经济发生暂时困难,为克服困难,党中央采取逐步调整国民经济的有效措施。为了适应经济调整的需要,中央的权力(人、财、物)适当集中,与此相适应,原下放的干部管理权限逐步收回。在中央一级,仍实行分部分级管理,提名任免干部由中央组织部汇总上报,中央直属的工业、财贸企事业单位中的党、群工作的主要负责干部,除中央管理的以外,由中央组织部管理;全国著名的科技、文教干部由中央管理。为此,1965年中央颁发了第二个《中共中央管理的干部职务名称表》。

第三,干部管理体制遭受严重破坏(1966—1976)。"文革"时期,我国政治、经济、文化等各方面遭受了浩劫,干部管理制度被批判和废止,干部管理体制受到了严重的破坏。

第四,干部管理体制的恢复、重建和改革(1976—1990)。粉碎"四人帮"后、特别是党的十一届三中全会以后,我国进入了新的历史发展时期。党中央着手进行党和国家组织制度的健全和改善,我

国的干部管理体制也逐步得到了恢复、重建，在此基础上，还进行了改革的探索，干部管理工作出现了新的局面。这一时期的主要工作，概括有以下几个方面：

①中共中央和中央组织部多次发文，重申了必须坚持党管干部的原则。

②1980 年，中央重新修订和颁发了第三个《中共中央管理的干部职务名称表》，明确了党政机关按照下管两级的原则，分部实行干部管理，中央管地（市、司）级以上干部和重要企事业单位的领导干部，约 13000 人。

③重新明确了干部管理中的“条块”之间的职责和管理办法，仍分三类，即业务上双重领导、但直属条条的，以条条管理为主，地方协管；业务上双重领导、但直属块块的，以地方党委管理为主，条条协管；地方政府组成机构和地方的企事业，除中央管理的外，全由地方党委管理。

④恢复党委宣传部、统战部分管干部的管理体制，其间，1980 年 6 月，中央决定，在中央统一领导下，中央宣传部分管党中央、国务院和各省、自治区、直辖市所属宣传文化系统中央管理的干部和这方面的专家；1981 年经中央批准，中央统战部分管属于中央管理的爱国人士和统战系统的干部；1985 年 3 月，中央又决定把中央宣传部、中央统战部代中央管理的干部和党员专家，划归中央组织部管理；1989 年，考虑到宣传舆论工作的重要和加强对宣传文化工作领导的需要，又决定将新闻、文化、出版、社科部门中的中央管理的干部，由中央宣传部代管，干部的任免经中央组织部汇总，报中央审批。

⑤进行干部管理体制改革的探索：其一，下放干部管理权限。1984 年 4 月，根据中央书记处决定，下放干部管理权限，贯彻下管一级主要领导干部的原则，中央重新修订了第四个《中共中央管理的干部职务名称表》，中央管理的由 13000 人减为 4200 人；省委管理的

由10000人减为2700人。其二,调整干部管理办法,提高工作效率。1983年中央组织部下发了15号文件,决定对实行双重管理的干部,不论以谁管理为主,在任免调动干部时,主管一方要事先征求协管一方的意见,在充分考虑另一方意见的基础上做出决定,改变了1980年规定的必须协商一致的办法,避免了扯皮、拖拉现象。其三,加强干部工作的宏观管理。1984年实行下管一级制度后,实行了对下两级领导干部任免的备案制度,下发了《向中央备案的职务名单》;对下放干部管理权限后,出现的干部管理宏观失控现象,下发一系列文件,采取必要的控制措施,如对干部任用的原则及具体工作程序,对干部编制、机构和领导职数的管理,上级对下级任免干部的监督等,都做出了严格的规定。其四,根据中央和国务院领导的决定,将原由党中央管理的部分干部(23个直属局级单位和54个企事业单位的领导干部),交由国务院管理,任免后向中央备案。其五,1990年5月10日,中央重新修订颁发了第五个《中共中央管理的干部职务名称表》,除继续执行下管一级领导干部外,还对部分已下放的和移交国务院管理的干部,采取事先征求中央组织部意见的办法进行间接管理;同时,强化了备案制度,对地、市(司、局)级干部加强宏观管理和检查监督制度,对任免不当的有权予以纠正,并提出各级党委组织部要在党委领导下,承担起对干部人事工作的宏观管理任务。

通过以上历史的回顾,可以使我们清楚地看到,干部管理体制的演变,直接受到社会政治经济环境的制约和影响。建国以来,不管干部管理体制如何调整变化,1984年以前占主导地位的仍是分部分级集中统管,其中1953年至1984年("文革"十年除外)实行下管两级体制,尽管干部管理管得死一些,但宏观失控的问题并不突出;1984年以后下管一级,贯彻管少、管活、管好的原则,虽大大方便了工作,但却出现了宏观失控的问题。

2.干部宏观管理的现状。近几年来,随着干部人事制度的改革,根据中央和国务院的指示精神,各地、各部门在干部宏观管理方面都做了大量的工作(如一半以上的地市、三分之二的县区实行工资基金和编制统一管理、严格离退休制度等),在宏观调控方面取得了一定的成效(1990 年全省共核减党政群机关使用的地方事业编制 4641 个,实有人数较上年减少 1825 人,首次出现干部负增长),但就总体上看,宏观失控的现象依然存在,某些方面还发展得比较严重,主要表现在以下几个方面:

①选拔任用干部不能按中发〔1986〕4 号文件办事。有的执行"四化"方针有片面性,或偏重于看年龄,论文凭,或论资排辈,搞平衡,搞照顾;有的发扬民主和走群众路线不够,任免程序颠倒来,少数人说了算;有的搞临时动议,决定任命后让组织部门补写考察材料,办理有关手续;有的用生产力标准取代德才兼备的干部标准,重才轻德,把一些思想品质不好、甚至有劣迹的人提拔重用;有的任人唯亲,重用亲属子女和身边工作人员,更有甚者,利用手中权力,相互搞交换,我给你安排一个子女,你为我提拔一个亲属。

②干部多头管理,要求垂直管理的部门越来越多,借口管人与管事相一致,向上级党委要干部管理权、考察权。

③机构设置超限,机构升格有增无减。据统计,全国省级党政工作部门设置达 70 多个,地区达 50 多个,市级达 65 个,县级达到 45 个。与规定限额相比,省级机构平均超 15 个左右,地区超 20 个左右,市级超 15 个左右,县级超 10 个左右,内设机构和非常设机构增加更多。我省的情况是,省级党政工作部门除中央批准的 52 个外,地方决定设置了厅级办事机构 4 个,另外还设置了 30 个副厅、局级机构;6 个地区平均每个区设置副县级以上机构 66 个,其中未履行报批手续、平均每区设置 13.6 个局(处)级机构,6 个区还设置副局、处级机构 17 个;6 个地级市平均每市设置副县级以上机构 60

个,其中未履行报批手续、平均每市设置6.2个局(处)级机构,6个市还设置副局、处级机构14个;县级市平均每市比规定多设7.7个科、局级机构,县级平均每县比规定多设10个科、局级机构;省直各部、委、厅、局的内设处室也由机构改革时的701个增加到1033个,增长率为47.3%,比全国平均数多200多个。近年来机构升格之风仍在蔓延,仅我省省直就有9个处级机构升格为副厅、局级,各地、市也有一批科级机构升为县、处级的,有的县还将部、委、局下设的股改为科,并相应提高了工资待遇。

④机关人员严重超编。全国地方各级党、政、群机关,人员超编情况比较普遍。据去年统计,全国超编已达50余万人;我省各级党、政、群机关人员超编达53969人,超编幅度为34.71%,占全国超编总额的十分之一。

⑤超限配备领导职数,领导干部增多。据1989年统计,全国省级党、政、群机关厅、局级干部比1986年增加6%左右,处级干部比1986年增加26.4%左右。我省省直机关担任实职的正副厅、局长376名,平均每单位3.69人,担任实职的正副处长(主任)2107人,比全国平均数多450多人,正副处长占实有在职人数的22.08%,副处级以上领导职数(包括相等职务)与一般干部人数之比为1:1.5,官多兵少的现象十分突出。

⑥干部的职级待遇管理失控,执行工资政策比较混乱。主要表现是:随意设置不规范的非领导职务名称,提高职级待遇,如设置保密员、督察员、收发、医生、助理,享受副县级或县级职务工资;为照顾、平衡,设立不必要的顾问、调研员或兼虚职,变相提高职级待遇;按规定机关内的工、青、妇不准设专职岗位,但却兼职享受专职待遇;在职级不符的情况下,以打“括号”的形式,如机关党委副书记(正处级)、第一副处长(正处级)等,提高工资待遇;工作岗位在机关,到事、企业去评职称,回机关兑现工资,提高待遇;自定政策,提

高待遇,晋升工资,某单位规定15年工龄者全部升到主任科员,有的市把街道办事处主任和县、区公安局局长,按副县级套定工资;借着落实政策,超规定调级;执行中办发1号文件有偏差,不晋升职务也提一级工资;领导干部由企事业调入党政机关,不转工资,继续在企事业领取高于机关的工资、福利、奖金等。

⑦干部队伍继续膨胀,内部结构不合理。全国每年平均以净增100万的速度增加干部;我省1980年至1989年的十年间,干部总数由48万增到76万,平均每年以净增3万的速度增长。1984年成批的以工代干解决后,又出现了一大批新的以工代干,有的竟擅自转干;机关职工中,工勤人员的比重大,据统计,全省县以上各级党政机关(不含市属区)工勤人员多达20603人,占实有在职人数的13.81%。

3.加强干部宏观管理势在必行。从以上列举的干部宏观管理失控的现象来看是十分严重的,就目前全省发展的趋势来看,要求增设机构、增加编制、机构升格、扩大职数、乱开招干口子的势头仍然很盛。这些问题及其蔓延的趋势,一方面要助长官僚主义,降低工作效率,给下一步地方机构改革设置了障碍,带来许多困难;另一方面加重了国家的财政负担,容易滋生腐败现象,不利于党政机关的廉政建设,发展下去,必然会严重地脱离人民群众,有损于党的形象和威望。这是一个十分值得注意的问题,已经到了该引起各级领导充分重视的时候了。一句话,加强干部宏观管理,迫在眉睫,势在必行。

三、加强干部宏观管理的对策

面对干部管理的宏观失控,党中央、国务院及其中央的有关职能部门,都一再打招呼、发文件,提醒全党和全国上下注意解决这方面的问题。1986年,中共中央下发4号文件,对严格按照党的原则选拔任用干部做出了若干规定;1987年,中共中央、国务院发了12

号文件,要求坚决制止机构、编制、领导职数和干部队伍的盲目膨胀;1988年6月,中央常委宋平同志在全国组织工作会议上提出,各级党委组织部门除代党委管理好分管的干部外,要加强干部的宏观管理;国务院于1989年发了14号文件,强调进一步加强机构编制的管理,之后,于7月又召开了全国机构编制工作会议,专题研讨加强管理、控制膨胀的问题;李鹏总理到会讲话,强调指出,各级党委、政府要下决心,控制机构的增加,控制人员的膨胀;同年12月,中央组织部部长吕枫同志在全国组织部部长研究班上指出:"要研究干部宏观管理,可以把地方和中央机关的同志都请来,请人事部、中央部门管干部的同志参加,互相交流。目前宏观失控,很混乱,需要研究","要想办法来加以管理和控制"。今年1月,在全国组织部长会议上,吕枫同志专题讲了干部宏观管理问题,把它列为全国组织工作七大任务之一;3月,全国人事厅、局长会议专题研究了人事管理的宏观控制问题;5月,根据吕枫同志的指示,中央组织部办了干部宏观管理专题研讨班,5月10日,中央组织部下发了2号文件,再次强调了党委组织部门,要在党委领导下,承担起对干部人事工作宏观管理的任务。

我省近年来根据中央的精神,也先后下发了不少关于干部宏观管理的文件。1986年,省委发了22号文件,提出认真贯彻执行《中共中央关于严格按照党的原则选拔任用干部的通知》的意见;省委组织部以晋组发22号文件下达《关于加强省直机关处级干部管理工作的通知》;省编委以晋编发196号文件下达《关于严格控制增设机构、提高机构级别和扩大人员编制的通知》。1987年,省委、省政府以晋发17号文件,下达贯彻执行中央(87)12号文件的意见;省委、省政府办公厅以晋办发10号文件,转发省人事局《关于严格控制行政、事业单位增加干部的意见》。1988年,省委、省政府办公厅以晋办发43号文件,下发进一步制止机构编制膨胀的通知。去年,

省委、省政府办公厅又以晋办发 29 号文件，强调了加强机构编制管理、严格控制膨胀的通知。与此同时，我省也先后召开了全省性的与中央相类似的会议。

通过以上的情况通报，不难看出，近年来，特别是 1986 年以来，不管是中央还是省委，几乎每年都要就这方面的问题下发文件、召开会议，虽然也收到一定的成效，但成效不大。追其原因很多，但主要有三条：其一，还没有真正引起各级领导的重视；其二，只停留在发文、开会上，没有在寻求治理办法上下功夫；其三，全面纠正、治理的条件还不成熟。而宏观失控的问题，也确实成了目前干部工作中的一个老大难。面对这个情况，是知难而进，还是畏缩不前？从对党对人民负责的立场出发，出于对干部工作的责任感，还是应该有一个积极而又负责的态度，去研究它，去治理它。如何治理呢？综合各地的研究成果，对宏观失控的对策，可从三方面入手：

1.进一步提高对加强干部宏观管理重要性的认识。这主要是想真正解决思想认识问题。毛泽东同志早在 1945 年就提出："掌握思想教育，是团结全党进行伟大政治斗争的中心环节。如果这个任务不解决，党的一切政治任务是不能完成的。"进行思想教育是我党的政治优势，这几年却有很大的放松，小平同志说最大的失误是教育，也正是指出了关键所在。对干部宏观管理重要性的认识，也得靠教育来解决，教育就得从领导机关、领导干部做起，特别是各级党政主要领导和组织、人事部门的工作人员。应在调查研究本地区、本部门宏观失控现状的基础上，办些专题研讨班，重温中央和省委的有关指示、规定，结合实际算三笔账。第一笔是，从加强党同人民群众的联系、加强廉政建设、维护和巩固执政党地位的高度来算政治账；第二笔是，从减少国家财政负担，用更多的钱兴办社会主义事业的角度来算经济账；第三笔是，从回顾检查近年来自己分管或承办的工作中，有无造成干部宏观管理失控的问题

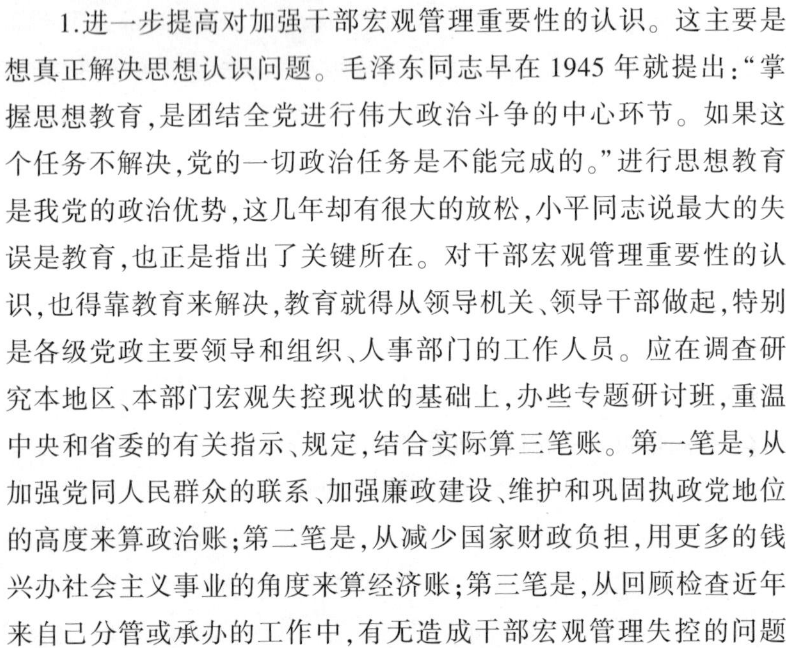

来算失误账。在算账的过程中,最好能把每个人都摆进去,以便提高自觉性,增强责任感。

2.运用多种手段,选准突破口,进行综合治理。干部管理宏观失控涉及面广,一些问题还互为联系,需要运用多种手段,进行综合治理。这里仅就干部宏观管理的一些基础工作的治理,提出一些设想:

①重新确定干部管理权限,对一些已下放的干部职务,可以实行部分收回直接管理、部分收回委托代管、部分以征求意见形式实行间接管理。

②稳定机构,严格控制人员编制增加。认真推行"三个一"的审批制度,即党、政、群机关、事业单位的机构编制事宜,只能由编委及其办事机构一个部门承办,主管机构编制的领导"一支笔"审批,编委一家行文批复。

③对失控严重的处、科级干部,实行职数审批制度,对新提拔的干部实行工资审批制度,由上一级组织、人事部门按照规定的职数限额负责审批,并凭审批卡兑现职务工资。

④对干部队伍实行计划管理,重点控制党、政、群机关,适当集中干部调配权,进人以编制为前提,实行"凭卡调配"制度,党、政、群机关不得从社会上开口录用干部。每年的干部自然减员指标,除接收国家统配人员外,全部用于冲销超编人员,不得新开招干口子。

⑤抓紧研究和改革现行的工资制度,建立正常的晋级制度,使一些因客观因素限制、提拔不了职务的干部,也有不断晋升工资的机会,以淡化职务工资制的刺激。

⑥统一规范党政机关中的非领导职务,理顺领导职务、非领导职务与专业技术职称之间的关系,合理设置党政机关非领导职务序列。

⑦尽快出台各类人员的管理条例,抓紧制定编制法、机构法,用

法律手段和预算手段控制机构设置和人员编制，把干部人事管理纳入法制轨道，实现管理法制化。

⑧建立经常性的宏观管理的检查监督制度，每项工作都要有布置，有检查，要把违犯干部人事纪律的人和事，纳入纪检、监察部门的工作视野，并建议在组织、人事部门设立专司检查监督职能的机构，配备相应的工作人员（巡视员、督导员），负责查处和审理干部人事工作中的违纪案件，纠正干部人事工作中的不正之风。

⑨建立干部宏观管理有关综合部门（如组织、人事、纪检、编委、劳动、财政、银行等）的联席会制度，定期研究分析情况，齐抓共管，各司其职，发挥整体优势，确实搞好综合治理。

以上各条全面实施不可能，但却可以结合各地的实际情况，选准突破口，以点带面，逐步展开。

3.重在提高干部的素质，特别是各级领导干部和组织、人事部门工作人员的素质。干部人事工作中的失控现象和不正之风，与干部的素质、特别是各级领导干部的素质有很大关系。我们的一些干部，党的观念比较淡薄，全局观念、政策观念、纪律观念并没有真正确立，个人主义、本位主义、小团体主义思想还不时地表现出来。他们中有的对干部管理的一些规章制度不懂不学，有的却是凭借手中权力明知故犯，或搞什么上有政策、下有对策。这是我们干部宏观管理失控和干部工作中出现不正之风的一个重要原因。加强干部宏观管理工作，需要两方面的自觉性，承担总揽宏观管理责任的组织、人事部门，要自觉抓好这项工作；更重要的是各级党委、政府和党政主要领导干部，要增强党的观念，从我做起，要自觉地支持和协调组织、人事部门做好这项工作。为此，对干部、特别是各级领导干部，要进行旨在提高执行中央制定的干部路线、方针和政策的自觉性的教育。建议今后在对各级领导干部进行培训时，增加执行干部路线、方针、政策和执行人事纪律方面的教育，把这方面的内容列入领导成员民主生活会，通过批评与自我批评，对领导干部的权力进行合理约束；同时，也应把这方面的内容纳入干部考核的范围，作为奖惩、晋升依据的条件之一。至于组织、人事部门的工作人员，更应该严以律己，加强自身建设，模范地带头执行好干部宏观管理的各项规章制度。

四、组织部门在干部宏观管理工作中的职责和作用

面对干部管理宏观失控的现状，一些组织部门的同志怕越位揽权，对有些事情不好管，索性不管；而一些人事部门则怕揽权过多，要等到事情明朗了再管，结果出现了谁也不管的空档；一些同志甚至认为，要管，就全拿过来，要不管，不沾边，更省心，这些认识都有失偏颇。江泽民同志在1989年全国组织部长会议上讲："党管干部还是应该集中一点，党的组织部门要管这件事。"我们必须明确认识到，中央和地方各级组织部门，是党中央和各级党委负责干部管理工作的重要职能部门，应在党中央和各级党委的领导下，除负责推荐和管理一批重要干部外，在干部宏观管理中，应履行指导、检查、综合、协调的职责，主要是：

1.对贯彻执行党的干部工作的路线、方针、政策，提出具体实施意见、并组织实施。

2.按照党委的部署和要求，统筹指导本地区的干部人事制度改革。对需要由党委决定的干部工作中的重大问题，组织部门要加强调查研究，做好综合分析，提出意见和建议；人事部门及其他部门提出的干部人事工作的重要建议、方案，在提交党委或政府讨论前，应先与组织部门沟通情况、交换意见。各分管部门在向党委报批属于党委管理的干部时，要由组织部综合上报。

3.严格对干部职级、待遇和领导职数的管理，加强对干部需求预测、结构调整、机构编制、工资政策和分类培训的协调工作。指导人事部门和其他部门的干部管理工作，协调其他干部管理部门之间的

关系,如重要干部跨地区、跨部门的调动、交流,数量较大的干部调配等。

4.参与政府部门主管的干部管理工作的重要决策,如编制干部长远规划和年度计划,制定军转干部安排方案,选调优秀大学生进机关,招收录用干部等。

5.监督检查党的干部路线、方针、政策和国家有关人事法规的贯彻执行。各级组织部门,每年要会同有关部门对干部管理工作进行一次检查,对违反党的干部政策和人事法规的现象,通过一定程序加以制止和纠正,并要通过健全备案制度、审批制度等措施,加强日常监督。

以上五条,是参照宋平同志1988年在全国组织工作会议上的讲话和今年中央组织部宏观管理专题研究班研究的意见,以及中央组织部中组发(90)2号文件精神综合的,有的已见诸文件,有的正报请中央批准。

总之,组织部门在干部宏观管理工作中的任务是艰巨的,让我们从党的事业出发,勇于承担这个重任,在加强宏观管理、治理宏观失控的工作中,作出我们应有的贡献。

※写成于1990年11月18日,曾三次在全省县委组织部部长、省直人事处长干部业务培训班上讲授。

选好试点　择优录用

一、基本情况

乡镇干部的聘用制,是1983年根据中央、国务院关于乡镇干部要逐步从农村优秀人才中选拔聘用的指示展开的,是乡镇干部人事制度改革的一项成果。它对于促进乡镇干部队伍的建设,拓宽基层干部的来源,改善干部队伍的整体结构,搞好基层政权和党的组织建设,都有着十分重要的意义。经过几年来的实践,总体效果是好的,但也存在一些问题。今年1月份,全国组织部长会议上中组部吕枫部长报告中,把"坚持和完善乡镇干部聘用制"作为继续推进干部制度改革的一项重要任务提出。郑社奎部长在今年5月全省组织工作会议上,也作为今年组织工作的一项具体任务提出,要求各级组织部门要会同人事部门,进行从乡镇聘用制干部中公开择优录取部分国家干部的试点工作。会议之后,我们和省人事局多次磋商方案,人事局考试录用处的同志,还深入到吕梁的孝义、临县、兴县、岚县、方山、柳林、石楼、交口、中阳9县及其3镇进行了调研,然后提出了一个关于从优秀农民中选拔干部的意见,组织、人事两家正在商讨,不久即以正式文件下达。

我省是在1983年冬和1984年春,陆续进行了乡镇干部选聘合同制的试点工作。在试点的基础上,1984年9月,组织、人事、财政三家以晋组字(84)61号文件,制定下发了"乡镇干部缺额采用选聘合同制的试行办法",对选聘的范围、对象、条件、选聘办法、审批权限、任期、待遇等,作了明确的规定。根据这个文件,当时全省各地共选聘乡镇干部6148名。1985年10月,随着工资制度改革和选聘中的一些具体问题,组织、人事、财政三家又以晋组字(85)50号文件下达了补充通知,对改进完善"试行办法"作了重要补充。1987年3月14日,中组部、劳动人事部颁发了《关于补充乡镇干部实行选任制和聘用制的暂行规定》,使乡镇选聘干部在全国范围内有一个比较完善健全的制度。我省1985年有聘干6148名,到1990年底统计数字仅有2943名(不一定准确),当然有解聘的。这次调研,吕梁地区属组织、人事部门批准的乡镇机关聘干为271名,1989年省人事局在忻州市调研时,全市有聘干147名,看来各地也不平衡,统计数字也不大准确。

二、具体要求

对从优秀乡镇聘用制干部中公开录用部分国家干部的试点工作，提一些具体要求。从指导思想上讲，要巩固和发展改革成果，有利于坚持和完善乡镇干部选聘制；要加强宏观管理，有计划、有步骤地推进；要坚持公开择优的原则，注重干部的实绩；严格按程序办事，注意从严审批。在具体实施过程中，要做到以下几点：

1.从全局考虑，从事业出发，选好试点单位。也就是说，各地各单位选的试点，一定要考虑到这项工作全面铺开后，确实能够起到提供指导样板作用的试点，而不是夹杂有某些偏见（如这个点选到那里可以照顾某些人的利益等）。一般来讲，在一个地市以及一个县区里，这个点的选择应具有先进性，聘用制工作确实搞得好，干部实绩比较突出；其次要具有代表性，即既有一般干部、又有乡镇一级干部的聘用，若无这方面的典型，也可选择一般聘干搞得好的单位。

2.搞一个比较切实可行的方案，时间、方法、步骤、领导、联系人，8 月底以前一式两份，报省委组织部干部综合处和省人事局考试录用处，方案经批准后再行试点。

3.在搞试点的同时，要对本地、市的乡镇聘用干部进行一次整顿，起码应划清范围，全面考核；确实不符合条件、不胜任现职岗位的要解聘辞退。整顿报告要连同试点报告，一并一式两份报省；有关情况的统计表格，另外设计下发。

4.加强领导，狠抓落实。地、市委组织部门应争取主动，负责牵头，会同当地人事部门抓好这项工作，要确定专人负责联系。省委组织部和省人事局，将要组织人到各地、市的试点上去检查指导工作。

※写于 1991 年 7 月 20 日上午，是当天在各地、市委组织部长会议上的讲话提纲。

适应市场经济　转变政府职能

党的十四大,以小平同志建设有中国特色的社会主义理论为指导,总结过去,思考未来,为我们规划了20世纪90年代继续前进的正确航程,确定了迈向21世纪的行动纲领。十四届三中全会,是十四大之后一次全面推进改革的重要会议,会议通过的《决定》,把党的十四大所确定的建设社会主义市场经济体制的改革目标与基本原则具体化和系统化,勾画了社会主义市场经济体制的基本框架,描绘出继续深化改革的总体蓝图。我们通过学习小平同志文选第三卷和十四届三中全会的《决定》,对所面临的新形势已有了清醒的认识,结合文化部门的实际,如何适应这种形势,进一步转变职能,在双文明建设中充分发挥作用,就是摆在我们文化部门各级领导和同志们面前的一个现实问题。现就围绕这个问题与同志们交换一些意见。

一、为什么要提出转变政府的职能

首先要搞清楚什么叫职能,职能是指人、事物、机构应有的职责作用和功能。我们这里研究的是机构的职能,泛指它的职责任务和职权范围。世界上的大多数国家现行的行政组织结构,一般都是采用层级制与职能制相结合的一种混合型组织结构形式,即以层级制为基础,在每一层级,又设若干的职能部门,这些职能部门又有分管各方面之业务的若干单位组成。这里的职能制又叫分职制,它是被称为"科学管理之父"的美国人泰罗,于1903年在《工场管理》一文中提出来的,以后被引入行政组织。从行政学的角度讲,可以把政府部门的行政管理归纳为规划、组织、用人、指挥和控制等5种职能,随着社会主义市场经济的建立与发展,各级政府的服务职能也提到

了议事日程,这是由我们人民政府为人民的性质所决定的。由于行政管理对象一般为人、财、物,近年来有些学者,又把信息、时间、士气、方法等要素加入。这些职能构成一个整体,通称为行政管理活动。活动的正常有效运行,形成了科学的管理。按照泰罗1911年发表的《科学管理原理》讲,科学管理主要着眼于加快生产进度、降低成本和提高效率,而我们行政机关的科学管理,即要达到十四大报告中所指出的"政企分开,精简、统一、效能"的原则。

提出转变政府职能,是加快政治体制改革的迫切需要。三中全会以来,我们党提出以经济建设为中心,致力于改革开放,先后出台了不少的政策、措施,进行经济体制改革和政治体制改革,先农村,后城市,发展到今天,总的估量是政治体制改革滞后于经济体制改革。我们知道,经济是基础,政治是为经济服务的,随着经济体制改革的深入发展,必然会对政治体制改革提出更加紧迫的要求;二者相互依赖、相互配合、相辅相成,不加快政治体制改革,经济体制改革成果不能巩固,最终也不可能取得成功。特别是随着我国经济运行机制发生深刻变化之后,市场经济的发展与现行政治体制的矛盾也日益显露出来,如要搞活企业,权力却过分集中;让政企分开,却是党政不分;经济部门要追求经济效益,党政机构却缺乏活力、效率低下等,凡此种种,迫切要求政府部门能够转变职能。它成为加快政治体制改革的一项重要内容。

转变政府职能,是适应社会主义市场经济发展的需要。随着社会主义市场经济体制的建立,我国经济运行机制发生了深刻的变化,已由计划经济向市场经济转变,如价格一项,消费品由市场定价的达到了95%,生产资料达到80%多一些,要求政府的管理机构及其职能要与之相适应,努力建设适应社会主义市场经济发展的行政管理体制。但现实的情况是,50年代学苏联计划经济的模式,建立起的一整套政府机构,发展到今天,机构庞大、臃肿,层次重叠,职责交叉，互相扯皮；许多单位是官多兵少，人浮于事，办事效率低下。以我省1988年统计数据为例，省直机关超编2687人，比全国平均数多1549人，为全国之首；省直机关的内设机构970个（不含政法、税务），比全国平均数多231个，仅次于黑龙江省，为全国第二；处级领导的实职为1968人，比全国平均数多459人，排名在四川省、黑龙江省之后，为全国第三。这些势必会严重脱离群众，阻碍企业经营机制的转换，从一定意义上讲，束缚了社会生产力的发展。面对这种现实状况，政府机构不改革不行，政府部门职能不转变不行。

转变政府职能，是加强具有中国特色的社会主义政权建设的需要。建国以来，我们党致力于加强社会主义的政权建设，以革命战争年代根据地政权建设为基础，借鉴东西方国家政权建设的经验，特别是总结我们以往机构改革的经验教训，使我们在这个问题上，学得比较成熟起来。为了避免走过去机构改革"精简—膨胀—再精简—再膨胀"的老路，这次机构改革明确指出，转变政府部门的职能是机构改革的关键。这就抓住了机构改革最本质的东西，即按照"政企分开，精简、统一、效能"的原则，重新调整和配置人员机构，明确各部门的职责，使政府各部门行政管理逐步达到科学化、制度化和法制化，这无疑是对具有中国特色的社会主义政权建设的加强和完善。

二、如何进一步转变政府的职能

这个问题可从两个层次做一些探讨：第一，一般意义上的转变政府职能。首先，要建立合理有效的行政组织机构，这是转变职能的前提和基础；其次，要合理地确定职能以及进行职能的分解，该强化的强化，该弱化的弱化，总的趋势是下放权力，加强宏观，提供服务，强化监督；其三，具体实施过程中，要有利于贯彻和体现这样几个原则：

精干原则。遵循行政管理客观规律，科学设置机构，合理进行

人员编制，既避免机构臃肿、人浮于事，又保证机器能正常运转，达到增加活力的目的。要求：①严格根据实际工作的需要设置机构，确定人员编制，机构、层次重叠的合并，可有可无的合并或撤销；多余的不称职的工作人员，调离现在的岗位，分流从事第三产业或进行正规的培训，以提高政治、业务素质。②把某些困扰行政机关的事务性工作，交给各种企业、社会团体和群众组织去管理。③建立健全各种工作制度，提倡科学方法，降低行政管理中人、财、物的消耗，提高工作效率。

整体效能原则。各部门、各单位，应组合紧凑，职责分明，运转自如，便于指挥统一。这是系统论的实践运用，目的是优化组合，提高效率。要求：①严格划定职权范围，保证同类事情由同一机关和单位负责，不能同时有两个或两个以上的机关及单位负责，避免扯皮推诿、影响效率。②事权确实，职有专司，人有专责，权责相称，鼓励通力合作，协调一致。③组织内部均匀分工，领导机关坚强有力，基层组织健全完善，协调系统配合得当。④建立健全规章制度，不容许个人或局部为所欲为，损害组织整体。

职责权力统一原则。各级行政人员，应当既承担完成本职任务的责任，又享有开展工作所需要的一定权力，二者应相统一，目的是调动各方面的积极性，即有责任去开展某项工作，有权力去开展该项工作，有义务承担行使权力开展工作的后果责任，并有严格的规章制度保障因工作好坏而受到奖惩。

管理"回路"原则，即反馈原则。上级的决策、指令，在监督机关的有效监督之下，由下级和各职能部门贯彻执行；执行的情况及结果，又通过反馈回到上级领导机关，以补充、修正、完善决策、指令，构成一个管理回路。只有反馈道路畅通，才能有效发挥行政组织的功能作用。这一原则是信息论的实践运用，目的是强化检查监督作用。

适应性原则。行政组织结构、体制、职能，不能不定型，也不能定得太死，一般应相对稳定，不断演进，适时调整。

总之，转变政府职能就是要按江泽民总书记所要求的，做好“统筹规划，掌握政策，信息指导，组织协调，提供服务和检查监督”等6个环节的工作。

第二，文化部门的职能转变。国家通过行政机构，对文化事业所实施的规划、组织、指挥、协调、监督等管理活动，为文化行政。国务院文化部是我国文化事业行政管理的中央机构，隶属各级地方政府的文化厅(局)是文化行政管理的地方机构。根据国务院批准的文化部“三定”方案，即国办发(94)20号文件，结合我省的实际情况，文化部门职能转变的指导思想和总的要求是：加强对各项文化事业的宏观管理与调控，从偏重管理直属单位和文化系统，转向管理全社会文化事业；从偏重“办文化”，逐步过渡到以“管文化”为主；从偏重于具体事务性工作，逐步过渡到对整个文化事业发展的调控；从主要依靠行政手段管理，转向依靠法律、经济、行政等手段相结合的综合管理。解决政事不分、政企不分，使文化事、企业单位，成为自主经营、自主发展的社会主义文化事、企业实体。要加强调查研究，制定和完善文化事业发展规划和政策、法规；加强对文化市场、文化艺术研究科技的管理，增强协调、指导、监督、检查及服务等职能。

具体职能可归纳为：1.贯彻党和政府的路线、方针、政策，研究制定全省文化工作的政策、法规并监督执行；2.研究制定全省文化事业发展战略，编制并监督实施文化事业的长期发展规划和年度执行计划，协调文化事业发展的比例关系；3.研究、指导文化管理体制改革，参与制定文化事业劳动人事政策；4.研究制定文化经济政策，宏观调控、调整文化艺术生产的经营和投资方向，统筹安排省财政和上级文化部门拨给文化厅的经费，规划、指导文化设施建设；5.综合管理

全省的文化艺术事业,协调、指导厅直属艺术单位的业务建设,指导文学艺术的创作与生产,归口管理全省性的重大的文化活动,指导、协调电影事业的发展;6.制定艺术教育工作的发展政策,编制艺术教育和在职教育事业发展规划;7.调查、分析文化艺术科技研究和发展的重大问题,组织制定其发展规划、方针、政策,推动文化科学技术的进步;8.归口管理全省文化市场,会同有关部门制定文化市场的发展规划和政策、法规,指导文化市场稽查工作;9.综合管理全省社会文化事业,指导社会文化事业的发展,管理群众文化事业,指导、协调、推动少年儿童文化事业的发展;10.综合管理全省图书馆事业,调查研究图书文献资源的建设、开发和利用,推动图书馆事业标准化、网络化及现代化建设;11.归口管理全省对外文化交流和对港、澳、台地区文化交流工作,制定有关政策、法规,编制年度执行计划和文化交流项目计划,并监督执行;12.统筹规划文化艺术事业骨干的培训,按照干部管理权限,管理厅机关和厅直单位的人事,加强文艺队伍的建设;13.承办省委、省政府交办的其他事项。

三、在双文明建设中充分发挥文化部门的作用

在《邓小平文选》第三卷中,小平同志曾多次讲到,要坚持"两手抓,两手都要硬",要使社会主义精神文明建设与物质文明建设协调发展。这些重要的论断,构成了具有中国特色的社会主义理论的重要内容。文化部门作为承担精神文明建设任务的部门之一,更应适应社会主义市场经济的发展,充分发挥其在双文明建设中的作用,在这方面是可以大有作为的。

如何去发挥作用,综合起来有这样几点:1.繁荣社会主义文化事业,充分满足人民群众日益增长的文化生活需求,解决人们渴望的精神食粮;2.创作内容健康向上,充分反映时代精神,特别是讴歌改革开放和现代化建设、又具有艺术魅力的产品,以教育和鼓舞人民群众,提高国民的素质;3.适应市场经济的发展,促进精神文化的大众化、多样化（如商业文化、旅游文化、地域文化、宗教文化、饮食文化、服装文化、建筑文化、电脑文化、设计文化、商标文化、包装文化、装潢文化、广告文化、展销文化、公共文化等），让文化广泛渗透到物质生产各个环节之中，创造和谐的人际关系和优美的生活环境，以提高整个社会发展的文明程度；4.搞好社区文化、村镇文化、企业文化、校园文化建设，把精神文明建设落实到城乡基层及各个方面；5.加强对外文化交流，为繁荣经济、增进友谊、促进对外贸易，牵线搭桥，既弘扬了优秀的中华传统文化，又为市场经济的发展提供了精神动力和良好的文化氛围；6.加强文化市场管理，重视文化事、企业的社会效益与经济效益相统一，坚持扫黄和不断清除文化垃圾，抑制市场经济对精神文明建设带来的负面影响，净化社会环境和人们的灵魂。

总之，随着社会主义市场经济体制的建立，为适应社会主义市场经济的发展，文化部门应进一步转变政府职能，积极为经济建设提供服务，在双文明建设中作出应有的贡献。

※写成于 1994 年 4 月 25 日，曾三次在文化厅业余党校厅直单位党政骨干培训班上讲授，当时兼任厅机关党委书记。

文化部门党务干部应有的素质

这期业余党校支部书记培训班，安排我就党务干部应有的素质与大家进行一些研讨。这不是什么新问题，却是要经常遇到的问题，也不是什么深奥的理论问题，而主要是个实践的问题。可能有多种认识和表述，我谈一些自己的认识和看法，与大家商讨。

一、领导者的基本素质要求及其重要性

同志们虽为文化部门的党务工作者，但因均担任一定的职务，

负有一定的领导职责，亦属领导者的范畴。所谓领导者，就是指担负领导职务、实行领导职能、实现领导权的人，是人类社会活动中的指导者、组织者及协调者。现代领导包括三方面的内容：一是权力；二是责任；三是服务，正如小平同志所说："什么是领导，领导就是服务。"

所谓素质，原指人的先天的生理上的特点，主要是感觉器官和神经系统方面的特点，是生来具有的；这种素质只是心理发展的生理条件。由于人是高级动物，其素质的发育、成熟是在社会实践中不断发展完善，特别是通过实践和学习，得到不同程度的补偿和提高，也就是我们经常讲到的注重修养和锻炼。在同样的环境条件下，有的人进步快，有的则进步缓慢，主要取决于后天的学习、修养和锻炼。

作为领导者的基本素质要求，其一是要有自知之明。这也是个思想方法问题，应当有点辩证法，不要搞形而上学、绝对化。一个好的领导，既要有知人之明，更要有自知之明，对人不要求全责备，对己却应严格要求，既要看到自己的长处，更应清醒地认识到自己的弱点和不足，这样才能正确把握自己，找准自己的位置。其二是要多谋善断。任何领导者，在工作中都会碰到大量的问题，并且往往需要及时做出决断。在具体实施过程中，墨守成规办不成什么事，莽撞乱闯也不能把事情办好，重要的是要多谋善断。多谋，就是要多思多想，遇事要估计到有几种可能，包括要有最不好的打算；善断，就是要善于根据实际情况做出正确的决策。此外，多谋善断还包含了风险性与责任性。其三要有开拓创新精神。领导者的任务，就是要带领群众去实现某种任务和目标，或者说能够带领人们去创业，而不是守摊子、坐享其成。如果一个领导者，没有高度的事业心和政治责任感，没有创新和不断进取的精神，庸庸碌碌，无所作为，那他就失去了做领导的资格。特别是在实现"四化"大业的征程中，面对日新月异的发展变化，更要求领导者必须具备这样一个基本素质。其四要善于处理同各方面的关系。领导者由于工作和岗位的需要，总要同上下左右各方面打交道。处理好同各方面的关系，既是一种领导艺术，也是领导者必备的素质修养。这中间，既能坚持原则，抵制不正之风，又要有民主作风与宽容精神，能够和各方面合作共事，特别要善于处理好同下属人员及群众的关系，把自己置于群众的监督之下。

领导者个人素质的高低，直接关系到工作的效果和质量，关乎事业的发展和成败；也影响到班子（或集团）的战斗力与凝聚力，影响到党组织和国家机关的形象和威望。正因为如此，党和政府历来都十分重视领导干部的素质，不断地采取措施，来加强和提高各级领导干部的素质，以适应形势和任务对领导者的要求。

二、文化部门的党务干部应具有的素质

文化部门的党务工作者，特别是各级党组织的主要负责同志，是领导干部中的一部分，担负着在文化战线贯彻党的基本路线，贯彻党的文艺方针政策，带领广大党员，团结和影响广大文艺工作者，为繁荣文艺事业，服务经济建设，搞好精神文明建设，作出自己应有的贡献。不仅要有一般领导者所具有的素质，而且还应有和文化部门相适应的素质要求，概括起来主要有以下几个方面：

1.政治上的坚定性。应包含这样几个内容：①牢固树立共产主义的坚定信念。党章指出："党的最终奋斗目标，是实现共产主义的社会制度。"这个奋斗目标，反映了历史发展的客观规律，是历史赋予共产党人的崇高使命。作为一名党的负责人，是全体党员的"主心骨"，广大群众的"领头雁"，只有坚定共产主义的信仰，才能无愧于党务领导者的身份及职责，才会在尖锐复杂的斗争环境中，保持清醒的头脑，带领党员和广大群众一道前进。②贯彻党的基本路线不动摇。党在社会主义初级阶段的基本路线，是我们党根据马克思

主义基本原理和中国国情,积几十年革命和建设经验,向当代中国共产党人提出的在社会主义初级阶段的行动纲领,是实现共产主义理想的必由之路。党务领导者应带头深刻领会基本路线的精神,牢固树立以经济建设为中心的思想,坚持四项基本原则,坚持改革开放,投身“四化”大业,站在中国特色社会主义现代化建设的最前列。③在政治思想上和党中央保持一致,这是党的政治纪律,是贯彻执行党的路线、方针及政策的组织保证。只有这样,才能维护全党的团结统一,使党的各项决策落到实处。④坚决贯彻执行党的文艺方针、政策,让无产阶级的思想,牢固占领意识形态领域和文艺战线这块阵地。

2.为人民服务的公仆意识。全心全意为人民服务是我们党的宗旨,是无产阶级党性原则的集中体现。能否坚持这个宗旨,是党的各级领导党性强不强的重要标志。而要做到这一点,就应当树立起三种境界,其一,立党为公的境界,先公后私,公而忘私,淡泊名利,勤于奉献;其二,执政为国的境界,自觉为实现建设有中国特色的社会主义现代化国家,兢兢业业,艰苦奋斗,立足本职,守土有责,为繁荣发展文艺事业,带领群众不断开创本单位工作的新局面;其三,做官为民的境界,正确使用手中权力,为官一任,造福一方,多为广大职工及文艺工作者谋福利,办实事。此外,还有个坚持“双为”方针的问题,真正做到文艺为人民大众服务。

3.坚持民主集中制,善于团结一班人。民主集中制是我们党的组织原则,是加强领导班子建设的核心问题和关键环节。四中全会把这一问题,作为党的建设的一个大问题提出,可见其的重要性及必要性。小平同志指出:“民主集中制执行得不好,党是可以变质的,国家是可以变质的,社会主义也可以变质的,干部也是可以变质的,个人也是可以变质的。”江泽民同志说:“靠什么来保证党在组织上行动上的一致呢?最重要的就是严格执行民主集中制。”当前,在这方面还存在不少问题，如有集权主义、个人专断主义，遇事不商量、不通气，个人说了算，甚至一些重要事，像用人问题、大额经济的开支及立项等，互不协商；有分散主义、自由主义，各自为政，形不成拳头；有好人主义，没有战斗力；有班子不协调，搞不团结等等。而要解决这些问题，首先，应进行民主集中制的再教育、再认识，要把坚持民主集中制，看成是我们党的政治生命，作为班子建设一项重要内容来对待。其次，要正确处理好班长与一班人、集体领导与分工负责、少数与多数、局部与全局等关系。作为党的各级书记，应当有民主作风、容人风度，大事讲原则，小事讲风格，必要时受些委屈，任劳任怨，提倡相互帮助，相互谅解，努力去营造一个团结和谐、心情舒畅的小环境，要善于协调，排除不团结因素，化解矛盾，合作共事。其三，要加强制度建设，坚持民主生活会，贯彻执行党委会工作条例、干部选拔任用条例、办事公开制度等，一切按规定、程序办事。其四，应加强党内外群众的监督，坚持民主评议干部、评议党员。

4.尊重知识，尊重人才，甘为人梯，乐于服务。文化部门是知识分子成堆的地方，聚集了不少艺术家和出类拔萃的文艺人才。在文化部门从事党务工作的领导，要会识人用才，努力为人才的成长、发展创造良好的环境，使所在单位人尽其才、才尽其用，形成人才辈出、事业兴旺的局面。而要做到这样，就要树立新的用人观点，不拘一格选才用才，特别要注意选用比自己水平高的、有发展潜力的，曾经反对过自己或意见不一致的，也应该一视同仁，择优任用，反对任人唯亲、唯资、唯顺、唯全；要重视培养教育人才，解决文艺界后继乏人的问题；还要采取得力措施，保护人才，防止现有人才的流失。

5.善于做人的思想工作。做人的思想工作，是我们党的政治优势和光荣传统，也是党组织日常工作的一个重要方面。文化部门由于历史及职业等原因，尚有大量的思想工作需要做，特别是在改革开放与发展市场经济的情况下，党内外人士的思想活跃，社会上的

许多热点难点问题，和本单位的人际关系、现实问题、历史遗留问题交织在一起，急需我们党的领导干部花大力气、下硬功夫，做好新时期的人的思想工作。要提倡交朋友，建感情，不推诿，有耐心，晓之以理，动之以情（无情，逆反心理随生，无理，即不可服人），化解矛盾，排忧解难，最大限度地调动广大文艺工作者的积极性，为繁荣文艺、发展艺术生产力，做一些扎实细致的安抚铺垫工作。在做思想工作的过程中，要切忌简单化，谨防激化了矛盾，也不可是“三天打鱼，两天晒网”，或一曝十寒，这些都是不可取的。

6.严于律己，廉洁奉公。这是对党务工作者个人素质的基本要求。在日常的工作和生活中，由于领导者的一举一动、一言一行的影响面要比一般群众大，又容易受人注意；加之被领导者对领导者的要求，往往比对一般人要严要高的现实；这就要求身负领导责任的同志们，时时、事事、处处对自己要高标准，严要求，以身作则，廉洁奉公。我国古代先贤哲人在这方面就讲过许多经典的语言，也是古人们在自我修养方面的经验之谈。孔子在《论语·子路》中说过：“其身正，不令而行；其身不正，虽令不从。”这是强调榜样之影响及其作用的；汉代扬雄在《法言·君子》中讲：“人必其自爱也，然后人爱诸；人必其自敬也，然后人敬诸。”这是说人应该严格要求自己，只有做到自爱自重，然后才能得到别人的尊重和爱戴；宋代李邦献《省心杂言》中有一段话：“轻财足以聚人，律己足以服人，量宽足以得人，身先足以率人。”是强调严于律己的重要。这些都说明一个道理，单纯依靠领导身份及权力来发号施令，是做不好工作的。称职的领导者，则是以自己的模范行为及以身作则，去潜移默化地影响群众，以形成一种无形的榜样力量，建立一种可靠的威信。

三、加强学习，勇于实践，在提高素质上下功夫

素质问题牵涉的面比较广，涉及政治立场、思想方法、道德修养、文化知识及心理气质等，因而提高素质的途径也很多。但综合

起来考虑,主要是:

1.加强学习。要学习政治理论,学习和业务工作相关的文化知识,只有知识的面广博些,才可对从事的业务有精深的了解,才能和管理对象有共同的语言,才会取得对业务工作的参与和决策资格,才有做好工作的本领及条件。同时,还应注意多读书、勤思考,在改造世界观上下功夫。

2.勇于实践。要强调理论联系实际,言行一致,积极参与有利于提高自身素质的相关活动;虚心向优秀的同志学习,以人之长,补己之短;善于总结经验教训,勇于改正自己的不足,才能在实践中不断地前进。

3.注重提高领导班子的群体素质。个人的智慧与力量总是有限的,应依靠和发挥领导班子的集体智慧和力量。如同1加1可以大于2,但也可以小于2一样,要注意班子成员的团结与互补性,最大限度地发挥整体效能。把领导班子建设好了,就能无往不胜地去开展各项工作。

※写于1995年3月27日,曾在文化厅业余党校党支部书记培训班上讲授。

艺术档案开好局

全省艺术档案工作会议经过几个月的认真筹备,今天正式开幕了。这次会议主要是总结交流近年来我省艺术档案工作的经验,研究和部署下一阶段的工作,以期推动我省艺术档案工作向前迈进一大步,尽快赶上和超过全国艺术档案工作的整体水平。厅党组对艺术档案工作十分重视,不仅列入了年初工作计划,而且于今年六月下发了《关于进一步加强全省艺术档案工作的通知》,特别是自艺术

档案工作开展十多年来,第一次召开全省性的艺术档案工作会议,而且得到了省档案局、省财政厅等有关部门的大力支持,这些无疑将对全省的艺术档案工作起到积极的推动作用。省档案局的周文儒副局长已经讲了开展艺术档案工作的重要意义和今后我省抓好艺术档案工作十分重要的指导性意见。下面,我想就目前我省乃至全国艺术档案工作的现状和下一步如何抓好我省艺术档案工作,谈几点具体意见。

一、目前全国和我省艺术档案工作开展的基本情况

自 1983 年文化部与国家档案局颁布《艺术档案工作暂行办法》以来,全国的艺术档案工作从起步到初具规模,走过了一段艰辛的历程。文化部和各省、市、自治区文化主管部门,先后制定了各种规章制度,举办了各种座谈交流、培训、评比、表彰等多种形式的活动,广泛宣传了艺术档案工作;从实践中增强了各级领导与文艺工作者的艺术档案意识;收集、整理并保存了大量的文化艺术资料并进行了不同程度的开发利用;在事业发展的同时,逐步造就了一支艺术档案工作的专业队伍。具体来讲,可归结为以下六个方面:

1.开创了艺术档案管理这个新兴的学科领域,扩展了国家档案的门类,丰富和发展了档案学理论。

2.艺术档案事业从无到有,取得了开拓性的进展,全国各地文化部门收集、整理、保存了数量可观的艺术档案,并已在艺术生产、艺术研究、艺术教育、编史修志、集成编纂、职称评定以及对内对外文化交流等方面发挥了积极的不可替代的作用。

3.各级文化主管部门认真贯彻《档案法》,制定了各种相应的规章制度,如文化部先后制定了《艺术档案工作暂行办法》《艺术档案整理规则》等。各地根据实际情况也制定了《实施细则》以及各种管理办法,这在一定程度上强化了艺术档案管理的统一性、规范性和科学性。

4.全国已初步形成了一支具备一定思想水平和业务素质的艺术档案队伍。

5.江西、内蒙古、浙江、江苏、上海等省、市、区,已经建立了省级艺术档案馆,并在本地区艺术档案建档普及、队伍建设、业务指导、宣传交流、理论研究等方面发挥了重要作用。

6.艺术档案理论研究已开始起步,并通过举办艺术档案理论讨论会和办艺术档案刊物,推出了一大批具有一定理论水平和实践指导意义的论文。

我省艺术档案工作在文化部和各级档案部门的关怀指导下,通过各级文化主管部门和艺术档案工作者的共同努力,有了较明显的进展;特别是在艺术档案建档普及方面做了大量的工作,许多文化艺术单位都加强了艺术档案资料的收集、整理和归档工作,不少单位建立了较为规范的艺术档案室,并在艺术档案的利用方面获得了一定成效。艺术档案的建档,逐步由艺术表演团体向群众文化、艺术教育、艺术科研等其他文化艺术单位扩展。这些年来,我们通过重点抓省直艺术表演团体艺术档案的建档工作,带动和促进地市以及其他文化艺术单位艺术档案的普及,收到较明显的成效,涌现出一批艺术档案工作较好的单位。其中,省话剧院艺术档案室在华北地区第一次艺术档案协作会议上介绍了先进经验;省京剧院、省晋剧院、省歌舞剧院也建立了较为规范的艺术档案室;省文化厅录音录像室抢救录制了一大批名老艺人和濒临灭绝的传统艺术剧种的珍贵资料;省戏研所、音舞所结合专业集成、志书编纂,收集了大量的民族民间艺术资料;太原市群艺馆、临猗县眉户剧团等地市级和县级文化艺术单位,也都在艺术档案收集整理方面做出了较为明显的成绩。据不完全统计,目前全省已建艺术档案机构 33 个;从事艺术档案工作的人员 95 名,其中专职人员 20 名;形成艺术档案文字材料 36293 卷;音像档案 7233 盒(盘),照片档案 16805 张,实物档案

46171 件;形成完整的剧目档案 7148 个,节目档案 2507 个。

二、存在的主要问题

我省的艺术档案工作,尽管近年来作了一些努力,取得了一定成绩,但还存在不少问题,特别是与文化部的要求和兄弟省、市相比还有很大差距。这些问题主要是:

1.有相当一部分文化部门和文化艺术单位的领导同志,还没有树立起较强的艺术档案意识,因而还未将艺术档案工作列入自己的议事日程,没有像重视抓艺术生产一样去抓艺术档案工作。在这些地方和单位,艺术档案工作还仅仅停留在文件上、口头上,还未动手认真去抓落实。值得注意的是,艺术表演团体在体制改革中,普遍忽视艺术档案建设,使这一关乎事业发展的基本建设,在自己的工作中无一席之地。

2.艺术档案普及率还相当低,艺术档案的空白点还很多,已建档的单位只占应建档单位的 16%。大量的艺术资料,还散失在民间、社会上和个人手中,给文艺事业造成不应有或不可弥补的损失。

3.已建立艺术档案机构的单位,其档案整理、归档管理还不符合统一的规范化的要求,建档质量不高,缺乏科学性,直接影响到艺术档案的利用和开发。

4.艺术档案工作队伍不能相对稳定,人员素质普遍不高,直接影响到管理水平。

5.艺术档案工作的政策法规建设还很薄弱,还没有制定出一套相应的管理规章制度和办法,全局性的指导还很不得力。

三、关于加强我省艺术档案工作的几点意见

1.要进一步提高认识,加强领导。提高认识,主要是提高各级文化主管部门和文化艺术单位领导的认识,要使他们充分认识开展艺术档案工作的重要意义。大家知道,艺术档案是艺术实践的真实反映,是艺术成果的储存和积累,是广大艺术工作者辛勤劳动的历史记录，是进行艺术生产、教学、研究、交流等工作的依据和必要条件，它是国家宝贵的文化财富，也是国家档案的重要组成部分。把各项艺术活动中所形成的资料认真地收集整理，对文化事业的繁荣发展将起到承前启后、借鉴促进的作用。事实告诉我们，艺术档案在为文化艺术的再生产，为国内外文化交流、纂写文化艺术史志，为文化艺术理论研究和教育，为文化艺术工作者成绩考核，以及探索文化艺术规律、总结经验，为社会主义文化艺术的发展在宏观决策、制定文艺大政方针上，都发挥着重要的作用。因此，搞好艺术档案，就文化战线来讲，也可以说是功在当代、利在千秋的事，是文化艺术事业建设和发展之必需。

正因为这样，就需要把艺术档案工作，列入各级文化部门和文化艺术单位的重要议事日程，各级文化部门和文化艺术单位的领导，应当像抓艺术生产一样，下功夫抓好艺术档案工作。

①建立艺术档案工作领导机构。明确分工，责任到人，目前省厅已在酝酿成立艺术档案领导小组，要求各级文化主管部门也要建立相应的机构。

②认真和及时研究解决艺术档案工作中存在的问题，包括人（队伍）、财（艺术档案工作经费）、物（建档必要的场所和设备）等等问题。

③加强督促检查，把建档工作落到实处。

④把艺术档案工作列入年度工作考核内容。

明年，华北地区第二次艺术档案协作会将在我省召开，这是一次可供我们学习和推动工作的好机会，希望各地作好准备，以优异的成绩迎接这次重要会议在我省召开。

2.扎扎实实地抓好艺术档案建档工作的普及和提高。关于普及问题，要求地市级以上未建艺术档案室的文化艺术单位要创造条件，务必在 1996 年 6 月底前全部建立起来，彻底消灭省级、地市级文

化艺术单位艺术档案机构的空白点；同时，力争经过一年、甚至更长一段时间的努力，在县级文化艺术单位建起艺术档案室；暂时无条件建立艺术档案室的单位，也要指定专人负责艺术档案工作。要广泛地收集材料，并组织人员对过去散失的、有保存价值的，特别是放在个人手中的材料，进行认真的收集、清理、鉴别，包括收集老艺术家的材料、艺术表演团体剧节目的全面艺术总结材料和个人手中的民间艺术材料等，为全面建档工作做好准备。

关于提高问题，主要是指已建档的单位，要加强业务建设，提高艺术档案建档的案卷质量和管理水平。在省厅未出台《艺术档案整理规则》实施细则以前，要按照文化部《规则》，重新规范已有案卷（包括购置统一的档案盒），达到统一的标准，为将来统一的管理、利用和现代化管理打好基础；同时要对短缺、不完整的资料作相应的充实，不真实的作相应的调整，力争使已有的艺术档案更加完整、更具有权威性。

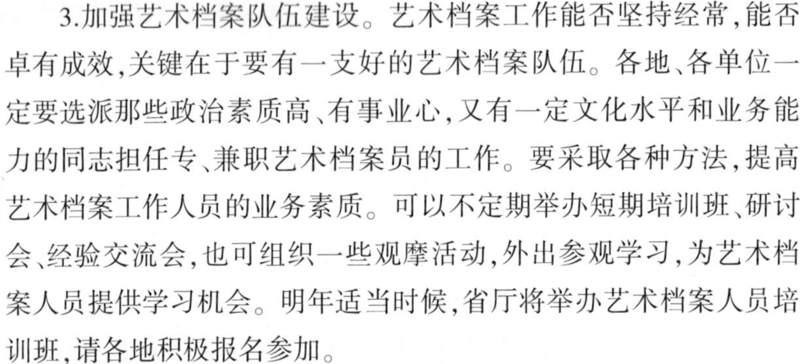

3.加强艺术档案队伍建设。艺术档案工作能否坚持经常，能否卓有成效，关键在于要有一支好的艺术档案队伍。各地、各单位一定要选派那些政治素质高、有事业心，又有一定文化水平和业务能力的同志担任专、兼职艺术档案员的工作。要采取各种方法，提高艺术档案工作人员的业务素质。可以不定期举办短期培训班、研讨会、经验交流会，也可组织一些观摩活动，外出参观学习，为艺术档案人员提供学习机会。明年适当时候，省厅将举办艺术档案人员培训班，请各地积极报名参加。

4.加强艺术档案的宣传和开发利用，争取全社会对这项事业的关心、理解和支持。

①关于艺术档案宣传。由于艺术档案是一门新兴的学科，目前在我省还鲜为人知，因此必须加强宣传力度。要通过发文件、简报，开会和请领导讲话，以及新闻报道、举办艺术档案成果展览等手段，

认真宣传国家《档案法》，文化部、国家档案局《艺术档案工作暂行办法》和《艺术档案整理规则》等有关法规、规章。首先要搞好文化系统干部职工和艺术档案人员的自身教育，认识到艺术档案工作的重要性，树立建档意识。

②关于艺术档案利用。艺术档案工作的根本目的是档案资料的利用，其重要价值就体现在直接为艺术生产、艺术研究和教育服务。因此，只有通过艺术档案的开发利用，才能获得领导的支持和社会的承认，才能争得艺术档案应有的地位。近期内，主要是通过提供完整的艺术档案资料，比如剧（节）目演出本、曲谱、剧照、舞美设计图、艺术音像带及专业艺术人员个人艺术档案等资料，为艺术创作、艺术研究、艺术教育、职称评定和史志编纂服务；从长远考虑，要逐步纳入计算机管理，实现信息资源、艺术档案资源共享的目标。对此，省厅准备先收集掌握地、市以上文化艺术单位艺术档案编目情况，然后再扩大到掌握县级艺术档案编目情况，在条件成熟时，纳入计算机管理，为建立全省性的艺术档案馆创造条件。

5.加强协作，密切配合，共同抓好艺术档案工作。艺术档案是一门新兴学科，它涉及文化艺术行业的各个部门和各类人员。作为主管艺术档案工作的综合部门，只是起协调、组织、督促、管理等作用，只有各部门和全体文艺工作者的密切协作和共同努力，才能把这项工作真正搞好。因此要求：

①各级文化行政部门的业务处（科）室，要与具体负责艺术档案工作的办公室密切配合。艺术档案工作涉及艺术表演团体、艺术院校、艺术研究、群众文化、专业画院以及影视制作等部门和单位，因此，分管这些单位的业务处（科）室，必须过问艺术档案工作，把艺术档案工作列入专业艺术、群众文化、艺术教育、艺术科研工作的考核内容。

②专业艺术人员要与艺术档案人员密切配合。一般来讲，在进

行艺术创作、举办艺术活动，即进行艺术生产的同时，就产生了艺术档案资料，因此，艺术档案的材料收集要与艺术生产同步进行。这就要求艺术创作人员、艺术活动的组织者和参与者，时刻考虑到所有的创作生产活动，都要保存有价值的资料，并积极主动地向艺术档案部门和人员提供。反对那种将艺术资料私有、甚至垄断的做法。

同志们，我省的艺术档案工作，这些年来虽然作了一定的努力，但基本处于起步阶段和自发状态，像今天这样召开全省性的会议，即自觉地自上而下抓，还是头一次。各级文化部门的领导和全体艺术档案工作者，更要有信心、有勇气，为了文化艺术事业的建设和发展，一定要做好这一清苦、平凡而又十分重要的工作。力争在较短的时间内，缩小与兄弟省、市的差距，进而赶上和超过全国艺术档案工作的整体水平，迎接我省艺术档案工作繁荣的明天！

※原为1995年10月23日的会议讲话稿，后发表于1995年《山西文化》杂志第6期，当时分管艺术档案工作。

与新上岗处级干部的漫谈

我们提倡勤奋好学，一专多能。对于一个领导者来讲，能否勤奋好学，是否具备和自己工作岗位相适应的文化素养至关重要。自古以来，就强调为官者要有真才实学，《论语·子张》篇中，子夏曰："仕而优则学，学而优则仕。"原本是说，做官了，有余力便去学习；学习了，有余力便去做官，主张为官者要不断地学习。以后竟衍变为学习成绩优秀的就可以去做官，"文革"中曾被当作读书做官论大批特批。若冷静地去分析，学优者不仕，难道让学劣者而仕吗？当然学优的也不一定都去做官，这不要搞绝对化了。中国古代学者对学习的重要性，都有精辟的见解。汉代王充在《论衡·量知》篇中讲："胸中不学，犹手中无钱也。"三国诸葛亮在《诫子书》中说"非学无以广才，非志无以成学。"唐吴兢在《贞观政要》中称"勤于学问，谓之懿德"。唐段成式在《酉阳杂俎》中讲"人不读书，其犹夜行"。宋欧阳修在"杂说三首"中说"君子之学也，其可一日而息乎"？同时代的陆九渊也指出，"人之知识，若登梯然；进一级，则所见愈广"。近代鲁迅也曾讲过："倘能生存，我当然仍要学习。"伟大导师列宁说得就更直接了："我们一定要给自己提出这样的任务，第一是学习，第二是学习，第三还是学习。"上述文人学者乃至伟人导师的论述，都强调了读书学习的重要性，把它看作是做人的一种美德。封建社会的文人学士尚如此看重学习，何况我们是90年代承担"四化"大业的领导人才呢？更应把学习摆在重要的位置。

在"四化"建设的征程中，能否掌握和运用现代科学技术和文化知识，是决定建设成败的一个关键。更何况"四化"建设日新月异，各方面的知识，还会不断地产生、发展与更新。正因为这样，我们党一贯重视干部的知识化，采取一系列措施，加强这方面的工作。让我们的各级领导，不仅具有与"四化"大业相适应的现代科技文化知识，而且还应掌握与自己工作相关的专业知识和管理知识，只有这样，才能使领导者成为懂行的管理者，以取得领导工作的话语权与主动权。但现实的情况是，在我们的干部队伍中，知识水平参差不齐，文化素质有高有低；那种以低标准自居、甘于当外行的领导者，在现代领导岗位上势必会被淘汰的。面对这种情况，我们提倡勤奋好学，一专多能，就是要求原先知识底子薄的，要采取多种的方式迎头补上；原来基础好的，也应再学习，进行必要的知识更新。在文化部门工作的领导同志，不管你原来是学什么专业的，还应当多学一些文学、历史、哲学、心理学、美学、行政管理学以及与分管工作有关的专业知识，并要多浏览、多实践，努力使自己成为一个知识博雅、

眼界开阔、思维敏捷、极具魄力的“通才”与“杂家”。实践证明，人的才能永远是同知识积累的多寡联系在一起的，学习的好坏，将决定着一个人的领导水平和工作能力，也必然影响到事业的发展和工作的成效。

大家作为即将上岗的领导者，应对上岗有一个正确的认识。应当认识到，晋升上岗，责任重大，组织信任，群众期盼，尚有不足，还需努力。要以谦虚谨慎的态度走上新的领导岗位，要思谋多贡献、少索取，把责任看得重些，将名利看得淡些。上岗后，思想状态应知难而进，不能畏首畏尾；工作态度应有所作为，不可无所事事；在工作氛围上，要注意团结，摆正位置，多一些相互支持、合作、理解及谅解，不可洋洋自得、高人一等、争名争利、斤斤计较；同时还应加强学习，加强自我修养，加强实践锻炼，不可自满自足，停止不前。希望大家在新的工作岗位上，能坚定正确的政治方向，具有为民服务的公仆意识、合作共事的容人风度、甘为人梯的奉献精神、勤奋刻苦的治学态度、活血化瘀的疏导本领、勤政廉洁的表率作用，就是要不断地改造自己的主观世界，以良好的思想品德和工作状态，尽快熟悉工作岗位业务，争取成为新工作岗位的行家里手，不要辜负了组织的信任和群众的期望。

※摘自 1995 年 11 月 25 日、12 月 1 日的工作日志，是对文化厅机关及所属单位新上岗处级干部培训班讲话提纲的部分内容。

端正入党动机　加强艺德修养

同志们是我们省直文化系统要求入党的积极分子，想必都认真学习过《党章》，对党的基本知识已有了一定的了解。今天想就入党动机和艺德修养方面的认识，与大家交换些意见，作为入党前的一次党课教育内容。

一、端正入党动机

入党动机指的是,人们抱着什么样的目的而入党的问题,入党动机的纯不纯,标志着党性的纯不纯。端正入党动机,是一个人向党组织靠拢、要求进步的自觉与成熟的开始。带着各种不同的目的和动机,要求加入党组织,不是什么稀罕的事。革命战争年代,我们党还不是执政党时,刘少奇同志即在《论共产党员的修养》一书的第七部分,对抱着正确与不正确的入党目的及动机,做过具体的举例剖析,很有针对性与说服力。建国后,和平建设时期,我们党已成为执政党,有相当一部分人的入党,口头上讲得冠冕堂皇、振振有词,思想深处却是带着入党可出人头地、追求荣誉名利、可提拔重用、能有权有势、捞取好处等潜意识。综观各种入党动机和目的,不外乎两大类,即入党为公和入党为私。要让自己的入党动机摆正确,就应当在"破私立公"上下功夫。必须明确,想做一个名副其实的共产党员,长远的目标就是要为共产主义奋斗终身,日常处事就必须要全心全意为人民服务,在利益面前要个人利益无条件地服从党的利益,还要吃苦在先,享受在后,事事处处起模范带头作用等,这些与谋私、获利、捞好处是格格不入的。带着一些不健康的潜意识加入党组织,也不是什么了不起的事。要知道,端正入党动机是一个长期的任务,也就是我们经常讲到的,组织上入了党的人,还要求得思想上真正入党。哲学的基本问题是存在决定意识,人的思想要受客观社会环境的影响,特别是在和个人利益发生矛盾冲突时,表现得最明显,斗争也最激烈;在党的历史上,有的党员就因为信仰动摇、利欲熏心、个人野心膨胀,最终扮演了和党是同路人的角色,或贪污、腐败、堕落,或分道扬镳,有的竟投敌叛党,其中既有曾经担任过党的各级领导职务的,也有普通的党员。这沉痛的教训充分说明,入党动机的端正是一个长期的过程,要真正做到从思想上入党,必

须不断地加强自我修养和完善。

二、注意艺德修养

同志们作为在文化艺术界工作的入党积极分子，加强艺德修养，也是日常要遇到的一个重要议题。所谓艺德，即是指文艺工作者的职业道德。党的十四届六中全会决定的加强思想道德建设的内容中，即把职业道德教育作为一项重要任务提出。在这一方面，文化战线的共产党员和建党积极分子，就应注意正确处理好几种关系：1.爱岗敬业与敷衍了事，在文艺工作岗位上的党员及入党积极分子，应热爱自己的本职工作，带头履行自己的岗位职责，完成交给自己的各项任务；不应对岗位职责和所担负的工作，敷衍了事或推诿塞责，而凭借自己的一技之能，去揽私活，赚外快。2.组织需要与个人意愿，工作中或承担任务时（包括演出分配角色），要以组织需要为重，确有不合适的理由，可提出商议；一经决定后，宁肯舍弃个人意愿，牺牲个人利益，亦应服从组织决定，不能我行我素，为所欲为，搞自由主义。3.共产党员与艺术家，作为党员艺术家，首先要牢记自己是一名共产党员，其次才是艺术家；不能因为自己在某一个方面有专长，造诣深，名望高，竟不顾及党的声誉及利益，欲望膨胀，缺乏理智，与党组织讨价还价，干一些与共产党员的身份不相称的事。4.红花与绿叶，也就是个体与群体的关系。俗话说“红花还得绿叶扶”，一个人水平再高，能力再强，即使有天大的本事，离开组织的培养教育和群众的配合支持，也会一事无成的。不可因自己荣誉多、名气大，就忘乎所以，傲慢待人，脱离群众，要知道，依靠群众，紧密联系群众是我们党的优良作风之一，万万不可丢掉。5.同行相轻、名家相忌与同行相敬、名家互重，这在文化艺术界同行相处中也是一个不可忽视的问题。传统恶习中，便有“文人相轻”“当行厌当行”“同行是冤家”以及传艺中“教会徒弟，饿死师傅”的说法，说白了，就是自视才高、互相瞧不起或忌讳别人超过自己、同行抢了自己的饭碗。这在封建社会情有可原,但也不尽然。古往今来,文坛艺苑的文士艺人相敬相重的例子也不乏其人。唐代大诗人李白与杜甫,就是互慕才学,互重互敬,终生为友的。被后人誉为"诗仙"的李白,才华横溢,自负自信,当他登上黄鹤楼要即兴题诗时,看到比他小几岁、名气没他高的崔颢题写的吟黄鹤楼诗,十分佩服,不禁叹道:"眼前有景道不得,崔颢题诗在上头。"而梅兰芳与周信芳,同为京剧大师,50 年代初,周信芳赴京与梅兰芳联袂演出《二堂舍子》,双头牌也分上下首,自然是梅领风骚;而后梅兰芳至沪,同周信芳共挑两场此剧时,两位大师又谦让再三,无奈只好主客轮冠一场,至今传为佳话。这些先贤大师尚能互敬互重,合作共事,我们是新时代的文艺工作者,更应摒弃那些传统恶习,为了事业,相互尊重,切磋技艺,共同进步。总之,只有不断地加强艺德修养,才能提高自身的素质。

三、在改造主观世界上下功夫

十四届六中全会明确提出,加强思想道德建设的基本任务是坚持爱国主义、集体主义、社会主义教育,加强社会公德、职业道德、家庭美德建设,引导人们树立建设有中国特色社会主义的共同理想,帮助人们树立正确的世界观、人生观和价值观,其中最本质的是树立和改造自己的主观世界。所谓世界观就是人们对世界的总的根本的看法。由于人们的社会地位不同,观察问题的角度不同,也就形成了不同的世界观。人生观是指对人类生存的目的、价值和意义的看法。价值观则是指对经济、政治、道德、金钱等所持有的总的看法。人生观和价值观是从属于世界观的。共产党人的世界观是辩证唯物主义的世界观,即共产主义的世界观,是由党的最高理想和最终目标是实现共产主义所决定的。它的树立离不开坚定信念与加强改造。马、恩在《共产党宣言》中指出:"共产主义革命就是同传统的所有制关系实行最彻底的决裂;毫不奇怪,它在自己的发展进程中要同传统的观念实行最彻底的决裂。"此前,马克思在《关于费

尔巴哈的提纲》中还说过："哲学家们只是用不同的方式解释世界，而问题在于改变世界。"这些正是改造主观世界的理论上的追根溯源，所以，刘少奇同志在《论共产党员的修养》中即指出："我们党员在思想意识上的修养，就是要自觉地以无产阶级的思想意识、共产主义的世界观，去克服和肃清各种不正确的非无产阶级的思想意识。"我们上面谈到的入党动机、艺德修养方面的一些不健康、不正确的认识与行为举止，集中反映在世界观的改造上，也就是我们常说的，思想行动上的缺点与错误，要到世界观上找原因、找答案，坚持不懈地进行主观世界的改造。而改造的途径不外乎加强学习，提高认识，勇于实践，注重自我修养，虚心向优秀、模范的同志学习，勇于改正自己的缺点与错误，如同周恩来总理生前经常讲过的：要"活到老，学到老，改造到老"。才能做一个名副其实的共产党员。

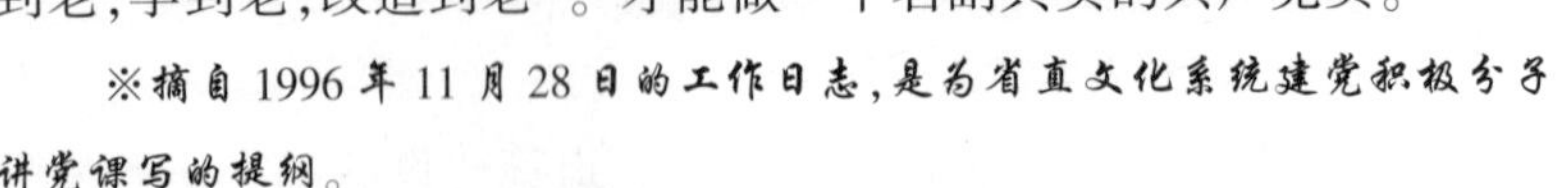

※摘自 1996 年 11 月 28 日的工作日志，是为省直文化系统建党积极分子讲党课写的提纲。

对外文化谱新篇

近几年，我省的对外文化交流工作有了长足的发展。据不完全统计，1993 年至今共出访 77 起，出访人员累计达 1838 人次；接待来访 15 起，来访人员累计达 270 多人次。这些活动均取得了良好的社会效益和一定的经济效益。

随着我省改革开放形势的发展，我省各种艺术形式的文化团体频频走出国门。几年来，先后出访了澳大利亚、日本、美国、英国、加拿大、奥地利、法国等 20 多个国家，我省艺术代表团所到之处受到热烈欢迎，掀起阵阵"山西热""黄河文化热"。以舞台鼓乐见长的山西绛州鼓乐团，1995 年赴丹麦演出就产生了轰动效应。1997 年他们三次出国演出，六月上旬，在新加坡进行了为期五天的演出，观众达4万多人。接着又于八月份，冒着酷暑赴马来西亚演出，在20多天里，先后在马来西亚半岛的吉隆坡、新山、关丹、怡保、槟城、马六甲等主要城市作巡回演出，产生了“绛州鼓动惊天地”的轰动效应，场场掌声雷动，好评如潮，被誉为“世界级超水平的演出”。回国不久，稍事休整，在应邀参加完上海桂花节的庆贺演出后，又于年末岁尾赶赴韩国首都汉城，参加了中、日、韩三国的鼓艺术节的演出，受到热烈欢迎。

在中美文化交流中，以太钢工人锣鼓队为主体的“中国山西工人锣鼓唢呐艺术团”作出了突出的贡献。1997年四月中旬，受文化部派遣，这个艺术团赴美国休斯敦参加以中国为主题的国际艺术节，演出28场，场场观众爆满。古老的锣鼓唢呐艺术，深深震撼了美洲大地。美国ABC电视台、休斯敦电视台均作了专题报道，《休斯敦纪事报》《国际报》等报章都以醒目的标题，把改革开放年代中国工人艺术家的风采做了充分的展示。

我省文艺百花园中的幼苗——黄河少儿艺术团，在对外文化交流中也不甘示弱，1997年六月下旬到七月上旬，该团一行26人应以色列国际文化交流暨民俗促进中心的邀请，参加了以色列第12届国际民俗节，先后在以色列的16个城镇演出25场，观众总数达10余万人次，常常是掌声、喝彩声和音乐声交织在一起，响彻广场内外。被誉为参加民俗节的各国艺术团组中“最优秀的一个”。

另外，我省对港澳台文化交流也十分活跃。1995年绛州鼓乐团参加香港、澳门艺术节，并在台湾巡回演出，引起轰动。同年太原市实验晋剧团以郭彩萍为首的一行23人赴台演出成功。1996年梅派新剧《龙女牧羊》在台湾首演成功。进入1997年，对港澳台展演活动可谓高潮迭起。一月，山西华灯赴台进行为期两个月的巡回展出。之后，关公文化展演团携关公锣鼓、关公文化展、王木兰女士工笔重彩仕女画展,赴台进行为期三个月的展演活动,足迹遍及台湾主要城市,在宝岛掀起了一股声势浩大的关公文化热潮。与此同时,应澳门市政厅邀请,带有塞外腰鼓、朔州扇鼓、晋南花鼓、太原锣鼓等四个鼓种的山西鼓舞团,参加了澳门"万家喜庆贺牛年"活动,为澳门同胞献上了民间气息浓郁的黄河鼓舞艺术。进入六月份,围绕香港回归这一重大主题,我省专业文艺工作者和群众文化骨干队伍,联手演绎了一台台绚丽多彩的重头戏,半年内,先后五次组织赴港演出,阵容之大、品种之多都是空前的。六月底,应香港回归庆委会之邀,又组织了245人的庞大演出团,参加香港的大型庆祝演出活动。一支由太原市杂技、绛州飞龙、河东农民鼓乐构成的145人演出团,在香港文化中心和香港演艺界名流同台举行《龙的光辉——香港回归大汇演》。一支由100名霍州电厂工人组成的威风锣鼓队参与香港跑马地《万众一心庆回归》大型室外庆祝活动。八月初,省歌舞剧院《黄河水长流》剧组一行85人赴港公演。九月上旬,以太原公交锣鼓队为主体的山西鼓乐飞龙团一行82人赴港参加"飞跃新里程"'97赛马开锣大汇演活动。十月中旬,省晋剧院以青年团为主的一行27人赴港演出晋剧折子戏专场。十一月下旬,以上党地区"八音会"锣鼓为主体的山西长治民间锣鼓艺术团一行50人,赴港参加临时区域市政局主办的中国民间传统艺术节。这五次赴港演出,均获成功。我省专业和群众文艺工作者情洒香江,多角度、全方位宣传了山西,传播了黄河文化艺术。

纵观近几年来我省对外文化交流活动的状况,可谓是精品频频出国门,高潮一浪促一浪,黄河艺术传海外,对外文化谱新章。其中,有几点做法值得认真总结和推广。

其一,弘扬民族文化,注重交流精品。山西地处黄河流域,是中华民族的发祥地之一,古代文化和革命传统文化积淀很深,历来有戏曲大省、文物大省、民歌海洋之美称,可供开发利用的文化资源尤

为丰富,这就为对外文化交流提供了极为宝贵的基础。改革开放以来,我省广大文艺工作者,本着弘扬民族文化之精品,挖掘整理,推陈出新,把不少优秀的黄河文化艺术精品推出国门、推向世界,由于它饱含着广阔的黄河文化内涵,又具有质朴豪放的诱人魅力,一经登上世界艺术舞台,即艺压群芳,独占鳌头,令世人刮目相看。1997年的山西锣鼓、唢呐艺术,多次将世人倾倒便是明证。这些黄河文化艺术精品,使我们的对外文化交流工作立于不败之地。

其二,搞好专群结合,提高交流水平。专业文化和群众文化是文化工作不可缺少的两翼。同样,要搞好对外文化交流工作,也必须充分发挥这两翼的作用。每个出国团组从筹建到排练,事先都选择了部分优秀的专业文艺工作者先期参与,经过他们的加工、辅导,质朴、粗犷的艺术品种,才得以提炼和升华。事实上,走向世界的一台台艺术精品,无不凝聚着专业文艺工作者和群众文化骨干队伍共同辛勤劳动的结晶。山西绛州鼓乐团,打出国门,惊天动地,誉满天下,正是贯彻这一原则的结果。只有坚持专业文化与群众文化的完满结合,才能在山西这片古老的黄土地上,发掘整理出更多更好的艺术精品,以其高水平、美丰姿的实力,雄踞于世界文艺之林。

其三,扶持企业文化,扩大交流阵容。近年来,我省的企业文化有了较好的发展,不少企业相继组建了自己的锣鼓队、艺术团。由于他们植根于广大群众之中,对于活跃群众文化生活、创建企业精神文明建设,都发挥了主力军的作用。随着对外开放形势的发展,这支队伍又成为宣传山西、宣传企业不可缺少的力量。我们及时地把这支队伍组织起来,经过培训、经过包装,送出国门,走向世界,既可扩大对外文化交流的阵容,又可弥补对外文化交流经费投入的不足,是一举多得的大好事。我省 1997 年对外文化交流活动出访的 805 人次中,就有 224 人次属企业选调的文艺骨干,占到全年出访人次的四分之一还多,其中即有太钢、天龙、电力系统及太原工交等企

业的文艺队伍。他们的出访,既完成了对外文化交流的使命,在异国他乡展示了中国工人阶级的风采;又借机宣传了企业,扩大了企业在海外的知名度,深受企业领导和广大职工的肯定和赞扬。

其四,适应对外需要,改革交流品种。由于民族、区域、文化、语言的不同,在对外文化交流活动中,除坚持“以我为主,洋为中用”的原则外,还应根据出访国家和地区的需要,对我们的艺术品种进行必要的适度改革和加工,方可获得对外演出的最佳效果。1997年的六月底,我省派往香港庆回归现场演出的两个鼓乐团,以精湛的演艺震撼了香江两岸,赢得了香港同胞的青睐。时隔两个月,香港回归后的首次赛马开锣仪式,港方又慕名特邀我省鼓乐团再次赴港助兴演出,同时提出为配合赛马开锣仪式,鼓乐团要体现马队行进气势。根据这个要求,我们责成专业文艺工作者,就出场的队形、表演者的舞步以及鼓谱的设计,进行重新构思。除保留威风锣鼓、太原锣鼓的精彩鼓点段子外,又新设计了跑马行进的舞步和鼓点,增加了象征骏马嘶鸣的号角,加上港方特制的骑士服饰,一出场,那种万马奔腾的磅礴之势,立刻征服了跑马地的数万名观众,掌声雷动,群情欢腾。精心改革的山西鼓乐,又一次让香港同胞所倾倒。相反,十一月下旬出访香港的上党“八音会”,由于广场变舞台演出的改造不到位,加之演奏的曲目忽略了港人喜欢的粤曲乡音,直接影响了演出效果。这一得一失所产生的启示,是何等的珍贵啊!

上述几点做法,为我省的对外文化交流工作积累了经验,但应清醒地看到,就全国而言,我省的对外文化交流工作仍属欠发达地区,与兄弟省市相比,尚有很大差距。展望未来,各级文化主管部门和专业艺术表演团体,要有责任感和使命感;应抓住机遇,开拓进取,加大对外文化工作力度,坚持领导到位、投入到位、规划到位;组织力量,因地制宜,继续加工开发适合对外文化交流的艺术品种,有计划、有重点地培养、扶持本地区的涉外演出队伍,使更多更好的黄

河文化艺术精品走向世界，力争取得良好的社会效益和经济效益。同时，还要认真坚持对外文化交流归口管理的原则，使我省的对外文化交流工作能健康有序地进行，为创造我省对外文化事业更加辉煌的业绩而作出我们应有的贡献。

※发表于 1997 年《山西文化》杂志第 6 期，摘要发表于 1998 年 2 月 1 日《山西日报》第 3 版，当时分管对外文化交流工作。

初谈艺术创作

全省艺术创作会议一年一度，对每年的艺术创作工作起到了很好的推动作用。今年的会议，除了以往每年都有的内容外，我们还要对全省 2000—2002 年的艺术创作做一个很好的规划，并要请艺术创作中心聘任的创作员，对两年来的创作情况进行总结。最近一个时期，江泽民总书记站在党和国家发展的历史高度，反复强调："只要我们党始终成为中国先进社会生产力的发展要求、中国先进文化的前进方向、中国最广大人民群众的根本利益的忠实代表，我们党就能永远立于不败之地，永远得到全国各族人民的衷心拥护并带领人民不断前进。"江总书记的讲话，特别是对于"三个代表"中先进文化的深刻论述，对迈向 21 世纪的文艺工作者具有极为重要的指导意义。我们这次创作会议，要在学习江总书记"三个代表"讲话的基础上，认真分析我省艺术创作的实际状况，科学地做好 2000 年至 2002 年的创作规划，扎扎实实地推动全省艺术创作的繁荣。下面，结合年初全省文化局长会议所制定的今年我省文化工作的思路，我就全省的艺术创作谈几点具体的意见。

一、认真总结 1999 年艺术创作的经验，发扬优势，克服不足

1999 年是大庆之年、大喜之年，根据省"国庆庆典领导组"和省委宣传部关于国庆庆典活动的安排,遵照厅党组“抓活动,促繁荣,出精品,献厚礼”的工作指导方针,我们组织了以国庆活动为中心的艺术创作和艺术活动。

先是认真抓好艺术创作,确保国庆展演剧目质量。省文化厅组织专家,先后对省直院团的话剧《元朝帝师八思巴》、舞剧《傲雪花红》、晋剧《小卒子过河》以及太原的《走向胜利》、忻州的《日月谣》、运城的《寇老西进京》、临汾的《土炕上的女人》等20余部新剧目进行了反复研讨。剧目立于舞台后,又先后赴大同、忻州、临汾、汾阳等地审查剧目,严格把关,确保了展演剧目质量,为我省参加全国和全省的国庆献礼演出奠定了良好基础。8月中旬至9月下旬,省文化厅组织省话剧院的《元朝帝师八思巴》、省歌舞剧院的《傲雪花红》和太原市话剧团的《走向胜利》三台剧目,赴京参加了由文化部主办的“庆祝中华人民共和国成立50周年优秀剧目展演”活动,获得首都各界好评。11月下旬,《傲雪花红》又应邀参加了由文化部主办、上海市人民政府承办的“上海国际艺术节”演出,中央电视台于11月24日进行了现场直播,产生了很大的社会影响。9月20日至10月21日,由省委宣传部和省文化厅联合主办了“山西省庆祝中华人民共和国成立50周年献礼展演”活动。这次的展演,规模大,剧目多,品种全,质量高,受到了社会各界的普遍称赞。在为期一个多月的展演中,省直和7个地市的20个院团22台剧节目轮流献艺,歌舞、戏曲、话剧、曲艺、杂技等各展风采,剧场内观众情绪非常高涨。据统计,观众达4万余人次,为近年来剧场演出所少见。辛勤的耕耘换来了大面积的收获,1999年,共有11台剧目荣获了山西省“五个一工程奖”,这11台剧目是:《元朝帝师八思巴》《傲雪花红》《大脚皇后》《走向胜利》《宝岛英烈》《年年月月》《日月谣》《土炕上的女人》《凤凰岭》《寇老西进京》《春江夜雨》。更为可喜的是,在参加文化部第九届“文华奖”的评选中,我省报送的《傲雪花红》《大脚皇

后》和《初定中原》三台剧目，全部荣获了“文华新剧目奖”，这也是我省历年来参加“文华奖”评选获奖最多的一次。从去年创作与大规模的展演活动来看，我省的艺术创作出现了如下几个特点：

1.现实题材的剧目更加注重了对生活和人性的开掘。在参加国庆展演的22台剧节目中，表现现代生活题材的就有12台，而且题材多样，角度新颖，说明我省剧作家关注现实、讴歌时代的自觉性大大增强。十分可喜的是，剧作家们在关注现实、讴歌时代的同时，对生活进行了更加深入的开掘和充满情感的艺术表现，以人为中心，以情感为纽带，塑造出了一批鲜活的、典型的、有血有肉而又个性鲜明的艺术形象。

2.新编历史剧目注入了强烈的现代意识。这同样是创作者观念变化的表现。《元朝帝师八思巴》与《宝岛英烈》，分别从不同的角度颂扬了伟大的爱国主义精神，唱响了时代的主旋律。《寇老西进京》与《唐太宗嫁女》，在众多素材的基础上，又进行了不同凡响的创新，对“反腐倡廉”的时代主题给予了形象化、历史化的展示。正是这种强烈的现代意识，缩短了新编历史剧与当代观众的审美距离，增强了当代观众的审美感应。

3.在表现形式上有了更多的创新。以往我省的剧目，表现形式上的陈旧是有目共睹的，而在国庆展演的剧目中，这一点较以往有了明显的改变。如北路梆子《日月谣》，大胆地采用了普通话道白，并在音乐上推陈出新，令人有耳目一新之感；《寇老西进京》以歌曲串场，强化“反腐”主题，别具一格；杂技晚会《黄河黄土黄孩子》，以歌舞化的写意性舞美进行包装，使杂技晚会充满了整体的意境美。以上的这些探索，尽管见仁见智，看法不一，但毕竟为较为沉寂的三晋艺坛带来了改革的春意，总的趋势是令人鼓舞的。

在我们发现变化和进步的同时，也必须清醒地看到，困扰多年的一些创作上的老问题仍没有完全地克服。如主要人物性格单一，

总处在“高大全”的表现状态；“直奔主题”的线型创作思维；故事单调，情节缺乏吸引人的魅力，等等，都还需要我们认真对待。希望大家在这次会议上，就这些老问题畅所欲言，争取在思想上有所突破。

二、要继续把艺术创作特别是精品生产放在重要的议事日程上

创作好的艺术作品，是我们文艺工作者义不容辞的责任。江泽民总书记指出：“繁荣社会主义文艺，是文艺界的光荣职责，也是我们国家大局的要求。”“文艺工作者，要认真学习和领会党中央和老一辈无产阶级革命家关于文艺工作的重要论述，积极深入生活，深入群众，解放思想，勇于创新，创作出一大批无愧于我们伟大的时代，无愧于我们伟大的民族，无愧于我们伟大的人民的优秀作品，努力满足人民群众日益增长的文化生活的需要，激励广大干部和群众，团结一致，奋发图强，投身于建设社会主义现代化的宏伟事业。”结合学习江总书记“三个代表”的论述，我认为，不断地有一大批优秀的文艺作品问世，是体现代表先进文化前进方向的重要标志。历史上好多时代，都有不少的传世之作，而且能够反映那个时代的风貌和精神，这是社会发展一个很重要的规律性的东西。包括我们的“四大名著”、古典名剧，所以能够流传至今，说明它们不仅在当时深受广大人民群众的喜爱，起过警世教育的作用，而且在历史发展的长河中也发挥了积极的借鉴作用。既然中国共产党是中华民族开天辟地的先进的政党，共产党领导下的具有中国特色的社会主义的全面建设，就必须有一批无愧于伟大时代的精神产品，包括传世的戏剧精品。在目前改革开放的形势下，在社会主义市场经济的进程中，可以说，人们的思想观念，是多元化的，各种思想显得非常活跃。多种形式的、健康的、不健康的，都充斥在这样一个背景下。作为受党多年培养教育的文艺工作者，有责任以健康向上的优秀文艺作品，去占领社会主义的文艺市场。否则，颓废的、没落的、不健康的东西就可能去占领。既然是社会主义的市场经济，就面临着市场的

竞争和选择。文艺工作者和文艺产品,面临着受市场经济制约的现实。文艺团体,能不能够生存下去,能不能够得到发展,很大程度上取决于有没有一大批群众喜闻乐见的、高扬主旋律的优秀文艺作品。我曾经调查过几个专业团体,吕梁地区晋剧团,经常上演的剧目有20多个;大同市晋剧二团,经常上演的剧目也是20多个。作为专业的地、市一级的剧团,上演20多个剧目,显得太少。为什么群众对我们的一些演出团体"老戏老演""老演老戏"深感遗憾呢?因为我们没有一大批好的和新的剧目。过去的一些名家如牛桂英,她一生演出的剧目,有记载的就达119个。据最近接触的一些资料,我感到,现在的剧目少的原因,除了新创剧目上不来以外,挖掘整理改编传统剧目的步伐也跟不上来。可以说,我们是一边走一边丢,到底优秀的传统剧目能承继多少呢?很可能一代一代往下传,边传边丢,越传越少。现在的观众是多元化的,观众的欣赏口味也是多元化的,在剧目少得可怜的情况下,剧团怎么能有生存发展的空间呢?更谈不到用优秀的文艺作品去占领广大的城乡文艺市场。所以说,在把剧团和剧作者推向市场的大背景下,同志们要有危机感。如果目前还认识不到加强戏剧创作的重要性和紧迫性,我们确实将有负于党中央和江总书记的殷切期望,有负于广大人民群众对我们的厚望,有负于国办文化赋予每个文艺工作者的职责,我们应当对此有所反思。

三、抓戏剧创作需要注意的几个问题

我是这样考虑的:要强化一个观点,注意两个在先,坚持三个并举,达到一个目标。

1.强化一个观点。作为各级文化主管部门来说,就是要强化剧本创作是艺术生产的第一个环节,而且是关键的环节。这不是要贬低二度创作,而是说要重视基础。要自觉主动地下大功夫抓好剧本的创作,同时应当坚持经常不断线。把艺术创作作为生产行为来看待，这是一种进步，因此必须把文化建设提高到和经济建设一样的高度来对待。我们经常讲，剧本，剧本，一剧之本。要想有好剧目，必须有好剧本。在这方面，很重要的责任，在于文化主管部门的领导同志。领导的观念和责任感强不强，直接关系到剧本创作的成效，直接关系到剧本创作能否经常化，正因为如此，我们要求各级文化主管部门，都要对剧本的创作予以高度重视，抓在手上，放在心上，做出规划，狠抓落实。也就是要把剧本的创作，变成为自觉主动的政府行为，列入规划，常年抓，不空档，重点剧目要给予扶持，并且要见成果。

2.注意两个在先。第一个在先是组织策划在先。根据剧种和演员的实际情况，有针对性地组织创作，可以避免剧本写出后无人上演的窘境，也可以发挥和调动优秀演员的表演潜力。同时就一个地区来讲，有非常感人的人和事，而这些人和事又反映了时代的精神和风貌，有意识地组织剧作者深入生活，体验生活，而后提炼加工，即可创作出反映现实生活的现代戏。这里边都有个组织策划问题。既然党和政府赋予我们主管部门这方面的职责，我们就不能把艺术生产和剧本创作搞成自生自灭的自发行为，否则，我们就是失职。第二个在先是论证立项在先。近年来我厅要求实行重点剧目申报制度，就是贯彻这个精神。既然是艺术生产，就必须论证立项在先，这是借鉴于经济部门的经验。抓经济建设，上一个经济项目，首先要论证，拿出可行性报告，可以避免盲目性。在这方面，剧目创作完全可以仿效。这个制度的坚持，起码有两个好处：第一个是能够减少不必要的浪费，不至于出现在戏剧创作生产过程中的劳民伤财，这方面的教训也不少。长官意志，某个人的想法，上一台戏，不加论证，一哄而起，大投入，大制作，献演以后，无法下乡演出，只好放下。第二个好处，有利于戏剧作品质量的提高和精品的问世。如果论证在先，集思广益，使剧本创作和艺术生产的起点高，再经反复论证，作品会日臻完善及成熟。

3.坚持三个并举。也就是我们经常讲到的,在戏剧创作过程中坚持新创、改编、移植一齐上。应当响亮地提出,这三者并重,不要偏重任何一方,其目的就是要让演出团体有更多的演出剧目。

关于新创剧目,包括历史题材和现代题材。历史题材中,又包括传统的和革命历史题材的剧目,在这方面,应以新创现代题材为主,兼顾历史题材。我们应当反映伟大变革时代,最受人们关注的、最感人的、最能触动人们心灵的、最能够引起观众共鸣的人和事。现代题材的戏要感人,如果连剧作者都感动不了的东西,不要轻易动笔。不要为写英雄人物而写英雄人物,同时忌讳做一些真人真事的舞台描述,这方面也有一些教训。当然,不要绝对化。如有大手笔,有特别感人的情节又适合戏剧表现的,也可以写。省话创作演出的《刘胡兰》《孔繁森》都是真人真事,也都是成功的。但是,一般来讲,描写真人真事,在条件不具备的情况下,下笔最好慎重。而且写真人真事,在构筑戏剧冲突中,也容易有后遗症。现在的人们,法律意识、保护自我的意识都很强,而戏剧总需要矛盾冲突,有矛盾冲突就有对立的双方,有对立的双方就有正确的与不正确的。受到歌颂倒还罢了,不正确的这一方就要考虑,你为什么这样贬低我的形象?你为什么这样挖空心思地在那里歪曲我?真不好说。我们搞戏剧创作,挖苦你干什么呢?但无形中确实容易产生一些后遗症。现在是市场经济,文艺作品面临着观众的选择,在这样的情况下,戏剧作品没有卖点,光靠下红头文件,组织大家观摩,去看一回是可以的,第二次就不去啦,这不行啊。所以,绝不能再搞千篇一律的真人真事了。虽然我们强调了以写现代题材为主,但在山西这块地方,由于历史的积淀非常深厚,可供挖掘的历史题材的素材(包括革命历史题材的素材)非常之多,所以我觉得,新创剧目中也要注意到历史题材剧目的创作。而在历史题材剧目的创作中,一定要把握好史

实与虚构的相互关系。这是老生常谈,但一定要谈。在这个前提下,通过艺术形式,再现当时的历史事件与历史人物,揭示现实的主题,体现现实的借鉴作用。不是为了写历史而写历史,写历史题材的剧目是古为今用。京剧《大脚皇后》揭示的以小见大的思想主题,就是实事求是,实话实说,这个主题是有现实意义的。文水县晋剧团演出的《朱元璋斩婿》,就是要说明当政者必须从严治吏,历史题材,现实主题。这些戏,群众喜闻乐见,又有很深的寓意,确实起到了艺术工作者创作的目的——借古喻今,教育当政者,教育观众。写历史剧还应注意贯穿新的观念和思想,如写杨家将,以往总是讴歌杨家满门忠烈、共赴国难的爱国精神,但从大中华统一的观念来看,我们所歌颂的爱国主义,是不是有一点狭隘的民族主义呢?因为杨家将的对立面,是我们国家当时的少数民族,所以应当有大中华民族的观点。最近,梁波同志新写了一个戏叫《三关明月》,以呼唤和平、反对战争、求得民族和解的主题,赋予了这类题材以新意。新编历史剧,还需注意不要出现硬伤。现在历史题材的作品甚多,很多作品已经沦落为"戏说""胡说"。六十年代,文艺界曾经就历史的真实性和艺术的虚构性展开过大讨论,当年的一些大家如郭沫若、吴晗、冯其庸以及李希凡等人,对此问题都进行过理论上的探讨。总的趋向是,历史剧的创作,必须尊重历史事件和历史人物的本来面目。当然,不是说绝对不能搞虚构,在不违反时代的真实性原则下,剧作要有充分虚构的自由,否则,舞台上的历史剧就成了历史教科书了。前一阵子,看了电视剧《大明宫词》,就感到不舒服。首先不顾史实,凭空生发出薛绍、张易之、武攸嗣和太平公主的情感纠葛,竟将上官婉儿说成是上官仪的女儿(实际是上官仪的孙女);其次搞非历史主义,让古代人说现代人的话,表达现代人的精神世界。这可能是一种创作思路,也可能是多元化欣赏的需要。但是我觉得,这不能作为创作的主流。艺术允许虚构,但要虚构得合情合理，也就是我们讲到的，虚构在当时的历史条件下可能发生的事；在当时历史条件下不可能发生的事，不能强加于人。比如刚才提到的表现朱元璋的一些剧目，河北梆子演出的《袁凯装疯》，省内一些剧团演出的《朱元璋斩婿》，都有真实的历史依据。朱元璋确实因为女婿贩卖私茶，而将其斩首，并且还奖励了举报者。其他情节都可以虚构，虚构得法，矛盾冲突激烈，越可衬托出朱元璋从严治吏的形象。人们一般的看法，认为朱元璋是个暴君，功成名就以后，滥杀大臣，但他在历史上也有其闪光点。我们演唱这台戏，既有现实意义，又是对观众进行历史唯物主义的教育。我曾建议一些剧团，可以把朱元璋的戏搞成连台本戏：《大脚皇后》《朱元璋斩婿》《袁凯装疯》。看来，历史的真实和艺术虚构之间的"度"一定要把握好。李渔在《闲情偶寄》中就曾讲过：对于那些"观者烂熟于胸中，欺之不得，罔之不能，所以必求可据"。往往因为我们在新编历史剧中的无中生有，情节离奇，可能会形成历史误导。此外，在创作历史题材剧中，还需要注意和同题材的传统保留剧目在情节上的衔接，以便得到广大观众的认可。

关于改编。改编优秀传统剧目，是增加演出剧目很重要的一个手段和渠道。我们的剧目之所以少，很大程度是因为挖掘改编优秀传统剧目不够。新一代作者，有责任把流传多年的优秀传统剧目进行挖掘整理、改编。赋予它新的生命与新的内涵，让它以新的风采展示在新一代观众面前。在这方面，曲润海同志带了一个好头，他改编的《富贵图》，把原先的一夫多妻等糟粕改掉，保留了烤火等做工戏，增强了戏剧冲突，使这个剧目能够成为保留剧目，经常演出。有些传统剧目，说它特别好，也不是；说它有消极因素，也没有，它就是保留了传统戏中的唱工与做工，观众爱看。作为教学观摩剧目保留下来，很有价值。比如说《二进宫》《贺后骂殿》，你说它到底有多大的生命力？从史实考证的角度来看，它所讲的好多故事在历史上

都是子虚乌有，但是，作为著名的唱工戏，有一定的观赏性，使其能够保留并传演下来。所以，改编传统剧目，既要注意有现实的生命力，又要看有无保留价值。这就要求我们在改编中，应贯彻"去粗取精，推陈出新"的原则。而出新，贵在思想出新，这方面《十五贯》是一个很好的例子。围绕《十五贯》剧目的改编，我们可以回顾一下山西戏曲改编的历史，值得认真总结一下。《十五贯》是根据清初朱素臣的《双熊梦》传奇改编的，据我看到的资料，山西在改编移植《十五贯》方面，是走在全国前列的。最早改编上演的是蒲剧，当年蒲剧分为西路和南路，而《十五贯》正是南路蒲州梆子上八本剧目之一。芮城县黄河蒲剧团就保存有《十五贯》早期的演出本，认真与传奇《双熊梦》对照，可以说是直接从朱素臣《双熊梦》改编而来的，剧情、大段的对白，以及产生于南方的一些唱腔，都移植过来了。当然，在这个问题上，蒲剧界有不同的认识，墨遗萍先生就认为这是在糟蹋蒲剧，从现在的观点来看，他有点排斥外来的东西。这个戏在山西的上演，最迟在清代嘉庆年间，自此以后，我省对此剧的改编上演就停留在原有的水平上。五十年代初，浙江昆苏剧团新编《十五贯》轰动全国，当时剧目是以调查研究、平反冤狱出新的；而我省的晋剧演唱本，出现在1956年，基本是移用昆曲本，改动不是太大。真正大改的是晋剧1978年的版本，这个本子改得很好。不仅适合晋剧演唱，而且在不违背昆曲本的基础上，突出了主要人物的性格，加强了主要人物的舞台艺术形象，很受观众欢迎。从以上《十五贯》剧目改编的进程来看，我省虽动手早，但建国后却显得落后了。就是这个《十五贯》，江苏昆曲剧团最近又进行了修改，在鞭挞官僚主义上做文章，又出了新意，又有了卖点。所以说，改编出新就应在思想主题上出新。同时，要注意不断地加工改编，以适应市场和观众的需求。我想，各地能不能组织一些同志，对传统剧目有选择地进行加工、整理、改编，在此基础上推出一批好剧目。此外，还可根据一些文学名

著和较好的小说进行改编,也会产生好的效果。在改编中需要注意的是,一般不要触及传世的名剧;同时注意不能为出奇而出奇,出奇一定要出得合情合理。明代大文学家张岱说过这样一句话:“只求闹热,不论根由,但要出奇,不顾文理,”“情理所有,何尝不闹热,何尝不出奇?何取于节外生枝,屋上起屋耶。”

关于移植。我觉得,起码有三个好处:第一,省了一定的创作功夫;第二,可以增加上演剧目,演出成本也比较低;第三,文化部规定,移植剧目可以参加评奖。有这么多好处,何乐而不为呢?这也为基层演出团体开辟了一条生路。移植要有选择,首先要移植在全国得奖有影响的剧目,同时可以移植适合于我们地方剧种排演的外来剧目。但要注意,移植剧目不要搞拿来主义,应当做必要的修改,甚至可以再加工。省晋剧院演出的《扈家庄》,用的是昆曲本,演员一边开打一边唱曲牌,搞得上气不接下气,舞台演出效果不好。前一段看吕梁晋剧团的《白蛇传》,从京剧本移植而来,不加改动,演出长达三个多小时,在城市剧场谁还能坐得住啊。当年李渔,对民间戏曲的演出,就主张采用“可长可短之法”,我们的剧作,也可仿效。剧作可搞成多种版本,能长能短,松动版本的、连台版本的,都可以搞,情节不能断线,故事不要断档,这就需要在改编加工上做文章。

4.达到一个目标。什么目标呢,经过大家的共同努力,采取多种办法,使我们的戏剧创作出现一个良性循环的局面。所谓良性循环,就是说不要急了抓一下才有作品,不抓就又断档了。而是什么时候都要有一批好的剧目问世,使我们的剧目日趋繁荣,力争有一批优秀的作品立于舞台,影响全国。

四、对戏剧作者的一些希望

1.要有一个正确的创作观念。创作观念正确不正确,先进不先进,影响着我省戏剧创作的成果和质量。当然,这个责任不全在作者本身,而主要在主管部门,主管部门为作者创造的条件不够。作

为党的文艺工作者，要高扬主旋律，要注意导向性，不能说我的剧本不考虑社会效果。特别是地市级以上的作者，起着示范的作用。戏剧创作，就是要弘扬民族精神，传播优秀的传统美德，体现时代的风貌。要赞美我们的社会，同时也要批评、揭露丑恶面，但应切记毛泽东同志当年讲到的，要站在人民的立场上，用保护人民、教育人民的满腔热情来说话。既然是党的文艺工作者，就要有政治责任感。同时，我们的剧作，一定要面向广大人民群众，一定要贯彻"双百"方针，坚持多样化，一定要做到雅俗共赏。其中，通俗化非常重要，不能一味地追求雅。有些剧作者，写的剧本雅得大家都听不懂、看不懂，自我封闭，自我欣赏，其结果是不会有市场的。李渔曾说过："传奇不比文章，文章做与读书人看，故不怪其深；戏文做与读书人与不读书人同看，又与不读书之妇人小儿同看，故贵浅不贵深。"他还说："能于浅处见才，方是文章高手。"李渔的作品就很通俗，如传奇《比目鱼》《奈何天》等，他的传世小说《十二楼》《无声戏》等也很通俗，每一部小说都可再改编成戏文，语言通俗，情节奇巧，寓意深刻，在这方面很值得我们借鉴。

2.应当有深厚的生活基础。一些剧作者所以有好的戏剧作品问世，就在于他们很注意自己的生活积累，注意丰富生活素材。生活是需要提炼的，生活是需要深化的，我们不是照相机、录音机，照相机、录音机的生活体验是浅薄的。深入生活，不是简单地到下边去住上几天的事，而是要善于发现和开掘生活中闪光的东西。生活是积累，很可能你在这个地方的生活基础，若干年以后才能用到。明代的张岱讲过："布帛菽粟之中，自有许多滋味，咀嚼不尽，传之永远。"人们的日常生活中，看似平凡，但有许多值得我们咀嚼的东西，越咀嚼味道越深。不管是古人今人，不管是伟人凡人，都强调艺术来源于生活，这是一个千真万确的道理。

3.要有渊博的知识功底。要想创作出高人一筹的作品，没有一定的文化基础,没有一定的历史知识,没有一定的诗词基础,是不可想象的。这就要求剧作者,要注重自身文化素质的提高,勤读书,多读书,有意识地扩大自己的知识面。古人云,读书破万卷,下笔如有神;又说,读万卷书,行万里路。现在行万里路的条件没有,读万卷书的条件还是有的。明代戏剧理论家王骥德在《曲律》中指出"词曲虽小道哉,然非多读书,以博其见闻,发其旨趣",才可能有"千古不磨"的佳作出现。所以,我建议同志们要读点文学,读点历史。写历史题材不能临时抱佛脚,粗读正史之余,建议大家再看点笔记野史。鲁迅先生很推崇野史,为什么,因为野史和笔记中包含了正史中没有能够反映的真实情况,而且往往在野史和笔记中又能够为我们戏剧创作提供丰富的素材,提供构成戏剧化的一些情节。还得学习点诗词格律吧?山西这次参加全国首届戏剧文学评奖,评委们对山西应征作品的评价是:文学底功差,文学色彩差,其中也包括我们的台词和唱腔,不押韵、不准确等等。我劝大家再读一点有关古典戏曲的理论,这里向大家推荐一本《梨园撷英》,它是将历代一些名家谈曲的论述汇总到了一起,很有指导意义。同时,还应了解一下舞台演出的规律,以便与二度创作有机的衔接。最后,建议大家学一点哲学,为什么要学哲学呢?哲学是世界观、方法论,是研究思维方式的。为什么我们在写剧本时容易出现片面性、绝对化?容易把事物的本质掩盖而只找到一些皮毛呢?我觉得,需要学点哲学。哲学是思辨学,是剖析事物或社会现象的一把刀。学一点哲学,有助于我们全面把握剧情,揭示戏剧中的主要矛盾,揭示我们所要宣传的本质的东西。陈云同志讲,学好哲学,终身受用。我觉得,戏剧工作者学习哲学,也是会大有益处的。

4.要有良好的心理素质。这是我接触了一些剧作者,在讨论剧本中所产生的感触。我觉得,一些剧作者,不是带着感情去创作,没有能够置身于其中。明末清初有个戏剧家孟称舜,《娇红记》是他的

代表作，他曾讲过这么一段话："学戏者，不置身于场上，则不能为戏；而撰曲者，不化其身为曲中之人，则不能为曲。"这是他的切身体会。试想，连剧作本人都感动不了的作品，怎么能感动观众呢？其次，良好的心理素质还在于，要善于"舍痛割爱"；不如此，就出不了比较精粹的剧目。《闲情偶寄》中讲到要"立主脑"，同时又讲到要"减头绪"，剧情必须集中，不能枝蔓过多。我们接触到的一些剧作，情节过程戏太多，出情的戏太少，为什么？头绪太多，而又舍不得把它删掉。李渔讲"头绪繁多，传奇之大病也"；应以"头绪忌繁"四字，"刻刻关心"。有时候，自己认为精华的东西，也许恰恰就不是精华。没有敢于否定自己的态度，想要让作品再上一个台阶，确实难。为什么说戏剧创作难？难就难在它是个综合艺术，它是以多少人的集体智慧凝聚而成的。即使说一度创作，也是要集思广益啊。有些作者，声称自己的剧本不能讨论、不能修改，为什么就那么看重个人的意见呢？这是不成熟的表现。一点意见都听不进去，又怎么能出优秀的作品呢？我劝剧作者要有不厌其烦的修改精神。一个作者，不要满足于一稿、二稿，甚至三稿，我看现在比较好的剧本都到了七八稿、十来稿了。有人说，最后他就烦了，不能改了。我说，最后成功的喜悦，是由不厌其烦地修改而得来的。所以我想，我们有些剧作现在不太成功，不要紧，不要锁在柜子里，要拿出来修改，然后广泛听取大家意见，不惜一次修改、二次修改，最后取得成功。总之，希望大家锤炼自己的心理素质，不怕反复修改，才能多出精品。

以上说了这几点，我说得容易，但做起来却很难，这点我是很理解的。总的希望，就是在新世纪到来的时候，大家要振作精神，满怀信心，同心协力，争取打一个戏剧创作的翻身仗。

※原为2000年7月10日的讲话录音，后经整理，发表于2000年《山西文化》杂志第4期，当时分管艺术创作和专业艺术团体。

再谈艺术创作

大家刚刚忙完了纪念建党 80 周年的系列庆典活动和第八届山西省戏剧“杏花奖”的评奖演出工作，今天又在这里聚会，召开一年一度的全省艺术创作会。今年是跨入新世纪的第一年，也是实施“十五”计划的第一年，在这新的历史关头如何才能繁荣山西的艺术创作，这是需要我们认真加以研究和规划的。这次会议主要是联系全省艺术创作的实际，学习贯彻江泽民同志的“七一”重要讲话，总结 2000 年度的艺术创作情况，贯彻文化部创作会议的精神和厅党组对本年度创作的一些设想，和大家探讨艺术创作中遇到的一些问题，最大限度地激发大家的创作热情，促进我省的艺术生产和艺术建设的健康发展。下面从三个方面谈一些看法：

一、过去一年全省艺术创作的回顾

1.实施精品战略，对重点的剧（节）目进行了认真的加工修改，取得了明显的效果。1999 年举办的山西省庆祝建国 50 周年献礼展演，涌现出了一批新作品，为实施精品战略打下了良好的基础。2000 年年初，根据艺术创作和剧目生产的情况，结合省直及各地市的创作实际，省厅将省歌舞剧院的舞剧《傲雪花红》、临汾蒲剧院的现代戏《土炕上的女人》、忻州地区北路梆子剧团的现代戏《日月谣》等剧目确定为 2000 年重点加工修改的剧目。从 3 月份起，我们组织专家对这些重点剧目，进行了认真的讨论和反复的加工，使这些剧目在思想性、艺术性上都得到了一定的提高。2000 年 10 月，舞剧《傲雪花红》和太原市话剧团的话剧《走向胜利》，应邀参加了在江苏南京举行的第六届中国艺术节，《傲雪花红》获得了优秀剧目奖，《走向胜利》获得了优秀演出奖，这是我省的剧节目在艺术节历史上的

一个突破。我1993年来文化厅,艺术节前后参加过两次,第四届艺术节在甘肃兰州我带团观摩,我省没有参赛剧目。第五届成厅长带团去成都,我们有1个参演剧目,那届艺术节没有设奖,咱们的《石角凹》只获得了个荣誉演出奖。这一次,可以说是艺术的盛会,全国100台戏大战江苏,入围剧目62个,助演剧目30多个,我省是2台,均为参赛剧目,取得了比较好的成绩。随后,《傲雪花红》又参加了在浙江宁波举行的全国第二届"荷花奖"的决赛,获得了"荷花奖"舞剧决赛的银奖,主演张娅君获得了最佳女主角奖。10月下旬,临汾蒲剧院的现代戏《土炕上的女人》晋京演出,获得了极大的成功,受到了首都专家的高度赞扬。郭汉城先生评价说:"这个戏的出现,为我们共产党领导的现代戏的创作走向成熟,提供了有力的例证。"我参加了两场专家座谈会,一是文化部组织的专家评论,一是中国剧协组织的专家评论,讨论气氛是热烈的,评价是高的。当然也深知我们的不足,但是像这样在首都引起强烈反响,特别是在专家圈里给予这样的高度评价,也是近年来少有的。主演任跟心,也因在该剧中的出色表演获得了"二度梅",为我省的表演艺术又赢得了新的荣誉,同时也开创了我省争夺"二度梅"的先河。之后,太原市实验晋剧院青年演员胡嫦娥也晋京献演,获得了"梅花奖"的殊荣,这是我省的第32朵梅花。她演出的《大院媳妇》《桑园会》等剧目,也是近年来新创、改编和经过加工修改的优秀剧目。其中《桑园会》,按传统晋剧本子为两场戏,但台词、思想观念均很陈旧,经过编导人员改编浓缩成了一场,在北京得到了专家的认可,在本届"杏花奖"参演中也得到了评委们的赞同。实践证明,确定重点剧目,认真加工修改,是一条符合创作规律的好办法,而改编传统剧目就必须要出新,让当代的观众能够认可和接受。

去年一年,曲艺、杂技、话剧、小品等艺术门类也取得了不俗的成绩。省曲艺团的武乡琴书《"爱哼哼"喜唱"心连心"》在中国曲艺

牡丹奖鼓曲(北方片)大赛中获得了银奖,王颂、苏友谊获创作银奖,马小平、张霞获表演银奖。马小平同志还在两年一次的综合评奖中获中国曲艺表演最高奖——“牡丹奖”。省话剧院的张治中同志、太原市话剧团的李克俭同志,还荣获了第四届中国话剧表演最高奖——“金狮奖”。太原市杂技团创作的《醉狐滚杯》《皮条》两个节目,在第五届全国杂技比赛中分别获得“金狮奖”和“银狮奖”,这在杂技界也是最高奖及二等奖。在国家计生委、文化部等七部委组织的第八届全国人口文化奖评奖中,忻州北路梆子剧团的现代戏《香火》获二等奖,临汾眉户剧团的现代戏《凤凰岭》、省曲艺团的小品《爷爷、儿子、孙子》获优秀奖,省文化厅获得了组织奖。同时,在省内的“五个一工程”奖项中,也有一批剧目获奖,晋城上党梆子《塞北有个佘赛花》、省晋剧院的《小卒子过河》、大同晋剧一团的《北魏宏图》、临汾眉户剧团的《祥林嫂》、长治豫剧团的《盘龙台》、晋中小鸣琴剧团的《蒯彻装疯》等等,都取得了优异的成绩。其中一些剧目,在戏剧艺术表现现代生活方面做了成功的尝试。

回顾上述成绩,就是要我们认识到,尽管在我们面前还有不少困难及问题,但却不能妄自菲薄,要看到在最艰难的情况下,奋战在第一线的广大演职员同志们,包括我们的编剧、导演,还是做出了不少成绩,这一点党组心中是有数的。值得我们自豪的是,我们的专业文化不是全国大排队最后的几位。一年之中,通过艺术家们的辛勤工作,我们在“梅花奖”“荷花奖”“牡丹奖”“金狮奖”等重要的国家级奖项和艺术节等重要的艺术活动中都榜上有名,多有所获,为我省赢得了荣誉,为20世纪做了精彩的谢幕。对此,我代表省文化厅对艺术家们的创造性劳动表示衷心的感谢,对大家所取得的成绩表示衷心的祝贺。

2.组织了多项艺术活动,开阔了眼界,展示了实力,取得了良好的社会效益。在过去的一年中,我们除参加了多项重要的艺术赛

事,推出了一批优秀的作品之外,还组织了较大规模的观摩学习和艺术活动。9月28日至10月9日,省厅组织了艺术创作中心聘任的创作员、厅创作室、理论研究室、省戏研所、太原市艺术研究所等单位的业务人员和各地市文化局分管艺术创作的同志,赴南京观摩了第六届中国艺术节。在10天的时间里,代表们陆续观看了北京京剧院的《宰相刘罗锅》、宁波小百花越剧团的《国色天香》、上海市京剧院的《贞观盛事》、甘肃省敦煌艺术剧院的舞剧《悠悠雪羽河》、重庆市川剧院的《金子》等近10台剧目。这些剧目是有选择的,其中不少都是得了大奖的。目的是通过观摩剧目,开阔视野,解放思想,向这些得大奖的作品学习,了解先进省区的情况,发现自己的不足。这对激发我省剧作者的创作热情,调整创作者的思路起到了重要的作用。在外出观摩学习的同时,我们还在省内组织了多次规模较大的艺术活动。5月25日至29日,受文化部的委托,我厅和太原市人民政府,联合主办了"金狮奖"第五届全国杂技比赛华北区的预选赛,共有来自北京、天津、河北、山西等省市的8个杂技团的22个节目参加了比赛。其中9个节目获得了一等奖,取得了10月份在大连举行的"金狮奖"第五届全国杂技比赛的资格。9月底,为庆祝建国51周年,我厅和省委宣传部、太原市委宣传部,联合组织了省城的文艺展演活动,省直及太原市的8个院团演出了21台剧(节)目,繁荣了省城国庆期间的文艺舞台。2000年年底,我们又受省委、省政府委托,举办了《欢呼新世纪》大型歌舞晚会。这台晚会,汇集了我省优秀的编导和舞蹈、戏剧、声乐、器乐、杂技等诸门类的优秀演员,共计500余人。大家认真策划,精心组织,积极排练,创作了一台主题鲜明、内容丰富、气势宏大、节目优良、有一定水平的大型晚会。晚会取得了极大的成功,得到了省委、省政府领导的称赞。晚会的录像在中央电视台、山西卫视多次播出,产生了良好的社会效益。这次晚会也充分展示了我省专业艺术人员的水平和实力,证明了我们

的专业艺术院团，确实是一支高素质的、重要的艺术生产队伍和传播先进文化的重要力量。

过去的一年，除了上述艺术创作、艺术活动外，各地市文化主管部门以及省直院团，如省话剧院、省画院等，也都做了大量的卓有成效的工作。大家都在各自的岗位上，认真狠抓了艺术创作，组织并参与了不少活动，也展示了我们在世纪之末的艺术实力，这些都是应当肯定的。

二、进一步推进我省艺术创作需要研究的几个问题

一年一度的创作会，既要总结过去一年的成绩和经验，更要总结工作中存在的问题，研究未来的发展方向，制定规划下一个阶段的工作目标。现在我就艺术创作中存在的几个问题谈一点看法，供大家参考，也请大家一起来讨论研究。有的可能是老问题了，因带有一定的倾向性，有必要常常拿出来研究探讨，其目的就是要正视它，不能两眼一抹黑；但正视不是目的，改进才是我们的目的。有鉴于此，我想从三个方面来探讨研究一下。

1.政府文化主管部门抓创作的力度仍待加强。记得去年我在艺术创作会议上已经提出过这个问题，要求政府的主管部门，有责任把艺术创作拿在手上、放在心上，做出规划，狠抓落实。在政府文化主管部门应该不应该去抓创作的问题上，历来就有不同的声音。一年多来，我也接触了不少的同志，认为创作是艺术家自己的事情，兴之所至，落笔成文，如鲠在喉，不吐不快，完全是靠一种内在的冲动、饱满的激情决定的。主管部门则是外在的力量，抓与不抓于创作无补，抓，有时甚至会影响艺术家的创作自由。这种观点，混淆了创作规律和创作环境的概念，把两种性质不同的东西混在了一起。就创作规律而言，创作确实是艺术家自己的事情，艺术家是创作的主体，谁也不能替代。写什么样的题材，采取什么样的手法，表达什么样的情感，灵感什么时候到来，别人做不了主。创作史上的这种情况，

所在多有,且已成规律。如果据此就认为主管部门不应该抓创作,或者说,主管部门在创作上不可能有所作为,这就有很大的片面性。我国的唐朝以诗文取士,直接催发和推动了诗歌、散文的繁荣。翻开世界史,法国十七世纪的波旁王朝,提倡古典主义的创作,使古典主义艺术在戏剧、建筑、绘画等领域取得了空前的成就。由远及近,延安时期,我们还没有在全国取得政权,还不是执政党的时候,在毛主席《延安文艺座谈会上的讲话》指引下,我们的解放区、根据地,就出现了一大批反映现实的好作品,有的直到现在还是深受人民群众喜欢的艺术精品。建国以后,由于党和国家的重视,对传统戏曲进行挖掘整理,建国初期的全国调演,我们的晋剧《打金枝》、蒲剧《薛刚反朝》等,在北京调演即取得了辉煌的成绩,这不是政府主管部门抓的结果吗?包括我们现在,每年通过"五个一工程奖""文华奖",这样一些党和政府主动抓创作的行为,产生了不少优秀的作品。当然,也不乏有一些粗制滥造之作。我讲这些,就是说我们不能把政府主管部门抓创作的功劳给抹杀了,从而使我们主管部门的领导放弃自己的职责。就我们今天而言,各级文化主管部门是政府的组成机构,担负着领导、管理、繁荣文化艺术的使命。创作的繁荣与否,直接关系着一省一市人民文化生活的质量,关系着精神文明的建设及先进文化的传播,对于如此重要的事情,不抓不管、听之任之,作为文化主管部门来讲自然就是失职,抓与管应是我们文化主管部门的使命和责任。其次,就我们目前的体制而言,创作人员大多隶属于文化主管部门,是文化单位艺术团体的一员。对自己的工作和自己的同志,不抓不管,不过问,不爱护,不支持,也是说不过去的。纵观我们主管部门领导的工作状态,大体有这样三种情况:一种是不敢抓,第二种是不善于抓,第三种是不主动抓。所谓不敢抓,是因为自己不太懂,又听到创作人员的一些闲言碎语,怕抓得不对了,说了外行话,面子上很难看,为了自己的面子可以放弃自己的职责。你

不懂可以学嘛,为什么成厅长反复要求文化干部要读书,要研究文化,要研究业务,其道理就在于此。不能因为不懂就不抓工作,这是丧失自己的职责。第二种情况是不善于抓,这些同志是敢抓,但由于不考虑方式、方法,或者说对创作规律不甚熟悉,不能尊重创作人员的独创精神,工作也做了,但效果不好。我也听到有的创作人员说,他抓得还不如不抓,抓得我没有创作积极性了。第三种情况是不主动抓,这些同志有得过且过的思想,认为有戏演就行,反正演戏是团里的事,能够应付下乡演出就行了,以致老戏老演、老演老戏。至于有没有新剧目是创作人员的事,与我主管部门无关,或者说没有直接责任。这三种情况都不大对头,也是不可取的。必须明确,政府文化主管部门有抓创作的责任和义务,问题的关键是如何抓?抓什么?这里要明确一点,组织和干预不是一回事,抓和管是组织,不是干预;要组织创作,而不要干预创作。我们这次搞这么大规模的"杏花奖"演出,有的单位就无动于衷,不去组织。说得严重一点就是失职,对我们的艺术人员不关心、不负责。同志们,艺术的青春是短暂的,像搞舞蹈的更是如此。五年了,没有给演员展示自己演技创造条件,我们有责任、有义务给他们参赛提供一个机会。但就这么一次机会,有的地、市也丧失了,你能说没有责任吗?正因为组织和干预不是一回事,所以说对创作者不要管得过紧过细过具体,尤其不能用行政命令的方式方法去要求创作。创作之所以有规律,就说明它有不受人的意志为转移的客观性。这里的情况很复杂,作者没想法、没有创作灵感、不在状态的时候,在他面前放一座金山也写不好;如果他有创作欲望,有想法,作者想写的时候,旁边放上山珍海味也顾不上去品尝。他能写的时候,命题作文也能写成千古绝唱,不能写的时候,片言只语也会令他搜肠刮肚、抓耳挠腮。今年高考作文,有一个考生自命题《赤兔之死》,半文言的,评分专家给了个满分,对此说法不一。但是我想,这个高考考生能够在规定的时间

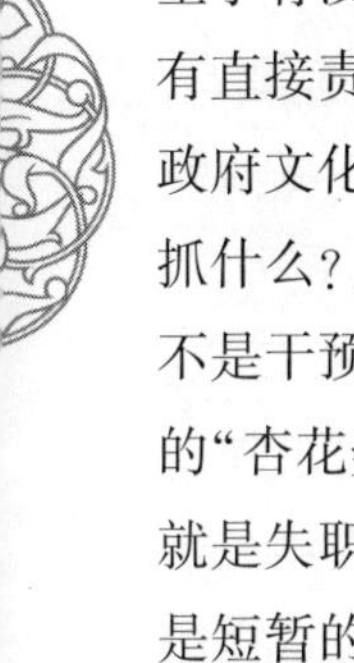

内，写出这样流畅又符合主题的作文，那是有感而发，他绝对不是无病呻吟。如果没灵感，能写出那么好的文章吗？这也表现了他的文学功底，读书的功底，文字表达的功底。作为文化主管部门的领导，一定要研究创作，了解创作，首要的问题，要尊重创作人员的独创精神。特别是对他们的作品，不要一棒子打死，构思一个东西很难呀，不要轻易否定。主管部门的领导应该培养一种感情，尊重创作人员，善于抓创作，不要指手画脚、横加干涉。对于创作，要注意宏观引导，制定长远规划，创造有利条件，督促落实实施，要有点"天地化育万物"的从容气度。

一句话，抓创作不是干涉创作，是在尊重创作规律的前提下，为创作者提供一个有利于产生好作品的物质环境、精神环境和制度环境，这样可能会取得好的效果。我们说抓创作的力度不够，一个表现为抓的方式、方法不科学、不合理；一个表现为没有责任心。你有了责任心，才能有动力去学习、去认识、去把握自己的工作对象，才能想出好的办法来。我们能不能都扪心自问一下，去年一年经你的手抓了些什么？效果怎么样？你是不是尽了力了？这样的问题应该常问，因为这是我们的职责。我想，只有等大家都问心无愧了，胸有成竹了，充实自信了，我们省的创作也就会出现一个新局面。

2.什么是制约我省创作的瓶颈？关于这个问题，原因是多方面的，说法也很多。有的说我省的经济落后，山西经济发展滞后是事实，它也必然制约着艺术生产和艺术活动；但就艺术创作来讲，我看这不是主要原因，有些经济欠发达的地区，艺术创作并不落后。比如江西省，也是山老区，但江西近年来的创作有突破，去年《马陵道》也是旧剧新编，在全国就打响了。有的说，我们工资待遇低。事实上，我们是工资以外的补助低，可不能说工资待遇低。因为国家规定的一级编剧、一级导演、一级作曲该拿的工资是一样的，你都拿到

了。为什么张平能写出那么多有影响的作品，他的补助并不比我们多多少，都是山西的，人家拿到了我们山西建国以来文学的最高奖，得了茅盾文学奖，我们却没有写出同样有影响的戏剧作品。古人有"国家不幸诗家幸"的说法，意思是说，艰苦的生活体验是有利于出好作品的。我在第四届艺术节，走了一下敦煌之路，在那一片大漠之中，我为唐代伟大诗人的诗作所震撼，好多脍炙人口的诗篇，竟是在大漠之中产生的。这样讲，不是想让大家去过苦日子，是想说明物质生活的好与坏、待遇的高和低，并不是能否写出好作品的决定因素。这样的例子很多，"举家食粥"的曹雪芹能写出《红楼梦》，衣食无忧的老托尔斯泰也能写出《复活》《战争与和平》，所以说这不是主要原因。还有的讲，创作人员老化、知识结构陈旧、后备力量不足等，这些说法都有一定的道理，都是从不同的角度来看的。究竟什么才是制约我省艺术创作的瓶颈呢？各有各的说法，我看大致有两点，也不一定对，说出来与大家商讨。一是观念陈旧，探索精神不强；二是需求渠道不畅，制约了剧目的生产。前者是从创作者自身讲的，后者是转型期出现的运行机制上的问题。

说观念陈旧，探索精神不强是有根据的。纵观近年来我省的艺术创作，题材陈旧、雷同的不在少数，概念化的倾向还不同程度地存在着，对主题内容缺少深入地开掘和独到的发现，艺术表现手法上也较为保守，一些编导满足于修修补补，几乎没有出现令人耳目一新、别开生面的表达，偶有出现也多是外请编导的作品。原因就在于我们思想还不够解放，对同类题材缺少新的目光和审视，在艺术上没有敢为天下先的勇气和探索精神。这种缩手缩脚、缺乏新意的创作心态，直接影响了艺术水平的发挥和创造力的解放。去年我们的舞剧《傲雪花红》、话剧《走向胜利》是南京艺术节上唯一反映革命历史题材的剧目，在赞扬的背后，又包含了什么意思呢？是不是我们创作题材有些单一保守呢？还是没有开阔的视野呢？我也看过

《宰相刘罗锅》,也有不同的说法,如舞台上的大制作,完全是话剧、电影的创作及表现手法,全部是实景,包括台词中的非历史化现象;但却得了大奖,这种大奖的导向性怎么样?值得探讨。作为大奖,各地能否效而仿之、推而广之?不可能。我省上党梆子将其移植过来了,那天参加"杏花奖"演出,好多领导上台接见演员,就有不同的评判。这里有认识方面的问题,是不是也有观念陈旧、老是不敢在创作上勇于探索往前走一步呢?大家可以探讨。一句话,就是要求大家在创作上"胆子再大一点,步子再快一点,办法再多一点"。也就是放开来,好好地去写吧,只有勇于探索、敢于突破,才有希望发出奇异而耀眼的光芒,才不愧对"创作者"的称号。应该认识到,我们的艺术创作本身就是创造性的劳动,就应该是敢为天下先。对创作者来讲,束缚我们的是否是观念上的东西,我们第五、六届艺术节让大家出去,就是为了开阔思路,给大家提供一个学习、交流、提高的机会,当然提供的还不够,但厅里是尽了力了。今后还会给大家创造条件,目的是让大家解放思想,在观念上有所突破、有所创新。

第二个问题就更复杂一些。我们现在正处在计划经济向社会主义市场经济的转型期,旧的格局已经动摇,新的格局尚未完全建立。在这个过渡阶段,专业艺术的生存和发展遇到了新的难题和挑战。就山西而言,各个专业艺术团体,存在着设施、设备陈旧,支出增长过快,政府补贴不足,演出市场下滑,经营收入减少等问题。在这样的情况下,生存的压力迫使各院团只能常年在演出成本较低的乡下演出,很少有时间和财力进行新产品的投入。这也是一个瓶颈,呈现在我们面前的是一个十分矛盾的状况。一方面,单一老化的产品在市场上越来越缺乏竞争力,卖不出好价格;老戏老演,没有新鲜感,失掉老观众,没有新观众;人家生活节奏是那么快,我们的表现手法仍然是慢悠悠的,显得极不协调。另一方面,又没有排练新剧目、加工好剧目的物质条件,再生产的能力严重不足。这种情

况，直接导致了对新剧目的愿望需求和现实需求的脱节。这就是为什么都说想要新本子，又很少排练新剧目的原因，也是形成老戏老演、老演老戏的直接原因。这种原因造成的结果，就是新剧目立起来的几率低、存活率低、市场占有率低，因而也就影响了剧目生产者的创作积极性，有时间都去写别的东西去了。如何才能走出这个怪圈、打通这个瓶颈呢？唯一寄希望于改革。当然，作为主管部门，我们不忍心把大家一下子推向市场，也不想在条件不成熟时，把大家推向市场，这方面我们是有教训的。但是必须看到，没有适应市场经济这样一种紧迫感和实际的步骤，我们是要被动挨打的。在这方面，也还是要解决一些思想问题。目前的这种现状，反映了我们院团的一些领导是不是有吃老本、得过且过的思想？我看有。满足于目前有台口、有戏演、能发工资，没想过把蛋糕做大，把事业搞红火。可能大家要说，能保住工资已经不错了，这也是实话。但是要明白，不扩大再生产，路子只能越走越窄，等走不下去了，就晚了。今天阳泉市晋剧团团长和我讲，他们从现在起一直在太原市附近演出，可以演到农历八月十五，我说："好！"阳泉晋剧团的到来，必然要挤掉省、市院团的一部分演出市场，市场经济是无情的，与其被迫挤得没饭吃，不如主动动手搞改革。我们省专业艺术团体太多，必然会在竞争机制下淘汰一批。大家都想找饭吃，这个饭是难吃的，原来一台戏是 5000 元，最后 3000、2000、1000 元，更不要说中间环节还有人盘剥，到演员手里就少得可怜，这个危机感我们一定要有足够的认识。当然，不是说这些年，我们的艺术团体就没有改革，就不去适应市场，而是说还很不够。也有不少好的例子，晋城上党戏剧院一团，每年都要引进一些新剧目，去年就移植了《宰相刘罗锅》，演出的效果还不错；临汾蒲剧院排演了《土炕上的女人》，每一个台口观众都点名要看，而且戏的价码高，还派专车接送道具。现在已经是买方市场，人家挑我们的剧目呢，如果还是老演老戏，就不适应了。省晋

剧院去年通过移植、改编等手段，增加了6个剧目，今年上半年，三个演出团的演出市场运行良好，每个团的演出都超过了百场，这就是去年抓了移植改编，各团必须要有新剧目上演的结果。当然，其他一些院团在这方面也都做了一些工作，在此就不一一列举了。希望大家都动起来，从长远考虑，由过得去向过得好的方向转变。也请大家在院团的体制创新上下功夫、动脑筋，找出一条有利于解放艺术生产力、有利于新剧目的产生、有利于院团生存发展的好办法来。多在市场化上做文章，在如何适应市场上做文章，用市场这只看不见的手去调整艺术的产业结构，优化配置艺术资源。目前看来困难还不少，但从长远来看，这是一条希望之路。

3.作品的题材还不够丰富，不能满足时代和人民的要求，同时也制约了作品的市场竞争力。从总体而言，我省的创作有鲜明的特色，一看就知道是山西的。但无论是戏曲、话剧，还是音乐、歌舞，题材面还不够宽，不够丰富，还不能满足时代和人民的需求。我希望大家认真学一学江总书记“七一”重要讲话，学一学有关先进文化方面的论述，可能有助于解决写什么的问题，有助于解放思想，开阔思路。江总书记说：“发展社会主义文化的根本任务，是培养一代又一代有理想、有道德、有文化、有纪律的公民”“促进全民族思想道德素质和科学文化素质的不断提高，为我国经济发展和社会进步提供精神动力和智力支持。”这个任务是非常神圣而又光荣的，作为文化艺术团体，是从事精神产品生产的主要部门之一，就是要以优秀的文艺作品去履行自己的职责。第五届艺术节，我们带去的是《石角凹》，表现的是扶贫的现实主义题材；第六届艺术节，我们带去的是《傲雪花红》和《走向胜利》，很受观众的欢迎。这样的革命历史题材及现实主义题材的作品要有，但只有这一类作品还是不够的，很需要拓宽我们的创作面。江总书记“七一”讲话指出：“要把以法治国同以德治国结合起来，为社会保持良好的秩序和风尚营造高尚的思想道德基础，要在全社会倡导爱国主义、集体主义、社会主义思想，反对和抵制拜金主义、享乐主义、极端个人主义等腐朽思想，增强全国人民的民族自尊心、自信心、自豪感，激励他们为振兴中华而不懈奋斗。”就我们的艺术创作来讲，是否可以这样理解总书记的讲话，倡导什么，反对什么，达到什么，就是我们创作的内容和主题，所以说，讲话为我们拓宽创作题材和思路提供了强大的思想武器。题材面的拓宽是个大问题，题材的丰富与否，不仅关系到反映生活的广阔度，还直接影响着剧目主题的深刻性和风格的多样性。有了好的题材，就像找到了富矿，就有可开掘的价值，就有炼出金、银、铜、铁、锡的可能。这样，我们的文艺舞台，才能健康向上、丰富多彩，才能出现悲剧、正剧、喜剧、讽刺剧、歌舞剧、音乐剧、诗剧等多种多样的艺术形式，才能给舞美、道具、服装等提供新的创作空间，以满足人们多方面的欣赏需求。特别是在以经济建设为中心的年代，人们的生活节奏已大大加快，我们除了给人以有所教益的作品外，是不是还应该给人以轻松、愉悦、明快的作品？这方面的作品太少了。本次“杏花奖”演出中，推出一个《丑配》剧目，为什么得到了观众的叫好？说明观众需要幽默、愉悦、欢快。我们学习兄弟省市的创作经验，有的可以开阔思路，有的可以借鉴，但照搬不误的拿来也是行不通的。比如搞大制作，那就不符合山西的情况；比如有些剧目有好玩的性质，观众可能目前还接受不了。所以，还必须立足于山西的实际情况，多在我们的优势上下功夫。我们的优势很多，主要有两点，第一，老祖宗给我们留了一笔丰富的文化遗产，剧种多、剧目多，可在改编加工传统戏上做文章，挖掘那些能“古为今用”的东西。从形式上讲，我们山西的剧种那么多，整理挖掘出具有山西特色、其他省没有的东西。这次“杏花奖”评奖，一台要孩戏曲让大家震动了，古老的要孩剧种到 21 世纪这样的年代，还很受大家的青睐；还有晋中的秧歌等。江总书记说：“我国几千年历史留下了丰富的文化遗

产,我们应取其精华、去其糟粕,结合时代精神加以继承和发展,做到古为今用。同时必须结合新的实践和时代的要求,结合人民群众精神文化生活的需要,积极进行文化创新,努力繁荣先进文化。”这方面的例子很多,我省的黄河系列歌舞等成功的作品就是例证;《富贵图》《蝴蝶杯》《薛刚反朝》等经过加工整理的传统戏也证明了这一点。我去年就提出,是否在改编传统剧目上下些功夫,并没有引起重视。一年过去了,我们改编了几个好的传统剧目呢?去年,我带领任跟心同志到北京演出时,即深有感触。北京专家不仅被我们的新创剧目《土炕上的女人》所折服,更赞誉传统戏《蝴蝶杯》《薛刚反朝》中演员的出色表演。《薛刚反朝》是蒲剧的看家戏,五十年代进京演出引起了轰动,党和国家领导人指示大江南北巡回演出,那时是很有影响的。如今我们的《薛刚反朝》进京献演,仍反响强烈,表现不凡。我去年讲了《十五贯》剧目的改编,有人认为是“没钱使,翻故纸”,我不这样看,这个戏已经是三次改编三次出新。我们省的戏研所,存了5000多个传统戏手抄本,如果没人过问,那便是废纸一堆。四大梆子加落子,我们都有好多优秀的传统剧目,各地为什么不组织一批老的戏曲工作者,去改编一些优秀的传统戏呢?同时,还应该看到,传统戏里蕴藏着丰富的中华传统道德资源,整理优选这些资源,也能使我们更好地贯彻“以德治国”的精神,这方面确有潜力可挖。第二个优势是,我们有一批出色的表演人才。我们有32朵梅花,虽各有千秋,但毕竟是在全国范围内角逐而涌现出来的。党组正是看中了这个优势,想在梅花奖演员上有所突破,我们实施了,打开了突破口。各地也可在这方面做些文章,针对演员的表演行当,以人带戏,或以戏带人,还是可以出些成果的。除上述两点外,可能还有一些优势,没有被挖出来。希望大家都动手挖一挖,找出我们有的、别人没有的,经过包装加工,使其充分体现时代精神和创新精神,以开创我省艺术创作生机勃勃的局面。

三、对繁荣我省艺术创作的几点希望和要求

1.编导人员要注意不断学习,全面提高自己的修养,丰富自己的心灵。学习是老话题,也是个常讲常新的话题。学习大体上讲有两个渠道,一个是向书本学习,一个是向生活学习。不管向什么学习,目的不外乎两种:一是积累有关知识,掌握技术技巧;一是提高思想修养,丰富自己的心灵。对于创作者来说,二者都很重要。据说好莱坞的编剧脑袋里,都装着几十个、上百个各种故事的套子,就是我们说的技巧和方法,拿来一个题材就可以套用。哈佛商学院的学生,注重培养学生的动手能力,上课时,也主要是分析各种商业运作的案例。这些东西不能保证你就成为大师,但可以保证你写戏时不会出现硬伤,不会犯常识性的错误,不至于新编历史剧,胡编乱造,戏说一气,误导观众;也不会是写下的戏,开幕半个小时过去了,戏剧冲突还未展开,这就是掌握知识的价值。所谓提高修养,其内容也是十分丰富的,在这里,我只想讲一讲属于修养范畴的涵养,讲一讲我们的作者面对批评和意见的态度。大家都说好作品是改出来的、磨出来的,可是我发现,有些作者,在听取别人的意见时,表现得很不耐烦;有的好一点,听的时候不表态,回去以后就是不改。我不是说,所有提的意见都得改,但是群策群力,见多识广,难道对你的创作就一点帮助也没有?有的创作者,对大家的意见记也不记,拒绝听取,这样的态度如何能使自己的作品有所提高呢?一个成熟的作者,是善于接受大家意见的。我希望大家,不管是编剧、导演,还是作曲、编舞,都要善于、乐于、勇于听取别人的意见。一则对提高自己有好处,二则对完善作品有好处,三则也体现了艺术消费特殊性的要求。艺术消费不是关起门来孤芳自赏,而是让大家来欣赏和消费的。这是因为,艺术创作不同于文学创作;艺术的物化过程和消费场所,也不同于文学的物化过程和消费。文学的创作,一个人、一支笔、一本稿纸就可以完成;艺术的创作,需要演员、导演、舞美、

灯光、乐队、服装一大批人来完成。文学的物化过程,成本也就是印一本书或发表在一个刊物上,少则几千元,多则上万元就可以完成;艺术的物化过程,少则五六万,多则数十万、上百万。文学的消费是个体化的,一个人可以静静地读;艺术的消费是群体性的、大众传媒式的,少则几百人,多则成千上万人。一个人看书,好了一气儿读完击节赞叹,不好了随手一丢完事;艺术的欣赏,好了满堂喝彩,掌声如雷,不好了嘘声四起,甚至骂声一片。这种种的不同,就决定了我们对艺术的创作要慎之又慎,要多方面听取意见,要先在小范围里充分酝酿讨论,这样才不至于浪费人力物力,在大众面前造成不好的效果。在这一点上,请大家务必要有一个正确的认识和严肃的态度。此外,还有一个丰富自我心灵的问题,热爱生活是第一位的。只有热爱生活,才能深入生活,才能发现生活中感人的东西,首先把你感动了,你才能写出一个感动人的剧作。古往今来有成就的艺术家,无一不具备丰富而敏感的心灵,这也是艺术家有异于常人的关键所在。这方面,大家是会有所感触的。

2.作为艺术生产单位,各院团一定要致力于体制创新,为创作的繁荣提供一个良好的生产环境。院团和创作的关系,类似科研单位和企业的关系。科研单位的科学技术能不能转化为生产力,企业是关键。企业能否在市场上有很强的竞争力,技术的领先也是关键。而我们的好剧作,能否走向市场,院团则是关键,院团能不能把它拿在手上、放在心上,加工改编,推向市场,十分重要。在这里,我要对院团领导提一点要求。首先要放下架子,尊重创作人员,不能有老大的思想,认为我用你的本子是看得起你。要和作者交朋友,给他们提供创作的方便,要多给作者介绍院团的情况、观众的要求、演员的结构、行当的优势,使作者在创作时就能有的放矢,有很强的针对性。像北京人艺推出了老舍先生的好多名作,一个很重要的问题,那就是对老舍先生及其作品特别尊重。当然,我们不能和老舍先生同日而语,但这中间却有不少可以受启发的地方,那就是要像北京人艺和老舍先生的关系一样,相互尊重,互相帮助,互相促进,共同发展。院团领导要学会尊重作者,培养作者,在自己的周围团结一批为本院团写本子的创作人员,这样才有利于院团的艺术生产和艺术建设,也才能使自己的院团更有竞争力。这一点,省京剧院走在了前头,同时他们也尝到了甜头。尽管京剧是国粹,但在我省是"少数民族",我们的四大梆子、上党落子、地方小戏,占领了偌大的市场,而省京剧院这几年能够打下去,占领一席之地,确实不易。他们和梁波同志建立了良好的关系,梁波同志这几年为京剧院写了两个本子,由于针对性很强,全部立了起来,取得了非常好的效果。另外,各院团一定要致力于体制创新,探索出一条适合自己发展的新路子。现在大家常年下乡,都在找市场演出,但必须承认,我们的市场化程度很低,基本上还停留在市场的低级阶段,还像小贩一样走街串巷,没有自己的大市场。为什么我们就不能像有些省、市那样,排出的戏在城市剧场天天上演,将戏的价码炒得高高的,不请你还必须来看。院团要动这个脑筋。我说把蛋糕做大,事业搞红火就是这个意思。怎样才能完成这个转换,这是一篇大文章,要靠大家来做。我的观点是,既不能操之过急,也不能无动于衷。操之过急,不符合艺术生产的规律;无动于衷,就会失掉机遇。要从山西的实际出发,寻找突破口。目前,省、市院团,财政上都还有一定的支持,要抓住时机,发展自己,研究自己的演员优势,有计划、有步骤、有针对性地给他们排新剧目,给他们创造机会,参加国家级和省级的评奖,这样可能比较容易获得政府的支持和投入。比如说,两年一次的"杏花奖",两年一次的"五个一工程奖",以及申报"梅花奖"等,没有好剧目就不行。要支持演员参赛,既是宣传我们的产品,也是培养锻炼我们的演员,利用评奖这个突破口,补充自己的硬件设施,调动演员的积极性,创建自己的名牌,扩大院团的影响,增强整体的竞

争力。同时,在上新剧目的时候,一定要科学策划,做可行性调查和论证,研究市场,制定营销方式和营销目标,千万不要草率上马,做劳民伤财的无效劳动。一句话,必须要有低成本的意识。在这方面,我希望主管部门要干预,该说话的时候就得说话。为什么不可以在一度创作上搞得扎实以后再往上投入呢?北京等地已出现了独立制作人、独立工作室等新机制,可以了解一下对我们是否有参考价值。现在已经是21世纪了,WTO年内就可能加入,我们的艺术市场也将面临国际化的挑战。随着国内改革步伐的加快,政府对院团的拨款方式也会有所变化,改人头经费为项目投入,这更需要加大新剧目的创作,争取立项。此外,如何把我们现行的体制转变为更适宜市场运作的体制,如何在市场上生存、发展、繁荣,如何才能争取到更大的生存空间和优良的发展环境,都是一个新的严峻的课题,请大家务必引起足够的重视,尽快行动起来,研究它,找出一个好的对策来。

3.艺术科研、艺术教育和艺术生产要紧密合作,形成一个良性的艺术理论和艺术生产相结合的局面,为我们的艺术创作提供一个好的氛围。面对21世纪新的挑战,艺术体制可能会大大改动,不会像过去分工过细,块块分割,而是为适应市场化,形成教育、科研、生产一条龙,这一点已为教育体制的改革所证实。我们省直有三个研究所,两所学校,各地、市也都有艺术研究机构和艺术学校。研究所和学校分别担负着艺术研究和艺术教学的任务,但是多年来,艺术科研单位、艺术院校和艺术表演团体的联系不够紧密。在科研单位,有些理论文章有脱离实际的倾向,一些有价值的研究成果,要么研究不出来,要么研究出来也就束之高阁,没有发挥理论应有的指导现实的作用。我们的艺术教育,对培养艺术人才、教学剧目的设置及实施也缺乏针对性。基本上是从各自的生存、发展出发,没有协同作战、共同发展的考虑。艺术批评的工作,也没有得到很好的开展，包括我们对剧本评判得失，也是一种艺术批评的形式，这方面有针对性的、真知灼见、言之有物、切中要害、褒贬得当的批评文章还不是很多。我们常说，文艺批评和文艺创作是艺术发展的两翼，我们希望这两翼都强健起来，才能保证我省艺术事业的腾飞。为了营造一个良好的艺术创作氛围，各艺术院团应该主动地和艺术院校、艺术科研单位保持密切的联系，互相通报情况，相互提供服务。这样做，就会使学校的教育、人才的培养更有针对性，设置的专业课目和艺术生产需求紧密联系起来。我们的院团，也可为学生们提供锻炼演出的机会和艺术实习的场所。此外，艺术研究和教育单位容纳了一批人才，也可组织一些人搞创作、搞评论。总之，就是要创造一个有机的、良性的、互动的艺术生产、艺术建设的机制，共同为山西艺术的繁荣作出新的贡献。

同志们，江泽民总书记的“七一”重要讲话，各地都在认真地组织学习。希望大家在江总书记讲话精神的鼓舞下，认真学习，努力工作，积极探索，勇于创新，特别是在我省的艺术创作上，多有一些思索、多有一些作为，为把我省的艺术创作推上一个新台阶、为实现“三个代表”的要求而努力奋斗。

※原为2001年8月14日的讲话录音，后经整理，发表于2001年《山西文化》杂志第4期。

三谈艺术创作

我这个讲话，是对去年一年以来全省艺术创作的一个总结，同时也就今年后半年、包括到明年上半年的艺术创作，以及我们院团的管理、改革交流一些情况，谈一些带倾向性的问题，供同志们参考。在总结之前，我代表省文化厅，对在抗击“非典”战斗中，积极赶

排节目，奔赴一线慰问，鼓舞人民斗志，唱响时代主旋律的全省广大文艺工作者，表示衷心的感谢和诚挚的问候。我们文艺工作者的行为，尽到了自己的社会责任，向党和人民交上了一份令人满意的答卷。这些从昨天上午的大会交流就能够看出来：全省各地的文艺工作者，在这一次抗击"非典"的战斗中，是勇敢地深入生活，反映生活，表现生活，极大地鼓舞了广大医务人员的斗志。我们省直艺术团体在抗击"非典"中，赶排了三台节目，一台是省话剧院的《天使的微笑》，第一次到晋祠疗养院的演出，卫生部门的一些领导观看以后泣不成声，包括最后一场到咱们山西的所谓"小汤山医院"，就是第四人民医院去慰问，那个院长感动得在台上哭，半天讲不出话来。此外，还有曲艺团的专题曲艺节目和省歌舞剧院的一台歌舞节目。这三台节目都是赶排出来的，非常感人，山西电视台还进行了精心的录制。当然，各地也都做了好多这方面的工作，像运城的《天使之歌》，其他市、地也有类似的节目。这一点非常不容易，显示了我们文艺工作者特有的功能和作用，尽管有些作品还比较粗糙，但它却能鼓舞人心。所以，本年度的第2期《三晋戏剧》出了一个专集，全部是反映这次抗击"非典"斗争中的一些文艺作品。

文化部今年的全国艺术创作会议，早在3月份就召开了，我们本来准备4月份召开2003年的全省艺术创作会议，但是这中间，有些全国性的活动我们要参加，比如说4月份全国有一个"梅花奖"20周年的庆祝活动。我们省是"梅花奖"获奖人员多的省份，到二十届我省已经是36位"梅花奖"演员了，所以我们组织了一个四大梆子精品折子戏专场晚会晋京献演，在北京收到很好的效果。回来以后，正赶上"非典"疫情的传播，会议只好推后。今天，把大家召集来开这个会，是文化厅在"非典"疫情解除后，召开的第一个全省性的会议，可见党组对艺术创作的重视和抓创作的重要性和紧迫性。这次会议的任务和宗旨是，传达贯彻文化部全国艺术创作会议精神，检查落实过去一年全省的艺术创作情况，进一步以“三个代表”重要思想为指针，规划创作题材、交流创作经验、制订创作计划、探讨改革方案，群策群力，开拓创新，努力把我省的艺术生产和艺术建设推上一个新的台阶，为创建文化强省、全面建设小康社会作出新的贡献。

下面就我省艺术创作和艺术生产的情况，今后艺术工作的思路，谈一些意见。

一、去年工作的回顾和总结

过去一年中，在省委、省政府的正确领导下，在全省各级文化主管部门和广大创作人员的辛勤努力下，我省的艺术生产和艺术建设取得了新的成绩，可概括为四个方面：

1.继续坚持以艺术活动促生产、促繁荣的工作思路，取得了良好的效果。通过艺术活动来促进艺术生产、艺术繁荣，可以说是多年来行之有效的一套办法。大家在讨论中不是讲到评奖的问题么？一些必要的艺术活动和评奖，那是必须坚持搞的，对促进艺术生产是有好处的。既然我们把艺术生产当作一种生产行为，那怎么来检验艺术生产的成果呢？自生自灭行不行？不行！放任自流行不行？不行！那怎么办？那就得有组织的、而且是规范化的去搞一些必要的艺术活动。这个道理，我想大家是能够理解的。继 2001 年恢复举办了“杏花奖”以后，2002 年，在纪念毛泽东同志《在延安文艺座谈会上的讲话》发表六十周年之际，我们又举办了全省“小戏、小品、小剧种”调演，这是建国以来第一次规模比较大的“三小”调演。据有的同志回顾，从我省的戏剧发展史来看，建国后五十年代曾经搞过，但是剧种没有这么多、范围没有这么广、参与人员没有这么多，所以我们把它作为建国以来规模最大的“小戏、小品、小剧种”调演。这个活动得到了各市、地文化主管部门的积极配合和大力支持，共有 11 个市地、5 个省直单位的 20 个剧种，600 多名演职人员演出了 79 个剧目，其中，5 个剧目获得了最佳剧目奖，6 个剧目获得了优秀剧

目奖，200多名演职人员，分别获得了编剧、导演、表演、音乐设计、舞美设计、乐队伴奏等单项奖。这次活动，不仅涌现出了一批像芮城线腔《七斤三两》、晋中的晋剧《牛嫂戏官》等思想性、艺术性、观赏性统一的好作品，还优化了小剧种的生存环境，引起了社会对小剧种发展的高度重视。大同杨局长讲，天下第一团、大同耍孩儿剧团的生存环境，通过"三小"调演确实得到了改善。政府增加了投入，而且为培养后继人才，采取了措施，办培训班，财政列入预算，每年6万、5年30万，这是一笔很可观的投入啊！这就是我们"三小"调演的成果和它的社会效应。不可能都解决，但只要能够起到一点点作用，它也是艺术活动促进了艺术生产，促进了艺术繁荣。调演期间，《中国文化报》《山西日报》《山西晚报》、山西电视台等新闻媒体，对活动进行了较为深层次的关注和充分的报道。特别是山西电台，有时候人们对电视台很感兴趣，对空中电波的电台不太注意，实际上山西电台对我们的"三小"调演，包括2001年的"杏花奖"全过程，都进行了全方位的报道。新华社记者也在新华网上，就我们的"三小"调演发表了重要的文章。调演结束后，省委宣传部还专门把有关节目请回来，在山西电视台组织了庆"七一"文艺晚会。当然，受这个专题的限制，不可能充分展示我们"三小"调演的成果，但却能够看到它在社会上的反响。有些剧团回去后，得到了当地政府在经济上的奖励和政策上的支持。我知道，运城地区回去后就进行了认真的总结，对"三小"调演中突出的单位和个人进行了表彰奖励。这就是举办艺术活动的价值和意义。这几年，有的地、市在本地也搞了一些有声有色的活动，极大地推动了当地的艺术创作，繁荣了文艺舞台。这里值得提出表扬的是长治市。长治市去年借庆祝"十六大"的契机，充分调动了全市广大文艺工作者的积极性，他们搞了为期一个月的剧目汇演，创作、移植了一大批剧目，收到了良好的效果，有关情况我们《三晋戏剧》进行了专题报道。同志们，一个地、市长

年不搞艺术活动，可能人们就将我们淡忘了，我们的功能也就弱化了，我们的社会价值也就逐步地削弱了；同时，我们的演员，我们的创作人员，也就没有了一个展示自己才能的机会及平台。所以，每年有选择地搞一些有目标的艺术活动，是促进我们艺术生产和艺术繁荣的一个途径。我们省画院，去年一年也走出了画室，深入生活，他们积极和陵川等地合作，写生写到了锡崖沟，把画家的采风、创作和宣传旅游文化资源结合起来，调动了两个积极性，创作了一大批表现山西壮丽河山的好作品。不知道同志们注意看了没有，最近一期《新华文摘》的彩页全部是我们画院的作品，这在历史上是第一次，要知道我们山西的书画创作在全国是排不上位置的。今年，他们组织第二次采风，就是在抗击"非典"的这样一种境况下，还是走出画室，深入到太行山区的壶关，和当地政府以及有关部门结合，也是受益匪浅。这些采风活动，大大地提高了我们画家们的技能，最主要的是让画家们有了生活的积累、生活的体验，这是创作文艺作品的唯一源泉。同样一个画院，过去作品出不来，现在不仅作品出来了，而且能引起《新华文摘》的关注，这说明他们的路子走对了。最近，省交通部门又专门请画家们，到大运高速公路去采风，他们刚刚回来，身上都晒得脱了皮。没有生活体验能画出好画么？他们的路子走得对，成果特别明显，值得肯定。这些都是通过艺术活动产生的社会影响。文艺的功能，就是以美的形式去褒善贬恶，就是弘扬真善美、鞭挞假恶丑。要实现这种功能，说到底就是作品必须社会化，要能让人们看到，让你的作品所表现出的精神力量对社会产生效应；而我们的艺术活动就是要集中展示自己、宣传自己，我们将它比作一个运动会或博览会，也可以说是竞技场，你能不能走到前面，道理是一样的。

2.积极参加国家级的艺术赛事及有关活动，锻炼了队伍，扩大了影响，为我省争得了荣誉。这也是进行艺术生产、艺术创作非常成

功的一条经验。近年来，省文化厅党组坚持一个做法，不论有多么困难，一定要创造条件，让我们的院团参加全国性的艺术赛事及有关活动。目的有两个，一是抓住机遇，扩大影响，争夺荣誉；二是开阔视野，交流学习，提高自己。这个指导思想，也得到了一些地、市的认可。为什么一些赛事我们一定要参加呢？因为我们不甘寂寞，而不甘寂寞你就要有作品，你就得拿出成果来。比如我们的京剧院，在全国原是榜上无名的，但现在来说，从第一届到第三届中国京剧节，山西京剧院都跻身于全国的赛事，没有中断，再困难也要坚持下来，而且一次比一次反响好。现在，他们正在紧锣密鼓地筹划第四届京剧节的参赛剧目。我参加过第三届京剧艺术节的座谈会，听取海内外一些圈内人士的评论，认为通过第二届和第三届京剧艺术节，同行们不敢小瞧山西京剧院了，它的队伍不是像京派呀、海派呀，那么强大，那么有名，但是它的剧目是很值得观看的。甚至讲到一个观点，有好多院团的剧目经过展演以后，不可能保留下来，而山西京剧院的《大脚皇后》《三关明月》可以保留下来。这次会议讨论中，阳泉的同志就谈到这个问题，说我们有一些花了钱的戏，回去后便放到库房里去了，不能保留下来，劳民伤财。这个话讲得对，我赞成。我分管艺术工作以来，就一直强调这样一个观点：我们现在筹一笔钱很不容易，要上一个剧目，就要经过精心策划，精心准备，精心打磨，一旦立于舞台，不要到此为止，还要继续加工，目的是把它打磨成可以保留的剧目，长期演下去。这样，不仅降低了院团的生产成本，而且也成为你原创单位的保留剧目，那是很值得的。京剧院原创的《大脚皇后》已经演出 160 多场，临汾的《两个男人一个女人》已经演了 1000 多场，《土炕上的女人》也演出了 400 多场，我主张就是要搞这样的剧目。京剧院的《三关明月》还在打磨阶段，现在已经是 4 个版本了，评剧版、晋剧版、京剧的一版、二版。即使是在打磨阶段，也已经演出了 65 场了。现在下乡以后，观众点名要看这个

戏。这次他们在“非典”解除后第一家进入五台山演出，观众点名要看《三关明月》。这说明，他们的创作，既可参赛，又受市场欢迎。

去年一年，我们的专业艺术院团，积极参加了许多全国性的艺术活动及赛事，扩大了我省文艺的影响，并以优异的成绩为我省赢得了荣誉。3 月份，省厅专门组团，参加了文化部艺术司主办的国际演艺会议和中国首届演艺成果展。会上，我们发放了 4000 多份宣传材料，接待了近千名国内外文艺团体和演出经纪机构的负责人，宣传了自己，也学习了一些先进的经营理念。会议结束不久，省歌舞剧院就签订了在广州为期半个月的演出合同，马上见效。都说我们娘子关内闭塞，走不出去，好不容易给了机会，我们能不去吗？要去！商家推销自己的产品，初期是要贴钱干的，包括它的包装、宣传和赠送人，所以有机会我们必须参加。4 月，省歌舞剧院的《婆姨》《苦苦菜》两个舞蹈，应邀参加了在昆明举办的首届中国舞蹈节·民族民间舞精品展演，受到了专家、观众的一致好评。这次我们的两组舞蹈，是以唯一的汉民族的舞蹈，呈现在民族民间舞蹈中的，在云南反响很好。6 月，省晋剧院的折子戏《凤台关》《芦花》，赴长沙参加了全国地方戏曲精品折子戏的评比暨戏曲青年演员大奖赛。由于准备充分，《凤台关》的主演苗洁和《芦花》的主演王铁梅，分别获得了一等奖第一名和二等奖第十六名的好成绩，这是出乎我们意料的。我们的初衷，是不能错过机会，必须参加，这是建国以来文化部以国家政府的角度，组织的第一次全国多剧种的精品折子戏汇演，一共包括了 41 个剧种、100 多名参赛演员。我们去了一文一武剧目，以精彩的舞台呈现轰动了长沙，叫戏曲圈内外的人刮目相看。所以，十六大召开期间，《凤台关》又被调到北京演出。8 月，太原市杂技团参加了文化部在遵义举办的“金狮奖”第四届全国青少年杂技比赛，他们的车技，以其高难度的动作、娴熟的技巧荣获了金奖，指导教师赵飞燕也获得了教师奖。应当说，我们的杂技在全国是挂

不上号的，和“杂技之乡”河北省是无法相比的，人家都集团化了；但在对外文化交流上，太原杂技团是立了功的。过去我分管对外文化交流，文化部有好多任务，是直接交给太原市杂技团的。这次在遵义的杂技比赛上得了金奖，杂技团的团长杜进民，还被文化部确定为文华奖的评委之一，这在山西还是第一个。太原杂技团为山西争得了荣誉，没有严格而辛苦的管理是不行的，确实不容易，应该表彰。9月，省曲艺团选送的数来宝《改性别》、小品《真假之间》，在晋、冀、鲁、豫“山河杯”曲艺大赛上，刘培安与马小平等6位同志获得了表演金奖，这虽然是地区一级的，但也不容易。所以说，许多赛事我们咬着牙也要参加，要展示我们的成果，我们不走歪门邪道，凭自己的成果去拼搏，为山西人民争光，为山西文艺界争光，同时展示我们的实力。10月，临汾市蒲剧院的《土炕上的女人》获得了第十届文华新剧目奖，主演任跟心荣获了文华表演奖，编剧纪丁、王颂获文华剧作奖。11月，《土炕上的女人》应邀赴上海参加了第四届中国上海国际艺术节，演出受到艺术节组委会的好评，被誉为第一阶段最受欢迎的舞台艺术作品，《文汇报》用了很大的篇幅作评述，犹如从我们的黄土地上给国际大都市吹送了一缕清风。所以，文化厅除了省直院团的节目外，真正有实力、又能代表山西的，一定要让出去参加全国赛事，并给予一定的经费补助。像去年《土炕上的女人》去上海、太原市杂技团到遵义，都给了一些补助经费，虽然不是很多，但已尽了力。12月，晋中青年晋剧团的王珍茹与大同雁剧团的张彩萍，晋京参加“梅花奖”评奖演出，双双获得了“梅花奖”，使我省获得的“梅花奖”的总数上升为36名。这两位同志在北京的演出表现不凡，最终的排名均在前几位。

本年度小梅花奖的角逐也取得了好的成绩，夺得6个金奖、3个银奖。我这里为什么要讲小梅花呢？我们的老厅长曲润海曾讲过，戏曲是一个舞台综合艺术，有一个综合治理的问题，此话讲得很有道理。我们要振兴戏剧,就必须走综合治理的道路,不能单打一。上午我讲了,我们的人才要断档啊,如果说我们戏剧的后备人才缺乏,不从娃娃抓起,不从艺术教育抓起,是不行的。但是,衡量艺术教育的成效要达到一个什么样的标志呢?不好说。不是都讨厌评奖么,但是由于评奖机制的激励,确实为我们的艺术教育开辟了一条路径,培养了一批优秀的后继人才。所以我省一直积极参与这项活动,前后七届都参加了,今年取得的成绩最好,出乎我们的意料。看来,必须从艺术教育着手,不然我们会后继乏人。

此外,去年我们的专业艺术团体在对外文化交流和对港、澳、台文化交流中继续发挥着重要的作用。吕梁地区孝义市的木偶剧团,在"世界杯"期间赴韩国表演;省歌舞剧院的民乐团和歌舞团,分别到台湾、香港地区进行了成功的访问演出;省京剧院的武功演员,在日本参与《三国志》的演出,已经签订了五年合同,他们一个小分队每年为剧院增加几十万元的收入,取得了可观的经济效益。

上述成绩的取得,离不开在座诸位的努力,凝聚着大家的心血,在这里,我代表省文化厅向大家卓有成效的工作表示衷心的感谢!

3.上下齐努力,认真抓创作,使我省的艺术创作呈现出了良好的势头。江泽民同志讲过:"创新是一个民族进步的灵魂,是一个国家兴旺发达的不竭动力。"这句话套用在我们身上就是:创新是艺术的灵魂,是艺术事业兴旺发达的不竭动力。在艺术创新的实践中,最重要的标志是有没有原创作品。昨天艾斐同志也讲到了文艺的创新,这里给大家推荐一篇文章,文化部艺术司司长冯远同志就艺术的原创性撰写了一篇长文,转载在《三晋戏剧》上,请大家读一下。能不能创新,原创性的创作是个非常重要的标志,在这一点上,经过多年的宣传和实践,已经成为大家的共识。过去的一年里,通过各级文化主管部门的认真工作和广大创作人员的辛勤努力,我省的艺术创作呈现出了良好的发展势头。美术创作前面我们已经讲了,那

个成绩很可观。音乐、舞蹈的创作也有上升的趋势，如省歌舞剧院，发挥地域文化特色，打造民族音乐。去年以来，他们创作了两台有浓郁山西风格的音乐晚会，在台湾的演出大受欢迎，现在海外好多地方联系他们出去演出，眼下正在积极准备赴法国参加中国文化年和在维也纳金色大厅的演出。省歌舞剧院在舞蹈的创作上，也有很大的突破，现在新排演的《待月西厢》，是在"非典"的情况下，采取A、B、C三组角色同练，单人舞、双人舞、三人舞，无论从舞蹈肢体动作的设计，表演技巧的高难度，包括造型的美、给人的意境，都有大的突破，起码是突破了我们黄河歌舞的"土"。我们就是要重新包装山西的文化产品，用舞剧的形式打造《西厢记》。说到戏剧创作，2002年，是近年来生产新剧目最多的一年，截至年底，文化厅的审读组，共审读了来自省直和地、市的20多部剧作，这也是历史上最多的一次。据统计，"三小"调演中有70%的节目是新创作的，如果加上这些新创作品，以及各地、市还未经省审读组审读的作品，就是一个相当可观的数字。这是一个标志，它标志着我省的艺术创作有个良好的向上发展的趋势。这些作品，有的已在"三小"调演中得到了好评和认可，而省京剧院的《三关明月》、长治市的《代代乡长》、忻州市的《香火》、吕梁的《保姆》、阳泉的《盂山情》、临汾的《村官》、运城的《张小民》、大同的《琴笳赋》等作品，在省"五个一工程"评奖中已获奖。此外，省歌舞剧院的《待月西厢》、省京剧院的《哥哥你走西口》、忻州的《山女》、运城的《十里花香》和《贞观贤后》、吕梁的《山村母亲》等作品，已经进入加工、排练之中。这些作品，还没有与观众见面，正在打磨之中。这是一个非常可喜的局面，它说明，艺术创作的重要性已经被大家所认识，各级文化主管部门也加大了抓创作的力度，广大创作人员的创作热情十分饱满。常言说，质量，质量，有数量才有质量，如同提高是建立在普及的基础之上一样，质量也是建立在一定数量之上的，我们的第一步要求是要有数量。对于这些作品的质量，我们先不要去做评价，等演出实践检验后，等观众、专家认可后，我们再行总结。单就数量而言，我就要在这里感谢大家的努力，为大家甘于寂寞、苦守清贫、锲而不舍、努力创作的精神而喝彩！你们的辛勤努力是值得肯定的。

4.上要政策，下想对策，努力开拓演出市场，改善了专业艺术院团的生产、生活环境。这也是我们去年在艺术生产和艺术管理方面做出的成绩。为了贯彻“三个代表”重要思想，落实省委、省政府建设文化强省的指示精神，文化厅抓住机遇，在调查研究的基础上，会同省财政厅制定了三个办法：《省直艺术表演团体演出场次补贴暂行办法》《省直艺术表演团体优秀剧目奖励专项资金管理暂行办法》和《省直艺术表演团体优秀艺术人才资金管理暂行办法》。这三个办法，对省直院团的演出、创作、人才保护等方面，有针对性地进行了补助和扶持。三个办法的出台和实施，有效地增强了院团的发展活力，优化了生产环境，调动了演职人员的艺术生产积极性，收到了良好的效果，这也是有史以来的第一次。在我们生存环境困难的情况下，就要充分抓住有利的时机，上要政策，下想对策。上要政策，就是要把财政部门的人请来，让他们看看我们的现实状况，以实际情况来感动他们；当然我们也有依据，那就是文化部和财政部的有关文件，以此去说服和感动财政部门，所以才出台了三项办法。三项办法的实施，就是要多出戏、多演出、多做贡献，鼓励“三多”。谁有作品给谁投，今后就是这样，不搞平均分配，搞宏观调控。看了你的剧目，通过论证，就给一定的前期经费。省歌舞剧院的《待月西厢》、省京剧院的《哥哥你走西口》，都是经过专家论证，前期经费已经投入。除了多出作品还要多演出，对每一个专业艺术团体，年初都确定了演出场次的最低限度，最低限度完成后，多一场补一场。当然不是无限度的，我不主张越多越好，有个封顶，不能疲于奔命，一年 365 天都在演出，没有休整，没有创作，没有复排，这不符合艺术

生产规律,每年必须要有一个休整期,有一个创作期。也就是说演出要把握一个度,要有一个科学的管理办法。此外,就是保护人才,本年度只要是做出贡献的,得了大奖的,或者是台柱子演员,经过民主推荐、剧院确定,文化厅直接给一部分补助,副高以上一个月 400 元,副高以下一个月 200 元。这三项政策的实施,确实调动了演员们的积极性。有些演员,尽管是全国知名、国家一级、在省内外有影响,但本年度的演出任务没有完成,对不起,没有评上,不能享受这份补助。同时,这个评定办法又是动态的,今年不行,明年还有机会。我们说爱岗敬业,敬业首先就要奉献在本院团。这确实是一个带有导向性、宏观调控的好办法,有利于建立鼓励院团及演出人员多出作品、多演出、多做贡献、扶持正气的科学管理机制。艺术处已经把三个文件印发给了各地、市,听说有的地、市已开始动作,准备参照实行。大家一定要抓住这个机遇,给我们的表演团体创造一个良好的生存发展环境。

在向上面争取政策支持的同时,各院团也在积极想办法,优化自己的生存环境,扩大演出市场占有率,在改革中求发展。省歌舞剧院交响乐团和省煤管局联合组建了太阳石爱乐乐团,争取来每年 50 万元的资金,开辟了文企联姻的新路子。省京剧院在山西这个多剧种的省份,努力开拓生存空间,想办法在晋城一带打开了市场,并积极排练新剧目,试图开辟新的演出市场。为了锻炼自己的演出队伍,还组织了个小分队到温州去闯市场。温州是什么地方?那是南戏的发源地,而且经济相当发达,日常演出就是听凭观众点戏,我们的演员只得连轴转、边排练边上演,很艰苦,但不艰苦能够占领市场吗?省话剧院在话剧特别不景气的情况下,先搞小品,搞了两台小品。自己没合适的剧本,便移植辽宁的《父亲》,为了使山西版的《父亲》有市场,他们广泛听取了企业家的意见,演出效果很好,竟连演了 40 多场。省晋剧院努力开拓城市演出市场,利用“五一”“十一”

两个黄金周，推出了自己的名牌产品；同时组成强大的演出阵容，下乡演出，以质论价，提高戏价，取得了良好的效果。他们去年移植的《月缺月圆》，是一部反映老年人生活的戏，就是要吸引老年观众，占领城市市场。地、市院团在去年也创造了很好的成绩。吕梁是地、市剧团中演出场次最多的团体，他们也是打造自己的品牌，推出自己的人才。大同市在所属院团改革重组后，努力开拓演出市场，市场情况看好，市歌舞团的演出达到了每场上万元的新纪录。临汾市的眉户剧团同多媒体联合，把《村官》又改成了电视剧、电影，社会效益和经济效益得到了新的延伸，而这种新的延伸，又寄托在对艺术作品创作的精加工。

总之，过去的一年，各地和省直院团都做了大量的工作，取得了突出的成绩，推进了事业的发展，繁荣了文艺舞台，为社会主义精神文明建设作出了自己的贡献。

二、今后工作的意见和建议

去年我说过，如何估计艺术创作的形势至关重要，估计过高，容易产生盲目乐观的情绪，估计过低，又容易挫伤大家的积极性。那么，如何估计呢？那就是要客观地、实事求是地既看到成绩，也要看到不足，从发展的眼光和要求讲，看到不足可能更有价值。前一段，我们根据省委宣传部的安排，搞了一个专题调查，在这个调查报告中，我们对我省的专业艺术形势有过一个基本的估计，概括起来就是：作品多，全国一流的、有竞争力的作品少；人才多，全国一流的、有影响的人才少；演出多，演出收入少；困难多，改革的措施少。不知道大家同意不同意这个判断？有了基本的估计，就可以确定我们的出发点，有针对性地寻找突破口，解决我们的问题，争取更大的发展。下面将围绕创作、市场和改革三个方面谈些意见。

1.紧紧抓住创作这一重要环节，努力创作出富有时代精神和山西特色的优秀艺术作品。党的十六大提出了全面建设小康社会的

宏伟目标。大家知道小康不同于温饱,小康社会就要有与之相适应的物质文明、政治文明、精神文明,就要有与之相适应的文化建设的要求,其中,对精神产品的要求,不是有没有,而是好不好,它要求我们的精神产品质量和档次要上去。如果说,过去的标准是"有没有",那么现在的标准就成了"好不好"。省委、省政府根据十六大精神和"三个代表"重要思想的要求,也提出了建设文化强省的目标。这既是党和政府的要求,也是人民的要求,也是时代的需要。我们这个时代是什么时代呢?有的说是数字化时代,有的说是信息化时代,不管怎么说,我们国家已经进入了一个建设有中国特色的社会主义市场经济的时代。这样一个时代,作为上层建筑一个很重要的内容,我们不能不和这个时代相适应,不得不满足这个时代的需求。生活在这个时代的文艺工作者,要满足时代的需求,首先必须要有好的属于自己的作品。正如陈晓光部长所指出的:"要使我们全民族广大人民群众精神更加振奋,更加愉悦,生活更加充实、丰富和美丽,最终达到提高全民族整体素质,促进人的全面发展的目标,就必须有丰富多彩的精神产品,就必须有一大批具有民族和时代精神,具有强烈艺术魅力的艺术精品。只有这样才能极大地满足人民群众日益增长的精神文化需求,才能为全面建设小康社会发挥文化艺术独特的历史性作用。"这里讲的是,文化艺术在中国特色社会主义建设中的功能和作用。同时,还要提醒大家,现在好多地方讲到一个观点,文化是广大人民群众在新时代的一种权益。这是一种新的提法,就是说享受健康向上的高档的精神产品,是老百姓的一种权利。应当从这个高度,来看待新时期文化建设对我们文艺工作者的要求,而创作出好的优秀的作品,就是我们文艺工作者义不容辞的责任。对于文化主管部门来说,这就是我们的工作,形象化地说,我们这个商店卖的就是优秀的文艺作品,如果不把心操在这个方面,就等于是"种了别人的地,荒了自家的田"。能够更好地为广大人民

群众提供文艺消费，这是我们文化主管部门的义务和职责。对于作家、艺术家来说，这既是工作，也是天职。职责所在，义不容辞。如何才能承担起这一历史使命，完成这个光荣的任务，还得从两方面谈起。

对于文化主管部门来说，就是要紧紧抓住创作这个重要环节。请注意，我这里用了一个“紧紧抓住”。大家应当考虑一下，你是不是抓紧了。过去毛泽东同志讲，抓而不紧等于不抓。据我了解，有的就没有抓。这虽是一个老生常谈的问题，但必须经常讲，认真讲。作为领导抓创作，就是要真抓，实抓，不仅一把手要抓，分管领导更要抓。艺术生产作为一个生产行为，一把手必须抓。我给省直院团的领导讲过，如果一个院团没有作品，首先要追究一把手的责任。抓创作不能停留在开会、发文件上，而是要有自己的特色、自己的措施，总结起来就是三点：明确的态度，具体的措施，相应的效果。这个问题我们过去讲，今天讲，将来还要讲。为什么？因为它至关重要。主要领导要把艺术创作放在文化部门的重要议事日程上，要在人、财、物上为艺术创作和艺术生产提供方便；主管领导，要了解本地区、本部门的创作态势，创作人员的思想、生活情况，要和他们交朋友，协调并营造好的工作、生活条件及环境，同时要敢于压担子、下任务，扑下身子抓创作。没有这个精神，想抓出一个好的作品，是不可能的。我要求我们的分管领导少一点官气，多一点扎实的风气。文化厅、局长是个什么官？说白了，就是给广大文艺工作者的创作营造条件、提供服务，努力做一个合格的文化人，这样就能出一些好的成果。如果本地区、本单位，一年、两年，甚至三年，还拿不出能够代表自己水准的舞台艺术作品，说明对艺术生产这一重要环节没有抓好，主要领导和主管领导肯定是有责任的。我一直在讲一个观点，艺术生产不是春种秋收，不是春种一粒籽，秋收万颗粮；有时候，种了也可能一两年都没有收成，艺术生产有它自身的规律。当

然,你认真组织,精心打磨,三年都没出成果,这也不是事实。所以我想,作为一个地区、一个部门,分管领导都应该经常衡量一下,你的责任尽到了没有。有人说现在市场化了,人员流动了,可以请外面的专家。这有它的一定道理,从打破封闭、引进人才和作品来讲是件好事,自己没人就必须请;但放着自己的人不用,花大价钱从外地请人,它的弊病也是很明显的。我们抓的是艺术生产,从市场运作的规律来讲,请人必然会增加生产的成本,成本加大了,等于降低了生产利润。不是有句通俗话么,"请来一个女婿,气走几个儿子",用了个女婿,挫伤了几个儿子的积极性,不划算。如果本地的人才资源已经挖掘尽了,可以跨地区找,跨地区不行的话,也还可以外请。但是要注意,现在有一种导戏专业队,坐飞机去导戏,飞来飞去的,人称"飞导"。你要让他导、让他排,有一个先决条件,音、舞、美都得用他的人。人家已经进入市场运作了,一切都包下来,代价是昂贵的。我们复排《三关明月》,到天津请导演,去以后了解了行情,费用得 7 万。一个复排的剧目,仅导演费用就需 7 万,值不值?我们经过讨论,否决了。挖掘自己的力量,请自己的人排导,同样付报酬,但却没有那样高的代价。现在戏排出来了,中央 11 台已经播出。大家要研究艺术生产的规律,艺术生产第一步,就要挖掘自己的潜力,起用自己的人才。必须看到,外请是没有办法的办法,是权宜之计,要从根本上解决问题,还得靠我们自己。这方面工作做得好的地、市和单位,不仅善于调动现有创作人员的积极性,而且还注意在实践中发现人才,培养人才,解决创作队伍年龄老化的问题,鼓励年轻的创作人员脱颖而出。今年我们的创作会上就有一些新面孔,他们是省艺术创作中心新聘任的创作员。我们利用换届的机会,重新聘任我们的创作员,特别注意增加了一批新的、有朝气、有创作发展前景的创作员。我们聘任这些同志进入创作中心,目的就是为了增强后备力量,为我省的艺术创作培养人才,储备人才。有的同志会

提出，省艺术创作中心储备的怎么是三级的编剧？对，文化及创作经验是积累的，没有三级就没有二级，没有二级也就没有一级。我们试图在全省聘任更多的年富力强的一级编剧，没有啊，所以我们保留了一批已经到退休年龄的一级编剧，像程毓祥同志、米杰成同志、王秀春同志、马彬同志等等。这些经验丰富的创作人员，我们也要爱护，到了退休年龄，精神好，身体好，有创作欲望的，我们继续聘任，聘任到65岁。这和离退休是两码事，离退休了我们还可以聘任，这就等于延长了创作人员的艺术生命。在座的有新局长，有老局长，都经历过新老交替的过程，前任留下了好的基础，下一届就好工作；否则，人家当面不说，背后也会说，看某人给我留了个什么摊子。创作队伍的建设，关系到艺术事业的发展，也关系着主管部门的职责和政绩，希望我们的主管领导，在这个问题上能高度重视，能列入自己的议事日程，一定要抓好。这个抓好，我认为就需要有一个规划，有一个人才网，有一些必要的活动。这批创作员都是各市、地推荐出的，可以说是资源共享，虽然聘任在省艺术创作中心，但是主要服务对象是市、地。上一届的创作员，有些同志在聘用入网时，没有和市、地征求意见，形成了两张皮，分管局长很有意见。而我们的个别创作人员，也有些优越感，我是省的特聘创作员，不受市、地管。这怎么可能呢？主要的服务对象还是市、地啊！不要有优越感，只能有荣誉感。这次，我们严格征求了市、地文化主管部门意见，在这批创作员确定下来后，还要依托这些骨干，将各县的创作力量组织起来，形成本市、地的创作人才网络。有些市、地零敲碎打，几年也不开一次创作会，这个是不行的。创作会必须要开，还要抓紧。

搞创作，创作人员是主体。应该说，我们山西还是有人才的。近几年我们的一些剧作家、画家、音乐家、舞蹈家调到了外地，这是人才流失；但从另一方面看，也说明我们山西有全国一流的人才，是出人才的地方。就目前我们的创作队伍中，有的同志的作品，在全

国及全省各项赛事中获过奖,也有的作品被外省买走,在外省得了奖,这说明我们还是有实力的。而有实力就应该发挥出来,为山西艺术的繁荣、为山西人民多出优秀作品。今天在座的创作人员,不少同志都是国家一级、国家二级的职称,享受着高级的待遇和荣誉,拿不出和职称相称的作品是说不过去的,长时间不出作品就更说不过去了。我们都是靠工资生活的人,是靠纳税人养活的。如果纳税人交了钱,却没有买到东西,或者掏了一等的价钱,买到的却是三等的货,他们的消费权利就受了影响,你说他们冤不冤呀!如何调动创作人员的积极性,既要靠制度、靠改革,更要靠觉悟、靠事业心。去年,我们开始尝试引入竞争机制,给创作员的作品评奖,打破过去平均分配的创作补贴。今后,还要加大这方面的力度,搞评奖,搞竞赛,也可以搞末位淘汰制。这样做,可能会有压力,但压力就是动力,压力可以激发活力。事实证明,没有竞争、没有压力的环境,是不利于人们健康成长的。古今中外,作家、艺术家都是一个受人尊敬的职业,他们承担着反映人民心声,弘扬时代精神,美化、塑造、培养民族心灵的崇高使命。既然选择了这个职业,就应该有这样的追求和志向。我相信大家都有创作好作品的欲望和想法,都有一个埋藏在心底的创作出惊世之作的理想。应该看到,现在就是最好的时期,是建国以来政治最开明、思想最解放的时期,此时不写,更待何时?写什么,怎么写,是大家的自由,但我希望大家,写出有时代精神和山西特色的优秀的艺术作品。因为,没有时代精神,就没有高度和深度,就体现不了先进性;没有山西特色,就可能会由于缺少个性而被淹没。许多伟大的作家和作品,都有强烈而鲜明的地域文化背景,正如大家所熟知的,赵树理是山西的,莎士比亚是英国的,老舍是北京的,梁祝故事是江南的,岭南学派是广东的,毫无地域文化特色的作品,是很难拥有读者、观众并流传于世的。作为山西的剧作家、艺术家,有责任、有义务宣传山西,弘扬山西的历史文化,塑造

现代山西的崭新形象。在具体创作题材上,也应体现这个精神。首先,在挖掘整理改编传统戏上,应朝两个方面去努力:一是本剧种的看家戏,如晋剧的《打金枝》《芦花》,蒲剧的《薛刚反朝》,上党梆子的杨家将戏,包括一些非常有名的折子戏,如北路梆子的《杀庙》、上党梆子的《杀妻》、中路梆子的《杀宫》。这些看家戏,传到我们这一代,能不能很好地继承?能不能有所出新?有些剧团已经演不了本剧种的看家戏了。二是功夫戏,反映我们各个剧种、各个行当的功夫戏,即所谓戏剧的四功五法,包括我们一些表演的绝活,比如说帽翅功、髯口功、水袖功等,我们现在继承得怎么样?表演得怎么样?所以我想,要挖掘整理改编传统戏,就是要在自己的看家戏、功夫戏上下功夫。其次,新创剧目的题材,一定要打造具有山西特色的地域文化。比如像程毓祥同志的《绵山祭》,包括阳泉的《盂山情》,都是值得参考的,因为突出了山西特色,挖掘了山西的人文资源。需要注意的是,不要撞车,比如说《赵氏孤儿》题材好,也不要你搞我也搞;晋商题材时新,也不能满台都是晋商,这是需要认真研究的。此外,在挖掘地域人文资源时,必须增加题材的历史厚重感。比如杨焕育同志的《鹳雀楼》,这个题材抓好了,但是还得回到我们常讲的两个问题上,一是编一个好故事,把故事编圆;二是好看,感动人。在我们编故事的时候,必须注意,只要是历史上的真人真事,必须关照一下历史。不能违背历史,不能戏说历史,但也不必照搬历史,应在关照历史的前提下,对历史上没有讲清楚的,可以进行合情合理的虚构,编一个叫人能认可的故事,京剧《三关明月》就是这样编出来的。至于移植剧目,一定要注意适销对路,不搞拿来主义,应做进一步的加工,要看到移植后有没有市场前景,能否体现本剧种的特色。这次我们下发的20个剧目,就可以选择移植,包括其他好的剧目也是这样,必须能够突出本剧种的特色,进行必要的二度创作的再加工。这样便可以丰富我们的上演剧目,有能力去占领文化市

场。总之，我希望在座的艺术家，能有机会把自己的名字光荣地和自己的家乡联在一起，希望我们的创作人员要立大志、出大作，勤雕琢、攀高峰，能在山西艺术史上留下光辉的一笔。

2.面对市场，研究市场，在占领市场上下功夫，用市场的取向推动艺术事业的健康发展。艺术是精神产品，属于意识形态的范畴；艺术是事业，但又有可经营的企业性质；艺术属于社会公益类，但价值的实现又常常需要通过市场来完成，这就是它的双重性。陈晓光部长在讲话中说："市场取向的观念，应贯穿艺术创作生产、演出、经营、管理的各个方面。我们一定要眼里有市场，心中有观众，更加积极主动地去研究市场经营的策略和方法，努力占领市场，赢得观众。不管是谁，只要违背了市场规律，无视市场取向，就必定被日益蓬勃的市场大潮所淘汰。"这几句话说得观点明确，态度坚决。这表明文化部已经认识到了市场比赛场重要，口碑比奖杯重要，群众的认可比金奖、银奖重要。我们作为地方团体，更应该引起高度的重视。事实上，我们的省、市、县三级剧团都在市场上，都在常年坚持演出，演出场次在全国也名列前茅。不能说我们的演出队伍不敬业，但是我们适应市场的能力差，我们闯市场的产品差。有时候我们觉得自己的市场化程度很高，其实这是一种错觉。多年来，我们只是在一种惯性的驱使下在市场上被动地经营，并没有把创作的重心，自觉主动地放在市场上，也缺乏对市场的了解、研究和开拓，更没有通过市场的取向来推动整个艺术生产和艺术建设。这里讲到的了解、研究和开拓，非常关键。比如，我们在上一个新剧目的时候，有没有考虑过是给什么人看的，市场占有量有多大？有没有研究过现在的市场上最需要什么剧目？现在观众的欣赏兴趣是什么？这些，过去我们可以不管，现在就不能不管了。省歌舞剧院的"两黄"就是证明。当时，没有文华奖，也没有"五个一工程"奖，只是为了挖掘山西的歌舞，同时也看到了港台的狂歌劲舞人们已经厌烦了，民族的东西、民

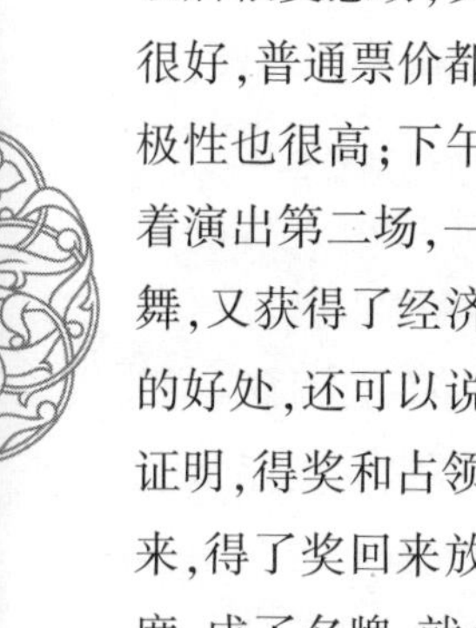

间的风情可能会有观众。“两黄”的诞生，也是想为山西人争口气，结果出来后，一炮打响，风行全国。北京、上海、香港、新加坡，到处去演，最红火的时候，在南宫一天演两场。就是现在，省歌在市场上主要还是靠黄河歌舞。这次山东“风筝节”，他们组织了一个规模不小的演出团到潍坊演出。因为是“非典”时期，我想去看看大家，顺便想调查一下市场，看看我们的黄河歌舞在省外有没有市场。去了以后很受感动，黄河歌舞在当地很受欢迎。当然，人家的市场运作很好，普通票价都120元，设施虽然不很好，但是满座，我们的演员积极性也很高；下午7点进场，演出一个多小时，然后休息10分钟，接着演出第二场，一共演出9场，拿回12万元，双赢！既宣传了黄河歌舞，又获得了经济效益。这个例子，不仅可以说明面向市场搞创作的好处，还可以说明好作品是可以打上去、也可以打下去的。实践证明，得奖和占领市场是可以统一的。我们不要人为地将其对立起来，得了奖回来放进库房。我不主张这样做。得了奖，提高了知名度，成了名牌，就会提高它的市场效益，这不应该是矛盾的。增强市场意识，也要解放思想，不要一说市场，就想到农村，为什么不能想一想大城市，甚至想一想省外、边缘地区、城乡接合部、国外呢？省晋剧院去年搞两大长假“黄金周”演出，就是试图打开和占领城市演出市场。我希望大家都研究研究两个“黄金周”的演出问题，抓住这个市场不能丢。可能开始还不行，要贴钱宣传、作广告，现在不能搞“农村包围城市”，而是要想方设法直接占领城市市场。省京剧院在日本为武功演员开辟了国外演出场，合同一定就是几年，收入相当可观。今年是中法文化交流年，外国的团要进来，我们的也可以出去，要主动地和国外联系，推销自己。提高市场意识，还要辩证地看问题，市场不是老虎，不要谈虎色变，一说走向市场就害怕。市场有许多积极的东西，有很多和我们的要求一致的东西。比如，你想占领市场，就得想办法搞到适销对路的好本子，就得去找好演员，培养

自己的名牌剧目,有了名牌产品,还得想方设法搞市场运作,送戏上门,留住老观众,培养新观众。同样,作为编剧,要想把自己的剧本立起来,也必须研究什么样的本子最受欢迎?观众最想看的是什么?而不是跟潮流,别人写什么,你也写什么,人云亦云。一旦好的剧本写出来,立在舞台上,既有稿酬,又有了名声,也代表了最广大人民群众的利益,你看这多么好。所以,要好好地研究、反思一下创作和市场的关系。还需提醒的是,市场需要有很强的稳定性,这也可以使我们的作者在选材的时候,要注意克服浮躁和投机心理,关注那些深层的、永恒的、有价值的话题。说到这里,我要特别讲一个事,文化部为了让更多的观众看到好戏,在全国买断了20部作品的演出权,供大家无偿移植。这是一件好事,艺术处的同志已经给各地、市发下去了,希望各地回去以后加紧落实,让有条件的县级剧团多排一些。地、市剧团要移植,可在二度创作上下一些功夫,争取能出新,演出自己的特色和风格来。移植是为了向广大群众提供更多更好的精神产品,同时也是市场化的要求,因为移植可以节约大量的创作成本,降低了成本就是提高了利润。文化部掏钱做了这么一件好事,大家要抓住这个机会。这件事也给我们提供了一个信息,适当时期文化部可能会搞移植剧目的调演,经省厅领导商量,我省明年视各地移植情况,将先走一步,搞移植剧目调演,这样,既为全国的调演做准备,又可推动移植优秀剧目的工作。到时候,有突破、有创新的移植作品还可以得奖。一句话,适应市场、走市场是大趋势,谁先占有了市场,谁就赢得了未来。我们应该勇敢地面对市场,以社会主义市场经济的要求和机制,来组织规划我们的艺术生产,经营我们的艺术产品,努力在市场上赢得更大的份额,让更多的新老观众乐于参加艺术消费,使艺术事业的发展获得更广阔的前景。

3.解放思想,积极探索,加大改革的力度,努力创造一个适应艺术团体健康发展的运行机制。如果说创作是生产力,那么体制、机

制就是生产关系。大家知道,一个不科学的、滞后的生产关系就会制约生产力的发展,把整个事业拖入停滞的困境中。要解放生产力,推动整个事业的健康快速的发展,就必须建立一套与生产力要求相适应的生产关系。关键的问题是要改革,这是当前最迫切的事情。为什么大家讨论得那么激烈?因为这是一个迫在眉睫的事情。我们的专业艺术院团,大多是建国初期成立的,是计划经济的产物。从性质上讲,是国家的事业单位,现在要让它增强市场运作的功能,在市场上实现它的价值,就必须建立一套和过去不同的运行机制和管理体制。这个问题非常敏感,也非常困难,如何改革?目前还没有一个可以广泛遵循的成功经验。大家回顾一下,我国的体制改革,特别是经济体制改革以来,好多经验都是基层创造出来的。我们没有成功的经验可借鉴,但有一点是可以肯定的,那就是,改革必须推进,不改革就没有出路,改革只是迟早的事情。党的十六大已把文化事业单位的改革提到了重要的议事日程,今年 1 月 23 日,中组部、中宣部、人事部、文化部联合下达了《关于深化文化事业单位人事制度改革的实施意见》的〔2003〕14 号文件,最近省委宣传部又在全省范围内确定了一批文化事业单位体制改革的试点,省厅有,各市、地也有,这说明,改革已成现实。面对这种形势,各艺术院团的领导、各主管部门的领导,首先要转变观念,不能有侥幸心理,认为我们是国有事业单位,国家就应该养着。不能这样想,必须转变观念,把我们的认识统一到中央四部,包括有关部门有关领导的讲话精神上来。可以明确地告诉大家,国家不可能不管,但又不可能全管,而会改变管的方式,变养活人员为养事业,变固定投入为动态投入。也就是说,依靠政府是有条件的,不可能有求必应地全包下来,到时候就把钱给拨来了,这是从中央四部文件对艺术院团的定位来考虑的。文件指出,艺术表演团体是"具有公益性又可不同程度地实行经营运作的文化事业单位"。这体现了两重性,大家要好

好研究一下这个文件，把“公益”部分用足，充分利用公益部分，来把我们有地方特色的艺术保护好，同时，把“经营”部分做活做大，用市场运作的办法，招商、引资、多种股份制投入，只要能挣钱，就赶紧做。把政策理解透彻，充分运用政策，从政策的导向上去做文章。其次，要从本地区本单位的实际出发，理清思路，找准问题，研究和采取必要的对策，不能盲目地面对改革的大潮。这里要向大家推荐原临汾地区文化局老局长张彪同志写的一篇文章《对戏曲艺术发展的意见》，他讲得很中肯，很有针对性，若引起文化主管部门的重视，是会收到明显效果的。各地都应该做这方面的工作，把一些老同志、老艺术家请出来，研究一些对策，寻找一下影响本剧种、本单位生存发展的深层次的问题。此外，我们还要逐步转变管理方式，过去我们采取的是管理机关的方式，现在要把以行政管理为主的管理变为以经营管理为主的管理。为了达到有利于经营的目的，在体制改革条件还不成熟的情况下，可以先尝试内部的改革，比如，打破“大锅饭”，拉开收入档次，建立末位淘汰、定期考核、全员聘任等竞争机制和加大宣传、营销力度等。必须培养一支宣传营销队伍，文人不善于做买卖，应当引进善于做买卖的人才，能够推销我们的产品。我一直跟省直院团打这个招呼，有的重视了，有的重视不够，有的还没有重视。必须改变我们的经营方式，在具体措施上，要优化生产环境。比如说，一部剧作的生产，必须有一个最好的生产环境，到处有人干扰，甚至为了照顾情绪，不考虑谁当行谁不当行，不考虑将来能否占领市场，最后宁肯把一个新剧目给荒了、不排了，看来优化生产环境很重要，不能让少数人干扰了大家正常的艺术生产。同时，在生产方式上，也要进行积极的探索。陈晓光部长指出：“我们大部分艺术院团的生产规模狭小，资源分散、重复生产、效益低下；创作不考虑需求，产品不考虑市场，投入不考虑产出，生产不考虑效益。”这是对全国而讲的，对照我们省，是不是也存在陈部长说的这些问题呢？我看是有的，而且带有普遍性。他说，这些问题的根源在于生产方式的落后，这些问题的解决也要依赖生产方式的转变。这就要学习和借鉴国内外一些新的先进的舞台艺术运作方式，例如，剧组制、独立制作人制、剧目工作室，甚至剧目投资的股份制等，各地都可以创造条件，在艺术生产过程中进行大胆的尝试，改革的力度再大一些。我们不要等人家来动我们，我们自己先动手。在这一点上，省歌的交响乐团先走了一步，成功地进行了文企联姻；省画院连续两年，通过举办一些互惠互利的活动，寻求和地、县政府及有关单位的合作，解决了创作经费不足的问题。这都是可以尝试的，说到底，就是文化投资的多元化，是解决政府投入不足的有效方法。政府已经背不起我们了，要我们自己解决问题。在这个问题上，不要看上面，不要等政策，我国改革的实践告诉人们，真正成功的经验和有价值的创造，大多是来自基层，各院团、各地、市应该积极行动起来，闯出一条适合专业艺术院团发展的路子来。不过，还要强调一个观点，改革的目的是出人、出戏、出作品，就是要增强艺术院团的活力，这也是衡量改革成功与否的标准，不能盲目地去赶潮流，为改革而改革，把本末倒置了。如果说改革使得我们没有活力了，生存价值不存在了，那么改革就是不成功的。我们要在运作方式上去多考虑、多研究，要清楚地认识到，创作出好的作品，建立科学的管理模式，目的都是为了增强院团的实力，更好地去占有市场，而占有市场就是实现自身价值，就能更好地为人民服务，为社会主义精神文明建设作贡献。

同志们，除了总结，主要是围绕创作、市场、改革谈一些观点，是一个大会发言，仅供参考。两天的创作会就要结束了，希望我们按照十六大“发展要有新思路，改革要有新突破，开放要有新局面，各项工作要有新举措”的要求，抓住机遇，开拓进取，为适应社会主义市场经济的发展，解放思想抓改革，扎扎实实抓创作，为把我省的艺

术事业推上一个新台阶，为全面建设小康社会而尽职尽责。

※原为2003年7月9日的讲话录音，后经整理，摘要发表于2003年《山西文化》杂志第4期。

四谈艺术创作

今年全国艺术创作会议的主要议题是精品工程，各省市都为申报精品工程做了大量的工作。2002年第一次申报了150台戏，从中选拔出30台剧目，最后评选出10台精品剧目；2003年全国申报的只有70多台剧目，24台入围精品剧目的评选，上一年未入选的6台滚动进入评选。我省2002年申报了一次，去年没有申报，上年申报的作品也未入围，这其中虽有多种原因，但集中反映出两个问题：一方面，说明近年来我省创作的舞台剧目，在内容和艺术质量上还未达到入选精品剧目的要求；另一方面，由于我省经济条件相对落后，经费投入跟不上，剧目包装及舞台呈现同入选的精品剧目有差距。被评为精品工程剧目的经费投入，多则上千万，少则也是200万以上，我省至今在剧目投入上，超200万的为数极少，省歌舞剧院新创排的舞剧《西厢记》算是投入较大的，目前共投入260万元，这其中包括120多万元的灯光等固定设备的购置，实际用于剧目创作的仅100多万元。当年《黄河一方土》的投入仅3万元，与精品剧目的投入是不可同日而语的。所以，在剧目的经费投入上，我们可以说是心有余而力不足。当然，不能以是否入选精品工程，来判断我们的艺术创作工作搞得好与不好。正如陈晓光部长所讲，精品工程是一项旨在提高艺术产品质量，着眼民族文化积累的文化建设工程，是一项文化标志性的工程。它的目的和意义，不在于推出了多少台精品剧目，而在于推出的过程和这些精品剧目所产生的长远影响；对于地方来讲，通过实施精品工程，可以开拓剧作者的创作思路，锻炼艺术创作队伍，可以增强精品意识，树立院团品牌，可以推出一批优秀的艺术人才等等，这些都是推动一个地区，乃至一个省艺术事业向前发展的最重要的因素。应该看到，全国精品工程刚刚开始实施，就我省目前的创作势头来看，我们还是可以在这方面大有作为的，请大家要正视现实，脚踏实地，努力去做，我想我们终究会有希望的。

下面我就全省艺术创作、艺术生产情况和今后艺术创作工作的思路，谈一些意见，供同志们参考。

一、2003 年艺术创作、艺术生产的回顾

去年由于受“非典”疫情的影响，7 月份才召开全省艺术创作工作会议，但省直院团及各市、地文化局，抓艺术创作的劲头却未受到影响，呈现在舞台上的剧目和取得的成绩，还是令人满意的，这在第九届“杏花奖”评比演出中得以充分地显现。

1. 创作热情空前高涨，新创剧目不断涌现。2003 年到今年年初，可以说，是省专家审读组最为忙碌的一个时期，省直院团及各市、地不断有新剧作送达省厅，要求安排时间讨论。省京剧院新编古装剧《三关明月》《哥哥你走西口》，省话剧院儿童剧《我能当班长》、话剧《立秋》，省歌舞剧院舞剧《西厢记》，运城市歌舞剧《娘啊娘》，忻州市北路梆子现代戏《山女》、二人台歌舞剧《黄河管子声》，长治市上党落子现代戏《支书，走好》《春到秀水》，阳泉市豫剧现代戏《亲情杏花岭》，大同市晋剧新编历史剧《边城罢剑》等 10 多部剧作，都经过省专家审读组的研讨。其中，《西厢记》《哥哥你走西口》《我能当班长》《立秋》《亲情杏花岭》（后改名为《有家真好》）等作品不止一次地讨论过，有的还达到四、五次之多。讨论时，各地的文化局领导亲自带队，带领剧作者及院团负责人到会听取意见，这种求真务实的工作态度，为我们的艺术创作奠定了良好的基础。剧作者

们也非常虚心，在听取专家意见的基础上，对作品进行认真的修改，有些修改甚至是脱胎换骨式的再创作，之后，再报省审读组研讨。这样，在剧本创作上狠下功夫，使一度创作相对成熟，为二度创作提供了非常坚实的基础。因此，这些剧目立于舞台后，有的让人眼前一亮，有的令人为之一振，都收到了非常好的演出效果。运城市歌舞剧《娘啊娘》就是较好的例证，作者和有关领导，高度重视每一次的讨论会，反复修改加工剧本，由于一度创作非常扎实，二度创作时只用了半个月的时间。不少剧目都是在一度创作定稿后，才开始排练，节省了时间，避免了浪费。在此，我在感谢各位剧作者的同时，更要感谢省审读组的各位专家们，他们有的已年过古稀，有的身体欠佳，有的日常工作繁忙，但接到要讨论的剧本时，总是能认认真真地研读剧本，加班拟写发言提纲，从鼓励和保护剧作者的创作热情出发，非常中肯地提出意见和建议，这种对艺术创作者、对艺术事业负责的精神，值得我们大家学习。

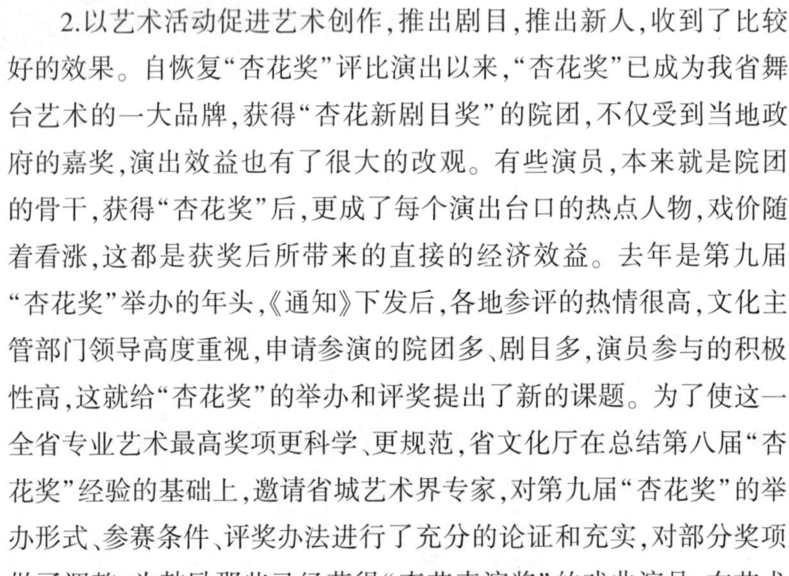

2.以艺术活动促进艺术创作，推出剧目，推出新人，收到了比较好的效果。自恢复“杏花奖”评比演出以来，“杏花奖”已成为我省舞台艺术的一大品牌，获得“杏花新剧目奖”的院团，不仅受到当地政府的嘉奖，演出效益也有了很大的改观。有些演员，本来就是院团的骨干，获得“杏花奖”后，更成了每个演出台口的热点人物，戏价随着看涨，这都是获奖后所带来的直接的经济效益。去年是第九届“杏花奖”举办的年头，《通知》下发后，各地参评的热情很高，文化主管部门领导高度重视，申请参演的院团多、剧目多，演员参与的积极性高，这就给“杏花奖”的举办和评奖提出了新的课题。为了使这一全省专业艺术最高奖项更科学、更规范，省文化厅在总结第八届“杏花奖”经验的基础上，邀请省城艺术界专家，对第九届“杏花奖”的举办形式、参赛条件、评奖办法进行了充分的论证和充实，对部分奖项做了调整：为鼓励那些已经获得“杏花表演奖”的戏曲演员，在艺术

上有更高的追求，本届活动首次增设了"二度杏花表演奖"的奖项，制定出严格的参赛条件和要求。并对参评戏剧"杏花表演奖"的演员，音舞类中的演唱、演奏以及舞蹈表演奖的参评要求，做了更为科学规范的规定。同时，加大了参评前的审看把关力度，保证了参赛剧节目的质量和参赛人员的水平。第九届"杏花奖"的评比演出，于2003年11月17日至12月1日在太原正式举行，15天内演出了33台162个剧节目，创造了参加演出剧团最多(35个)、演出台数最多(33台)、演出剧节目最多(162个)、参加剧种最多(14个)、获奖项目最多(125个)、演出频率最高(15天演33台剧节目)的六项历史新高。这次活动，不仅涌现出了《哥哥你走西口》《祥林嫂》《我能当班长》《娘啊娘》等一批基础极好、很受观众欢迎的新剧目，又推出了像白佐琴、杜建萍、郑芳芳、刘源、李玫等一批艺术新秀；中青年编剧安兰、全景，导演王春燕、李慧琴等也在此次活动中显露头角，呈现出一派欣欣向荣的新气象。评比演出期间，四大剧场轮番上演，观众场场爆满。省城各大媒体极度关注，《山西日报》《山西晚报》、山西电视台、太原电视台等，对本届活动予以了全程报道，《中国文化报》《山西画报》《今日山西》等，以专版的形式予以重点宣传。网上的信息更多，新华网、人民网、戏剧网等都做了相应的报道，比利时大使馆从网上看到有关信息后，向山西省京剧院发来贺电并商洽出访演出事宜。调演结束后，戏迷朋友们，联名给"杏花奖"评奖办公室写来热情洋溢的感谢信，感谢省厅为广大戏迷，提供了一次尽情享受舞台艺术的机会。这说明我省的"杏花奖"，不仅在省内具有极强的吸引力，它的影响力已溢出省界，向全国乃至世界蔓延。

此外，7月份省文化厅同省剧协联合组织了中国戏曲"红梅奖"演唱大赛太原赛区的比赛，山西、内蒙古两省、区共有100多名选手报名参赛，经过4场复赛、2场决赛，共评出金奖、银奖、铜奖各10名，获得金奖的10位演员，被推荐参加在郑州举行的全国"红梅奖"

演唱大赛,并取得了较好的成绩。

实践证明,举办艺术活动,对于繁荣艺术创作是行之有效的方法,这些活动,不仅展现了艺术创作的成果,为观众提供了欣赏艺术作品的机会,营造出健康向上的艺术氛围;更重要的是,激发了全省广大艺术工作者的潜能,调动了他们不断进取的积极性,增强了艺术创作的竞争意识,这是繁荣艺术事业至关重要的人力因素,也为我们艺术事业的发展带来了新的生机和希望。

3.积极参加国内外艺术赛事及活动,加强交流,扩大影响。从1983年首届中国戏剧“梅花奖”开始,我省就同“梅花奖”结下了不解之缘,至今获奖人数已达37人,在全国名列前茅。2003年4月,中国文联、中国剧协、文化部、北京市政府,在北京联合举办纪念中国戏剧“梅花奖”创办20周年系列活动,除了人民大会堂综合文艺晚会之外,全国各省、市组成8台剧节目在首都展演。我省作为“梅花”大省,被组委会指定自组一台晚会。为了全面展示我省地方文化特色,我们将四大梆子的经典戏曲片段组成一台专场晚会,在太原集中排练、彩排后,赴京参加纪念活动。这台晚会,在北京儿童艺术剧院连演三场,场场座无虚席,受到了观众的欢迎,在京的专家也给予了很高的评价。中国剧协党组书记廖奔同志,会后总结我省的这台晚会是,一次集体亮相,一场精良的演出,一支可喜的队伍。这次赴京,展示了我们文艺队伍的实力,宣传了山西,为我省树立了良好的文化形象。8月,在第十届中国戏剧奖·全国小品小戏大赛中,省话剧院的话剧小品《生活的片断》荣获专业组剧目一等奖,《活来死去》《有福之人不用忙》获专业组剧目二等奖;同时,还获得了多个单项奖,张晶、于广获优秀表演奖,全景获编剧奖,省戏剧家协会获组织奖。在第七届中国少儿戏曲“小梅花”状元花的评选中,专业组的12朵状元花中有6朵花落山西。在我省“三小”调演中推出的线腔小戏《七斤三两》,赴山东参加国际小戏节获得金奖后，又被特邀，代表山西赴北京参加全国的老龄文艺汇演。10月，临猗眉户剧团携《十里花香》《留下真情》两台现代戏，赴长沙参加第七届中国映山红民间戏剧节，取得了好的成绩。第四届上海国际艺术节评奖揭晓，任跟心同志获得"白玉兰奖"。12月，在中国戏剧"红梅奖"演唱大赛中，我省报送的长治市豫剧团的闫清珍，省戏剧职业学院的阎飞瑜、党月萍，省晋剧院的李建清，吕梁地区晋剧院的梁桂星，分别获得了"红梅大奖"。年底，运城市蒲剧团赴京演出《西厢记》及《杀狗》《藏窑》等剧目，旨在推出吉有芳争夺第二十一届梅花奖，日前评奖结果正式公布，吉有芳不负众望，成为我省的第37朵戏剧梅花。与此同时，我们的专业艺术院团与民间职业艺术团体，在对外文化交流和对港、澳、台文化交流中，继续发挥着重要作用。省歌舞剧院的声乐、舞蹈、民乐综合晚会，年初赴香港参加庆新年演出，10月又赴法国参加"中法文化交流年"演出；吕梁民间艺术团应邀赴新加坡访问演出10余场，他们精彩的节目，高超的演技，受到了当地观众的热烈欢迎。2003年由于受"非典"疫情影响，全国的艺术赛事及活动虽然不多，但我省的艺术院团还是以饱满的热情，充分准备，积极参与，并且成绩不俗。在此，我代表省文化厅，向大家去年一年艺术生产的辛勤劳作及所取得的成绩，表示衷心的感谢！

4.加强管理，重点扶持，认真实施三项扶持办法，全面推进省直院团的艺术建设。省直艺术院团三项扶持办法实施后，有效地增强了院团的发展活力，优化了艺术生产环境，调动了演职人员的艺术生产积极性，各院团表现出了前所未有的生机勃勃的精神风貌。五院团每年的演出场次，均达到了额定场次的要求，演出场次补贴全部到位；优秀人才奖励和扶持资金，各单位也能根据演职员个人业绩、出勤在岗等实际情况予以发放；重点剧目排练经费的投入，实行动态管理，跟踪监督。由于三项扶持办法的有效实施，近年来，省直

院团在艺术创作上进入良性循环状态，取得的成效也比较突出。省京剧院在艺术创作上一直走在前面，平均每两年创排一台大戏，《大脚皇后》《三关明月》《哥哥你走西口》这几台剧目，不仅在评奖演出中能站得住脚，获得了中央及省级的“五个一工程”奖、文华新剧目奖、杏花新剧目奖等奖项，而且在演出市场中也游刃有余，为院团带来了比较理想的经济效益。《大脚皇后》演出200多场，去年获得了新创剧目演出超百场的奖励，《三关明月》演出场次也近百场。最近他们又从上海戏剧学院招来毕业生，为下一步艺术创作与生产充实队伍。省歌舞剧院代表着全省音舞的最高水平，继“黄河歌舞”三部曲之后，舞剧《傲雪花红》获得文化部文华新剧目奖和中宣部“五个一工程”奖，在全国舞蹈界有一定的影响；此后，他们又在开发地域文化资源上做文章，尝试以舞剧的形式再现《西厢记》这一历史名剧，目前《西厢记》已立于舞台，并演出20多场，观众反映良好。省话剧院作为院团体制改革的试点单位，一方面需要考虑如何深化改革，增强院团的活力，制定出一套切实可行的改革方案。另一方面还要考虑加强艺术创作，用剧节目来占领市场。继移植话剧《父亲》、复排《元朝帝师八思巴》、创作两台小品晚会之后，又同省戏剧职业学院合作，创排了儿童剧《我能当班长》，受到了省委宣传部、省教育厅的重视，被列为向全省中、小学生推广演出的剧目。目前，儿童剧《我能当班长》已演出50余场，话剧《立秋》正在加紧排练中，“五一”前可望搬上舞台。省晋剧院和省曲艺团，也正在认真筹备新剧(节)目的创作。省直院团的这种创作劲头令人兴奋，对于各市、地来说，也许暂时还没有像省直院团三项扶持办法这种政策性的支持，但各市、地党委、政府都在以不同的方式，关注着艺术团体的艺术创作，临汾市、吕梁地区对获奖团体和获奖单位予以重奖，大同市、运城市、长治市把争夺梅花奖、推出新剧目列入党委、政府的重要日程。这说明，我们现在所处的环境，还是非常有利于艺术创作

的，希望大家认清形势，抓住机遇，积极创作，不断推出优秀的舞台艺术作品。

除此之外，省画院、厅创作室、厅录音录像室，这几年的工作也有很大的进步。省画院走出省界，同四川省画院联手，分别在成都和太原举办画展，加强交流，互相学习。同时，画院领导带领画家们深入到省内大运路等重点工程采风，积累了丰富的创作素材，《山西日报》以专版予以报道。厅创作室，近年来的工作劲头和所取得的成绩令人瞩目。《三晋戏剧》创刊三年多，以独特的风格，丰富的内容和精致的印刷，受到了省内外戏剧工作者的好评，省内的作者投稿踊跃，许多省外的剧坛名家，也向编辑部来稿来信，表示关注和支持。在艺术创作方面，创作室内人人动手，佳作不断，《晚宴》《保姆》《我能当班长》《生活的片断》等获全国奖、省级奖的作品，就出自这些年轻的创作人员的笔下；目前，厅创作室已同省话剧院、省戏剧职业学院、省广电厅等单位，建立了良好的合作关系，并同有关单位筹备联合拍摄电影电视，创作室成了真正的创作园地。近几年的全省大型艺术活动中，最辛苦、最忙碌的就是厅录音录像室，在这些艺术活动中，录音录像室承担着全部的摄像、录像、编辑、制作及资料保存的任务，并且努力寻找同市场的结合点，在剧目光盘的制作和发行上做了大量的工作。他们又同中央军委等部门，联合录制《铁血劲旅》《沧海横流》等纪录片，锻炼了队伍，提高了技术水平，扩大了影响。

同志们，文化工作的特殊性，决定了我们必须要有一种积极主动的工作态度，有一种开拓进取的创新精神，才能把文化工作搞得丰富多彩，有声有色。省直单位近几年来，在这方面做得比较好，体现出当代文化工作者的新思路、新方法和新追求，希望大家在今后的工作中，继续保持这种工作作风和工作态度，不断取得更大的成绩。

二、今年艺术创作工作的几点意见

根据2004年全国艺术创作会议精神，结合我省的实际情况，今年我省艺术创作的指导思想是：继续贯彻落实党的十六大精神，努力实践“三个代表”重要思想，强化精品意识，以精品剧目生产为龙头，全面推进艺术创作；以移植剧目调演为契机，进一步搞活艺术生产；加快院团内部机制改革，促进院团艺术建设，推出优秀人才，促进全省艺术事业的进一步繁荣。

1.强化精品意识，调动各方面积极因素，打造精品剧目，向国家精品工程冲刺。优秀的艺术作品，是衡量文艺繁荣的一个重要标志，它不仅能够满足人民群众艺术鉴赏水平提高之后对文艺产品质量的要求，而且可以通过优秀文艺作品的示范和引导作用，推动和促进文艺作品质量的普遍提高。当前正在实施的国家舞台艺术精品工程，就是一项利在当代、功在千秋的重点文化工程。陈晓光部长在讲话中强调：“舞台艺术创作生产作为一种复杂而不可重复的创造性，即使是在大众式文化消费与日俱增的现代社会，真正受人欢迎和推崇的仍然是经过千锤百炼的思想性、艺术性和观赏性统一的艺术精品。”精品剧目的意义，不仅是一个时代文化发展水平的标志，更重要的是它反映着现实社会生活，揭示着时代精神，它的存在，具有一定的象征性和典范性。有人认为精品剧目就是大制作，是经济实力的展示，它的价值在于评奖而不在于日常演出，这些剧目往往犹如昙花一现而无法长久存在。我想，如果是这样，那么这个剧目不能算是真正意义上的精品剧目。我们从全国精品工程的评选可以看出，入选的作品不仅要参照专家的评价，还要参考观众的评价。一部好的作品，不仅要得到专家的认可，更重要的是能够被人民群众喜爱和接受，能够为人民群众提供艺术上的美的享受。当然，现在入选的10部精品剧目的投入产出比还不能令人满意，有的投入收回并有盈余，有的持平，还有的只收回一点，这是不行的；

既然是精品，就要成为经典，要长期演下去，要有几倍或几十倍的经济收益。文化部对此有比较客观的认识，并且采取一定的措施，鼓励这些剧目大量地演出。我想经过实践的检验，精品剧目的社会价值和历史意义会逐渐得以显现。对于我省来讲，现在还没有一个剧目入选精品工程，因此，努力创作优秀剧目，积极申报参评是当务之急。我们需要有一个长远的艺术规划，需要有一份耐心和信心，省直院团及各市、地要将入选全国精品工程作为一个冲刺目标，全省上下齐心协力，精心打造，争取在后三年中，有1—2部作品被选入全国50部精品工程剧目之内。同时，在我们日常的艺术创作和生产中，也需要树立精品意识，要把精益求精、精雕细琢的精神贯穿到艺术生产的全过程中，杜绝粗制滥造、劳民伤财之作，这是强化精品意识的普遍意义。

2.按照"三并举"的方针，积极探索，努力创新，全面推进艺术创作。六十年代提出的"三并举"方针，至今对我们的戏剧创作仍然具有十分重要的指导意义，"三并举"就是现代戏、新创历史剧与改编传统戏三者一起抓。对照我们当前的戏剧创作，新创历史剧、改编传统戏相对较多一些，现代戏的创作和演出比较少，曾经有一位观众，向报刊反映说舞台上看不到现代戏，非常遗憾。所以说，从反映火热的现实生活和时代精神出发，从满足现代观众的欣赏需求出发，我们也应该在创作上多下点功夫，尤其应把创作的笔触多放在反映现代题材的作品上。在这方面，我们剧作家应向电视剧作者们学习和借鉴。当然，创作新剧目不是一件轻而易举的事情，它需要有人、财、物等多方面的支持才能完成，对于广大县级剧团来讲，难度更大，有的仅能维持人员工资，在生存和创新面前，生存是第一位的。但是新创剧目必须得搞，现代题材的创作更应放在重要的位置，这一方面是我们的社会责任，另一方面也是戏剧走市场的要求。省、市院团条件相对较好，可以在新创剧目方面多做文章，县级艺术

团体可以在移植上多做文章，以降低艺术生产成本，丰富上演剧目。

就具体创作而言，随着人民生活水平的提高，观众的欣赏口味也越来越高，要求我们的剧目不仅要有深刻的内涵、鲜明的时代性，还要有通俗性、情趣性和娱乐性。观众为什么喜欢看《清风亭》《娘啊娘》，就是因为它通俗易懂，讲的是家长里短，讲出了许多人的心声。儿童剧《我能当班长》，在省城中、小学巡回演出几十场，受到了中、小学生的普遍欢迎，就是因为它精彩好看，富有情趣性，类似的例子还有很多。因此，我们的创作观念，也应该随着时代的发展而变更，在创作中努力寻找同观众的共鸣点，多在观赏性上做文章。

就创作题材来讲，近年来我省推出的作品中，挖掘地域文化的多了起来，蒲剧《西厢记》，晋剧《北魏宏图》《盂山情》，京剧《三关明月》《哥哥你走西口》，舞剧《西厢记》，话剧《立秋》，都是这方面的代表。这些剧目有三个特点：一是我们自己的东西，创作起来得心应手，一旦立起来，就具有权威性；二是可以深度开掘，具有成为精品剧目的可能；三是可以同蓬勃兴起的旅游事业结合起来，具有强大的宣传效能。全国有不少剧种都演过《西厢记》，但专家们看了运城市蒲剧团的演出后，感到还是山西蒲州人演得好，因为这是我们山西的瑰宝。黄河铁牛、平遥古城、大院文化等等，最近大同云冈石窟又被列入世界文化遗产名录，我们山西的历史名胜古迹、民族民间文化、历史文化资源非常丰富，可以写的东西太多了，只要找准了素材，开掘出这些历史文化遗迹的深刻内涵，赋予新的时代精神，就可以推出不少好作品。希望我们的剧作者，多一些思考，多一些探索，按照“三并举”的方针，开发好晋文化的资源，我们的艺术舞台就会丰富多彩起来。

3.以移植剧目调演为契机，进一步丰富演出剧目，锻炼创作骨干，促进院团艺术建设。当前，我省地、市以上的艺术表演团体大都是差补单位,财政上提供的经费十分有限,有些剧团长年演出,除了保障人员工资外,用于创作新剧目的经费很少。但没有新的剧目,老戏老演,老演老戏,就会影响市场演出,影响经济收入,对于院团来讲,无论生存,还是走市场,增加演出剧目显得非常重要,而移植剧目则是院团增加演出剧目的一条重要途径。与新创和改编剧目相比较,移植剧目最大的优点在于降低剧目生产成本,提高演出剧目质量,磨炼二度创作骨干的艺术水准。我们今年举办的移植剧目调演,目的就是为了丰富院团演出剧目,促进院团的艺术建设。在这里,我想提醒大家注意,移植剧目不可生搬硬套,不搞拿来主义,做这项工作时,需要根据本剧种、本院团的具体情况做必要的修改,甚至可以说是再加工、再创作。第九届"杏花奖"评比演出活动中,晋中市青年团移植演出的两个剧目,满台生辉,受到了观众的一致好评。一个是《风雨行宫》,一个是《杀嫂》。《风雨行宫》移植自豫剧,《杀嫂》从川剧移植而来。不同剧种的移植,有一个再创作的过程。首先是音乐、配器及唱腔,需要完全重新设计,道白和唱词有的是地方方言,如果不予加工,移植后观众根本无法听懂,有时甚至会影响到观众对剧情的理解和整台剧目的欣赏效果;人物表演虽然可以参考原剧,但也要根据演员的自身特点加以调整;就连最直观的舞台美术,有时也需要加入一些新的设计思路,才能更好地表达剧目的主题,更适宜在本地演出。当然,被移植的剧目,往往都是一些非常优秀的剧目,如果移植得不好,就很难达到原剧的演出效果,所以大家不要对移植这一工作掉以轻心。对于编创人员来讲,应该认识到,这也是一次极好的锻炼机会,而且有十分明显的可比性;对于演职人员来讲,是一次难得的学习机会,需要多次观看原剧,虚心学习,摸索排练,寻找差距,才能不断提高自身的表演技能。全国范围内搞移植剧目调演的为数不多,我省也是第一次举办,发文之前,省厅为了慎重起见,特意邀请有关方面的领导和专家,对移植剧目调

演进行了研讨和论证,并确定了移植范围和设定的奖项。希望大家能认真按照《通知》精神,及早动手,做好准备,要站在戏曲艺术借鉴交流、传承提高的高度,充分展示自己的艺术实力。最近,文化部的精品工程剧本征集活动已结束,有 5 个剧本入选,戏曲剧本有 3 个,文化部已买断剧本版权,向全国免费推荐移植,但对院团的移植条件有明确的要求。各地可在网上下载剧本,根据自己的情况,确定是否申请移植。各院团可以将这项工作,同参加今年全省的移植剧目调演结合起来,移植剧目的剧本来源多了一条渠道,又是免费的,移植得好,还可以参加全省的调演,一举两得,希望各地不要错过机会。

4.加大改革力度,解放思想,积极探索,建立灵活高效的院团内部运行机制,为全面推行体制改革创造条件。从二十世纪八十年代末开始,国家就提出推行艺术院团的体制改革,但至今还未走出实质性的一步,目前全国及我省还在搞试点,全面实施体制改革的日子已不会太远。面对这种情况,作为艺术生产的各院团应有清醒的认识:其一,改革是势在必行的,它是在社会主义市场经济条件下,经济、政治、文化全面发展的需要,是党中央、国务院在全面建设小康社会实践中提出的科学发展观的重要内容之一,我们必须正确认识,不断增强自觉性,认真加以贯彻执行。其二,改革是为了激活艺术生产力,从现在起,各院团就应在如何才能促进艺术生产力发展上做文章,要转变观念,大胆创新,主动适应,变养活人员为养事业,引进竞争机制,结合院团的实际,按照艺术生产规律和市场经济的运行机制,制定一些行之有效的管理制度,在出戏、出人才、走市场上下功夫。其三,抓创作,抓演出,提高演职人员的素质,是院团压倒一切的头等大事。各院团的领导班子,必须把搞好艺术生产作为领导班子的重中之重,一切为了艺术生产,一切服务于艺术生产,艺术生产要长计划、短安排,干一年、看两年、想三年,逐步走向良性发展的轨道,努力推出本剧种、本院团的优秀作品和拔尖人才。

5.创造条件,积极参加全国各项艺术活动,锻炼队伍,扩大影响,推出人才。2004年全国性的艺术活动比较多,4月份进行文华新剧目的评奖,获奖剧目于9月份参加在浙江举办的第七届中国艺术节;5月23日,举行全国舞蹈比赛;6月22日,在长沙举行全国小品比赛;8月6日,举行“哈尔滨之夏”全国流行音乐新人选拔赛;9月下旬,在北京举办第十届全国美术作品展览;9月28日,在广州举行第六届全国杂技比赛;10月初,在北京举行建国五十五周年全国现代戏展演;11月,在南宁举行第三届“孔雀杯”全国少数民族声乐比赛;12月,在上海举办第四届中国京剧艺术节。参加全国大型艺术活动,对于促进艺术创作、推出人才具有极其重要的作用,省直院团和各市、地,如果有条件,都应组织人员积极参加,省厅也会给予大力支持的。

三、对文化主管部门和创作员的一些希望

艺术创作要搞好,说到底离不开文化主管部门的重视以及创作员的辛勤努力,这方面,我们过去已多次强调过,关键在于抓落实。近年来,我省的艺术创作情况总体来说比较好,但也存在一些问题,针对这些问题,对文化主管部门和剧作者提几点希望。

1.对文化主管部门强调两点:第一,要尊重艺术生产规律,有目的、有规划、有步骤地去抓艺术创作,使之能形成良性的发展态势。前一段时间,听省委宣传部的同志讲,今年省“五个一工程”申报的作品,各地剧目不多,好剧目更少,有些地、市直到申报时,才开始匆忙研讨剧本。这里暴露出一个问题,就是我们有些地、市在抓艺术创作时,没有一个长远的规划,没有将艺术生产纳入正常的轨道。在这方面,省京剧院近几年做得比较好,原有的剧目还在加工修改阶段,新剧目的创作已摆上工作日程,《金谷园》《大脚皇后》《三关明月》《哥哥你走西口》,一部紧跟着一部,每届中国京剧艺术节上,

都有省京剧院的新剧目。这些剧目参加完评奖后，并没有刀枪入库，马放南山，而是推向市场广泛演出，在演出实践中不断加工修改，使之更加完善。这种做法值得提倡。我们的艺术创作与艺术生产，有其自身的规律，有一个循序渐进的过程，违背这一规律，就会使艺术生产进入无序状态，就不能保障作品的艺术质量。试想一下，今年评奖，今年才开始抓剧本，匆匆忙忙地立到舞台上，这样的剧目艺术水准如何？它有无生命力？能不能走向市场？达到创作和生产的目的？就没有把握了。我想，这种临阵磨枪、急于求成的结果，只能是事与愿违，造成人、财、物的浪费，严重时还会挫伤创作人员、演职人员的积极性。此外，在近年来的剧作讨论中，我们发现，有些地、市报送到省专家审读组的剧本，基础不扎实，选材的论证不够，剧本起点不高，没有经过当地专家和创作人员的研讨就直接报送了。大家知道，艺术创作主要取决于创作人员的原创劳动，但在很大程度上也需要依靠集体的智慧和力量，地、市一级有很多专业的创作人才，他们都很有经验，讨论修改剧本时，如果能充分发挥这些人的作用，集思广益，艺术创作就会少走很多弯路，从而提高剧本的成功率。因此，希望我们的文化主管部门，在日常工作中，注重发挥当地艺术创作骨干的力量，遵循艺术生产规律，抓艺术创作要早动手、早安排，使艺术创作与艺术生产进入良性循环，不断推出优秀剧目。

第二，要尊重人才，注重培养人才，为艺术生产营造良好的环境。省里的三项办法实施后，省直院团的艺术创作势头良好，人员的积极性很高，一批新创剧目陆续问世。各市、地也情况不等地采取了相应的措施，都收到了较好的效果。实践证明，在营造艺术生产的良好环境上，我们应千方百计，主动出击，等和靠是不行的，需要各地文化主管部门积极努力地去争取，只要我们的工作做到家，情况会有改变的。同时，要认识到人才的重要性，树立“人才资源是第一资源”的观念,文化部门的领导,要有爱才之心、识才之智、容才之量、用才之能。要不断完善人才工作机制,重视青年艺术人才的培养,建立好人才选拔机制和激励机制,抓好培养、吸引、使用三个环节,注重创作、管理和营销三支人才队伍的建设,要营造一个留住人才、吸引人才的良好环境。我省的经济条件比不上发达省市,但我们可以用事业来吸引人才,用感情来打动人才,为他们创造良好的工作环境,逐步推出在全国打得响的、一流的作品和艺术人才。此外,文化主管部门还可以根据本地区实际情况,引导艺术院团同企业加强联系,寻求社会的支持,以优化院团的生存条件,全面促进艺术建设。

2.对创作人员提些希望:创作人员是艺术创作的基础,是艺术生产的关键力量。在座的艺术创作中心聘任的创作员,是我省创作人员的代表,有的多年来一直在搞创作,有的是新人新秀,在一定程度上说,山西舞台上呈现什么样的作品,你们起着决定性的作用。我分管专业艺术工作的几年间,深感创作一部作品的艰辛,反反复复地征求意见,反反复复地修改,每句话、每个字都凝聚着创作者的一番心血。大家都有一个目的和愿望,就是自己的作品能被观众所认可,能够创造经济价值,为社会大众服务,这些我是很理解的。在这里,我再提些希望:一是要保持一种良好的心态。当前有这样一种现象,同样是搞剧本创作的,从收入来看,影视剧要远远高于舞台剧,从成名度看,也同样是如此。这就使得我们有些剧作者心态比较浮躁,对戏剧创作热情不高,创作欲不强。我想,搞文艺创作,首先是一种社会责任,应该看到我们的艺术舞台上还不够丰富,时代的新风貌、新气象还有待于用我们的作品来反映,艺术院团还在为缺乏剧本而一筹莫展,观众还在企盼看到更多更好的新剧目,因此,潜下心来,安心创作,不断推出新作品是我们每个创作者的光荣使命。二是在创作中要善于听取多方面的意见。好的作品都是改出

来的，这方面的例子很多，如晋剧《油灯灯开花》、京剧《三关明月》等；反面的教训也有，院团和演员为此也付出了沉重的代价。希望我们的剧作者在创作时，既要尊重自己的劳动，又能善于听取各方面的意见，博采众长，为我所用；同时，要有自信心，遇到困难不要轻易放弃，要有不断雕琢和修改作品的耐心和毅力，这样才能创作出好的作品。三是加强学习，不断提高自身的素质。古人说，读书破万卷，下笔如有神。搞艺术创作，每天同文字打交道，需要我们的剧作者有深厚的文学基础，有扎实的文字功底。剧本靠什么？靠的就是巧妙地构思故事，靠的就是流畅的对白和唱词，没有这些，剧本就失去了基本的支撑点。我们现在有些剧本，主题立意很好，但故事编得不感人，剧中的道白、唱段粗浅乏味，显得人物思想空洞，形象单薄，剧本的可读性和可看性大打折扣，这和作者创作的基本功有关。希望我们的剧作者们，注重自身素质的提高，要多学、多看，多读文学书、专业书，特别要注重古典文学、古诗词的学习，这样才能提高写作水平。除此之外，还要读一些历史书、哲学书，博古通今，融会贯通，这样才能提高认知力，才能对社会现实进行准确的判断和概括，才能创作出思想内涵深刻、人物形象感人的作品。四是要勤于动笔，多出作品。这次会议，要求创作中心聘任的创作员带着作品来开会，从现在起，省艺术创作中心对聘任创作员实行滚动式管理，每个创作员每年必须创作一部作品，创作中心根据创作情况予以聘任。有些创作员很认真，很早就将自己的作品寄来，也发现个别同志不够尽心，到开会时还没有剧作品。同志们，应该看到，进入艺术创作中心，是对大家的一种认可，目的是让大家在这里有一个交流和学习的机会，你不去创作，拿什么来同大家交流呢？写作是创作员的本职工作，只有通过不断的写作，才能锻炼写作技能，提高写作水平。希望同志们要勤于练笔，多出作品，使创作员的光荣称号更有意义，使我们的创作中心更加富有生机和活力。

温家宝同志在今年全国人大、政协会议上所做的政府工作报告中,明确提出必须把文化建设摆到更加重要的位置。希望大家不要辜负党和人民的期望,振作精神,努力工作,积极探索,勇于创新,为把我省的艺术创作推上一个新的台阶,为贯彻落实"三个代表"的重要思想而努力奋斗。

※原为2004年4月27日的讲话录音,后经整理,发表于2004年《山西文化》杂志第3期。

与晋城市文艺骨干谈艺术创作

能够参加市里召开的艺术创作会议很高兴,对会议表示祝贺。它标志着市局领导把创作工作摆到了议事日程,只要认真抓下去,前景可观,必将对全市文艺的繁荣起积极的促进作用。

一、为什么要抓艺术创作

直接的目的是为了繁荣文艺事业的需要,一大批优秀文艺作品的问世,是体现"代表先进文化方向"的重要标志;也是遵循艺术生产规律的结果,把艺术生产作为一种生产行为,剧本创作是其第一个环节,而且是很重要的环节,因此,艺术生产首要的、第一位的就是抓创作。从长远的观点看,是贯彻科学发展观,实现社会全面进步、人的全面发展的需要。科学发展观主要有3个内容,全面发展、协调发展及可持续发展,灵魂是以人为本,一切工作要以满足人民群众的物质文化需要为出发点、落脚点。在市场经济发展的基础上,要不断为人民群众谋取切实的经济、政治、文化利益,为人民群众素质的提高和人的潜能的发挥,提供必要的物质基础与制度保障;健康向上的文艺作品,是净化人们心灵的,是精神文明建设的重要窗口,会源源不断地为人民大众提供精神食粮。从现实的角度

讲，艺术创作是院团生存发展的需要，是履行文化部门的岗位职责、适应社会主义市场经济的需要。试想一个艺术团体，不抓艺术创作，没有新的上演剧目，如何去占领演出市场？如何生存发展？如何去弘扬中华优秀传统文化？如何去抵御不健康的文化垃圾及西方文化的渗透与侵袭？总之，艺术创作很重要，文化主管部门一定要高度重视起来。

二、如何才能抓好艺术创作

首先应当说明，我们这里讲的艺术创作，主要是指艺术生产中的一度创作，即原创性的文学脚本，但其中一些原则和精神亦实用于二度创作。如何抓好艺术创作？想从三个方面谈些看法：

1.坚持"三并举"的创作方针，这是由剧目生产包括现代戏、新编古代戏与整理改编传统戏等三种形式演变而来的。现代戏的界定，按照张庚同志的说法，演绎辛亥革命以来之题材的戏，都可称之为现代戏。1840年以来，反映革命斗争、爱国题材的戏，虽同样具有强烈的现实性，则只可称作近代戏。从时间上看，因系清道光晚期，习惯上归于古代。上述三种形式的剧目，在进行创作时，可分为新编和整理改编两种类型。在新编剧目中，又可分作现代和古代，写真人真事和纯属虚构。对于新编现代戏，要强调反映鲜活的现实生活，尤其应讴歌改革开放、双文明建设中的感人的题材。而新编古代戏，若有一定的史实依据，经过巧妙而又合乎情理的艺术虚构，由历史的真实演绎达到艺术的真实；至于纯属虚构的，也应在丰富的历史和现实的素材中，提炼出可信而又有感染力的故事，方能在舞台上立得住脚。所说的整理改编，即是指各剧种保留的一批流传久远、盛演不衰的传统剧目，出于传承戏曲的表演技巧及基本功（如《二进宫》的唱工、《小宴》的做工）、弘扬优秀的传统美德（如《芦花》中的孝道与家庭和睦），应当有选择地对一些传统剧目进行整理改编。其间，即要重点改编那些有艺术传承价值、有现实生命力的传统剧目，改编时应坚持去芜取精，推陈出新，既要注意思想性方面的出新，也要在艺术上有新的追求，以增强传统剧目的现实表现力及艺术感染力。

2.创作中应把握的几个要素：①鲜明的时代特征。现代戏的创作，时代特征比较好把握，就要贴近生活、贴近实际、贴近群众，反映火热的改革开放与经济建设的实践，反映人民群众最关心的事，如话剧《父亲》；也可写一些颂扬革命战争年代的红色经典事迹。新编古代戏就需注意，既要体现所要反映的那个年月的时代特征，更要关照现实，开掘现今时代背景下的契合点，如《三关排宴》中的忠孝节义，《三关明月》中的民族和解、罢兵息战。②突出的地域特色。地域文化特色、地域风土人情，是文艺创作中应当张扬的个性特色，也是当今艺术创作中的一种时尚。江西省的《瓷魂》，江浙的《西施》《干将莫邪》，我省的黄河歌舞，大同的北魏文化，晋中的大院文化以及我们这里的《长平之战》、炎帝传说等，都体现了这个特色，均可尽情地去反映、去表现，但需注意的一点是，应尊重客观历史，尊重学术研讨定论，不可以讹传讹，不得牵强附会，更不要胡编乱造出有硬伤、没文化的东西来。③朴实的表现风格。体现在艺术的综合呈现，要雅俗共赏，不可太高雅，也不必太严肃，力求生动活泼、喜闻乐见；不能戏说、胡说，但需幽默、愉悦。清代李渔曾说过："传奇不比文章，文章做与读书人看，故不怪其深；戏文做与读书人与不读书人同看，又与不读书之妇人小儿同看，故贵浅不贵深。"又说："能于浅处见才，方是文章高手。"我们就应当下功夫，给观众以文学脚本及舞台呈现之美的享受。④强烈的市场意识。戏剧作品是让观众看的，没有卖点，就失去了使用价值。我们的作品既要参赛，又要走市场，而且主要是走市场，经受广大观众的检验。创作中，不能为了走市场，降低格调，搞庸俗下流的东西；而应当满足观众的需求，题材多样化，不媚俗，捍卫经典文化，追求创作参赛与走市场一体化的作

品。此外,走市场还有个产品营销问题,既要注意占领农村的演出市场,也要努力去开辟城市的演出市场。

3.追求作品的思想性、艺术性与观赏性的统一。这里说的思想性,就是指剧作的主题、立意要求是健康向上、高扬主旋律;艺术性除剧作的构思、文采与感染力外,还有表、导演和舞台美术、灯光的综合呈现;观赏性是指剧作立于舞台后,视听的综合效果,通俗地讲,就是要好听好看,让观众喝彩鼓掌,流连忘返,欲罢不能。需要指出的是,即使是主旋律的作品,也要讲究艺术性,不可搞成粗制滥造的宣传品,而为了追求观赏性,不顾实际情况,盲目地去搞大投入与大制作也是不可取的。在舞台制作上,一定要因地制宜,实事求是,既要力所能及,又便于下基层演出。总之,追求“三性”的统一,就是希望剧作能够成为社会效益与经济效益双赢的作品,不仅深受观众的欢迎,最终还可成为演出团体盛演不衰的保留剧目。

三、加强领导,注重提高创作队伍的素质

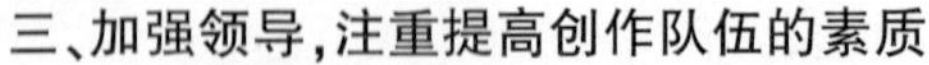

就一个市来讲,要真正抓好艺术创作,还必须在领导与创作队伍上扎扎实实下些功夫,这是一个问题的两个方面,缺一不可。

1.领导重视是关键,要有明确的认识,从思想上引起重视,列入议事日程;把艺术创作拿在手上,有人管,有人抓,不能是抓一阵子,应常抓不懈,以形成良性循环的态势,这样即可见到成效。

2.要尊重人才,尊重艺术生产的规律,为创作人员营造一个宽松的环境。正确对待创作人员,领导要与他们交朋友,最大限度地调动他们的创作积极性。不要以领导的角度去干预创作,切忌长官意志强加于人。要给他们的作品讨论、发表以及立于舞台的机会;要引进竞争机制,建立一些激励创作、行之有效的制度,如审读研讨制,奖励优秀的艺术作品等。

3.要有一支素质较高的创作队伍。艺术作品是靠广大文艺骨干写的,我们既要注意培养专业的创作骨干,也要广泛地联络社会各界的业余创作人员，形成一个松散而又精干的创作人员的网络，为晋城市繁荣文艺创作作贡献。而创作队伍素质的高低，又决定了文艺作品的水平和质量。在这里向创作人员提几点要求：①要有正确的创作观念，起码在作品的立意上要把握好，不可胡编乱造，更不能出现不健康的东西。②要有深厚的生活基础，艺术的源泉来源于生活，创作者不仅应当贴近生活，更要有多方面的生活积累，在此基础上的提炼与升华，才可创作出好的作品。③要有渊博的知识功底，这是搞好创作的基本功。只有日常多学多看，尽力去拓宽自身的知识面，尤其应多接触些文学、历史、诗词类的书籍，对创作是大有益处的。唐代杜甫的“读书破万卷，下笔如有神”，就讲的是这个道理。④要有良好的心理素质，创作人员应有一个好的心态，要虚心，能听得进意见；好的作品是不断地改出来的，要多写多练多改，敢于否定自己、超越自我，有不厌其烦修改琢磨的精神，才会有好的作品问世。

※写于 2004 年 8 月 11 日，是同年 8 月 14 日在晋城市召开的艺术创作会议上的讲话提纲。

向省委先进性教育领导组作的汇报

本巡回检查组自组建以来，根据先进性教育活动的进展情况，对所辖长治、晋城、临汾、运城 4 市先进性教育活动的巡视，平均每市均巡回检查了两次。7 月底 8 月初，对 4 个市进行了第一次巡检，9 月份集中对临汾、运城 2 个市巡检，10 月份对长治、晋城 2 个市巡检。第一次巡检，除听取各市的全面汇报外，还深入到市直的一些事业、企业单位调研，并召开了中型座谈会，吸收第二批的一些单位及各乡镇、企事业等参加。第二次巡检，直接深入到各市的一个县，

到过洪洞、稷山、沁源、陵川，市属、省属的企、事业单位以及试点单位，两次巡检，先后深入到40多个基层单位。到县里后，也是深入乡镇、企业、事业，然后听取县委全面汇报，从县里返回市里，看了点上的情况，然后听取市委的汇报。汇报的重点是，教育活动的进展及全貌，上一次巡检存在的问题解决得如何；每到一地，要查阅相关的资料，收看一些专题纪录片；听取汇报时，随时提问一些情况；听完汇报，现场反馈意见，肯定成绩，指出注意的问题，提出建设性的指导意见。

经过两轮的巡回检查，总的感觉是，4个市的先进性教育活动有如下几个特点：

1.各市委对开展先进性教育活动还是重视的，对活动的指导思路清晰，把经常性的党建工作和先进性教育活动紧密结合。运城在抓三级联创。长治开展“高全强”活动；领导身体力行，研究到位，各个阶段都能主动到联系的点上去指导工作，结合点上的实际，提出些针对性的指导意见。

2.组织工作到位，各市的办公室做了大量细致的组织工作，基本能够严格程序，注意把关及转换阶段的审批等；善于引导，及时交流经验，抓住身边的人和事，组织讲演团，印制一些典型材料，交流搞得好的经验；发挥督导组、巡视组对面上的指导作用。

3.先进性教育活动整体推进扎实，具体体现为第一批巩固成果卓有成效，第二批正在健康推进，第三批试点效果良好。

在第一批巩固成果方面，运城市狠抓了加大招商引资力度，加大城市建设、管理力度，解决贫困生就学问题、群众就医难、看病贵问题，解决基层组织建设深层次问题，实施小康建设带头人工程等5项工作。长治市在抓好民心工程和德政工程基础上，突出抓了3项，即新百强工程、共富安康工程、“高全强”基层党建工程。晋城市在解决群众反映强烈、关乎老百姓切身利益的事，如农业税免除、拖欠农民工工资、劳动强度大与安全风险较高行业最低工资标准、义务教育和山区群众看电视难等8方面的问题；对当地两河治理、创建全国园林城市等进行督办；就群众反映的关系该市改革、发展、稳定的，如经济结构调整、国企改革、民营企业发展、选拔任用干部等15个专题，逐一研究，采取对策；构建“党员受教育，永葆先进性”长效机制，出台了针对性的规划、规定、办法，都程度不同地收到了效果。

第二批开展的活动均在健康推进，各市对省里规定的动作不走样，并细化成流程图，阳光操作，环环紧扣。第一阶段力求面广，学得深一些；第二阶段问题找得准，征求意见广，交心谈心诚，生活会上党性剖析得深；第三阶段的整改针对性、实效性强。各市的自选动作各有特色，主题实践活动丰富多彩，有的还服务深化了规定动作的相关内容。边整边改初见成效，厂矿企业促进了生产，医卫、学校行业风气与职业道德明显好转，乡镇机关便民、利民；所到之处，资料齐全，记录有序，真实可信，应当说整体的推进是扎实的。

第三批试点，各市按规定都搞了，并各有特色，进度已进入第二阶段。试点上的经验，为全面推开教育活动提供了范例，学什么，怎么学，不同于第一批和第二批，有的采用上党课形式，学最基本的。

4.发现并培养了一批教育活动搞得好的典型，国企方面有运城南风集团、山西关铝集团、晋城北岩煤矿等；民企有沁源山西通州集团公司；事业单位有临汾市人民医院、运城师范、沁源县中学、陵川妇幼保健院、陵川曲艺队等；乡镇有稷山县稷峰镇、洪洞县万安镇等。这些单位的共同特点是，学得扎实，解决行业问题成效大，教育活动促进了生产及业务工作，取得了好的社会效益与经济效益。

巡检调研中，也发现了些问题，都针对性地提出了一些建设性的意见，归纳起来有以下几点：

1.注意解决教育活动中的不平衡性和薄弱环节，重点是特困企业，这方面长治市解决得比较好。

2.注意解决活动中的“松一口气”和一般化的问题。

3.注意培养新典型,总结针对性强的鲜活经验,包括督导组的工作经验。

4.整改阶段的针对性、实效性,乡镇一级要注意把解决村级党组织薄弱环节,化解基层群众关注的热点、难点,纳入乡镇整改的重要内容,为全面开展第三批教育活动铺平道路。

5.注意解决在先进性教育活动中,进一步加强党的队伍建设问题,党员老化,文化素质不高,适应不了小康建设的光荣任务。

※写于2005年11月5日,是同年11月7日向省委先进性教育领导组口头汇报的提纲,当时为省委派赴长治、晋城、临汾、运城四市的巡视组组长。

戏剧创作漫谈

为适应社会主义市场经济的发展,进一步繁荣文化艺术事业,营造先进而又和谐的文化氛围,给艺术院团的生存与发展创造条件,必须调动起广大戏剧创作人员的积极性,不断地推出新的戏剧作品,这是摆在广大戏剧工作者面前的一项光荣而又艰巨的任务。就戏剧创作而言,主要包括新创剧目与改编传统戏,现就这两个议题与大家交换些意见。

一、关于新创剧目

一般情况下,新创剧目应注意把握以下几点:

1.主题立意要明确、要突出,作为一个剧目,必须明确要反映什么,表现什么,而且立意的内容要突出,要集中,应贯穿始终,让人通篇看后,一目了然,不能不知所以,更不可模糊费解。

2.戏剧情节合乎情理,既感人,又流畅,也就是说,演绎的故事能够吸引人,有较强的感染力,可催人泪下、动人心弦,能够赢得观众的掌声、笑声或哭声；流畅涉及剧作的结构严谨、场次衔接顺畅，有一气呵成之感；若情节出现跳跃、断裂或推进不顺畅，说明戏剧故事没有编圆满，直接影响到观赏的效果。

3.剧中人物形象要丰满可信，尤其应写好人物的个性，通过语言及戏剧动作来表现，达到表里一致，要编织好必要的戏剧冲突，随着剧情的推移发展，渐次地推向高潮，以增强剧目的观赏性。

4.台词要有文采，表述为诗化的语言，无论念白、唱词，均有一定的文化内涵，符合剧中人物所处岁月的时代特征、风土人情。通篇文采飞扬，耐人品味，工整押韵，朗朗上口，咏唱顺畅，给观众以视觉与听觉美的享受。

尚需注意的是，①选择题材时，要审视是否值得写，更要注意能否写成戏，有时即使是好的题材，也不一定可以写出好的戏文来；②主题、立意不可多元化，不宜多义性，剧目要表现的中心不突出，影响整体结构，也影响观赏效果；③要贴近生活，反映现实，但切忌搞成粗制滥造或原样复制的宣传品，失去剧作应有的艺术魅力，其观赏性势必也会大打折扣；④描写真人真事的剧作要慎重，人物与事件的某些局限性，不好表现，直接影响到艺术虚构，有时可能会带来一些不必要的麻烦；⑤新编古装戏，应尊重历史的基本史实，又不可拘泥于具体的史实，束缚了艺术创作的手脚，要在不违背历史真实的前提下，表现出当时的时代特征，恰当开掘出与当今社会的契合点；⑥新编古装戏关照现实，不可把偏颇的观点牵强附会地强加于剧中人，顽强地表现作者自我的说教，影响主题的正确表达与观赏效果；⑦剧作中的艺术虚构，既要巧妙得当，更应合乎情理，以增强作品的戏剧性和故事性，不合情理的虚构，会使剧作的构思失去可信性，影响剧作的艺术表现力；⑧要追求剧作台词的文化内涵及文采，但不可雅化得观众听不懂，不明白台词在说什么，要力求在通俗化的基础上，增强台词表述的文学素养；⑨剧作文本应适合本剧种

的演唱,整体构思要为二度创作及舞台呈现留有空间和余地。

二、关于改编传统剧目

这个议题,可从以下几方面谈些看法:

1.改编传统剧目在创作上所具有的优势:①资源丰富,据剧种大辞典统计,我省的几大剧种现存的传统剧目达2000多个,其中,蒲州梆子有500多个,中路梆子有400多个,北路梆子有400多个,上党梆子有600多个,皮黄有90多个、上党落子有近200个,可为蔚为壮观;②剧目流传上演的历史悠久,从清乾隆说起,大体200多年,从咸丰以来也是150多年,一些剧目若从传承角度讲,如《窦娥冤》《血手印》《赵氏孤儿》等,尚可追溯到元杂剧及宋元戏文,久远的流传上演舞台实践,得到历代观众的检验与认可,剧目的结构和情节已比较稳固;③整理改编传统剧目与新创作剧目相比较,前者的周期要短,成本要低,成活率也比较高,如昆曲《十五贯》,京剧《李慧娘》,川剧、越剧《情探》,豫剧《程婴救孤》,晋剧《蝴蝶杯》《富贵图》及《三义亭》等,均为改编成功和比较成功的范例,在戏曲舞台上盛演不衰。

2.什么样的传统剧目适合整理改编,一般来讲,戏剧的故事性比较强,能够感动观众;宣扬中华优秀传统美德,在当今社会又有新的价值取向,包括现实意义及审美价值等;适合戏曲艺术表演技能的传承,如唱工、做工及戏剧绝活,以弘扬表现戏剧的艺术魅力。

3.整理改编传统剧目的一些基本要求:①要贯彻推陈出新的原则,在出新上下功夫。首要的是主题要出新,以昆曲《十五贯》剧目为例,原本传奇《双熊梦》是演绎公案故事的剧目,20世纪50年代改编上演,正好服务于党和政府大兴调查研究、反对官僚主义的社会现实;三中全会后平反冤假错案,该剧又改编上演,关照了社会现实的契合点,盛演不衰,深受观众的欢迎。可见主题出新之重要。②要适合当代观众的审美需求,贯彻去芜取精的原则,剔除传统剧目中的封建迷信、神鬼作祟、热衷妻妾成群、歧视少数民族等糟粕,代之以新的理念与追求。如《富贵图》中以患难结情缘代换原剧中的一夫多妻妾情节,《十五贯》中剔除原剧中况钟上任拜谒住宿城隍庙、做“双熊”梦兆的情节等。③要适合当代观众的观赏需求,对原剧情节删繁就简、削去不影响主线发展的枝蔓,加快剧情推进的节奏。如蒲剧《蝴蝶杯》即是由晋剧连台本剧 20 场浓缩为 8 场,好多枝蔓情节走了暗场,削去了卢林女凤英这个人物及相关情节,把原剧一夫二妻的结尾,改为田玉川、胡凤莲一对有情人历经磨难终成眷属的结局,将原剧平苗蛮改为平倭寇,上演后,深受观众的欢迎;昆曲《十五贯》也是由原传奇 26 出浓缩为 8 场,删去了熊友蕙、侯三姑一线的人物故事情节,突出了况钟深入民间、实地察访、为民请命,同样取得了好的舞台演出效果。④有意识地保留、展示传统剧目中程式化的表演技能之基本功,如移植于川剧《情探》一折的晋剧《打神告庙》中的“水袖功”,晋剧《富贵图》中“烤火”一折的做工戏等。

尚需注意的是,①改编时不可脱离原传统剧目演绎的历史背景与时代特征,让剧中人以现代人的理念及语言登场亮相,让古人具有今人的思想认识,讲古人不可能讲的话、办古人不可能办的事,贴标签式的去关照现实的契合点,这就不成其为传统戏了。这种创作上的随意性,会引起观众的厌倦和反感,直接影响到观赏效果。②改编时审视不确当,没有吃透原剧作精神,未能保留原剧目的精华,胡乱删削,良莠不分,场次虽然浓缩了,舞台呈现却平淡无波澜,削弱了原剧目的观赏性。③对流传久远的经典名剧,不要轻易地去“动手术”,更不可为了出新或出奇,在人们已认可的主要情节上别出心裁、节外生枝,结果会适得其反。晋剧《赵氏孤儿》的改编,就有这方面的教训。

※写于 2006 年 12 月 18 日,是同年 12 月 20 日在吕梁市召开的艺术创作会议上讲话提纲中的一部分。

六届省剧协工作报告

各位代表，各位嘉宾、同志们、朋友们：

今天，山西省戏剧家协会第七次会员代表大会，在省委宣传部和省文联党组的亲切关怀、指导下隆重开幕了。这是我省文艺界的一件大事，更是我省戏剧界的一次盛会。此次大会的召开，对推进我省新时期戏剧事业的繁荣和发展具有十分重要的意义。我代表上届主席团，向今天到会的各位代表、各位领导以及各界朋友们表示热烈的欢迎和衷心的感谢。

从2002年1月第六届代表大会以来，已经过去了六个年头。换届六年来，省剧协在省委宣传部、省文联党组的领导下，在省剧协主席团的直接指挥下，在中国戏剧家协会的关怀指导下，在省文化厅和各级文化主管部门的大力支持下，在各兄弟协会和省文联各处室的共同协助下，经过协会机关和全体会员同志们的共同努力，团结全省广大戏剧工作者，始终坚持以邓小平理论和“三个代表”重要思想为指导，全面贯彻落实科学发展观，牢牢把握社会主义先进文化的前进方向，紧紧围绕繁荣社会主义文艺这一中心任务，坚持“二为”方向和“双百”方针，弘扬主旋律，提倡多样化，解放思想，开拓进取，锐意创新，勤奋工作，多办实事，全面推进了我省戏剧事业的蓬勃发展，取得了可喜的成绩。六年来，省剧协积极组织和鼓励戏剧创作，积极参与省内外的各项戏剧活动，不断提高戏剧艺术水平，推动戏剧理论研究，培养戏剧新生力量，开展对外戏剧文化交流，依法保障会员民主权利和著作权益，努力把协会办成“会员之家”，取得了自协会成立以来比较辉煌的成就。现在，我受山西省戏剧家协会第六届主席团和理事会的委托，把六年来的工作情况给各位代表、各位领导做一个汇报，请代表同志们予以审议。

一、全国赛事成绩显著

在过去的六年里，我省戏剧家协会积极组织和参与全国性的戏剧赛事，特别是中国剧协所组织的各项戏剧赛事活动，取得了显著的成就，几乎囊括了国家级和全国性的各类戏剧奖项，出现了自改革开放30年以来少有的繁荣景象。这些成绩的取得，主要归功于省委、省政府的正确领导和关怀重视，归功于全省戏剧工作者的共同努力，尤其是在座的各位会员代表同志们出色的工作。

推荐参加中国戏剧“梅花奖”评比，是戏剧界推新人、出新作的一项重要活动，也是提升我省戏剧演出质量，提高演员表演水平，繁荣我省戏剧事业的重要手段。为此，省六届代表大会之后，省剧协迅速完善了我省推荐参评“中国戏剧梅花奖”的工作，修改了章程规则，调整了组成人员，制定了新的“山西省申报参评中国戏剧梅花奖”的规定。六年来，先后有高平市人民剧团演员陈素琴、山西省师范学院艺术系教师郑强荣获第十九届中国戏剧梅花奖；晋中市青年晋剧团演员王珍茹、大同市北路梆子青年团演员张彩萍荣获第二十届中国戏剧梅花奖；运城市蒲剧团演员吉有芳荣获第二十一届中国戏剧梅花奖；山西省晋剧院演员苗洁、吕梁市青年晋剧院演员梁桂星、运城市临猗眉户剧团演员闫慧芳荣获第二十三届中国戏剧梅花奖，同时也是中宣部调整全国性艺术评比之后的首届“中国戏剧奖·梅花表演奖”。至此，我省“梅花奖”获奖人数已达40人，位居全国第一。

2003年4月，文化部、中国文联、中国剧协和北京市人民政府，在北京人民大会堂举办了“庆祝中国戏剧梅花奖创办20周年”的系列活动，我省全体梅花奖获奖演员和全国各地、各剧种500多位历届梅花奖获奖演员，一起接受了党和国家领导的检阅。我协会同时组团晋京，展演了两台全部由我省梅花奖演员演出的四大梆子精彩折

子戏专场，受到首都各界人士的高度赞扬。回到太原之后，我们又组织了专场演出，向省城戏迷观众和有关专家、领导做了精彩的汇报。六年来，我省组织参评“梅花奖”的工作，受到中国戏剧家协会的高度赞扬和肯定，并多次在全国剧协工作会议上推广我省的工作经验。中宣部文艺局的领导，还专门听取了我省有关进一步改进梅花奖评比工作的意见和建议。

组织戏剧创作，推动戏剧理论研究，是协会工作的一项重要内容。六届主席团自2002年改选换届起，先后联合省文化厅创作室、省戏研所、省戏剧职业学院和省艺术职业学院，举办了第二届小戏小品征文评比。2003年又举办了第三届山西省小戏小品征文评比，并将评选出来的优秀作品推荐参加全国比赛。其中，话剧小品《生活的片断》获第十届全国小戏小品大赛专业一等奖，《活来死去》《有福之人不用忙》获二等奖，另有4部作品获三等奖。2005年10月，在广东珠海举办的“首届中国戏剧奖·小戏小品奖”的评比演出中，我省剧协选送的二人台小戏《叔嫂情》荣获优秀剧目奖，我省二人台演员詹丽华荣获唯一的“观众最喜爱的女演员”荣誉称号，《叔嫂情》荣获“观众最喜爱的小品节目”荣誉称号。另外，我省阳泉市推荐演出的小品《出山》和壶关县上党落子剧团演出的《地瓜宴》，荣获入选优秀剧目奖。

在中国文联和中国剧协举办的“第十六届曹禺戏剧文学剧本奖”评比中，我省剧协选送的京剧《走西口》(编剧张晓亚、高晓江、黄来喜)荣获曹禺戏剧剧本奖。这是时隔23年之后，我省再次荣获了该项奖，打破了我省多年来在戏剧剧本创作上的沉闷局面。

中国戏剧节是中国剧协主办的全国戏剧盛会，能将我省优秀的新创剧目认真加工，积极推荐，入选中国戏剧节参评演出，一直是六届剧协的一项重中之重的工作。2005年11月，在宁波举行的第九届中国戏剧节上，我省话剧院创作演出的话剧《立秋》，荣获了优秀剧目奖,陈颙、查明哲荣获优秀导演奖,我协会荣获优秀组织奖。

2007年12月3日至18日,第十届中国戏剧节在苏州举行。本届戏剧节,全国有30台剧目参演,我省有3台剧目入选,分别是太原市实验晋剧院青年团的晋剧《傅山进京》、运城市青年蒲剧团的现代戏《山村母亲》和由山西省京剧院、国家京剧院、中国戏曲学院联合演出的京剧《走西口》。其中,《傅山进京》《走西口》荣获优秀剧目奖,《山村母亲》剧组荣获"特别贡献"奖;《傅山进京》主演谢涛荣获优秀表演奖第一名,《山村母亲》主演景雪变荣获优秀表演奖第八名,我省剧协荣获优秀组织奖;这是我省参加历届戏剧节演出活动取得成绩最好的一次。

"中国戏曲红梅荟萃"活动,是中国戏剧家协会在各区域主办单位主办的"戏曲红梅大赛"基础上,举行的一项具有职业技能鉴定意义的戏曲才艺展示评比活动。该项活动的主要目的,是为戏曲演艺人员提供展示才华和学习交流的广阔平台,检验和鉴定他们的专业技能水平,促进戏曲艺术整体水平的提高。从2003年第一届中国戏曲红梅奖演唱大赛,到2007年第三届中国戏曲红梅荟萃活动,我省共获得"红梅之星"3名、红梅大奖8名、金奖12名、银奖2名的好成绩。同时,在我省举办的这三届"红梅奖"选拔赛活动中,全省有近300名演员,参加了选拔赛的复赛和决赛,总共评选出我省选拔赛的金奖45名、银奖45名、铜奖45名,极大地调动了众多青年演员参与艺术创作、展示、交流的积极性,发现了大量年轻的戏剧人才,为我省戏曲事业的发展作出了基础建设性的贡献。特别是在第三届红梅奖的决赛评比中,我省临汾的选手梁静和吕梁的选手白佐琴,分别荣获红梅奖的最高奖"红梅之星"荣誉称号,这个奖项全国仅有六名,我省即获得两名,居全国第一;省剧协也获得了优秀组织奖。这次参评的选手,是从全国一千多名选手中,经过层层选拔后参加决赛的,具有相当深厚的群众基础。中国剧协及东道主山东省东营

市、广饶县有关领导，出席了闭幕式并为获奖演员颁奖，中央电视台11频道戏曲节目组进行了现场录制，使该项活动的社会影响进一步扩大。

在培养戏曲艺术接班人方面，我协会与省文化厅紧密合作，依靠文化厅科教处的同志们，为推出戏曲新人做了大量的工作。“中国戏曲小梅花荟萃”活动，是中国剧协为戏曲事业培养人才，推动少儿戏曲活动，普及戏曲知识开展的一项全国性活动。我们在推荐参评每年一届的“小梅花”活动中，发挥各市、地国办和民办艺术学校各自的优势，积极踊跃报名参加“小梅花”推荐活动，极大地调动了大批教师培养学生的积极性。从2002年7月由省剧协组织，参加第六届“中国戏曲小梅花荟萃”活动开始，到2007年第十一届，几乎每届都获得大面积的好成绩。六年来，我们相继获得地方戏专业、业余组7个第一名，近50位小选手荣获“金花”称号。这些获奖小演员，在他们后来的学习和工作中，都为我省戏剧事业作出了贡献。同时，他们的指导老师，也受到了应有的鼓励和表彰。特别是在2007年7月23日，由中国戏剧家协会和深圳市宝安区人民政府联合主办的第十一届中国戏曲小梅花荟萃活动中，我省选送的小选手在全国近百名参赛选手的评比演出中，荣获地方戏专业第一名和业余第一名的好成绩。在全国“十佳”优秀小演员的评比中，有8位选手入选，是我省历届参加该项评比活动中取得的最好成绩；此外，还有10多位小选手获“金花”称号，我协会亦荣获优秀组织奖。

中国少儿戏曲小梅花荟萃活动，至今已举办了十一届，全国相继有一千多名小演员获此殊荣。我省截至2007年，有整整100位小选手获“金花”称号，在全国反响强烈。为了向省里领导和广大观众汇报成果，2007年8月30日晚，由省委宣传部、省文化厅、省戏剧家协会，联合举办的“中国少儿戏曲小梅花荟萃”活动山西获奖选手颁奖及汇报演出，在省演艺中心举行。文化部、中国剧协、中国戏曲学院等单位发来贺电、贺信;省委副书记金银焕、中国剧协艺术发展中心主任周光和文化部科教司的领导同志,专程到会祝贺并观看了演出。省剧协主席李金海宣读了获奖选手名单,省文化厅厅长杨波、省文联党组书记宋新柱等领导为获奖选手颁奖。颁奖仪式结束后,小选手们进行了精彩的汇报演出,充分展示了他们的风采。

二、戏剧活动丰富多彩

戏剧演出是戏剧工作者的天职和本分,也是戏剧工作中最主要的一项活动。在过去六年的戏剧演出活动中,全省各地戏剧工作者,响应中央领导的号召,坚持"三贴近",努力服务于基层广大人民群众。他们长年累月送戏下乡、下矿、下厂,为人民群众提供了丰富多彩、喜闻乐见的戏剧快餐,所到之处都留下了他们的汗水和足迹,其中不少骨干都是我们的会员。据文化部权威统计资料知,我省县以上艺术表演团体,每年演出的场次占到全国各省的第二、三位,这里边都凝聚着广大戏剧工作者的辛勤劳动。同时,一些优秀作品还不断地到省外去巡演,如儿童剧《我能当班长》《刘胡兰》,京剧《走西口》,晋剧《傅山进京》等,尤为突出的是话剧《立秋》,已巡演了全国 25 个省份和宝岛台湾,演出场次达 420 余场。最值得庆贺的是 2007 年 4 月 18 日,话剧《立秋》在中南海礼堂演出,中共中央总书记胡锦涛、中央政治局常委李长春、中宣部部长刘云山等在京中央领导观看了演出。演出结束后,总书记接见了全体演职人员,并合影留念;同时,向全国发出号召,观看这出表现过去晋商以诚信赢得天下的话剧。党和国家最高领导观摩一出剧目,这是近几年来少有的情况,这充分说明,我省的戏剧艺术已经在全国产生了相当重要的影响。

由省文化厅和省戏剧家协会联合主办的山西戏剧"杏花奖"评比演出,是我省戏剧艺术领域规模最大、规格最高、门类最全的艺术盛会。自 1989 年举办以来,评选出的一大批优秀演员和艺术创作人

才，已成为各戏剧院团的业务骨干和台柱子；推出的一大批优秀剧目，也成为各戏剧院团的常演剧目。六年来，本届主席团联合省文化厅，共举办了三届“杏花奖”的评比演出，重点在恢复、扩大、提高上做文章，使其真正成为我省舞台艺术的一个品牌项目。

2003 年 11 月举办的第九届山西戏剧“杏花奖”评比演出，全省有 31 个专业表演团体、4 个民间职业剧团的 162 个剧（节）目参评，其中，《哥哥你走西口》《祥林嫂》《娘啊娘》《我能当班长》《山女》等获“杏花新剧目奖”，李建国、王和爱获“二度杏花表演奖”，43 名演员获“杏花表演奖”，另有单项奖 70 个，组织奖 5 个。

2005 年 12 月举办的第十届山西戏剧“杏花奖”评比演出，有 39 个专业艺术表演团体、6 个民间职业艺术团体的 131 个剧（节）目参评，评选出《裴寂还乡》《赵氏孤儿》《黄河管子声》《宫变》《罪证》等 5 个“杏花新剧（节）目奖”，4 个优秀演出奖，郭加银、余芳获“二度杏花表演奖”，44 名演员获“杏花表演奖”，另有单项奖 109 个，组织奖 4 个，突出贡献奖 2 个；并组织了 5 台由历届“梅花奖”和“杏花奖”演员参加的献礼展演，让省城观众在年末岁尾，享受到了一次丰盛的戏曲表演大餐。

2007 年 12 月 24 日，第十一届山西省“杏花奖”评比（展览）演出在太原市青年宫开幕，这是近年来我省艺术创作与生产成果的集中展示，也是对“杏花奖”举办以来全省舞台艺术的一次集中检阅和总结，在“杏花奖”评比演出史上具有里程碑式的意义。省委副书记、省长孟学农为开幕式剪彩，省委宣传部副部长、省文化厅厅长杨波，省文联党组书记宋新柱，省文联主席李才旺等省城党政有关领导出席了开幕式。本届“杏花奖”的评比演出，全省有 10 几个剧种、63 个表演团体、艺术院校、民营民间艺术团体，包括音乐、曲艺、杂技等舞台艺术在内的 61 台剧目 193 个剧节目参演，《走西口》《傅山进京》《赵树理》《黄河管子声》《祥林嫂》等 5 台戏获得“杏花大奖”，《父亲》等7台戏获得“杏花新剧目奖”,潘国良、闫清珍、乔月香、程丽云获“二度杏花表演奖”,47名演员获“杏花表演奖”,另有122个单项奖,组织奖3个,突出贡献奖2个。2008年元月26日,在山西电视台大演播厅,举行了隆重的颁奖晚会。省委常委、宣传部部长高建民,副省长张平和省级四大班子的领导,以及省文化厅、省文联的主要负责同志,为获奖单位和个人颁了奖。

山西戏剧“杏花奖”,之所以能取得如此的辉煌和成功,除了省委、省政府及其有关部门的重视与支持外,也离不开社会各界、特别是许多国办和民营企业的大力支持,山西汾酒股份有限公司几乎每届都要给予我们许多无私的赞助;而参与演出评比的全体同志也付出了许多辛勤的劳动。为了实施好这几届评比演出活动,我协会和省文化厅,每次都及早组织省内戏剧界的专家、学者,对活动内容进行多次的前期论证,并在广泛征求各方面意见和建议的基础上,同省文化厅联合下文。每次都得到了各市、地文化部门和各地戏剧院团的积极响应与支持,掀起了创作、移植、改编剧目的热潮。然后,我们又适时组织专家分赴各市、地进行审看,帮助各院团完善剧目,以确保评比演出的质量,并根据指标分配情况和参评资格,确定参评剧(节)目。每次的评比演出,全部采用评委现场打分、电脑汇总排序的方法,体现了评比的公平、公正和公开的原则,最后经总评委认真审核,确定评奖入选分数和获奖奖项、名额,并提名组织奖、优秀演出奖和突出贡献奖,报领导组审定后,由省文化厅和省剧协联合发文公布。由于程序规范,准备充分,组织严密,操作得当,自恢复“杏花奖”评比演出的这三届以来,没有发生过评比纠纷和对评比的批评意见,受到全省戏剧界的普遍好评。

2006年6月26日至28日,我们还筹办了由中国戏剧家协会、山西省委宣传部主办,山西省文联、山西省剧协、中共吕梁市委、市政府承办的“中国戏剧‘梅花奖’艺术团·吕梁行”活动。由中国剧

协分党组书记董伟同志为团长的艺术团，在吕梁市进行了两场慰问演出。中国剧协主席、中国戏剧“梅花大奖”获得者尚长荣先生，和来自全国各省的18名“梅花奖”获得者，演出了精彩节目，受到离石区的老干部、老劳模以及数万观众的热烈赞扬。利用演出的空隙时间，尚长荣先生率领“梅花奖”演员们，赴廉吏于成龙的故乡进行了采风活动，并到文水县刘胡兰纪念馆，参观了烈士事迹展览，瞻仰了烈士墓，举行了向烈士墓敬献花圈的仪式。此次“梅花奖”艺术团赴吕梁老区慰问演出，是我国戏剧工作者，为贯彻执行胡总书记“八荣八耻”指示精神和中央领导提出的“三贴近”原则所进行的一次演出实践活动，我会部分领导成员不仅参与了筹办的全过程，而且亦受到了深刻的教育。

为纪念人民艺术家赵树理诞辰百年，晋城市上党梆子剧团，创作演出了以赵树理家风家事为主要内容的现代戏《赵树理》，该剧由上党梆子著名演员、“梅花奖”获得者张保平、吴国华夫妇联袂主演，2006年9月1日和2日，在北京长安大戏院演出。中宣部文艺局局长杨至今，文化部副部长赵维绥，中国文联党组副书记李牧，党组成员、书记处书记廖奔，山西省副省长范堆相等，以及中国作协、中国剧协、我省宣传文化部门的负责同志，一并观看了演出，并对该剧目给予很高的评价。我会部分领导成员参与了演出的全过程，并负责组织邀请首都戏剧界专家、学者对该剧的座谈和研讨。

为了提高我省舞台美术的科技水平，推广先进的舞台灯光、电声科技设备，2007年4月，我们与文化厅联合组织举办了“山西省舞美、灯光、音响技术人员培训班”，来自全省各地从事舞台美术、灯光音响工作的200余人参加了培训，大家聆听了中国舞美学会主要领导和有关专家的讲学，受益匪浅，同时整顿和重组了省剧协下属的山西省舞台美术学会。

为了开展同剧目、不同剧种的演出交流活动，2007年5月，我们还参与筹备、组织了由中国戏剧家协会、山西省戏剧家协会、洪洞县人民政府主办，北京娱乐空间文化艺术有限公司承办的“中华戏曲《苏三起解》会展演出”活动。本次活动由来自全国各地10个地方剧种的优秀戏曲演员，分三天三场在洪洞县剧院，演出有关“苏三故事”的戏曲片段，太原市实验晋剧院实验团还演出了《玉堂春》的全本剧目。这种别开生面的活动，对于地方剧种剧目交流、建设，以及开掘地域人文资源都是有益处的。

六年来，我们依托省剧协创作委员会和“梅花奖”推荐委员会的全体专家、学者，对新创和移植的数十个剧目，进行了一系列的研讨、修改、加工、改编工作。可以毫不夸张地说，目前盛演在山西戏剧舞台上的一些剧目，以及在省内外戏剧赛事活动中取得殊荣的演员，从剧目初创到取得荣誉的过程中，无不渗透了专家、学者们的心血和汗水。他们有的直接参与了创作，有的则是献计献策，尽管一些人年事已高，身体欠佳，但硬是凭着对戏剧事业的挚爱之情，冒严寒，顶酷暑，下基层，进院团，为不断推出戏剧新作、新人，为繁荣发展山西戏剧事业，默默地在做着奉献。当我们的戏剧活动搞得卓有成效的时候，当我们的演员取得荣誉的时候，千万不要忘记他们。他们是山西戏剧事业的宝贵财富，我们应当对这些专家、学者们表示由衷的感谢。

三、民营剧团蓬勃发展

随着我省文化市场的健康发展，全省各类民营、民办戏曲演出团体，如雨后春笋般地茁壮成长起来。据不完全统计，全省在省文化厅登记的营业性演出经营单位有214家，其中演出经纪机构40家。另有300余家民营演出团体，未注册，但仍活跃在全省的城镇乡村演出场所。由于体制上的原因，这些民营剧团处于文化主管部门管不着，剧团从业人员也不愿受管辖的境地。作为党领导下的全省戏剧界的人民团体，把民营剧团团结在自己的周围，全心全意地为

民营剧团服务，就成了戏剧家协会义不容辞的责任。尽管协会手中没有掌握文化经费，不能给民营剧团艺术生产以物质和资金的帮助，但我们却可以同政府有关部门协商，让他们在政治上和艺术评比上，同国办剧团享有同等的地位。近年来，我们除积极鼓励民营剧团参加我省举办的各类戏剧评比演出外，还主动推荐他们去参加全国性的各种戏剧赛事活动，并有针对性地派剧协专家委员会的专家、学者，帮助他们修改加工剧目，为他们走出山西、迈向全国创造条件。继 2003 年推荐临猗眉户剧团闫慧芳参加第七届“映山红民间戏剧节”演出后，我们又以极大的热情和精力，投入准备我省民营剧团参加第八届中国“映山红民间戏剧节”的工作。

第八届中国“映山红民间戏剧节”，仍然是由文化部艺术司、中国戏剧家协会和湖南映山红组委会举办的，中宣部曾对该奖项进行了重新审批，于 2005 年 10 月在河南禹州市举行，来自全国 10 多个省、市的民营、民间职业剧团演出了 27 台剧节目。我省晋阳艺术团演出的《宫变》、临猗眉户剧团演出的《山妹》，分别获得优秀剧目奖；临猗眉户剧团闫慧芳、范琳，晋阳艺术团的胡嫦娥、王红娟等荣获优秀表演奖；另外，这两个团还有 4 位同志获映山红表演奖；《宫变》同时荣获优秀导演奖、优秀音乐设计奖、优秀乐手奖、优秀舞美奖；《山妹》同时荣获优秀编剧奖、优秀乐手奖；我省戏剧家协会、山西省临猗县文化局、山西晋阳煤焦有限公司分别荣获优秀组织奖。

为纪念毛泽东同志《在延安文艺座谈会上的讲话》发表 65 周年，2007 年 5 月 25 日至 26 日，由省文化厅和省剧协主办，邀请山西晋阳嫦娥艺术团在省演艺中心，演出晋剧《杨门女将》和《宫变》，省城有关领导和众多戏迷观看了演出。过去，纪念“5·23”毛主席讲话，都是由国办剧团参加演出，这次由民营剧团演出也是我省历史上的新鲜事。之后，我们又推荐民营剧团山西三晋晋剧团，在省演艺中心演出了《下河东》《清风亭》《大刀王怀女》等传统剧目，受到戏迷朋友及各级领导的热烈欢迎,进一步扩大了民营剧团在社会上的影响。

继山西“小皇后”晋剧团成立之后,2007年2月8日,我省又一个民营剧团“山西文华晋剧院”也举行了开业盛典。该剧团是我省民营剧团中人数最多、投资规模最大的民营艺术表演团体。紧接着,省剧协所属的“晋阳嫦娥文化公司”,又成立了第二个民营剧团“晋阳嫦娥实验剧团”,这是我省民营剧团进一步发展壮大的标志,也是民营文化事业单位改革开放结出的又一硕果。

当然,有了良好的条件,还需要有良好的环境。民营剧团尽管在自身建设和艺术发展上有自己的优势,但在相关的社会环境上还有许多亟待解决的问题,需要我们各级领导、特别是我们戏剧家协会给予支持和帮助。比如,社会保障体系还不完善,民营剧团的人员在医疗、养老保险方面、职称评定和工资兑现方面,需要政府有关部门出面制定相关政策,以解除他们的后顾之忧。同时,在自身建设方面也需要进一步完善制度,严格管理。随着民营剧团的发展壮大,必然会引起社会各界的广泛关注,这对于解决他们在前进之中遇到的困难也是大有帮助的。我们相信,我省民营演出团体,在党的十七大精神指引下,在社会各界的支持下,在广大观众的热情鼓励下,一定会克服自身和社会给他们带来的困难和问题,为我省文化艺术事业体制改革,特别是戏剧事业的发展做出新的更大的贡献。

四、对外交流方兴未艾

在过去的六年中,我协会还进行了一些对外和海峡两岸间的戏剧文化交流活动。

2003年1月,我协会组织了戏剧骨干“赴欧戏剧观摩采风团”一行26人,到芬兰、意大利、奥地利、德国、比利时、荷兰、卢森堡、法国等八国进行了参观访问,观摩了歌剧、话剧、剧场,召开了相关内容

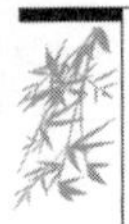

的座谈会，加深了我省戏剧界主创人员，对国外戏剧的认识和了解，为今后戏剧文化对外交流打下了基础。

2006年5月25日至6月5日，应台湾周凯剧场基金会邀请，由省剧协组织的，以省文化厅成葆德厅长为团长的“山西戏剧文化界专业管理人士参访团”一行13人，赴宝岛台湾进行了参观访问。访问期间，台湾陆委会文教处处长陈会英、海基会文化服务处处长林昭灿、台北市文化局局长李斌、台北县文化局局长朱惠良、中正文化中心主任李炎等，会见并宴请了参访团全体成员。访问期间，参访团成员观摩了国光京剧团演出的《金锁记》、台北新剧团演出的《原野》、河路歌仔戏《良弓吟》、高雄歌仔戏《白蛇传》以及台湾艺术大学舞蹈学院演出的舞蹈专场等剧目。参观了台北“故宫博物院”及名胜古迹，并领略了祖国宝岛台湾的美好风光。本次活动，是由文化部港澳台司报国务院台办批准的正式参观访问项目，达成了多项文化合作的意向，为加强晋台文化合作奠定了良好的基础。

2007年年初，又经我省剧协牵线联络，应台湾周凯剧场基金会的邀请，协助中国戏剧家协会分党组书记董伟为团长的“中国戏剧家协会梅花奖艺术团”一行36人，从5月27日至6月7日，在台湾台北、高雄等地演出，并参加了“台北市传统艺术节”。此次演出以中国传统戏曲艺术为主，是山西、台湾戏曲演艺人员共同参与的“戏曲群英会”，我省“梅花奖”得主、晋剧须生演员武凌云随团演出《跑城》片段，受到广大台胞的热烈欢迎。

在走出去的同时，2006年8月，我们还接待了国际剧协瑞典工作委员会的聂柯琳女士，安排国际剧协扶助我省贫困地区儿童观看、演出戏剧，并在同年10月推荐我省话剧院导演王春燕、山西戏剧职业学院院长赵银邦等赴瑞典学习、观摩。

2007年3月24日，以国际剧协瑞典中心聂柯琳教授为主要负责人的“瑞典扶持贫困地区儿童戏剧”项目，在山西省戏剧职业学院进行了验收。瑞典方面对我省支持贫困地区戏剧艺术事业的工作给予充分肯定，并在25日赴吕梁进行了实地考察。该活动是由国际剧协委托中国剧协主办，由我省剧协推荐省戏剧职业学院承办的。

五、会务工作扎实有效

发展会员、收缴会费、更换会员证，是协会组织工作的一项重要内容。换届六年来，我们总共发展新会员345人，推荐全国会员89人，会员换证登记已经按照预期的进度完成，并进行了电脑数据的登录。目前全省会员总共有5300余人，全国会员467人，收缴会费38000元。

在著作权益保障工作方面，我协会为会员刘和仁、小上、李中秋、景雪变、史佳华、余芳，以及省电视台、省晋剧院、太原市实验晋剧院等单位进行了版权调解、公证、转让等事项，有力地维护了戏剧艺术家们艺术创作成果的合法权益。

在协会机关的会务工作中，我们圆满完成了省文联交办的协会目标管理责任工作，完成了党组制定的创收任务，并坚持了机关日常的政治理论学习，努力提高驻会工作人员的思想觉悟、业务能力和工作素质。对省文联党组和机关党委布置的所有工作，都能积极努力地去完成。六年来，协会机关支部多次被省文联机关党委评为先进党支部，支部书记被评为“优秀党务工作者”；协会的会务工作也受到了兄弟协会的一致赞扬。

六、繁荣发展任重道远

同志们，山西省戏剧家协会自1949年成立以来，明年将走过六十个年头。在这漫长的半个多世纪，几代剧协工作者曾经为我省的戏剧事业作出了巨大的贡献，他们为协会、为我省文化艺术事业做出的丰功伟绩，将永远载入我省的戏剧史册。作为他们的后继者，要保持和继承他们的优良传统，继续为我省戏剧事业作出贡献。回

顾过去的六年,我们确实取得了显著成绩,为山西戏剧事业的发展,为实现建设文化强省的目标,作出了戏剧人应有的贡献。但也应当看到,我们的工作仍有不少差距,主要表现在,戏剧创作力量薄弱,还缺乏有影响的力作;戏剧队伍老化,优秀青年人才匮乏;戏剧理论研究未能认真开展起来;联络会员的工作还不尽如人意。这些都有待于在下一届的剧协工作中去加强、去解决。党的十七大提出了"推动社会主义文化大发展大繁荣"的光辉目标,并指出要"创作更多反映人民主体地位和现实生活、群众喜闻乐见的优秀精神文化产品","营造有利于出精品、出人才、出效益的环境",这些对新一届剧协工作来讲,担子更重,责任更大。本次代表大会,将产生新的一届剧协领导班子,我们相信,在新班子的带领下,定会继续发扬协会的优良传统,进一步加强同社会各方面的紧密联系,扎扎实实地为会员服务,千方百计为我省戏剧事业的繁荣发展去努力工作。今年年底,我们将迎来改革开放30年,我们要在戏剧舞台上讴歌改革开放的成果和带给我们的幸福生活。我们还将和文化厅一起,组织全省青年演员的评比演出,以推出更多的新人来继承我们的戏剧事业。同时,还要将老一辈艺术家传给我们的艺术事业发扬光大,使戏曲艺术的传统世代传下去。未来的时光是美好的,而摆在我们面前的道路也是艰巨的。我们一定要牢记党和人民对戏剧工作者的期望和重托,为山西人民,为我国的戏剧事业作出自己更大的贡献!

以上工作报告,请各位代表审议。

谢谢大家!

※系2008年8月29日省剧协第七次会员代表会议的讲话稿,当时任第六届山西省戏剧家协会主席。